Ingar Johnsrud

Der Hirte

Buch

Hauptkommissar Fredrik Beier ist am Tiefpunkt angekommen. Nach dem Unfalltod seines Sohnes und der darauffolgenden Scheidung von seiner Frau plagen ihn Angstzustände, im Job hat man ihn aufs Abstellgleis geschoben, weist ihm einfache Routinefälle zu wie die Vermisstenmeldung der Politikertochter Annette Wetre. Annette Wetre hat den Kontakt zu ihren Eltern abgebrochen und sich der christlichen Sekte »Gottes Licht« angeschlossen, die abgeschottet auf einem alten Hof vor den Toren Oslos lebt. Als auf dem Hof fünf Männer bei einem blutigen Anschlag zu Tode kommen, wird Fredrik Beier zum Tatort gerufen. Zunächst deutet alles auf eine religiöse Fehde mit islamischem Hintergrund hin, und zu Beiers Missfallen wird ihm die forsche Kafa Iqbal als Expertin für islamischen Fundamentalismus an die Seite gestellt. Doch die weiteren Ermittlungen führen Beier und Iqbal in eine völlig andere Richtung …

»Wenn *Der Hirte* auf seinen Höhepunkt zuläuft, sollte man die Zähne zusammenbeißen und sich konzentrieren. Johnsrud beherrscht sein Handwerk auf beeindruckende Weise.« *Stavanger Aftenblad*

Autor

Ingar Johnsrud, Jahrgang 1974, wuchs in Holmestrand auf. Er studierte Film- und Medienwissenschaften und arbeitete fünfzehn Jahre als Journalist bei einem der größten norwegischen Medienunternehmen. Mit *Der Hirte*, dem ersten Thriller um den Osloer Ermittler Fredrik Beier, sorgte Johnsrud international für Furore. *Der Hirte* wurde als bestes Krimidebüt für den Maurits Hansen Prisen nominiert und eroberte die internationalen Bestsellerlisten.

Von Ingar Johnsrud bereits erschienen

Der Hirte · Der Bote

Ingar Johnsrud

Der Hirte

Thriller

Deutsch von
Daniela Stilzebach

blanvalet

Die Originalausgabe erschien 2015 unter dem Titel
»Wienerbrorskapet« bei Aschehoug & Co., Oslo.

Die Übersetzung wurde von NORLA, Oslo, gefördert,
wofür wir uns herzlich bedanken.

MIX
Papier aus verantwortungsvollen Quellen
FSC® C014496
FSC www.fsc.org

Verlagsgruppe Random House FSC® N001967

1. Auflage

Neumarkter Str. 28, 81673 München
Redaktion: Leena Flegler
Umschlaggestaltung: © www.buerosued.de
Umschlagmotiv: plainpicture/NordicLife/Terje Rakke
WR · Herstellung: wag
Satz: Uhl + Massopust, Aalen
Druck und Bindung: GGP Media GmbH, Pößneck
Printed in Germany
ISBN 978-3-7341-0612-5

www.blanvalet.de

In jeder heterogenen Population, wie z. B. der humanen, spielt die Auswahl – die Selektion – eine entscheidende Rolle. Je strenger die Selektion, umso besser wird sich die Art erhalten.

Die Auswahl der besten, lebensfähigsten Exemplare einer Art wurde ursprünglich durch die Natur selbst getroffen – sowie durch Menschen, solange sie nur in Übereinstimmung mit der Natur handelten. Die ersten menschlichen »Eingriffe« erfolgten nämlich nicht wider die Natur, sondern vielmehr, um die natürlichen Prozesse zu unterstützen. Dass die hierfür gewählten Methoden strittig und unserer Auffassung nach in Teilen grausam waren, steht auf einem anderen Blatt, doch stellt sich heute die Frage, ob der moderne Mensch, indem er das entgegengesetzte Extrem zelebriert und alles, was schwach und gebrechlich ist, zu fördern sucht, nicht vielleicht neuerliche Grausamkeiten begeht, die sich hinsichtlich der Barbarei an den alten messen können.

Aus der Einleitung zu *Rassenhygiene* von Jon Alfred Mjøen, Jacob Dybwads Forlag, 1938.
Jon Alfred Mjøen starb 1939.

Teil 1

1

Im Halbdunkel räumte die Flugbegleiterin das unberührte Tablett mit Räucherlachs, Wolfsbarsch aus dem Bosporus und Wiener Apfelstrudel ab. Sie arbeitete zügig und so routiniert, dass sie nicht einmal mehr hinsehen musste. Flüchtig schaute sie zu ihm hinüber. Bekam den gleichen Ausdruck im Gesicht wie so viele, die ihn aus nächster Nähe sahen. Wie bei einer kurzen Bildstörung, nur dass sie nicht hätte sagen können, was genau es war. Als sie sich nach dem Champagnerglas streckte, legte er die Hand auf ihre. Sie zog sie sofort wieder weg.

Langsam schob er das Rollo vor dem Fenster nach oben. Die anderen Passagiere schliefen. Eine blinkende Lampe draußen auf dem Flügel sorgte für blasse Reflexe auf der Scheibe. Dort unten, weit unten, schwammen goldene Lichter. Europa. Das letzte Mal war lange her. Er schloss die Augen, strich mit den Zeigefingern über die Kante der Maske und dachte an alles, was hinter ihm lag.

Der Staub hatte träge in der leichten Nachmittagsbrise getanzt. Die glühend heiße Sonne war in einen blass graublauen Schleier gehüllt. Die Steppe lag tausend Meter über dem Meeresspiegel, hier war die Luft dünn, der Luftwiderstand niedrig. Die Voraussetzungen hätten nicht besser sein können.

Reglos kauerten sie hinter der Scharte im alten Minarettturm auf der Steintreppe. Die Außentemperatur betrug fast vierzig Grad. Hier drinnen war es nur unmerklich kühler.

Er versuchte, die Augen zu entspannen. Blinzelte und starrte hinab in die Wolken, wohl wissend, dass Hvalen mit dem Fernrohr alles im Blick hatte. Das Treffen dauerte bereits seit fast vier Stunden an. Sollte der Gouverneur es bis Anbruch der Dunkelheit zurück in sein verschanztes Heim schaffen, würde er seine Sachen packen müssen.

Hvalen tippte ihm auf die Schulter. Er wusste, was das bedeutete. Er legte die Hand an den Ladegriff und sah durch das Visier hinüber zu der ungestrichenen rostbraunen Wand. Ein barhäuptiger Mann in dunkler Weste und hellem *perahan tunban*, dem traditionellen Gewand afghanischer Männer, hatte die Balkontür geöffnet. Das war Hassam, der Informant, der den Gouverneur hierhergelockt hatte.

Hassam trat zur Seite und machte dem älteren Mann Platz am schmiedeeisernen Balkongeländer. Gouverneur Osmal Abdullah Kamal. Das Fadenkreuz glitt über den braunen Turban, dann weiter über den üppigen, grau melierten Bart. Schweigend blickten die beiden Männer über die Mohnfelder.

Durch den Rückstoß verlor er das Ziel kurz aus dem Blick. Als er das Gewehr senkte, erkannte er, dass die .338 Lapua Magnum etwa fünf Zentimeter neben dem Brustbein eingedrungen war. Das Projektil hätte sein Ziel schlimmer verfehlen und nichtsdestoweniger töten können. Trotzdem hämmerte Verdruss in seinen Schläfen. Anstatt ein apfelsinengroßes rotes Loch in das helle Gewand des Gouverneurs zu schlagen, riss die Brust regelrecht entzwei. Eine hellrote Fontäne aus Blut prasselte auf den Balkon, auf Hassam und die Wand hinter den beiden nieder. Der Körper schleuderte gegen die Tür, wo er jäh innehielt.

Für einen kurzen Augenblick blieb der Gouverneur leicht vornübergebeugt stehen, bevor das dünne Holz in seinem Rücken nachgab. Staub wirbelte auf, als die Leiche auf dem Boden aufschlug.

Ladegriff. Das Klirren der leeren Hülse auf der Treppe.

Neben den Sandalen des Gouverneurs krümmte Hassam sich zusammen. Womöglich betete er. Vielleicht hatte ihn auch Panik ergriffen. Oder er schauspielerte für die herbeieilenden Leibwächter. Es spielte keine Rolle mehr. Der Schütze richtete die Waffe in der Brise neu aus und erhöhte den Druck auf den Abzug. Im nächsten Augenblick kippte Hassams Körper zur Seite. Hirn, Blut, Haut und Schädelsplitter bildeten an der Wand des Lagers einen orangeroten Heiligenschein.

Der Schütze blinzelte, als wäre sein Auge eine Kamera und sein Blinzeln das winzige, kaum fassbare Dunkel, wenn der Spiegel hinunterklappte und die Zeit gefror. Dies war sein Augenblick, für immer festgehalten.

»Leb wohl, Hassam«, murmelte Hvalen.

Der Schütze wickelte das Gewehr in ein Tuch. Während Hvalen noch sein Fernrohr zusammenpackte, stand er auf und stieg die drei Stufen hinauf zu dem Mann, der gefesselt auf dem Treppenabsatz über ihnen lag. Fliegen surrten um das geronnene Blut auf seiner Stirn. Unmöglich zu erkennen, ob der alte Imam mit der Augenbinde bei Bewusstsein war. Sein Atem ging schnell und gurgelnd. Der Schütze zog die automatische Pistole aus dem Holster, doch Hvalen schüttelte den Kopf. »Das ist nicht nötig.«

Vor dem Minarett gaben sie einander die Hand.

»Die Organisation wünscht dir viel Glück in Norwegen«, sagte Hvalen zum Abschied.

Er schnaubte.

2

»Fredrik Beier. Mit i, nicht y.«

»Adresse?«

»Sorgenfrigaten sechs. In Majorstua.«

»Im Heineckegården?«

»Bitte?«

»Heißt der Häuserkomplex nicht Heineckegården? Und Sie sind geboren in …«

»In … Hier in Oslo. Spielt das irgendeine Rolle?«

»Tut mir leid, ich meinte das Jahr. Wie alt sind Sie?«

»Achtundvierzig. Ich bin achtundvierzig.«

Der Hauptkommissar streckte sich auf dem Ledersofa nach vorne, griff nach dem Löffel, den er für den Pulverkaffee gebraucht hatte, und drehte ihn, bis er sein erschöpftes Spiegelbild darin fand. In dem gebogenen Metall waren die feinen grauen Strähnen an den Schläfen kaum zu sehen. Allerdings hatte es den Anschein, als wäre ihm der schmale, akkurat gestutzte Bart im Rausch aufgemalt worden.

Vor ihm saß der Polizeipsychologe. Über ihm hing ein Poster von Ernest Hemingway mit freiem Oberkörper. Er posierte ausdruckslos mit einer doppelläufigen Schrotflinte.

»Hat Hemingway sich nicht erschossen?«

»Genau wie sein Vater.«

»Ist es für einen Psychologen nicht ein bisschen merkwürdig, sich einen Kerl an die Wand zu hängen, der sich das Hirn weggeblasen hat?«

»Genauso merkwürdig wie Ihre Adresse, könnte man meinen. Dass ausgerechnet Sie in einer Straße namens ›Sorgenfrei‹ wohnen«, entgegnete der Psychologe und nickte in Richtung der dicken Patientenakte auf dem Tisch.

Der Ermittler schnaubte. Die Adresse war bestenfalls Zufall. »Meine Exfrau hat die Wohnung ausgesucht.«

»Sie waren also verheiratet? Kinder?«

»Drei … Zwei. Zwei, meine ich.«

»Drei oder zwei?«

»Eins ist gestorben.«

»Das tut mir leid. Was ist passiert?«

Dieser Hirnkriecher mit dem Doppelkinn zog das Haargummi im Nacken straff.

Hierher kamen Polizisten aus der ganzen Stadt, um sich auszukotzen. Der Gestank von Verbitterung, Unzulänglichkeit und Angst, der hier tagtäglich über die schmutzig weiße Textiltapete schwappte, war ekelhaft. Das Sprechzimmer hatte die Größe einer Zelle, und Fredrik Beier brauchte Luft. Der abgenutzte Lederbezug des Sofas quietschte unter ihm, als er aufstand. Der lange Körper reichte fast bis an die Decke. Er stellte sich ans Fenster. Die fleckigen Gardinen flatterten über die regennasse Alufensterbank.

Der Psychologe machte sich nicht mal die Mühe, sich zu ihm umzudrehen. Als Fredrik über die Schulter blickte, sah er nur den strähnigen Pferdeschwanz und den schweißglänzenden Scheitel. Das Gehirn darunter musste mariniert sein mit den finstersten Polizistengeheimnissen. Dieser Kerl war wirklich die Polizeilatrine Oslos. Einen Teufel würde er tun, mit diesem Kerl über seinen Sohn zu sprechen.

»Wohnen Sie mit Ihren Kindern zusammen?«

Fredrik rieb sich die Augen. »Nein. Sie wohnen in Tromsø. Bei ihrer Mutter. Alice. Und deren neuem Mann.« Es knackte schmerzhaft im linken Knie, als der Polizist sich wieder aufs Sofa setzte. »Ich bin nicht freiwillig hier. Es hieß, das hier oder eine längere Beurlaubung.«

Der Psychologe fuhr mit dem Daumen über die Falte seines Doppelkinns. »Weil Sie nicht glauben, dass Sie krank sind?«

Der Tonfall ließ keinen Zweifel daran, was er von Selbstdiagnostikern hielt.

»Psycho?«, antwortete Fredrik und sah ihn an. »Nein.«

3

Der Junihimmel hing grau über dem Jernbanetorget. Vor dem Autofenster eilten die Bewohner Oslos mit Regenschirmen und Allwetterjacken vorbei. Fredrik klappte die Sonnenblende nach unten, warf einen Blick in den Spiegel und strich sich durch die kurzen Haare. Dann angelte er seine neue Brille aus der Tasche. Ein Metallgestell, die Gläser groß, beinahe viereckig. Damit sah er aus wie ein ostdeutscher Spion, fand er. Das gefiel ihm. Er verzog den Mund, fuhr sich mit den Fingerspitzen über den Bart und spähte verstohlen zu seinem Nebenmann hinüber.

»Kari Lise Wetre«, wiederholte Oberkommissar Andreas Figueras, diesmal lauter, und trommelte mit den Daumen auf das Lenkrad. »Stand sie nicht eine Zeit lang unter Personenschutz?«

Fredrik lehnte den Kopf zurück. Über der Nackenstütze lag eine Holzkugel-Sitzauflage. »Es ist nie was dabei rausgekommen.«

Der Partner schnalzte mit der Zunge – jetzt erinnerte er sich wieder. Sie bogen in die Kongens gate ein und fuhren in Richtung des verwaisten Zentrums. Zwischen die Büros und Verwaltungsgebäude verirrten sich bloß Touristen, einfache Angestellte und die verlorenen Seelen dieser Stadt. Die Tristesse eines Stadtteils namens Kvadraturen.

»Worum ging es in dem Fall noch mal?«, fragte Andreas. »War das nicht irgend so eine Homogeschichte?«

»Tja. Sie war Zeugin, als ein homosexuelles Paar vor dem Colosseum-Kino verprügelt wurde. Ein paar Tage vor dem Prozess rief ein Mann bei ihr an und drohte damit, ihr den Unterleib aufzuschlitzen, wenn sie aussagte. Es wurden noch mehr Leute bedroht, aber bei ihrem Bekanntheitsgrad haben natürlich die Alarmglocken geschrillt.«

»War ja klar, dass sie eine Sonderbehandlung bekam. Verfluchte Politiker«, knurrte Andreas, zog sich die Brille aus den silbergrauen Locken und setzte sie auf. Andreas war einige Jahre älter als er, trotzdem war Fredrik sein Vorgesetzter.

»Irgendwelche Verbindungen zu dieser Sache?«, fuhr er fort, nachdem Fredrik die großzügige Einladung ausgeschlagen hatte, Gift und Galle gegen ihre Volksvertreter zu spucken.

»Nichts, was darauf hinweist, nein.«

»Aber jetzt ist ihre Tochter verschwunden?«

»Die Tochter und das Enkelkind. Sie gehören angeblich irgendeiner eigenartigen Glaubensgemeinschaft an.«

»Ein neuer Scheißfall also«, stöhnte Andreas und reckte das ohnehin schon ausladende Kinn. Wenn er nicht gerade verärgert war – was selten vorkam –, war Andreas mit seinen unergründlichen Augen, dem südländischen Teint und dem kantigen Gesicht womöglich der attraktivste Polizist der ganzen Stadt.

Fredrik schloss die Augen und dachte an die Frau, der sie gleich gegenübertreten würden. Sie war extrem stilsicher, fast schon unnorwegisch. Stellvertretende Vorsitzende der Kristelig Folkeparti, kurz KrF, seit sie verloren hatte, was die Medien damals die Schlacht um den Chefposten der Partei genannt hatten. Im Fernsehen war sie eine der wenigen Politiker, die die Kunst beherrschten, aufrichtig rüberzukommen, ohne auch nur ansatzweise heuchlerisch zu wirken.

Sie parkten auf dem Schotterplatz vor dem elegant geschnittenen Gebäude der Oslo Militære Samfund, das direkt an die Festung Akershus grenzte. Fredrik schob die Cordjacke zurecht, stopfte das weiße T-Shirt in die Jeans und sah zu seinem Partner hinüber. Andreas besaß drei naturweiße Hemden, drei graue Hosen und zwei schmal geschnittene Anzugjacken. Die Sachen standen ihm gut. Fredrik sah ihn selten in etwas anderem.

»Es ist eine Feier für Kriegsveteranen«, erklärte Fredrik, als sie an den beiden bauchigen Kanonen am Eingang vorbeiliefen. Drinnen roch es nach Zitrone und Garnelen. In dem großen Festsaal saßen rund einhundert Männer und ein paar wenige Frauen: Nazijäger, Islamistenjäger, Friedensritter. Dem Armeechef und einer Handvoll profilierter Veteranen waren Ehrenplätze unter den Porträts des Königspaars zugeteilt worden. Kari Lise Wetre saß am hinteren Ende des Saals, wo der königliche Leitspruch *Alt for Norge* – »Alles für Norwegen« – in goldfarbenen Lettern unter die Decke gemalt worden war. Sie unterhielt sich lebhaft mit ihren beiden Tischherren. Der eine war ein stattlicher rothaariger Mann in den Fünfzigern. Sein Bart erinnerte an eine Raupe mit aufgestellten Härchen. Der andere war ein gebrechlicher Alter, der augenscheinlich bereits früh im Leben schwer verletzt worden war. Brandwunden, wie es aussah. Die Haut über seinem Schädel wirkte brüchig und verblasst, wie Pappe, die feucht geworden und wieder getrocknet war. Die kalkweißen Hände ruhten auf dem runden Griff eines schwarzen Gehstocks.

Fredrik bahnte sich einen Weg zwischen den Tischen hindurch und fing Wetres Blick auf. »Hauptkommissar Beier. Wir haben telefoniert…«

Die KrF-Politikerin sah erleichtert zu ihm auf.

»Meine Herren, ich muss leider zum Ende kommen. Darf ich Ihnen Stein Brønner vorstellen. Er ist Kriegshistoriker«, sagte sie und lächelte in Richtung Raupenlippe. »Und das ist Kolbein Ihme Monsen. Herr Monsen ist einer unserer Helden des Zweiten Weltkriegs.«

Der Veteran starrte den Hauptkommissar mit dunklen, klaren Augen an. »Beier…«, murmelte er und gab ihm die Hand. Dann zog er einen gravierten Klappkamm aus der Brusttasche, auf dem in verschnörkelter Schrift »KIM« eingraviert war. Leicht zittrig presste er die Haarstoppeln in seinem Nacken wieder an ihren Platz.

Andreas wartete im angrenzenden Salon. An den Wänden hingen handgezeichnete Karten und Gemälde von Offizieren mit finsteren Gesichtern.

Die Politikerin hielt sich nicht mit Höflichkeitsfloskeln auf. »Ich bin wirklich enttäuscht darüber, wie lange das gedauert hat. Es ist über einen Monat her, dass ich die Polizei kontaktiert habe.«

Andreas' Blick flackerte beunruhigend.

»Ihre Tochter ist eine erwachsene Frau«, gab er zurück. »Da wir nach wie vor nicht mit Sicherheit sagen können, ob ein Verbrechen vorliegt, wäre es immer noch möglich, dass sie ganz einfach keinen Kontakt mehr haben möchte« – Andreas sah sie über die Brille hinweg an – »mit ihren Eltern.«

Wetre holte tief Luft, doch Fredrik kam ihr zuvor.

»Was mein Kollege versucht zu sagen, ist, dass wir erst diverse Maßnahmen hinsichtlich der Schweigepflicht und so ergreifen mussten. Sowohl die Ermittlungsbehörden als auch das Jugendamt sind aufrichtig besorgt um das Wohlergehen Ihres Enkels … William?«

»William David Wetre Andersen. Er wird bald vier.«

»Richtig. Tja, das Jugendamt hatte bereits zu einem früheren Zeitpunkt Probleme mit der Glaubensgemeinschaft, der Ihre Tochter angehört. Insofern haben wir die Ermittlungen unter der Annahme eingeleitet, dass es sich um einen Vermisstenfall handeln *könnte.*«

»Wunderbar.« Wetre bedachte Andreas mit einem durchdringenden Blick.

Dann setzten sie sich.

4

Hätte er schätzen müssen, hätte er auf fünfundvierzig getippt, auch wenn er wusste, dass sie älter war. Schon über fünfzig. Ihr Alter war ein Grund, warum sie nur stellvertretende Vorsitzende geworden war. Die dunklen Haare waren im Nacken hochgesteckt, und sie trug ein schmal geschnittenes graues Kostüm. Um ihren Hals hing ein kleines Silberkreuz.

»Ich habe Annette seit einem halben Jahr weder gesehen noch gesprochen«, erklärte sie.

Ihre Stimme klang jetzt tiefer als zuvor. Offenbar wollte Wetre den Eindruck erwecken, dass sie Herrin ihrer Gefühle war. Kein ungewöhnlicher Zug bei Personen, die es gewohnt waren, dass andere zu ihnen aufsahen. Schwäche galt ihnen als unverzeihlich. Am meisten die eigene.

»In aller Regel verzweifeln Eltern doch daran, dass ihre Kinder rebellieren. Dass sie sich betrinken, mit Drogen experimentieren, Sex haben, was weiß ich? So war es bei uns nie. Meine Tochter ist wütend auf mich, weil sie der Ansicht ist, ich wäre zu liberal. Und ich bin wütend auf sie, weil sie mit meinem Enkelkind abgetaucht ist. Und weil sie ein erzkonservatives Weibsstück ist.« Wetre verzog das Gesicht, ehe sie fortfuhr: »Für Annette…«

Der Stuhl knarzte, als sie sich zurücklehnte und den Blick starr zur Decke richtete, als würden die Worte, nach denen sie suchte, irgendwo dort oben unter dem Stuck stehen.

»Annette lebt ausschließlich für Gott.«

Wetres Haar war glatt und gepflegt, jedes einzelne lag akkurat an seinem Platz. Ständig wanderte ihre Hand nach oben, um jegliche Widerspenstigkeit im Keim zu ersticken.

Es hatte schon im Teenageralter begonnen. Annette hatte sich geweigert, mit ihnen in die Kirche zu gehen, weil sie die dortige Pfarrerin verabscheut hatte. Homophile Pfarrer im Allgemeinen. Jede Abweichung von der Liturgie. Die Kirche spotte ihrem eigenen Gott, war ihre Ansicht gewesen.

Wetre lachte kurz und schüttelte den Kopf. Die feinen Fältchen um ihre Augen schienen ein wenig deutlicher hervorzutreten, als es die Kameras für gewöhnlich preisgaben. Trotzdem war die Politikerin ihrem Alter Ego aus dem Fernsehen verblüffend ähnlich, wie er fand. Das diskrete Make-up war perfekt aufgetragen, der rote Mund strahlte Glaubwürdigkeit und Wärme aus. Und noch etwas stellte er zögernd fest: Der Farbton ihres Lippenstifts war gerade so dunkel, dass er sinnlich wirkte. Dezent elegant. Das war kein Lippenstift, das war eine Hinwendung an Kopf, Herz und den Schwanz.

Wahrhaftig einer Politikerin würdig.

»Trotzdem hatten wir einen gewissen Respekt voreinander. Erst als sie ein Teil von Gottes Licht wurde – dieser *Glaubensgemeinschaft*, wie Sie es nennen –, änderte sich auch das.«

Ein rothaariger Schwede servierte ihnen Kaffee. Wetre wartete, bis er ihren Tisch wieder verlassen hatte.

Vor sieben Jahren hatte Annette angefangen, Gottesdienste von Gottes Licht zu besuchen, einem Ableger der Filadelfia-Gemeinde. Sie hatte ihre Ausbildung zur Laborantin nur wenige Monate, bevor sie ihre letzte Prüfung hätte ablegen sollen, abgebrochen.

»So verflucht dumm«, sagte die Politikerin und atmete schwer aus.

Dann hatte Annette ihre Wohnung auf dem Sankthanshaugen verkauft, die ihre Eltern ihr geschenkt hatten, und war auf das Gelände der Gemeinde gezogen. Dort hatte sie Per Olav kennengelernt, Williams Vater. Kirchlich hatten sie nicht heiraten wollen. Stattdessen hatten sie sich für irgendeine Art Zeremonie entschieden.

»Wir waren nicht mal eingeladen.« Wetre blinzelte und rieb sich mit den schlanken Zeigefingern über die Unterlider. »Das Ganze musste wohl sehr schnell gehen. Ich kann mir auch nicht vorstellen, dass Annette mit jemandem ins Bett gegangen wäre, ehe das Verhältnis … *gesegnet* worden war. Sie verstehen schon, so ein Mädchen ist sie nicht.«

»Es wirkt nicht so, nein.«

»Das Glück war nicht von langer Dauer. Per Olav starb, als William gerade auf die Welt gekommen war. Irgendeine Infektion … Im Krankenhaus konnten sie nicht allzu viel dazu sagen. Die Lotterie des Lebens. Oder Gottes Wille – das kommt wohl darauf an, wen Sie fragen«, sagte Wetre nachdenklich.

Andreas sah von seinem Notizblock auf. »Wo befindet sich diese Glaubensgemeinschaft?«

»Im Maridalen. Auf einem Hof, den sie Solro nennen. Mein Mann und ich dürfen sie dort nicht besuchen. Niemand dürfe sie besuchen, sagt Annette. Irgendeine paranoide Überzeugung, die sie dort haben.«

Wetre spreizte die Finger. Musterte ihre perfekt rot lackierten Nägel.

Allerdings hatte Annette ihre Eltern besucht. Nicht oft, aber doch ab und zu. Womöglich waren es die Tränen der Mutter gewesen, die sie angerührt hatten, jedes Mal, wenn die ihr Enkelkind sah. Vielleicht war es auch ein Anflug von schlechtem Gewissen, das gute Leben einfach aufgegeben zu haben, das die Eltern ihr ermöglicht hatten. Doch mittlerweile war ein halbes Jahr vergangen. Ein halbes Jahr ohne ein einziges Wort.

»Ich hatte an einer Radiodebatte teilgenommen, über junge Schwangere und Abtreibung. Ich bin gegen Abtreibung. Man findet nicht viele in meiner Partei, die dafür sind. Aber ich bin andererseits auch der Meinung, dass es Situationen gibt, in denen eine Abtreibung als Alternative ermöglicht werden sollte. Das hat Annette offenbar gehört. Sie hatte einen Wutausbruch und schrie mich an, ob ich gewollt hätte, dass sie William abgetrieben hätte …« Wetre verdrehte die Augen. »Als hätte das eine irgendetwas mit dem anderen zu tun. Sie war der Ansicht, ich würde mich über die Schöpfung erheben. Ich hätte mit Gott gebrochen. Seither haben wir keinen Kontakt mehr.« Sie senkte den Blick. »In den vergangenen Monaten habe ich sie täglich angerufen. Mein Mann und ich haben unzählige Nachrichten geschickt, wir haben regelrecht um ein Lebenszeichen gebettelt. Zweimal sind wir auf dem Hof gewesen, aber dort wurden wir schroff abgewiesen. Sie haben Männer unten am Zufahrtsweg postiert, Wachleute.« Sie begegnete Fredriks Blick. »Bei einer Glaubensgemeinschaft …«

Draußen schlüpfte Fredrik unter Wetres schwarzen Regenschirm. Sie schlenderten am Umweltministerium in der Nedre Slottsgate vorbei. Um sie herum fiel Sommerregen. Andreas war mit dem Auto zurück zur Dienststelle gefahren.

»Was wissen Sie über diese Glaubensgemeinschaft? Über Gottes Licht?«, fragte Fredrik.

»Erinnern Sie sich noch an Bjørn Alfsen junior?«

Er schüttelte den Kopf.

»Bjørn Alfsen hat seine Eltern und den großen Bruder bei einem Autounfall verloren. Als Alleinerbe des Familienkonzerns Alfsen Skogindustrier war er mit einem Mal Hunderte Millionen schwer. Hätte er seine Karten clever ausgespielt, wäre er noch heute einer der reichsten Männer Norwegens. Aber Mitte der Siebziger, kurz nach dem Tod seines Großvaters, verkaufte er alles, und im Laufe weniger Jahre hatte er das gesamte Familienvermögen verjubelt. Partys, fehlgeschlagene Investitionen – riesige Summen verschwanden in einer Diamantengrube in Südafrika. Er kooperierte mit dem Apartheid-Regime, wurde dann von ein paar dortigen Geschäftsleuten über den Tisch gezogen. Die frühen Achtziger hat er quasi im Gerichtssaal verbracht – Konkurse, wütende Geschäftspartner«, erläuterte Wetre.

Der Fluch des Geldes, dachte Fredrik. Die erste Generation verdient ein Vermögen, die zweite Generation verwaltet es, und die dritte verprasst es. Nicht allzu verwunderlich im Grunde. Etwas wertzuschätzen, wofür man nie hatte kämpfen müssen, musste unendlich schwer sein.

»Über Jahre war er verschwunden. Mitte der Neunziger tauchte er urplötzlich wieder auf: als einflussreicher Sponsor der Pfingstgemeinde«, sagte sie.

»Da war er also wieder reich?«

»Ich weiß nicht… Solche Millionärskinder haben wohl immer irgendwo noch ein paar Kronen versteckt. In Wertefragen war er allerdings überaus konservativ geworden. Fing an, eine Reihe von Forderungen an die Gemeinden zu stellen, die er unterstützte – Forderungen, denen nicht alle nachkommen wollten. Es kam zum großen Bruch, er kehrte ihnen den Rücken und gründete seine eigene Sekte.«

»Gottes Licht«, murmelte Fredrik.

»Er nennt sich sogar Pastor.«

Fredrik sah an den Fassaden der Fachwerkhäuser am Christiania torv hinauf. Hier standen einige der ältesten Bauwerke der Stadt. Sie waren von Leuten mit viel Geld errichtet worden. Heute wusste niemand mehr, wer sie gewesen waren.

Der Asphalt vibrierte unter ihren Füßen, als eine Straßenbahn schwerfällig an ihnen vorbeiratterte.

»Ich erinnere mich noch an Gottes Licht – es muss jetzt elf, zwölf Jahre her sein, als sie massiv auf die Straße gingen, oder nicht?«

»Stimmt genau. Gegen eine Gesellschaft, die sich angeblich im moralischen Verfall befand«, sagte Wetre. »Damals demonstrierten sie gegen den Bau von Moscheen. Sie demonstrierten vor Krankenhäusern, in denen Abtreibungen vorgenommen wurden. Sie tauchten bei gleichgeschlechtlichen Hochzeiten auf, machten Radau, auch vor Kirchengemeinden mit Pfarrerinnen. Gott werde uns bestrafen, sagten sie, und dass das Jüngste Gericht bevorstehe… Irgendwann beruhigte es sich wieder, und sie verschwanden von der Bildfläche. Ich dachte damals ehrlich gesagt, die Sekte hätte sich aufgelöst.«

Vor dem Parlament, in dem Kari Lise Wetre einen Großteil ihres Erwachsenenlebens verbracht hatte, blieben sie stehen, um sich voneinander zu verabschieden. Sie war immer schon eine Person des öffentlichen Lebens gewesen. Er fragte sich, wie es wohl sein mochte, eine Mutter zu haben, die das ganze Land kannte. War dies der Grund für Annettes Verschwinden? Die verspätete Rebellion eines Politikerkindes?

»Warum bezeichnen Sie sie als Sekte?«

»Weil sie genau das sind. Sie beanspruchen die Wahrheit für sich. Haben einen starken Anführer. Dann die Isolation auf diesem Hof. Die Aussicht auf das Jüngste Gericht.« Wetre zählte die Argumente an den Fingern ab. »Das ist doch wie aus dem Lehrbuch – oder finden Sie, dass sich das nach einem Ort anhört, an dem ein Kind aufwachsen sollte?«

Statt seine Antwort abzuwarten, streckte sie die Hand aus.

»Also dann, ich muss eine Wahl gewinnen. Danke, dass Sie uns helfen. Wir wissen das sehr zu schätzen, mein Mann und ich.«

Sie lächelte – wie im Fernsehen.

5

Der Gestank fauliger Erde vermischte sich mit dem Duft kross gebratenen Specks.

Fredrik schob die Balkontür auf. Blinzelte auf den kleinen Hof hinunter. Kalte Sommerluft umarmte ihn, und seine Brustwarzen wurden hart. Er lehnte sich über das Geländer und hievte die schwankenden Blumenkästen auf den Betonboden. Stinkende braune Flüssigkeit sickerte daraus hervor und lief ihm zwischen die Zehen. Die Blumen, die sich in Violett und Rot zur Sommersonne hin recken sollten, hingen schleimig über die Ränder. Es war Anfang Juli.

Sein Blick streifte sein Spiegelbild in der Balkontür. Eine helle Jeans war alles, was er trug. Sowie er die Kästen herübergehoben hatte, hatte sein Knie angefangen wehzutun, und er hinkte leicht. Sein Gesicht war schmal, mit markanten Wangenknochen. Den dünnen Bart, der zu den Mundwinkeln hin auslief, hatte er seit seiner Jugend. Ein paarmal hatte er ihn abrasiert, sich aber nie mit dem Anblick anfreunden können. Üppige Augenbrauen bogen sich über den schmalen Augen. »Du hast den Blick eines alten Labradors«, hatte sie zu ihm gesagt, als er sich erneut zu ihr gelegt hatte. »Dir kann man einfach nichts abschlagen.« Er wusste, dass sie Hunde mochte. Aber er wollte nicht daran erinnert werden, dass er sich wie einer aufführte.

Auf der Schwelle zur Küche blieb er stehen. Es war lange her, seit er so dagestanden hatte. Wie ein Gast in seiner eigenen Wohnung. Er lebte allein, trotzdem war es keine klassische Junggesellenbude. Die Arbeitsplatte war sauber, die Spülmaschine voll beladen, und die meisten leeren Flaschen steckten in Plastiktüten. Die Wände waren weiß geblieben, nur die Fliesen über dem Kühlschrank waren rot und orange. Leuchtend rot, schrill orange. Es war ihre Idee gewesen. Als sie auszog, hatte er die Poster vom Eiffelturm und der rauchenden Katze mit Zwicker abgehängt und stattdessen eigene aufhängen wollen: die gelbschwarze Replik vom Rolling-Stones-Konzert 1969 auf dem Altamont. Das Poster vom Kalvøyafestival 1977 – Smokie als Headliner und ein vom Himmel stürzender deutscher Doppeldecker. Doch dazu war es nie gekommen. Stattdessen war sie hier. Wieder.

Groß und nackt stand sie am Kühlschrank. Er ließ den

Blick auf den blassen, breiten Pobacken ruhen, die eine noch immer leicht gerötet. Über diesem sicheren, runden Ankergrund erhob sich ihr schönster Körperteil: der anatomisch perfekte Bogen des Kreuzbeins, der die Taille in Richtung Zentrum zog und ihr die Kontur eines Cellos verlieh. Die Jahre und die Schwangerschaften hatten an ihr gezehrt, sie rundlicher gemacht und Spuren hinterlassen. Wie Wellen in einem geschliffenen Feuerstein. Eine reife Frucht, dachte er, als er sie mit zusammengekniffenen Augen betrachtete.

»Was starrst du denn so?« Sie warf den zerzausten Pferdeschwanz über die Schulter und sah ihn misstrauisch an. »Woran denken Sie, Herr Beier?«

Er grinste. Sie hielt eine Bratpfanne in der Hand. Und ganz nackt war sie nicht. Sie hatte sich seine Küchenschürze um den Hals gehängt. In Höhe der Brüste war ein gelber Streitwagen auf den weißen Stoff gedruckt, darunter ein grauer Dorschkopf. Womöglich irgendein Logo. Für was, wusste er nicht.

Zufriedenes Schweigen senkte sich herab. Brotkrümel, Bratfett, Reste von Eigelb und Tomaten hatten auf den Tellern Spuren hinterlassen. Fredrik nahm einen Schluck von seinem lauwarmen Kaffee und blätterte in der *Dagens Næringsliv*, ohne wirklich hinzusehen. Auf der Stereoanlage im Wohnzimmer lief immer noch Diana Krall. Die Playlist zusammenzustellen hatte sich am Vorabend bezahlt gemacht.

»Das Leben sollte nur aus solchen Samstagen bestehen«, stellte Alice fest, beugte sich leicht vor, schrieb ihre SMS fertig und fuhr dann fort: »Der Flieger geht in ein paar Stunden. Ich muss allmählich los.«

Sie hob den Blick und grinste ihn keck an.

Sie hatte sich ein weites, rotes Oberteil übergeworfen, das ihre Figur umspielte. Jetzt würde sie also wieder nach Hause fliegen, nach Tromsø, zu Erik. Ihrem neuen Mann. Um ihre grünen Augen bildeten sich zarte Lachfältchen. Auf dem Nasenrücken konnte er vage Sommersprossen erahnen.

»Er hat keine Ahnung, dass du hier bist…«

»Und mit dir schlafe? Ich glaube, so was würde er sich nicht mal in seinen kränksten Fantasien ausmalen.«

»Hast du noch einen anderen?«

Alice kniff die Augen zusammen. »Bestimmt nicht, Fredrik.« Und nach einer Weile: »Irgendwo muss es ja Grenzen geben.« Einen Augenblick lang sah sie ihn prüfend an. »Und wie steht's mit… ihr…«

»Bettina? Mit Bettina ist alles in Ordnung.«

»Trefft ihr euch noch?«

»Das tun wir.«

»Schlaft ihr miteinander?«

»Yes.«

»Prima. Ist es was Ernstes?« Ihre Stimme klang um einen Halbton höher.

»So lala.«

»Was macht sie noch mal? Irgendwelches Polizeizeug, oder nicht?«

Er lächelte sie an. Er wusste genau, dass sie es wusste. »Sie arbeitet für den Polizeipräsidenten.«

»Richtig, das war es, ja.«

Er schob den Küchenstuhl nach hinten. Stand auf und trug die Teller zur Spüle. Er wollte über etwas anderes reden.

»Wusstest du übrigens, dass dieser Hof hier Heineckegården heißt? Er wurde nach dem Architekten benannt, der ihn entworfen hat. Georges Heinecke.«

Alice sah ihn überrascht an. »Seit wann interessierst du dich für Architektur?«

»Schöne Sachen hab ich schon immer gemocht«, sagte er und nickte in Richtung ihres Oberkörpers. Sie reagierte nicht darauf. »Hat mir der Polizeipsychologe erzählt.«

Auf Alices Stirn bildete sich eine Furche, die ihm nicht gefiel. Warum hatte er ihr nichts davon erzählt? Verdammt, aber er erzählte es ja jetzt.

»Es ist nichts Ernstes. Ich hatte nur wieder ein paar Anfälle. Angst, meint der Typ.« Er grinste schief. »Er meint, es wäre ›stressbezogen‹. Ich hab die Order, weniger zu arbeiten. Da passt es doch gut mit den Ferien. Ich freu mich, die Kinder zu sehen.«

Alice warf ihm diesen Blick zu, den sie immer hatte, wenn sie sich überlegen fühlte, und der ihm sagte: Ich kenne dich. Ich kenne dich besser als die meisten anderen. Besser als alle anderen. Ich weiß genau, was in dir vorgeht.

»Wie ist der Psychologe?«

»Keine Ahnung. Ich war nur da, um mir den Stempel abzuholen.«

Sie schüttelte den Kopf.

»Einer der Chefs macht sich wohl Sorgen um mich. Da brauchte ich den Stempel, um weiter draußen arbeiten zu dürfen.«

Alice schlüpfte in ihren teuren, durchsichtigen Regenponcho, und er folgte ihr in den Flur.

»Du verstehst hoffentlich, dass ich nicht mit zu der Beerdigung kommen kann. Die Reise wäre für mich und die Kinder zu lang, und Jacob und Sofia kannten sie ja kaum.«

»Ich hab gar nicht damit gerechnet. Ich schaff es schon, sie allein unter die Erde zu bringen.«

Sie legte ihm die Hand an die Wange. »Kommt Bettina?«

Er nickte.

»Fein. Dann ist sie vielleicht doch nicht ganz so schlimm.«

Sie lächelte ihn gekünstelt an, und sie umarmten sich kurz.

»Pass auf dich auf, Fredrik. Die Kinder freuen sich. Sie vermissen ihren Vater, weißt du. Sorg dafür, dass sie sich wohlfühlen.«

»Na klar«, antwortete er und gab ihr einen Klaps auf den Hintern.

Er hatte gerade eine Dose Carlsberg aufgemacht, als das Handy klingelte. Er ließ die Mailbox rangehen. Trank erst gemächlich sein Bier aus, bevor er ins Schlafzimmer schlenderte und das Handy vom Nachttisch nahm.

Es war Synne Jørgensen gewesen. Seine Vorgesetzte, eine der Leiterinnen der Abteilung für Gewalt- und Sexualdelikte bei der Osloer Polizei.

»Fredrik, ruf mich an. Es gab ein Massaker … bei dieser Sekte auf Solro. Ich schick einen Wagen, um dich abzuholen.«

6

Dicke Regentropfen klatschten gegen die Windschutzscheibe. Die Scheibenwischer peitschten hin und her. Er konnte kaum die Äcker um ihn herum erkennen.

Erst als sie an der Ruine der Margaretakirche vorbei waren, die am Nordufer des Maridalsvannet emporragte, stellte der junge Kollege am Steuer das Blaulicht aus und drosselte das Tempo. Es war gerade mal zwei Wochen nach

Johannis, und trotzdem dämmerte es schon. Nicht ein einziger schlammbespritzter Rennradfahrer weit und breit.

Sie bogen von der Hauptstraße ab. Ein Stück weiter wichen die Felder dichtem Nadelwald, den ein Schotterweg zerteilte. Minuten später waren die Bäume vor ihnen in blinkendes Rot und Blau getaucht.

Sie hielten am Ende einer langen Kolonne aus Streifenwagen und Rettungswagen an.

»Danke fürs Mitnehmen«, sagte Fredrik und nahm seine Regenjacke vom Rücksitz.

Die Luft war kalt, und der Regen dämpfte den Geruch von nasser Erde und Moos.

Eine kleine Gestalt mit blondem, steif gegeltem Haar winkte ihn unter einen dichten Nadelbaum. Es war Polizeidirektorin Synne Jørgensen.

»Guten Abend«, japste sie.

Ein Feuerzeug flammte auf, sie richtete sich gerade auf und nahm einen tiefen Zug. Die Zigarette knisterte. Das runde Gesicht mit der kleinen, flachen Nase und den ungeschminkten Augen wirkte für einen Moment fast schon zufrieden. Dann fingerte sie an ihrer Regenjacke nach der Tasche, um die Zigaretten sicher zu verstauen.

»Ist es wirklich ein guter Abend?«, fragte er süffisant.

Sie rümpfte die Nase.

»Das da ist richtig heftig, Fredrik. Wir haben fünf Tote. Mit mehreren Schüssen auf kurze Distanz getötet – der eine noch im Pyjama im eigenen Schlafzimmer hingerichtet. Keine Verletzten. Aber eben auch keine Überlebenden.«

Endlich hatte sie die Tasche ertastet.

»Ist Annette Wetre unter …«

»Nein«, fiel Synne ihm ins Wort. »Alles Männer. Aber wir haben noch keine Namen.«

»Und du bist dir sicher, dass das hier Solro ist? Wo ist dann der Rest dieser Glaubensgemeinschaft?«

Sie presste die Zunge gegen die Piercingnarbe in der Unterlippe. »Es steht mit großen Buchstaben ›Solro‹ über dem Eingang des Haupthauses, insofern bin ich mir einigermaßen sicher. Aber hier ist keine lebende Seele mehr. Der Rest der Gemeinde ist schlicht und einfach verschwunden.«

Mit drei Zügen hatte sie die halbe Zigarette geraucht. Jetzt brach sie die Spitze ab, angelte die Schachtel wieder hervor und ließ den Stummel hineinfallen, ehe sie erneut nach der Jackentasche tastete.

»Komm mit.« Sie zog sich die Kapuze über den Kopf und stiefelte hinaus in das Unwetter.

Ein schmaler, matschiger Pfad führte durch den Wald zu einer abschüssigen Lichtung, auf der es im blauweißen Licht kräftiger Scheinwerfer von Polizisten in Regenkleidung nur so wimmelte. Die Fläche entsprach etwa der Größe eines Basketballfeldes, und am rückwärtigen Waldrand standen ein weißes Landhaus und links davon eine kleine rote Scheune. Auf dem Gehweg zur Scheune errichteten zwei Polizisten über zwei leblosen Körpern hektisch ein Zelt.

In der Mitte der Rasenfläche lagen zwei weitere Leichen: die eine auf dem Rücken, die andere mit ungelenk verdrehten Beinen auf der Seite. Teile des Gesichts hatte die Kugel zerfetzt.

»Wann ist das passiert? Wer hat es gemeldet?«

Synne führte ihn in einem Bogen um die Leichen herum hinauf zum Haupthaus. »Der Anruf ging um 12.56 Uhr in der Notrufzentrale ein. Anonym. Angeblich handelt es sich um eine Art Rache. Im Namen Allahs.« Sie warf einen Blick über die Schulter. »Es hat eine Weile gedauert, bis wir den Ort gefunden hatten. Solro ist nicht der offizielle Name …«

»Ich weiß«, murmelte Fredrik. »Als du angerufen hast…«

»… hatte ich es gerade geschafft, mir einen ersten Überblick zu verschaffen. Sebastian ist auch schon unterwegs. Wir haben Großalarm geschlagen.«

Über der hölzernen Eingangstür hing ein breites Brett, auf das jemand in großen Lettern »Solro« geschrieben hatte. Drinnen hatte die Spurensicherung bereits eine Kiste mit Schuhüberziehern, Latexhandschuhen und Mundschutze bereitgestellt. Die Längswand zierte ein riesiges Gemälde von Jesus in einer Tunika, der aus einer glühenden Sonne herauszutreten schien.

»Rache. Im Namen Allahs«, wiederholte Fredrik langsam und streifte sich die Regenjacke ab. »Es sollte also eine Art religiöse Abrechnung sein?«

»Hast nicht du gesagt, diese Glaubensgemeinschaft sei dem Islam gegenüber ziemlich kritisch eingestellt? Und habe gegen Moscheen und so demonstriert?«

»Ja, klar, aber Demos und Fünffachmord sind schon noch zwei Paar Schuhe.«

»Da sagst du was«, murmelte Synne.

Welche Art von Wahnsinn führte bitte schön dazu, dass jemand eine Glaubensgemeinschaft mitten in einem Wald aufsuchte? Und fünf Gemeindemitglieder hinrichtete? Fredrik fragte sich, was der Mörder… oder *die* Mörder sich wohl gedacht hatten, als sie hier in diesem Flur standen. Als sie die unordentliche Reihe von Kleiderhaken vor sich sahen. Namensschilder mit krakeligen Druckbuchstaben, hingekritzelt von unbeholfenen Kinderhänden. Hatten sie innegehalten und die Namen gelesen? Da, ein leerer Holzknauf mit dem Namen Annette. Oder der daneben, an dem eine Schirmmütze mit Tierpark-Logo hing. Knapp einen Meter über dem Boden. William.

Mucksmäuschenstill musste es gewesen sein, als sie sich hineinschlichen. Womöglich hatten sie einen kurzen Blick ins Spielzimmer geworfen und gesehen, dass alles Spielzeug dort ordentlich in einer Kiste lag. In der Küche dürften sie den Geruch von Schmierseife wahrgenommen haben. Waren sie durch die Nähstube geschlichen, wo Strickzeug in Körben lag und die Plastikabdeckungen über die Nähmaschinen gestülpt worden waren, damit keine kleine Hand zu Schaden kam, sollte einer der Jungen oder Mädchen auf die Idee kommen, vor den Erwachsenen aufzustehen? Spätestens an der Treppe hinauf zum ersten Stock hatten sie begriffen, dass noch alle schliefen, dass sie vollkommen wehrlos waren. Trotzdem waren die Täter weitergegangen. Hatten sich nach oben geschlichen. Dorthin, wo sich die anderen aufhielten.

Im Treppenaufgang hing ein weiteres Jesusbild. Ein Porträt von beinahe anderthalb mal anderthalb Metern Größe: Christus mit Dornenkrone, offener Wunde auf der Stirn und Blutspuren über der Wange. Das überdimensionierte Gesicht weckte in Fredrik starkes Unbehagen. Das Gesicht war so detailgetreu gemalt, dass jede Pore, jede kleine Unreinheit ihm förmlich entgegenzuschreien schien.

Doch es war nicht nur das Gefühl, jemandem zu nahe zu kommen. Es war mehr als das. Es war die Absicht desjenigen, der entschieden hatte, dass das Bild dort hängen sollte. Es stand für das Letzte, was die Bewohner dieses Hauses allabendlich getan hatten: Bevor sie zu Bett gegangen waren, hatten sie sich die Leiden Jesu vor Augen geführt. An jedem Abend und an jedem verfluchten Morgen. Sie hatten es womöglich nicht einmal geschafft, sich die Zähne zu putzen oder aufs Klo zu gehen, ehe sie auch schon an die Niedertracht der Welt erinnert worden waren.

Der breite Flur, der sich oberhalb der Treppe anschloss,

wies Anzeichen eines Handgemenges oder einer überstürzten Flucht auf. Sämtliche Türen standen offen, überall war Kleidung und Spielzeug verstreut, eine gerahmte Luftaufnahme des Hofs war von der Wand gefallen und das Glas zerbrochen.

»Hat sich die Presse schon gerührt?«, fragte er.

»Nein. Und hoffentlich bleibt es fürs Erste dabei. Ich will den Tatort erst unter Kontrolle bringen, bevor Fotografen hier herumschwirren.«

»Gut. Ich muss Kari Lise Wetre informieren, bevor die Zeitungen bei ihr anrufen.«

Langsam bewegten sie sich auf das letzte Zimmer am Ende des Flurs zu. Der Raum war klein und altmodisch eingerichtet. Vor dem Fenster hingen weiße Spitzengardinchen, auf der Fensterbank stand eine blühende Begonie. Die Bettdecke war zu Boden gerutscht, und der Bewohner des Zimmers kniete vor seinem Bett. Ein kleiner, bleicher Mann in einem blau-weiß gestreiften Schlafanzug. Die Wange auf dem Laken. Weit aufgerissene Augen starrten ins Leere.

»Pastor Alfsen«, stellte Fredrik fest.

»Wer?«

»Bjørn Alfsen junior. Er hat die Glaubensgemeinschaft geleitet.«

Fredrik beugte sich vor und studierte das Gesicht des Toten. Sein Schädel war teils kahl, die verbliebenen Haare grau und kurz geschnitten. Den Henriquatre-Bart erkannte er von den Bildern wieder, die Wetre ihm geschickt hatte. Direkt über dem rechten Ohr des Pastors klaffte ein kleines rotschwarzes Loch. Blut hatte die Matratze dunkel gefärbt.

»Beim Nachtgebet hingerichtet«, konstatierte Synne trocken. »Und guck mal hier.«

Sie zog einen Kugelschreiber aus der Brusttasche und hob damit das zerknitterte Laken an.

Die kurzen Finger des Pastors waren angeschwollen, weil ein grüner Seidenschal straff um beide Handgelenke geknotet worden war. Synne richtete den Kugelschreiber auf den Schal. Fredrik kniff die Augen zusammen, um sich die zierliche weiße Aufschrift genau anzusehen.

»Arabisch.«

7

Als die Techniker eintraten, stand Fredrik immer noch in Bjørn Alfsens Schlafzimmer. Er hatte die Zeit genutzt, um den Inhalt der Bücherregale zu inspizieren. Ganz unten lagen haufenweise alte Notizblöcke, stapelweise Ausdrucke von Internetseiten und kopierte Texte, die zum Gefecht gegen die gottlose Kloake aufriefen, die sich nach Ansicht der Glaubensgemeinschaft über das Land ergoss. Allerdings waren auch Kochrezepte, Psalmen und Aufzeichnungen für die Predigten darunter. Und ein verstaubtes Mobiltelefon.

Die vier mittleren Regalfächer waren bemerkenswert aufgeräumt. In jedem standen zwei Fotografien. Fredrik hatte sie genau in Augenschein genommen.

Auf sämtlichen Fotos war der Pastor zu sehen, nur die Personen, mit denen er posiert hatte, variierten. An einem augenscheinlich schönen Sommertag hatte er vor dem leuchtend weißen Haus gestanden, in dem er jetzt ermordet worden war. Sein rot gestreiftes Hemd war bis zur Brust aufgeknöpft gewesen, und Alfsen hatte in die Sonne geblinzelt. Unappetitlich braun – seine Haut sah aus wie die eines alten Mannes. Auf den Fotos waren Kinder zu sehen. Zwei Männer in den Dreißigern. Ein Mann und eine Frau. Annette und William. William schien auf dem Bild vielleicht zwei, drei Jahre alt zu sein, insofern stammte die Fotografie wohl aus dem vergangenen Jahr. Mit einem Lächeln im Gesicht hatte der kleine blonde Junge vor Alfsen Position bezogen. Er trug eine grüne Shorts und ein viel zu großes T-Shirt mit dem Aufdruck »Der Herr ist mein Hirte«. Alfsens braune Hände ruhten auf den Schultern des Jungen, während die Mutter auf einem Stuhl daneben saß und eine Hand des Sohnes im Schoß hielt. Fredrik wusste, dass sie nicht älter als siebenundzwanzig war, aber an der Seite des autoritären Pastors wirkte sie fast schon mädchenhaft. Ihr Blick war offen und klar, und die Sonne, die den beiden anderen zuzusetzen schien, ließ sie augenscheinlich unbeeindruckt. Die markante Nase warf einen Schatten über die schmale untere Gesichtspartie. Das lange blonde Haar fiel ihr locker über die Schultern, und sie trug ein weißes Kleid. Die Knie hatte sie sittsam aneinandergedrückt, die Füße waren nackt. Sie war wirklich außerordentlich hübsch. Eine junge, blonde Version ihrer Mutter.

Religiöse Nachschlagewerke, Psalmenbücher und ein paar Bibeln stapelten sich im obersten Regalfach. Eine stach hervor – eine Bibel mit goldenen Lettern auf dem abgegriffenen Buchrücken. Behutsam zog Fredrik sie aus dem Regal und schlug sie auf. In einer altmodischen Handschrift hatte jemand auf Deutsch auf die Innenseite des Umschlags geschrieben: »Von der Wiener Gesellschaft für Rassenpflege dem Professoren E. Brinch. In tiefster Dankbarkeit. Wien 1936.«

Fredrik drehte sich zu der Technikerin um, die gerade Alfsen untersuchte. Sie schien seinen Blick im Nacken zu spüren.

»Er ist auf jeden Fall schon länger als zwölf Stunden tot«, erklärte sie und drückte die Fingerkuppen vorsichtig auf seine Haut. »Schuss aus nächster Nähe. Kein Hautkontakt zur Waffe. Ich tippe auf einen Abstand von fünf bis fünfzehn Zentimeter.« Sie nahm eine Pinzette zur Hand und zupfte ein paar Rußpartikel von der Einschussstelle. »Kleines Kaliber, aber ausreichend, um den Schädel zu durchschlagen.«

Trotz des Schutzoveralls hatte er sie von früheren Tatorten wiedererkannt, aber er kam nicht auf ihren Namen.

»Es wird eine Weile dauern, bis ich ihn umdrehen und die Austrittsöffnung untersuchen kann. Wenn Sie also etwas anderes zu tun haben …«

Therese. Therese Grøfting. Ursprünglich Rechtsmedizinerin, den Gerüchten zufolge aber mit derart morbiden Neigungen, dass sie sich zur Kriminaltechnikerin hatte umschulen lassen. Mitte vierzig, Leiterin der Spurensicherung, alleinerziehende Mutter eines Sohns im Teenageralter.

Er ging über ihre Aufforderung hinweg. »Sprechen Sie Deutsch?«

»Ja … in der Tat.«

Sie mühte sich durch die Widmung auf dem Bibelumschlag, übersetzte sie und stellte dann mit einem Räuspern fest: »Eine komische Antiquität für einen Pastor.«

»Finde ich auch.«

Als Fredrik das Landhaus verließ, war es draußen stockfinster. Wie idyllisch es hier hätte sein können! Ein lauschiger Sommerabend auf einer Lichtung mitten im Wald, kühlender Schatten, der schwere Duft von Harz und Pilzen und der Geruch von gemähtem Gras, Himbeeren und frischem Johannisbeersaft. Er konnte das Kinderlachen, das

Gackern der Hühner im Schuppen, das gedämpfte Klappern aus der Küche des Haupthauses hinter sich förmlich hören – auch wenn im Augenblick bloß Generatoren dröhnten.

Der Regen war in einen kalten Niesel übergegangen, der wie eine nasse Folie an ihm klebte. Über den Leichen auf dem Rasen war schon vor Stunden ein Zeltdach gebaut worden. Zusätzlich hatte man vor der Scheune in einem weiteren Zelt eine Kommandozentrale errichtet. Warum nur waren diese Leute hier draußen erschossen worden? Warum hatten sie nicht wie der Pastor in ihren Zimmern gelegen?

Er war bereits auf dem Weg zu den Leichen auf dem Rasen, als aus dem Kommandozelt der Klang einer wohlbekannten Stimme zu ihm herüberdrang. Sebastian Koss war eingetroffen.

Im Dezernat für Gewalt- und Sexualdelikte des größten Polizeireviers Norwegens gab es drei Götter. Der allmächtige Vater höchstselbst war Polizeipräsident Trond Anton Neme. Nicht dass er häufig öffentlich in Erscheinung trat; trotzdem schien er beständig über ihnen zu schweben und alles zu sehen. Mitunter ließ er die größten Schnitzer unkommentiert, schlug dann aber bei der kleinsten Unachtsamkeit zu.

Neme mochte es nicht, sich die Finger schmutzig zu machen. Dafür hatte er zwei Untertanen auserkoren – zum einen Synne Jørgensen. In ihrer blauen Uniform hatte sie sämtliche unteren Dienstgrade durchlaufen und stand inzwischen fast ganz oben auf der Karriereleiter.

Der andere war Sebastian Koss.

Der hochgewachsene Jurist machte keinen Hehl daraus, dass er der Polizei lediglich ein paar Jahre seines Lebens lieh. Seine Berufung schienen Macht, Geld und Einfluss zu sein. Sein Körper war durchtrainiert, er hatte fast schon buttergelbes glattes Haar, ein schmales, schier makelloses Gesicht – und einen messerscharfen Verstand. Sein Internet-Nickname lautete Legolas.

Zusammen ging das ungleiche Paar der hoch profilierten Arbeit nach, Morde, Gewaltakte und diverse andere von Bürgern und Besuchern Oslos begangene Boshaftigkeiten zu durchleuchten.

Einer Sache konnte sich Polizeipräsident Neme sicher sein. Die beiden Polizeidirektoren würden sich niemals gegen ihn zusammentun. Außerdem waren sie wie Yin und Yang. Superman und Lex Luthor.

»Jørgensen!«, dröhnte es tief und volltönend aus dem Zelt. »Was zur Hölle macht Fredrik Beier hier? Wir können verdammt noch mal an diesem Tatort keine tickende Zeitbombe brauchen. Ich dachte, ich hätte ihn hinter einem Schreibtisch in Grønland geparkt?«

Fredrik blieb in der Zeltöffnung stehen und durchbohrte Sebastian Koss' anzugbekleideten Rücken mit dem Blick. Mit zwei Sätzen hätte er ihn überwältigt.

»Damit eins klar ist«, fuhr Synne Koss aggressiv an, obwohl sie dem Mann gerade bis zur Brust reichte. »Fredrik ist meine Verantwortung. Er hat mein Vertrauen. Also hast du verdammt noch mal …«

Ein lautstarkes Räuspern ließ sie innehalten. Auch Andreas hatte wie die meisten Kollegen im Zelt Zuflucht gesucht, stand in der Ecke neben ein paar großen Thermoskannen und grinste schief in Richtung des hereinstapfenden Fredrik.

»Ich freue mich auch, Sie zu sehen, Koss«, brummte Fredrik finster.

Der Polizeidirektor antwortete mit einem Knurren.

»Na super«, murmelte Synne in sich hinein. »Alle

raus – Fredrik, du bleibst. Und Sebastian …« Sie sah ihn streng an.

Widerwillig trotteten die Kollegen an Fredrik vorbei hinaus in die Nacht. Nur Andreas begegnete seinem Blick. »Das Arschloch«, murmelte er gerade laut genug, dass Koss es hören konnte.

Fredrik und Koss ließen sich an einem abgewetzten Campingtisch nieder. Irgendjemand hatte einen Penis mitsamt Hoden in die Tischplatte geritzt. Fredrik zog mit dem Finger über die Furche und starrte ins Leere, während Synne großzügig Pulverkaffee in drei Becher schaufelte und kochendes Wasser aus einer Thermoskanne darübergoss, wohl wissend, dass Koss Tee bevorzugte.

»Du weißt, dass ich ihn vollkommen orientierungslos in einem unserer Vernehmungsräume über einen Mülleimer gekrümmt gefunden hab.« Koss schien regelrecht durch ihn hindurchzublicken. »Kapierst du das nicht, Synne? Die anderen zerreißen sich doch schon das Maul. Wir müssen jederzeit wissen, wo der andere steht. Und wir waren uns einig, dass wir Beier aus den großen Sachen raushalten, die … ihn aus der Bahn werfen könnten. Dem hat er zugestimmt, soweit ich mich erinnere.« Koss lehnte sich auf dem wackligen Stuhl zurück und verschränkte die Arme. »Wir können an einem Ort mit einem halben Dutzend Leichen niemanden brauchen, der instabil ist.«

»Du redest so verdammt viel Scheiße, Sebastian …« Synne schüttelte den Kopf. »Fredrik ist wieder gesundgeschrieben. Das weißt du genau.« Sie wandte sich an Fredrik. »Willst du etwas dazu sagen?«

»Du hast mich gebeten herzukommen. Ich bin gekommen. Ich hätte nichts einzuwenden gehabt gegen einen ruhigen Sommer« – er sah zu Koss hinüber – »hinter einem Schreibtisch in Grønland. Mit meinem Vermisstenfall. Das

Problem ist nur, dass die Frau und das Kind, nach denen ich suche, hier gewohnt haben. Insofern ist es in gewisser Weise zu meinem Fall *geworden.*«

Koss sah misstrauisch zu Synne hinüber, und sie nickte nachdrücklich.

»Solro ist Sitz von Gottes Licht, und Annette gehört dieser Glaubensgemeinschaft an.«

»Ihr meint die Tochter von KrF-Wetre? Verdammt.«

Zehn Minuten später trafen sich Fredrik und Andreas vor dem Zelt wieder. Grinsend berichtete Fredrik, wie ein leichenblasser Koss den Polizeipräsidenten angerufen hatte, um ihn davon in Kenntnis zu setzen, dass die Tochter und das Enkelkind einer der profiliertesten Politikerinnen des Landes spurlos verschwunden waren. Die Neuigkeit war nicht gerade auf Begeisterung gestoßen.

»Geschieht dem Idioten recht«, knurrte Andreas leise und steuerte auf das weiße Zelt in der Mitte des Grundstücks zu.

Darin knieten zwei Rechtsmediziner am Boden. Die Leiche mit dem zerfetzten Gesicht lag immer noch mit verdrehten Beinen wie ein zertretenes Uhrwerk da. Einer der Mediziner stand auf und kam auf sie zu.

»Zwei Männer, beide Mitte dreißig, erschossen aus verhältnismäßig kurzem Abstand mit einer automatischen Waffe. Einer von ihnen hat nur eine Kugel abgekriegt, der andere drei – und da ist noch nicht die Kugel eingerechnet, die ihm diesen *freien Geist* verschafft hat.«

»Verstehe.«

Über die Wortwahl ging Fredrik geflissentlich hinweg. Er beneidete die Kollegen nicht um ihren Job. Die beschisseneren Tage überlebten sie wahrscheinlich nur mit Galgenhumor. Er sah flüchtig zu den Leichen hinüber. Beide waren ohne Strümpfe in ihre Schuhe geschlüpft und trugen Jogginghose und T-Shirt. Körper und Kleidung waren triefnass.

»Aber das werdet ihr vermutlich interessant finden«, fuhr der Mediziner fort und nickte in Richtung zweier durchsichtiger Plastiktüten, die an der Zeltwand befestigt worden waren.

Die eine enthielt ein Pfefferspray, die andere eine Elektroschockpistole. Die stromführenden Projektile, die einen potenziellen Angreifer hätten unschädlich machen können, waren nicht ausgelöst worden. Fredrik und Andreas sahen einander an. Derlei Selbstverteidigungswaffen waren in Norwegen verboten. Warum in aller Welt hatten sich Mitglieder einer Glaubensgemeinschaft, die fernab des nächsten Ortes lebten, so etwas angeschafft?

8

»Fredrik Beier? Ist hier jemand namens Fredrik Beier?«

Die Zeltwand wurde zur Seite geschoben, und ein Mann mit runter Brille im weißen Overall der Spurensicherung steckte den Kopf herein.

»Das bin ich.«

»Kommen Sie mal mit.«

Der Techniker eilte über den Rasen auf die Scheunenzufahrt zu und blieb erst stehen, als sie in dem zweiten Zelt unmittelbar neben den beiden toten Körpern angekommen waren. Der Anblick war widerlich. Andreas rang nach Luft.

Der Mann vor ihnen lag mit dem Oberkörper quer über der Kante der Zufahrt… oder vielmehr nahm Fredrik an, dass es sich um einen Mann handelte. Nie zuvor hatte er einen derart übel zugerichteten Körper gesehen. Knochen, Haut und Gewebe waren regelrecht zerrissen. Der zerfetzte Kapuzenpullover schwamm förmlich in blutigem Brei. Von einem Gesicht war nichts mehr übrig.

»Mindestens zwanzig Treffer. Kurze Entfernung, automatische Waffe, hohes Aggressionspotenzial«, stellte der Techniker nüchtern fest.

Fredrik vermochte schier nicht, den Blick von dem malträtierten Körper abzuwenden.

»Herrgott …«

Dann schielte er verstohlen zu Andreas hinüber. Der Kollege stand blass da und starrte ebenfalls auf die Leiche hinab.

Unter dem Oberschenkel des Toten lag eingeklemmt eine zweite Elektroschockpistole. »Wurde die abgefeuert?«

Der Techniker zögerte.

»Ich bin mir nicht sicher. Wir sind noch nicht mit dem Fotografieren fertig.«

Fredrik ging neben den blutigen Beinen in die Hocke. Die Elektroschockpistole war abgefeuert worden. Er sah zu den beiden anderen hoch, während der Typ mit der Brille einen langen Schritt über die zweite Leiche hinweg machte.

»Kommen Sie mal mit rüber. Da ist noch etwas, was ich Ihnen zeigen will.«

Er sprang hinunter ins Unkraut neben der Scheunenzufahrt. Dann stemmte er mit beiden Händen ein Stück des Betonfundaments zur Seite. Die massiven Metallscharniere gaben keinen Ton von sich, als die schwere Konstruktion aufglitt. Die Luke war mit Steinen verkleidet, sodass sie entlang der Zufahrt kaum erkennbar gewesen war. Sie war vielleicht dreißig Zentimeter dick, beinahe einen Meter breit und mannshoch.

»Was zum Teufel ist das?«, fragte Andreas von oben herab, und der Techniker sah die beiden fragend an.

»Tja. Was zum Teufel ist das hier?«

Hinter der schweren Betontür befand sich eine weitere Tür. Aus glänzendem Stahl. Fredriks Blick begegnete seinem eigenen befremdlichen Spiegelbild. Der Stahl war makellos glatt, ohne jeden Kratzer. Statt einer Klinke befand sich in der Mitte der Tür eine Vertiefung im Metall. Darin blinkten auf einem kleinen Display sechs grüne Sterne.

»Ist sie offen?«

»Scheint so«, antwortete der Techniker.

Fredrik streifte sich Latexhandschuhe über. Nachdem nirgends irgendein Griff oder eine Klinke zu sehen war, versuchte er, die Tür mit der flachen Hand nach innen aufzuschieben. Sie rührte sich nicht. Womöglich …

Ein leichter Druck der Fingerspitzen auf die Vertiefung reichte aus. Jenseits der Stahltür stöhnte ein Kolben auf, und die Tür glitt sanft beiseite.

Der Raum dahinter war kreisförmig, knapp einen Meter im Durchmesser. Doch es gab keinen Boden. Stattdessen war an der weiß gestrichenen Betonwand eine Aluminiumleiter befestigt, die hinunter in die Dunkelheit führte. Darüber hing eine zerschmetterte Leuchtstoffröhre.

»Nimm die …«

Andreas reichte Fredrik eine Taschenlampe. Er leuchtete hinab in die Finsternis. Irgendwo dort unten meinte er, den Boden auszumachen.

»Ich geh runter.«

Fredrik steckte sich die Taschenlampe in den Mund. Nach einer Handvoll Sprossen hörte er nur mehr erstickte Geräusche von oben und den hellen Gesang, den die Metallleiter unter seinen Tritten von sich gab. Doch je weiter er hinabstieg, umso mehr änderte sich das Klangbild. Erst war es ein leises metallisches Dur, dann ein Klicken, das Quietschen komprimierter Luft. Die Sequenz wiederholte sich in einem Intervall von zehn, elf Sekunden. Noch ein paar Sprossen. Dann fester Boden unter den Füßen.

Intuitiv ging er in die Hocke. Nahm die Taschenlampe wieder in die Hand und leuchtete um sich herum. Es waren ungefähr sechs Meter hinauf zu den Gesichtern über ihm. Rechts von ihm befand sich eine Öffnung in der Betonwand, und dahinter führte ein schmaler Gang in die Dunkelheit. Von dort war die Geräuschsequenz gekommen.

Auf den Gedanken, dass dort der Keller einer Scheune lag, kam er gar nicht erst. Keine Spur von erdigem Geruch, Dünger oder Schimmel. Es roch vielmehr … klinisch. Wie in einem Krankenhaus. Die Luft war trocken. Es war mindestens zwanzig Grad warm.

Ehe er den Korridor betrat, schaltete er die Taschenlampe aus. Sie hätte ihn ansonsten womöglich zu einer Zielscheibe gemacht. Er musste darauf vertrauen, dass sich seine Augen an die Dunkelheit gewöhnten.

Nach zehn, zwölf Schritten beschrieb der Gang eine scharfe Kurve. Er lauschte auf Geräusche, spähte vorsichtig um die Ecke. Dahinter war es pechschwarz – mit Ausnahme eines senkrechten Lichtstreifens. Wie von einer angelehnten Tür.

Er wartete. Es schien fast, als würde das Licht dort hinten im Takt der Geräuschsequenz pulsieren. Die gerade Linie aus Licht wurde immer wieder kaum merklich unterbrochen. Fredrik fasste einen Entschluss. Er stürzte nach vorn.

Das Geräusch schien aus dem Gasdruckkolben des Schließsystems zu kommen. Der Mechanismus ächzte, weil irgendetwas ihn behinderte. Irgendetwas lag im Weg, ein Bündel … ein Mensch. Wieder und wieder schlug die schwere Metalltür, die nicht zugehen wollte, gegen einen blutigen Kopf.

Fredrik tastete vorsichtig hinter dem Türspalt herum und bekam schließlich eine schlaffe Schulter zu fassen. Zog mit aller Kraft und schleifte den Körper zu sich heran. Der Mechanismus seufzte erneut – und plötzlich herrschte Dunkelheit. Er lehnte sich ein Stück nach vorn, tastete herum und lauschte.

Verdammt!

Er knipste die Taschenlampe an und eilte zurück zur Leiter.

»Schickt sofort den Notarzt runter! Hier liegt ein Überlebender!«

9

Ohne ein Wort zu verlieren, machten sich die Sanitäter an die Arbeit. Zusammen mit zwei uniformierten Kollegen – jeder mit Maschinenpistole und Helm – bildeten Fredrik und Andreas einen Kreis um den reglosen Mann am Boden. Sie hatten ihre Taschenlampen auf die Hände der Sanitäter gerichtet.

Der Verletzte war nicht wie die anderen Opfer gekleidet. Die Opfer draußen waren barfuß in ihre Schuhe geschlüpft, schienen sich ihre Kleidungsstücke in aller Eile übergeworfen zu haben. Dieser hier hatte sich die Schnürsenkel zugebunden, trug eine Jeans mit festgezogenem Gürtel und einen dünnen Pullover mit V-Ausschnitt über einem Hemd. Womöglich war er noch wach gewesen, als die Täter auftauchten. Doch was hatte das zu bedeuten? Hatten sie einander gekannt?

Hinter dem gelb gekleideten Rücken des Rettungssanitäters konnte Fredrik den Kopf des Mannes nicht sehen. Doch während er dessen Luftwege offen gehalten und auf Hilfe gewartet hatte, hatte er ihn hinreichend betrachten können. Die Lider waren geschlossen, die Lippen leicht geöffnet und glänzend von rot-weißem Schaum. Die blonden Haare waren blutverschmiert. Lediglich ein leises, unregelmäßiges Gurgeln hatte ihm verraten, dass noch Leben in dem Körper war. Bei dem Gedanken, wie lange er so dagelegen haben musste, während die Metalltür Haut, Gewebe, Schädel deformiert hatte, wurde Fredrik schlecht.

Der menschliche Lebenswille war extrem. Das hatte er früher schon erlebt. Misshandelte Körper an blutigen Tatorten. Zusammengekauert und still hatten sie dagelegen wie Tote. Doch dann hatte sich ganz unverhofft und plötzlich offenbart, dass tief dort drinnen, im Innersten eines zusammengekrümmten Menschen, immer noch ein zartes Lichtlein gebrannt hatte.

Ob es wert war durchzuhalten?

Einigen dieser Menschen war er später wieder begegnet. Im Zeugenstand. In der Reha. Transplantierte Haut und Narben hatten davon gezeugt, wie der Körper langsam wieder zurechtgerückt worden war – mittels Stahldraht und Schrauben. Aber die Augen. Die leisen, unkontrollierten Stimmen. Das Zittern. Das verzweifelte Mitleid von Familie und Freunden. Das Sabbern, der Uringestank, der von den Windeln aufstieg. Keine Ahnung … Keine Ahnung, ob es das wert war. Keine Ahnung, ob es das wirklich wert war, so etwas zu überleben.

»Was glauben Sie?«

Fredrik versuchte, den Blick des Sanitäters aufzufangen,

während sie gemeinschaftlich die Gurte der Rolltrage festzogen. Er antwortete nicht. Stattdessen presste er die Lippen aufeinander und schüttelte den Kopf.

»Wir untersuchen den Rest des Raums. Bewaffnet – Anweisung von Synne.«

Andreas reichte ihm das Holster mit der halb automatischen Heckler & Koch. Der feste Kunststoff lag schwer in seiner Hand. Fredrik kontrollierte das Magazin und streifte sich eine schusssichere Weste über den Kopf. Er schwitzte. Bis jetzt war er nicht unruhig gewesen. Erst die Waffe hatte ihn nervös gemacht. Er mochte weder das Gewicht der Pistole am Oberschenkel noch das Gefühl, sie in den Händen zu halten. Und das Unbehagen machte ihn zu einem schlechten Schützen.

Er spürte Andreas' Blick auf sich. Den Psychologenblick. Jeden Moment würde der Kollege ihn fragen. Deshalb kam Fredrik ihm zuvor.

»Alles okay.«

Die beiden uniformierten Kollegen nahmen draußen auf dem Gang zu beiden Seiten der Tür Position ein. Schoben die Visiere vor die Gesichter und warteten auf sein Signal.

Er hörte lediglich ein schwaches Klicken, als die Tür ganz aufschwang. Das Licht von drinnen blendete. Unwillkürlich kniff er die Augen zusammen, ehe er sich dazu zwang, sie wieder aufzumachen. Die zwei Uniformierten waren bereits drinnen – leicht vorgebeugt waren sie mit angelegten Waffen an der Wand entlanggestürmt. Andreas stand inzwischen mit der Pistole im Anschlag in der Tür.

Der Raum hatte etwa die Größe eines Klassenzimmers. Wände und Decke waren in gleißendem Weiß gestrichen. Das Licht kam von zwei Reihen unverkleideter Leuchtstoffröhren unter der Decke. Auf dem grauen, blank polierten Linoleum am Boden zeichnete sich die Blutlache hinter der Tür gleich umso deutlicher ab. Entlang der Seitenwände standen Labortische mit Reagenzgläsern, Pipetten, Pinzetten, Plastikstativen und allerhand anderer wissenschaftlicher Ausrüstung. In den Schränken darüber standen Kolben, Gewichte, durchsichtige Plastikgefäße und noch mehr Reagenzgläser in Plastikständern. Unter die Tische waren mehrere Kühlschränke und Gaskartuschen geschoben worden.

Ein medizinisches Labor. Das Chaos deutete darauf hin, dass es durchsucht worden war. In der Rückwand des Raums war eine Tür angelehnt. Im Handumdrehen waren die Uniformierten hineingestürmt.

»Sauber!«, brüllte einer von ihnen.

Fredrik streifte die Weste wieder ab. Er hatte grässlichen Durst. Das Herz hämmerte in seiner Brust, und sein Atem ging kurz und schnell. Er schwitzte.

»Was zur Hölle ist das für ein Ort?«, fragte Andreas laut. »Hier haben sie jedenfalls keine Gebetskreise abgehalten.«

Fredrik bat die Polizisten darum, Synne zu informieren, dass sie ein weiteres Technikerteam bräuchten.

»Und jemanden, der sich mit Chemie auskennt. Jemanden, der mir verdammt noch mal erklären kann, was das hier ist!«

Er ging vor einem der Kühlschränke in die Hocke. Vorsichtig zog er die Tür auf. Leer. Er checkte den nächsten. Dann die anderen. Sie waren alle leer.

»Dies ist der Anschluss von Kari Lise Wetre von der Kristelig Folkeparti. Vielen Dank für Ihren Anruf. Ich kann ihn derzeit leider nicht entgegennehmen, aber wenn Sie mir eine Nachricht hinterlassen, dann melde ich mich gern zurück. Wenn es sich um eine Presseanfrage handeln sollte, können Sie sich auch an meine Sprecherin Tina Holten wenden. Einen schönen Tag!«

10

Gerhard Monsen presste die Handflächen aufeinander. Ließ den Blick durch den Konferenzsaal schweifen. Auffallend lange blieb er stumm.

»Politik«, begann er schließlich, »die Kunst des Möglichen.« Er zupfte am Revers seines straff sitzenden maßgeschneiderten Sakkos. Der schelmische Blick ließ ihn jünger wirken, als er tatsächlich war. »Ohne Ergebnisse ist Politik nichts weiter als eine Übung für Masochisten … und eine endlose Aneinanderreihung von Kanapees und bulgarischem Rotwein.«

Er erntete gedämpftes Lachen. An jedem der runden Tische saßen bis zu zehn Parlamentarier, Parteibonzen und -berater. Der Redner, der die Bühne jetzt verlassen und sich in ihrer Mitte postiert hatte, richtete sich an die Zuhörer am Tisch direkt vor ihm. Am Tisch der Parteivorsitzenden.

»Ich bin hier, um von alldem zu sprechen, was erforderlich sein wird … was von *euch* gefordert sein wird. Was gefordert werden wird, sobald sich erstmals in der Geschichte unserer Nation Politiker aus gleich vier bürgerlichen Parteien an einen Tisch setzen und diese Nation führen sollen. Gemeinsam. *Realpolitik* betreiben – das Gesetz der Schwerkraft hinsichtlich der Politik. Ihr werdet die Fähigkeit entwickeln müssen zu geben, um zu nehmen.« Nicht einmal die Rs verrieten auch nur den Hauch eines Akzents. »Eine Regierung, in der nicht alle Teile des Machtapparats dieses Gesetz anerkennen, wird sich langsam, aber stetig von innen heraus zersetzen.« Sein Verkäuferlächeln gab den Blick auf die kreideweißen Zähne frei. »Und am Ende wirft sie sich sterbend vor die Füße einer rachsüchtigen Opposition.« Pause. »Um bereitwillig in Stücke gehackt und verschlungen zu werden.«

Kari Lise Wetre betrachtete die Gesichter um sich herum. Acht Jahre lang waren *sie* die Aasgeier gewesen. Die Opposition. Und diversen Meinungsumfragen zufolge hatten sie einen guten Job gemacht. Das Regierungsskelett war annähernd zerrieben.

»Bis zu dem Tag, da wir die Regierung stellen, müssen die Unstimmigkeiten zwischen den vier Parteien ausgemerzt sein. Dem politischen Unkraut ist nämlich mit dem der Natur gemein, dass es selbst Asphalt zu sprengen vermag. Und das hält keine Regierung aus. Auch diese nicht.« Pause. »Und genau darüber möchte ich heute sprechen.«

Wie bei einem Tango machte er kehrt und schritt zurück auf die Bühne.

Der Tag, da wir die Regierung stellen …

Was, wenn sie tatsächlich die Wahl gewinnen würden? Dann wären es diese Menschen, mit denen zusammen sie das Land anführen müsste. Nein. Nicht anführen. Verändern. Das Land gemeinsam verändern.

Die Høyre würde den Ministerpräsidenten stellen, das war klar. Immerhin war sie die größte Partei.

Sie sah hinüber zu Simon Riebe. Der Parteivorsitzende der Høyre saß quasi am Tischende, sofern man einem runden Tisch ein Ende zuweisen mochte. Das aschgraue, glatte Haar rahmte fast schon staatsmännisch sein sonnengebräuntes Gesicht ein. Die Zähne, perfekt geradegerückt und gebleicht, leuchteten regelrecht über dem königsblauen Schlips. Der dunkle Anzug saß perfekt wie das Trikot eines Eisschnellläufers. Das war also der künftige Ministerpräsident des Landes.

Riebe zwinkerte ihr zu. Er verfügte über eine herausragende Fähigkeit zu spüren, wann er beobachtet wurde. Er kniff die Augen zusammen, ganz leicht, beinahe unanständig.

Die Kristelig Folkeparti würde darum kämpfen, dass ihre eigene Vorsitzende, Vibecke Fiskvik, Finanzministerin würde. Korpulent, leutselig und in ein knallenges Kostüm gepresst, sah sie neben Riebe aus wie ein japanischer Kugelfisch. Die Brüste ruhten auf der Tischplatte. Vibecke war im tiefsten westnorwegischen Fjordland aufgewachsen. Sie stand für die konservativsten Grundwerte der Partei. Wäre sie wirklich in der Lage, eine solche Rolle einzunehmen? Finanzministerin? Wetre zweifelte daran. Aber diesen Zweifel hütete sie wie ein Staatsgeheimnis. Kari Lise hatte den Kampf um die Führungsposition verloren. Die Partei hatte Vibecke gewollt. Und sie sollte ihre eigenen Fehler machen dürfen. Wenn die Zeit erst einmal reif wäre.

Der Redner, Gerhard Monsen, war eine Legende in seiner Partei. Im Ausland geboren, in Deutschland, glaubte sie, als Kind norwegischer Eltern aus der Mittelschicht. Hatte auf der Offiziersschule begonnen und Karriere in der Marine gemacht. Ende der Sechziger hatte er sein Blatt richtig ausgespielt, Anfang der Siebziger sein juristisches Staatsexamen abgelegt und war bereits zu diesem Zeitpunkt Reedereimillionär gewesen. Inzwischen galt er als steinreicher Philanthrop und war bekannt für seine großzügigen Geschenke. Der Høyre-Nachwuchs hatte seine Teilnahme an dem Seminar als »Happening« bezeichnet. Er stand vor ihnen als Veteran: als einer, der schon zum innersten Kreis gehört hatte, als die Høyre zuletzt das Land regiert hatte. Monsen war acht Jahre lang Abgeordneter, davon zwei Jahre Justizminister gewesen. Wetre konnte sich noch gut daran erinnern, wie er auf den Fluren des Parlaments immer über sie hinweggesehen hatte. Sie war damals junge Stabsberaterin gewesen. Er der *Exminister*.

Ein außergewöhnlich nettes Arschloch, wie ihr Mann immer sagte. Und genau das war er.

Jäh wurde sie aus den Gedanken gerissen, als jemand ihr auf die Schulter tippte. Es war Tina, ihre rechte Hand und Pressesprecherin.

»Sie müssen kommen.«

11

Furchtlosigkeit. Entschlossenheit. Die kalten Augen hinter der Sturmhaube glotzten sie unverwandt an. Dann schneite der Bildschirm ein und wurde schwarz.

Sie standen im innersten, dunkelsten Raum des Kellers auf Solro. Ein blinkendes rotes Licht über der Tür verriet ihnen, dass der Alarm ausgelöst worden war. Der Fußboden war mit geräuschdämpfendem Filz ausgelegt. Die Lüfter unter den Tischen summten. Es roch nach warmem Plastik und verbranntem Staub. Der Geruch von Technik. Auf dem Tisch standen vier Flachbildschirme, und jede Bildschirmansicht war in vier Bereiche eingeteilt: allesamt Aufnahmen der Überwachungskameras, die sie auf dem gesamten Grundstück installiert hatten.

Andreas hatte eine knappe Stunde gebraucht, um die Aufzeichnungen aus der Scheune zu finden.

»Gute Arbeit. Ich gebe Synne Bescheid«, sagte Fredrik und klopfte ihm auf die Schulter.

»Danke, Partner.«

Partner. Das waren sie. Fredrik Beier und Andreas Figueras.

In dem halbherzigen Versuch, die Politiker zu beschwichtigen, die immerzu schnelle Ergebnisse forderten, hatte Polizeipräsident Neme seine sogenannte »polizeieigene Guerillatruppe« ins Leben gerufen. »Kleine taktische Einheiten, die sich schnell und unbürokratisch von Fall zu Fall bewegen. Sie sollen sie unter die Lupe nehmen, und sie sollen sie lösen. Wir nennen sie *Aufklärungsteams.*« Der Name hatte sowohl bei Politikern als auch bei Journalisten gezündet, und das war schon die halbe Miete gewesen. Medienberichten zufolge bestanden die Teams aus »erfahrenen, verantwortungsvollen, erwachsenen Ermittlern« mit Polizistenherz, das selbstredend für die Einwohner ihrer Stadt schlug. Innerhalb der Behörde war indes allen nur zu klar, dass in Grønland in den Großraumbüros nicht ein Polizistentypus vorherrschte, sondern vielmehr drei: der Unfähige, der Unglückliche und derjenige, der in Ungnade gefallen war.

Andreas gehörte definitiv zur letzten Kategorie. Ein hart arbeitender Ermittler, einer der Besten im Vernehmungsraum und ein brillanter Analytiker, der die komplexen Fälle liebte. Allerdings war Andreas auch starrköpfig wie ein Priester und ein Mann, der seine sozialen Antennen nur bei Feierlichkeiten und Beerdigungen ausfuhr. Seine Karriere war erstarrt, tot, am Ende – wie eine Hure zwei Tage nach Silvester.

Fredrik hingegen zählte sich zu den Unglücklichen. Seine Schwäche waren die Panikattacken. Und jegliche Schwäche war tabu in einer von Testosteron angetriebenen Abteilung. Aber er hatte der Polizei gut gedient. Über viele Jahre. »Wir brauchen auch gute Ermittler«, hatte Synne zu ihm gesagt und das Mittagessen bezahlt. Was hätte er darauf erwidern sollen? Doch genau da hatte das Unglück seinen Lauf genommen. Um ihm die bittere Pille zu versüßen, hatten sie ihm die Wahl seines Partners überlassen. Und er hatte sich für Andreas entschieden: zwei alte Griesgrame, die Seite an Seite gestanden hatten, solange er sich erinnern konnte. Bei Morden, Entführungen, Misshandlungen, anderen Tragödien. Das Böse brachte einen langsam um. Aber zumindest lernte man auf dem Weg nach unten, wer seine Freunde waren.

Es hatte sich schnell gezeigt, dass die Sondereinsatztruppe des Polizeipräsidenten für die ganz großen Aufgaben nicht wirklich vorgesehen war. Stattdessen fand Fredrik sich an einem endlosen Fließband wieder, das ihm in einem fort Frauenschläger, Vergewaltiger und Kinderschänder bescherte. Fälle von brutaler Gewalt, in denen die Täter bekannt waren. Schlichte ebenso wie symbolträchtige Taten. Klare Fälle. Einfache Fälle. Fredrik hasste jeden einzelnen Tag, und Andreas teilte seinen Hass. Schließlich waren sie Ermittlungsbeamte, keine Sachbearbeiter.

Aber das war nun einmal bloß die eine Seite der Medaille. Es waren genau diese Fälle, die ihn einst erst zum Polizisten gemacht hatten. Er hatte den Opfern solcher Niederträchtigkeiten helfen wollen. Grün und blau geprügelten Kindern, zu Tode verängstigten Frauen. Inzwischen konnte er die Vorstellung, noch einen weiteren Tag damit zu verbringen, kaum mehr ertragen: wieder ein Vernehmungszimmer zu betreten, in dem ein Kind auf ihn wartete, das von jemandem im Stich gelassen worden war, der es nicht hätte im Stich lassen dürfen. Es verlangte ihm einfach zu viel ab. Es blieben jedes Mal zu viele Fragen. Zu viele Gefühle. Und zu allem Überfluss war auch er selbst jemand, der einen anderen im Stich gelassen hatte.

Doch dann dieses Massaker. Das würde er sich nicht wegnehmen lassen.

Aus dem Labor hörte er Synnes Stimme.

»... die Alarmzentrale oder wie immer wir es nennen wollen. Ich nehme an, er saß hier. Tufte.«

Neben Synne tauchte Sebastian Koss auf und bedachte die beiden Partner mit einem eiskalten Blick, den sie prompt erwiderten.

»Tufte?« Fredrik sah sie an.

»Laut Führerschein lautet so der Name des Verletzten. Ivar Tufte. Zweiundvierzig Jahre alt.« Ihr Blick fiel auf die Bildschirme. »Haben wir die Bilder?«

Sie zeigten ihnen den Videoclip. Die Kamera, die den Täter eingefangen hatte, hing über der Scheunentür. Die Sequenz dauerte kaum länger als sieben Sekunden. Eine dunkle Gestalt mit Sturmhaube und Automatikgewehr trat ins Bild, hielt inne und marschierte dann direkt auf die Linse zu. Sie war schlank und kräftig. Die Schultern hoben und senkten sich im Takt der Atmung. Ruhig. Der Blick zeugte von Entschlossenheit. Dann der Schimmer einer Spraydose – und nur mehr grauer Schnee.

Verdammt. Da war etwas in diesem Blick gewesen, schoss Fredrik durch den Kopf. Irgendwas Beunruhigendes. Etwas Unheilverkündendes. Vor Männern mit solchen Augen musste man sich in Acht nehmen.

»Sämtliche Kameras sind lokalisiert. Fünf befanden sich im Haus, drei in der Scheune und acht draußen rund um die Gebäude. Elf davon wurden zugesprüht«, erklärte Andreas.

Synne sah zwischen ihnen hin und her. »Wofür braucht eine kleine Glaubensgemeinschaft sechzehn Überwachungskameras? Und wie professionell ist diese Ausrüstung überhaupt? Wo hatten sie die her?«

»Die Kameras sind klein und verhältnismäßig teuer«, antwortete Andreas. »In der Branche ist so was Regalware, aber anhand der Produktionsnummern dürften wir den Verkäufer finden.«

Sebastian Koss starrte noch immer auf den grau verschneiten Bildschirm. Fredrik fragte sich, ob er das Gleiche gesehen hatte wie er selbst. Das Bedrohliche im Blick des Unbekannten.

»Aber es gibt keine Warnhinweise, oder? Kein Hinweisschild, dass das Gelände kameraüberwacht sei? Kein ›Zutritt verboten‹-Schild?«, erkundigte sich Koss und wandte sich von den Bildschirmen ab.

Der Gedanke war nicht von der Hand zu weisen. Leute, die in Ruhe gelassen werden wollten, stellten normalerweise Schilder auf. Das reichte in der Regel aus, um Neugierige auf Abstand zu halten. Hier jedoch waren die Kameras in Wände eingebaut und in Bäume gehängt und versteckt worden. Die Überwachung von Solro war dazu gedacht gewesen, irgendeine Form der Bedrohung rechtzeitig zu wittern. Eine Bedrohung, die offenbar so ernst gewesen war, dass Schilder keine Rolle gespielt hätten. Fredrik musste wieder an die Männer denken, die tot auf dem Rasen lagen. Sechzehn Überwachungskameras hatten ihren Tod nicht verhindern können.

Fredrik kehrte ins Labor zurück, das die Techniker regelrecht auf den Kopf stellten. Schwere Atemzüge verrieten, dass sie hart zu Werke gingen. Fredrik winkte den Mann heran, der den Einsatz leitete.

»Wir schicken alles zur Analyse, aber ich bin mir so gut wie sicher, dass wir hier nichts finden werden. Was immer wir in Augenschein genommen haben, war penibel gereinigt und sterilisiert. Hier findet sich kaum ein Staubkorn.«

Der Techniker nahm die Kapuze ab und wischte sich mit

einem Stück Küchenpapier den Schweiß vom Kinn. Dann faltete er das Papier neu zusammen und wischte sich über den Nacken. Fredrik sah ihn resigniert an.

»Was ich zumindest bis jetzt sagen kann, ist, dass es sich hierbei um ein Produktionslabor handelt. Hier wurde nicht experimentiert.« Er setzte sich und signalisierte Fredrik, den Stiefel auf das Fußteil seines Overalls zu setzen, damit er ihn sich abstreifen konnte.

»Was genau meinen Sie?«

»Hier steht kaum Literatur. Nirgends Notizen. Sämtliche Arbeitsplätze sind mit der gleichen Standardausrüstung ausgestattet. Hier hat keine Forschung stattgefunden.«

Als der Techniker sich aus dem Overall schälte, stieg schwerer, süßlicher Schweißgeruch auf.

»Das lässt folgende Annahme zu: Entweder war das Labor nicht in Gebrauch, oder aber diese Glaubensgemeinschaft hat hier mit irgendwas hantiert, was gesundheitsgefährdend war. Das würde zumindest die penible Reinigung erklären.«

Fredrik kratzte sich am Kopf. »Wenn das Labor nicht in Gebrauch war… Warum wurde es dann durchwühlt?«

Der Techniker nickte. »Meine Rede. Insofern würde ich darauf tippen, dass das Labor in Betrieb war und dass sich in diesen Kühlschränken irgendetwas befunden hat. Medizin vielleicht? Gifte? Drogen? Die Herstellung bestimmter Halluzinogene ist durchaus gefährlich, wenn man nicht ganz genau weiß, was man tut.« Er hob die Hände. »Aber was immer es auch war – entweder haben die Laboranten das Material vor dem Angriff in Sicherheit gebracht. Oder es wurde gestohlen.«

»Die Laboranten…«, sagte er langsam.

»Mindestens ein Mitglied der Glaubensgemeinschaft war Laborantin. Annette Wetre.«

Auf der Scheunentreppe schlug ihm graues Dämmerlicht entgegen. Ein dumpfer Kopfschmerz verhieß ihm, dass seine Akkus bald leer sein würden.

Im Kommandozelt warteten Synne und Andreas schon auf ihn. Andreas reichte ihm einen Kaffeebecher, und Fredrik hielt ihn an die Lippen und pustete. Feuchter Dampf schlug sich auf seinen Brillengläsern nieder. Wie durch Nebel betrachtete er den jüngsten Zugang zu der Einsatztruppe, eine sommersprossige Polizistin, die die vergangenen Stunden damit zugebracht hatte, die Nachbarschaft abzuklappern. Sie fummelte an ihrem Papierbecher herum und lächelte verlegen, als sie bemerkte, dass Fredrik sie ansah.

»Und haben sie was sagen können? *Gibt* es hier überhaupt Nachbarn?«

»Es gibt ein paar Wohnhäuser entlang der Hauptstraße. Familien mit Kindern. Außerdem liegt nördlich von Solro ein kleiner Hof – man muss nur den Wald durchqueren. Dort wohnt ein älteres Ehepaar.« Sie zeigte vage in die Richtung. »Das Ehepaar hat ausgesagt, dass sich die Gemeinde hier schon vor mehreren Jahren niedergelassen hat, aber den Kontakt haben sie nie gesucht. Ihrer Einschätzung nach haben hier zwischen zwanzig und dreißig Personen gelebt, junge Leute, meinten sie. Auch einige Kinder.«

»Verdammt«, sagte Synne matt.

»Eltern und Kinder. Wo zur Hölle sind sie?«

12

Der Regen hatte bereits tiefe Furchen gezogen, und seine Fahrradreifen wühlten sich durch den glitschigen Kies. Auf der letzten Anhöhe von Kjelsås zum Kjærlighetsberget gab er auf und stieg ab. Er atmete schwer, und sein Herz raste. Vom Waldrand kroch der süße Duft feuchter Erde herüber, und über der Anhöhe vor ihm hingen dunkelgraue Wolken. Er war nass bis auf die Knochen, schlecht gelaunt und fror.

Als er endlich oben angekommen war, lehnte TV2-Journalist Jørgen Mostu das Fahrrad gegen die Parkbank, blickte auf die nasse Sitzfläche hinab und blieb lieber stehen. Sie hatten sich um sechs verabredet. Jetzt war es fünf nach. Jørgen ließ den Blick über das Maridalsvannet ein Stück unter ihm wandern. Am Ufer rissen sich graue Schemen aus der Nebeldecke und schwebten wie verirrte Lämmer über den See. Bei Frysja lösten sie sich wieder auf.

Er musste die ganze Zeit schon dort gestanden haben, doch in der dunklen Trainingskleidung – Softshelljacke und Laufhose – war er zwischen den Baumstämmen nahezu unsichtbar. Jørgen wurde erst auf ihn aufmerksam, als er auf das Plateau hinaustrat. Er war groß, und in der Hand hielt er einen Rucksack. Beeindruckend, wie durchtrainiert er für sein Alter war.

»Tut mir leid, dass wir uns nicht eher treffen konnten«, sagte er. »Ich saß in einer Besprechung.«

Jørgen räusperte sich. »Ich bin nicht gerade der Typ, der bei diesem Wetter eine Fahrradtour macht. Meine Frau glaubt, ich hätte mir eine Geliebte zugelegt«, antwortete er und rieb sich den runden Bauch.

Der dunkel Gekleidete lächelte freudlos. »Hoffen wir

einfach, dass Sie gleich der Meinung sein werden, dass es das wert war«, antwortete er und machte den Rucksack auf.

»Kennen Sie Annette Wetre?«

Jørgen schüttelte den Kopf.

»Spielt keine Rolle. Sie kennen die Mutter, Kari Lise Wetre.« Der Mann warf ihm einen vielsagenden Blick zu. »Auf diesem Stick finden Sie zwei Fotos. Das eine zeigt Annette Wetre. Das andere Mohammed Khaled Omar.«

Jørgen sah ihn stirnrunzelnd an. Wer *das* war, wusste er wiederum.

»Mohammed Khaled Omar wurde zur Fahndung ausgeschrieben. Er soll mit der Ermordung von fünf Personen auf einem Hof namens Solro in Verbindung stehen, gar nicht weit von hier entfernt«, sagte der Mann und nickte in die Richtung. »Auf Solro wohnt eine Glaubensgemeinschaft namens Gottes Licht. Annette Wetre ist Mitglied der Gemeinde.«

Jørgen starrte ihn ungläubig an.

»Du lieber Himmel. Dann ist … Annette Wetre … Ist sie tot?«

»Sie wird vermisst.«

Der Mann machte ein paar Schritte auf den Waldweg zu. »Schaffen wir es in die Einundzwanzig-Uhr-Nachrichten?«

13

Wien, April 1937

Er hatte sie nie geschlagen. Jetzt schlug er sie: diejenige, die er neun Jahre lang geliebt hatte. Er schlug sie mit der flachen Hand und aller Kraft, die er aufbringen konnte.

Das Klatschen wurde vom Lärm der Straßenhändlerkarren übertönt, von den Pferdehufen auf den Pflastersteinen draußen auf der Mahlerstraße. Von der Annakirche her verstummten die Glocken. In der kleinen Wohnung roch es nach Seife.

»Elsa, was hast du getan?«

An seiner Aussprache war er kaum mehr von der hiesigen Bevölkerung zu unterscheiden. Der junge Norweger lauschte dem Klang seiner eigenen Stimme, während sich die zierliche Frau mit dem eingefallenen Bauch wieder aufrichtete. Elsa Schraders Wange war feuerrot. Sie klang abwesend, als würde eine Wand zwischen ihnen stehen.

»Der Professor wusste, dass du so reagieren würdest. Aber es war meine Entscheidung. Es war mein Kind.«

»Es war *unser* Kind.«

»Das *war* kein Kind.«

Sie stieß den Koffer vom Bett, und seine Sachen flogen quer über den Boden. Die Kleidung. Die Bücher, für die er Platz gefunden hatte. Die Schuhe, das Rasierzeug und der Kamm. Der Kamm... Er ließ sich auf die Knie fallen. Schleuderte die Sachen zurück in den Koffer. Starrte sie hasserfüllt an. Hasserfüllt, wie der Verratene seinen Verräter hasst. Die Frau, die ihm versprochen hatte, immer für ihn da zu sein, hatte ihn im Stich gelassen.

»Ich habe eine Missgeburt zur Welt gebracht, Kolbein. Sie hat es jetzt besser.«

Elsa starrte abweisend zu Boden. Bis er sich den Koffer schnappte und ging.

Es war keine einfache Geburt gewesen. Die Hebamme und der Arzt hatten noch gesagt, sie verstünden nicht, warum das Kleine auf sich warten ließ. Stundenlang hatte er in dem nach Äther stinkenden Wartezimmer gesessen. Krankenschwestern waren hin- und hergelaufen. Hatten ihn beruhigt. Stets mit dem größten Respekt. Immerhin waren sie beide hoch angesehene Akademiker. Und sie arbeiteten für *ihn*, für den renommierten Professor Elias Brinch.

Die sanfte Wärme der Babyhaut konnte er noch immer in den Fingerspitzen spüren. Er erinnerte sich noch an den Duft des neugeborenen Körpers. Die Fieberschreie nach der Brust der Mutter hallten immer noch in seinen Ohren nach. Aber Elsa war erbarmungslos gewesen. Seit sie den ersten Blick in das kleine Bettchen geworfen hatte, auf den verwachsenen Kopf und die schmächtigen Gliedmaßen. Das riesige Geschlechtsorgan.

»Warum konnte sie nicht einfach tot sein? Warum lebt sie?«, hatte Elsa geweint.

Die Wagen klackerten über die Schienen. Die Frühlingsluft, die durch den Fensterspalt hereindrang, roch nach Dünger und frisch gepflügter Erde. Er sah grobschlächtige Bauern zwischen den Weinranken stehen, staubbedeckte Männer am Straßenrand mit Zigaretten in den Mundwinkeln. An den Bahnhöfen standen Frauen und lachten aufgeregt, fast schon exaltiert, weil sie auf Reisen gingen. Als wäre die Welt ausschließlich gut.

Dabei braute sich über Europa ein Sturm zusammen. Im bäuerlichen Norwegen gab es keinen Platz mehr für einen wie ihn. Also musste es London sein.

14

London, Februar 1943

Der Winternebel war klebrig, die Umgebung wirkte regelrecht gedämpft. Kolbein Ihme Monsen hastete den Gehweg entlang. Zwischen ihm und der Kellerwohnung in Ridgmount Gardens lagen noch immer unzählige dunkle Straßen – doch es bestand kein Zweifel mehr. Jemand folgte ihm.

Allmählich machte sich Verzweiflung in ihm breit. Und es war nicht das erste Mal. Die Angst hatte früher schon an ihm gezehrt. Die Risse, die sie hinterlassen hatte, waren tief. Einmal war er einfach panisch losgerannt, bis er kaum mehr Luft bekommen hatte. Ein anderes Mal hatte er sich vor den blendenden Fenstern der Millionenstadt in der Dunkelheit versteckt. Zuletzt war er einfach stehen geblieben, mitten in der Londoner Nacht. Hatte sich eingebildet, nur so seine Gespenster konfrontieren zu können. Denn es gab keinen Verfolger. Warum sollte ihm auch jemand folgen? Es wusste doch niemand…

Doch heute Abend zitterte er wieder. Diesmal fühlte es sich anders an. Er war sich sicher, er war sich nahezu ganz sicher, dass er dieses Mal nicht falschlag. Jemand folgte ihm.

Er steckte die Hand tief in die Tasche der verblichenen Jacke und umklammerte den Knochenschaft. Drückte so fest zu, dass sich die Gravur auf seinem Handballen abzeichnete. Seine Initialen. Wäre es nur ein Messer und nicht dieses alberne Examensgeschenk seines Vaters! Ein *Kamm*. Er beschleunigte das Tempo.

Die Abendvorlesung hatte im Galapagos-Auditorium der Naturwissenschaftlichen Fakultät von Birkbeck stattgefunden. Obwohl sie Kollegen waren, hatte Kolbein nie mit dem alten Professor gesprochen, der auf dem Podium gestanden hatte.

Nein, warum sollte einer der meistbejubelten Wissenschaftler auch Zeit auf einen wie ihn verschwenden? Auf einen lumpigen Magister aus der verschlafenen Abteilung für reptile Amnioten? Ab und an grübelte er darüber nach, welche Art von Reptil er selbst war. Eine Echse vielleicht. In Wien war er wie eine australische Kragenechse herumstolziert. Angeberisch, augenfällig, selbstsicher. Aber hier war er allein. Hier galt es, mit dem Hintergrund zu verschmelzen. Wie ein Chamäleon. Niemand durfte von seiner Vergangenheit erfahren. Niemand durfte es wissen. Das würde ihn vernichten, und zwar diesmal endgültig.

Hätte der Professor auch nur geahnt, wer dort in der letzten Reihe im Galapagos-Auditorium saß, hätte er sich womöglich geehrt gefühlt. Der alternde Brite war selbst bis vor Kurzem Rassenbiologe gewesen. Aber so titulierte man sich nicht mehr. Der Prophet des Professors war Charles Darwin gewesen, und er hatte seit Jahren gepredigt, der Darwinismus gelte nicht nur für einzellige Organismen, Pflanzen und Tiere. Darwin hatte schließlich nachgewiesen, dass Rassen sich veränderten. Auseinandersetzungen führten. Eigenarten entwickelten. Und selbstverständlich galt dies auch für die humanen Rassen. Insofern war es doch nur naturgemäß, dass eine Rasse – die am besten angepasste, intellektuell und sozial am weitesten entwickelte, die arische Rasse – dazu auserkoren war, über andere zu herrschen. Alles andere hätte bedeutet, der Evolution zu spotten.

Es war während dieser Vorlesung, da Kolbein die Angst wieder verspürt hatte. Ihre Blicke waren sich begegnet, und der alte Professor hatte für einen Moment innegehalten. Als hätte er ihn wiedererkannt, von einem Foto, einem

Artikel oder vielleicht auch von einem der unzähligen Symposien, bei denen sich Fachleute wie sie begegneten. Dann hatte er wieder weggesehen, und in Kolbein war ein vages Gefühl von Unbehagen zurückgeblieben. Ein Gefühl, gesehen worden zu sein.

Er eilte die Stufen zu der Kellerwohnung hinab. Fummelte in der Tasche nach dem Schlüssel. Als der Schlüssel endlich ins Schloss glitt, erstarrte er. Eine große Gestalt am oberen Ende der Treppe warf einen langen, dunklen Schatten.

15

London, Februar 1943

»Wir müssen reden«, flüsterte eine tiefe Stimme.

»Du!«

»Ja, endlich«, antwortete der Mann.

Von Ridgmount Gardens aus spazierten sie schweigend durch den Hyde Park. Kolbein musste sich anstrengen, um mit der beinahe zwei Meter großen Gestalt neben ihm Schritt zu halten. Im wohlhabenden Kensington machten sie vor einem edwardianischen Backsteinhaus Halt, der Mann vergewisserte sich, dass sie allein waren, bevor er die Tür öffnete.

In der weiß getünchten Küche setzte sich der Norweger auf eine Pritsche.

»Den brauchen wir jetzt«, sagte der andere.

Er zog die Gardinen vor und streckte sich. Die maßgeschneiderte, aber mittlerweile verschlissene Baumwollhose spannte. Es klirrte. Glenlivet. Single Malt.

»Sie haben dich im Visier, Kolbein.«

Der schottische Akzent war immer noch genauso ausgeprägt, wie er ihn in Erinnerung hatte. Dann hatte er also doch nicht den Verstand verloren. Er *war* verfolgt worden.

»Sie... Die Behörden? Was ist mit dir?«

John Monkland Acton sah ihn nachdenklich an. Dann stellte er zwei Milchgläser auf die rot-weiß karierte Tischdecke, zog den Korken aus der Flasche und goss jeweils zwei Fingerbreit Whisky ein. Er sagte kein Wort. Grinste nur. Also stimmte es. Kolbein hätte nicht sagen können, wie oft Elias Brinch John in Rage beschuldigt hatte, für die Briten zu spionieren. John hatte es jedes Mal abgestritten. »Meine Loyalität gilt der Wissenschaft. Dir und der Wissenschaft«, hatte er immer wieder versichert.

»Ich hab gehört, du bezeichnest dich jetzt als Magister. Magister worin, wenn ich fragen darf?«

Kolbein holte den Kamm hervor, klappte ihn auf und rückte die dunkelblonden Haare zurecht. Dann nahm er einen Schluck und lehnte sich zurück. Ließ sich vom Alkohol einlullen.

»Reptile Amnioten«, antwortete er leise. »Echsen und so«, fügte er hinzu, auch wenn John selbstverständlich wusste, wovon er sprach.

Das war nicht mal gelogen. Er hatte einen alten Magistergrad. Seinen ersten. Vom Studium, damals, am Bergen-Museum.

Der große Mann starrte ihn ungläubig an. »Also, du... hast einfach alles zurückgelassen? Ein Mann mit deinem Talent! Deinem Ruf!«

»Wien ist ein abgeschlossenes Kapitel«, sagte Kolbein und leerte das Glas.

John schenkte ihm nach.

»Es ist dort zu dunkel für mich geworden. Ich hab ein

neues Land gebraucht. Eine neue Stadt. Keine Gespenster mehr. Keine Geschichte.«

Der Schotte sah ihn unverwandt an. »Und hat es funktioniert? Der Neustart?«

Kolbein schnaubte.

John hatte Wien kurz nach ihm verlassen. Als der Krieg ausbrach, war er Kryptoanalytiker beim britischen Auslandsgeheimdienst MI6 geworden.

»Ich arbeite gerade an einem Geheimprojekt. Darf nicht darüber sprechen. Nicht darüber, was wir tun, nicht darüber, mit wem wir zusammenarbeiten. Wir sind auf eine Militärbasis versetzt worden und haben kaum Urlaub. Ich bin nur hier, weil sie glauben, dass ich meine schwangere Schwester besuche. Aber nicht mal meine Familie weiß, was ich treibe.« John sah ihn direkt an. »Ich musste erst sicherstellen, dass dir niemand folgt. Und ich musste sicherstellen, dass *mir* niemand folgt. Erst danach konnte ich Kontakt aufnehmen. Ein Mann in meiner Position landet vor dem Militärgericht, wenn er auch nur einen Blick mit einem wie dir wechselt.«

Die Worte brannten sich in sein Gehirn. *Einem wie dir…* Als verabscheute er Elias Brinch nicht ohnehin – tiefer, intensiver, als es irgendeinem selbstgefälligen Briten je möglich gewesen wäre. Doch dies war nur eine weitere Bestätigung dafür, dass er sich richtig entschieden hatte, als er beschloss, seine Vergangenheit für sich zu behalten. Es würde ohnehin niemand verstehen.

Der Schotte machte eine lange Pause, bevor er fortfuhr. »Unsere Aufgabe besteht darin, verschlüsselte Meldungen aus Deutschland zu dechiffrieren. Und aus Gründen, über die ich nicht sprechen darf, sind wir genau darin verdammt gut.«

Er prahlte nicht. Er klang vielmehr traurig. Es hatte ihm einiges abverlangt, die Worte überhaupt laut auszusprechen. Gegenüber einem Außenstehenden. Kolbein fragte sich, warum er sich ihm anvertraute.

Als hätte John seine Gedanken gelesen, hob er die Hände. »Warte kurz.« Er ging zur Tür und nahm einen dicken Umschlag, der dort auf einem Koffer gelegen hatte. »Erinnerst du dich noch?«

Der Umschlag enthielt einen Messingrahmen in der Größe eines Buchs. Das Glas war staubbedeckt. Unter der Schwarz-Weiß-Fotografie stand auf dem schmalen Passepartout in schnörkeliger Schrift geschrieben: »Wien 1931«.

Kolbein fuhr mit dem Zeigefinger über die Gesichter. Er brauchte sie nicht erst zu zählen, er wusste genau, dass es acht waren. Sieben Studenten und ein Professor, die vor den großen Bogenfenstern am Haupteingang der Wiener Universität posierten. Von Heinrich von Ferstel entworfen, 1884 fertiggestellt.

Ganz links hinten stand der Schwede. Ulf Plantenstedt. Nach hinten gekämmte dunkle Haare, schwarz gestreifter Anzug, Ansatz zum Doppelkinn. Neben ihm stand Thomas, der Österreicher und Mathematiker, mit Knebelbart und Mittelscheitel. Die Pfeife hing wie üblich arrogant im Mundwinkel. Dann Kolbein selbst, mit ordentlich gekämmtem Haar und frisch rasierten Wangen. Er sah glücklich aus. Auch in seinem Gesicht blitzte ein Fünkchen Arroganz, musste er einräumen.

»Lange her«, sagte Kolbein nachdenklich.

»Im April sind es zwölf Jahre.«

Neben Kolbein stand John selbst: einen Kopf größer als die anderen, mit widerspenstigen Locken unter einem dunklen Fedora, wie ihn auch die Gangster in Chicago trugen. Kantiges Gesicht, ruhige Ausstrahlung.

Der Letzte in der hinteren Reihe war Sigmund, der Chemiker mit den feinen, dunklen Locken und der runden Brille. Der Einzige, der den Laborkittel angelassen hatte.

»Irgendwas gehört?«, fragte Kolbein und tippte auf die Brust des Juden in der vorderen Reihe.

John schüttelte den Kopf. »Keine Ahnung, aber ich hab Angst. Auch um Ljubow. Nach allem, was man hört, liegt Kiew in Trümmern.«

Die kräftige Russin mit dem Pferdegesicht saß ganz rechts. Sie hatte das helle Haar zu einem Pagenkopf gestutzt. Unter dem unförmigen Kleid schauten zwei dicke Knöchel hervor. Und neben ihr saß er. Der Professor. Elias Brinch.

Kolbein schluckte schwer.

Brinch saß im Mittelpunkt. Lodernder, intensiver Blick. Leicht nach vorn gelehnt. Der Mann war tadellos gekleidet – in eine karierte Wolljacke, die nach Lentheric-Rasierwasser roch, wie sich Kolbein erinnerte. Er hielt ein Diplom in beiden Händen. »Herzog-Rudolf-IV.-Preis für herausragende Forschung. 1931. Professor Elias Brinch.« Der Professor war vielleicht Ende dreißig, die anderen waren jünger.

Die linke Hand des Professors ruhte neben seinem Oberschenkel, direkt neben der Hand seiner zweiten Nachbarin. Doch selbst wenn man ganz genau hinschaute, was Kolbein unzählige Male getan hatte, war es unmöglich auszumachen, ob sie einander berührten. Es war Elsas Hand. Mit geradem Rücken und sittsam aneinandergedrückten Knien posierte sie an der Seite ihres Lehrmeisters. In ihrem Blick lag Selbstsicherheit, sogar ein wenig Koketterie. Das lange Haar hatte sie sich in ihrem schlanken, wohlriechenden Nacken zusammengebunden. Lediglich eine einzige Strähne hatte sich gelöst und fiel über den Ärmel des Kleids, das sie an jenem Tag gewählt hatte. Das Gesicht war schmal, blass, die Nase klein, die Lippen voll. Warm. Das war sie immer gewesen. Das seitlich einfallende Licht sorgte dafür, dass ihre Brüste einen diskreten Schatten warfen. Sie war so schön, wie Ljubow unansehnlich war.

Über ihre Köpfe stand in filigraner Tintenschrift geschrieben: »Die Wiener Bruderschaft besteht! Ewiges Leben! Ewige Ehre! Dein Freund Elias.«

»Die Wiener Bruderschaft«, flüsterte Kolbein.

Er fühlte sich, als stünde er von Angesicht zu Angesicht einem Gespenst gegenüber.

16

London, Februar 1943

Soweit Kolbein es beurteilen konnte, war John Monkland Acton ein Genie. Er war in Professor Brinchs Bruderschaft aufgenommen worden, um der modernen Rassenforschung mit validen Berechnungen, statistischen Herleitungen und Prognosen zu begegnen. Kolbein war nie ein großer Bewunderer gewesen; dafür war der Schotte aus der Oberschicht viel zu egozentrisch. Egozentrisch und selbstsicher. Er hatte ihn eher gefürchtet, erkannte Kolbein jetzt. Gefürchtet, dass der Mathematiker mit den breiten Schultern und der scharfen Zunge ihr nachstellen könnte. Ihm Elsa wegnehmen könnte. Doch dann war die Bedrohung aus einer anderen Richtung gekommen.

»In die Nachrichten, die wir entschlüsseln, fließen manchmal private Mitteilungen ein«, sagte John und starrte ihn an. »›Gretel wieder krank. Vermisse Vater.‹ So was in der Art. Dabei kann es sich durchaus um Chiffres handeln, um Codenamen für Agenten und Aktionen. Aber oftmals sind die Meldungen nichts weiter als das, was sie aussagen: Mitteilungen von zu Hause. Vor einer Weile hab ich eine solche Nachricht auf den Tisch bekommen.« Er fuhr in akzentfreiem Deutsch fort: »›Liebster E. Ich bin so stolz! Arbeit intensiviert. Ergebnisse werden fortlaufend geschickt. Die Bruderschaft lebt. Wärmste Gedanken für dich und Klein EG. E.‹«

Kolbein wusste, dass John versuchte, seine Reaktion zu deuten.

»Abgeschickt am 12. Oktober 1942 vom Militärkommando Südnorwegen an eine Station in Heidelberg.«

Stumm wartete Kolbein auf die Fortsetzung. Er fummelte an seinem Kamm herum, strich mit den Fingern über die dünnen Elfenbeinzinken. Sie klangen wie eine Harfe.

»Erst habe ich der Nachricht keinerlei Bedeutung beigemessen. Aber später in der Baracke hat es Klick gemacht. Die Bruderschaft. Die Abkürzungen. E und E. Und EG. Elias und Elsa. Und Klein EG.«

Johns Blick ruhte unverwandt auf ihm.

»Elsa wurde …«

John räusperte sich. »Elsa wurde erneut schwanger. Nicht lange, nachdem du Wien verlassen hattest. Sie und der Professor haben ein gemeinsames Kind bekommen. Einen Sohn.«

Einen Sohn. Jetzt hatte die Finsternis vollends ihre giftigen Zähne in ihn geschlagen. Der Biss des Komodowarans. Die Muskeln in seinen Schultern, Armen und Fingern verkrampften sich, die Sehnen im Nacken spannten sich an, und er spürte, wie sich sein Gesicht unwillkürlich zu einer Fratze verzog. Unter seinen Fingern brachen mehrere Zinken des Kamms und rasselten auf die Tischplatte.

»Ich wusste, dass sie wieder ein Kind erwartete«, erklärte er müde. »Sie hat mir geschrieben. Ein Junge also? Und gesund?«

John räusperte sich erneut. »Ich denke ja. Er kam zur selben Zeit zur Welt, als die Bruderschaft zerbrach. Ich hab ihn nur ein Mal gesehen.«

»Und … hat sie irgendwann ihr erstes Kind erwähnt? Unser Kind?«

John starrte auf die Tischdecke.

»Gott allein weiß, wie sehr ich diesen Mann hasse«, flüsterte Kolbein. Er holte tief Luft. Hob den Blick. Das bedeutete also … »Brinch und Elsa haben die Arbeit der Wiener Bruderschaft wieder aufgenommen?«

John nickte. »Ich habe noch drei weitere Meldungen gefunden.«

Er wies auf den Umschlag, in dem die Fotografie gelegen hatte. Das Papier war dünn und knisterte, als Kolbein die Unterlagen auf dem Tisch ausbreitete. Alle trugen den Stempel »TOP SECRET«.

»Das ist die erste. Verschickt am 2. Juni 1941 – vor anderthalb Jahren.« Er wies auf eins der dünnen Blätter. »›Bin zutiefst dankbar. Freue mich auf ein Treffen. Umfassende Gedanken und Vorschläge. E.‹ Und aus demselben Jahr, vom 5. September: ›Erster Transport mit dem Zug angekommen. Griechenland wirkt vielversprechend. Testergebnis wie erwartet. E.‹« John zeigte auf den letzten Zettel. »Und zwischen Weihnachten und Neujahr kam das: ›Locusta. E24G554. E.‹«

»Locusta«, wiederholte Kolbein leise.

»Locusta. Und deshalb eilt es. Deshalb hab ich dich kontaktiert.«

17

»Pakistaner, Somalier, Afghanen, Schweden und Polen. Was ist all diesen Kulturen gemein? Sie wollen ihren eigenen verdammten Scheiß im Fernsehen sehen.«

Auf einer der Veranden im Wohnblock gegenüber der Polizeizentrale am Åkebergveien im Stadtteil Grønland war eine neue Parabolantenne aufgetaucht. Inzwischen waren neun von zehn Balkonen mit so einem Riesenteller geschmückt. Ausgerichtet auf südlichere Gefilde. Der Prozentsatz war auf fünfundvierzig angestiegen. Von allen Statistiken über Einwanderer die korrekteste, fand Andreas.

Fredrik stand allein in einem der Besprechungsräume im sechsten Stock. Mürrisch, weil er Antennen zählte, Prozentsätze errechnete und an Andreas dachte. Selbst der Schlaf der vergangenen Nacht hatte nach den Stunden auf Solro seine Schmerzen nicht zu vertreiben vermocht. Er streckte sich, nahm die schwere Brille von der Nase und atmete die warme, frische Sommerluft ein, die gerade so durch den Spalt der wegen Selbstmordgefahr gesicherten Fenster hindurchdrang.

Im Lauf der Nacht hatte es aufgehört zu regnen. Stattdessen zogen jetzt weiße Sommerwolken über den Himmel. Für gewöhnlich reihten sich zu dieser Tageszeit Autos dicht an dicht auf dem Grønlandsleiret und warteten auf Grün. Heute nicht. Nicht in der letzten Woche vor den Sommerferien. Ein paar Pkw rollten träge an einem sportlich gekleideten Radfahrer vorbei. Zwei junge Mädchen mit blassen Schenkeln schlenderten den Bürgersteig entlang.

Er hörte Sebastian Koss' Bariton bereits, ehe der Mann hinter ihm in der Tür auftauchte.

»… und was die Medien daraus machen, bleibt abzuwarten. Fünf Ermordete. Eine ganze verfluchte Glaubensgemeinschaft spurlos verschwunden. Da ist die Islamistenspur doch verdammt spannend.«

Am Wort »verdammt« hätte er sich beinahe verschluckt.

Dann hielt er inne.

»Da, unser Beier, ja. Wie erwähnt.« Koss machte einen Schritt zur Seite und meinte, dem Mann hinter sich unbemerkt zuzwinkern zu können. Einem klein gewachsenen Kerl mit Locken und wild wuchernden Augenbrauen. Entschlossen stampfte er ins Zimmer.

Fredrik nahm einen verschwitzten, festen Handschlag entgegen. Um den Hals des Mannes baumelte eine Chipkarte mit Staatswappen und den drei Buchstaben PST.

»Samir Bikfaya. Innere Sicherheit.«

Er sprach in einem Staccato und mit einem eigenartigen Tonfall, der sofort verriet, dass Norwegisch nicht seine Muttersprache war. Nach dem Aussehen zu urteilen stammte er ursprünglich aus der östlichen Mittelmeerregion.

»Angenehm«, murmelte Fredrik ohne jeden Enthusiasmus. Dann hob er den Blick. Eine weitere Person hatte den Raum betreten, eine schlanke junge Frau. Sie reichte Koss gerade bis zur Schulter. Ihr Hautton war eher beige denn braun, und ein Seitenscheitel teilte das schwarze, volle Haar. Sie hatte ein breites Gesicht mit runden Wangenknochen, das Kinn war schmal und definiert. Die Augen waren groß wie Kronenmünzen. Pakistan oder Indien, tippte Fredrik.

»Iqbal Kafa«, stellte Koss sie vor. »Sie gehört der Analyseabteilung des PST unter Bikfaya an. Iqbal ist Expertin für islamischen Fundamentalismus und Terrorismus. Sie soll in diesem Fall als Bindeglied zwischen der Osloer Polizei und der Zentrale fungieren.«

»Okay…«

So was hatte Fredrik noch nie erlebt.

Samir Bikfaya räusperte sich. »Sie verstehen sicher, dass wir vom PST die Sache sehr ernst nehmen. Aber gemeinsam sollten wir den Erkenntnis- und Informationstransfer optimieren können.«

Norwegisch war Samir vielleicht nicht in die Wiege gelegt worden, aber das bürokratische Geschwafel hatte er eindeutig bis ins Mark verinnerlicht. Während er weiterredete, legte Bikfaya die Hand aufs Kreuzbein der Agentin – genau dorthin, wo die kurze Jacke über dem stramm sitzenden Rock endete. Sie wich kaum merklich zur Seite und begrüßte Fredrik mit einem warmen, festen Händedruck.

»Kafa Iqbal, PST.« Sie sahen einander kurz in die Augen, dann wandte sie sich an Koss. »Iqbal ist mein Nachname.«

»Oh. Aber da steht Iqbal Kafa«, sagte er und zeigte auf ihre Chipkarte.

»Und an Ihrer Bürotür steht Koss Sebastian«, gab sie zurück.

»Sie werden von jetzt an zusammenarbeiten. Darauf freue ich mich schon.«

Fredrik warf Koss einen finsteren Blick zu.

18

Samir Bikfaya war vor die versammelten Polizisten getreten. Er hatte tiefe Falten auf der Stirn und zog jedes Mal die Augenbrauen kraus, wenn er ein Detail betonen wollte.

»Die Glaubensgemeinschaft auf Solro ist mit einem der gefährlichsten religiösen Milieus in Konflikt geraten, die wir in Norwegen kennen – Jamaat-e-Islami, eine Organisation, die wir seit Langem beobachten. Vor zwei Wochen ist einer der zentralen Anführer der Organisation, Mohammed Khaled Omar, untergetaucht und verschwunden.« Die Augenbrauen hüpften in einem fort auf und ab, während Bikfaya eine Kunstpause einlegte. »Aber beginnen wir mit den Opfern der Untat. Der Glaubensgemeinschaft Gottes Licht.«

Fredrik und Andreas saßen in dem trostlosen Besprechungsraum ganz hinten. Angesichts der heruntergelassenen Jalousien erinnerten lediglich die Lichtstreifen im Fensterrahmen daran, dass draußen Sommer war. Der Rest der Zuhörer bestand aus Ermittlungsbeamten von Kripos und des PST sowie einer Handvoll Leuten der Osloer Polizei. Es waren mindestens sechzig Personen gekommen. Kafa Iqbal saß zwischen Sebastian Koss und Synne Jørgensen in der ersten Reihe.

Bikfaya drückte auf einen Schalter neben der Leinwand und dimmte das Licht.

»Werfen wir einen Blick auf die Internetpräsenz von Gottes Licht. Die Gemeinschaft ist seit Ende der Neunziger online aktiv.«

Hinter Bikfaya tauchte auf der Leinwand eine Homepage auf. Fredrik erkannte das Hintergrundbild auf einen Blick wieder. Es war das abstoßende Jesusporträt, das auf Solro im Treppenaufgang hing. Aber … Heilige Scheiße, das hier war noch viel schlimmer: Das Bild lebte. Irgendeine kreative Seele hatte das Bild animiert, sodass dem Heiland das Blut übers Gesicht lief und den unteren Teil des Bildschirms in einen tiefroten Damm verwandelte.

Wie Fredrik es erwartet hatte, war Andreas nicht sonderlich begeistert darüber gewesen, dass eine junge PST-Agentin ihren eigenen Damm durchbrechen sollte. Seinem

Missmut hatte er deutlich Ausdruck verliehen, indem er erst geächzt und die Augen verdreht und ihren Handschlag anschließend mit einem lautstarken »Schalom« erwidert hatte.

»Binnen fünf Jahren hat Gottes Licht mehr als viertausend Diskussionsbeiträge veröffentlicht: in Onlinemagazinen, auf religiösen Webseiten sowie in diversen Debattierforen«, fuhr Bikfaya fort. »Dabei handelte es sich mitunter um derbe Anschuldigungen, Beleidigungen und Drohungen.« Eine Reihe von Artikeln flackerte über die Leinwand. »Außerdem waren sie fleißige Demonstranten. Sehen Sie hier.«

Diverse Artikel handelten von Demonstrationszügen, denen Gottes Licht sich angeschlossen hatte.

»Und hier …« Wie durch Zauberhand zerfielen die Artikel auf der Leinwand zu digitalem Staub – mit Ausnahme einer Meldung unter der Überschrift »Christliche Fanatiker in Schlägerei mit Muslimen verwickelt«.

»Der Artikel erschien vor rund neun Jahren in der *Nettavisen.* Mehrere Gemeindemitglieder wurden zusammengeschlagen, nachdem sie vor dem Sitz der Jamaat-e-Islami demonstriert hatten – ausgestattet unter anderem mit Eimern voller Schweineeingeweide. Sie skandierten Hassparolen und beschmierten die Eingangstür mit Schweineblut.« Die Aktion war offensichtlich ganz nach Bikfayas Geschmack, denn der PST-Chef lachte auf. »Das brachte für einige der jungen Islamisten das Fass natürlich zum Überlaufen. Sie griffen die Demonstranten mit Baseballschlägern an. Einige von ihnen bezogen Prügel, sogar Frauen. Auch Kinder waren anwesend. Drei Männer landeten im Krankenhaus. Zwei Islamisten wurden wegen Körperverletzung verurteilt.«

Bikfaya stellte sich vor Kafa Iqbal – und zwar so nah,

dass sie seinen Schritt direkt vor Augen hatte. Seine Stimme wurde tiefer.

»Kein Jahr nach dieser Auseinandersetzung mit Jamaat-e-Islami verschwand Gottes Licht von der Bildfläche. Nicht ein Diskussionsbeitrag mehr, keine Demos. Keine neuen Anschuldigungen. Wir haben die Internetbewegungen der Glaubensgemeinschaft in den letzten Jahren durchleuchtet. Es war nicht allzu schwer.«

Er schob sein Hemd so straff unter den Hosenbund, dass sein Männerbusen deutlich hervortrat.

»Und wissen Sie warum?« Doch Bikfaya schien keine Antwort zu erwarten. »Weil es keine Bewegungen mehr gab. Nichts – keine aktiven Facebook-Profile mehr, keine Twitter-Konten. Nicht mal eine erbärmliche E-Mail-Adresse. Nachdem sie in der Öffentlichkeit derart präsent gewesen waren, verschwanden sie von einem Tag zum anderen.« Er kehrte aufs Podium zurück. »Wir glauben, dass dies eine direkte Folge des Zusammenstoßes mit Jamaat-e-Islami ist. Die Schlägerei führte zu Drohungen. Zu Gewaltausbrüchen, die womöglich nie bei der Polizei angezeigt wurden. Jedenfalls war die Folge eine dauerhafte Feindschaft.« Bikfaya nickte seiner Mitarbeiterin zu. »Fräulein Iqbal kann Ihnen mehr dazu sagen.«

Kafa Iqbal wischte sich die Handflächen an ihrem Rock ab und stand auf. Als sie sich zum Publikum umdrehte, versuchte Fredrik, ihren Blick zu deuten. Jung, weiblich, Muslima und PST – sie hatte sicher ihr Päckchen zu tragen. Er hatte die Zeit vor der Besprechung genutzt und ihre Akte aufgerufen. Es war nur dreieinhalb Jahre her, dass sie auf den Straßen Oslos Streife gefahren war. Dann hatte sie sich von Grønland wegbeworben und einen der wenigen begehrten Analysejobs in der Zentrale bekommen.

Er wusste, dass viele der jungen Polizisten vorsichtig

ausgedrückt gemischte Gefühle gegenüber den zivilen Ermittlern des PST hegten. Hinter seinem und den Rücken der Kollegen kursierten diverse Geschichten, wie gern sie erst Small Talk betrieben und sich Zigaretten schnorrten, ehe sie von den Uniformierten erwarteten, dass sie das Absperrband für sie anhoben. Dass sie zwar nicht schwer tragen mussten, sich dafür aber immer gewichtig ausdrückten, war mittlerweile fast schon ein geflügeltes Wort. Womöglich hatte sie nicht allzu viel für weite Teile ihres Publikums übrig. Und doch stand sie jetzt hier.

Fredrik beobachtete, wie sie Bikfaya einen eisigen Blick zuwarf. Was für ein Drecksack… Während er ihr über den Rücken gestrichen hatte, hatte er keinen Zweifel daran gelassen, dass es seine Idee gewesen war, »dass das junge Ding mal zeigen sollte, was in ihm steckte«. Er hatte sie hingestellt wie ein frisch gezähmtes Wildtier… das noch immer gelähmt war vom Narkosepfeil.

»Jamaat-e-Islami, gegen die Gottes Licht vor noch nicht einmal einem Jahrzehnt demonstrierte, war damals eine junge, unreife Organisation. Es fehlte ihr an starken Führungspersönlichkeiten. Heute hingegen…«

Fredrik kannte Jamaat-e-Islami ebenso gut wie der Rest Norwegens: die kleine Gruppe wütender junger Männer, die das gottlose Land verachteten, in dem ihre Eltern sie zur Welt gebracht hatten. Sie verachteten Muslime, die nicht ebenso strenggläubig waren wie sie selbst und von ihrer Warte aus Gott lästerten. Und sie verachteten das Volk, das von ihnen forderte, sie sollten zu Norwegern werden. Denn Norweger würden sie nie sein. Weder in den eigenen noch in den Augen der norwegischen Bevölkerung. Und Jamaat-e-Islami strebte ein norwegisches Kalifat an.

»Jahrelang bewegten sie sich in einer Grauzone. Verübten Gewaltdelikte an Überzeugungsgegnern ebenso wie an Familienmitgliedern. Unerlaubter Waffenbesitz… Außerdem liegen uns Hinweise vor, die auf die Bildung einer Terrorzelle hindeuten…« Kafa legte eine Pause ein und wischte sich erneut die Hände am Rock ab. »Diesbezüglich belastbare Beweise zu sammeln hat sich allerdings als Kraftakt erwiesen.«

Sie griff nach der Fernbedienung und blendete ein Foto auf der Leinwand ein, das den toten Pastor Alfsen kniend vor seinem Bett zeigte. Der Seidenschal, mit dem er gefesselt gewesen war, lag ausgebreitet neben ihm.

»Irgendjemand, der Arabisch kann?«

Ein paar Kollegen meldeten sich zögerlich.

»Die Übersetzung lautet in etwa«, hob Kafa an und fuhr mit dem Laserpointer von rechts nach links, »›Lass solche für Gottes Sache kämpfen, die bereit sind, das weltliche Leben mit dem jenseitigen zu tauschen. Wer für Gottes Sache kämpft, ob er fällt oder gewinnt, dem soll großer Lohn gewiss sein.‹« Sie sah wieder ins Publikum. »Das stammt aus dem Koran. Das Zitat taucht überwiegend in zwei Kontexten auf. Es wird einerseits von Islamisten verwendet, um ihre Grausamkeiten zu rechtfertigen. Und es wird andererseits von Antiislamisten verwendet – als Beleg für eine dem Islam innewohnende Grausamkeit.«

»Und in diesem Zusammenhang?«, hakte Sebastian Koss nach.

Sie blinzelte in seine Richtung.

»Na ja«, antwortete sie und holte tief Luft. »Das hängt wohl von der Intention desjenigen ab, der den Pastor auf dem Gewissen hat.«

Koss räusperte sich kurz.

Eine halbe Sekunde lang amüsierte sich Fredrik über die sichtliche Unzufriedenheit des Polizeidirektors. Kafas herablassender Ton war nicht zu überhören gewesen, gleichzeitig aber auch unangreifbar. Doch dann kam ihm ein Gedanke: Wer würde denn von nun an mit dieser selbstgefälligen, wenn auch sprachgewandten PST-Polizeibürokratin leben müssen? Doch wohl verdammt noch mal nicht Koss.

Vor der Besprechung war eine heftige Diskussion entbrannt. Anscheinend waren im Vorfeld sämtliche Ermittlerteams, die an dem Fall beteiligt waren, gebeten worden, die »Dame« in ihre Obhut zu nehmen. Alle hatten abgelehnt. Sie wollten verflucht noch mal kein Abhörposten für das PST sein. Es war schließlich bekannt, wie die Leute dort tickten. Mitte-zwanzig-Jährige in Designerklamotten mit Daten-Sheets und Überwachungsausrüstung, die keinem anderen Zweck diente, als überbezahlte Anwälte aus der Reserve zu locken. Von guter altmodischer Polizeiarbeit hatten die doch keine Ahnung.

Fredrik konnte sich nicht daran erinnern, dass Koss ihn gefragt hatte. Also, schlussfolgerte er, kam Kafa Iqbal der Strafe für ein Vergehen gleich, das er nach Sebastian Koss' Ansicht begangen hatte. Und dieses Vergehen war anscheinend, dass er zur selben Zeit und am selben Ort im Universum existierte wie Koss auch.

Auf halber Leinwandbreite tauchte ein Standbild des Eindringlings auf Solro auf. Starre Augen glotzten in die Kamera. Der Kopf unter der Sturmhaube wirkte länglich. Auf einen schmalen Hals gepflanzt. Kafa drückte erneut auf die Fernbedienung, und das Passbild eines dunkelhäutigen Mannes mit energischem Blick, Vollbart und schwarzem, glattem Haar füllte den Rest der Leinwand. Eine ausgefranste Narbe zog sich vom rechten Mundwinkel bis zum Adamsapfel.

»Das ist Mohammed Khaled Omar. Oder ›der Emir‹, wie

er auch genannt wird. Sein Geburtsname lautet Rahim Raya Hussein. Er ist vierunddreißig Jahre alt, britischer Staatsbürger, hat in den vergangenen drei Jahren jedoch in Norwegen gelebt. In Großbritannien ist er für die Beteiligung an einem missglückten Autobombenattentat verurteilt worden. Dabei sprengte er sich vier Finger der linken Hand weg, nur der Daumen ist ihm geblieben. Und er zog sich diese Narbe im Gesicht zu. Er hat sieben Jahre abgesessen – und behauptet, im Gefängnis den Koran studiert zu haben und Rechtgläubiger geworden zu sein.«

Sie schob die Fußspitzen über den Rand des Podests und lehnte sich leicht vor. Erst in diesem Moment wurde Fredrik schlagartig klar, dass er die junge Frau anstarrte. Die schlanken Beine in Strumpfhosen, die Andeutung muskulöser Oberschenkel unter dem Rock. Eine kaum merkliche Vertiefung über dem Schritt. Schmale Hüften, ein flacher Bauch. Der feine Schatten unter den Brüsten.

Er biss sich in die Wange und schluckte.

»Leider ist das Bildmaterial vom Tatort nicht gut genug, um irgendwelche Schlussfolgerungen zu ziehen. Aber wie jeder sehen kann: Die großen Augen, der starre Blick und der schmale, lang gezogene Kopf sind dem Mann von Solro und dem Emir gemeinsam. Nach Aussage unserer operativen Kräfte, die ihn eine Zeit lang beobachtet haben, bewegen sie sich auf ein und dieselbe Weise. Dass es sich um denselben Mann handelt, ist – sagen wir – zu achtzig Prozent sicher.« Sie lächelte schief. »Das ist allerdings auch schon alles, was wir haben.«

Fredrik blinzelte zu den Bildern hinüber. Es konnte tatsächlich derselbe Teufel sein. Aber es konnte ebenso gut irgendein anderer sein.

Kafa drückte erneut auf die Fernbedienung, und ein neueres, unscharfes Bild von Mohammed Khaled Omar tauchte auf der Leinwand auf. Darauf stand er in einer Küche und telefonierte. Die linke Hand, an der lediglich noch der Daumen intakt war, ruhte auf dem Esstisch. Sie glich der Flosse einer Robbe.

»Dieses Foto ist jetzt achtzehn Tage alt und entstammt der letzten gesicherten Observierung. Das Bild wurde in seiner eigenen Wohnung aufgenommen. Allerdings ist der Emir seit mehreren Tagen nicht mehr dort gewesen. Er geht nicht mehr in die Moschee. Das bestärkt uns in der Annahme, dass er etwas mit dem Solro-Massaker zu tun haben könnte.«

Hinter ihr tauchte die Kopie eines norwegischen Passes auf, der auf einen gewissen Mohammad Qambrani ausgestellt war. Dem Dokument zufolge war er sechsunddreißig Jahre alt und eins vierundachtzig groß. Er hatte ein rundes Kinn und breite Schultern.

»Der Emir bewegt sich selten irgendwohin, ohne dass sich Qambrani einen Schritt hinter ihm befindet. In Norwegen geboren, Kind pakistanischer Eltern. Background im Osloer Bandenmilieu. Zwei Verurteilungen wegen schwerer Körperverletzung und mehrfach verurteilt wegen Drogenbesitzes, Diebstahls und Hehlerei. Heute agiert er als Leibwächter und rechte Hand des Emirs. Er behauptet, genau wie sein Anführer, er habe durch das Koranstudium zur Religion zurückgefunden.« Kafa schnaubte beinahe lautlos durch die Nase. »Beide sind zur Fahndung ausgeschrieben.«

19

Synne Jørgensen stand am Ende des ovalen Tischs und legte, während sie redete, ein Foto nach dem anderen auf die weiße Tischplatte.

Henrik Grøvn.

»Fünfundzwanzig Jahre alt. Ermordet. Getötet auf dem Rasen, mit zwei Schüssen aus einer automatischen Waffe in die Brust.«

Nils Bernt.

»Vierunddreißig. Ermordet. Getötet auf dem Rasen, mit drei Schüssen aus einer automatischen Waffe in Brust und Gesicht.«

Der Besprechungstisch stand inmitten des Großraumbüros, in dem auch Fredrik und Andreas ihre Arbeitsplätze hatten. Um sie herum herrschte ein unbändiges Chaos aus überladenen Tischen, Kabelsalat, Ordnern, Dokumentenstapeln und neumodischen roten Sofas. Neben dem Konferenztisch stand eine breite Tafel. Fredrik hatte sie von den letzten Fotos, Karten und Skizzen befreit. Neuer Fall, offener Geist, leere Tafel.

Viggo Johan Farulven.

»Neununddreißig. Ermordet. Getötet auf der Scheunenzufahrt mit zweiundzwanzig oder dreiundzwanzig Schüssen aus einer automatischen Waffe in Brust, Beine, Arme und Gesicht.«

Brynjar Lissemoen.

»Sechsunddreißig. Ermordet. Getötet auf der Scheunenzufahrt mit einem Schuss aus einer automatischen Waffe in die Brust.«

Bjørn Alfsen junior.

»Vierundsechzig. Ermordet. Getötet im eigenen Schlafzimmer mit einem Schuss in den Kopf aus einer kleinkalibrigen Waffe.«

Ivar Tufte.

»Zweiundvierzig. Schwer verletzt. Liegt im Ullevål-Krankenhaus. Quetschungen an Kopf und Oberkörper, gefunden im Keller unter der Scheune. Von heute an sind das unsere Arbeitgeber«, schloss Synne und spreizte die Hände über den Fotos. Dann sah sie einen nach dem anderen rund um den Tisch an. Die Kripos-Leute waren gegangen. Die übrigen Ermittler standen in einem Kreis um sie herum.

Fredrik mochte Synne Jørgensens Methode. Die kühle, knappe Beschreibung der Männer, die sie von der Tischplatte aus anglotzten – kein Wort zu viel. Kein Geburtsort. Beruf. Zahl der Kinder. Familie und Ausbildung. Bei den Fotos handelte es sich sowohl um Schwarz-Weiß-Passbilder als auch um Familienfotos, die aus irgendeinem Album herausgelöst worden waren. Synnes nüchterne Distanz gab den Polizisten Raum für eigene Gedanken. Wer war der junge Mann mit dem Elternpaar auf der Veranda gewesen, an irgendeinem vergangenen warmen, norwegischen Sommertag? Wem hatte das Lächeln in dem sonnengebräunten Gesicht gehört – hinter einem Glas Cola an einem Restauranttisch im Süden? Wem der Kopf, der aus dem Fenster eines alten VW gereckt worden war? Ein Zweig an einem Familienstammbaum, der jäh abgebrochen worden war. Die jüngeren Polizisten fanden so was motivierend. Für die älteren war es zu einer Ankerstelle geworden – zu einer Erinnerung daran, dass das Leben manchmal in einem Augenblick endete, da man es am wenigsten erwartete. Wesentlich tiefsinniger wurden sie in der Abteilung für Gewaltverbrechen des Polizeibezirks Oslo nicht.

»Hieß er wirklich Varulven? Wie ›der Werwolf‹?« Andreas schob das Kinn nach vorn und flüsterte halblaut über den Tisch in Richtung der sommersprossigen Polizistin, die am Tatort mit den Nachbarn gesprochen hatte. Sie sah ihn irritiert an, aber die Zungenspitze im Mundwinkel zeugte davon, dass sie die ihr geschenkte Aufmerksamkeit genoss.

»*Far*ulven, hast du doch gehört.«

Andreas grinste und zwinkerte ihr zu. Synne sah geflissentlich darüber hinweg und legte weitere Bilder auf den Tisch.

»Wir haben noch keinen vollständigen Überblick, aber schätzungsweise hat Gottes Licht aus fünfundzwanzig bis dreißig Personen bestanden: Kinder, Frauen und Männer – Gemeindemitglieder, deren verzweifelte Eltern und Geschwister nicht wissen, was sie jetzt tun sollen. Wurden sie entführt? Sind sie geflohen? Wurden sie ermordet und liegen irgendwo verscharrt?«

Synne kramte aus der Brusttasche ihrer großzügig geschnittenen Bürojacke eine Zigarettenschachtel hervor – ein deutliches Zeichen dafür, dass sie sich dem Ende der Besprechung näherten.

»Wir haben einen spektakulären Kriminalfall vor uns. Die Presse wird sich zu sämtlichen Tages- und Nachtzeiten an unsere Fersen heften. Ministerium, Polizeidirektorat, jeder einzelne Politiker mit Hang zum Populismus wird zu allem, was wir unternehmen, eine Meinung haben. Wir dürfen keine Zeit verlieren. Und wir können uns keine Fehler erlauben.«

Bis jetzt waren nur wenige mit den Umständen des Massakers auf Solro vertraut. Im Grunde Polizei – und Täter. Doch nun waren die Hunde von der Leine gelassen worden. Fredrik hatte es einen Schauder über den Rücken gejagt, als er am Vorabend die TV2-Nachrichten gesehen hatte.

Sie hatten nicht nur gewusst, dass Kari Lise Wetres Tochter und Enkelkind unter den Vermissten waren. Sie hatten auch gewusst, dass Automatikwaffen eingesetzt worden waren. Und sie hatten angegeben, die Polizei verfolge eine Spur, die zu einer kontroversen islamistischen Gruppierung führe. Dass so etwas an die Presse durchsickerte, war nicht ungewöhnlich. Das Ungewöhnliche war der Detailreichtum. TV2 schien bestens informiert zu sein.

Aber es gab noch einen anderen Grund, warum Fredrik nicht zur Ruhe kam. Wer immer über die Informationen verfügte, die TV2 vermeldet hatte, wusste unter Garantie auch, dass die Polizei in dem versteckten Keller auf ein unterirdisches Labor gestoßen war. Warum also war der Keller mit keinem Wort erwähnt worden? Konnte es sein, dass TV2 von dem Keller zwar wusste, es aber aus einem ganz bestimmten Grund unterließ, darüber zu berichten? Andererseits war es schlicht unvorstellbar, dass ein Journalist sich die Gelegenheit zu einer derartigen Enthüllung entgehen ließ. Nicht weil die Informationen zuerst sacken müssten. Nein, an diese Erklärung glaubte er nicht. Für ihn gab es nur einen plausiblen Grund. Einen Grund, der ihn in Unruhe versetzte. Der Informant hatte von dem Labor gewusst, es aber vor den TV2-Leuten verschwiegen. Aber weshalb? Wusste der Informant auch, *was* in dem Labor vor sich gegangen war? Dann wusste er mehr als die Polizei.

Und wer immer mehr als die Polizei wusste, war womöglich dabei gewesen. Als Opfer. Oder als Täter.

20

»Drei kleine Negerlein … oder auf jeden Fall …«

Mit einem durchdringenden Blick brachte Synne Andreas zum Schweigen. Breit grinsend blickte er zu Fredrik hinüber. Aber sollte er doch in seinem eigenen Saft schmoren.

Okay, sie waren beide skeptisch, weil ihre eingespielte Zweisamkeit gestört wurde. Aber eine Mobbingkampagne kam nicht infrage.

Kafa saß auf einem der roten Sofas und hatte den Kopf schwer auf die Hände gestützt.

»Gut. Also. Wie ihr wisst«, begann Fredrik und suchte ihren Blick, »spielen wir in dieser Ermittlung eine zentrale Rolle. Wie sich herausgestellt hat, befinden sich auch die vermisste Annette Wetre und ihr Sohn unter den verschwundenen Gemeindemitgliedern.« Fredrik starrte Andreas eindringlich an. »Und um in Erfahrung zu bringen, ob sie geflüchtet sind oder entführt wurden, müssen wir erst einmal wissen, wie die Ausgangslage war … wie sie vor ihrem Verschwinden gelebt haben. Dabei wird uns Kafa helfen.«

»Wir stellen alles auf den Kopf«, fuhr Synne fort. »Finanzen. Telefonverhalten. Bewegungsprofil. Freunde und Bekannte der Mitglieder, Feinde und Sympathisanten der Glaubensgemeinschaft. Die Ermittlungen werden von der Osloer Polizei koordiniert. Von Kripos und PST werden, wo immer nötig, Spezialkenntnisse eingeholt. An dem Fall arbeiten mehr als fünfzig Ermittler. Wie Fredrik bereits angedeutet hat, bleibt euer Fokus weiterhin auf Annette Wetre gerichtet. Finden wir sie, finden wir wahrscheinlich auch den Rest der Glaubensgemeinschaft.«

Mit einem abgekauten Fingernagel tippte sie auf eins der Fotos auf dem Tisch – das Labor auf Solro.

»Fredrik glaubt, hier könnte die Antwort auf die Frage zu finden sein, warum sie angegriffen wurden. Wozu brauchten sie ein Labor?«

»Drogen«, warf Andreas spontan ein. »Ob Christen oder nicht – ich tippe auf Rauschgift.«

Andreas' Hypothese fußte einzig und allein auf einem der meist verwendeten Werkzeuge der Polizei – Erfahrung. Waren sie jemals auf ein heimisches Labor gestoßen, das nicht dazu verwendet worden war, illegale Substanzen zu produzieren? Nein. Und wäre es, wie Andreas angedeutet hatte, wäre damit auch eine weitere Frage beantwortet. Denn wovon hatte die Glaubensgemeinschaft eigentlich gelebt? Dreißig Erwachsene und Kinder auf einem alten Hof mitten im Wald? Keiner, der einer regulären Arbeit nachging? Keine Erwerbseinnahmen? Johannisbeeren und Pflaumen zu ernten reichte nicht aus. Mit dem Labor hätten sie die halbe Stadt mit Drogen versorgen können.

Draußen tauchte hinter einer Wolke die Sonne auf, und die sensorengesteuerten Jalousien fuhren herunter und tauchten Andreas' Gesicht in Schatten.

»Diese Politikerdame …«, hob er an.

»Kari Lise Wetre.«

»Genau. Wetre. Hat sie zu dir nicht gesagt, Alfsen leite die Glaubensgemeinschaft wie eine Sekte? Ich hab mit eigenen Augen gesehen, wo er lebte. Wo er schlief. Und die Bilder, mit denen er sein Schlafzimmer dekoriert hatte. Wisst ihr, was ich denke?« Andreas lehnte sich vor und klopfte mit dem Zeigefinger auf die Tischplatte. »Ein altes Schwein. Das sich mit jungen Männern und Frauen umgibt, die ihn verehren. Womöglich homo, oder er hat gern Kinder gefickt.« Andreas spähte zu Kafa hinüber, als wollte er sehen, ob sie sich von seiner Wortwahl erschüttern ließ. »Sie haben im Kleinen angefangen, Rauschgift für sich selbst und ihre Sexorgien produziert. Und von da aus hat es sich dann weiterentwickelt.«

»Und warum wurden sie angegriffen?«, hakte Synne ein.

»Sie haben sich mit den falschen Leuten eingelassen. Jamaat-e-Islami wäre nicht die erste islamistische Terrororganisation, die sich durch Drogenhandel finanziert. Eine kleine Unstimmigkeit zwischen Produzent und Lieferant, eine alte Feindschaft kocht wieder hoch, irgendwer läuft Amok. Sie leeren das komplette Lager und schlachten alle ab, die versuchen, sie zu stoppen. Hast du nicht gesagt, dass dieser Qambrani, der Leibwächter, wegen Drogenhandels verurteilt wurde?« Andreas zeigte mit dem Finger auf Kafa.

Eine Fliege hatte sich zwischen die düsteren Betonmauern des Polizeigebäudes verirrt. Jetzt schwirrte sie um einen Kaffeefleck auf dem Tisch herum. Kafa fing sie unter ihrer Hand und ballte die Faust.

»Jamaat-e-Islami wird von Leuten mit einer schwerstkriminellen Vergangenheit gesteuert. Es würde mich nicht wundern, wenn sie auch in den Drogenhandel involviert wären«, sagte sie ruhig.

Es schien, als würde sie erspüren wollen, ob das Insekt in ihrer Faust immer noch zappelte.

»Andererseits ... eine fundamentalistisch christliche Sekte und eine islamistische Organisation, die nach einem gewalttätigen Konflikt in einem Drogengeschäft zusammenkommen? Das wirkt ein bisschen ...« Ihre Mundwinkel strafften sich. »... weit hergeholt.«

Kafa öffnete die Faust. Die Fliege rührte sich nicht. Kafa nahm einen Flügel zwischen Daumen und Zeigefinger, ließ sie zu Boden fallen und trat darauf. Fredrik hätte nicht sagen können, ob er wirklich gehört oder nur gespürt hatte, wie es knirschte. Andreas trommelte immer noch mit beiden Daumen auf die Tischplatte.

»Darüber hinaus gibt es noch mehr unbeantwortete Fragen«, fuhr sie fort. »Wenn wirklich ein Racheakt dahintersteckt, warum haben sie die Morde dann gemeldet? Und worin liegt der Sinn der islamistischen Symbolik? Wo ist der Rest der Glaubensgemeinschaft?« Kafa schüttelte langsam den Kopf, ehe sie ihre Schuhsohle in Augenschein nahm. »Die Brutalität und die Entschlossenheit tragen die Handschrift des Emirs. Aber… ein gescheiterter Drogendeal?« Sie biss sich in die Unterlippe. »Das wäre auf jeden Fall etwas Neues.«

Die junge Frau hatte soeben Andreas' Hypothese die Flügel ausgerissen.

21

Die Trauergäste, die im Halbkreis um das Grab herumstanden, warfen lange Schatten. Fredrik kannte nur ein paar wenige Gesichter. Ein paar Freundinnen der Mutter aus der Mission. Den Pfarrer mit dem schmalen Gesicht, der den Silberspaten hielt. Und Bettina.

Als zwanzig Jahre zuvor sein Vater gestorben war, waren es nur Fredrik und die Mutter gewesen. Keine Geschwister, keine erwähnenswerte Verwandtschaft. Für Alice und die Enkelkinder hatte sie nichts übrig gehabt. Einmal in der Woche hatte er sie besucht, anfangs noch in der Wohnung in Frogner, später im Pflegeheim. Jedes Mal war das Gespräch vorüber gewesen, lange bevor die kleine Kaffeetasse mit dem fragilen Henkel leer war. Solange sie gelebt hatte, hatte er keinen Gedanken daran verschwendet, wie wenig sie einander mitzuteilen hatten. So war das Leben nun mal. Er hatte sie mit der gleichen Leidenschaftslosigkeit besucht, die er an den Tag legte, wenn er sich nach dem Klobesuch die Hände wusch. Es war eine notwendige Pflicht. Er tat es, ohne zu murren, aber auch ohne jeden Enthusiasmus, doch es ganz bleiben zu lassen hätte sich verkehrt angefühlt. Erst jetzt, da sie tot war, dämmerte ihm, dass sie schon immer so gelebt hatten. In der Kindheit war sie ebenso sehr Vormund wie Elternteil gewesen. Gerecht und wohlwollend. Trotzdem hatte er die Frau, die Mutter, nie richtig kennengelernt. Er wusste nicht, was ihr Leibgericht gewesen war, mit wem sie in die Kirche gegangen war oder welche Bücher sie gelesen hatte. Ob sie überhaupt gelesen hatte. Wer waren also diese Menschen, die gekommen waren, um von ihr Abschied zu nehmen? Er hatte keine Ahnung, wen sie als ihre Nächsten betrachtet hatte. Sie hatte ihm gegenüber auch nie ein Wort darüber verloren.

Er würde sie nicht vermissen. Aber er würde die Fahrten zum Heim in Steinerud vermissen. Wie die Jahreszeiten quasi im Zeitraffer in den Gärten entlang der Strecke an ihm vorüberzogen. Die Eiche auf dem Hof, die durchgeknallte Frau im gegenüberliegenden Zimmer. Als er in einem Augenblick der Nähe Bettina davon erzählt hatte, hatte sie nur seine Hand gedrückt und ihn leicht verwirrt angesehen. Hier am Grab drückte sie seine Hand noch fester. Als wollte sie die Tränen aus ihm herausquetschen.

Das Gemeindehaus mit dem Flachdach grenzte unmittelbar an die Kapelle an. Die Möbel darin rochen nach Zimt und süßlichem Damenfurz.

Fredrik starrte regelrecht durch die alten Gesichter hindurch zu dem kleinen Porträt seiner Mutter hinüber, das jemand auf dem Kamin aufgestellt hatte. Es war vor sechs Jahren aufgenommen worden. Im Sommer, als sie erstmals mit der Krankheit konfrontiert worden waren.

Er hätte Nein sagen müssen, als Bettina die Gedenkstunde vorgeschlagen hatte. Jetzt starrte er sie durch die offene Küchentür vorwurfsvoll an. Nie zuvor hatte er sie so gesehen: Die dunklen Haare, die sonst immer wild umherflogen, hatte sie mit einer Silberspange gezähmt. Um den Hals trug sie eine Perlenkette. Ihr schlichtes schwarzes Kleid reichte bis zu den Knöcheln – dezent in der Taille abgenäht, um die Pobacken zu betonen. Der auf den Oberarm tätowierte Adler versteckte sich unter einem Seidenschal. Zusammen mit einer älteren Frau beugte sie sich über die Kaffeekannen. Er stöhnte. Der neue Anzug war um die Schultern zu eng, der Baumwollkragen seines Hemds scheuerte im Nacken, und die Krawatte war zu straff gebunden. Bettina war der Ansicht gewesen, der Anzug sei genau der richtige. Dass es die Investition wert sei. Es gehe schließlich trotz allem um seine Mutter.

Bettina war nicht mehr jung. Zwar auch nicht alt, aber die Schatten unter den Augen ließen sich mittlerweile nicht mehr ausradieren. Und auch das feine Delta im Augenwinkel würde bleiben. Er fragte sich, ob er sein Handy an die antiquierte Stereoanlage koppeln konnte. Ein bisschen Musik konnte doch nicht schaden. Tom Waits passte zu Beerdigungen.

»Fredrik Beier, nehme ich an?«

Fredrik war kurz überrascht, dass er ihn am Grab nicht wiedererkannt hatte. Mit seinem straff sitzenden, dunkelblauen Anzug, der eleganten Brille und den makellosen Zähnen unterschied er sich eklatant von den anderen Alten. Gerhard Monsen, der ehemalige Minister, Reeder und Parteiveteran der Høyre. Sie gaben einander die Hand.

»Stimmt. Kannten Sie meine Mutter?«

»Eigentlich kannte ich vielmehr Herrn Beier. Ich bin Ihren Eltern erstmals vor vielen Jahren begegnet. Sie selbst hatten damals gerade laufen gelernt. Die beiden haben einen starken Eindruck auf mich gemacht.«

Fredrik stutzte. Seinen Vater hätte er eher als reserviert und zurückhaltend beschrieben. Er war kein Mann gewesen, der Eindruck machte. Vielleicht meinte Monsen ja die Mutter? Sie war außergewöhnlich hübsch gewesen.

»Ich hatte eine Zeit lang viel Kontakt zu Ihrem Vater. Sowohl auf beruflicher als auch auf privater Ebene. So haben sich auch unsere Ehefrauen kennengelernt. Elisabeth, also, meine Frau, mochte Gunhild sehr.«

Fredrik lächelte schief. »Elisabeth ... Ist sie auch hier?«

»Sie ist leider zu krank. Aber sie hat darauf bestanden, dass ich dabei bin.«

»Danke, dass Sie gekommen sind.« Er wollte sich per Handschlag verabschieden, doch Monsen ließ nicht los.

»Wenn ich es richtig verstehe, arbeiten Sie mit meinem Sohn zusammen.«

Fredrik sah ihn ratlos an.

»Sebastian. Sebastian Koss. Dieser grausame Mordfall im Maridalen.«

Fredrik gab sich nicht die Mühe, seine Überraschung zu verhehlen. »Sebastian Koss ist Ihr Sohn? Darauf wäre ich nie gekommen.«

Er lächelte gekünstelt. »Es ist ein kleines Land ...«

Der alte Reeder seufzte. Für einen Moment lag etwas Entrücktes in seinem Blick. Er wirkte müde. Dann ließ er Fredriks Hand wieder los.

»Wahrhaftig ein kleines Land«, wiederholte er leise.

»Du, Fredrik?«

Er schlug die Augen auf. Bettina ließ von seinem Schwanz ab und sah zu ihm hinauf.

»Wer war eigentlich dieser Alte?«

»Der Alte? Welcher von ihnen?«

»Der, mit dem du gesprochen hast.«

»Ach, der. Nur ein Freund meiner Eltern. Und Vater eines Kollegen. Sebastian Koss.«

»Ist er attraktiv?«

»Koss?«

»Der Alte war attraktiv.«

»Koss ist ein Arschloch.«

Er ließ den Kopf schwer auf die Nackenstütze fallen. Er war müde. Geil. Traurig. Hätte sie nicht einfach weitermachen können? Er starrte aus dem Autofenster. Hinüber zu dem Hund, der auf der anderen Straßenseite mit einem Ball spielte.

22

In einem Affenzahn fuhr der zivile Ford Focus durch die Ackerlandschaft. Über dem Maridalsvannet hing dichter Nebel, der bis herauf über die Straße zog. Aus dem Augenwinkel sah Fredrik, dass Kafa an ihrer Schlüsselkarte zum Polizeigebäude herumhantierte. Sie hatten nicht allzu viel gesprochen, bis er beschloss, das Eis zu brechen.

»Koss Sebastian. Das steht auf Ihrer Bürotür«, äffte er sie nach.

Sie lächelte verlegen. »Hat ihn das verärgert?«

»Darauf kannst du wetten. Von einer Untergebenen

derart zurechtgewiesen zu werden, bringt allen Groll hervor, der in ihm steckt. Er hasst dich aus tiefster Seele.«

»Uff.«

Fredrik fuchtelte exaltiert mit der Hand herum, ehe er eine von Koss' Lieblingsgesten imitierte und sich mit den Fingern durch das kurze Haar fuhr. »Er hasst uns alle. Sebastian Koss ist ein Drecksack, und zwar von A bis Z.«

Kafa hängte sich die Schlüsselkarte wieder um den Hals.

»Genau wie dein Kompagnon. Figueras. Er führt sich auf, als hätte ich seine Ehe zerstört«, sagte sie eisig.

Verdammt. Konnte sie sich nicht auch ein bisschen anstrengen?

»Da geht es nicht um dich«, erwiderte er schroff. »Es geht darum, dass wir gern ein Wörtchen mitgeredet hätten. Wenn wir schon einen neuen Partner zugewiesen kriegen.«

Jetzt war es Kafa, die ihn nachäffte. »Wir wollten diese PST-Tussi nicht einfach vor die Nase gesetzt bekommen.«

»Genau. Im Übrigen schafft Andreas es ganz gut allein, seine Ehe zu zerstören.«

»Kann ich mir denken.«

Ungefähr hundert Meter hinter der Einfahrt zu Solro fanden sie, wonach sie suchten. An einem Pfahl hing schief ein blauer Briefkasten. Er stellte den Wagen ab. Der Geruch von verfaultem Holz und Waldboden hing schwer zwischen den Bäumen. Entlang der Anhöhe waren die Stämme kahl, trotzdem war der Himmel über ihnen hinter grünen Baumwipfeln verborgen. Es war mucksmäuschenstill um sie herum. Nach wenigen Minuten zu Fuß erreichten sie eine Rodung mit einem roten zweistöckigen Holzhaus. Hinter der schmutzigen Scheibe des Windfangs saß ein alter Mann im Rollstuhl. Er schlug erst die Augen auf, als sie bereits vor ihm standen.

»Ach«, sagte er mit eingerosteter Stimme. »Da sind Sie ja.«

Seine Finger waren dick wie Bockwürste. Er hatte die Hände im Schoß gefaltet. Noch ehe Fredrik fragen konnte, was genau er meinte, glitt eine Glastür zur Seite, und eine hagere Frau trat zu ihnen heraus. Sie hatte das graue Haar im Nacken so straff zusammengebunden, dass Fredrik nicht ansatzweise in der Lage war, ihren Gesichtsausdruck zu deuten.

»Haben wir Besuch, Brynjar?«, fragte sie laut und legte die Hand auf seine Schulter.

Fredrik lächelte kurz. »Brynjar und Signe Kvarvingen, nehme ich an?«

Der alte Mann rührte sich nicht, als Fredrik ihm die Hand entgegenstreckte. Stattdessen reckte die Frau eine schmale, knochige Hand nach vorn. Sie war kalt, die Haut glatt wie Glanzpapier.

»Mein Name ist Fredrik Beier. Ich bin Polizist. Das ist meine Kollegin Kafa Iqbal.«

Die alte Frau nahm sie nacheinander ins Visier.

»Wir haben bereits mit der Polizei gesprochen. Mit einer jungen Frau. *Weiß.* Wir haben ihr alles erzählt, was wir zu sagen hatten.«

Signe faltete die Hände vor dem dicken Wollrock.

»Und dafür sind wir Ihnen auch sehr dankbar. Aber wir haben noch ein paar weitere Fragen. Zu Solro und der Gemeinschaft, die dort wohnte.«

Die Frau schüttelte den Kopf und seufzte tief, ehe sie die Tür für sie aufschob und langsam, aber aufrecht vor ihnen herging. Im Wohnzimmer stand ein altes Ledersofa. An den Wänden hingen ausgeblichene Ölgemälde mit Waldmotiven. Eine kleine Holzhütte unter einem Gebirgsvorsprung.

»Mein Mann hat gemalt, bis die Gesundheit nachließ«, erklärte die Frau über die Schulter hinweg.

In dem schmalen Flur zwischen Wohnzimmer und Küche hing ein Wandteppich mit dem eingestickten Bibelspruch »Gehe hin zur Ameise, du Fauler; siehe ihre Weise an und lerne!«.

Signe forderte sie auf, sich an den Küchentisch zu setzen, und griff nach der leeren Kanne unter der Kaffeemaschine. Als sie die Kanne mit Wasser füllte, zitterte ihre Hand. Dann entschuldigte sie sich. »Brynjar«, murmelte sie leise.

Vier kleine Marmeladengläser mit Waldsauerklee standen auf dem Respatex-Tisch. Die Wände waren mit weißem Sackleinen bezogen, und über dem Küchentisch hing der Kalender einer Wohltätigkeitsorganisation mit Fotografien afrikanischer Kinder. »Flüchtlingslager in Zaire.« Neben der Spüle stand der Abwasch mehrerer Tage, und es roch nach gekochtem Kohl.

Unendlich langsam schob Signe Kvarvingen den Rollstuhl ihres Ehemannes zu ihnen in die Küche. Ein Flickenteppich auf dem Küchenboden behinderte die Fahrt zusätzlich. Sowie sie ihren Mann am Tisch platziert hatte, fauchte die Kaffeemaschine.

»Brynjar hört ein bisschen schlecht«, erklärte sie und setzte sich.

»Wie gesagt«, sagte Fredrik lauter, als nötig gewesen wäre, »wir untersuchen die tragischen Ereignisse auf Solro. Ich würde Ihnen gern noch ein paar zusätzliche Fragen zu den Bewohnern dort stellen.«

Signe goss ihnen Kaffee ein. Ihr fragender Blick blieb an Kafa hängen, die mit einem nachsichtigen Lächeln bestätigte, dass sich weder Allah noch andere darum scherten, ob sie sich einen Schluck Kaffee gönnte oder nicht.

Dann ließ die alte Frau ein Stück Zucker in die pechschwarze Brühe fallen, setzte die Tasse auf eine Porzellanplatte und schob diese Brynjar auf den Schoß.

»Es ist wirklich tragisch. All die Leute, die verschwunden sind, die Kinder …«, sagte sie langsam.

»Das sind feine Leute«, brummte Brynjar. »Bleiben unter sich. Trotzdem sind sie ab und zu hier auf Besuch. Manchmal bringen sie ein Stück Kuchen mit. Oder Pfannkuchen.«

»Ich hoffe inständig, dass es ihnen gut geht«, fiel Signe ihm ins Wort. »Ist der Mörder immer noch auf freiem Fuß?«

Fredrik nickte.

»Leider. Der Mörder … oder *die* Mörder. Wir wissen schließlich nicht, wer den Hof angegriffen hat. Die Polizei setzt alle Mittel ein, um den Fall zu lösen. Aber so was braucht Zeit.«

Signe atmete schwer.

Fredrik sah zwischen den beiden hin und her. Der elektrische Heizkörper unter dem Tisch schaltete sich mit einem Klicken ab. Oder war er jetzt an? Wie bei so vielen alten Leuten, die Fredrik mit den Jahren besucht hatte, betrug die Raumtemperatur auch hier annähernd Körpertemperatur. Wie Signe Kvarvingen es aushielt, mit zugeknöpfter Strickjacke dazusitzen! Doch dieses Mysterium ließ sich womöglich lösen, während das Ehepaar über sein Mysterium – die Suche nach der verschwundenen Sekte – bedenklich wenig wusste. Sie hatten keine Ahnung, wo sich die Gemeindemitglieder aufhalten könnten, sie hatten sich nie um deren religiöse Ansichten geschert. Hier draußen auf dem Land passierte für gewöhnlich nicht allzu viel.

»Hatten Sie den Eindruck, dass sie mit jemandem in einem Konflikt lagen?«

Signe lächelte sie sanftmütig an, während sie diesmal in

ihren Kaffee ein Stück Zucker tauchte. »Im Radio haben sie gesagt, die Gemeinde wäre irgendwie extrem.« Sie seufzte. »Aber so ist es nicht. Es sind liebe, gute Jugendliche. Und Kinder. Das mit den Kindern ist wirklich grausam.«

»Sie waren also nicht … *extrem*?«

Fredrik lehnte sich ein Stück nach vorne.

»Aber nein«, antwortete Brynjar. »Es sind gute Menschen.«

Signe begleitete sie nach draußen. Der alte Mann blieb in der Küche zurück. Im Flur blieb Fredriks Blick an etwas hängen – an einem Foto. An einer Luftaufnahme vom Haus des Ehepaars.

»Du weißt«, wandte er sich an Kafa, »die Augen sehen nur, was sie erkennen können.«

Verständnislos schüttelte sie den Kopf.

Er zeigte auf das Foto. Nicht auf das Haus der Kvarvingens, sondern auf den benachbarten Hof mit der kleinen Scheune und dem weißen Haus, das zur Talseite am Hang lag. Solro. Im Garten türmte sich ein Kran auf. Drumherum standen Bagger.

»Das Bild haben sie auf Solro auch. Ich hab es dort gesehen, in der ersten Nacht. Ich hab nur nicht verstanden, was es damit auf sich hat.« Dann drehte er sich zu Signe um. »Wann wurde das aufgenommen?«

Die alte Frau beugte sich nach vorn und blinzelte.

»Das … Das muss wohl während der Umbauten aufgenommen worden sein? Vor sieben, acht Jahren oder so?«

Fredrik zwinkerte Kafa zu. Tippte auf den Kran. An der Seite hing ein langes weißes Banner mit der Aufschrift »Oslo Montasjemiljø AS«.

»Die Kellerkonstrukteure«, stellte er fast schon vergnügt fest.

23

Die Polizisten, die Solro bewachten, überreichten ihm den Schlüssel. Fredrik nahm Kafa mit in die Scheune, hinunter ins Labor und anschließend hinüber zum Wohnhaus, wo sie von Zimmer zu Zimmer gingen. Eine Weile blieb sie reglos in Bjørn Alfsens Schlafzimmer stehen. Starrte durchs Fenster in den grauen Nieselregen und hinüber zu einem alten Bauernhof auf der gegenüberliegenden Seite des Tals. Das Fenster war angelehnt, die Luft kalt und beißend.

»Danke, dass du dir die Zeit dafür nimmst«, sagte sie, als sie wieder draußen auf dem Rasen standen. Fredrik hatte ihr gerade die Leichen beschrieben, die hier gelegen hatten.

Er sah sie an. Statt für ihr graues Kostüm hatte Kafa sich für einen roten Strickpullover entschieden, der ihr bis über den Po reichte. Die enge, dunkelblaue Jeans steckte über den Knöcheln in schwarzen Stiefeletten.

»Ich bin nicht deinetwegen hier«, erwiderte er. Dann dämmerte ihm, wie brutal das klang. »Ich meine … Das hier nützt mir genauso sehr.« Er versuchte sich an einem Lächeln. »Die ersten Stunden an einem Tatort sind immer intensiv. Da sind die Eindrücke noch am stärksten.« Er ging in die Hocke und fuhr mit beiden Händen durch das nasse Gras. Es knackste unangenehm im Knie. »Ich mag die Ruhe, die sich herabsenkt, wenn die Leichen und Beweise weggeschafft worden sind. Dann ist es, als würde man durch ein retuschiertes Bild wandern. Alles, was alt und unwichtig war, durfte stehen bleiben. So hatte dieser Ort ausgesehen, *bevor* er zum Tatort wurde. Nur ohne all die Menschen selbstverständlich …«

Er unterdrückte ein Stöhnen, als er wieder aufstand und sich die Hände abwischte.

»Sehr poetisch«, murmelte Kafa.

Er war sich nicht sicher, wie weit die Ironie reichte.

»Tja, danke. Ein bisschen altmodische Polizeiarbeit… Erzähl bloß deinem Chef nicht, dass ich das erwähnt habe.«

Kafa schnaubte. »Samir? Dem Schwein?«

Es schien fast, als hätte sie noch mehr auf dem Herzen, doch dann verzog sie lediglich den Mund zu einem rätselhaften Lächeln, biss sich kurz auf die Unterlippe und schlenderte ein paar Schritte zur Seite.

»Zwei der verschwundenen Männer waren Brüder«, sagte sie nachdenklich. »Fritjof und Paul Espen Hennie. Jetzt bleiben die Eltern allein zurück. Kannst du dir das vorstellen? Und sie haben keine Ahnung, was wirklich passiert ist.« Sie räusperte sich, dann schlug sie einen nüchterneren Tonfall an. »Der Angreifer muss ganz in der Nähe einen Beobachtungsposten gehabt haben«, konstatierte sie. »Irgendwer hat sie beobachtet. Wann die Gemeindemitglieder schlafen gingen. Wann sie aufstanden. Wer überhaupt anwesend war. Mit diesem Angriff haben sie doch irgendwas bezweckt – und dieser Zweck musste abgesichert werden.« Sie kratzte sich am Kopf. »Und ich… Ich glaube, ich weiß, wo sich dieser Beobachtungsposten befand.«

Ohne ein weiteres Wort machte sie auf dem Absatz kehrt und marschierte schnellen Schritts zurück zum Wohnhaus.

Fredrik war außer Atem, als er in Pastor Alfsens Schlafzimmer hinter Kafa stehen blieb. Er folgte ihrem Blick über das Tal.

»Verdammt, da brennt's!«

Dichter schwarzer Rauch stieg in der Ferne von einer Scheune auf.

24

Ottar Skaren war zu dem Schluss gekommen, dass er zwei Möglichkeiten hatte. Er konnte auf einen feuchten, windstillen Tag warten. Die Bruchbude anzünden, die Feuerwehr anrufen – und lügen. Oder er konnte tun, was eigentlich sein Vater hätte tun sollen. Was aber nach Ansicht des Vaters *er selbst* tun sollte. Das Teufelsding abreißen. Brett für Brett. Behalten, was weiterverwendet werden konnte, und wegwerfen, was weggeworfen werden musste. Als hätte er nichts anderes zu tun, als verfallene Scheunen einzureißen. Das hatte er sich schon im vergangenen Jahr gedacht. Und im Jahr davor. Also – das Einfache? Oder das Richtige? Es gab noch eine dritte Möglichkeit. Das Teufelsding ganz einfach stehen lassen. Das Problem jemand anderem überlassen. Diesem alten, selbstgerechten Arschloch.

Wann immer er die Scheune zwischen den Bäumen erspäht hatte, hatte er darüber nachgedacht. Er befand sich gerade auf dem Rückweg vom Stall, wo er nachgesehen hatte, ob es bei den Stuten aus der Stadt lief wie geplant. Warum diesen Tag nicht zu etwas Besonderem machen?

Ottar Skaren fuhr rechts ran, lehnte sich übers Lenkrad und kniff die Augen zusammen. Verflucht aber auch. Er starrte auf das verblasste Äußere des Gebäudes. Es kam mitunter vor, dass Leute dort einbrachen. Einmal hatte er sogar zwei Teenagermädchen nach Hause in die Stadt fahren müssen, die sich im April in Rock und dünner Jacke auf Zelttour begeben und sich dann mit Apfelwein besinnungslos gesoffen und sich in die Scheune verirrt hatten. Er erinnerte sich noch gut an die blau gefrorenen Beine und den rot gepunkteten Mädchenslip.

Vom Scheitel bis zur Sohle maß Ottar Skaren zweihundertunddrei Zentimeter. Er wog hundertfünfundvierzig Kilo. Behäbig watschelte er über den überwucherten Pfad vom Haupthaus zu der alten Scheune. Seufzte und fluchte, als er die Gürtelschnalle festhalten musste, um auf dem Weg quer durch den Birkenwald die ausgebeulte Jeans nicht zu verlieren. Er trat auf die Lichtung vor dem Schuppen hinaus und angelte den schweren Schlüsselbund aus der Hosentasche. Allerdings wäre das gar nicht nötig gewesen. Sowie er seine flache Hand an die Tür legte, glitt diese auf. Er machte einen Schritt über die Schwelle und wunderte sich, als er sie hinter sich zuzog, dass sie schon wieder knarzte. Diese alten Türen waren doch seltsam. Erst im vergangenen Herbst hatte er die Scharniere geölt und das feuchte, aufgequollene Holz abgeschliffen, damit sie wieder in den Rahmen passte. Und jetzt hing sie schon wieder auf halb zwölf. Waren diese Polizisten hier gewesen und hatten sie im Regen nicht korrekt zugemacht?

Es hatte von Bullen nur so gewimmelt, nachdem dieser durchgeknallte Terrorist auf der anderen Seite des Tals mit seinem Automatikgewehr Amok gelaufen war. Immer wieder waren Polizisten vor seiner Tür aufgetaucht. Aber er hatte weder etwas gesehen noch gehört. Immerhin hatte Ottar Skaren schon genug mit sich selbst zu tun. Er wusste nichts von irgendeiner Sekte, und Mal ums Mal forderte er die Bullen auf, zur Hölle zu fahren.

Seine Beine schmerzten, als er die schmale Treppe aus der Werkstatt hinaufkletterte und im alten Heuboden landete. Schnell machte er zwei Schritte von der Luke weg. Seine Schritte wurden von fauligem Stroh gedämpft. Der Bauer hielt kurz inne, bis sich die Augen an die Dunkelheit gewöhnt hatten. Das einzige Licht hier oben drang durch die Ritzen im Dach.

Auf dem Boden hatte der Regen glänzende, stinkende Pfützen hinterlassen, die durch den grob gezimmerten Boden sickerten. Unten tropfte es auf ausrangierte Autos, Werkzeugbänke und Farbeimer – eine Kakofonie aus Platschen, Klicken, Trommeln und Tropfen. Der Gestank von Chemikalien und Öl mischte sich mit Kellermuff. Er würde mehr Licht brauchen.

Als er sich zum Sicherungskasten an der Längsseite wandte, hielt er inne. Bekam unwillkürlich eine Gänsehaut. Das war merkwürdig …

Der Schlüssel steckte im Schloss – und er vibrierte. Das war dem Zählerrad geschuldet, das auf der Innenseite rotierte. Das Zählerrad, das er selbst angehalten hatte. Im vergangenen Herbst, als er sämtliche Sicherungen rausgedreht hatte.

Unbehagen machte sich in ihm breit. Er würde auch den Rest der Scheune in Augenschein nehmen müssen. Geräusche brachen über ihn herein. Verwirrten ihn. Mit einem Mal fühlte er sich hier nicht mehr allein.

Er donnerte die Faust auf den Lichtschalter neben dem Sicherungsschrank. Eigentlich hätte das Licht angehen müssen, der Strom war doch angeschaltet … Aber das tat es nicht. Er hörte lediglich ein lautes elektrisches Knistern. Langsam drehte er den schweren Körper zur anderen Seite und sah sich nervös um. Der Funkenregen aus der nackten Glühbirnenfassung über seinem Kopf blendete ihn für einen Moment. Dann starrte er wieder nach oben. Die Birne war zerbrochen, und um die alte Keramikfassung herum war Stahldraht gewickelt worden. Überspannung – und schon im nächsten Moment knallte es in dem Kasten an der Wand. Die Sicherung.

Der Funkenregen hörte wieder auf, doch von der qualmenden Leitung stieg der Geruch verbrannten Gummis auf.

Zum Teufel! Er wollte nur noch raus. Hier drinnen wollte er um keinen Preis mehr bleiben. Schatten tanzten um ihn herum, während er wieder nach unten und dann zwischen den alten Karosserien hindurchstapfte. Von oben fielen vereinzelte Lichtstrahlen auf die blinden Fenster, auf Metallkisten, auf den Spiegel über dem Waschbecken. Dann stand er vor der Tür. Griff nach dem Kantholz, das als Riegel diente, und hob es an. Verdammt… Seine Muskeln zitterten, und er mobilisierte alle Kraft, um den verdammten… Balken… anzuheben…

Doch der bewegte sich nicht. Keinen Millimeter. Als er ihn losließ, verstand er auch, warum. Eine Kette rasselte leise. Die Kette für die Traktorreifen, die eigentlich an der Wand gleich neben dem Scheunentor hängen sollte, war stattdessen um Balken und Scharniere gewickelt. Er war eingesperrt.

Wieder hatte er das vage Gefühl, nicht allein zu sein. Und es stimmte. Er war nicht allein.

Noch in der Drehung war die enorme Gestalt bereits bei ihm. Dunkel gekleidet. Groß. Kräftig. Die Kapuze über den Kopf gezogen. Nur ein Schimmer des Gesichts war erkennbar. Ein eisiges Grinsen.

Ottar Skaren sah das Messer nicht, begriff aber, dass er gleich sterben würde. Der kalte, gehärtete Stahl drang direkt über dem Schambein in den Bauch, dann wurde die Klinge mit einem gewaltigen Ruck nach oben gezogen, durchtrennte Gedärm, öffnete den Magensack und auf dem Weg zu dem verwachsenen Herzen des Riesen die Hauptschlagader.

Es tat zu keinem Zeitpunkt weh. Anfangs war es nur kalt. Dann warm. Nass. Anschließend Leere.

25

Als Fredrik und Kafa ankamen, waren die Flammen bereits erstickt. Vielleicht war es dem Sprühregen geschuldet. Möglicherweise waren auch die Wände durchgefault gewesen. Auf jeden Fall hatte der Großteil der Scheune den Flammenhunger überlebt.

Zwei Stunden später war das über den verkohlten Karosserien herabgestürzte Dach weggeräumt. Säuerlicher Dampf stieg Fredrik entgegen, als er sich über die Motorhaube eines alten Passat beugte. Durch die geborstene Windschutzscheibe betrachtete er die Leiche auf dem Fahrersitz. Der riesige Körper war schwarz und stank wie ein Schwein, das mit Spiritus übergossen und dann auf dem Grill vergessen worden war. Vom Bauch bis zur Brust hinauf war der Körper aufgeschlitzt. In den Gedärmen blubberte es noch immer.

»Einen Unfall können wir wohl ausschließen. Selbstmord ebenfalls«, stellte der Rechtsmediziner fest, der auf der anderen Seite des Autos stand.

Es war derselbe weiß gekleidete Spaßvogel, der auch schon auf Solro Dienst gehabt hatte.

»Er und die Karre wurden mit Benzin überschüttet. Ja, es muss alles analysiert und mit der Lupe durch das Arschloch eines Chihuahuas untersucht werden, bevor wir überhaupt was sagen können. Aber ich bin mir ziemlich sicher, dass irgendwer den Dicken aufgeschlitzt hat, dann irgendeinen Brandbeschleuniger über das Auto gekippt, es angezündet und sich vom Acker gemacht hat«, sagte er und leckte über beide Mundwinkel. »Wir werden ein bisschen in ihm rumkratzen müssen, bevor wir ihn identifizieren können.«

Fredrik warf einen Blick über die Schulter. Sieben, acht Polizisten und Kafa durchkämmten den noch intakten Teil der Scheune. Es war immer noch heiß hier drinnen, und sie hatte den Pullover ausgezogen. Auf ihrem weißen, hautengen T-Shirt prangten Schweißflecken.

»Den Nachbarn zufolge gehört die Scheune einem alleinstehenden Bauern. Schwer wie ein Bär. Wir dürfen wohl annehmen, dass es sich dabei um ein und denselben Mann handelt«, sagte Fredrik. »Skaren. Er hieß Ottar Skaren.«

Anblick und Geruch des aufgeschlitzten Mannes waren ekelerregend. Er wich ein Stück zurück. Kafa stand neben einem Haufen Schindeln und starrte zur Scheunendecke empor.

»Was gefunden?«

Sie zuckte mit den Schultern. »Da oben ist ein kleiner Dachboden. Mit einer Luke in Richtung Solro. Das könnte der Beobachtungsposten gewesen sein.«

Nur anderthalb Körperlängen über ihnen klaffte ein Loch von etwa einem Meter Durchmesser im Dach. Dahinter waren ein paar Baumkronen vom Hang hinter der Scheune zu erahnen. Eine steile Treppe führte hinauf auf den Dachboden. Die Treppe knarzte unter seinem Gewicht.

Kafa hatte recht. Der Platz *hatte* als Aussichtsposten fungiert, das sah er sofort. Eine alte Leitung, die unter dem Dach entlang verlaufen war, war gekappt und durch ein neues, weiß glänzendes Kabel ersetzt worden, das zu einer robusten Steckdosenleiste am Boden führte. Neben der Steckdosenleiste waren deutlich Abdrücke im Staub zu erkennen. Abdrücke eines Stativs. Für ein Fernrohr oder eine Kamera.

Durch die Luke in der Wand konnte er das Wohnhaus und die Scheune von Solro erkennen. Der Abstand betrug vielleicht einen Kilometer. Von hier aus hatte ein Beobachter freien Einblick gehabt. Er wollte gerade Kafa zu sich rufen, als sie ihm triumphierend zuvorkam.

»Fredrik. Fredrik! Guck dir das hier an!«

Kafa kniete direkt unter ihm in einem Haufen aus Schutt und Schindeln.

»Ich hab den Grund, warum der Mörder zurückgekehrt ist! Er hat etwas verloren!«

Im Zwielicht konnte er nicht sehen, was sie in die Höhe hielt.

»Es lag hier, hier im Schutt«, rief sie. »Eine Art Mappe – und darin befindet sich ein Telefon. Und eine Karte!«

26

Die imprägnierten Uniformhosen hörten sich an wie das Zirpen von Grillen. Unter den Militärstiefeln knirschte der Kies. Hinter einem Container vor Blicken geschützt liefen die Polizisten vor den riesigen Hallentoren entlang.

Fredrik verfolgte die Aktion durch die rußigen Fenster des weißen Lieferwagens. Auf einem wackligen Stuhl neben ihm saß Sebastian Koss. Der Polizeidirektor flüsterte ins Mikrofon: »Einsatz!«

Mit den Waffen im Anschlag setzten sie sich in Bewegung. Über die Verbindung waren leise Atmenstöße zu vernehmen, lediglich unterbrochen von kurzen, gedämpften Antworten.

»Sicher.«

»Sicher.«

Fredrik starrte auf die Karte, die er in beiden Händen hielt. Der dünne rote Kreis zwischen Kampen und Valle Hovin im Ostteil der Hauptstadt war kaum mehr zu erkennen, trotzdem bestand kein Zweifel, dass die Karte, die sie in der Scheune gefunden hatten, auf die alte Industrieanlage in Ensjø verwies.

»Sicher.«

Die Luft im Lieferwagen war warm und sauerstoffarm. Fenster und Türen waren geschlossen. Niemand durfte wissen, dass sie hier saßen.

»Sicher.«

Schweiß stand ihm auf der Stirn. Er fuhr sich mit der Zunge über die Lippen und schmeckte die winzig kleinen Schweißtropfen im Bart. Es roch nach Schuhleder und verschwitzten Körpern. Fredrik lehnte sich nach hinten und begegnete Kafas Blick. Sie schüttelte unsicher den Kopf. Eine weitere halbe Minute verging.

»Sicher.«

Dann dröhnte eine selbstsichere Stimme über die Verbindung: »Koss, die Halle ist gesichert. Hier ist nichts.«

Langsam stand Koss vom Stuhl auf. Krallte die Finger in seinen blonden, klammen Schopf, bevor er vornübergebeugt zur Hecktür stampfte und sie aufschob. »Verdammt!«

Der Lieferwagen füllte sich mit frischer Luft und schlechter Stimmung.

In kleinen Gruppen kamen die Einsatzkräfte wieder aus der sechzig Meter langen Backsteinhalle heraus. An beiden Enden des Dachfirsts erhob sich je ein schmaler, runder Turm. Über dem Tor stand das Baujahr 1923 in den Beton geschrieben. Die Stahltüren waren so hoch, dass ein Zug hindurchgepasst hätte. Über dem Asphalt waren noch alte Bahnschienen zu erkennen.

»Die Halle ist lange nicht benutzt worden. Hier ist niemand«, teilte einer der breit gebauten Polizisten Koss mit. Der Mann hatte das Visier nach oben geklappt und trocknete sich den Schweiß ab, während er sprach.

Fredrik winkte Kafa zu sich. Im Halbdunkel war die Luft feucht und kalt. Aus der Halle drangen gedämpfte Geräusche zu ihnen herüber. Bahnschienen zogen sich längs durch die geflieste Halle. Ketten dick wie Fußknöchel hingen unbeweglich von der Decke. Von den Stahlbalken unter der Decke klang das leise Kreischen von Vögeln herüber.

Schweigend durchquerten sie die Halle. Ihre Blicke wanderten über Dach und Wände. Alles blank. Das Ende des Raums bestand aus einer grauen Betonwand. Darin befanden sich drei Türen, die samt und sonders von den Rammböcken der Spezialeinheit zerschmettert worden waren. Die beiden Seitenräume waren verhältnismäßig klein. Ein Schreibtisch und leere Archivschränke deuteten darauf hin, dass die Kammern einst als Büros genutzt worden waren. Die mittlere Tür war breiter und der Stahl mächtig verbeult; hier musste der Rammbock heftig eingesetzt worden sein. Der Raum war ungefähr zehn mal zehn Meter groß und nach oben hin zu dem darüberliegenden Turm offen. Hier war es dunkler als im Rest der Halle. Bis auf ein einziges waren sämtliche Fenster verrammelt. Das Gleiche galt für das ovale Fenster in der Rückwand des Raums. An den Seitenwänden standen Holzregale. Darin lagen lediglich ein paar ordentlich zusammengelegte Filzdecken.

Sie blieben einen Augenblick lang stehen und sahen sich um. Dann schüttelte Fredrik den Kopf.

»Sicher!«, äffte er das Einsatzsignal nach und seufzte resigniert. »Die Techniker sollen alles untersuchen. Aber hier ist ja nichts.«

Kafa antwortete nicht. Stattdessen legte sie den Kopf in den Nacken und atmete tief durch.

»Moment«, sagte sie nach einer Weile, kniete sich hin

und schob die Hände in die Sägespäne auf dem Boden. »Merkst du das nicht?«

Auch Fredrik holte tief Luft. Was hätte er denn merken sollen.

»Hier ist es feuchter als in der Halle. Und fühl mal hier«, sagte sie und hielt ihm die Hand entgegen.

Die Sägespäne zwischen ihren Fingern war nicht trocken wie der Rest des Raums, sondern klebrig und nasskalt. Selbst die Filzdecken im Regal waren feucht. Der Filz musste bis vor Kurzem auf dem Boden gelegen haben. Hatte die Feuchtigkeit am Verdampfen gehindert. Kafa kehrte ihm den Rücken zu, stemmte die Hände in die Hüften und starrte erneut zum Dach hinauf. Zum Turm über ihnen.

»Schließ die Tür«, sagte sie.

Die verbeulte Stahltür kreischte, als er sie zuzog. Schlagartig war es dunkel, nur ein fast schon sakraler Lichtschein drang schwach durch das Turmfenster, und die Staubkörner, die träge wie Schnee herabrieselten, wirkten, als würden sie leuchten. Der Lichtstrahl endete auf Kafas Gesicht, sodass sie aussah, als wäre sie einem Rembrandt-Gemälde entsprungen. Sie sah aus wie eine erleuchtete Erscheinung vor einem schwarzen Hintergrund.

»Qibla«, murmelte sie.

»Wie bitte?«

»Qibla«, wiederholte sie und angelte dann ihr Handy hervor.

Er starrte sie verständnislos an.

»Aha?«

Noch während sie irgendetwas in ihr Handy eintippte, erklärte sie: »Qibla ist die Richtung, in die sich Muslime beim Beten ausrichten. Also in Richtung Mekka. Ich schätze mal, dieses Fenster dort oben, das einzige, das nicht verdeckt wurde, weist in Richtung Mekka.« Eine Sekunde später sah sie ihn an und lächelte. »Und ich habe recht. Es ist Qibla.«

»Woher willst du das wissen?«

»Weil diese App«, sagte sie und hielt ihm das Telefon hin, »mir zu jedem Zeitpunkt anzeigt, in welcher Richtung Mekka liegt.« Sie zwinkerte ihm zu. »Der Filz hat bis vor Kurzem hier auf dem Boden gelegen. Irgendjemand hat sich hier versteckt. Und derjenige hat sich zum Beten gen Mekka gewandt.«

»Der Emir und Qambrani«, argwöhnte Fredrik.

Kafa nickte nachdenklich.

»Die Frage ist nur, ob sie geflohen sind, als sie uns kommen hörten. Wenn sie derzeit nicht wissen, dass wir hier sind, könnten sie womöglich zurückkehren«, sagte er und knöpfte sich die Jacke zu. Der Raum war klamm und kalt.

Kafa schüttelte den Kopf.

»Nein, sie wissen, dass wir hier waren. So unachtsam sind sie nicht. Aber sie kehren trotzdem zurück.«

»Sicher?«

»Der Filz muss voller Spuren sein. Haut, Haare ... Die Decken liegen nur deshalb immer noch hier, weil sie überstürzt geflüchtet sind. Und jetzt hoffen sie, dass wir nicht kapieren, dass dieser Raum genutzt wurde. Sie kehren zurück, um die Decken zu entsorgen.«

»Und hast du auch eine Uhrzeit?«, fragte Fredrik lakonisch.

Sie sah ihn unverwandt an. »Sobald es dunkel wird.«

Kafa kauerte sich in die Ecke bei der Tür. Dort war sie nahezu unsichtbar.

»Ich nehme an, du hast recht«, seufzte er.

»Koss soll dafür sorgen, dass es so aussieht, als würden wir abziehen.«

27

Er war sich nicht sicher. Die Beine taten ihm weh, das Knie pochte, und das Mauerwerk schien sich ihm in den Rücken zu bohren. Das Licht vom Turmfenster war zu einem schwachen Schimmer verblasst, die Sonne ging gerade unter. Er hatte versucht, das Buch aus der Innentasche seiner Lederjacke zu lesen, ein Charles-Willeford-Taschenbuch, doch davon waren seine hämmernden Kopfschmerzen nur noch schlimmer geworden. Und er musste so nötig pinkeln, dass er schon überlegt hatte, einfach in die Hose zu machen. Was war mit ihr? Hatte sie keine menschlichen Bedürfnisse? Kafa saß immer noch in derselben Position da, die sie vier Stunden zuvor eingenommen hatte.

Aber auch sie hatte den Kopf gehoben. Da war es wieder. Ein kaum hörbares Kratzen an der Scheibe hinter den Brettern, die das Fenster an der Rückwand bedeckten. Es bestand kein Zweifel mehr. Irgendetwas Großes, Schweres wurde aus dem Fensterrahmen gestemmt. Dann Stille. Fredrik zählte. Fünfzehn Sekunden. Dreißig. Er meinte, zwischen den Ritzen in den Brettern eine Bewegung ausmachen zu können. Splitter rieselten an der Wand herunter. Ein kräftiger Schlag. Das unterste Brett bewegte sich. Dann, mit einer jähen Bewegung, wurde es herausgelöst und weggeworfen. Dann wurden zwei weitere Bretter herausgerissen. Jetzt war die Öffnung mindestens einen halben Meter hoch. Und sie konnten ihn sehen.

Im Zwielicht stand eine Figur mit breiten Schultern und muskulösem Nacken. Mit einem kräftigen Ruck am Rahmen zog sich der Eindringling herauf. Erst den Oberkörper, dann die Beine. Einen winzigen Augenblick lang kauerte der Mann im Fensterrahmen, bevor er sich geschmeidig auf die Sägespäne hinunterließ. Fredriks Nerven waren zum Zerreißen angespannt. Solange sie still saßen, waren sie eins mit der Umgebung. Würde der Eindringling aber eine Taschenlampe anknipsen, ja, selbst ein Feuerzeug würde reichen, dann würde er sie sehen.

Kein Licht. Es blieb dunkel. Stattdessen bewegte sich die kräftige Gestalt eine knappe Körperlänge von Fredrik entfernt auf das Regal zu. Er schien den Raum gut zu kennen. Der Ermittler nahm seinen Geruch wahr. Männerschweiß. Gewürztes Fleisch. Ohne zu zögern, nahm er den großen Filz aus dem Regal. Binnen eines Wimpernschlags traf Fredrik eine Entscheidung. Sobald der Mann ihm den Rücken zuwandte und wieder mit erhobenen Händen vor dem Fenster stünde, um den Filz hinauszuwerfen, würde er sich in Bewegung setzen. Er würde ihm die Beine wegtreten und dann sein ganzes Körpergewicht einsetzen. Da spielte es keine Rolle, wie groß der Teufel war. Die Arme auf den Rücken, ein gezielter Griff um zwei Finger, und dann ziehen, bis er schrie und es in der Schulter knackte.

Doch die Gestalt bewegte sich nicht zurück in Richtung Fenster. Stattdessen hielt sie inne, legte den Filz ab und ging in die Hocke. Schlug die oberste Lage zurück. In dem Filz hatte irgendwas gesteckt – ein kleinerer Teppich. Er rollte ihn aus, schüttelte ihn aus, streifte sich die Schuhe ab und ließ sich auf die Knie nieder. Den Rücken zu Fredrik, das Gesicht zum Turmfenster gewandt. Leise murmelnd beugte er sich nach vorn. Die Stirn berührte den Boden. Er richtete den Oberkörper wieder auf. Wiederholte die Bewegung.

Sollte er wirklich angreifen, während der Mann betete? Das fühlte sich nicht richtig an. Dann tauchte das Bild von Pastor Alfsen vor seinem inneren Auge auf. Erschossen, während er mit gefalteten Händen auf den Knien gekauert hatte. *Case closed.*

Fredrik setzte die geballten Fäuste auf den Beton und stemmte sich so lautlos wie nur möglich nach oben. Bewegte die Füße nicht, setzte aber für jede noch so kleine Bewegung die Fäuste um. Seine Beinmuskulatur kreischte, und die Schmerzen im Knie jagten ihm kleine Schauder über den Rücken. Dann stand er aufrecht. Ein kleiner Schubs gegen die Wand, und er war angriffsbereit.

Einsamkeit ist ein Sinneseindruck. Das Auge kann dir suggerieren, dass du allein bist. Und doch weißt du, dass du es nicht bist. Besonders in der Dunkelheit.

Noch ehe Fredrik in der Lage war, den ersten Schritt zu machen, wirbelte die Gestalt herum. Starrte ihm direkt in die Augen. In seiner Hand schimmerte es. Ein gebogener Dolch, groß wie ein Brotmesser. Mit einer einzigen Bewegung stieß der Dolch in seine Richtung, und Fredrik gelang nur mehr ein hilfloser, kurzer Sprung nach hinten. Der Mann war auf den Beinen, noch bevor Fredrik das Gleichgewicht wiederfand. Der Angreifer griff nach ihm, und hinter seinem dicken, wohlfrisierten Bart entblößte er die Zähne. Hasserfüllt starrte er ihn an.

Er stieß erneut zu. Fredrik machte einen großen Schritt zur Seite. Die weite, helle Hose und die Tunika des Angreifers behinderten ihn in seiner Beweglichkeit. Doch das spielte kaum eine Rolle. Noch ein Schritt, und Fredrik stand erneut mit dem Rücken zur Wand da. Er saß in der Falle.

»Stopp! Polizei! Ergeben Sie sich!«

Kafas Stimme hallte zwischen den Wänden wider. Der Mann drehte den Kopf in ihre Richtung. Verwirrt. Zögerte einen Augenblick. Dann stellte er sich so hin, dass er sie beide sehen konnte. Kafa stand in der Mitte des Raums. Im Lichtstreifen vom Turmfenster.

»Dies ist die letzte Warnung. Ergeben Sie sich!«

Ein unsicheres Grinsen huschte über die Lippen des Mannes. Es sah fast aus, als wollte er etwas sagen, doch dazu kam es nicht mehr. Denn Fredrik zögerte keine Sekunde mehr. Er trat zu – mit aller Kraft, die er aufbringen konnte, direkt zwischen die Beine des Teufels. Hörte das Reißen des Baumwollstoffs, als sein Fuß die Hoden traf. Erhaschte einen Schimmer von Gelbweiß in den Augen seines Gegners, als sich der Körper instinktiv vornüberkrümmte. Fredrik packte ihn ihm Stiernacken.

Dumpf krachte Mohammad Qambrani zu Boden. Und Fredrik pinkelte in die Hose. Pfui Teufel, was für ein herrliches Gefühl!

28

Es war bereits Mitternacht, als Fredrik neben Sebastian Koss' schwarzem Mercedes SLS AMG in der Polizeigarage parkte. Er konnte nicht umhin, das Raubtier mit der langen Motorhaube zu bewundern. Die breiten, angenehm duftenden Reifen. Die geschwungenen Türen. Der Fahrersitz fast über der Hinterachse, sodass die Kreatur sich regelrecht aufzubäumen vermochte. Eine meisterhafte Ingenieurleistung. Mit einer gewissen Häme bemerkte er die Schmutzspritzer über der Aluminiumkarosserie.

Fredrik brachte Schlüssel und Papiere des Polizei-Ford zurück und schlenderte dann durch den Nieselregen zur U-Bahn-Haltestelle Grønland. Warf einen prüfenden Blick aufs Handy. Mehrere unbeantwortete Anrufe. Immer dieselbe Nummer. Er rief zurück.

»Hei, Fredrik!« Eine fröhliche, helle Männerstimme.

»Du hast angerufen.«

»Allerdings. Und du weißt sicher, warum. Hast du Zeit für ein Treffen?«

»Klar. Jetzt gleich?«

»Ja… Das kriegen wir hin. Ich wollte mich eigentlich gerade hinlegen, aber… Zwanzig Minuten? Der übliche Ort?«

»Dann sehen wir uns. Grüß Turid von mir!«

Der übliche Ort. Die kleinste, dunkelste Spelunke westlich des Bogstadveien, wo es noch immer möglich war, zwei Halbe für einen Hunderter zu bekommen. Die Kneipe war zuletzt vor dem gesetzlichen Rauchverbot gestrichen worden, und die stinkenden lila-roten Wände, der schielende Barkeeper und die übrige Klientel sorgten dafür, die Zahl zufälliger Besucher verlässlich gering zu halten.

Außerdem lag die Kneipe nur einen Steinwurf von seiner und von Jørgens und Turids Wohnung entfernt. Sie trafen sich dort also auf halber Strecke – was Fredrik bei Treffen mit Journalisten grundsätzlich als nützlich empfand.

Es war schon eine Weile her, seit sie sich zuletzt gesehen hatten. Kumpels seit dem Studium. Beste Freunde, irgendwann eher entferntere Bekannte, dann wieder Freunde. Fredrik erinnerte sich noch gut an ihre erste Begegnung. Von der Arbeit auf dem heimischen Bauernhof war Jørgen kräftig und doch drahtig gewesen. Inzwischen konnte man ihm die achtzehn Jahre hinter dem TV2-Desk ansehen. Der Bauch war breiter als die Schultern und die Haut weich, fast unmännlich geworden. Die roten Locken und das Lächeln hingegen waren immer noch dieselben.

Fredrik hatte gerade den letzten Schluck seines ersten Biers hinuntergeschluckt, als sein Kumpel eintrat. Jørgen nahm die runde Brille von der Nase und rieb sie an seinem Flanellhemd trocken.

»Schön, dich zu sehen«, sagte Jørgen.

Sie umarmten sich betont männlich, und noch während er sich aus der Windjacke schälte, landete das erste Bier vor ihm auf dem Tresen. »Verdammt, was für ein Scheißsommer!«

Sobald sie sich gesetzt hatten, fragte Fredrik: »Und, wie ist das Leben als Leiter des Politikressorts?«

»Tja… Anders als Reporter zu sein auf jeden Fall. Ernster. Mehr Besprechungen. Aber Gehalt und Arbeitszeiten sind besser. Turid meint, es wäre die klügste Entscheidung, die ich seit unserer Hochzeit getroffen habe… und seitdem sind immerhin schon ein paar Jahre vergangen.« Er grinste, bevor er wieder ernst wurde. »Als Turid krank wurde, da… Es ist einfach sehr viel praktischer mit festen Arbeitszeiten. Aber jetzt sprechen wir über deinen Job, Fredrik.« Jørgen Mostu lehnte sich leicht vor. »Das ist doch eine vollkommen bekloppte Geschichte…« Er schüttelte den Kopf, sodass Wassertropfen aus seinem nassen Haar spritzten, und fuhr dann fort: »Massakrierte Mitglieder einer Glaubensgemeinschaft? Eine verschwundene Sekte, muslimische Terroristen, sexy Politikertöchter… Hast du die Bilder im *Dagbladet* gesehen, verdammt? Diese Annette Wetre ist echt heiß.«

Als Jørgen merkte, dass Fredrik sich von derlei Boulevarddetails nicht beeindrucken ließ, dämpfte er die Stimme.

»Was kannst du mir erzählen?«

Fredrik sah seinen alten Freund nachdenklich an. Er wusste, dass er ihm vertrauen konnte. Als eine Art Eröffnungsgeste nahm er die Brille von der Nase und legte sie vor sich ab. »Sagen wir, ich erzähle dir zuerst von dem Fall, und die Fragen stellst du anschließend?«

»In Ordnung.« Erwartungsvoll trommelte Jørgen mit den Fingern auf der Tischplatte.

Und Fredrik fing ganz vorne an. Bei dem erst augenscheinlich nebensächlichen Vermisstenfall Annette Wetre. Erzählte, wie dann mit Synne Jørgensens Anruf schlagartig alles aus den Fugen geraten war. Vom Chaos am Tatort, der vermissten Glaubensgemeinschaft, Alfsens Zimmer, den schier in Fetzen geschossenen Opfern. Er senkte die Stimme. »Aber das hast du nicht von mir, okay?«

Jørgen zwinkerte ihm zur Bestätigung zu. Das Trommeln auf der Tischplatte hatte aufgehört.

»Was an der Berichterstattung in diesem Fall verflucht merkwürdig ist, ist die Detailkenntnis. Alles, was ich bis jetzt erzählt habe, ist inzwischen bekannt. Ihr habt offensichtlich einen Informanten, der bestens mit dem Fall vertraut ist. Aber…« Fredrik kratzte sich mit den Fingernägeln über die Bartstoppeln. »Euer Informant hält auch gewisse Informationen zurück.«

Jørgen setzte seine Erzähl-mir-mehr-Miene auf. Die trainierten sie an der Journalistenhochschule vor dem Spiegel, nahm Fredrik an. Er kannte diesen Gesichtsausdruck nur zu gut.

»Unter Solro befindet sich ein Keller. Ein geheimer Keller – mit einem Labor und einer Überwachungszentrale. Von dort aus hat Gottes Licht eine Unmenge an Kameras gesteuert, die den Hof überwachen. Sowohl das Haus als auch die Außenanlage.«

»Ein Labor? Aber was…«

»Wir wissen es nicht«, fiel Fredrik ihm ins Wort. »Aber *irgendetwas* hat dort stattgefunden. Etwas, das offenbar kein Tageslicht verträgt. Der Keller war klinisch gereinigt, als wir ankamen.« Sein Blick war offen. »Warum hat eure Quelle euch nichts von dem geheimen Labor erzählt?«

Jørgen Mostu sah ihn misstrauisch an. »Tja, warum nicht? Es handelt sich um eine äußerst glaubwürdige Quelle.«

Trotzdem ahnte Fredrik, dass der Freund verunsichert war.

Fredrik lehnte sich so weit im Stuhl nach hinten, dass er umzukippen drohte. »Ich glaube, ihr werdet benutzt.«

Die Falte auf der Stirn des Journalisten wurde tiefer. »Okay … Aber warum?«

»Weil irgendjemand entschieden hat, dass diese Tragödie wie eine Art religiöser Rachefeldzug aussehen soll. Jemand will, dass wir glauben, islamistische Fundamentalisten stünden dahinter. Möglich, dass es so ist. Aber die Angelegenheit ist komplexer, da bin ich mir sicher.«

Jørgen verdrehte die Augen. »Du meinst, die Presse lässt sich benutzen? Wir nützlichen Idioten? Es ist wie immer …«

»Das sind deine Worte. Wer immer dahintersteckt, hat offenbar ein verdammt professionelles, tief gehendes Gesellschaftsverständnis. Er weiß, wie er die richtigen Knöpfe drückt«, antwortete er diplomatisch. Er schielte zu Jørgens fast leerem Glas hinüber. »Noch eins?«

»Ja, verdammt«, brummte der Journalist unzufrieden.

Als Fredrik vom Tresen zurückkehrte, sah Jørgen aus, als hätte er sich eine Theorie zurechtgelegt.

»Was ist mit diesem Emir? Mohammed Khaled Omar, den ihr zur Fahndung ausgeschrieben habt? Und seinem Leibwächter – Qambrani? Die Einzigen, die in diesem Fall gesucht werden, sind doch muslimische Fundamentalisten?«

Fredrik machte sich nicht die Mühe, es zu leugnen. »Fürs Erste sollte davon niemand Wind bekommen.«

»Du weißt doch: Wir haben gute Quellen«, erwiderte Jørgen süffisant.

»Ich will lieber nichts über den Emir sagen. Er ist derzeit zur Fahndung ausgeschrieben, weil wir mit ihm reden wollen. Und Qambrani liegt im Ullevål. Nach allem, was ich gehört habe, mit geschwollenen Hoden.« Er legte den Kopf schief. »Wenn ihr vom Emir und Qambrani wisst, warum habt ihr das nicht veröffentlicht?«

»Das kann ich nicht sagen.«

»Aha. Ich wette zwei Biere darauf, dass exakt in diesem Moment ein Kamerateam in Grønland steht. Ihr habt versprochen, die Sache nicht zu bringen, bevor der Emir nicht verhaftet wurde, nicht wahr?«

Jørgen grinste und verdrehte leicht die Augen. »Wir werden sehen.«

Er ging raus, um zu rauchen. Fredrik sah ihn durch das schmutzige Fenster unter der roten Markise Schutz vor dem Nieselregen suchen. Spontan warf er sich die Lederjacke über und folgte ihm nach draußen. Seite an Seite wie Laurel und Hardy standen sie eine Weile da.

»Ich muss wissen, wer die Quelle ist«, sagte Fredrik schließlich.

Jørgen nahm einen tiefen Zug. Die Antwort kam mit dem Ausatmen: »Nein, verdammt, Fredrik.« Erneut senkte er die Stimme. »Der Quellenschutz ist heilig. Das weißt du genau.«

»Aber du siehst ein, dass diese Quelle euch missbraucht?«

Jørgen gab ein paar leise Schmatzgeräusche von sich, bevor er ihn schräg ansah. »Nein, verdammt«, wiederholte er. »Solche Sticheleien ziehen bei mir nicht. Du hast ein paar Türen geöffnet, und ich behalte es im Hinterkopf. Aber ich verpfeif verdammt noch mal nicht unsere Quelle. Vorläufig hab ich nichts weiter als deine Warnung.«

»Du lässt dich nicht mal davon aus der Reserve locken, dass du als Medienmann missbraucht wirst?«, versuchte es Fredrik erneut.

Jørgen schnaubte. »Jeder unserer Informanten hat eigene Interessen. Die Information kam tatsächlich aus einer eher unerwarteten Richtung, so viel kann ich sagen. Aber mehr kriegst du nicht.« Er schnipste den Zigarettenstummel auf die Straße.

»Also von jemandem aus der Politik. Hoch oben?«

Jørgen lachte kurz. »Gib dich damit zufrieden, Fredrik. Ich sag nicht mehr, glaub mir.«

»Glaub ich dir nicht. Ich weiß, dass du mehr sagen wirst«, entgegnete Fredrik und drehte sich zu ihm um. »Du kennst diesen Fall viel zu gründlich, du hast darüber nicht nur bei der Morgenbesprechung gehört. Du arbeitest offensichtlich daran. Und das bedeutet, du oder jemand anders in deiner Abteilung hat Direktkontakt mit eurem Informanten. Als ich es zuletzt überprüft habe, warst du im Politikressort. Nicht bei den Polizeireportern.«

Sie waren wieder auf dem Weg nach drinnen, als Fredrik plötzlich innehielt. Nachdenklich betrachtete er die Reihe parkender Autos entlang der dunklen Straße. Eine Bewegung hatte seine Aufmerksamkeit erregt. Oder war es nur Einbildung gewesen? Irgendein Blinklicht aus einem der Wagen? Er folgte seinem Kumpel wieder hinein in die Wärme.

29

Der Mond spiegelte sich in der stählernen Klinge. Er blieb einen Augenblick wie angewurzelt stehen. War fasziniert. Langsam drehte er den Schaft herum, bis er das Spiegelbild sah. Der Blick war leicht getrübt. Leer.

Sachte glitt das Rasiermesser über den blassen Schädel. Anschließend tauchte er beide Hände in die Wasserschüssel, folgte mit den nassen Fingern der Spur des Messers: die Schläfen entlang, über das holprige, unebene Narbengewebe. Wie ein papierdünner Film lag es über den Knorpelresten, dort wo das Ohr hätte sein müssen. Dann hinunter zum Nacken. Er drehte den Kopf, bis die Halsmuskulatur schmerzte. Erst das Messer, dann die Hand. Wasser tropfte ihm in den Gehörgang.

Er legte das Rasiermesser so lange nicht weg, bis der nackte Männerkörper vollkommen enthaart war. Dann ging er in die Hocke. Öffnete den Tiegel. Mit Zeige- und Mittelfinger massierte er die milchig weiße Masse in die Haut ein. Die Substanz würde langsam in die oberen Hautschichten eindringen und ihn ausradieren.

Als er fertig war, erhob er sich und streckte den langen, kräftigen Rücken, als würde ein Adler im Gleitflug die Schwingen spreizen. Er strich noch einmal über den Kopf.

Wer immer den Mann entdecken würde, würde ein wuchtiges Muskelpaket sehen, breitbeinig und nackt. Die Haut glänzend wie geschmolzenes Stearin. Er würde das schlaffe Geschlechtsorgan sehen, den perlenrunden Hinterkopf, die ohrlose, perfekte Eierform des Kopfes. Und würde sich wegdrehen. Er würde zurückweichen. Ungläubig, panisch. Und in der Gewissheit, dass sein eigenes Leben gleich vorüber wäre.

30

»Kennst du Fredrik schon lange?«

Kafa hatte die Stimme gesenkt. Andreas Figueras sah sie kühl an.

»Ja«, antwortete er knapp.

Sie ließ sich von dem Ton nicht abschrecken. »Was ist mit seinem Bein passiert? Warum hinkt er?«

Andreas blickte auf. Sah hinüber zu dem Mann, von dem sie sprachen. Mit der Agentenbrille, dem ZZ-Top-Shirt und der abgetragenen Cordjacke machte es Fredrik dem Inhaber des kleinen Ladens, Norsk Security & Tech, nicht gerade leicht. Wie sollte er denn glauben, dass da ein Hauptkommissar vor ihm stand?

Die Überwachungskameras von Solro stammten aus diesem Laden.

»Tja«, sagte Andreas reserviert. »Wenn du mit ihm arbeiten sollst, ist es wohl auch in Ordnung, wenn du es weißt. Dann trittst du wenigstens nicht in irgendein Fettnäpfchen.«

Sie bohrte die Zunge in die Oberlippe. Es schien fast, als hätte sie nicht ernsthaft damit gerechnet, dass tatsächlich irgendwas dahintersteckte – irgendwas, was mehr war als ein Sturz von der Treppe oder ein Fahrradunfall. Von den braunen, glänzenden Lederschuhen bis hinauf zu den silbergrauen Locken maß sie ihn mit dem Blick. Er wusste genau, was sie dachte: War die Geste aufrichtig, oder suchte er nur nach einer Möglichkeit, um sie zu demütigen? Die Antwort erhielt sie umgehend.

»Er hat sich das Bein verletzt, als er versucht hat, seinen Sohn aus einem Feuer zu retten.«

Sie atmete scharf ein.

»Fredrik und seine Frau Alice hatten gerade ihr drittes Kind bekommen. Alice hatte wieder angefangen zu arbeiten, und er war mit dem Baby zu Hause. Frikk. Während Frikk Mittagsschlaf machte, ist Fredrik einkaufen gegangen. Kleinkram – nur schnell um die Ecke. Er war zehn Minuten weg. Maximal. Trotzdem … Als er zurückkam, stand die komplette Wohnung in Flammen. Er ist mit Frikk im Arm aus dem zweiten Stock gesprungen. Fredrik hat sich das Knie zertrümmert. Der Kleine hat es nicht überlebt.«

»Wie traurig.«

Andreas kniff die Lippen zusammen. »Jepp.«

Fredrik winkte die Kollegen zu sich. Zeigte auf den Vertrag, der auf dem Tresen lag, dann auf den Inhaber, einen glatzköpfigen Kerl Mitte vierzig. Der Kaufvertrag war zwei Jahre alt. Gottes Licht hatte beinahe zweihunderttausend Kronen für die Überwachungsausrüstung bezahlt, und nachdem er Fredriks Dienstausweis gründlich geprüft hatte, hatte der Verkäufer auch eingeräumt, sich noch bestens an die Bestellung zu erinnern.

»Könnten Sie bitte noch mal erzählen, was Sie mir gerade erzählt haben?«

Der Verkäufer schnaubte wie ein gestrandeter Wal. Er nahm die Vertraulichkeit, für die sein kleiner Laden warb, offensichtlich ernst.

»Na ja, das war so… Sie haben bar bezahlt. Cash. Bar.«

»Bar«, wiederholte Fredrik. »Ist das normal?«

»Nein.«

»Haben Sie gefragt, warum sie bar zahlen wollten?«

Der Inhaber setzte ein unsympathisches Grinsen auf. »Das hier ist die Sicherheitsbranche. Leute kommen hierher, weil sie Geheimnisse haben. Hierzulande ist es doch wohl nicht ungesetzlich, mit Bargeld zu bezahlen?«

»Vorläufig nicht«, antwortete Fredrik angesäuert. »Können Sie die Käufer beschreiben?«

»Ihn. Es war einer. Wie genau er aussah, weiß ich nicht mehr, aber er war ein gewöhnlicher Typ. Ein bisschen intensiv vielleicht. Intensive Augen, wenn Sie wissen, was ich meine.«

»Aber es war ein *er*?«, hakte Kafa nach.

Inzwischen hatte sie den Vertrag studiert und tippte auf die Unterschrift.

Der Ladenbesitzer erklärte, er habe den Ausweis nicht

kontrolliert. Schließlich habe der Mann bar bezahlt. Aber es sei die Unterschrift des Käufers, ja.

Per Olsen.

Der Laden lag ein wenig abseits im Industriegebiet von Alna, sieben, acht Kilometer östlich vom Osloer Stadtzentrum. Nachdem sie sich etwas beschafft hatten, was vage an Kaffee erinnerte, wandten sie sich wieder in Richtung Grønland. Kafa fuhr, während Andreas Blatt für Blatt auf dem Rücksitz verteilte. Das Ergebnis der gestrigen Suche in öffentlichen Archiven.

»Ein Per Olsen war weder unter den Opfern noch unter den Vermissten«, stellte Kafa fest.

»Es könnte ein Deckname sein«, murmelte Andreas.

»Tja. Aber ein Deckname für wen? Der Ladenbesitzer hat den Pastor auf dem Foto doch nicht wiedererkannt. Und auch keins der anderen Mitglieder. Nein, das glaub ich nicht«, sagte Kafa.

Sie hatte wieder diesen belehrenden Ton angeschlagen, und Andreas' Teint glich allmählich dem einer gekochten Krabbe.

»Klingt für mich trotzdem wie ein Deckname«, wiederholte er säuerlich.

Für eine Weile sagte keiner einen Ton.

»Tja, ungeachtet dessen …«, ergriff Fredrik das Wort. »Erzähl uns, was du gefunden hast, Andreas.«

Der Kollege setzte die Brille auf.

Pastor Bjørn Alfsen junior war die sprichwörtliche Spinne. Daran herrschte wenig Zweifel. Andreas hatte die Immobilien aufgelistet, die sich im Besitz der Glaubensgemeinschaft befanden. Und die Liste war bemerkenswert. Denn kein einziges der Gemeindemitglieder hatte überhaupt etwas besessen, nicht einmal eine Kleingartenparzelle. Die meisten hätten sich früher eine Wohnung oder ein Haus leisten können, genau wie die meisten ihrer Mitbürger auch – inzwischen jedoch nicht mehr.

Fredrik drehte sich auf dem Beifahrersitz um. »Das stimmt mit dem überein, was Kari Lise Wetre von ihrer Tochter erzählt hat. Annette hat ihre Wohnung auf dem Sankthanshaugen verkauft«, erklärte er. Insgeheim war er beeindruckt von der Menge an Dokumenten, die sein Partner auf dem Rücksitz zusammengestellt hatte.

Andreas schmunzelte. »Oh nein, da täuschst du dich. Ich glaube, da hat die gute Annette ihre Mutter hinters Licht geführt. Sie hat nämlich überhaupt nichts verkauft. Die Wohnung wurde übertragen – in Form einer Schenkung. An Pastor Bjørn Alfsen.«

»Verdammt.«

»Dreizehn Immobilien«, referierte er, »sind auf seinen Namen registriert – plus Solro. Zwei davon, eine Villa auf Bygdøy und eine Hütte auf Tjøme, hat er von seinen Eltern geerbt. Zum Zeitpunkt seines Todes besaß er überdies sage und schreibe fünf Wohnungen in Oslo, ein Gewerbegrundstück in Lysaker, ein Einfamilienhaus in Larvik, zwei in Lillehammer, ein Waldgrundstück in Nord-Trøndelag sowie eine Hütte in Rjukan. Sämtliche Immobilien hatten sich zuvor im Besitz anderer Sektenmitglieder befunden, wurden dann aber an Alfsen übertragen. Und ja, wir haben es überprüft«, sagte er mit einem finsteren Blick auf Kafa. »An keinem der Orte auch nur das geringste Lebenszeichen.«

»Hast du irgendeine Theorie?«

»Ja«, antwortete Andreas, »habe ich. Aber es ist bloß eine *Theorie.*« Er hielt seinen Gewitterblick auf Kafa gerichtet. »Ich glaube, all diese Immobilien dienten als eine Art finanzieller Sicherheit.«

»Auffällig ist doch, dass Alfsen nicht eine einzige davon verkauft hat. Also kann es der Glaubensgemeinschaft nicht an Geld gemangelt haben. Nur wie haben sie den Bau des Kellers und des verborgenen Labors bezahlt? Wie haben sie dort mehr als zwanzig Menschen versorgt?«

Andreas zuckte mit den Schultern. Alfsen hatte durchaus über finanzielle Mittel verfügt. Aber die Summen, von denen hier die Rede war? Zehn Millionen? Er schüttelte den Kopf. Außerdem hatte der Pastor seit mehr als zehn Jahren kein Bankkonto mehr gehabt. Er musste sein Geld quasi unter der Matratze verwahrt haben… die sie nicht auseinandergenommen hatten, wie ihm jetzt durch den Kopf schoss.

»Was ist mit Solro?«, fragte Kafa.

»Zu hundert Prozent in Alfsens Besitz. Wie das hier belegt« – Andreas breitete eine Karte des Maridalen aus –, »ist das Solro-Grundstück verhältnismäßig groß. An die zwanzigtausend Quadratmeter, mit der Möglichkeit, sowohl nordwärts als auch in Richtung Osten Grundstücke abzutrennen.«

»Und der geheime Keller?«

Andreas zog die Kopie eines Briefes hervor. Der Briefkopf stammte von der Kommune Oslo.

»Das Formelle war geregelt – das heißt, sie haben offiziell beantragt, unter der Scheune einen Keller einzuziehen. In dem Antrag erwähnt Alfsen das Labor allerdings mit keiner Silbe.« Er wedelte mit dem Papier. »Die Kommune hat den Ausbau erlaubt – unter der Bedingung, dass die Baupläne nachgereicht würden. Das ist aber nie passiert. Zumindest lagern sie nicht in den Archiven.«

Kafa schüttelte den Kopf.

»Was, wenn die Immobilien gar nicht als finanzielle Sicherheit gedacht waren? Wenn es in Wahrheit konspirative Wohnungen waren? In denen sie sich hätten verstecken können, wenn etwas schiefgegangen wäre?«

»Du vergisst dabei eine Sache«, sagte Andreas mit fester Stimme. »Es *ging* etwas schief. Ein paar von ihnen fielen einem Angriff zum Opfer.«

31

Die Erinnerungen kamen wieder, als er auf dem Stuhl den Kopf in den Nacken legte, die Augen schloss und tief Luft holte. Sie waren weder unerwünscht noch irgendwie bedrohlich. Es war einfach nur der Vergewaltiger aus dem letzten Winter. Ein Neunzehnjähriger, der seinen Vater erstochen hatte. Ein notdürftig bandagierter Ladenbesitzer und ein zitternder, tropfnasser Dreizehnjähriger, an dessen Wange immer noch das Blut des Bruders klebte. Täter. Zeugen. Und Opfer. Auf ihre Weise waren sie alle Opfer, die hier bei ihm auf dem Stuhl landeten.

An die genauen Daten konnte Andreas sich nicht mehr erinnern. Er wusste auch nicht, wie lange sie jeweils dagesessen hatten. Auch ihre Stimmen konnte er sich selten ins Gedächtnis rufen, und es kam sogar vor, dass er komplett vergaß, ob sie geweint oder gelacht oder nur geredet hatten. Im Großen und Ganzen erinnerte er sich am besten an Bilder. Für den Rest sorgte das Aufnahmegerät. Denn selbst wer nichts sagte, sagte etwas – durch einen nervösen Blick zum Anwalt. Das Klicken mit dem Kugelschreiber. An den Stuhl pochende Handrücken. Einen beschleunigten Atem.

Andreas Figueras wusste, dass er jenseits des Vernehmungsraums nicht gerade zu den beliebtesten Kollegen gehörte. Die unpassenden Kommentare, die Konflikte, denen er nie entkam, der rastlose Zorn. Er konnte nichts dafür. Es gärte eine ewige Unruhe in ihm, und nur diejenigen, die sie akzeptierten, so wie Fredrik, konnte er in Frieden lassen.

Aber hier drinnen war er einer der Besten. Denn hier galten all die komplizierten sozialen Regeln nicht. Im Vernehmungszimmer sank sein Puls. Der ewige Lärm legte sich. Hier gab es nur mehr ihn, einen Tisch, eine Tür und einen Spiegel. Eine Person mit einer Geschichte, die erzählt werden wollte.

Und die verdammten Anwälte.

»Ich habe Herrn Qambrani geraten, auf all Ihre Fragen wahrheitsgemäß zu antworten. Wie er Ihnen bereits erklärt hat, bedauert er es sehr, dass es so aufgefasst werden kann, als hätte er Ihre Kollegen angegriffen. Allerdings hat er auch erklärt, dass er von dem Moment an, da die beiden Polizisten *in Zivil* ihre Identität zu erkennen gaben, sämtliche Selbstverteidigungsmaßnahmen einstellte. Anschließend war er es, der unschädlich gemacht wurde … auf brutale Weise, wenn ich das hinzufügen darf.«

Andreas ließ den Anwalt reden. Er war ihm nie zuvor begegnet, und den Namen hatte er bereits wieder vergessen. Er saß in der Ecke, nicht wie sonst am Tisch wie die beiden anderen, weil er Qambrani so besser im Blick behalten konnte. Die dunkle Gesichtshaut wirkte weich, beinahe samtig hinter dem dichten, wohlfrisierten Bart. Der Kragen im Nacken ließ den Hals irgendwie aufgedunsen erscheinen.

»Ich möchte die Polizisten um Entschuldigung bitten«, sagte Qambrani leise. »Ich hatte Angst. Ich habe geglaubt, sie wären gekommen, um mich zu holen. Wir haben so viele Drohungen bekommen – und nachdem der Emir verschwunden ist …«

Er brachte den Satz nicht zu Ende. Starrte in den Schoß

und zupfte an einem losen Faden seines grau-grünen *salwar kamiz*, der vom Halsausschnitt bis auf die Brust mit einer Knopfleiste versehen war.

Andreas spähte verstohlen in Richtung des großen Spiegels. Dahinter saßen Synne, Sebastian Koss und Fredrik.

»Wo ist Mohammed Khaled Omar? Der Emir?«

Qambrani sah ihn verdrossen an. Zwirbelte ein paar Barthaare zwischen den Fingern. Schüttelte den Kopf. Hatte dann offenbar das Gefühl, die Leere füllen zu müssen. »Ich habe ihn seit Wochen nicht mehr gesehen. Ich habe keine Ahnung, wo er ist.«

»Wann haben Sie ihn zuletzt getroffen?«

Qambrani seufzte. »Das ... Ich hab keine genaue Erinnerung daran. Vor vielleicht drei, vier Wochen ... Wir hatten eine Versammlung organisiert, auf der Omar sprechen sollte. Ich bin mir nicht sicher, ob ich ihn danach noch mal gesehen habe.«

Andreas schwieg.

Auf der Stirn des Mannes pulsierte eine dicke Ader schnell und regelmäßig.

»Wann hatten Sie erstmals den Verdacht, der Emir könnte verschwunden sein?«

Der Verhaftete presste die Handflächen aneinander.

»Das war während des Freitagsgebets. Vor drei Wochen. Alle waren da ... nur er nicht.«

»Und warum nicht?«

Qambrani hob beide Hände. »Ich weiß es nicht.«

»Worüber haben Sie gesprochen? An dem Tag, als Sie ihm möglicherweise zum letzten Mal begegnet sind?«

»Ich weiß es nicht mehr! Gewöhnliche Dinge – nichts, was ich mir gemerkt hätte.«

»Kein Wort darüber, dass er wegwollte? Keine Fluchtpläne? Dass er außer Landes wollte?«

Erneutes Kopfschütteln.

»Haben Sie von Solro gesprochen?«

»Nein.«

»Haben Sie von Gottes Licht gesprochen?«

Qambrani antwortete nicht.

»Haben Sie über Ihre Feinde in der Glaubensgemeinschaft Gottes Licht gesprochen?« Andreas war zusehends lauter geworden. »In der Glaubensgemeinschaft, deren Mitglieder vor vier Tagen massakriert wurden? Haben Sie von ihnen gesprochen?«

»Nein!«

Der Mann schlug so hart mit der flachen Hand auf den Tisch, dass Kaffee aus seinem Becher spritzte. Dann krallte er die Finger um die Armlehnen, als müsste er sich selbst zur Ruhe rufen.

»Nein, habe ich gesagt. Nein. Ich habe nichts mit diesen abscheulichen Geschehnissen zu tun. Ich weiß nichts darüber. Ich verstehe Ihre Fragen nicht.«

Er starrte hilflos zu seinem Anwalt hinüber.

»Mein Mandant war in keiner Weise in Vorgespräche, Planung oder Durchführung der Morde auf Solro involviert. Der Konflikt liegt Jahre zurück. Wenn Sie also nichts Handfestes vorzuweisen haben, was meinen Mandanten mit den Untaten auf Solro in Verbindung bringt …«

Der Anwalt machte sich nicht mal die Mühe, den Satz zu Ende zu sprechen. Stattdessen schob er sein fettes Kinn ganz langsam hin und her.

Andreas schwieg. Lehnte sich nach vorn und zog ein paar Papierservietten aus der Schachtel in der Mitte des Tischs. Legte sie über die Kaffeeflecken und ließ die Flüssigkeit einziehen, bevor er das Papier in seinen eigenen Becher stopfte. Danach zog er ein paar weitere Servietten heraus, mit denen er den Tisch abtrocknete, ehe auch die in seinem Pappbecher landeten. Zum Schluss faltete er den Becher an der oberen Kante zusammen und ließ ihn in den Papierkorb fallen.

»Warum verstecken Sie sich in einer Industriehalle in Ensjø?«

»Wir…«

Im Augenwinkel sah Andreas, dass der Anwalt knapp nickte, und Qambrani räusperte sich.

»Jamaat-e-Islami ist eine Organisation mit vielen Feinden. Wir betreiben ein vollkommen legales religiöses Unternehmen. Trotzdem hassen uns viele. Unsere Räumlichkeiten waren mehrmals Einbrüchen ausgesetzt. Vandalismus. Vermieter kündigen uns wegen unseres Glaubens. Irgendwann hat Omar mich gebeten, einen neuen, sicheren Ort für uns zu finden. Einen Ort, an den wir uns zurückziehen können. Falls sich die Situation zuspitzt.«

»Sich zuspitzt?«

Qambrani zuckte mit den Schultern. »Sehen Sie sich doch um. Religiöse, kulturelle Konflikte entzünden sich doch überall. Auch hier. Daher haben wir uns in die Halle in Ensjø zurückgezogen. Ich gebe zu, die Formalia sind noch nicht ganz geklärt – der Mietvertrag und so. Aber daran arbeiteten wir noch.«

Andreas verdrehte die Augen. »Sie haben meine Frage nicht beantwortet. Warum haben Sie sich dort versteckt?«

Erneut fummelte der Mann an dem losen Faden. Würde sich das ganze Gewand auflösen, wenn er nur kräftig genug daran zöge? Verfügte auch Qambrani über einen losen Faden, an dem er würde ziehen können?

»Ich glaube nicht, dass uns der Emir freiwillig verlassen hat.«

»Okay…«

Qambrani schob die Füße nach vorn. Die blauen Tennissocken und die Plastiklatschen von Adidas passten wunderbar – das bevorzugte Schuhwerk der Knastbrüder, schoss es Andreas durch den Kopf.

»Der Emir würde uns nicht so verlassen. Ohne ein Wort des Abschieds.« Qambrani ließ die Hände sinken. »Ich befürchte, dass er entführt und ermordet wurde. Von Leuten, die den Islam hassen. Ist es da verwunderlich, dass auch ich Angst bekommen und mich versteckt habe? Deshalb … hab ich auch so reagiert, als diese Polizisten mir dort auflauerten.«

»Der Emir hat also nicht in der Halle gewohnt?«

»Nein.«

»Warum haben Sie ihn nicht als vermisst gemeldet?«

Andreas Figueras spielte zwar nicht Schach, aber er hatte mal an einem Seminar teilgenommen, bei dem irgend so ein selbstgefälliger Vogel von der Polizeihochschule von der Verwandtschaft des Verhörs mit dem uralten Spiel gepredigt hatte. Du musst deine Figuren erst geschickt positionieren, ehe du angreifst, hatte er gesagt. Und dann musst du dafür sorgen, dass der Gegner *nie* die Möglichkeit bekommt, dich hart zu treffen. Im Vernehmungszimmer spielt die Polizei immer mit Weiß. Weiß obliegt der erste Zug und somit die Oberhand. Nur schlechte Polizisten geben diese Dominanz ab.

Die Worte hallten in seinen Ohren wider, als er Qambranis überlegene Miene sah.

»Aber das hab ich doch gemacht.«

»Ach …« Andreas warf einen Blick zum Spiegel.

»Natürlich«, konstatierte der Anwalt. Der nasale Tonfall sprach von reiner Provokation, und es funktionierte. »Vor exakt neunzehn Tagen. Allerdings handelte es sich um einen anonymen Anruf – allerdings von Qambranis Telefon. Dasselbe Telefon, das Sie beschlagnahmt haben.

Überprüfen Sie es, und prüfen Sie auch gleich Ihre eigenen Daten.«

Schach.

Andreas schnaubte. »Der Fall hat bei der Osloer Polizei oberste Priorität. Wenn es in unserer Datenbank einen Hinweis auf einen Mann gäbe, der im Verdacht steht, auf Solro mehrere Morde verübt zu haben, dann glaube ich, wüssten wir das.«

»Überprüfen Sie …«, hob der Anwalt an, doch Andreas brachte ihn mit erhobener Hand zum Schweigen. Sein Spiel hieß eher Poker. Da gewann man auch mit schlechten Karten. Man musste nur gut genug bluffen.

»Ist Ihnen schon mal der Gedanke gekommen, dass der Emir Sie hat hinters Licht führen wollen? Dass er *wollte*, dass es so aussieht, als wäre er entführt worden? Dass sein Hass auf Gottes Licht und andere bekennende Christen stärker sein könnte, als Sie ahnen?«

Qambrani sah ihn nichtssagend an.

»Nein«, sagte der Islamist nach einer Weile. »Der Gedanke ist mir nie gekommen.«

»Wie erklären Sie sich dann das hier?«

Aus seinem ledergebundenen Notizbuch zog Andreas die Karte hervor, auf der die Industriehalle verzeichnet gewesen war. »Das hier haben wir auf dem Nachbarhof von Solro gefunden. Der Eigentümer des Hofs wurde vor zwei Tagen abgeschlachtet und verbrannt.«

Qambrani schüttelte den Kopf. »Möge Allah Mitleid mit seiner Seele haben. Das habe ich noch nie zuvor gesehen. Was sollte der Emir mit einer Karte? Er wusste doch, wo die Halle liegt.«

Qambrani hatte den Bluff durchschaut. Verdammt.

Andreas zog ein Foto hervor. Legte es auf den Tisch. Es war der Pastor, kniend, mit gefalteten Händen. Es hätte ein friedvolles Motiv sein können – wäre da nicht das kalte Licht. Und das Einschussloch über dem Ohr.

Qambrani lehnte sich vor. Betrachtete das Foto. »Ist er … tot?«

»Ja.«

»Friede sei mit ihm«, sagte er und schob das Bild von sich weg. »Wer ist das?«

»Bjørn Alfsen. Er war Pastor der Glaubensgemeinschaft Gottes Licht.«

Qambrani schnalzte resigniert mit der Zunge.

»Sehen Sie das Tuch, mit dem seine Hände zusammengebunden wurden? Darauf ist ein Koran-Vers abgedruckt. Bemerkenswert, nicht wahr?« Andreas tippte mit dem Zeigefinger auf das Bild.

Qambrani zögerte. »Ich weiß nicht … Ich bin kein Kriminalist, aber …« Er sah den Polizisten direkt an. »Das ist kein islamischer Brauch. Wer immer hinter der Tat steckt, ist kein Muslim. Und kein Freund des Islam.«

Schach oder Poker – es spielte keine Rolle. So oder so war die Partie beendet.

32

Verdammte Scheiße.

Fredrik beugte sich nach vorn, zog die schwarze Tüte über die Hand und griff zu. Drehte die Tüte auf links. Der Hundehaufen fühlte sich ungefähr so an, wie Andreas nach dem gestrigen Verhör ausgesehen hatte.

Er dachte an das Gespräch mit den Technikern in der Scheune. Im Kofferraum des ausgebrannten Passat hatten die Reste einer schwarzen Tasche gelegen. Der Inhalt hatte mutmaßlich aus Plastikkanistern, Tuben, Reagenzgläsern und Petrischalen bestanden – den gleichen Schalen, wie man sie in Labors verwendete. Mittlerweile war alles zu einem schwarzen Brei zusammengeschmolzen. Hier waren sie also gelandet, die Chemikalien von Solro. In einer von Flammen heimgesuchten Scheune im Maridalen. Er musste wieder an Mohammad Qambrani denken. Die Wahrheit war, dass sie rein gar nichts gegen ihn in der Hand hatten. Ein paar Wochen Gewahrsam würden sie dem Richter vielleicht abringen, aber dann würde er freigelassen werden müssen. Sie mussten den Emir finden. Sie mussten die Glaubensgemeinschaft finden. Den Mörder. Die Zeit arbeitete gegen sie.

Es war grau draußen, und die dünne Cordjacke schützte nicht vor dem Wind. Endlich kam der zivile Ford die Sorgenfrigaten herabgerollt. Kafa machte das Fenster auf.

»Was ist das?«

Sie starrte auf den Spaniel hinab. Er hatte dichtes, langes Fell, Schlappohren und feuchte Augen.

»Das? Das ist Krøsus.«

»Willst du deinen Hund mit zur Arbeit nehmen?«

Fredrik schnaubte. »Es ist Bettinas Hund … eine … Freundin. Sie ist auf Fortbildung, und ich passe auf das Tier auf. Krøsus ist nicht gern allein. Da bekommt sie immer Durchfall.«

Kafa sah alles andere als enthusiastisch aus.

»Magst du keine Hunde?«

»Ich bin Muslima.«

»Na ja. Es ist immerhin kein Schwein.«

Kafa machte das Fenster wieder zu und öffnete den Kofferraum, doch Fredrik klopfte an die Scheibe.

»Tut mir leid, sie muss vorn sitzen. Sonst wird ihr schlecht.«

Die Zeitung riss mit einem scharfen Geräusch. Papierfetzen verteilten sich auf der Tischplatte. Der Schreibtisch von Bauunternehmer Henning Skaug war robust – und schmutzig, wie Schreibtische es nun mal wurden, wenn Staub, Reste von Reinigungsmitteln, Klebeband und Klebezetteln zu lange liegen blieben. Doch in der Mitte befand sich ein freigeräumtes, sauberes Fleckchen. Und genau dort lag ein Stapel Dokumente.

»Das überhaupt zu finden war eine enorme Anstrengung. Aber es war ein guter Anlass, mal ein wenig aufzuräumen«, murmelte Skaug und goss Kaffee in Pappbecher.

Der frühere Eigentümer von Oslo Montasjemiljø AS setzte sich hinter den Schreibtisch und wies auf den Karton mit Kaffeesahne. »Weiß? Zucker hab ich leider nicht.«

Henning Skaug und seine Firma waren ein paar Jahre, nachdem sie den Keller auf Solro gebaut hatten, Konkurs gegangen. Inzwischen arbeitete er für einen größeren Bauunternehmer mit Sitz in Furuset. Mit knochigen Fingern blätterte er durch die Unterlagen und fischte den Auftrag mit dem Lageplan aus dem Stapel hervor.

»Den Auftrag dort, den werd ich nie vergessen.«

Das war kaum verwunderlich. Es war ein großer Auftrag gewesen, und Skaug hatte um einen Vorschuss gebeten. Zwei Stunden später waren drei Männer in seinem Büro aufgetaucht und hatten einen Koffer mit Bargeld gebracht. 9 244 000 Kronen in Tausender- und Fünfhunderter-Scheinen. Er hatte sich wie ein Gangster gefühlt.

Er knurrte leise, während er nachspielte, wie er das Geld gezählt hatte.

»Als ich von der Schießerei dort oben gehört hab, dachte ich mir schon, es hätte womöglich mit Solro zu tun.« Er schob die Fingerspitzen in den schmalen Streifen Haar über den Ohren. Ein fransiger weißer Lorbeerkranz.

»Warum? Ich meine, warum haben Sie diesen Schluss gezogen?«, fragte Kafa.

»Die Leute… Sie kamen mir vor wie…« Er presste die Lippen zusammen, während er nach dem richtigen Wort suchte. »Eigenartig.« Skaug nickte, wie um sich selbst zu bestätigen, dass es genau das war, was er meinte. »Wäre jemand anderes in meinem Büro mit einem Koffer voller Geld aufgetaucht, wäre ich direkt zur Polizei gegangen. Aber diese Leute… Sie wirkten so rein, so unschuldig. Redeten die ganze Zeit von Gott. Sie waren irgendwie naiv… und nett. Zumindest auf den ersten Blick.« Er lächelte schief. »Sie haben uns immer frisch gebackene Brötchen und Saft für die Pausen gebracht. Die Jungs liebten das. Außerdem waren sie süß, die Mädchen. Barfuß, in flatternden Kleidern. Es war, als würde man dort in ein Märchen eintauchen.« Über Skaugs Gesicht legte sich ein nachdenklicher Zug. »Ein Bergman'sches Märchen.«

»Aber«, begann Kafa, »das erklärt nicht, warum Sie an die Glaubensgemeinschaft denken mussten, als Sie von den Morden gehört haben.«

»Nein. Dazu komme ich gleich. Interessieren Sie sich für Filme?« Er sah Kafa neugierig an.

»Nein. Ein wenig… Warum?«

»Die Bergman-Filme sind immer irgendwie doppelbödig. Irgendwo lauert immer eine Tragödie. Hinter der Idylle.«

»Können Sie etwas konkreter werden?«

Nicht so einfach, dachte Skaug. Es waren kleine Dinge gewesen – Pastor Alfsens fast schon archaische Sprache, die Neigung, Gemeindemitglieder öffentlich zu schelten, das abrupte Schweigen, wann immer die Arbeiter ihnen zu nahe kamen. Aber am besten erinnerte er sich noch an die Blicke. Die seltsamen Blicke, die ihnen die Solro-Bewohner zugeworfen hatten. Erst hatte er sie als Flirten missverstanden. Als würden auf diesem Hof im Namen Gottes Unanständigkeiten vor sich gehen. Aber dann hatte er angefangen, sich zu wundern … Skaug sah die Jugendlichen vor sich. Sie hatten irgendein Geheimnis gehabt, ein tief reichendes, todernstes Geheimnis – größer als sie selbst, größer als die Glaubensgemeinschaft, größer als … das Leben? Ein göttliches Geheimnis. Im Nachhinein hatte er sich eingeredet, dass in den Blicken Hoffnung gelegen hätte. Eine stumme Hoffnung, dass Skaug auf die Knie fallen, um Gottes Vergebung bitten und sich ihnen anschließen würde. Bevor es zu spät wäre. Ein einziger Blick von einem von ihnen hatte gereicht, um zu wissen, wie das Ganze enden würde. Nicht gut.

Der Bauunternehmer wandte sich von den Ermittlern ab und starrte auf die Unterlagen auf dem Tisch hinab. »Das andere, was mich misstrauisch machte, war der Auftrag an sich. Das hier ist die Arbeitsskizze, die ich angefertigt hab – auf Grundlage von Skizzen, die ich von der Glaubensgemeinschaft bekommen hatte.«

Fredrik hatte sie bereits in Augenschein genommen. Sie stimmte mit seinen Erinnerungen an die unterirdischen Räumlichkeiten überein.

Ein Lager, hatten sie behauptet. Sie bräuchten ein Lager. Doch es sah nach etwas komplett anderem aus. Die Mauern waren enorm dick, stellenweise anderthalb Meter. Zudem hatten sie großes Augenmerk auf die Belüftung gelegt. Und auf Luftfilter. Sie hatten sich schließlich für zwei voneinander komplett unabhängige Belüftungssysteme entschieden. Die Glaubensgemeinschaft hatte überdies zwei separate leistungsstarke Stromkreise gewollt, Rohrleitungen für Toiletten und Bäder, und die Türen … Ja, die Türen waren ein Kapitel für sich. Sie waren aus der Schweiz importiert worden. Mussten ein Vermögen gekostet haben. Sie hatten sie doch selbst gesehen. Hochmoderne Bauteile.

Fredrik lehnte sich im Stuhl nach vorn. Nahm einen Schluck Kaffee. »Aber haben Sie deswegen nie Fragen gestellt? Wegen der Wände? Der Türen?«

»Doch. Sie meinten, sie wollten dort Materialien aufbewahren, die eine exakte Temperaturregulierung erforderten.« Skaug zog die Augenbrauen nach oben, als fände er diese Erklärung im Nachhinein wenig überzeugend. »Außerdem haben sie alles bezahlt. Inklusive Mehrwertsteuer. Die Sache ist durch und durch korrekt in Auftrag gegeben und durchgezogen worden. Also machten auch wir, wofür wir bezahlt wurden. Ohne groß nachzufragen.« Er legte die Hände übereinander. »Aber wissen Sie, was ich glaube?«

Sie schüttelten beide den Kopf.

»Ich glaube, wir haben ihnen dort einen Zufluchtsort gebaut. Dort unten hätten sie monatelang bleiben können – abgeschnitten von der Außenwelt.«

Kafa sah ihn mit zusammengekniffenen Augen an.

»Warum sollten sie?«

Skaug starrte auf die Tischplatte. Auf seiner Stirn hatte sich eine tiefe Falte gebildet. »Das Jüngste Gericht … Das Geheimnis, das sie mit sich herumtrugen? Da ging es um das Jüngste Gericht.«

Sowohl Kafa als auch Fredrik lehnten eine zweite Tasse Kaffee ab. Der Bauunternehmer zuckte mit den Schultern und goss sich selbst nach. Fünfzehn bis zwanzig Personen hatten während der Bauarbeiten auf Solro gewohnt, größtenteils junge Leute. Eine Handvoll Kinder. Ein älteres Paar …

»Bjørn Alfsen?«

»Nein. Er nicht, nicht der, der getötet wurde, nein. Sie waren älter als er. Aber Bjørn Alfsen, Pastor Alfsen, war unser Ansprechpartner. Und noch zwei andere, die beiden anderen Pastoren.«

Fredrik erstarrte. Sah vom Notizblock auf. »Die beiden *anderen* Pastoren?«

Henning Skaug zog den Bauvertrag erneut vom Stapel. »Ja, die hier... Ich hatte die Namen schon vollkommen vergessen. Aber alle drei haben den Vertrag unterschrieben. Was völlig unnötig war – einer hätte vollauf ausgereicht. Aber sie haben darauf bestanden, dass sie zu dritt unterschrieben. Sie nannten sich *Pastorat*... genau das Wort gebrauchten sie.«

Er schob den Vertrag über den Tisch.

Bjørn Alfsens Unterschrift war klein und irgendwie gekünstelt, aber gut lesbar. Per Olsen unterschrieb mit einem übertrieben großen P und einem ebenso großen O, die über der restlichen Kritzelei zusammenwuchsen. Die dritte Unterschrift erforderte ein wenig Zeit, ehe sie sie entziffert hatten. Die Buchstaben standen eng zusammen und waren mit fester Hand aufgesetzt worden, als hätte der Unterzeichner sich krampfhaft zusammenreißen müssen, als strebte er insgeheim nach mehr, nach Größerem. Sören Plantenstedt stand dort.

Sören Plantenstedt.

Wer zum Teufel war das?

33

Es war Sommer an dem Tag, da die Großmutter starb und da er sich entschied. Schweigend wanderte er aus der beengten Stube, in der die Leiche lag, über die teppichbesetzte Treppe hinauf in sein Zimmer. Dort leerte er den

Koffer über dem Bett aus. Zehn Jahre hatte er dort gewohnt. Zehn Jahre hatte der Koffer im Regal gestanden.

Bücher und Spiele verteilten sich kreuz und quer auf dem Laken. An allem hafteten Erinnerungen. Doch er ließ sich nicht verleiten. Er griff nach drei Garnituren Unterwäsche, nach Strümpfen, zwei Hosen, zwei Pullovern, drei Hemden, einer Jacke, einem Paar Freizeitschuhe und einem Paar besserer Schuhe und packte alles in den Koffer. Obenauf kamen die Bibel, sein Pass und die von seinem Vater geerbte Armbanduhr. Dann klappte er den dicken Umschlag aus der Schreibtischschublade auf und stopfte sich ein paar Scheine in die Innentasche. Der Rest blieb im Umschlag, den er in die Bibel schob. Dann stellte er die Hausschuhe unters Bett, trat vor den Spiegel und kämmte sich das dunkle, halblange Haar.

Auf dem Weg nach draußen blickte er verstohlen zum Großvater hinüber. Dessen breiter Rücken kauerte wie versteinert neben dem Bett in der kleinen Stube. Er musste ihn gehört haben. Aber er drehte sich nicht um.

Der junge Mann parkte am Bahnhof. Ins Fenster legte er einen Zettel, den Schlüssel ließ er bei dem jungen Mädchen im Zeitungskiosk des Bahnhofs Uppsala. Tags darauf würde das Auto zurück zum Gut Plantenstedt gebracht.

Im selben Herbst wurde Sören Plantenstedt von seinen Kommilitonen der Biochemie an der Universität Umeå als vermisst gemeldet.

»Einige Jahre später tauchte er beim schwedischen Militär wieder auf. Kurzes Intermezzo als Feldpriester. Danach wird es still um ihn. Heute ist er fünfundvierzig … na ja, sofern er noch lebt«, sagte Kafa am Telefon.

»Ja, und?«

»Die Eltern starben bei einem Autounfall, als er zwölf war. Er ist bei den Großeltern väterlicherseits aufgewachsen, bis dann seine Großmutter starb. Seit ihrem Todestag hatte er keinen Kontakt mehr zum Großvater.«

»Danke«, sagte Fredrik nachdenklich.

»Keine Ursache«, erwiderte Kafa. »Dank deinem alten Freund Hasse Hansson bei der Stockholmer Polizei. Er hat sich mächtig für uns ins Zeug gelegt, sobald ich deinen Namen erwähnt hatte.«

»Und Per Olsen?«

»Nichts. Immer noch nichts.«

34

Fredrik lag wach im Doppelbett. Die Sommernacht war dunkel und nach dem Platzregen, der den Sex mit Bettina begleitet hatte, völlig geruchlos. Weich und solariumbraun lag sie neben ihm auf dem Bauch. Ihr Atem rasselte schwach. Eine Sommerdecke lag über dem sehnigen Körper, sodass nur der Kopf des mächtigen Adlers auf ihrem Oberarm sichtbar war. Er musste wieder daran denken, was sie gesagt hatte. »Du behandelst mich wie eine verdammte Schlampe. Wie eine Hure, die du jederzeit anrufen kannst, wenn du einen geblasen haben willst. So kann es nicht weitergehen. So will ich das nicht.«

Pastorat. Das war das Wort, was sie für sich selbst verwendet hatten. Bjørn Alfsen junior, Sören Plantenstedt und Per Olsen. Das Pastorat. Er hatte es nachgeschlagen. Es war kein norwegisches Wort, wurde aber sowohl in Schweden, Dänemark als auch in Deutschland verwendet. Eine organisatorische Einheit innerhalb einer Gemeinde.

Was genau hatte sie vom Rest der Glaubensgemeinschaft unterschieden? Was hatten sie gewusst, was den anderen nicht bekannt gewesen war? Bjørn Alfsen junior war der Gründer, Sponsor, Urheber von Gottes Licht gewesen. Und war ermordet worden. Sören Plantenstedt, ein elternloser Oberschichtensprössling, der von einem Gut außerhalb Uppsalas stammte, hatte das Studium abgebrochen und war Pastor geworden. Galt als vermisst. Dann Per Olsen, der Mann, der dem Verkäufer der Überwachungskameras zufolge ein ganz gewöhnliches Aussehen gehabt hatte. Intensive Augen. Eine großspurige Unterschrift. Ebenfalls vermisst.

Per Olsen. Ein so gewöhnlicher Name, dass er schon wieder ungewöhnlich war. Fredrik war überrascht gewesen, als Kafa ihm die Statistik reichte. Es gab in Norwegen tatsächlich bloß einundsechzig Männer namens Per Olsen. Er konnte natürlich noch einen zweiten Vornamen haben. Und es konnten genauso gut zweiundsechzig sein – nur dass Nummer zweiundsechzig, *sein* Per Olsen, in Wahrheit gar nicht Per Olsen hieß. Dass es lediglich ein Deckname war. So hatte Andreas' Theorie gelautet. Aber warum sollte sich der Pastor einer kleinen Glaubensgemeinschaft einen Decknamen zulegen?

Bettina blinzelte, als er sich über sie beugte, um nach dem Handy zu greifen, das am Boden vibrierte.

»Arbeit«, flüsterte er und strich ihr über die Stirn.

Nackt lief er über den kalten Boden ins Wohnzimmer. Irgendwo rund um das Sofa musste seine Brille liegen. *Auf* dem Sofa lag auf jeden Fall Krøsus. Nicht im Hundebett, wie abgesprochen.

Es war Kafa.

»Ja? Es ist zehn vor zwei.«

Sie kam direkt zur Sache. »Ich bin noch mal die Datenbank mit den Hinweisen durchgegangen. Es gab keinen anonymen Hinweis auf den Emir. Mohammad Qambrani lügt.«

Fredrik griff der wahren Schlampe in dieser Wohnung ins Genick, hievte sie vom Sofa und scheuchte sie in den Wintergarten. Dann zog er die Tür hinter ihr zu. Stellte sich hinter die Gardine und starrte zu den dunklen Fenstern des Nachbarhauses hinüber.

»Verstehe. Ist das der Grund für deinen Anruf?«

»Nein. Gerade kam der Bericht über das Handy. Das aus der Scheune.«

»Und?«

»Keine Fingerabdrücke, keine DNA. Nicht die geringste Spur, dass damit telefoniert worden wäre. Keine Nachrichten. Nur eine Prepaid-Karte.« Sie hielt kurz inne. »Allerdings wurde damit gesurft. Also, im Internet.«

»Okay …«

Er hörte im Hintergrund leises Motorengrollen und eine Radiostimme. »Wo bist du?«

»In einem Taxi. Egal. Die Techniker haben noch nicht herausfinden können, welche Seiten besucht wurden, und auch nicht, wann es zuletzt online war …«

»Woher weißt du dann, dass das Telefon zum Surfen benutzt wurde?«

Kafa räusperte sich. »Der Besitzer hat sämtliche Log-ins gelöscht. Er muss eine Spezialsoftware benutzt haben, sonst hätten sich irgendwo Datenspuren gefunden. Ich hab unsere Computerspezialisten gebeten, alles zu versuchen.« Sie legte eine neuerliche Pause ein. »Statt wie früher gespeicherte Informationen wiederherzustellen, haben wir nach aktiven Informationskapseln gesucht, nach diesen eingebauten Programmen, mit deren Hilfe so ein Handy optimal funktionieren kann. Und da fanden wir es. Ein paar alte Netzwerke, in die sich das Ding eingewählt hatte.«

»Und?«

»Zwei in Stockholm und eins hier in Oslo. Im Zentrum. Inklusive WLAN-Passwort des Oslo Hostel in der Prinsens gate.« Fredrik wollte schon etwas erwidern, als sie ihm zuvorkam. »Irgendwas sagt mir, dass das nicht mit der Werkseinstellung mitgeliefert wurde.«

»Und jetzt sitzt du in einem Taxi auf dem Weg nach …«

»Ich bin jetzt in der Prinsens gate.«

»Verdammt, halt dieses verfluchte Taxi an! Halt die Füße still, bis ich komme. *Verdammt* noch mal!«

35

Er machte einen Ausfallschritt, um den Pfützen rund um die Straßenbahnschienen auszuweichen. Trotzdem wurden seine Schuhe nass. Erneut ärgerte er sich maßlos über Kafas Alleingang.

Die Silhouette neben der Glastür machte einen Schritt auf ihn zu. Kafa fröstelte, hatte die Hände in den Taschen ihrer kurzen Jeansjacke vergraben. Der Anblick brachte ihn wieder zur Besinnung. Immerhin hatte der Grünschnabel ihn angerufen. Da sollte er noch mal Gnade vor Recht ergehen lassen.

Der Eingang zu dem Hostel lag an der Kreuzung Prinsens gate und Skippergata in einem vierstöckigen Backsteinhaus. Das hier war eine der finstersten Ecken Oslos. Über dem Eingang hing eine Überwachungskamera. Von der Karl Johan schallte das Grölen betrunkener Jugendlicher herüber. Ansonsten war es so still, wie Oslos Stadtzentrum nur sein konnte. Die Straßenbahnen standen mittlerweile überwiegend im Depot.

Sobald sie klingelten, ging Licht im Eingangsbereich

an. Einen Augenblick später tauchte ein junger rothaariger Mann in einer Kochhose auf. Er starrte sie durch die Fensterscheibe an.

»Gäste?«, fragte er, ohne Anstalten zu machen, die Tür aufzuschließen. Fredrik hielt seinen Ausweis an die Scheibe.

»Po-li-zei.«

Die Nachtwache ließ sie rein und trottete wortlos zurück zum Rezeptionstresen. »Heute Nacht ist es ruhig. Nur Touristen.«

Die Ermittler sahen einander mit hochgezogenen Augenbrauen an.

»Was meinen Sie?«, fragte Fredrik.

»Die Damen«, sagte der Mann. »Es sind keine Huren auf den Zimmern. Nur Touristen.« Er drehte den Bildschirm in ihre Richtung.

»Verstehe«, sagte Fredrik und blinzelte. Vielleicht zwanzig Namen im Buchungsregister. »Wir suchen was anderes«, fuhr er mit abwesender Stimme fort. »Könnten Sie mir einen Ausdruck davon machen?«

Als die Nachtwache ins Büro verschwand, drehte sich Fredrik zu Kafa um. Sie betrachtete gerade die Pinnwand über einem Tisch mit Touristenbroschüren.

»Und die beiden anderen Netzwerke, in die sich das Telefon eingewählt hat, waren in Schweden?«

»Zwei Hotels in Stockholm.«

»Ein Schwede also?« Fredrik blickte über den Rand seiner Brille hinweg. Sören Plantenstedt war Schwede …

Das Hostel hatte derzeit dreiundzwanzig Gäste. Fredrik erkundigte sich nach jedem einzelnen. Neun wohnten in Einzelzimmern. Drei waren schwedische Männer. Keiner von ihnen hieß Sören Plantenstedt.

»In Ordnung, wenn ich kurz einen Blick reinwerfe?«,

fragte Kafa, schob dann aber, ohne eine Antwort abzuwarten, die Glastür zum Treppenhaus auf. Fredrik blieb bei der Nachtwache stehen.

»Die Kamera da draußen, ist die nur zur Abschreckung dort aufgehängt worden?«

Der junge Mann schüttelte den Kopf. »Die ist im Einsatz. Wir hatten ein paar Geschichten hier, die... Ja. Sie wissen doch, wie die Gegend sein kann. Wir haben auch hier drinnen eine Kamera.« Er zeigte auf eine weiße Halbkugel unter der Decke.

Ein kalter Luftzug vom Treppenhaus signalisierte ihm, dass Kafa wieder zurück war.

»Sollen wir gehen?«

Sie nickte abwesend.

Fredrik wandte sich zur Tür. Doch Kafa hatte erneut innegehalten. Sie stand wieder vor der Pinnwand, hatte ihr Handy gezückt, rief das Hostel-Netzwerk auf und tippte das Passwort ein, das auf einem Zettel an der Pinnwand stand.

36

Dunkle Wolken rasten über den Himmel. Die Nachtluft war mild, das Wetter würde alsbald umschlagen.

Fredrik stapfte hinter Kafa her über die Straße. Vor einer schmalen Toreinfahrt gegenüber dem Hostel blieben sie stehen.

»Als ich hier auf dich gewartet habe, ist mir das hier aufgefallen...« Eine breite Holztür versperrte ihnen den Weg. Kafa lehnte sich dagegen und schob sie auf. »Als ich hier stand, sind zwei Personen gekommen, und keiner von ihnen hat einen Schlüssel benutzt.«

Er warf einen kurzen Blick auf das Schloss. Der Riegel war mit einer gummiartigen Masse festgeklebt. Die von Mauern gesäumte erleuchtete Einfahrt führte in einen winzigen Hinterhof. Kafa drehte eine kurze Runde und kam zurück.

»Warum sind wir hier?«, fragte Fredrik.

»Guck dir das an.« Kafa zog ihr Handy aus der Tasche. Sie war immer noch in das Netzwerk des Hostels gegenüber eingewählt. »Ich hätte mich aktiv ausloggen müssen«, murmelte sie und biss sich in die Unterlippe. »Der Emir ist dort niemals Gast gewesen. Er hat bloß das Passwort benutzt.«

Deshalb waren sie also in dem Hostel gewesen. Am Ende jeder einzelnen Etage hatte sie WLAN-Repeater gesehen und geschlussfolgert, dass das Signal bis draußen reichen würde.

Fredrik ließ den Blick über die Klingelschilder wandern. Zwei Aufgänge, vier Etagen.

»Wer macht uns wohl zu dieser Uhrzeit auf?«

»Probier's mit dem«, sagte Fredrik. U. Walme – der einzige Bewohner, dessen Name auf ein Schildchen geprägt war. »Geordnete Verhältnisse«, fügte er hinzu. »Außerdem wohnt er im Erdgeschoss.«

Sie klingelten. Eine Minute später antwortete eine heisere, mürrische Stimme. Die Ermittler stellten sich vor. Es rauschte kurz, klickte, und die Tür ging auf. Ein älterer Mann mit Silberblick spähte durch den Türschlitz.

»Wir suchen nach einer Person, die sich vermutlich hier aufhält«, erklärte Fredrik.

»Bei mir? Ich wohne allein.«

»In diesem Haus. Kennen Sie Ihre Nachbarn?«

Ulrik Walme kannte *alle* Nachbarn. Er wohnte nicht nur am längsten im Haus, er war auch dafür verantwortlich, dass Glühbirnen ausgetauscht wurden, dass im Winter das

Dach von Schnee befreit und im Sommer Ordnung im Hinterhof gehalten wurde.

»Warum kommen Sie denn mitten in der Nacht hier anspaziert?«

Fredrik verzichtete auf eine Erklärung. »Sind in diesem Haus denn alle Wohnungen belegt? Ist kürzlich irgendjemand eingezogen?«

Walme schüttelte langsam den Kopf. »Schon länger nicht mehr. Im anderen Aufgang ist eine Wohnung an Studenten vermietet. Da gehen ständig Leute ein und aus. Sie gehört irgendeinem Anwaltsteufel.«

»Aber es sind Studenten?«

»Eine Wohngemeinschaft nennen sie es. Aber ob sie arbeiten oder Schwänze lutschen, um die Miete berappen zu können, weiß ich verflucht noch mal nicht.« Dabei warf er Kafa einen zornigen Blick zu.

»Wir sehen uns mal ein wenig um«, sagte Fredrik, ohne weiter auf Walme einzugehen.

Auf dem Weg nach oben bekamen sie Schuhregale zu sehen, Spielzeug, Mülltüten und ein paar Zeitungen. Die meisten Türen waren mit Namen versehen. Mit nichtssagenden Namen. Kein einziger, der auch nur annähernd ungewöhnlich gewesen wäre. Aus dem dritten Stock führte eine schmale Treppe weiter nach oben zu einer Art Loft. Auf dem oberen Absatz versperrten Tische, Stühle und Regale den Eingang.

Sie kehrten zurück in die Einfahrt.

»Was glaubst du?«

»Wir schicken morgen eine Streife vorbei. Zur Sicherheit. Aber...« Fredrik sah sie offen an. »Gute Polizisten hören auf ihre Intuition. Hin und wieder landet auch die einen Treffer.« Er zuckte mit den Schultern. »Manchmal aber auch nicht. So einfach ist das.«

Kafa schwieg. Runzelte die Stirn.

»Nein«, sagte sie nach einer Weile. »Ich weiß, dass ich recht habe.«

37

Im Hinterhof tauchte Kafa in die Schatten ein. Erst als er fast wieder zu ihr aufgeschlossen hatte, konnte er sehen, dass sie die Hände in die Hüften gestemmt hatte. Ihr Blick wanderte die gewundene Feuertreppe hinauf, die sich an die Fassade klammerte. Herausfordernd wandte sie sich zu Fredrik um, der bloß seufzte und sich kopfschüttelnd die Brille putzte.

»Nur zu«, murmelte er schließlich.

Die Feuertreppe machte weniger Lärm, als er befürchtet hatte. Am oberen Ende war ein Stahlgitterquadrat nur mehr von einem Drahtseil umgeben. Fredrik erschauderte, als er in den dunklen Hinterhof hinabstarrte. Ein Sturz, und die Party wäre vorüber. Ein für alle Mal. Und das verdammte Knie tat nach der Kletterei schon wieder weh. Sie duckten sich durch eine niedrige, vielleicht einen Meter hohe Holzluke hindurch, um auf den Dachboden zu kommen. Es gab zwar kein Schloss, aber zwei verbogene Nägel sollten offenbar verhindern, dass die Luke von innen geöffnet würde. Allerdings zeigten die Nägel nach unten.

Die Ermittler starrten einander an. Kafas Blick war ernst. Im Übergang zwischen den schwarzen Haaren und der dunklen Stirn glänzten Schweißperlen.

»Bereit?«, flüsterte Fredrik.

Sie zwinkerte zur Bestätigung.

Die Luke quietschte leise, als sie ganz aufschwang. Sie

hörten ein leises metallisches Rasseln. Ganz langsam gewöhnten sich die Augen an das Dunkel; nur aus einem Dachfenster über ihnen drang ein wenig Licht.

Drinnen waren Tische übereinandergestapelt. Die Beine ragten wie Speere in die Luft. Stühle, Sofas und Hocker standen kreuz und quer im ganzen Raum verteilt. Es roch nach Holzstaub, alter Beize und schwach nach etwas Metallischem, Süßlichem. Nach verdorbenem Obst. Am Dachfirst teilte eine ungestrichene Holzwand den Raum. Auf der gegenüberliegenden Seite entdeckten sie ein weiteres Fenster, das zur Straße hinausging.

Der Dachboden erstreckte sich über die gesamte Länge des Wohnhauses. Die Luft war verbraucht und stickig. Fredrik spürte, wie ihm der Schweiß über den Rücken lief. Am liebsten hätte er die Lederjacke ausgezogen, befürchtete aber, zu viel Lärm zu machen. Denn irgendetwas sagte ihm, dass es galt, still zu sein. Er kannte dieses Gefühl. Und er vertraute darauf.

Das Blut pulsierte in seinen Schläfen. Leicht vornübergebeugt machte er ein paar vorsichtige Schritte, unter denen die Bodendielen ächzten. Auf halber Strecke zu der Öffnung in der Wand hielt er abrupt inne.

Er hatte nichts gehört und auch keine Bewegung wahrgenommen. Trotzdem blieb er stocksteif stehen. Er hatte das untrügliche Gefühl, dass er irgendetwas übersehen hatte.

Er gab Kafa ein Zeichen. Schloss die Augen und lauschte. Nichts. Schlug die Augen wieder auf und ließ seinen Blick umherschweifen. Da sah er es. Der dunkle Umriss in der Wand hatte zunächst nur wie ein Astloch ausgesehen. Aber das war es nicht. Es war größer, gleichmäßiger, runder. Und es passte dort nicht hin. Dort war ein Loch gebohrt worden. Es lagen sogar Sägespäne auf dem Boden, sah er jetzt. Helle, frische Sägespäne. Und durch das Loch verlief eine hauchdünne Schnur. Ein Angeldraht, der über seinem Kopf weiter zu der Luke führte, durch die sie gerade hereingekrochen waren.

Er warf einen Blick über die Schulter. Kafa hatte das Gleiche gesehen. Sie zupfte vorsichtig an der Schnur. Da, wieder, das leise metallische Rasseln.

Der abgetrennte Dachbodenraum war kleiner, allerdings bewegte sich hier deutlich mehr: Auf Leinen, die zwischen Wand und Dachschräge gespannt worden waren, hingen Teppiche, Läufer und Decken, die leicht hin- und herwiegten. Die quer durch den Raum führende schwankende Korridore bildeten. Ganz am Ende konnten sie rechter Hand eine Tür ausmachen.

Kafa tippte ihm auf den Oberarm. An der Wand direkt über ihnen hingen zwei Stahlschrauben an einer Angelschnur. War das Klimpern hierhergekommen? War das eine Art Alarm?

Sie wechselten einen verstohlenen Blick.

»Die Tür«, flüsterte Fredrik und zeigte den Teppichkorridor entlang, und sie nickte.

Die Flickenteppiche stanken nach Tabak und Staub.

Die Tür war angelehnt. Fredrik tippte sie mit dem Fuß an. Dahinter öffnete sich ein fensterloser quadratischer Raum. Vor der gegenüberliegenden Wand konnten sie vage eine beigefarbene Badewanne ausmachen. Neben dem Badewannenrand standen mehrere Plastikkanister und ein gut gefüllter Müllsack. Sie schlichen darauf zu.

Auf den Anblick, der sie dort erwartete, war Fredrik Beier nicht vorbereitet gewesen. Auf so etwas war man nie vorbereitet.

Die Leiche in der Badewanne war anders als alles, was er bislang gesehen hatte.

Unbestreitbar war es ein menschlicher Körper – aber ob dieser Mensch einmal Mann oder Frau, dunkel- oder hellhäutig gewesen war, ob er ermordet wurde oder Selbstmord begangen hatte …

In der Badewanne lag eine gallertartige, in Säure erstarrte organische Masse in Menschenform. Der Boden war bedeckt mit einer zäh blutroten Flüssigkeit, in der Fasern, Knochenreste und undefinierbare graue Klumpen schwammen.

»Mein Gott«, keuchte Kafa und hob die Hand an den Mund.

Und mit einem Mal schlug er ihnen mit voller Wucht entgegen – der süßliche, metallische Gestank. Als sie auf den Dachboden gekrochen waren, war es nur ein Hauch gewesen. Doch hier überlagerte er alles. Wie schweres Öl füllte er Fredriks Nase und Rachen aus. Es fühlte sich an, als müsste er im nächsten Moment ertrinken. Er taumelte herum, landete auf allen vieren, und unkontrolliert und schmerzhaft pumpte er den Gestank aus seinen Lungenflügeln. Nur mit letzter Kraft konnte er den Mageninhalt wieder hinunterwürgen, doch der Brechreiz jagte ihm Schweiß aus allen Poren, er fror und rang nach Luft. Er kniff die Augen zu. Hielt sich die Hand vor die Nase und erlangte allmählich die Kontrolle über seine Atmung wieder. Dann drehte er sich erneut um und starrte auf die Badewanne.

»Teufel, wie ekelhaft«, keuchte er. »Geht es dir gut?«

Sie starrten einander an.

»Wer kann das sein?«, stieß Kafa mühsam hervor. Sie atmete durch den Stoff ihrer Jacke. Dann lehnte sie sich darüber, was einmal der Kopf gewesen sein musste. Die Augen waren verschwunden, zurück waren nur zwei schwarz gebrannte Löcher geblieben. Der Unterkiefer war eingesunken, und im oberen Kiefer leuchteten gelbe Zähne.

Fredrik schüttelte leicht den Kopf und warf einen vorsichtigen Blick in den Müllsack. Er enthielt ein grauweißes Pulver. Für eine Millisekunde dachte er darüber nach, sich den Finger abzulecken und in das Pulver zu stecken, entschied sich dann aber dagegen. Stattdessen räusperte er sich und spuckte aus. Ein beißender Geruch stieg aus dem Sack auf. »Kalk«, stellte er fest. »Kalziumoxid.«

»Kalk?«

»Zersetzt organisches Material. So sickert dieser Kerl Klumpen für Klumpen in den Oslofjord. Und zwar im Handumdrehen. Hätten wir ihn nicht gefunden, wäre er im Lauf weniger Tage Algenfutter gewesen.«

Fredrik griff nach einem der Kanister, doch Kafa hielt ihn hart am Arm zurück und zog ihn erneut in Richtung Badewanne.

»Guck mal«, sagte sie, und er sah genauer hin.

Die Überreste kräftiger Hände ruhten an der Seite des aufgelösten Kadavers. Die rechte Faust war geballt – aber die linke... Es war deutlich zu erkennen, dass sie verstümmelt war. Vier Finger fehlten. Nur der zersetzte Daumen war noch vorhanden.

»Verdammt!«

Fredrik fiel nur ein einziger Mann ein, dem vier Finger der linken Hand fehlten. Der Emir. Er blickte zu Kafa hinüber. Wollte schon das Wort ergreifen, aber was er dann sah, ließ die Worte regelrecht wie einen Schwamm in seinem Mund aufschwellen: Tänzelnd, wie ein Glühwürmchen während eines Sonnwendfeuers, schwebte ein winziger roter Punkt über die dunklen Locken an ihrer Schläfe.

»Runter!«

Er versetzte ihr einen so heftigen Stoß, dass er dabei selbst zur Seite stürzte. Einen Schuss hörte er nicht, stattdessen aber das Geräusch von klirrendem Metall.

Die Kugel war zwischen ihnen hindurchgefegt und hatte die Badewanne getroffen. Zeitversetzt nahm er das kreischende Pfeifen eines Projektils wahr.

Kafa starrte zu Fredrik hinüber, der sich geistesgegenwärtig nach oben hievte.

»Lauf!«, schrie er.

Und sie lief. Geduckt stürmte sie zwischen die Teppichwände, und er folgte ihr. Sie schob die wogenden Wände beiseite, schlüpfte darunter hindurch, drumherum, weiter, das Einzige, was noch zählte, war vorwärtszukommen, hinüber in den vorderen Raum, hinaus zur Luke. Raus. Dann wären sie gerettet.

Hinter dem letzten Teppich verschwand Kafa aus seinem Blickfeld.

Der Teppich war größer als die anderen, dicker, länger, und er ahnte, dass er sich dahinter direkt an der Wand entlang würde weiterschieben müssen. Die Knieverletzung behinderte ihn. Mit ihren kurzen, schnellen Beinen hatte Kafa definitiv die besseren Karten. Daher war er überrascht, als er den Teppich beiseiteschlug und sah, dass sie noch immer dort stand, nur wenige Schritte von ihm entfernt. Dann machte sie einen Schritt zur Seite. Und noch einen. Unsicher. Stützte sich mit der Hand am Türstock ab, verlor den Halt, legte behutsam die Handfläche auf den Boden, setzte zu einer langsamen Drehung an … Intuitiv richtete er seinen Blick zu Boden. Ihr nackter, schlanker Knöchel drehte sich, während der Schuh wie angewurzelt am Boden haftete.

Das Blut sah er erst, als er die Kollegin auf den Rücken warf. Er kauerte über ihr, verstärkte den Griff um den Jackenkragen. Trat in die Öffnung. Kafa schien beinahe zu schweben – der Blick aus ihren großen Augen verschmolz mit seinem, und er spürte ihre verzweifelte Angst. Blut strömte aus der Schusswunde in ihrem Kopf. Er schob sie beide durch die Öffnung. Und drehte sich noch einmal um.

Hinter ihnen war ein dunkler Schatten zum Leben erwacht. Die sehnige Gestalt mit dem länglichen, rasierten Schädel war größer als Fredrik – und weitaus kräftiger. Zwischen ihnen am Boden fegte der rote Laserpunkt hin und her. Für einen Moment argwöhnte Fredrik, der Mann trüge eine Tauchermaske – doch dann erkannte er, dass es sich um ein Nachtsichtgerät handelte. Ein paar Schritte nach vorn, weg von den Teppichen, und der Mann würde sie vor sich sehen wie am helllichten Tag.

»Hören Sie auf zu schießen. Polizei!«

Dunk. Dunk, dunk. Dunk! Projektile trafen die dünne Bretterwand. Mit Kafa im Arm schleppte er sich zwischen Möbel, Sofakissen, Tische und spürte ihren Atem an der Brust, mehr als er ihn hörte. Schnell. Gurgelnd. Ihm blieb nicht mehr viel Zeit. Sein Blick fiel auf ein Sofa, das über einen Tisch gekippt war. Darunter würde er sie schieben. Er konnte sie nicht weiter tragen – das wäre für sie beide der sichere Tod. Er rammte das Sofa beiseite, hievte sie in die Lücke. Zückte sein Handy und drückte auf die Direktwahltaste für den Notruf.

»Hauptkommissar Fredrik Beier hier, wir werden angegriffen. Meine Kollegin wurde angeschossen«, zischte er ins Telefon. Wiederholte die Adresse zweimal und legte das Handy dann in Kafas Hände. Anschließend kippte er das Sofa zurück und kroch weiter. Fand ein Versteck hinter einer Kommode. Lauschte.

Der dunkel Gekleidete musste ihn gehört haben. Wie lange würde der Jäger hierbleiben? Es würde geraume Zeit dauern, ehe die Kollegen kämen. Er musste hier raus. Wenn er bliebe, würde er getötet. Genau wie Kafa. Wenn sie überhaupt noch am Leben war.

Aus dem angrenzenden Raum konnte er fauchendes Atmen hören. Das schmatzende Geräusch von Gummisohlen, die sich vom Boden lösten, näherte sich dem Durchgang. Er schob den Gedanken an die Luke beiseite. Er würde in Fetzen geschossen werden, noch ehe er die Hälfte des Wegs zurückgelegt hätte. Ihm blieb nur eine Möglichkeit. Die Tür zum Treppenaufgang. Die Tür, die dort hinausführte, wo die Möbel aufgestapelt waren. Sie musste sich irgendwo am entlegenen Ende des Raums befinden.

Mit einem kräftigen Ruck warf Fredrik die Kommode um und lief los. In der Dunkelheit war es schier unmöglich, sich vorzuarbeiten, ohne Krach zu machen. Er stieß einen Tisch beiseite, Stühle, ein Satz Bretter donnerte zu Boden.

Es kam kein Schuss. Kein Mucks hinter ihm. In einem langen Satz stürzte er vorwärts.

Vor ihm stand ein hohes Regal vor der Wand. Er quetschte sich dahinter, um weiterzukommen. Er würde es schaffen. So eng war es nicht. Schritt für Schritt schob er sich seitwärts. Dann war er angekommen – er hatte den Türrahmen ertastet. Fuhr mit der Hand über das Türblatt, suchte die Klinke …

Dann war es ihm schlagartig klar. Warum der Mann hinter ihm nicht auf ihn schoss. Warum die Gestalt ihm nicht hinterherjagte. Warum er nur ein leises, abwartendes Fauchen vernahm. Denn dort war keine Klinke. Nur ein Loch – und ein dickes Brett, das quer über den Türrahmen genagelt worden war. Von dem Moment an, da sie den Dachboden betreten hatten, waren sie chancenlos gewesen. Und der andere hatte das gewusst. Dass es keinen Ausweg für sie geben würde. Dass es nur eine Frage der Zeit wäre, bevor er mit dem Rücken zur Wand dastehen würde.

Übelkeit stieg in ihm auf. Er versuchte, irgendwas zu

fassen zu bekommen – irgendetwas außer dem Loch in der Tür, was ihm zur Flucht verhelfen würde. Aber da war nichts. Nur kaltes Metall und totes Holz. Und… Plastik. Plastik neben der Tür. Entlang des Rahmens. Eine Leitung. Ein Schalter. Ein Lichtschalter!

Hinter dem Regal knarzte der Boden. Fredrik ahnte, dass der Mann, der ihn gleich töten würde, dort stand und wartete. Ihn verhöhnte. Es genoss zu wissen, dass die Panik sich in ihm festkrallte. Also musste es jetzt sein.

Fredrik schlug den Ellbogen gegen den Lichtschalter. Es blitzte auf. Blinkte wieder. Schneller diesmal. Dann tauchte der Raum in brutales, kaltes Licht ionisierten Gases aus den Leuchtstoffröhren an der Decke. Er stieß sich von der Wand ab, stürzte sich regelrecht in das Regal. Stieß zu, mit aller Kraft, die er aufbringen konnte. Es kippte. Krachte zu Boden. Und da stand er.

Der Mann musste über zwei Meter groß sein. Schlank. Der eng sitzende dunkle Pullover betonte den kräftigen Oberkörper. Leicht vornübergebeugt und breitbeinig taumelte er hin und her. In der rechten Hand schwenkte er eine halb automatische Waffe, während er mit der linken an seiner Nachtsichtbrille zerrte. Fredrik war klar, dass sie durch das Neonlicht gerade ein grünweißes, explodierendes Durcheinander im Kopf seines Angreifers verursachte. Für einige wenige Sekunden war der Mann blind.

Fredrik warf sich nach vorn. Donnerte die Faust, so hart er konnte, gegen den Schädel des Riesen. Er traf ihn am Kiefer, und der Mann versuchte, einen Ausfallschritt nach hinten zu machen. Fredrik stieß ihm die Schulter in die Brust, packte die Hand mit der Pistole. Ihm war, als würde er nach einem Fisch greifen. Kalt und glatt. Gemeinsam stürzten sie zu Boden. Stühle und Holzteile krachten um sie herum zur Seite. Fredrik hoffte inständig, sie würden auf etwas Massives stoßen – etwas, was die dunkle Gestalt aus dem Gleichgewicht bringen würde, ihn nach hinten, auf die Bretter schicken würde.

Dann hörte er einen Knall. Er hatte sich die Nachtsichtbrille vom Kopf gezogen. Das eisige, fast schon statische Fauchen des Mannes klang derart ungewöhnlich, dass Fredrik hinsehen musste. Er begegnete dem Blick seines Widersachers – und zum zweiten Mal in dieser Nacht wollte er seinen Augen nicht trauen.

Der Kopf war schmal, länglich und komplett enthaart. Selbst die Augenbrauen und Wimpern waren entfernt worden. Die blasse, fahle Haut erinnerte Fredrik an geronnenes Wachs. Zwei eisig graue Augen starrten ihm aus einem malträtierten Gesicht entgegen. Dem Mann fehlten die Ohren. Dort, wo die Nase hätte sitzen müssen, befand sich lediglich ein klaffendes, schnaubendes Loch – und Fredrik glotzte direkt in die Nasenhöhle des Mannes. Nach unten ging die Öffnung in einen Mund ohne Oberlippe über. Wie die Nase war auch die Lippe gewaltsam entfernt worden, und eine dicke, rot-weiße Narbe ging in den Gaumen über. Tief in dem weit aufgerissenen Mund vibrierte hasserfüllt ein rot-weißer Stummel wie eine neugeborene Ratte – die Überreste einer Zunge.

Sie krachten in die dünne Holzwand. Der Aufprall war nicht gewaltig, aber doch hart genug, um dem Riesen die Luft aus der Lunge zu pressen. Fredrik sah sich panisch um. Und da – etwa in Schulterhöhe – ragte die Spitze einer Schraube aus der Wand. Mit Wucht hieb er die Hand des Mannes, die die Waffe hielt, dagegen, und die Schraube bohrte sich in dessen Handrücken. Aus der Kehle seines Gegners stieg ein tiefes Grollen herauf – dann fiel die Pistole zu Boden.

Fredrik riss das Knie hoch und traf ihn im Schritt. Der

Mann gurgelte, und Fredrik trat erneut zu. Hämmerte sein Knie mit aller Kraft in das Gemächt des Mannes. Er wollte gerade erneut ansetzen, als sich die Hand seines Widersachers wie ein Schraubstock um seinen Oberschenkel legte. Die Pranke war so riesig, dass die Finger beinahe komplett herumreichten. Als Fredrik nach hinten gestoßen wurde, war er chancenlos. Griff nach vorn, um die Gestalt an der Hüfte zu packen, bekam den Gürtel zu fassen, fiel mitsamt seinem Gegner um. Der packte Fredriks Kehle und hämmerte dessen Kopf auf den Holzboden. Seine Kraft war schier unglaublich. Er riss ihn hoch und schmetterte ihn wieder zu Boden, als wäre er eine Puppe.

Fredriks Brille segelte davon. Konzentration. Den Gürtel packen. Nach Taschen greifen. Festhalten. Der kalte Zynismus des Polizisten. Dann löste sich etwas… und die Welt um ihn herum wurde rasend schnell kleiner. Das hasserfüllte Gesicht über ihm, die kalten Hände um seinen Hals… Immer mehr Schwarz. Immer weniger Licht.

38

Der Sog hatte ihn fest im Griff. Runter, weiter runter, immer weiter runter.

An irgendeinem Punkt trennten sie sich. Das sinkende Fahrzeug, der Wegweiser zur anderen Seite, und er. Schwerelos schwebend zwischen Leben und Tod. Er trat aus. Nach oben. Trat wieder aus. Und wieder. Bis er zum Schluss, schon ganz blau im Gesicht und mit zum Zerbersten angespannter Lunge, zur Oberfläche durchbrach und nach Luft rang, die Brust, das Blut, das Herz und sämtliche Zellen des Körpers mit Leben füllte.

Er kam wieder zu sich. Seine Hände waren gefesselt. Etwas Warmes, Blut vermutlich, rann ihm über den Hinterkopf in den Nacken. Er hörte das knirschende Geräusch einer Brille, die zertreten wurde. Er schluckte schwer. Die Schmerzen, die von seiner Kehle ausstrahlten, waren drauf und dran, ihn erneut in die Tiefe zu schicken.

Der dunkel Gekleidete hatte ihm den Rücken zugewandt. Zwischen seinen Füßen stand eine Tasche, und in der Hand hielt er eine durchsichtige Sprühflasche. Es stank nach Spiritus und Ammoniak. Mit behutsamen Bewegungen reinigte der Mann die Schraube in der Wand. Anschließend nahm er eine Taschenlampe in der Größe eines Kugelschreibers vom Gürtel und leuchtete von der Wand zum Boden. Über den Boden weiter zu ihm. UV-Licht. Er beseitigte Spuren.

Dann erregte ein Geräusch Fredriks Aufmerksamkeit. Sirenen. Laute Kommandos. Zuschlagende Autotüren. Der Mann beugte sich über ihn. Biss die Zähne zusammen. Kniff die Augen zusammen. Würde das Ungeheuer die Hände gleich erneut um seine Kehle legen? Seinem Leben ein Ende bereiten?

Der Mann packte die Kugelkette mit den Edelstahlgliedern, an der Fredriks ID-Karte befestigt war, und zog zu.

Teil 2

39

März, zuvor im selben Jahr

»Pio, mein lieber, liebster Pio!«

Carl Josefsen beugte sich vor und küsste ihn noch einmal auf den Mund. Dass der Geliebte erstarrte und gequält dreinblickte, wie er es immer tat, übersah er geflissentlich. Heute Abend war ihm das egal. Heute musste gefeiert werden. Er sah sogar darüber hinweg, dass Pio rauchte. Carl schloss die Augen, lehnte sich nach hinten an die Wand und genoss die frische Winterluft. Dann schlug er die Augen wieder auf und sah vor sich das Schönste, was er sich nur vorstellen konnte. Dicke Schneeflocken tanzten träge im gelben Licht der Straßenlaternen, ehe sie sich übereinanderlegten und die Stadt weiß färbten. Ehe sie sich auf ihn legten. Auf die dunklen Locken, auf die Schultern und die Kapuze der Daunenjacke. Und auf dem unschuldigen Gesicht des Basken schmolzen. Das Gesicht mit einem Glanz überzogen und es noch, *noch* schöner machten.

»Das hier ist dein Abend, Pio. Unser Abend. Ich liebe dich.«

»Und ich liebe dich.«

Hand in Hand bahnten sie sich einen Weg zu der Nische, in der bereits ihre Parteifreunde saßen. Ausnahmsweise brachen sie mit ihren Prinzipien und kehrten nicht sofort heim, sowie der Alkohol seine Wirkung entfaltete. Nein, sie würden bleiben und glücklich sein, bis die Lichter wieder angingen und der Barkeeper mit freundlicher, aber nicht minder strenger Stimme sagen würde: »So, Jungs, jetzt ist Feierabend. Zumindest hier.«

Und als ob das Glück in dieser Winternacht kein Ende nehmen wollte, wartete später draußen ein Taxi.

»Nach Skien, ins Zentrum.« Strahlend ließ Carl sich auf die Rückbank fallen.

Der Fahrer drehte sich zu ihnen um. Sein helles Haar war leicht zerzaust, die Augen klar, und ein Lächeln breitete sich auf seinem Gesicht aus. »Sind Sie nicht Pio? Pio Otamendi von der Høyre?«

Keiner von ihnen reagierte. Nach sechs Jahren in der Lokalpolitik steckte hinter annähernd jeder zufälligen Begegnung ein Meinungsgegner, ein Fan oder ein Parteikamerad.

»Mein Freund ist heute Vorsitzender der Høyre in Porsgrunn geworden«, erklärte Carl berauscht.

»Das weiß ich«, antwortete der Mann.

Pio hatte wieder diesen gequälten Ausdruck im Gesicht. Er krallte die Finger in die Wolldecke, die auf dem Rücksitz lag.

»Pio … Das kümmert keinen«, flüsterte Carl und legte den Arm um dessen Schultern.

Noch ehe das Taxi die Stadtgrenze erreichte, war der Baske eingeschlafen. Als sie vor einer Ampel anhielten, drehte sich der Fahrer erneut um.

»Gott kümmert es«, murmelte er.

»Was?«

Carl spürte noch den Nadelstich im Oberschenkel. Dann schlief auch er.

40

»Entschuldige bitte, Jacob. Aber grüß bitte Sofia von mir!«

Das Telefon wog schwer in seiner Hand. Die Stimme erzeugte in der leeren Wohnung ein trauriges Echo. Alice hatte die Nachricht nicht überbringen wollen, er hatte es den Kindern selbst sagen müssen.

»Wir können nicht fahren – wir müssen den Urlaub verschieben. Papa muss arbeiten.«

Es dauerte einen Moment, ehe Fredrik verstand, dass die Leitung immer noch offen war. Er rieb sich die Augen und legte dann selbst auf.

In der Wohnung im Osloer Stadtteil Frogner, in der Fredrik Beier aufgewachsen war, hing kein einziges Bild mehr an der Wand. Die Bücher hatte er in Kisten gestapelt, die Möbel waren abgebaut. Nur die Erinnerungen hingen noch immer in der Luft, wie immer schon, Gerüche, Apfelkuchen mit Zimt, Nasenbluten, frischer Asphalt, der draußen aufgebracht wurde.

Gunhild Fredesen, seine Mutter, war gerade neunzehn Jahre alt gewesen, als sie allein über den Atlantik reiste. Zwei Jahre später hatte sie in der St. Petrie Lutheran Church in Grygla, Minnesota, vor dem Altar gestanden, Seite an Seite mit dem großen Mann, in den sie sich verliebt hatte: Kenneth Beier war Amerikaner mit norwegischen Wurzeln, und sie war ihm bei ihrer Arbeit als Sekretärin für die norwegische UN-Delegation begegnet. Klein Fredrik kam im selben Sommer zur Welt, als das Paar erstmals gemeinsam Urlaub in der alten Heimat machte. Zwei Jahre später zog die kleine Familie nach Norwegen. Für immer, wie sich zeigen sollte. Sie blieben zu dritt. Kenneth Beier trat in den Dienst der amerikanischen Botschaft ein, und Gunhild blieb mit dem Jungen zu Hause.

Der *Anwalt* stellte sich als langbeinige Anwalts*assistentin* heraus. Ihr Kostüm saß so straff, dass nicht mal der Schlüssel für den lippenstiftroten Audi in die Tasche passte, der draußen auf dem Bürgersteig parkte.

In der E-Mail hatte er erklärt, dass er Hauptkommissar sei. Er sah ihr an, dass sie etwas anderes erwartet hatte als einen versehrten Kerl mit bandagiertem Kopf und Sandpapierstimme.

Das Einzige, was er anbieten konnte, war eine Dose aus einem Carlsberg-Sixpack. Sie lehnte ab.

»Sie erhalten selbstverständlich den Pflichtteil. Zudem hat sie Ihnen sämtliche beweglichen Güter aus der Wohnung hinterlassen: Gemälde, Besteck und Möbel, die für Sie einen ideellen oder womöglich sogar finanziellen Wert haben. Der Rest – das Anlagevermögen sowie die Einnahmen aus dem Verkauf der Wohnung – geht an die Stadtmission.«

»Und um wie viel handelt es sich?«

Aus einer ledergebundenen Mappe angelte sie ein Dokument und einen Füller hervor.

»Hmm … nicht die Welt. Auf dem Konto liegen drei Millionen, und dazu kommt der Erlös aus dem Verkauf der Wohnung. Hier muss ja einiges gemacht werden«, sagte sie und ließ den Blick über die fleckigen Wände schweifen.

Fredrik nahm an, dass sie ihn selbst genauso abschätzig bewertete. In seinem ausgewaschenen Hemd und der löchrigen blauen Jeans würde auch an ihm einiges gemacht werden müssen.

»Elf, zwölf Millionen, vielleicht.«

»Meine Güte«, murmelte Fredrik.

»Was?«

Er zwang sich zu einem Lächeln. »Da wollt ihr sicher auch noch euer Stück vom Kuchen?«

Die Anwaltsassistentin antwortete nicht, erwiderte aber das Lächeln.

»Der ist auch für Sie«, sagte sie und reichte ihm einen braunen Umschlag, auf dem »Für meinen Sohn, Fredrik Beier« geschrieben stand. Sie musste ihn gegen Ende beschriftet haben. Die Buchstaben waren zittrig. Der Umschlag trug das Logo der Anwaltsfirma. Er riss ihn auf.

Das Foto, das obenauf lag, kannte er von früher. Jahrelang hatte es über dem Sofa im Wohnzimmer gehangen, bevor die Mutter es mit ins Heim genommen hatte. Er war darauf vielleicht zwei, drei Jahre alt und stand am Drammensveien, an einem 17. Mai in den Sechzigern, zwischen seinen Eltern. Der Vater hatte seinen schmalen, langen Körper in denselben Anzug gehüllt, in dem er später begraben werden sollte. Er hatte eine Pfeife im Mundwinkel, an deren Geruch Fredrik sich noch immer erinnerte. Die Mutter trug eine schmal geschnittene, helle Tracht mit großen runden Knöpfen. Er selbst hielt in der einen Hand eine norwegische Flagge, in der anderen die amerikanische. Die Eltern lächelten in die Kamera, während er selbst fast schon bedrückt aussah. Fredrik hatte keine Ahnung, wer der Fotograf gewesen war. Es war das einzige Bild von ihm mit seinen Eltern aus dieser Zeit.

»Schön«, sagte die Anwaltsassistentin frostig.

»Danke«, antwortete er.

In dem Umschlag lag auch das Testament, ein Schriftsatz von der Bank sowie ein Kontoauszug.

»Hier, ihr Sparvermögen«, sagte er und hielt den Auszug hoch. »Zehntausend Kronen monatlich von Ihrem Anwaltsbüro? Wo kommt dieses Geld her?«

Sie warf einen verstohlenen Blick auf ihre goldene Armbanduhr. »Ein Spender hat mit einem monatlichen Betrag zum Unterhalt Ihrer Mutter beigetragen. Wir waren bei der Vermittlung behilflich.«

»Ein Spender? Wer soll das sein?«

»Das ist vertraulich. Ihre Mutter hat uns gebeten, darüber Stillschweigen zu bewahren. Es ist nicht ungewöhnlich, dass Erblasser gewisse Einnahmequellen vor ihren Erben geheim halten.«

Fredrik sah sie schief an. Spender. Erblasser. Wovon zum Teufel redete diese Frau?

»Und da ist es in Ordnung, das so zu machen?«

»Solange alles rechtmäßig vonstattengeht, liegt diese Entscheidung bei Ihrer Mutter.«

Er schnaubte. »Im Klartext bedeutet das, Sie wissen, wer meiner Mutter monatlich Geld hat zukommen lassen, wollen es mir aber nicht sagen.«

Die roten Fingernägel verschwanden unter ihrem blonden Pony. »Na ja… *Ich* weiß es nicht. Aber die Kanzlei weiß es. Und es geht hier nicht um Wollen. Es ist eine Frage von Vollmachten. Es liegt übrigens ein weiterer Gegenstand in dem Umschlag.«

Fredrik zog einen unbeschrifteten Schlüsselanhänger mit Schlüssel heraus.

»Ist der für ein Schließfach?«

Sie lächelte kühl.

»Wissen Sie, welches?«

»Nein, leider nicht. Ihre Mutter war der Ansicht, es würde Ihnen Freude bereiten, das selbst herauszufinden.«

So war sie gewesen, seine Mutter. Er vermisste sie nicht.

41

Von der Schläfe bis über das Ohr hinweg lag der Kopf frei. Lediglich die millimeterlangen schwarzen Borsten zeugten davon, dass eine gute Woche vergangen war, seit der Chirurg das Messer präzise über Kafa Iqbals Schädel geführt hatte. Die zwei blutigen Hautfalten waren mit acht Stichen zusammengezwungen worden. Mit dem Handrücken wischte sich Kafa eine Träne weg und presste die Mittelfinger auf die Tränenkarunkel, die kleinen rosafarbenen Taschen im Lidwinkel.

»Geht das da wieder weg?«

Andreas Figueras zeigte auf das blutunterlaufene Auge.

Kafa lächelte matt. »Der Arzt sagt ja. Nur eine geplatzte Ader.« Sie seufzte. »Ich hatte verdammtes Glück.« Sie sah von Andreas zu Fredrik.

Glück. Reines, barmherziges Glück. Nichts anderes. Die Kugel hatte sie nicht getroffen, nur gestreift, ein, anderthalb Millimeter am Kopf vorbei. Doch die Wucht des Projektils hatte eine Wunde von der Schläfe bis übers linke Ohr gerissen. Der Schock, der Blutfluss und die Schmerzen hatten ausgereicht, um das Bewusstsein zu verlieren.

»Nicht nur Glück. Ich bin unendlich dankbar …«

Kafa legte ihre Hand auf die von Fredrik. Der scheue Händedruck brannte auf seiner Haut, und er wollte schon die Hand wegziehen. Er verspürte keinen Stolz. Sie hätten den Dachboden nie betreten dürfen. Unbewaffnet. Ohne sich rückzuversichern. »Unverzeihlich«, hatte es Sebastian Koss genannt. Und das Schlimmste war nicht, dass Synne ihm nicht widersprochen hatte. Das Schlimmste war, dass Fredrik selbst ihm zustimmte. Sie hätten beide getötet werden können.

Er hob den Blick und starrte auf die ausgefranste Kante der Jutetapete über Kafas borstigem Kopf. Sie saßen in der Küche ihrer Dreizimmerwohnung in Sagene. Ihrem Blick zu begegnen – wie sie dort saß, lediglich mit einer bequemen Schlafanzughose und einem langen weißen T-Shirt bekleidet – fühlte sich zu nah an, zu intim. Viel intimer als die Sekunden, in denen er auf dem Dachboden über ihr gekauert hatte, während das Blut aus ihr herausgeschossen war und sie zu ihm hinaufgestarrt hatte. In Todesangst. Flehentlich. In jenem Moment hatte er gewusst, was er tun musste. Jetzt hatte er keine Ahnung, was er sagen sollte.

Andreas räusperte sich.

»Also… das war dann wohl die Feuertaufe. Willkommen im Team«, sagte er und streckte die Hand aus.

Sie griff danach. »Danke. Das weiß ich zu schätzen, Andreas.«

Andreas lächelte und schob das Kinn leicht vor. »Der Dank gebührt Fredrik. Er hat nicht nur dich gerettet. Er hat auch die Ermittlung gerettet.«

Fredrik schob abrupt den Stuhl nach hinten und räusperte sich unbehaglich. Rieb sich den Nasenrücken. Die neue Brille scheuerte, auch wenn sie mit der vorhergehenden identisch war.

»Dieser kranke Teufel hat einen wahnsinnigen Aufwand betrieben, um seine Spuren zu verwischen. Die Nachbarn haben ausgesagt, sie hätten von oben Geräusche gehört, und das seit einem Monat. Ratten, dachten sie. Und trotzdem finden wir nichts. Nichts! Kein Haar, keinen Fußabdruck. Nicht eine Faser eines Kleidungsstücks«, sagte Andreas und schüttelte den Kopf. »Das ist unfassbar. Wir hätten mit leeren Händen dagestanden, wäre Fredrik nicht gewesen.«

Er spielte auf den Lederbeutel an, den Fredrik vom Gürtel des Angreifers losgerissen hatte. Und was dieser enthalten hatte. Einen USB-Stick.

Andreas öffnete die Dokumentenmappe, schob eine Vase mit verwelkten Blumen beiseite und verteilte vier Fotos auf dem Küchentisch.

»Die waren auf dem Stick gespeichert.«

Kafa beugte sich über das schärfste Bild. Ein Foto aus einem Personalausweis. Von einem Mann. Skandinavisches Aussehen, helle, glatt gekämmte Haare. Das Gesicht schmal und länglich. Er hatte einen intensiven Blick und schmale Lippen. Etwa dreißig Jahre alt.

Die beiden nächsten Bilder waren unscharfe Aufnahmen einer Überwachungskamera von einem Kiosk. Das eine war von hinten aufgenommen worden und zeigte eine Person auf dem Weg in den Kiosk hinein. Die Gestalt war schlank, weder auffallend groß noch klein. Erst auf dem nächsten Foto war der Mann identifizierbar. Die Haare waren zerzaust und schon länger nicht mehr geschnitten worden. Er sah mindestens zehn Jahre älter aus als auf dem Ausweisbild. Aber es war derselbe Mann. Die vierte Aufnahme stammte von einer Skitour. In voller Größe stand der Mann vor weißen Berggipfeln. Lehnte sich auf die Skistöcke. Lächelte. Blasse Haut. Derselbe intensive Blick.

»Zu dem ersten und dem letzten kennen wir die Geschichte nicht. Die beiden anderen …« Andreas fummelte am obersten Knopf seines Hemdes herum. »Sie wurden vor einem Kiosk am Ullevålsveien aufgenommen. Datiert, wie du hier siehst, im vergangenen Herbst. Der Besitzer ist sich allerdings sicher, dass niemand Fremdes an die Bilder der Überwachungskamera gekommen sein kann.«

»Und wie sind sie dann auf diesem Stick gelandet?«, fragte Kafa.

Andreas hob beide Hände und sah zu Fredrik hinüber. »Ich habe keine Ahnung.«

»Der Mann vom Dachboden hat die Bilder am Körper getragen, sie müssen also wichtig für ihn gewesen sein. Ich glaube, dass dieser Mann« – Fredrik tippte auf das Ausweisbild – »eine Art Zielobjekt gewesen ist.«

Er ließ den Finger auf dem Foto ruhen.

»Die Person ähnelt keinem der uns bekannten Bewohner von Solro. Keinem der Opfer. Keinem der Vermissten. Nicht wahr?«

Zum ersten Mal an diesem Vormittag begegnete Fredrik Kafas Blick.

»Aber sieh dir die Augen an. Der dritte Pastor der Gemeinde – den Leuten waren seine Augen aufgefallen.«

»Per Olsen«, sagte Kafa.

»Pastor Per Olsen«, wiederholte Fredrik nachdenklich.

Kafa sah wieder zu Andreas hinüber. »Waren die Bilder nicht verschlüsselt?«

»Der Stick war passwortgeschützt. Der Ordner mit den Fotos selbst war ungesichert. Es gibt noch eine weitere Datei, aber die müssen wir erst noch knacken.«

»Okay. Und wie lautete das Passwort?«

»›Die Hand des Herrn‹.«

»›Die Hand des Herrn‹«, wiederholte Kafa. Sie zerkaute die Worte regelrecht. »Was hat das zu bedeuten?«

Sie hatten keine Ahnung.

Fredrik zog eine Schachtel Schmerztabletten aus der Tasche, drückte zwei Pillen in die Hand und spülte sie mit Kaffee runter. Dann stand er auf und stellte sich ans Fenster. Verschränkte die Arme.

»Der Emir – Mohammed Khaled Omar – wurde den Rechtsmedizinern zufolge mit einem Schuss in den Kopf getötet. Sie schätzen, er war noch keine Woche tot, als wir ihn in der Badewanne fanden. Um die Fußknöchel und die Handgelenke haben sie Gewebeschädigungen gefunden, die darauf hindeuten, dass er zuvor gefesselt gewesen war. Straff. Und das bedeutet, er muss noch eine ganze Weile am Leben gewesen sein, nachdem er entführt worden war.«

Fredrik legte eine Pause ein und starrte gedankenverloren auf die Straße hinab.

»Aber warum?«, fragte er. »Warum wird ein verurteilter Terrorist gekidnappt? Warum hat der Angreifer das Risiko auf sich genommen, einen Mann zu entführen, der womöglich unter polizeilicher Beobachtung stand?«

Ein Ablenkungsmanöver. Es lag auf der Hand, da waren sich alle drei einig. Die Polizei, die Medien, alle hatten glauben sollen, das Massaker auf Solro wäre eine Art Abrechnung zwischen islamistischen und christlichen Fundamentalisten gewesen. Und auch wenn Fredrik seine Zweifel gehabt hatte, waren sie dieser Spur dennoch gefolgt.

»Ich glaube, der Plan bestand darin, den Emir so lange festzuhalten, bis Per Olsen tot war. Am Ende hätte er vielleicht sogar wieder freikommen sollen, aber da wäre Per Olsens Mörder längst über alle Berge gewesen. Der Emir wurde nur deshalb getötet, weil der Angriff auf Solro nicht verlief wie geplant.«

Fredrik drehte sich um.

Eine Träne hatte sich an Kafas rot gesprenkeltem Auge gebildet. Jetzt griff die Schwerkraft, und der dicke, salzige Tropfen kullerte ihr übers Gesicht. Am Kinn wurde er langsamer, bevor er wieder Fahrt aufnahm und sich in die Drosselgrube legte. Er hinterließ einen schwach schimmernden Streifen. Kafa ignorierte ihn. Sie konzentrierte sich auf etwas anderes.

»Wenn wir einmal von der Entführung des Emirs absehen, waren die Hinweise auf eine islamistische Beteiligung doch ziemlich fadenscheinig. Das Seidenband mit dem Koranvers, die merkwürdige Warnung der Polizei ... Wer immer das Massaker verübt hat, muss gewusst haben, dass wir das Ablenkungsmanöver irgendwann durchschauen würden«, erklärte sie.

Das Ziel war also nicht gewesen, Muslime zu verleumden. Es steckte keine Hasskampagne gegen den Islam dahinter. Die Methode war nur gewählt worden, weil der Angreifer gemutmaßt hatte, dass alles, was nach islamistischem Terrorismus roch, gewaltige Aufmerksamkeit erregen würde. Das Ziel hatte darin bestanden, die Polizei gerade lange genug abzulenken, damit der Täter entkommen konnte.

Fredrik nickte. »Und das bedeutet, dass der Mann auf den Bildern immer noch lebt. Per Olsen lebt, und er ist in Gefahr.« Er massierte die wunde Kehle, bevor er fortfuhr: »Wenn nicht, wäre der Angreifer längst über alle Berge. Er hätte sich nicht auf einem Dachboden im Stadtzentrum verschanzen müssen.«

Er räusperte sich. Hob den Blick. Hob die Stimme.

»Er ist noch nicht fertig. Er wird wieder zuschlagen. Ich muss Synne Bescheid geben.«

Sie lauschten auf den Verkehr, während Andreas in seinem kleinen Rucksack herumwühlte.

»Finanziell stand Gottes Licht auf jeden Fall solide da. Das Konto ist auf Plantenstedt registriert, deshalb haben wir bei Alfsen nichts gefunden«, erklärte er und legte einen Kontoauszug auf den Tisch. »Zweiundsiebzig Millionen Kronen«, fuhr er fort und betonte jede Silbe. »Nur wenige Barauszahlungen pro Jahr. Dann allerdings jedes Mal Hundertausende Kronen. Ein paarmal sogar mehr.«

Der Großteil des Vermögens war vor sieben Jahren auf dem Konto gelandet. Genau sechzig Millionen. Der Polizei war es gelungen, die Spur des Geldes zu einer Briefkastenfirma auf Barbados zurückzuverfolgen. Dort endeten die Spuren.

Andreas hob den Blick. »Irgendjemand hält eine großzügige Hand über Gottes Licht.«

»Sind wir uns denn sicher, dass es sich dabei nicht nur um das Erbe handelt, das Bjørn Alfsen beiseitegeschafft hat?«, wollte Fredrik wissen.

Andreas zuckte mit den Schultern. »Das bezweifle ich. Alfsen hat seinerzeit diverse Dinger gedreht, aber nichts deutet darauf hin, dass er sich jemals einer Scheinfirma bedient oder Geld in ein Steuerparadies verschoben hätte.« Er rieb sich die Stirn. »Nein. Ich glaube, das Geld kommt anderswoher.«

Kafa begleitete sie zur Tür, hielt dann aber Fredrik kurz zurück. Ihre Hand war warm.

»Das PST lässt mich weiter an den Ermittlungen teilhaben«, sagte sie schnell. »Auch wenn die Islamistenspur anscheinend erledigt ist. Und ich würde gerne weitermachen. Zusammen mit euch.«

Er lächelte. »Na klar.«

»Danke«, sagte sie und zog ihn näher zu sich heran. Gab ihm einen flüchtigen Kuss auf die Wange.

Sie duftete nach Orangenblüten und frisch gemähtem Gras.

42

Die grün gestrichenen Wände waren kahl, mit Ausnahme eines Aushangs, der das Personal daran erinnerte, dass die belegten Brote den Patienten vorbehalten waren. Fredrik holte ihnen beiden einen Becher Kaffee, bevor er sich setzte. Auf dem Stuhl gegenüber wartete eine junge Frau, die in ihrem dünnen Krankenhausbademantel erbärmlich zu frieren schien. Sie blätterte in einer alten Zeitschrift und tippelte in einem fort mit den nackten Zehenspitzen über den Fußboden.

»Die Polizei bestätigt, dass der Tote der gesuchte Islamist ist«, las Fredrik über Synne Jørgensens Schulter.

»Wir mussten ihnen *irgendetwas* geben«, erklärte Synne und schaltete das Tablet ab.

Im Flüsterton berichtete Fredrik, was er und die anderen beiden sich zurechtgelegt hatten. Dass ein neuerlicher Angriff zu erwarten war. Danach verschwand Synne aus dem Wartezimmer. Durch die Plexiglastür sah er die kleine, robuste Frau auf dem Flur mit dem Telefon am Ohr ruhelos auf und ab wandern.

»Wie geht es Kafa?«, fragte sie, als sie zurückkam.

»Ganz okay. Sie ist mit einem Schrecken davongekommen.«

»Glaubst du, sie wird mit euch zurechtkommen?«

Fredrik wusste genau, warum sie diese Frage stellte.

»Ja, natürlich. Wir freuen uns beide auf die Zusammenarbeit. Der Anfang war ein bisschen holprig, aber« – er tätschelte ihr kameradschaftlich den Arm – »nichts schweißt Polizisten besser zusammen als eine Kugel im Kopf.«

Mehr musste sie nicht wissen. Die Aussage reichte Synne. Sie wusste, dass er die Wahrheit gesagt hatte.

Jetzt waren sie also zu dritt. Per, Pål und Kafa Askeladd, wie Andreas es in Anspielung auf das alte Volksmärchen ausgedrückt hatte.

Der Kuss auf die Wange. Warum war ausgerechnet dieser Moment wieder in seinen Gedanken aufgetaucht, sowie Synne sich nach Kafa erkundigt hatte? Was hatte diese Geste in ihm geweckt? Er hatte darüber gelesen – Krisenpsychiatrie. Für Personen, die einer Krise ausgesetzt gewesen waren, war es wichtig, ihre Dankbarkeit ausdrücken zu dürfen. Sie hatte ihn geküsst, als Ausdruck ihrer kollegialen Dankbarkeit. Von ihrer Warte aus betrachtet hatte er ihr das Leben gerettet. Also belass es verdammt noch mal dabei, redete er sich ein. Kafa ist eine Kollegin. Kafa ist eine bedeutend jüngere, untergeordnete Kollegin. Mehr nicht.

Mit einem Räuspern riss Synne ihn aus seinen Gedanken, und er hatte ein schlechtes Gewissen, als er ihren ernsten Gesichtsausdruck sah. Sie hatte für Fredriks eigenmächtiges Handeln auf dem Dachboden vor ihrem Chef Rede und Antwort stehen müssen, und natürlich hatte Sebastian Koss dafür gesorgt, dass Fredriks psychischer Gesundheitszustand erneut aufs Tapet gekommen war. Aber Synne hatte sich für ihn eingesetzt, ihn verteidigt und zum Schluss gefordert, ihn weiter einzusetzen. Doch seine Fehleinschätzungen würden auf sie abfärben. Polizeipräsident Neme war niemand, der solche Schnitzer verzieh.

»Es tut mir leid. Wirklich«, sagte er.

Doch mit einem Mal war er unsicher, ob sich das Telefonat draußen auf dem Korridor tatsächlich deshalb in die Länge gezogen hatte. Waren sich Koss und Synne uneins, weil es *seine* Einschätzung der Lage war? Sie hatte offensichtlich nicht vor, ein Wort darüber zu verlieren, mit wem oder worüber sie gesprochen hatte. Und Fredrik wollte nicht fragen.

»Vergiss es einfach.« Synne schielte zu der Barfüßigen hinüber. »Eine Sache verstehe ich allerdings nicht«, flüsterte sie. »Warum hat er dich nicht umgebracht?«

Fredrik schüttelte langsam den Kopf. »Ich habe keine Ahnung.«

Sie schaltete das Tablet wieder ein. »Hier, das Video von der Jugendherberge.«

Die Filmaufnahme war vier Wochen alt. Die ersten Bilder zeigten die Überkopfansicht eines Mannes, der das Hostel betrat. Seine Kleidung war dunkel, und eine Schirmmütze verbarg das Gesicht. Die Bilder von drinnen waren deutlich besser. Sowie er vor die Rezeption trat, wurde sein Gesicht sichtbar. Synne hielt die Aufnahme an, und Fredrik blinzelte über die Brillengläser hinweg.

»Hmm. Die Kopfform ist die gleiche. Die Augen kann ich nicht deutlich erkennen... Aber die Nase und die Oberlippe...« Fredrik zögerte. »Er trägt eine Maske. Und die sieht verdammt naturgetreu aus.«

»Aber du glaubst, dass er es ist?«

Er war es. Der lange, muskulöse Körper. Die geschmeidigen, kontrollierten Bewegungen. Er bekam regelrecht eine Gänsehaut, als er sah, wie der Mann sich zu der Pinnwand umdrehte, wo Netzwerkname und Passwort des Hostel-Servers hingen. Dort stand er einige Sekunden still, bevor er die Rezeption auf direktem Wege wieder verließ. Genau wie Kafa es vermutet hatte.

»Darf ich mir das mal ausleihen?«

Fredrik griff nach dem Tablet. Synne sah ihn verständnislos an, aber noch bevor sie fragen konnte, wurden sie aufgerufen und verließen das Wartezimmer.

Der Geruch von Schmierseife, Desinfektionsmittel und

verkochtem Gemüse erinnerte ihn an vergangene Zeiten. Schweigend trugen Krankenschwestern Gefäße mit hin- und herschwappender Flüssigkeit vorüber. Die Türen quietschten in den Angeln, Gespräche wurden bloß gedämpft geführt. Die Schwester, die sie aufgerufen hatte, ging zwei Schritte voraus, bis sie vor einer hellblauen Tür stehen blieb. Ihre Haare waren zu einem Zopf geflochten, und an der Brusttasche war eine kleine Uhr befestigt.

»Der Arzt sagt, zehn Minuten«, teilte sie ihnen mit.

Das quadratische Zimmer stank nach Pisse. Das Bett war leer. Vor dem Fenster stand ein Rollstuhl, und in dem Rollstuhl saß ein Mann.

»Ivar? Ivar, hier ist Besuch für Sie.«

Sanft legte die Krankenschwester ihre Hand auf seine und drehte den Rollstuhl herum. Der Kopf war in einen Helm aus Schaumgummi und Mullbinden gehüllt und ruhte auf einem Kissen zwischen Kopf und Schultern. Aus dem Mundwinkel troff es auf ein Frotteehandtuch. Ein durchsichtiger Schlauch führte Flüssigkeit in die Halsschlagader.

»Ivar? Ich heiße Synne. Ich arbeite bei der Polizei.«

Sie war vor ihm in die Hocke gegangen.

Ivar Tufte rührte sich nicht. Lediglich die schwache Erweiterung seiner Pupillen zeugte davon, dass er sie zur Kenntnis genommen hatte. Fredrik musste daran denken, wie er den Mann zuletzt gesehen hatte. Beinahe leblos, im Keller auf Solro. Hinter der Stahltür, die auf seinen Schädel eingehämmert hatte. Bereits da hatte ihm vor diesem Augenblick gegraut.

»Ivar? Verstehen Sie, was ich sage?«

Vorsichtig legte Synne ihre Hand auf sein Knie. Neben seine Hand, die dick bandagiert und unbeweglich auf dem Schenkel ruhte. Die Finger der anderen Hand zupften kaum merklich an den feinen Fäden des Verbands. Sie streichelte ihn vorsichtig mit dem Daumen. Der Mann im Stuhl atmete schneller. Mit einer enormen Kraftanstrengung hob er die Hand und legte sie über ihre.

»Ääääää …«, stieß er hervor.

»Ivar, wir untersuchen, was Ihnen auf Solro widerfahren ist. Können Sie meine Hand drücken, wenn Sie mich verstehen?«

Sie warteten ab.

»Können Sie ein bisschen zudrücken?« Synne wandte sich an Fredrik. »Keine Reaktion.«

Als sie wieder aufstand, glitt die Tür in ihrem Rücken auf. Es war der behandelnde Arzt, ein kleiner Mann mit klammen Händen. Er entschuldigte sich dafür, dass er erst jetzt Zeit hatte. Am Fußende des Betts blieben sie stehen.

»Der Patient hat umfassende Hirnschäden«, erklärte der Arzt hektisch. »Eine verlässliche Prognose kann ich Ihnen derzeit nicht geben.«

»Was stimmt nicht mit seiner Hand?«, fragte Fredrik.

»Er beißt sich.« Der Arzt sah sie beide bekümmert an. »Na ja … Jetzt haben Sie ihn ja gesehen, wie Sie es gewünscht haben. Wenn Sie weitere Fragen haben sollten, dann schlage ich vor, wir besprechen alles in meinem Büro.«

Die beiden Ermittler sahen einander an.

»In Ordnung«, sagte Synne und hatte sich bereits zur Tür gewandt, als Fredrik das Wort ergriff.

»Bekomme ich die Erlaubnis … nur ein paar Minuten? Allein?«

Der Arzt musterte ihn mit zusammengekniffenen Augen. »Ein paar Minuten.«

Fredrik schlug die Mappe auf, die er mitgebracht hatte. Nahm das Foto heraus, das obenauf lag, das Foto aus dem

Personalausweis, das auf dem USB-Stick vom Dachboden gespeichert gewesen war. Erst hielt er es Tufte vor die Augen. Anschließend legte er es ihm in den Schoß. Tufte folgte dem Motiv mit dem Blick. Legte die verletzte Hand darüber. Strich mit einem Finger liebevoll über das Bild.

Eine gute Stunde später saß Fredrik im Parkhaus des Ullevål-Krankenhauses im Auto und presste mit der freien Hand die Kompresse zusammen, die zwischen Zeigefinger und Daumen klebte. Trotz der Betäubung pochte es darunter heiß und stechend, und in seinem Schädel hämmerte der Kopfschmerz.

»Was zum Teufel hast du da drin gemacht?«, fauchte Synne.

»Polizeiarbeit betrieben.«

»Der Arzt hat damit gedroht, uns anzuzeigen. Was zur Hölle ist passiert?«

Fredrik warf ihr einen verlegenen Blick zu. »Wir haben uns unterhalten.«

Synne sah ihn bissig an. »Und dann?«

»Zuerst hat Ivar Tufte bestätigt, dass es sich bei dem Mann auf dem Foto um ein Gemeindemitglied von Gottes Licht handelte. Wahrscheinlich ist es einer der vermissten Pastoren.« Fredrik reichte ihr das Bild. »Und anschließend hat er bestätigt, dass dies der Mann ist, der versucht hat, ihn zu töten.« Er gab ihr das Tablet zurück. »Derselbe Mann, der uns auf dem Dachboden angegriffen hat. Ich habe Ivar das Video aus dem Hostel gezeigt. Sowie es lief, hat er angefangen zu kreischen und dann zugebissen.«

43

Die Essigsäure betäubte das entzündete Zahnfleisch, und der Geruch klärte die Sinne.

Er kaute auf dem kleinen Stück Stoff herum, bis sich seine Zunge dick und taub anfühlte. Dann tauchte er den Stoff erneut in die bronzefarbene Flüssigkeit und lutschte daran.

Norwegen war genau, wie er es erwartet hatte. Mitten im Sommer lag das Land quasi im Winterschlaf. Die kleine Hütte lag abseits im Wald. Hier würde er wochenlang ungestört bleiben. Eigentlich hatte er den Platz nur als Lager verwenden wollen, doch dann hatte sich alles verändert. Der Jäger war zum Gejagten geworden.

Die Wände hatte er mit einer schwarzen Plastikplane überzogen, und auf dem Erdboden lag eine Filzmatte. Kein Bett, kein Stuhl, kein Tisch. Lediglich die schwarze Tasche und der Waffenkoffer. Strom zapfte er von einer Verteilerbox unten an einem Forstweg ab. Auf der Tasche lag sein Rechner. Die schwach blinkende Lampe bedeutete ihm, dass sich der Energiesparmodus eingeschaltet hatte. Wieder und wieder hatte er sich die Videoaufnahmen von Solro angesehen. Es bestand kein Zweifel. Die Zielperson hatte sich auf dem Hof befunden, als der Startschuss gekommen war. Doch nur vierundzwanzig Minuten später war sie nicht mehr da gewesen.

Der Pastor hatte geschworen, dass er keine Ahnung hatte. Trotzdem hatte er nicht weiterleben dürfen. Die Wache im Keller hatte es womöglich gerade lang genug geschafft, und das erstaunte ihn – die menschliche Fähigkeit, Leid zu ertragen, war schon bemerkenswert. Andererseits wurde ihm das jedes Mal wieder bewusst, wenn er sich – was selten vorkam – im Spiegel betrachtete.

Die vier im Garten bereiteten ihm allerdings Kopfzerbrechen. Nicht weil er ein schlechtes Gewissen gehabt hätte – nein, rein quantitativ. Eine solche Opferzahl sorgte für Aufsehen. Außerdem hätte der Elektroschocker ihn beinahe in die Bewusstlosigkeit befördert. Zum Glück hatten die Widerhaken der Elektroschockpistole seine Weste getroffen, was den Stromstoß gemildert hatte. Ironischerweise waren es die darauffolgenden unkontrollierbaren Muskelkontraktionen, die dazu geführt hatten, dass er das Magazin beinahe vollständig entleert und diesen Mann durchsiebt hatte. Die anderen hatten beim Anblick ihres Kameraden, der in Fetzen gerissen wurde, innegehalten – aber da war es schon zu spät gewesen.

Das Wellblechdach zitterte leicht im Abendwind. Er zog den Rechner zu sich heran und schaltete ihn ein. Wartete, bis die Verbindung stand, bevor er die Passwörter eingab und dann den Daumen auf das Lesegerät setzte. Fünfzehn Sekunden später sah er Hvalens ausdrucksloses Gesicht auf dem Bildschirm vor sich.

»Ja?«

Seine Finger flogen förmlich über die Tastatur.

Selbst so viele Jahre, nachdem man ihm die Zunge herausgeschnitten hatte, war es das, was er selbst an sich am meisten verabscheute. Das Vermögen zu sprechen, das sie ihm genommen hatten. Hier zu sitzen, über die Tastatur gebeugt, wie ein geistig Behinderter mittleren Grades …

»Erwarte Befehl.«

»Warum hast du sie nicht umgebracht?«

Er zögerte, bevor er antwortete: »Die Sache geriet aus den Fugen.«

Hvalen starrte ihn mit zusammengekniffenen Augen an.

Er lehnte sich wieder über die Tastatur. Schrieb lange, und es dauerte, bis die Antwort kam: »Na gut. Ich nehm es mit in die Organisation.« Hvalen starrte in die Kamera. »Diese ganze Situation hat eine unglückliche Wendung genommen. Was könnte die Polizei finden?«

Er schüttelte den Kopf. »Nichts weiter als den Islamisten in der Badewanne«, schrieb er. Suchte kurz nach den richtigen Worten, bevor er fortfuhr: »Bilder der Zielperson. Aber die werden ihnen nichts nützen.« Pause. »Die Sachen aus dem Labor sind zerstört.«

»Du irrst dich«, erwiderte Hvalen sauer. »Der USB-Stick… Halb Norwegen ist alarmiert. Du unterschätzt die Leute. Sie verfolgen jetzt jede einzelne Aktion mit Argusaugen und sind höchst verärgert über all die Unruhe. Das bringt Mehrarbeit mit sich. Was, wenn man dich gefasst hätte?«

Der Mann in der Waldhütte fauchte. Lehnte sich über die Tastatur. Schrieb jetzt schneller. »Ich werde nicht gefasst!« Er starrte Hvalen direkt in die Augen. »Die Islamistenspur hätte ausgezeichnet funktioniert, wenn die Vorarbeit gestimmt hätte. Die Zielperson war nicht mehr da. Da musste ich improvisieren.«

Er schlug den Blick nieder. Nach einer Weile ergriff Hvalen erneut das Wort.

»Da ist noch was. Es ist ein Problem entstanden… in Verbindung mit Afghanistan. Der Gouverneur, der… auf dem Balkon erschossen wurde…«

Der Stumme hob alarmiert den Blick.

»Du wurdest beobachtet, bevor du die Provinz verlassen hast. Jemand hat die Behörden verständigt und dort durchklingen lassen, dass es einen Zusammenhang zwischen deiner Anwesenheit und dem Tod des Gouverneurs geben dürfte.«

»Muss ich mir Sorgen machen?«, schrieb er.

Hvalen glotzte starr zurück. »Wir arbeiten daran. Aber

auch das sorgt für Unruhe. Es geht allmählich zu viel schief, Staffan.« Hvalen holte tief Luft. »Mal abgesehen davon geht die Organisation davon aus, dass es noch ein weiteres Labor gegeben haben muss. Die Aktion muss zu Ende geführt werden.«

Rund um das klaffende Loch in seinem Gesicht verkrampften sich die Muskeln. »Das freut mich.«

Hvalen fletschte kurz die Zähne und war verschwunden.

44

»Herr Hauptkommissar! Hier rein!«

Sebastian Koss stand im Korridor und kläffte ihm hinterher. Widerwillig machte Fredrik kehrt und starrte in das flammende Gesicht des Polizeidirektors. Das italienische Designerhemd war bis zu den Ellbogen hochgekrempelt. Das Haar lag wie immer perfekt.

Das Büro platzte bereits jetzt aus allen Nähten. Andreas saß auf dem Zweisitzer an der Wand, Synne stand am Fenster und blies Rauch aus dem Spalt, und Sebastian Koss' Jacke hing über der hohen Lehne seines Schreibtischstuhls. Vor dem Schreibtisch stand Polizeipräsident Trond Anton Neme. Als Einziger im Raum in Uniform. Ein paar Jahre älter als Fredrik. Hatte sich schon früh als schnellster, geistesgegenwärtigster und zupackendster Polizist seines Jahrgangs einen Namen gemacht. Klare blaue Augen. Nicht der geringste Sinn für Humor oder Empathie. Ganz nach Sebastian Koss' Geschmack.

Andreas reichte ihm ein Dokument. Fredrik strich sich mit den Fingern über den Bart, als er es überflog.

»Heilfroh, dass ich der Sekte entkam«, lautete die Überschrift – und dann: »Aussteiger berichten von

* Todesangst

* verschwundenen Freunden

* den geheimen Ritualen der Glaubensgemeinschaft!«

Fredrik räusperte sich. Er war sich im Klaren darüber, dass gerade alle versuchten, seinen Gesichtsausdruck zu deuten.

Der Artikel begann folgendermaßen: »Vor einem Jahr kehrte das Ehepaar Annabell Wiehe (34) und Bernhard Knutsen (37) der Glaubensgemeinschaft Gottes Licht den Rücken. Heute verfolgen sie hoch alarmiert die ergebnislose Suche der Polizei nach ihren alten Freunden. Gleichzeitig haben sie Todesangst, dass der Täter, der das Massaker unter den Gemeindemitgliedern beging, auch Jagd auf sie selbst machen könnte. ›Die Polizei unternimmt nichts, um uns zu helfen‹, beklagen sie sich.«

Fredrik sah von dem Blatt auf. »Was zum Teufel ist das?«

»Genau. Was zum Teufel ist das, Beier?«, wiederholte Koss leise und bedrohlich. »Tja, dann werd ich es Ihnen wohl erklären. Das ist die Einleitung zu einem Artikel, der heute Nachmittag auf der TV2-Homepage veröffentlicht wurde.« Raunen wurde laut. »Das Fernsehinterview mit Wiehe und Knutsen wird heute Abend in den Nachrichten ausgestrahlt«, zischte er, »und ein Reporter ist unterwegs, um uns zu der Sache zu interviewen.« Koss schlug mit der flachen Hand auf den Tisch, sodass die goldfarbene Schreibtischlampe klirrte. »Warum muss ich mir verdammt noch mal erst die Nachrichten ansehen, um zu wissen, was in diesem Fall vor sich geht?«

Fredrik begegnete seinem Blick, der vor Misstrauen und Verachtung loderte. Dafür sollte er verflucht noch mal doch wohl nicht die Schuld bekommen? Sie starrten einander unverwandt an, ehe der Polizeipräsident das Schweigen brach.

»TV2 hat mich vor einer Stunde kontaktiert.« Nemes Stimme war dunkel wie Teer. »Koss, der verantwortliche Jurist in diesem Fall, nimmt den Journalisten am Eingang in Empfang. Er wird dieses Haus nicht betreten.«

Neme bedachte den Polizeidirektor mit einem Blick, der unmissverständlich deutlich machte, dass sein Entschluss nicht verhandelbar war.

»Ich würde am liebsten dich schicken«, fuhr er fort und nickte Synne zu, bevor er sich die Hand ans Kinn legte. Die Kluft in seinem Doppelkinn war so tief, dass sie mit einer Axt hätte hineingeschlagen sein können. »Oder Sie.« Er zeigte mit dem Finger auf Fredriks Brust. »Aber bis ich erfahre, wer hier was hat durchsickern lassen, bleiben wir beim offiziellen Prozedere.«

Koss' Augen brannten. Aber er blieb stumm.

»Das meiste, was dieses Ehepaar da von sich gibt, muss nicht weiter kommentiert werden. Aber sie erheben eine konkrete Anschuldigung – eine, die mich und damit uns alle in ein schlechtes Licht rückt.« Neme sah auf seine groben Handflächen hinab. »Sie behaupten, sie hätten uns kontaktiert. Und um Hilfe gebeten.«

Er starrte erst Fredrik, dann Synne an, die den Zigarettenstummel hinausschnipste und das Fenster schloss.

»In einem Fall wie diesem können wir uns keine Patzer leisten. Wisst ihr überhaupt, was dieser Fall kostet? Wie viele Ressourcen einfließen? Wie viele Raubmörder, Diebe, Gewaltverbrecher frei herumlaufen, nur weil ich sämtliche vorhandenen Kräfte darauf verwenden muss, diesen verdammten durchgeknallten Mörder zu finden?«

Neme ging mit langen Schritten zur Tür. Dort drehte er

sich noch mal um und setzte demonstrativ einen Finger an die grau melierte Schläfe.

»Also seht verdammt noch mal zu, mich nicht weiter in die Scheiße zu reiten. Hab ich mich verständlich ausgedrückt? Jørgensen? Beier?« Ohne auf eine Antwort zu warten, stapfte er aus dem Zimmer. Die Tür blieb offen stehen. Draußen auf dem Flur fuhr der Chef mit seiner Schimpftirade fort. »Findet diese verfickte Glaubensgemeinschaft!«, brüllte er.

Die Ermittler standen einen Augenblick schweigend da, bevor Synne das Wort ergriff.

»Die Protokolle aus der Zentrale besagen, dass zwei Tage nach dem Massaker ein entsprechender Anruf auf euren gemeinsamen Teamanschluss durchgestellt wurde. Was wisst ihr darüber?«

Fredrik warf Andreas einen Blick zu, doch der schüttelte den Kopf.

»Keine Spur von einer solchen Anfrage«, entgegnete er.

Fredrik wandte sich an Koss und zuckte mit den Schultern. »Sorry. Bei uns sind sie nicht rausgekommen.«

»Verdammt!«, brüllte Koss und stieß die Faust in die Luft.

»Dann schlage ich vor, wir versuchen zu klären, mit wem sie gesprochen haben«, murmelte Synne.

»Jepp«, pflichtete Fredrik ihr bei. »Holen wir sie zur Befragung.«

»Nicht nötig«, entgegnete sie. »Sie sind bereits hier.«

45

London, Februar 1943

Die mintgrüne Glaslampe im Vernehmungsraum verlieh den vier Anwesenden ein kränkliches Aussehen.

Herbert Gowan, Major des Nachrichtendiensts, zog die Dunhill-Packung auf, schob Daumen und Zeigefinger der linken Hand hinein und rollte den losen Tabak zwischen den Fingern. Anschließend drehte er mehrere erbsengroße Tabakkügelchen und ließ sie behutsam in die kurze Ebenholzpfeife fallen.

»So, meine Herren, um das Ganze noch mal zusammenzufassen … Sie, Herr Acton …«

»Doktor Acton«, fiel John ihm ins Wort. »Überdies habe ich den Dienstgrad eines Lieutenant und diene in Bletchley Park.«

»Natürlich«, murmelte der Major beinahe schon andächtig, bevor er fortfuhr: »Sie, *Lieutenant* Acton, gehören dem britischen Nachrichtendienst an und arbeiten seit geraumer Zeit für den Auslandsgeheimdienst Seiner Majestät. Sie, Doktor Monsen, sind Norweger, besuchen als Magister der Meeresbiologie das Birkbeck College der Universität London, und Sie pflegen keine Verbindungen zur norwegischen Exilregierung oder ihren assoziierten Widerstandsgruppen.«

Es klang wie eine Anschuldigung. Kolbein wischte mit der Hand über die Tischplatte.

Gowan legte die Pfeife neben die Blätter Papier, auf denen er sich Notizen gemacht hatte. Hinter ihm neben der Tür, die in die Abteilung für Informationsanalyse führte, saß ein dürrer Gefreiter mit schmalem Bärtchen. Er hatte während der zweistündigen Vernehmung keine Miene verzogen.

»Sie haben in Wien derselben rassenwissenschaftlichen Forschungsgruppe angehört. Wären Sie bitte so freundlich, die Zusammensetzung dieser …« Der Major blätterte ein paar Seiten zurück. »… dieser … Ihrer Wiener Gruppe zu erläutern?«

John und Kolbein wechselten einen Blick, bevor Kolbein das Wort ergriff.

»Nun …« Er angelte einen Bleistift aus der Rille in der Tischmitte. »Wenn Sie mir gestatten würden …?«

Von der Kantine im obersten Stockwerk konnten sie sehen, wie der orangefarbene Schein der Wintersonne in Lila überging, ehe die Nacht sich wie eine Haube über die Stadt legte. Unmerklich verschwammen die blattlosen Kronen der Weiden im Hyde Park mit den dahinterstehenden Backsteinhäusern in Kensington.

Die Gulaschsuppe war aromatisch und enthielt außergewöhnlich viel Fleisch.

»Erzählen Sie uns, wie es auseinanderging.«

Major Gowan kniff die Augen zusammen. Der Gefreite war inzwischen verschwunden. Stattdessen saß jetzt ein Offizier mit norwegischer Flagge auf der Uniformschulter an der Seite des Majors. Der blasse Mann hatte sich ihnen als Oberst Hasle von der Oberkommandantur der Armee vorgestellt. Auf dem Tisch vor ihm lag ein Umschlag. Darüber hatte er die Hände gefaltet, und während er zuhörte, nahm er andächtig seine kurzen Finger in Augenschein.

»Professor Elias Brinch hatte die Wiener Bruderschaft schon Mitte der Zwanzigerjahre gegründet«, erklärte Kolbein und blinzelte kurz, ehe er fortfuhr: »Das erste große Projekt der Bruderschaft bestand darin, die Differenzen zwischen verschiedenen menschlichen Rassen zu kartieren.«

Der norwegische Oberst hob den Blick. Sah ihn verwundert an. »Etwa Stirnwinkel, Nasenformen und so was?«

Kolbein räusperte sich ostentativ, um ihnen zu bedeuten, dass er zu jenen gehörte, für die Rassenforschung ein wenig komplexer daherkam.

»Tja, unter anderem. Allerdings beschäftigten uns vielmehr die medizinischen Aspekte. Einige Rassen bewältigen zum Beispiel bestimmte Krankheiten besser als andere. Nehmen Sie die Spanische Grippe: In Skandinavien war die Sterberate unter den Sami weitaus höher als bei Schweden und Norwegern. Rassen reagieren unterschiedlich auf Behandlungen. Auf Giftstoffe, auf verschiedene Nährstoffe.« Er holte tief Luft. »Wir, die uns der Wiener Bruderschaft anschlossen, hatten den aufrichtigen Wunsch, die Welt besser zu machen. Wir wollten die rassetypischen Eigenheiten *zugunsten* der Menschheit systematisieren, zugunsten der jeweiligen Rasse angepasste Impfstoffe entwickeln, rassespezifische Beratung zu Krankheiten und Medikamentengabe anbieten, zur Nahrungs- und Vitaminaufnahme ... Ja. So was eben. Aber es ist nun mal so: Sobald man genug weiß, um Therapien zu entwickeln, verfügt man auch über die Kenntnisse, die nötig sind, um tödliches Gift zu produzieren ...«

Er rieb die Handflächen aneinander. Lächelte entschuldigend.

Jetzt ergriff John das Wort. »Professor Brinchs besonderes Interesse galt der Frage *menschlicher Degeneration*. Viele Rassenforscher sind der Ansicht, die moderne Medizin hielte Kranke zu lange am Leben – ausgerechnet diejenigen also, die Darwin zufolge im Überlebenskampf gegen das gesündere Individuum unterliegen müssten. Doch anstatt im Zuge des natürlichen Selektionsprozesses auszusterben, überleben und vermehren sie sich. Nach Auffassung des Professors führte dies zur Schwächung der menschlichen Erbmasse.« John sah dem norwegischen Oberst direkt ins Gesicht. »Das fand in gewissen politischen und wissenschaftlichen Kreisen selbstverständlich Gehör, vor allem in Berlin. Irgendwann kamen wir dann zu dem Schluss« – er warf Kolbein einen Seitenblick zu –, »dass es schleichend zur Aufgabe der Wiener Bruderschaft geworden war, genau diese Auffassung zu untermauern.«

Kolbein schlug die Augen nieder. »Ich empfinde unendlich große Scham, wenn ich einräume, dass ich mich von Ruhm und Ehre habe blenden lassen. Die Freiheit, meiner wissenschaftlichen Arbeit nachzugehen, Professor Brinchs ermunternde Worte ... Am Ende ging die Bruderschaft trotz allem in die Brüche. Unsere Ansichten waren einfach zu verschieden. Die Wiener Bruderschaft zersplitterte – in die, die Hitler unterstützten, und jene, die sich ihm entgegensetzen wollten und sich weigerten, sich vor den Karren der Politik spannen zu lassen.«

Schier zu Tode erschrocken, weil sein Lebenswerk zu zerbrechen drohte, habe Professor Brinch ihnen einen Pakt vorgeschlagen, erzählte Kolbein. Die acht Mitglieder sollten sich in gegenseitigem Einvernehmen trennen, jedem stand es frei, dorthin zu ziehen und zu arbeiten, wo immer er selbst es für richtig hielt. Die rassenbiologische Forschung der Wiener Bruderschaft sollte auf Eis gelegt werden, zumindest so lange, bis sich die Welt wieder so weit beruhigt hätte, dass sie ihre Arbeit wieder aufnehmen könnten.

Kolbein räusperte sich. »Doch jetzt sitzen wir hier, weil Professor Elias Brinch zusammen mit seiner Assistentin Elsa Schrader diesen Pakt gebrochen hat. Der Professor experimentiert wieder. An Menschen.«

»Und die Grundlage für Ihre Annahme ist, wenn ich es

korrekt verstanden habe, ein aufgeschnapptes Codewort. Locusta«, hakte der norwegische Oberst nach. »Was steckt dahinter?«

»Kaiser Neros Giftmischerin«, antwortete John knapp.

Beide Offiziere zogen die Augenbrauen in die Höhe.

»Locusta war eine Gallierin, die im gesamten Römischen Reich für ihre Kenntnis der Pflanzenwelt und Heilkräuter bekannt war. Allerdings entschied sie sich dafür, ihr Wissen als Giftmischerin einzusetzen. Im Jahr 54 nach Christus vergiftete sie Kaiser Claudius im Auftrag seiner Gattin Agrippina, sodass Agrippinas unehelicher Sohn Nero den Thron besteigen konnte. Nero hielt seine schützende Hand über Locusta, bis er selbst zum Tode verurteilt wurde. Da wurde auch Locusta hingerichtet.«

John lehnte sich ein Stück vor. »Es gab da ein geflügeltes Wort in unserer Bruderschaft – *Locustas Geschäft nachgehen* –, und das bedeutete nichts weiter, als dass wir einen Krankheitsverlauf verfolgten, nicht mit dem Ziel, die Krankheit zu kurieren, sondern den Verlauf zu dokumentieren. Um herauszufinden, ob ausgewählte Rassen einer bestimmten Ansteckungsgefahr und Krankheit eher ausgesetzt waren als andere. Wir entwickelten Gifte. Suchten regelrecht nach dem Schädlichen statt nach dem Heilenden. Wenn Elsa Schrader und Professor Brinch miteinander kommunizierten, fiel die Floskel oft.«

Der norwegische Offizier öffnete den Umschlag. Seine Finger hatten Fettflecke auf dem Papier hinterlassen. Er ließ zwei Fotos auf den Tisch gleiten: Das erste zeigte schneebedeckte Fichten, vor denen eine Grube ausgehoben worden war. Daneben lag ein nackter Männerkörper.

Kolbein griff nach dem zweiten Bild. Es war ein vergrößerter Ausschnitt des ersten und zeigte den Oberkörper des Mannes. Die Augen waren geschlossen. Sein Alter war nicht leicht zu schätzen, aber er hatte helle Haut, durchschnittlich gebaut. Das dunkle Haar war kurz geschnitten, er hatte gräuliche Bartstoppeln im Gesicht, wies ansonsten keine nennenswerte Körperbehaarung auf. Die flache Nase in dem breiten Gesicht verlieh ihm ein mongolisches Aussehen. Er hatte keine sichtbaren Verletzungen.

»Das Bild wurde vor einem knappen Monat aufgenommen – in der Nähe eines Gefangenenlagers auf Lista ganz im Süden Norwegens. Unsere Leute berichten von einer enormen Sterberate – selbst für ein Russenlager. Es ist ein wenig anders gebaut und wird anders betrieben als die sonstigen Gefangenenlager, die wir in Norwegen kennen.«

Hasle verschränkte die Hände. »Außerdem wird dieses Lager nicht von der deutschen SS geleitet. Auch nicht von einem Vertreter der Nasjonal Samling oder einem Offizieren aus Quislings Sturmabteilung. Es handelt sich um einen Wissenschaftler.«

»Die Deutschen nennen ihn Herrn Doktor Elias Brinch.«

46

Aussteiger. Warum war er nicht auf die Idee gekommen? Es war so naheliegend! Sekten, Aussteiger – das eine existierte nicht ohne das andere. Wie Vögeln und Juckreiz, dachte Fredrik.

Annabell Wiehe und Bernhard Knutsen saßen im Flur vor dem Vernehmungszimmer. Knutsen hatte die mageren Beine vor sich ausgestreckt und trommelte mit den Fingern ungeduldig auf seinem aufgedunsenen Bauch.

Als sie einander begrüßten, machte er einen kleinen Schritt nach vorn, während sie einen winzig kleinen Schritt nach hinten machte. Annabell war blond und füllig. Der Pony schloss direkt über den Augenbrauen ab. In ihrer Drosselgrube ruhte ein Kreuz, und unter ihrem weiten Baumwollpullover verbarg sich mehr als nur eine Andeutung auf schwere Brüste.

»Also. Fangen wir noch einmal ganz von vorne an?«

Das Paar setzte sich Andreas und Fredrik gegenüber an den Tisch.

»Gerne.«

Es war elf Jahre her, dass Bernhard Knutsen Sören Plantenstedt und Bjørn Alfsen zum ersten Mal begegnet war. Knutsen war damals Student gewesen und hatte ehrenamtlich in einem Café für Drogenabhängige gearbeitet. Die Pastoren hatten ihn auf der Karl Johan angesprochen und gefragt, ob er wisse, dass abgetriebene Föten noch tagelang überleben könnten, nachdem sie aus der Gebärmutter der Mutter entfernt worden wären. Bernhard hatte das nicht gewusst und erst sehr viel später herausgefunden, dass es eine Lüge gewesen war.

»Es waren nicht die extremen Ansichten, die mich fasziniert haben. Es war eher das Gemeinschaftsgefühl. Wir wohnten zusammen, aßen zusammen und schliefen zusammen. Wir überließen alles, was wir besaßen, der Gemeinde, und die Gemeinde nahm sich unserer an«, erklärte er und zupfte nachdenklich an seiner Unterlippe. »Für mich stellte ihr Fundamentalismus gewissermaßen eine Mauer dar, über die ich nicht zu klettern vermochte.«

Nach nur wenigen Wochen war der junge Student nach Solro gezogen. Dort hatte er einen anderen Neuankömmling kennengelernt, Annabell aus dem schwedischen Norrköping, sowie etwa zwanzig weitere Mitglieder der Glaubensgemeinschaft: ein paar älter als er selbst, die meisten jünger. Sie alle hatten sich von dem charismatischen Pastor um den Finger wickeln lassen, der mit der Filadelfia-Bewegung gebrochen und stattdessen Gottes Licht gegründet hatte, weil er der Ansicht gewesen war, die etablierten Glaubensgemeinschaften hätten sich vom Willen Gottes abgekehrt. Gottes wahrem Willen. Sören Plantenstedt war erst einige Jahre später zu ihnen gestoßen. Die beiden waren die Anführer gewesen, die Pastoren.

Bernhard verschränkte die Hände über dem runden Bauch und starrte gedankenversunken vor sich hin.

»Wir verspürten damals in der charismatischen Bewegung dieses allgegenwärtige Bedürfnis aufzustehen – irgendjemand musste sich doch erheben und über all das informieren, was in unserer Gesellschaft schiefging.«

Dieser Aufgabe habe sich schließlich Gottes Licht angenommen, erklärte er. Sie demonstrierten. Unaufhörlich. Standen sie einmal nicht vor einem Krankenhaus oder einer Moschee, schrieben sie Leserbriefe. Schickten Bibelzitate an Politiker, beteiligten sich an Diskussionsforen im Internet. Sie ackerten, Tag und Nacht.

Fredrik goss reihum lauwarmes Wasser in Plastikbecher. »Irgendetwas muss aber doch geschehen sein. Etwas, was Sie von den Straßen wegbrachte.«

»Nicht etwas. *Jemand.*«

Bernhard und Annabell sahen einander an.

»Per Olsen. Oder Papa Per, wie wir ihn nannten.«

Andreas schob die Bilder vom USB-Stick des Angreifers über den Tisch. »Ist das Per Olsen?«

Beide nickten.

»Das ist nicht Sören Plantenstedt?«

»Nein«, sagten sie im Chor. »Sören ist klein, eher der dunkle Typ und kräftig. Das ist Per«, sagte Annabell bestimmt.

Fredrik warf seinem Kollegen einen vielsagenden Blick

zu, und Andreas starrte zu ihm zurück. Ihre Vermutung war korrekt gewesen. Der Mann, den der Solro-Mörder gejagt hatte, war der mystische Pastor Per Olsen.

»Erzählen Sie uns von Papa Per«, forderte Andreas sie auf.

Es war Heiligabend, und die ganze Glaubensgemeinschaft – mit Ausnahme der Pastoren – hatte sich in der Stube versammelt. Es waren bereits zweieinhalb Jahre vergangen, seit Bernhard eingezogen war. Als sie sich zu Tisch begaben, verstummte das Gespräch unter den Erwachsenen. Am Ende des großen Tischs, wo sonst Alfsen und Plantenstedt saßen, war für eine weitere Person eingedeckt worden. Die Sitzordnung zu Tisch hing von gewissen Parametern ab: wie lange man schon Mitglied der Gemeinschaft war. Und wie Bjørn und Sören einen einschätzten.

Dann endlich betraten die beiden die Stube. Begrüßten die Gemeinde, wie sie es immer zu tun pflegten, und riefen dazu auf, die Gläser mit Wein zu füllen. Dann ergriff Bjørn das Wort.

»Liebe Familie. Heute werden unsere Herzen mit Freude erfüllt – nicht nur aufgrund der Weihnachtsbotschaft, nicht nur aufgrund Christi Geburt, sondern auch aufgrund der Geburt, die sich heute bei uns vollziehen wird. In *unserer* Familie. Mit dem heutigen Tag werden wir hier in Gottes eigener Gemeinde drei statt nur zwei Pastoren sein. Und welcher Tag wäre besser als der heutige, um die Dreifaltigkeit zu feiern.«

Mit diesen Worten stieß Sören Plantenstedt die Tür zur Küche auf, und ein Mann Mitte dreißig mit hellen, zerzausten Haaren und intensivem Blick breitete dahinter die Arme aus. Schritt lächelnd auf die Versammlung zu.

»Gottes Kinder. Meine Kinder!«, sagte er. »Gemeinsam begegnen wir dem Herrn!«

Dann ging er um den Tisch herum. Drückte und küsste jeden Einzelnen, ehe er sich hinsetzte. Er war ein Prophet.

»Wenn Per einen ansah, gab er einem das Gefühl …« Bernhard presste gedankenverloren die Lippen aufeinander. »… im Mittelpunkt zu stehen. Da war dieses unbändige Gefühl … Per war sachkundig, hatte ein einnehmendes Wesen, und er war extrem präsent.«

In jenem Frühjahr demonstrierten sie nicht. Nur wenige von ihnen vermissten es, in der Kälte zu stehen, beschimpft, bespuckt zu werden und mitleidigen Blicken ausgesetzt zu sein, sodass es sich eine Weile hinzog, bevor das Thema erneut aufgegriffen wurde. Gänzlich unerwartet stand Papa Per auf und verkündete, diese Zeit sei vorüber. Diesen Sommer würden Arbeiter nach Solro kommen. Größere Aufgaben erwarteten sie.

»Warum nannten Sie ihn Papa Per?«

Insgeheim hatte Fredrik das Gefühl, die Bezeichnung habe einen Beigeschmack von Inzest.

Annabell und Bernhard zuckten beide mit den Schultern.

»Ich weiß nicht … Es waren wohl Sören und Bjørn, die den Namen einführten.«

»Was hat er gemacht, bevor er nach Solro kam?«

Sie hatten keine Ahnung. In der Glaubensgemeinschaft war es Papa Per, der die Fragen stellte. Nicht umgekehrt.

Fredrik entschuldigte sich, verließ den Vernehmungsraum und schlüpfte in das dunkle Zimmer nebenan. Der Ärger schwelte in ihm seit der Standpauke in Koss' Büro. Jetzt musste er ihm Luft machen. Durch den Spionspiegel sah er Bernhard Knutsen vornübergelehnt und wild gestikulierend dasitzen. Über seinem Glatzenansatz wellte sich das braune Haar. Annabell Wiehe hatte sich zurückgelehnt. Sie ließ die Schultern hängen und strich sich in einem fort über den pastellfarbenen, weiten Rock. Fredrik konnte nicht verstehen, was sie sagten, weil die Mikrofone ausgestellt waren. Ein grünes Dreieck auf dem Bildschirm zeigte jedoch an, dass alles, was dort drinnen gesagt wurde, aufgezeichnet wurde.

Er wählte eine Handynummer.

»Hei, Jørgen Mostu von TV2 …«

»Hei«, knurrte Fredrik. Hämmerte die Faust geräuschlos gegen die Wand. »Ich bin's.«

»Hei, Fredrik«, antwortete Jørgen heiter. »Du klingst, als hätte dich dein Haustier sitzen lassen? Wüsst ich nicht genau, dass das Einzige, was sich bei dir zu Hause wohlfühlt, Bettmilben und Filzläuse sind, würd ich mir glatt Sorgen machen. Wo drückt denn der Schuh?«

»Du bist ein unzuverlässiger Sack, Jørgen. Warum hast du mir nicht Bescheid gesagt? Ich hab dir von diesem Labor erzählt. Ich hab den Deckel der Kuchendose geöffnet, verdammt!«

Jørgen zögerte einen Augenblick. Dann wurde seine Stimme härter. »Was hast du mir denn bitte erzählt, Fredrik? Etwa dass ihr potenzielle Zeugen nicht zurückruft? Findest du allen Ernstes, ich hätte ankündigen müssen, dass wir diesbezüglich was am Laufen hatten?« Er legte eine kurze Pause ein. »Ich dachte, ihr hättet das im Griff.«

Fredrik schluckte schwer, bevor er antwortete. »Nein«, sagte er. »Das haben wir nicht.« Er räusperte sich. »Wir finden den Anruf nicht mehr. Ich wünschte mir, du hättest mich vorgewarnt. Egal, es wäre einfach nur ein« – er zog es in die Länge – »netter Freundschaftsdienst gewesen.«

Jørgen blieb stumm. Fredrik hatte große Worte darüber

erwartet, dass er nur seine Arbeit mache, seine Arbeit in der Tat verdammt gut mache. Aber die Worte kamen nicht.

»In Ordnung«, sagte Jørgen stattdessen. »Das nächste Mal ruf ich dich an. Okay?«

»Okay.«

Fredrik wanderte in dem dunklen Zimmer auf und ab. »Da wäre noch was, Jørgen. Das, worüber wir zuletzt gesprochen haben… euer Informant. Es werden immer noch Frauen und Kinder vermisst. Inzwischen haben wir sechs Tote. Gestern hab ich Ivar Tufte getroffen. Er ist… am Ende.«

Der Journalist holte tief Luft.

»Fredrik, ich verpfeife meine Quelle nicht.«

»Du nimmst eine große Verantwortung auf dich«, entgegnete Fredrik kalt. Exakt so kalt, dass es sich gut anfühlte.

»Du spielst deine Rolle, Fredrik, und ich meine. So muss es sein.«

»Du siehst aber ein, dass er euch mit der Muslimspur an der Nase herumgeführt hat?«

Jørgen schnaubte. »Wir wurden getäuscht, und ihr wurdet getäuscht. Vielleicht ist es einfach nur ein bisschen viel verlangt, dass unser Informant mehr wissen sollte als die Polizei.«

Fredrik holte tief Luft.

»Sei vorsichtig, Jørgen. Diese Leute sind gefährlich.«

»Danke für die Warnung«, antwortete Jørgen trocken.

»Grüß Turid.«

»Grüß du auch… wen auch immer du gerade am Start hast.«

Im Verhörraum war das Gespräch weitergegangen. Fredrik stellte das Aufnahmegerät ab und kehrte ins Nachbarzimmer zurück.

47

Nachdem der Keller unter der Scheune fertiggestellt worden sei, hätten die Pastoren die Erwachsenen in Gruppen eingeteilt, erzählte Knutsen. In eine Kellergruppe. Eine Scheunengruppe. Eine Hausgruppe. Auch wenn es nie laut ausgesprochen wurde, gab es keinen Zweifel an der Rangordnung.

Die Mitglieder der Kellergruppe waren von frühmorgens bis zum späten Nachmittag weg. An den Abenden saßen sie zusammen, und näherte sich jemand aus einer der anderen Gruppen, gingen sie nahtlos zu belanglosen Gesprächsthemen über. Die Eingeweihten verloren das Interesse an den Nichteingeweihten.

Man hätte meinen sollen, das hätte die Glaubensgemeinschaft gespalten, aber das Gegenteil war der Fall: Ein paar von ihnen, wie die Gebrüder Hennie aus der Scheunengruppe, gingen richtig weit, um Papa Per ihre Diensteifrigkeit zu zeigen. Ja, es waren feine Kerle, Fritjof und Paul Espen aus Hønefoss. Paul Espen hatte zusammen mit einem der Mädchen einen Sohn bekommen, Johannes, er war auf dem Hof zur Welt gekommen. Das Jugendamt sei nicht gerade begeistert darüber gewesen, fügte Bernhard mit einem schiefen Lächeln hinzu.

Die Brüder arrangierten Gebetsstunden und übernahmen allerhand zusätzliche Aufgaben, sogar den Bibelunterricht für die Kinder. Eines Tages verkündete Papa Per, die Hennie-Brüder sollten sich fortan an der Kellerarbeit beteiligen. Es war also möglich – wer nur fest glaubte und hart arbeitete, dem würde Gott seine Dankbarkeit erweisen.

Annabell war in der Hausgruppe und Bernhard in der Scheunengruppe gelandet. Sie wusch Wäsche, kochte

Essen, er mähte den Rasen, baute Gemüse an, fütterte die Tiere. Ihrer beider Feuer war das Feuer der Gemeinschaft. Doch das Feuer, nach dem Papa Per suchte, war vielmehr göttlicher Art. Er suchte nach demjenigen, der für das göttliche, das einzige, das wahre Wort brannte.

Fredrik lehnte sich über den Tisch. »Welchen Zweck erfüllte der geheime Keller?«

»Das können Sie jetzt glauben oder nicht«, antwortete Bernhard. »Aber wir haben keine Ahnung. Keiner von uns ist je dort unten gewesen. Nicht ein einziges Mal. Das war nicht erlaubt.«

Fredrik rutschte auf dem Stuhl zurück, klatschte die Hände auf die Oberschenkel und starrte mutlos zu Andreas hinüber.

Annabell atmete ein paarmal schwer ein und wieder aus. Zupfte so heftig an dem Kreuz, dass Fredrik schon befürchtete, die Kette könnte reißen.

»Wer gehörte dieser Kellergruppe an?«

Die Pastoren, selbstverständlich. Die Brüder Hennie. Ivar arbeitete ebenfalls dort unten – Ivar Tufte, der von seinem Angreifer zum Sterben zurückgelassen worden war. Die beiden hatten ihn im Krankenhaus besucht, als alte Gemeindefreunde und gute Christen mussten sie das doch – aber Annabell glaubte nicht, dass er begriffen hatte, wer sie waren. Er hatte nur dagesessen und immerfort in den Verband an seiner Hand gebissen. Sie hatten für ihn gebetet und waren wieder gegangen.

Die anderen aus der Kellergruppe waren Nils, Viggo Johan und Brynjar gewesen. Und Per Olav – aber der war ja gestorben. Also, davor.

Annabell hatte aufgehört, an ihrer Kette zu fummeln, und war wieder dazu übergegangen, ihren Rock glatt zu streichen. Ihre Gesten hatten etwas Zwanghaftes.

Fredrik ging die Namen durch. »Dann wurden aus der Kellergruppe drei bei dem Angriff getötet. Einer war zuvor schon einer Krankheit erlegen, einer wurde lebensgefährlich verletzt – und zwei von ihnen, die Brüder Hennie, werden immer noch vermisst. Plus die Pastoren. Stimmt das?«

»Die Neue!« Annabell sah urplötzlich auf. »Diese Politikertochter – Annette ... die war auch dabei. Papa Per hatte längst verkündet, die Gruppe sei vollkommen, wir müssten nicht mehr werden. Aber dann tauchte Annette auf. Ich glaube ... Per deutete an, er bräuchte sie. Annette war ebenfalls in der Kellergruppe.«

Annette Wetre war die Letzte, die auf Solro eingezogen war. Sie war in Windeseile eine Beziehung eingegangen und hatte an einem sonnigen Maitag, an dem es nach Kirschblüten und gegrilltem Kalb geduftet hatte, im Garten von Solro ihren Per Olav geheiratet. Annette war noch bei Pastor Alfsen, ehe die beiden sich in ihr neu eingerichtetes Schlafzimmer zurückzogen.

»Was soll das heißen, Annette war *bei Pastor Alfsen*?«

Bernhard schüttelte den Kopf, und Annabell schloss die Augen.

»Ich weiß es nicht. Ich hab schließlich nicht auf Solro geheiratet«, antwortete sie knapp und starrte in ihren Plastikbecher.

»Sie verstehen möglicherweise ...«, mischte Bernhard sich jetzt ein. »Bjørn Alfsen hatte so seine ... Rituale. So war er nun mal. Er war schließlich der Gründer. Pastor Bjørn ... Ich glaube ehrlich gesagt nicht, dass er Gott sonderlich nahegestanden hat. Heute ist es leichter zu verstehen. Bjørn hatte die Glaubensgemeinschaft. Per hatte den Glauben.«

»Und Sören?«

»Sören war der Kitt. Er verband die beiden miteinander.«

Annabell nickte stumm.

»Und nachdem Papa Per… diese Rituale… nie zur Sprache brachte, da blieb es einfach so«, sagte Bernhard.

»Aber Sören und Papa Per – nahmen die daran… teil?«

Annabell schüttelte den Kopf, aber es war erneut Bernhard, der antwortete: »Nein. Sie wirkten nicht besonders… körperlich interessiert.«

Mit einem Seufzer lehnte Fredrik sich zurück, streckte die Beine vor sich aus und fuhr dann fort: »Der Name Brinch. E. Brinch. Sagt der Ihnen etwas?«

»Nein.«

»In Pastor Alfsens Schlafzimmer stand eine alte deutsche Bibel. Sie war ein Geschenk an einen gewissen Professor E. Brinch von der Wiener Gesellschaft für Rassenpflege.«

Bernhard sah aus, als wäre er unsicher, ob Fredrik scherzte.

»Pastor Alfsen war durchaus ein spezieller Typ. Aber Rassenpflege? Das glaube ich nicht.«

Andreas wechselte das Thema. »Und dann sind Sie also aus der Glaubensgemeinschaft ausgetreten?« Er sah Annabell an.

»Ja. Vor einem Jahr«, antwortete sie.

»Warum?«

»Nicht…«, begann Bernhard, doch Andreas gebot ihm mit einer jähen Geste Einhalt.

»Auf Solro wurden wir ein Liebespaar. Wir wollten heiraten. Aber nicht dort. Ich wollte nicht dort heiraten«, erklärte Annabell, und Bernhard legte seine Hand in ihren Schoß.

»Wir haben im Mai geheiratet«, sagte er. »In unserer neuen Gemeinde.«

»Gratuliere.«

»Eine letzte Sache noch. Sie haben gegenüber TV2 erwähnt, Sie wären mit der Polizei in Kontakt getreten, aber dort hätte Ihnen niemand geholfen?«

»Das stimmt«, antwortete Annabell.

»Erinnern Sie sich noch daran, mit wem Sie gesprochen haben?«

»Ja… mit einer Ausländerin. Oder… Sie sprach Norwegisch, ja, aber sie hatte einen ausländischen Namen. Ich hab es aufgeschrieben.«

Annabell Wiehe zückte ihr Portemonnaie, zog einen kleinen Zettel daraus hervor und schob ihn über den Tisch.

»Iqbal. Kafa Iqbal.«

48

Annabell Wiehe suchte auf dem Weg nach draußen die Toilette auf. Fredrik wartete auf sie, während Andreas dem Ehemann hinunter in die Tiefgarage folgte. Sie würden sie zu ihrem Hotel begleiten, ein Stück weit aus Sicherheitsgründen, vor allem aber wegen der Presse. Niemand sollte den Polizeipräsidenten Neme beschuldigen, die Hände in den Schoß zu legen, jetzt da die Sache auf seinem Tisch gelandet war.

Als Fredrik Minuten später den Fahrstuhlknopf drücken wollte, hielt sie ihn zurück. »Da ist noch eine Sache«, sagte sie.

»Ja?«

Sie sah sich im Flur um. Sie waren allein.

»Bernhard darf das nicht wissen. Er darf es *nie* erfahren«, flehte sie Fredrik an.

Er hatte es bereits auf dem Weg in den Verhörraum gesehen. Irgendeine Erinnerung lastete schwer auf ihr. Eine Geschichte, die düsterer war als die ihres Ehemanns. Eine Geschichte von Verrat. Dessen sie sich schuldig betrachtete. Den Bernhard ihr womöglich nie vergeben könnte, sosehr er es auch wollte.

Pastor Alfsen hatte nicht akzeptieren wollen, dass Bernhard und Annabell ein Liebespaar geworden waren. Bjørn war sofort zu ihr gekommen, als er es erfahren hatte. Er hatte ihr zu verstehen gegeben, nicht das Eingehen der Ehe an sich sei wichtig, sondern dass sie beide zusammenkämen. Auf *diese* Weise …

Sie wischte sich eine Träne aus dem Augenwinkel. Sie zitterte, und er musste genau hinhören, um ihre Worte zu verstehen.

»Er hat mich gezwungen … Er hat mich mit hinunter in den Keller genommen. In … Es war ein Labor, nicht wahr? Er hat mir Röhrchen gezeigt, fingerdicke Röhrchen …«

»Reagenzgläser.«

»Ja. Reagenzgläser. Und er meinte, sie … Er sagte es so eigenartig … Sie enthielten etwas von Gott, sagte er. Gottes Rettung, sagte er. Und dass ich … Damit auch Bernhard und ich von Gott gerettet würden, müsste ich … Wir hatten Oralsex.«

Sie spie das Wort regelrecht aus, so als hätte sie ihre Mundhöhle nie ganz reinigen können.

»Mehrmals. Er holte mich in sein Zimmer, tagsüber, wenn die Männer bei der Arbeit waren. Und dann zwang er mich zuzuschauen … wenn er mit anderen Sex hatte.« Annabell Wiehe räusperte sich, bevor sie fortfuhr: »Lisa … akzeptierte es. Annette ebenfalls. Ich musste auf einem Stuhl sitzen, an der Wand, während sie … Es war, als hätte Annette sich in einer Art Trance befunden. Sie war wie ein Tier – sie … machten … Das war nicht normal, was sie machten! Und sie wartete nicht mal damit, bis Per Olav unter der Erde war! Bjørn Alfsen war ein sehr, sehr böser Mann«, flüsterte sie in seine Armbeuge, und ihre Tränen sickerten in sein Hemd.

»Das dachte ich mir«, antwortete Fredrik und hielt sie noch eine Weile in seinen Armen.

49

Tina Holten lehnte sich im Schatten der Espen auf der Bank zurück. Ihre Taschen lagen auf dem Tisch. Sie nutzte die Pause, um ein bisschen Sonnencreme aufzutragen. Von hier aus erstreckte sich die Wiese bis hinunter zu den Felsen am Wasser. Dort unten lagen die, die nicht *nur* zur Wahlkampfschulung ins Jugend-Camp der Partei gekommen waren.

Die meisten Jugendlichen standen allerdings im Kreis um die Chefin herum. Um die stellvertretende Vorsitzende der KrF, Kari Lise Wetre, die soeben ihren kleinen Vortrag beendet hatte und jetzt Handschläge und Umarmungen verteilte.

Dann klingelte ihr Handy. Das alte Celine-Dion-Lied, das sie sich als Klingelton runtergeladen hatte. Unterdrückte Nummer.

»Hei, hier ist Tina?«

Es war still, länger als normal, bevor die Person am anderen Ende leise zu flüstern begann.

»Tina Holten? Sie arbeiten für Kari Lise Wetre?«

»Das stimmt«, antwortete Tina zögernd.

»Hier ist Annette. Annette Wetre. Ist Mama da?«

Tina rang nach Luft. Sprang auf. Ihr Herz hämmerte. »Annette?«, japste sie schließlich.

Tina starrte zu Kari Lise hinüber. Sie war immer noch von Jugendlichen umringt.

»Ich muss … Sie steht mit ein paar Leuten zusammen … Einen Augenblick …«

Tina eilte auf ihre Chefin zu. Versuchte, deren Blick aufzufangen.

»Ich kann nicht lange reden. Verstehen Sie? Sagen Sie Mama nur, dass ich nach Hause komme. Okay? Sagen Sie ihr, dass William und ich wieder nach Hause kommen, hören Sie?«

Die Stimme war dünn. Brüchig. Mitten auf der Wiese blieb Tina stehen. Als Kari Lise aufblickte, winkte Tina ihr mit zitternder Hand zu. Augenblicklich veränderte sich Kari Lises Gesichtsausdruck. Sie hatte verstanden, dass dies hier wichtig war.

»Sagen Sie Mama, dass sie nicht … Sie darf der Polizei *nichts* sagen. Und *keinem* anderen«, flüsterte Annette.

Kari Lise bahnte sich den Weg zu ihr. Sie selbst war nicht länger imstande, sich zu rühren.

»Ich ruf wieder auf Ihrer Nummer an. Mamas Handy wird überwacht, Papas auch. Sagen Sie ihr, dass ich sie liebe und dass William sie liebt und dass ich morgen wieder anrufe. Okay? Wir kommen morgen.«

Im selben Moment, da Kari Lise Wetre nach dem Telefon griff, war die Verbindung tot.

50

Jørgen Mostu mochte es, wenn es brodelte – wenn der Nachrichtensprecher Henning Herlovsen wie ein Raubtier zwischen den Pulten hin- und herfegte und die Volontäre als »Fotzen« und »Ficker« bezeichnete. Wenn die Reporter mit dem Telefon am Ohr und dem Notizblock in der Hand von ihrem Schreibtisch ins Redigierzimmer flüchteten. Er freute sich darüber, wenn dann die hitzigen Berater und PR-Köter kläfften, weil ihre Chefs im Fernsehen wie Idioten dastünden.

Die Vormittage waren insofern am anstrengendsten. Wenn die Morgenbesprechungen vorbei waren und die Reporter ausschwärmten, um Storys für die Nachmittagssendungen zu organisieren. Da verstummten die Tastaturen und das Geschwätz an den Besprechungstischen, und die Kakofonie aus Handyklingeltönen erstarb. In einer Nachrichtenredaktion stieg der Puls erst wieder, wenn die Reporter den Fahrstuhl hinauf ins Büro nahmen. Sie alle waren Kreaturen der Dunkelheit. All diejenigen, die die Nachrichten *machten*.

Der Fall erfreute Jørgen weitaus mehr, als er bereit war einzuräumen. Den Informanten hatte er an Land gezogen. Er war es, der alles *zuerst* erfuhr. Seinetwegen hatte TV2, was die Berichterstattung über die Morde auf Solro betraf – dem Hof, den jetzt ganz Norwegen kannte –, gegenüber *VG*, *Dagbladet*, *Aftenposten* und NRK die Nase vorn.

Mit schweren Schritten stapfte er durch das stille Büro. Klopfte kurz an und zog dann hinter sich die Tür des Glaskäfigs zu, in dem Nachrichtenchef Carl Solli über der *Finansavisen* saß und sein tägliches Krabbenbrot aus der Kantine verspeiste. Solli blickte zu ihm auf, sagte aber nichts, bis Jørgen sich auf den Besucherstuhl gesetzt hatte.

»Na«, begann Solli. »Kommen wir voran im Konflikt mit der Ermittlungsleitung?«

Jørgen starrte ihn abweisend an.

»Die Sache, über die wir heute Morgen in der Konferenz gesprochen haben?«

»Ja… Ja, das. Das ist wohl mehr oder weniger im Kasten«, antwortete er vage. Dann verschränkte er die Hände und lehnte sich nach vorn. »Aber es gibt da noch eine andere Sache… etwas, was ich mit dir besprechen möchte.«

Solli schob die Zeitung beiseite und begegnete seinem Blick. Er spürte, dass irgendetwas im Argen lag. Carl Solli wollte, dass seine Mitarbeiter mit sich selbst im Reinen waren. Persönliche Probleme standen einer guten Story immer im Weg.

»Es betrifft den Informanten. Unsere Hauptquelle«, fuhr Jørgen fort.

»Aha?«

»Die Polizei will wissen, wer es ist.«

Solli sah ihn stirnrunzelnd an. »Tja… Ist doch wohl kein Problem? Es geht da wohl nur darum, Nein zu sagen?«

Jørgen legte die Hände in den Schoß. »Die Polizei mutmaßt, der Informant könnte wissen, wo sich der Rest der Glaubensgemeinschaft aufhält. Und dass er Informationen über den Täter haben könnte. Den oder die Täter, die dahinterstecken.«

Wenn Carl Solli wütend wurde, war das nicht schwer zu erkennen. Flammendes Rot breitete sich wie ein Buschfeuer von seinem Hals über die glatt rasierten Wangen bis hin zu seinen Schläfen aus. Die immer leicht zusammengekniffenen Augen in dem knabenhaften Gesicht schlossen sich beinahe zu Schlitzen, und sein Atem kam stoßweise.

»Wollen die uns vorladen? Und vor Gericht zerren?«

Jørgen schüttelte den Kopf. »So habe ich es nicht verstanden, nein.«

Solli sah ihn verständnislos an. »Was ist dann das Problem? Der Quellenschutz ist heilig! Vielleicht erinnerst du dich noch – Lektion eins an der Journalistenschule!« Die *Finansavisen* landete auf seinem Krabbenbrot. »Du willst doch nicht mal *mir* erzählen, wer deine Quelle ist. Und jetzt denkst du darüber nach, es der Polizei zu erzählen? Bist du jetzt komplett durchgeknallt?«

Jørgen schnaubte, dass es in den Nasenlöchern fauchte. Er versuchte, Ruhe zu bewahren, aber auch bei ihm stieg jetzt die Betriebstemperatur. Erst der Streit mit Fredrik und jetzt die Predigt von dieser kleinen Kröte? Es musste Grenzen geben.

»Wenn wir auf Informationen sitzen, die für das leibliche Wohlergehen anderer relevant sein könnten, nehmen wir eine verdammt große Verantwortung auf uns. Stell dir vor, jemand wird getötet, weil unser Informant etwas weiß, was die Polizei erfahren müsste! Ich bin mir verdammt noch mal nicht sicher, ob ich mich damit wohlfühle.«

Mit einer schwungvollen Bewegung schob Solli die Zeitung beiseite. Dann stand er auf und pflanzte beide Fäuste auf den Tisch. »Wir sind die vierte Gewalt, verdammt! Wir sind von den anderen drei unabhängig! Glaubst du allen Ernstes, irgendjemand wird sich uns je wieder anvertrauen, wenn wir in einer Sache wie dieser unsere Quelle ausposaunen? Es ist wirklich nicht zu glauben, dass du überhaupt mit dem Gedanken spielst!«, knurrte Solli. »Wir sollten Fredrik Beier anzeigen – und die ganze verdammte Osloer Polizei –, wegen Nötigung!« Er donnerte die Fäuste auf den Tisch, sodass der Teller klirrte. »Die Antwort ist Nein, Nein und noch mal Nein. Vergiss es! Verstanden?«

Jørgen stand auf. Schluckte schwer. Seine Stimme

zischte wie kochendes Öl, als er sagte: »Genau das Gleiche hab ich Fredrik auch gesagt. Aber ich werde meinen Informanten kontaktieren und ihn dazu auffordern, zur Polizei zu gehen. Wenn wir ihn dadurch als Quelle verlieren, dann ist es eben so.«

Carl Solli verzog keine Miene. Wie zwei Böcke beim Revierkampf observierten sie einander und suchten die Schwäche des anderen.

»In Ordnung«, sagte Solli knapp. Jørgen machte auf dem Absatz kehrt und ging.

Die Antwort auf die Nachricht kam unmittelbar.

»Ein Treffen passt prima. Hab auch was, was ich mit Ihnen besprechen will.«

51

Nach drei Stunden auf den Knien gab Fredrik auf. Er ließ sich auf das harte rote Sofa fallen, streifte die Turnschuhe von den Füßen und legte das schmerzende Bein über die Lehne. Drehte sich – nicht dass die neue Position bequemer gewesen wäre – und dachte sehnsüchtig an sein braunes Ledersofa aus einem prä-innenarchitektonischen Zeitalter zurück. Er rollte sein blau kariertes Hemd zu einem schiefen Kopfkissen zusammen.

So blieb er liegen und sah dabei zu, wie Andreas hunderte vergrößerter Passbilder zusammensammelte. Sie lagen auf dem ganzen Boden verteilt zwischen den Schreibtischen des Großraumbüros. Es war schon spät, und die anderen waren so gut wie alle heimgegangen.

»Hast du rausgefunden, was mit dem Anruf dieser Leute

passiert ist? Den Kafa entgegengenommen hat?«, fragte Andreas aufgesetzt beiläufig.

»Ich arbeite daran«, murmelte Fredrik.

Andreas stand auf, nahm die schwarze Anzugjacke von seiner Stuhllehne und bürstete sie ab, als wollte er damit andeuten, dass er sich nicht von Fredriks Geheimniskrämerei besudeln lassen wollte.

»Koss lässt einfach nicht locker. Er will wissen, was die zwei gesagt haben. Er behauptet, die Aufnahme wäre manipuliert worden. Der letzte Teil fehlt wohl … ausgerechnet der Teil, in dem sie uns erzählt haben, dass sie mit Kafa gesprochen hätten«, fuhr er fort.

Selbst nach mehreren Stunden auf dem Boden wies das beigefarbene Hemd des Partners kaum Knitter auf. Fredrik fragte sich, wie zum Teufel es ihm jedes Mal wieder gelang, Hemden von solcher Qualität zu kaufen und trotzdem nicht auszusehen wie dieser Gockel Koss. Während er sich unendlich langsam die Jacke anzog, ließ er Fredrik keinen Moment aus den Augen.

»Es hört sich aber auch unglaublich an«, seufzte Fredrik. Er hatte längst eingesehen, dass es für ihn kein Entkommen gab. »Trotzdem will ich erst mit Kafa sprechen. Bevor es jemand anderes erfährt.«

»Koss soll zur Hölle fahren«, schnaubte Andreas, bevor er die Stimme senkte. »Pass nur auf, dass sie dich nicht mit ihrer Rhetorik einwickelt. Und mit ihren pflaumenkerngroßen Augen.«

»Da besteht keine Gefahr«, erwiderte Fredrik tonlos.

Der mit Abstand größte Haufen mit Passbildern landete in einem braunen Umschlag. »Nicht aktuell«, schrieb Andreas mit Filzstift darauf und ließ ihn theatralisch in die Schublade fallen. Auch der zweitgrößte Haufen landete in einem Umschlag, diesmal mit der Aufschrift »Unwahrscheinlich«. Er schob ihn beiseite. Den letzten Stapel, der kaum als Haufen bezeichnet werden konnte, weil er nur aus fünf Fotos bestand, schob der Polizist ordentlich zusammen und drückte ihn sich an die Brust. Anschließend setzte er sich auf seinen Schreibtischstuhl und rollte zu Fredrik hinüber.

»Ich glaub auch nicht, dass es einer von denen hier ist«, sagte er düster.

Fredrik legte den Kopf nach hinten und starrte den Kollegen von oben bis unten an, während er den Rücken streckte und dehnte, als würde so das Pochen im Knie aufhören.

Einundsechzig Männer in Norwegen hießen Per Olsen. Zudem vierhundertneunundfünfzig Per-Soundso Olsens. In den vergangenen drei Stunden hatte er auf Fotos von ihnen allen gestarrt. Fünf von ihnen hatten Züge, die an *ihren* Per Olsen erinnerten. An Pastor Olsen. An Papa Per. Den Mann, der ihrer Annahme zufolge das eigentliche Ziel des Massakers auf Solro hätte sein sollen.

»Wir müssen die Aussteiger erneut vorladen«, sagte Fredrik. »Sie kennen ihn. Für sie ist es leichter.«

Andreas antwortete nicht. Stattdessen hielt er das Foto eines Mannes um die dreißig in die Höhe. Blond, längliches Gesicht. »Der hier könnte es gut sein. Sie ähneln einander … gleichzeitig aber auch wieder nicht. Sieh dir die Augen an. Sie … Darin lodert irgendwie kein Feuer. Verstehst du? Das ist nur … irgendein Kerl.«

Fredrik stellte die Beine auf den Boden. Andreas hatte es von der ersten Sekunde an gesagt: Per Olsen war ein Deckname. Wahrscheinlich hatte er recht.

»Lass uns nicht noch mehr Zeit vertrödeln«, sagte Fredrik und winkte ab. »Du hast gesagt, du wärst die Diskussionsforen durchgegangen?«

Andreas zog eine Mappe zu sich heran, griff nach

einem Laptop und setzte sich neben ihn. Er war sämtliche Debatten im Netz durchgegangen, an denen sich ihnen namentlich bekannte Mitglieder von Gottes Licht beteiligt hatten. Dann hatte er eine Liste sämtlicher *anderen* Teilnehmer dieser Debatten erstellt. Irgendwie musste diese Sekte ihren Angreifer doch provoziert haben ... Seite um Seite hatte er mit Internetidentitäten gefüllt, die meisten offensichtlich Pseudonyme.

Fredrik griff nach der Mappe. »Eine verdammt lange Liste«, seufzte Fredrik resigniert. »Hast du daraus irgendwas herauslesen können?«

Es war kaum möglich gewesen, irgendein Muster zu erkennen. Ein paar Nutzer waren aktiver als andere, die zwar seltener das Wort ergriffen, aber eine umso abseitigere, fast schon geisteskranke Haltung vertraten. Andere waren nur eine Handvoll Monate aktiv gewesen, während wieder andere jahrelang durchgehalten hatten.

Andreas schüttelte den Kopf.

»Ohne zu wissen, wonach wir suchen, hab ich nicht den leisesten Schimmer, wo wir anfangen sollten.«

Fredrik nickte. »Wir lassen es bis auf Weiteres liegen.«

Er wollte die Mappe schon zuklappen, als sein Blick auf einen Namen fiel. Ein anonymer Nutzername – der User hatte nicht mal sonderlich viele Beiträge verfasst, aber an Diskussionen zu einer Reihe von Themen teilgenommen, und das über mehrere Jahre hinweg.

»Der hier« – er tippte auf den Namen –, »was hast du über den herausfinden können?«

Andreas lehnte sich leicht vor und tippte das Pseudonym in die Suchmaske ein.

»›Die Hand des Herrn‹«, murmelte er. »Hier haben wir's: ›Die Hand des Herrn‹ hat an einhundertvierzehn Debatten teilgenommen, zu denen auch Mitglieder von Gottes

Licht beigetragen haben. Er gibt an, sehr religiös zu sein und über weitreichende theologische Kenntnisse zu verfügen. Teilt viele Ansichten der Glaubensgemeinschaft, die Mehrzahl seiner Antworten ist allerdings eher geprägt durch die Themen Weltuntergang, Jesu Wiederkehr, Jüngstes Gericht, Bestrafung der Gottlosen und so weiter und so fort«, trug Andreas vor. Dann blickte er vom Bildschirm auf. »Hört sich ziemlich extrem an, aber glaub mir: Nachdem ich diese ganzen Debatten überflogen habe, ist das fast schon die normale Haltung da draußen. Es gibt jede Menge solcher Leute.« Dann stutzte er. »Was denkst du?«

Fredrik fing den Blick seines Kollegen auf. »Erinnerst du dich nicht mehr an das Passwort? Der USB-Stick vom Dachboden? ›Die Hand des Herrn‹?«

Andreas sah ihn mit großen Augen an. »Verdammt!«

Fredrik griff nach dem Telefon und wollte schon Kafa anrufen, als ihm plötzlich ein Gedanke kam. »Die Hand des Herrn« war der Schlüssel zu den Fotos von Pastor Per Olsen gewesen … *Er* war die Hand des Herrn. Der Mann, den die Aussteiger als Pastor Per Olsen identifiziert hatten. *Er* – der Prophet des Jüngsten Gerichts.

52

Tina Holten sah erneut auf die Uhr. Eine neue Touristengruppe fand sich auf dem Platz vor ihr zusammen. Fotografierten einander vor dem Bronzetiger, bevor sie in Richtung Karl Johan, den Straßenverkäufern, Musikanten und Bettlern verschwanden. Seit einer knappen Dreiviertelstunde saß sie auf der Treppe vor dem Osloer Hauptbahnhof. Der Hintern tat ihr weh.

Es war ein typischer norwegischer Sommertag. Die Vormittagssonne hing hinter einer grau-weißen Wolkendecke. Zwei Stunden waren vergangen, seit Annette Wetre angerufen hatte. Ihre Stimme war aufgeregt, aber bestimmt gewesen. Als hätte sie einen Beschluss gefasst. Als gäbe es keinen Weg mehr zurück.

Sie hatten vereinbart, dass Tina Annette und deren Sohn am Hauptbahnhof abholen würde. Dann sollten sie nach Hause zu Kari Lise und ihrem Mann nach Kringsjå fahren. Dort würde Tinas Teil des Jobs beendet sein.

Sie bereute es, dass sie Ja gesagt hatte. Verstand nicht, warum eine vernünftige Frau wie Kari Lise Wetre sich hatte überreden lassen, die Polizei außen vor zu lassen. Es war trotz allem die Rede von Mord. Von fünf Morden. Sechs, wenn man den Toten in der Badewanne mit einrechnete. Sie sah sich um. Ein paar Skater. Eine Handvoll Junkies. Die Gruppe Mädchen in blauen Pullovern, die auf einem Handballturnier gewesen waren. Ansonsten waren alle auf dem Weg irgendwohin. Niemand beobachtete sie. Insofern fühlte sie sich sicher. Fast. Die Kopfhaut unter den dunklen Locken war klamm geworden und juckte. Wie gern hätte sie sich gekratzt – mit beiden Händen, mit den Nägeln, wie sie es ab und zu ganz einfach tun musste, wenn sie einsah, dass sie etwas Dummes getan hatte.

Das Telefon vibrierte. Unterdrückte Nummer.

»Ja?«

Die Stimme am anderen Ende flüsterte: »Ich bin's. Sie haben ein Auto, oder?«

»Ja. Selbstverständlich. Wie wir es abgesprochen haben. Es steht…«

»Kommen Sie zur Haltestelle Solbråtan. Wir sind in fünfundzwanzig Minuten dort.«

»Aber …«

Stille. Im Hintergrund hatte sie das Rattern eines Zugs gehört, der langsam über Schienen rollte. Solbråtan? Sie wusste nicht mal, wo das war.

Tina lief zurück zum Parkhaus. Wollte Kari Lise anrufen, ließ es aber bleiben.

Solbråtan war ein kleiner Bahnhof direkt hinter Kolbotn an der Østfold-Linie. Schon als sie von der Hauptstraße abbog, konnte sie sie sehen. Sie standen vor einem Kiosk. William hing im Arm der Mutter und schleckte ein Wassereis. Annette hatte eine große Sonnenbrille aufgesetzt, die ihre obere Gesichtshälfte komplett verdeckte. Sie hatten kein Gepäck dabei.

»Hei. Ich bin Tina.«

Sie hatte das Seitenfenster heruntergelassen und lehnte sich nach vorn. Doch anstatt ihrem Blick zu begegnen, spähte Annette über das Autodach. Tina wollte schon den Motor ausschalten, als sich die schlanke Gestalt herabbeugte und die Brille anhob. Annettes Gesicht war grauweiß. Die hübschen, weichen Züge, die Tina von Fotos kannte, waren aufgedunsen und schwerfällig. Die blonden Haare hatte sie zu einem borstigen Pferdeschwanz zusammengebunden.

»Hei.« Der Junge winkte mit dem Eis.

Tina zwinkerte ihm zu, während Annette die Brille wieder aufsetzte und über die dunklen Gläser schielte. Ihre Pupillen waren klein und flackerten. »Sie sind allein gekommen?«, flüsterte sie.

Tina nickte.

»Keine Polizei?«

Tina schüttelte den Kopf.

Lediglich Williams Schmatzen unterbrach die Stille, während sie an prächtigen Gärten, Feldern und Waldstücken vorbeifuhren. Trotz Sonnenblende behielt Annette die Brille auf. Stumme Tränen liefen ihr über die Wangen.

»Ich hab Papiertaschentücher«, sagte Tina und zeigte auf die Tasche am Boden neben Annettes Beinen.

»Danke«, schluchzte sie. »Tut mir leid. Sie müssen glauben, ich hätte den Verstand verloren.« Annette putzte sich die Nase. »Ich hab mich nicht getraut, am Hauptbahnhof auszusteigen. Dort waren so viele Leute … und Kameras … Also sind wir in den nächstbesten Regionalzug gestiegen, der auf der anderen Seite des Bahnsteigs stand.« Annette rutschte im Sitz nach unten, um von den Fahrern, die ihnen entgegenkamen, nicht gesehen zu werden. Dann bettete sie die Hände auf ihr weites Baumwolloberteil und atmete. Tief und konzentriert. »Ich weiß nicht mehr, was ich machen soll«, flüsterte sie, sah zu Tina hinüber und schluchzte leise.

Tina warf dem Jungen im Spiegel einen verstohlenen Blick zu. Er sah seelenruhig aus dem Fenster, während er an seinem leeren Eisstiel nuckelte. Sie legte ihre Hand auf Annettes Knie und strich behutsam darüber. Spürte, wie Annette unter der Jeans zitterte.

»Ihre Mutter wird sich um Sie kümmern«, sagte sie. »Kari Lise ist vernünftig. Sie weiß schon, was zu tun ist.«

Annette schluchzte. »Ich weiß …« Dann zog sie das Oberteil hoch und zog einen ausgebeulten Umschlag darunter hervor, der im Hosenbund gesteckt hatte. »Könnten Sie den für mich aufbewahren? Nur für ein paar Tage?«

Sie wartete die Antwort gar nicht erst ab, sondern schob den Umschlag ins Handschuhfach.

Tina sah sie unverwandt an. »Ja … Das müsste gehen.«

Das Villenviertel Kringsjå lag in Richtung Oslomarka. Der Sommer bestand hier aus Äpfeln, Pflaumen und Grills. Im

Winter machten ausladende SUVs mit Skiboxen auf dem Dach und Wohlfahrtsbürokraten hinterm Lenkrad den Verkehr unsicher. Zusammen mit mediengeilen Akademikern und medienmüden TV-Gesichtern hatten sie die Herrschaft über den Stadtteil übernommen. Hier lag das Zuhause von Kari Lise Wetre.

Sie hatten den Ring 3 verlassen und fuhren über Nebenstraßen in Richtung Sognsvann. Tina machte das Fenster einen Spaltbreit auf. In den Gärten spielten Kinder, es duftete nach Heckenrosen. Sie fuhren an einem Spaziergänger mit einer Deutschen Dogge vorbei. Über ihnen blinzelte die Sonne hinter den Wolken hervor.

»Dann wird es ja doch noch ein schöner Tag«, sagte Tina und lächelte aufmunternd.

Sie schaffte es nicht mehr zu bremsen. Der dunkle Lieferwagen schoss über die Fahrbahn, traf sie frontal. Der Zusammenprall war nicht heftig, reichte aber aus, um die Airbags auszulösen. Tina wurde von dem Druck zurückgepresst. Einen Augenblick lang wurde es schwarz um sie herum. Die Sonnenwärme war schlagartig weg, und von der Seite rollten schwarze Wellen über sie hinweg, aber sie fühlte keinen Schmerz. Sie fühlte nichts. Nahm nur den Geruch von Benzin wahr. Dann Kindergeschrei. Ihr Fuß steckte zwischen den Pedalen fest. Dann kam der Schmerz.

»Nein, bitte, nein! Nein, nein, nein …«

Es war Annette, die schrie. Tina drehte sich zu ihr um. Alles um sie herum schwankte, und sie war zu nichts anderem mehr in der Lage, als den Blick auf die Straße direkt vor ihnen zu richten. Der Lieferwagen hatte zurückgesetzt und stand quer auf der Straße. Sie starrte zu dem leeren Fahrersitz hinauf. Was war passiert? Hatte der Fahrer einen Schwächeanfall gehabt?

Mit einem Mal bemerkte sie eine Bewegung im Seitenspiegel. Der Nebel vor ihren Augen verzog sich, und es fühlte sich an, als würde der Griff um ihre Brust gelockert. Sie drehte den Kopf, und dort stand er. Betrachtete sie durchs Fenster. Als sich ihre Blicke trafen, blieb ihr fast das Herz stehen. Die Augen waren rund und grau und nahezu leblos. Wie die Linse einer Kamera. Über den Kopf hatte er sich eine Sturmhaube gezogen.

Dann ruckelte es kräftig, und die Tür wurde aufgerissen. Eine riesige, behandschuhte Hand legte sich um ihren Hals. Zerrte. Tina war sich sicher, dass jeden Moment ihr Schlüsselbein zerbersten würde. Er zog weiter, und mit letzter Kraft gelang es ihr, den Sicherheitsgurt zu lösen. Dann trat sie mit dem freien Bein zu. Ihr festgekeilter Fuß knackte – das Gelenk war gebrochen. Dann wurde sie hinausgezerrt und bäuchlings auf den Asphalt geschleudert. Landete ein paar Handbreit neben dem Auto. Ihr Mund füllte sich mit Blut, und sie starrte auf ein Paar glänzende Armeestiefel. Ihre Hose war nass. Sie hatte sich eingepinkelt. Würde sie jetzt so sterben?

Am liebsten hätte sie sich mit fest zugekniffenen Augen zusammengerollt und geschrien. Sie hätte so lange schreien wollen, bis er ihrem Leben ein Ende setzte, so laut schreien, dass weder der Schmerz noch die Angst durch das Meer aus Geräuschen dringen würde, das in ihrem Kopf rauschte. Doch sie brachte keinen Mucks heraus. Sie war nicht mal mehr in der Lage zu blinzeln. Stattdessen starrte sie stur geradeaus wie ein toter Fisch. Aus dem Augenwinkel sah sie noch, dass der Mann eine Waffe auf die offene Tür richtete. Auf Annette. Wortlos beorderte er Annette in den Lieferwagen, und die schluchzende Frau gehorchte. Erneut knallte eine Autotür, sie konnte noch hören, wie ein Motor angelassen wurde, und dann war der Lieferwagen weg.

Da erst löste er sich. Der Schrei. Kreischend rollte sie herum. Stützte sich auf die Ellbogen. Starrte hinüber zum Auto. Verstummte. Denn dort saß William. Der Eisstiel war zerbrochen.

»Mama«, wimmerte der Junge leise. »Mama.«

53

Schottland, Sommer 1943

Einen Koffer – das war alles, was Kolbein Ihme Monsen hatte packen dürfen, bevor er von zwei bewaffneten Soldaten zur King's Cross Station gebracht worden war. Dort wartete Oberst Hasle bereits auf ihn, und zusammen bestiegen sie den Zug gen Norden.

Die Fahrt zog sich schier endlos dahin. Wenigstens hatte der Oberst dafür gesorgt, dass sie ein Zugabteil für sich allein hatten. Unterwegs unterhielten sie sich. Hasle wollte alles über Professor Elias Brinch wissen, über seine Forschungsarbeit, über die Wiener Bruderschaft. Und Kolbein erzählte. Alles brach sich Bahn, alles, was er jahrelang mit sich herumgeschleppt hatte, kochte in ihm hoch und wollte raus – und es fühlte sich gut an. Er weinte, als er von seiner missgebildeten Tochter erzählte, die in irgendeiner Einrichtung gelandet war. Schmerzhaft bohrten sich die Nägel in die Handflächen, als er über Elsa, Brinch und das Kind sprach, das *sie* bekommen hatten.

»Welche Gefühle haben Sie für Professor Brinch?«, hakte Hasle nach.

Kolbein verstummte. Zog mit dem Zeigefinger einen geraden Strich auf die beschlagene Fensterscheibe. Hinter den Hügeln konnte er undeutlich die tiefblaue Nordsee ausmachen. Er musste wieder an die alte Heimat drüben auf der anderen Seite des Meers denken.

»Ich hasse ihn. Und das werde ich bis zu meinem Todestag tun.«

Der Oberst sah ihn nachdenklich an.

Endlich kamen sie in Aberdeen an. Vor dem Wagen, der auf den Wissenschaftler gewartet hatte, verabschiedeten sie sich voneinander.

Kolbeins Fahrt endete in Buckie, einer abgelegenen Ortschaft im Nordosten. In einem Backsteinhaus bezog er ein Zimmer mit Meerblick. Hier konnte er Tag für Tag zwischen norwegischen Fischern und ihren Familien, die vor den Nazis geflohen waren, umherspazieren. Hier konnte er abends wach liegen und an die Decke starren. Bar jeden Gefühls und für niemanden von Nutzen.

Tage wurden zu Wochen, und der Frühling ging in einen kalten, ekligen Sommer über. Und eines Tages im Juli stand Oberst Hasle vor der Tür.

»Ich bin hier, weil ich Ihre Hilfe benötige. Ihr Vaterland braucht Sie.«

Die beiden ließen sich auf den Sprossenstühlen vor dem kleinen Kamin im Wohnzimmer nieder. Von der Decke baumelte eine Petroleumlampe.

»Elias Brinch ist 1938 nach Norwegen zurückgekehrt. Dort wurde er Mitglied der Nasjonal Samling. Mithilfe seiner deutschen Kontakte konnte er sich dort mehrere höhere Posten sichern, unter anderem leitete er eine Zeit lang die Naturwissenschaftliche Fakultät der Universität Oslo.«

Während er redete, massierte sich der Oberst mit den Fingerspitzen die Wangen. Der schottische Sommer hatte seiner Haut einen Teint verliehen, der an ein krankes Schwein erinnerte.

Seit Mai 1941 leitete der Professor das Gefangenenlager

Østhassel auf Lista, der Halbinsel westlich von Lindesnes. Dort arbeitete Brinch mit Elsa zusammen, die am Kaiser-Wilhelm-Institut in Heidelberg angestellt war. Nach allem, was der britische Geheimdienst zutage gefördert hatte, verbrachte sie viel Zeit auf einer abgelegenen griechischen Insel.

»Ihr einstiger Kollege aus der Wiener Bruderschaft, Doktor Acton, hat uns dabei helfen können herauszufinden, was dort vor sich geht.«

»Ich weiß genau, was dort vor sich geht«, erwiderte Kolbein tonlos. »Elsa und Elias experimentieren ... Er entwickelt die Experimente in Norwegen, damit sie diese an einer homogenen Population austesten kann. Davon haben wir in der Bruderschaft immer geträumt.« Er klappte seinen Kamm aus und fuhr sich durch das dunkelblonde Haar. »Jetzt wollen Sie mich also nach Norwegen schicken?«

»Was halten Sie davon?«

»Hier hab ich kein Leben. In Norwegen bin ich nur eine blasse Erinnerung. Meine Eltern sind tot. Mein Kind wurde weggegeben, meine Verlobte hat mich verlassen.« Er ballte die Fäuste.

»Es ist eine gefährliche Operation«, sagte Hasle. »Unter normalen Umständen hätte unser Stab im Sørlandet hinreichend Kapazitäten, um Brinch zu überwachen und, wenn nötig, gegen ihn vorzugehen. Leider sind die Umstände so, dass weite Teile der Kampfgruppe drei aufgeflogen sind. Unserer Widerstandsarbeit dort wurde das Rückgrat gebrochen.« Hasle lehnte sich nach vorn. »Wir möchten, dass Sie observieren und uns Bericht erstatten, was in diesem Lager vorgeht. Sie werden auf einen Posten in Südnorwegen befördert.«

Auf diese Weise wurde Kolbein Ihme Monsen Widerstandskämpfer.

54

Kari Lise Wetre empfing ihn mit ihrem Enkelkind auf dem Arm an der Tür. Ihr Blick war trüb. Sie entschuldigte sich zwar nicht, gestand aber zumindest ein, dass sie sich wünschte, die Polizei informiert zu haben.

Eine Stunde später stand Fredrik mit in den Hosentaschen eingehakten Daumen neben Tina Holtens dunkelblauem Citroën, den die Techniker vorsichtig auf einen Abschleppwagen bugsierten. Die Front war eingedrückt, farbige Splitter der Scheinwerfer lagen noch immer auf dem Asphalt. Die Straße war abgesperrt worden. Ein Stück entfernt standen ein paar Nachbarn und Reporter und übertrafen einander mit ihren Spekulationen. So was hatte sich zwischen den Gärten von Kringsjå noch nie ereignet.

Andreas hatte seine Anzughose hochgekrempelt und hockte genau dort, wo die beiden Autos gestanden hatten. Als Fredrik zu ihm hinüberging, versuchte er, so wenig wie möglich zu hinken. Ein paar gewiefte Reporter würden natürlich sofort zu dem Schluss kommen, dass dies etwas mit Solro zu tun hatte, weil sie ihn vom dortigen Tatort wiedererkannten. »Mitten in einem verfluchten Wohngebiet«, grunzte er.

Andreas sah über die Schulter zu ihm auf. »Guck dir das an!«

Mit dem Kugelschreiber wies er auf eine schwarze Kiste in Größe einer Streichholzschachtel. Ein dicker weißer Kreis aus Kreide markierte den Fund. Es war ein Peilsender. So hatte der Mann, der Annette Wetre entführt hatte, die Bewegungen des Wagens nachvollziehen können.

»Gibt's noch mehr?«

»Ja«, antwortete Andreas mit starrem Gesicht, als er aus

der Hocke hochkam. Er klappte den Verschluss einer Plastikbox auf, die am Straßenrand stand und in der sie bereits diverse Beweisstücke und Indizien verstaut hatten. »Darauf kannst du wetten.« Er angelte einen Asservatenbeutel hervor. Darin steckte ein Umschlag. »Tina Holten hat unseren Leuten im Krankenhaus erzählt, dass Annette ihr den kurz vor der Entführung gegeben oder vielmehr ins Handschuhfach gelegt hätte. Wirf mal einen Blick hinein!«

Fredrik ließ den Umschlag aus der Tüte gleiten. Wog ihn kurz in der Hand, ehe er hineinschaute. Die Stirn runzelte. Die Nase rümpfte und den Kopf wegdrehte.

»Was … Was ist das?«

Es ähnelte einer vertrockneten Gartenschnecke. Braunweiß in der Farbgebung. Ein strenger fleischiger Geruch stieg davon auf. Behutsam schüttelte er den Umschlag, damit sich der Gegenstand – worum immer es sich dabei handeln mochte – auf die Unterseite drehte.

»Äh, zum Teufel!«, rief er dann. »Schick das ins Labor! Ich will wissen, wem zur Hölle dieser kleine Finger gehört.«

Drei unbeantwortete Anrufe. Alle von derselben Nummer. Alles in ihm sträubte sich zurückzurufen, doch dann gab er sich mit einem tiefen Seufzer einen Ruck.

Synne Jørgensens Stimme rasselte dunkel, wie damals, als sie von Filterzigaretten auf Selbstgedrehte umgestiegen war.

»Wie konnte Kari Lise Wetre so verflucht dumm sein?«, tobte sie.

Fredrik antwortete nicht.

»Jetzt führ dir mal vor Augen, wie das von außen wirkt! Eine Politikerin in ihrer Position, die kein Vertrauen in die Polizei hat. In einer so extrem wichtigen Sache! Das kann doch verdammt noch mal nicht wahr sein!«

Fredrik räusperte sich zurückhaltend. »Sie meint, Annette hätte sie darum gebeten. Wetre zufolge wussten nur sie selbst, ihr Ehemann und Tina Holten von Annettes Ankunft.« Dann erzählte er ihr von dem Peilsender. »Annette war sich sicher gewesen, dass das Telefon der Mutter abgehört würde. Nur deshalb hatte sie darauf gedrängt, Tina dazwischenzuschalten«, erklärte Fredrik und fuhr sich mit der freien Hand durchs Haar. Fühlte, dass er schwitzte. »Aber wenn Annette Wetre recht hatte, dann ist unter Garantie auch Tina Holten abgehört worden«, fügte er hinzu.

»Glaubst du das wirklich?«, fragte Synne Jørgensen kühl. »Dass jemand eine unserer bekanntesten demokratisch gewählten Politikerinnen abhört – und ihre Beraterin? Wer sollte so was tun?«

Fredrik antwortete nicht.

»Der Polizeipräsident war da«, sagte Synne schließlich. »Er kam nicht, um mir zu gratulieren. Da geht es um Vertrauen, sagte er – und um Konsequenzen. Du verstehst hoffentlich, was das bedeutet, Beier? Neme steht unter enormem Druck, wenn du weißt, was ich meine. Er muss endlich Tatkraft beweisen. Da könnten Köpfe rollen.«

Er hatte aufgelegt, sowie sie ihn mit seinem Nachnamen angesprochen hatte.

55

Der Dachboden war kleiner, als er ihn in Erinnerung hatte. Die Bilder in seinem Kopf – Tischbeine, die wie Speere in die Luft ragten, sperrige Sofas und Wohnzimmermöbel, die sich an den Wänden entlang auftürmten – wurden vom

Licht der Polizeischeinwerfer überblendet. Plötzlich war es nur mehr ein gewöhnlicher Dachboden, auf dem die Möbel nichts anderes als zeitlose Monumente schlechten Geschmacks darstellten. Die so ähnlich sicher auch auf jedem anderen Dachboden in jedem anderen Osloer Wohnhaus herumstanden.

Therese Grøfting von der Spurensicherung nahm sie in Empfang. Dieselbe Technikerin, die auch Pastor Alfsens Schlafzimmer auf Solro untersucht hatte. Dieses Mal erinnerte sich Fredrik wieder an ihren Namen. Der ausgebeulte Overall war dieses Mal jedoch einem weißen T-Shirt und einer engen Jeans gewichen, die ihr herzförmiges Hinterteil betonte.

»Das da ist wirklich beeindruckend«, sagte sie und richtete das Licht ihrer kleinen Taschenlampe auf die Holzwand. »Das ist die Schraube, gegen die Sie seine Hand geschlagen haben. Vollkommen blank. Er hat eine Mischung aus Benzin, Ammoniak und Säure verwendet, hauptsächlich Schwefelsäure, um sämtliche organische Spuren zu beseitigen. Wir finden so gut wie nichts.«

»So gut wie?«, hakte Kafa nach und kratzte sich unter dem Rand der Mütze. Darunter hielt ein Gummiband die Klappe über dem linken Auge an ihrem Platz.

Es war ihr erster Arbeitstag seit der Krankschreibung. Wieder dort zu sein, wo sie beinahe getötet worden wäre, wo ihrer beider Leben gewaltsam miteinander verbunden worden waren, schien sie kaum zu berühren.

»Und das ist auch faszinierend«, fuhr die Technikerin fort und wischte sich den Pony aus dem Gesicht. »Blut, Blut, Blut und noch mehr Blut.« Sie leuchtete die Wand entlang. »Wir können zweifelsfrei erkennen, dass es Blut ist, aber es gelingt uns nicht, es zu lesen. Keine Blutgruppe, keine DNA. Die Zellstruktur ist zerstört. Was da zurückgeblieben ist, ist komplett unbrauchbar. Er hat quasi seine Identität aus diesen Spuren herausgewaschen. Das ist wirklich… beeindruckend. Ungewöhnlich und beeindruckend. So was hab ich noch nie gesehen.«

Fredrik konnte sich nicht dazu durchringen, Grøftings Begeisterung zu teilen. Er hatte vielmehr das Gefühl, hier rauszumüssen.

»Ist das denn schwer? Ich meine, auf diese Weise seine Spuren unkenntlich zu machen?«

Sie schüttelte langsam den Kopf. »Nicht schwer. Aber zeitaufwendig. Und es setzt eine Menge Selbstdisziplin voraus.«

Von Kvadraturen aus schlenderten sie in Richtung Karl Johan. Mit einem Mal fiel ihm wieder auf, dass er hinkte, und er versuchte, sich zusammenzureißen. In einem Café setzten sie sich an einen vor Blicken geschützten Tisch. Er aß einen wässrigen Hafermuffin, während sie in einem Plastikbecher mit Obstsalat herumstocherte. Anschließend zog Kafa Unterlagen aus der Tasche. Auszüge aus einem NSB-Fahrplan. »Das hier hab ich mir zu Hause angesehen. Wurde gegen Ende hin verdammt langweilig«, sagte sie, als meinte sie, sich entschuldigen zu müssen.

Sie hatte drei Züge herausgesucht, die in der Stunde vor Annette Wetres Entführung am Bahnhof Solbråtan gehalten hatten. Einer davon war unterstrichen.

»Um 14.28 Uhr hielt die Vestfold-Bahn auf Gleis fünf im Osloer Hauptbahnhof… und um 14.36 Uhr fuhr die Regionalbahn nach Skien vom Gleis sechs ab. Um 14.54 Uhr hielt sie in Solbråtan.« Sie blickte zu ihm auf. »Annette hat Tina gegenüber erwähnt, dass sie nur auf die andere Seite des Bahnsteigs gegangen seien, nicht wahr?«

Fredrik nickte. Das traf auf keinen der beiden anderen

Züge zu, die in Solbråtan gehalten hatten. Er lehnte sich nach vorn und studierte den Fahrplan. Vestfold-Bahn… Die startete in Skien, fuhr dann durch Porsgrunn und diverse Gemeinden in Vestfold und schließlich nach Drammen und Asker.

Er tippte auf das Papier.

»Also, in einer dieser Städte hier« – er begegnete ihrem Blick – »befinden sich die übrigen Gottes-Licht-Mitglieder, meinst du?«

Erleichtert lächelte sie ihn an. »Wahrscheinlich wollte sie das trotz allem für sich behalten«, fuhr sie fort.

»Was, wenn sie dort gefangen gehalten werden?«

»Das glaube ich nicht. Wenn sie gegen ihren Willen dort wären, wüsste ich nicht, warum Annette die Polizei aus der Sache hätte raushalten wollen. Es muss eine andere Erklärung geben.«

Kafa schob die Mütze höher. Warf ihm einen schwer zu deutenden Blick zu.

»Ich hab Andreas gefragt, warum du hinkst. Er hat mir das von deinem Sohn erzählt. Frikk. Es tut mir leid…«

Fredrik starrte sie erst überrascht an. Dann schob er die Serviette zur Seite, holte tief Luft und verschränkte die Hände. »Ja. Ich nehm an, dass die Neuen die Geschichte hören müssen.«

»Was genau ist damals passiert?«

»Willst du es wirklich hören? Es war nicht lustig.«

Tatsächlich erinnerte Fredrik sich an rein gar nichts mehr, was an jenem Tag geschehen war. Aber es war Mitte Juni gewesen und die Bäume sicher üppig grün. Vermutlich war milder Sommerduft durch die Balkontür geweht. Und in den Nestern der Mehlschwalben, die direkt über ihrem Schlafzimmerfenster hingen, war es vermutlich heftig zur Sache gegangen. Welche Pläne hatten sie für den

Sommer gehabt? Er wusste es nicht mehr. Er wusste nur noch, was er im Nachhinein erzählt bekommen hatte.

Alice war wieder zur Arbeit gegangen. Sie war Lehrerin, eigentlich noch im Mutterschutz, aber es war der letzte Schultag vor den Ferien, und ihre Klasse würde auf die weiterführende Schule wechseln. Er hatte Sofia zur Schule gebracht, wo sie den Ferienbeginn mit einem Grillfest feiern sollte. Anschließend lieferte er Jacob im Kindergarten ab, holte bei der Post ein Päckchen ab und ging wieder nach Hause. Mit Frikk im Kinderwagen. Für Fredrik stellte so ein Tag mit seinem Sohn eine echte Abwechslung dar. Es war ein hektisches Frühjahr gewesen.

Er hatte Alice versprochen, bis zum Abend das Haus geputzt und aufgeräumt sowie Essen gekocht zu haben. Als Frikk am späten Vormittag einschlief, lief er hinüber in den Laden an der Ecke. Das hatte er auch früher schon getan – und Alice auch. Genau das war unter anderem so toll an Frikk: Sein Mittagsschläfchen war ihm heilig. Wenn er erst mal schlief, dann schlief er.

Der Brand musste sich rasend schnell ausgebreitet haben. Die Ermittlungen ergaben, dass er in der Küchenelektrik ausgebrochen war. Böden und Decken des alten Stadthauses waren aus Holz, die Wände tapezierte Spanplatten.

»Frikk war tot, bis ich mich zu ihm vorgearbeitet hatte. Rauchvergiftung.«

Er nahm die Brille ab und wischte sich die Augenwinkel trocken.

Es war nie einfach, Erinnerungen an ein gerade erst frisch entstandenes Leben abzuspeichern. Am Anfang waren sämtliche Kinder so gleich – und Frikk war Nummer drei gewesen.

Er schämte sich, aber es entsprach der Wahrheit: Er erinnerte sich kaum mehr daran, wer Frikk gewesen war. Oder wie er ausgesehen hatte. Sein Wesen. Eine einzige klare Erinnerung hatte er, und sie rührte ihn jedes Mal zu Tränen, wenn er sie wieder hervorkramte. Es war die Erinnerung an die starken, kleinen Hände um seine Zeigefinger. Wie Klein Frikk im Eifer nach ihnen gegriffen und die Muskeln aufs Äußerste angespannt hatte, um sich zu seinem Vater hinaufzuziehen. Dann das zahnlose Grinsen, wenn der ein wenig nachhalf.

»Fühlst du dich schuldig?«, fragte Kafa.

Am Anfang hatte es nichts anderes als Schuld für ihn gegeben. Doch wie der Schorf über einer Wunde war sie langsam geschrumpft. War dicker, zäher geworden. Und zu guter Letzt abgefallen. Lediglich Narbengewebe war zurückgeblieben.

»Die Schuld ist wie der Mond … immer da, auch wenn ihn gerade nicht jeder vor Augen hat. Die Nächte sind am schlimmsten.«

»Findest du es unangenehm, darüber zu sprechen?«

»Die Leute fragen nicht mehr. Die meisten, mit denen ich inzwischen zu tun habe, wissen nicht mal, dass ich dreifacher Vater gewesen bin. Und selbst diejenigen, die es wissen, haben es vergessen. Auf lange Sicht ist so was nur für die Betroffenen selbst wichtig.«

»Habt ihr euch deswegen scheiden lassen? Du und die Mutter?«

Fredrik seufzte. »Ja. Ich hab immerhin ihren Sohn verloren.«

Er holte tief Luft und winkte dann ab.

Ganz so einfach war es natürlich nicht. Er hatte schon so viele Beziehungen gesehen – welche, die funktionierten, und andere, die nicht funktioniert hatten. Die von Misstrauen geprägt gewesen waren. Oder von Respekt. Die glücklich waren. Oder unglücklich. Fredrik wusste, dass seine Beziehung zu Alice glücklich gewesen war. Zu ihren besten Zeiten hatten sie einander aufrichtig geliebt. Bei Konflikten hatten sie nur selten nach Antworten und Erklärungen in den schlechten Eigenschaften des jeweils anderen gesucht.

Frikks Tod hatte vieles verändert. Aber an Alice hatte er nichts verändert. Sie hatte ihn nie getadelt. Sie hatte sich seiner angenommen, ihn getröstet und ihn durch die Selbstvorwürfe und Grübeleien hindurchgetragen. Wie hatte er Frikk nur allein lassen können? Na gut, es war nicht das erste Mal gewesen, aber was hatte er sich denn gedacht? Was hatte er sich eigentlich gedacht?

Sie selbst hatte diese Fragen nie gestellt. Nur er. Diese Fragen hatten seiner Trauer Kraft verliehen. Und diese Kraft war so gewaltig gewesen, dass es ihm nicht mehr möglich gewesen war, sich aufzuraffen. Viel zu lange hatte sie die Starke sein müssen. Allmählich hatte sie dann den Respekt vor ihm verloren… und er seinen Respekt vor ihr. Und irgendwann war es mit ihnen zu Ende.

Zurückgeblieben war lediglich das Bedürfnis, einander zu vögeln. Um hin und wieder an den Duft und den Geschmack, die Sanftheit und die Härte des anderen erinnert zu werden. Doch ansonsten waren sie jeder seiner Wege gegangen.

»Hast du jemand Neuen?«

»Ich hab eine… Freundin.«

Er schüttelte den Kopf. Räusperte sich. Er würde sie endlich fragen müssen.

»Kafa… nachdem wir hier gerade Fragestunde spielen…«

Er sah sie an. Die Jeansjacke über den schmalen und doch muskulösen Schultern. Das Haar, das in einem unordentlichen Zopf hinten aus der Mütze fiel und wie das Endstück eines Taus über der Schulter lag.

»Ja?«

»Hast du diese Reportage über die Aussteiger gesehen?«

»Selbstverständlich.«

»Die Frau, Annabell Wiehe, behauptet, uns kontaktiert zu haben.«

Kafa runzelte die Stirn.

»Sie meint, sie hätte mit dir gesprochen«, fuhr er langsam fort.

»Ja… kann gut sein. Das Telefon stand in den ersten Tagen ja kaum still.« Sie kratzte sich unter der Mütze. »Ich glaub, da war so ein Anruf, ja – war aus der Zentrale durchgestellt worden. Eine Frau mit schwedischem Akzent, glaube ich, die erzählte, sie hätte früher Gottes Licht angehört. Ich hab's in die Hinweisliste eingetragen. Stimmt etwas nicht?«

Fredrik drückte den Muffin in dem weichen Papier zu Brei. »Sicher, dass du es in die Liste eingetragen hast?«

»Klar.«

»Da taucht es nicht auf.«

56

Die Nachricht von Andreas war ebenso kurz wie brutal.

»Fredrik. Synne ist beurlaubt worden. Koss hat gewonnen.«

Sebastian Koss war zum Polizeipräsidenten einbestellt worden, weil die Lage mittlerweile mehr als prekär war. Synne Jørgensens Leuten war es nicht gelungen, die verschwundene Glaubensgemeinschaft aufzuspüren, und nach Ansicht des Polizeipräsidenten stellte sie sich in ungebührender Form vor ihre Ermittler und deren hilflose Ermittlungsarbeit. Dann obendrein der verschwundene Hinweis. Die Entführung von Annette Wetre. Der Mörder, der ihnen auf dem Dachboden durch die Lappen gegangen war. Alles Resultate verdammt schlechten Urteilsvermögens. Vor allen Dingen aufseiten Synne Jørgensens. Es war ein Skandal.

Koss hatte die Gunst der Stunde natürlich genutzt. Bereits eine Viertelstunde später war er selbst in Synnes Büro marschiert.

»Du bist raus«, hatte Koss verkündet. Bis zum nächsten Tag würde die Sache an die Presse durchgesickert sein. Die Interne würde Ermittlungen aufnehmen, ob alles mit rechten Dingen zugegangen war. Neme hatte seinen Sündenbock gefunden. Und endlich demonstrierte er Tatkraft.

Der große, hinkende Mann in der braunen Cordjacke und die kleine, drahtige Frau im Kapuzenpullover waren die Einzigen, die im Park vor der Vålerenga-Kirche noch im Gras saßen. Im Schatten der Fichten, westlich des über einhundert Jahre alten Granitgebäudes, wartete Fredrik darauf, dass sie den Anfang machte. Doch Synne Jørgensen rauchte nur und starrte hinab auf die hell gestrichenen Holzhäuser in einiger Entfernung. In unregelmäßigen Abständen drückte sie ihre Kippen in der Erde aus, rollte sie dann zwischen den Fingern zu stinkenden Kugeln, die sie zwischen ihren Knien ins Gras fallen ließ.

Sie saßen nah genug beieinander, dass er seinen Arm um sie hätte legen können. Aber das wäre nicht sein Stil gewesen. Ihrer ebenso wenig. Irgendwann stopfte sie die Tabakpackung in die Tasche und begann zu reden.

»Unsere Ermittlungen wurden sabotiert, Fredrik. Die Indiskretion gegenüber der Presse, falsche Spuren, verschwundene Hinweise…« Sie pfiff leise durch die Zähne und sah ihm ins Gesicht. »Qambrani sagte die Wahrheit. Wir haben auf seinem Telefon den Anruf gefunden, von dem er erzählt hat – er hat den Emir wirklich als vermisst gemeldet. Wie er es bei der Vernehmung ausgesagt hat. Aber auch dieser Anruf taucht in unseren Unterlagen nicht mehr auf. Ich weigere mich zu glauben, dass zwei derart wichtige Hinweise in einem Fall wie diesem einfach so von allein verschwinden.«

Er sah ihr in die Augen. »Die Frage ist doch«, sagte er, »wie tief das reicht – der Solro-Mörder kann unmöglich allein hinter alledem stecken. Er muss einen Komplizen haben. Jemanden mit einer ganz eigenen Agenda. Glaubst du, es gibt einen Maulwurf? Einen Polizisten?«

»Oder eine *Polizistin*«, erwiderte Synne und knuffte ihm in die Seite. Dann wurde sie wieder ernst. »Vertraust du Kafa?«

Fredrik holte tief Luft. »Ja. Bis auf Weiteres tue ich das. Sie hat den Anruf der beiden Aussteiger entgegengenommen … und ihn in der Hinweisliste vermerkt. Doch von der wurde er gelöscht.«

Synne sah ihn nachdenklich an. »Koss behauptet, irgendjemand hätte die Aufnahme aus der Befragung manipuliert.«

»Manipuliert …« Fredrik grinste schief. »Ich hab das Gerät ausgeschaltet. Koss scheint … sehr erpicht darauf zu sein, möglichst schnell jemanden festzunehmen. Ich bin eher daran interessiert, dass er den Richtigen erwischt.«

»Er hat mich erwischt«, murmelte Synne müde.

Als sich ihnen eine Gruppe Kindergartenkinder in gelben Reflektorwesten näherte, standen sie auf und schlenderten weiter. Sie zündete sich eine neue Zigarette an.

»Warum vertraust du ihr? Kafa?«

Er dachte kurz darüber nach, was er antworten sollte.

»Weil … Weil es viel zu naheliegend wäre, wenn sie die undichte Stelle wäre. Und dieses Gefühl gibt sie mir nicht.«

Synne sah ihn skeptisch an. »Welches Gefühl gibt sie dir dann? Du bist hoffentlich nicht in sie verschossen?«

Er schüttelte den Kopf. »Ich könnte ihr Vater sein.«

Kafa rief an, als er den Wagen gerade in der Tiefgarage abgestellt hatte. Er ließ es klingeln. Prince sollte erst sein »Raspberry Beret« beenden dürfen, ehe er den Anruf entgegennahm.

»Bist du gar nicht im Revier? Hast du nicht gesagt, dass du heute Abend arbeiten wolltest?«

»Doch«, antwortete er langsam, während er sich hinter der Brille die Augen massierte. »Ich war bis gerade eben anderweitig unterwegs. Ist was?«

Es war was. Sie hatten den Lieferwagen gefunden, mit dem Annette Wetre entführt worden war. In Kafas Stimme konnte er den Tatendurst nur allzu deutlich hören.

Sie winkte ihn zu ihrem Schreibtisch, wo ihn eine Tasse dampfenden Kaffees erwartete. Die Mütze hatte sie abgenommen, lediglich das Gummiband der Augenklappe hielt ihr Haar halbwegs im Zaum.

»Das Auto war leer und ist vollständig ausgebrannt. Ich komme gerade von dort. Es steht auf einem Schotterplatz in der Nordmarka, in der Nähe von Rypetjern. Ein Radfahrer hat dort am Nachmittag den Rauch gesehen.«

»Gut«, sagte er nüchtern. Pustete über den Kaffee, sodass der Dampf in seinen Bart stieg und winzige Tröpfchen bildete.

Der Wagen war auf Økern Bil og Motor zugelassen, einem halbseidenen Unternehmen, das immer wieder auf ihrem Radar erschien, wenn sie mäßig erfolgreiche Beschaffungskriminelle unter die Lupe nahmen. Die Firma vermietete gebrauchte Fahrzeuge ebenso wie supermoderne Sportwagen der höchsten Preisklasse in grellen Farben.

»Sie haben mittlerweile bestätigt, dass der Wagen nicht wie vereinbart zurückgebracht wurde.«

»Okay. Ganz prima. Und wer hat den Wagen gemietet?«

»Das ist es ja gerade«, fuhr Kafa fort. »Die Firma sagt, es wäre nicht eine Person gewesen – es waren zwei. Ein kleiner, beleibter und ein größerer, kräftiger Typ. Der Große stand draußen und wartete, während der andere bezahlt hat. Mit Karte.«

»Mit Karte? Dann haben wir doch seinen Namen?«

Endlich verstand er, warum Kafa so Feuer und Flamme war.

Sie nickte. »Ich kenne den Namen nicht, und ich hatte bis eben noch nicht die Möglichkeit, ihn durch die Datenbank zu schicken. Ich hab gerade erst die Kopie der Kreditkartenabrechnung erhalten.«

Sie drehte den Bildschirm zu ihm herum, und Fredrik erstarrte. Ihm brach der kalte Schweiß aus, und er war kaum mehr in der Lage, klar zu denken. Erst hatte ihm der Atem gestockt; jetzt war ihm schlecht.

Die Kreditkarte gehörte Jørgen. Seinem Jugendfreund, dem TV2-Journalisten Jørgen Mostu.

57

Das Dröhnen des Rasenmähers war eintönig und einschläfernd.

In den letzten Nächten hatte sie nicht viel geschlafen. War nicht in der Lage dazu gewesen. Jetzt in der Mittagsstunde schlich sich langsam die Müdigkeit heran. Sie gähnte und streckte sich. Vor der zweistöckigen Villa aus schwarzem Stein, in der das Ehepaar Wetre zu Hause war, konnte Kari Lise zwischen den Obstbäumen ab und zu den Ehemann ausmachen. Gestern hatte er die Hecke geschnitten und das Rosenbeet gejätet, am Tag zuvor das Auto gewaschen und poliert. Sie sah ihn nie lächeln – nur wenn er mit dem Enkelkind spielte. Da hellte sich das Gesicht auf, und sie warfen einander einen kurzen, hoffnungsvollen Blick zu. Dann wandten sie sich wieder voneinander ab. Zu sehr erinnerten sie einander an die verschwundene Tochter.

Er hatte seine Methode. Sie hatte ihre. Sie konzentrierte sich auf die Politik.

Als bekannt geworden war, dass nach dem Massaker auf Solro die Tochter und das Enkelkind vermisst wurden, hatte sie ihren Parteigenossen zweifelsfrei zu verstehen gegeben: Ich mache weiter wie bisher. Und jetzt, während das Enkelkind friedlich im ersten Stock spielte, Annette aber nahezu aus ihren Armen gerissen und entführt worden war? Jetzt musste sie arbeiten. Dass sie auf ihre Tochter gehört und nicht die Polizei eingeschaltet hatte, ließ sie nicht mehr los.

Sie legte die letzten Fleischklößchen in die Pfanne und wartete, bis endlich das Wasser kochte, ehe sie die Nudeln hineingab. Dann zog sie die Küchengardine beiseite und schaute zum Himmel. Dunkel und schwer. Sie richtete Williams Teller her, lief in den Flur hinaus und rief nach ihm. Als er zurückrief, er komme gleich, war sie einfach nur froh darüber, seine Stimme zu hören.

Sie steuerte die Verandatür an, stoppte dann aber am Wohnzimmer, wo der breitschultrige Polizist saß, der sie bewachte.

»Kommen Sie und essen Sie mit uns.«

»Danke, aber ich esse, wenn die Ablösung kommt«, antwortete er und lächelte sie an.

»Reden Sie keinen Unsinn. William wird sich wundern, wenn Sie nicht mit uns essen.«

Bei Tisch sah Bjørn Olav Wetre seine Frau irritiert an. Als William nicht gekommen war, hatten die Erwachsenen schon mal angefangen, doch mittlerweile waren fast zehn Minuten vergangen, und der Kleine ließ sich immer noch nicht blicken.

»Soll ich ihn holen?«

»Esst ihr nur weiter, ich gehe schon«, sagte Kari Lise und stand auf.

Erst oben auf dem Treppenabsatz überkam sie ein ungutes Gefühl. Der Flur mit der niedrigen Decke wirkte enger als sonst. Ihr Blick glitt über die Wände, über Annettes verblasste Kinderbilder. Und in diesem Moment begriff sie, was falsch war: Die Tür zu Annettes altem Zimmer war verschlossen. Sie war sich sicher, dass sie eine Zeitung in den Rahmen geklemmt hatte, um zu hören, wenn der Enkel nach ihr rief. Hektisch stieß sie die Tür auf.

William lächelte ihr entgegen. »Hei, Oma.«

Sie hatte keine Kraft zu antworten. Starrte nur panisch in das Zimmer. Auf dem bunten Teppich saß ein großer, kräftiger Mann, der den Vierjährigen im Schoß hielt. Um sie herum lagen Legosteine, Spielzeugautos und Plastiktiere. Das Fenster mit Kindersicherung in ihrem Rücken stand sperrangelweit offen.

Der Mann war in Schwarz gekleidet. Die dunkle Mütze hatte er sich tief über die längliche Stirn gezogen, sodass sie direkt über den starren Augen endete. Er legte den Finger an die Lippen. Erst da bemerkte sie die feine Kante einer Maske, die vom Nasenrücken bis zum Kinn reichte.

Die Imitation eines Gesichts. Dennoch konnte sie sehen, dass die kleinen Vibrationen, Muskelzuckungen, das *Menschliche* fehlten, das in der Summe jeden einzelnen von uns einzigartig macht.

Er hatte seine wachsgelbe Hand auf Williams Rücken gelegt. Sie wäre groß genug gewesen, dass allein Zeigefinger und Daumen um den Hals des Jungen herumgereicht hätten. In der anderen Hand hielt er eine Tüte mit Süßigkeiten.

William angelte ein Fruchtgummikrokodil nach dem anderen daraus hervor. Die Tüte war voll damit – doch sowie William auch der Großmutter ein Krokodil anbieten wollte, zog der Mann den Jungen resolut zurück. Und mit einem Mal war Williams Blick unsicher. Dann nickte die Gestalt in Richtung Boden.

Direkt vor ihren Füßen lag eine durchsichtige Plastiktüte. Kraftlos ließ sie sich auf die Knie nieder und zog das Foto eines Mannes aus der Tüte. Sie erkannte ihn augenblicklich wieder. Es war eins der Bilder, die Fredrik Beier ihr gezeigt hatte. Per Olsen hatte er ihn genannt. Einer der Pastoren von Solro. Auf das Foto hatte jemand »Børre Drange« geschrieben.

In der Tüte lag ein weiterer Gegenstand. Sie nahm ihn in die Hand. Ein Diktiergerät.

Der Mann ließ sie für keine Sekunde aus den Augen, während er William auf dem Boden absetzte und aufstand. Dann schwang er sich behände aus dem Fenster und verschwand.

58

Im Esszimmer in Majorstuen hielten alle vier den Atem an. Die Stimme auf dem Diktiergerät war unsicher, leise. Kurze, unnatürliche Pausen zwischen den Wörtern deuteten auf eine flache Atmung hin. »Kari Lise Wetre, wenn Sie Ihre Tochter lebend wiedersehen wollen, dann nutzen Sie Ihre Kontakte, um diesen Mann ausfindig zu machen. Er nennt sich Per Olsen, aber sein wirklicher Name ist Børre Drange. Sie haben zweiundsiebzig Stunden. Ab jetzt. Hören wir nichts von Ihnen, werden Sie Annette nie wiedersehen. Informieren Sie die Polizei, werden Sie Annette nie wiedersehen. Kontaktieren Sie uns, indem Sie die E-Mail-Adresse auf der Rückseite des Fotos verwenden.«

»Herrgott«, keuchte Turid Mostu und schlug die Hand vor den Mund.

Fredrik hielt die Aufnahme an und legte das Diktiergerät auf den Tisch. »Es gibt wohl keinen Zweifel«, sagte er und warf Turid einen tröstenden Blick zu.

Sie schüttelte den Kopf.

Es *war* Jørgen Mostu, der auf der Aufnahme zu hören war.

»Wir nehmen an, dass Jørgen zusammen mit Annette Wetre gefangen gehalten wird«, sagte Kafa neutral.

Fredrik hätte nicht mal sagen können, wie oft er schon in diesem Esszimmer gesessen hatte, in der großen Fünfzimmerwohnung in Majorstuen in seiner eigenen Nachbarschaft. Hier hatten sie zu Abend gegessen, Kindergeburtstage gefeiert, Sorgen und Freuden geteilt. Wie oft hatte er sich nicht schon auf demselben Stuhl zurückgelehnt, auf dem er jetzt saß, die langen Beine ausgestreckt, ein Glas geleert und den Blick über die hohe Decke mit dem bröckelnden Stuck schweifen lassen?

Die Decke kam ihm kalt und abweisend vor … genau wie Turid. Es war fast, als würde sie ihn beschuldigen wollen, irgendwas Stinkendes, Totes in ihr Zuhause gebracht zu haben. Die Nachricht, dass ihr Ehemann entführt worden war. Ihr Blick irrte ruhelos im Zimmer umher. Auf der Suche nach etwas Sicherem, etwas Bekanntem, etwas Freundlichem, ahnte Fredrik. Dann hatte er trotz allem bei ihm innegehalten.

Es waren jetzt drei Tage vergangen, seit Jørgen verschwunden war. Seither hatte ihn niemand mehr gesehen.

Fredrik sah zu den beiden anderen an dem Kiefernholztisch hinüber. Kafa saß gleich neben ihm, und am Tischende stand Carl Solli, der Nachrichtenchef von TV2. Er hatte sich behäbig auf den Tisch gestützt. Seine schlaffen Wangen zeugten davon, dass es ihm nicht gut ging.

Schräg neben ihm hatte Turid gesessen. Jetzt steuerte sie den Rollstuhl vom Tisch weg – weg von den mitfühlenden Gesichtern und hin zur weit offenen Balkontür. Sie stellte sich so hin, dass der Nieselregen ihr in den Nacken fiel.

»Die Analyse hat ergeben, dass die Aufnahme in einem geschlossenen Raum gemacht wurde. Die Stimmlage deutet darauf hin, dass er von einem Manuskript abliest. Und dass Ihr Mann … Jørgen … dass er unter starkem Druck steht«, fuhr Kafa fort. Sie hielt sich einen Zettel vor das gesunde Auge.

Die Warnung war unmissverständlich. Der Mörder von Solro würde Kari Lise Wetre und ihre Lieben genau in dem Moment treffen, da es ihm passte.

»Aber warum hat er sich Jørgen geschnappt? Ich verstehe nicht, was er damit zu tun hat.«

Turid drehte den Rollstuhl wieder zu den anderen herum. Ihre Stimme klang schrill. Sie machte sich nicht die Mühe, ihre Tränen zu verbergen. »Fredrik... Fredrik, ich verstehe das nicht... Warum Jørgen?«

Er wollte schon aufstehen und sie trösten, aber Kafa legte ihre Hand auf seinen Arm und schüttelte kaum merklich den Kopf. Womöglich hatte sie recht. Er musste es schaffen, eine gewisse Distanz zu wahren. Es würde seine Urteilskraft beeinflussen, zu persönlich zu werden. Das würde ihnen nichts nützen.

»Wir tun, was wir können, Turid«, sagte er. Dann stand er doch auf und ging vor ihr in die Hocke. »Nur die Wahrheit ist: Wir wissen es nicht. Wir glauben, dass es etwas damit zu tun haben könnte, dass er an diesem Fall gearbeitet hat. Dass er irgendetwas entdeckt haben könnte. Oder *jemanden*. Er hat dir nie etwas gesagt?«

Turid schüttelte den Kopf.

»Auch nicht an dem Tag, als er verschwand?«

»Nein.«

»Hat er Namen...«

Sie schnaubte nur und presste die Lippen aufeinander. »Du weißt genau, dass er das nie getan hätte. Dafür ist er zu sehr Profi«, sagte sie und starrte den TV2-Kollegen feindselig an.

»Børre Drange. Den Namen, den Jørgen da vorliest – weißt du vielleicht, wer das ist? Hast du den Namen schon mal irgendwo gehört?«

Turid schüttelte erneut den Kopf. Schluchzte und verstärkte den Griff um die Armlehnen.

»Du hast gesagt, du glaubst, der Entführer könnte derselbe Mann sein, der dich angegriffen hat«, flüsterte sie plötzlich.

Fredrik warf Kafa einen verzweifelten Blick zu.

»Weshalb zwingt er Jørgen dazu, das vorzulesen?«

»Um seine Macht zu demonstrieren. Um uns zu zeigen,

dass er Herr über Leben und Tod ist. Es ist ein Signal an uns, an die Polizei. Er fordert uns dazu auf, Abstand zu halten«, erklärte Kafa in der immer gleichen nüchternen Art und Weise. »Und… ihm selbst hat irgendjemand die Zunge rausgeschnitten«, fügte sie hinzu.

Fredrik stand auf und drehte sich zu Carl Solli um. »Das dürfen Sie nur deshalb wissen, weil Sie sein Arbeitgeber sind, kapiert? Wenn nur ein einziges Wort von dem, was in diesem Zimmer gesagt wurde, in den Nachrichten auftaucht, dann war das verdammt noch mal nicht die letzte Zunge… Hab ich mich verständlich ausgedrückt?«

Es war unverkennbar, dass Solli das missfiel. Nachdem er Jørgen Mostus verzweifelter Ehefrau bei seiner Ankunft eine steife Umarmung hatte zuteilwerden lassen, war er sorgsam darauf bedacht gewesen, dass sie am Tisch auf Abstand blieben. Seine Körpersprache war leicht zu lesen, und die Feigheit irritierte Fredrik. Trotzdem wusste er genau, dass er sich so nicht hätte ausdrücken dürfen. Er fürchtete neuerliche Indiskretionen – und selbst wieder in der Scheiße zu landen. In Synnes Abwesenheit bot er sich als Sündenbock geradezu an.

Düster dreinblickend schüttelte Solli den Kopf und machte den obersten Knopf seines Designerhemds auf. »Das haben Sie ziemlich deutlich gemacht, bereits am Telefon. Und ich halte mich an Absprachen«, murmelte er.

»Was wissen Sie über den Informanten?«

»Nichts. Niemand außer Jørgen weiß, wer er ist. Er meinte, das wäre eine nicht verhandelbare Forderung gewesen. Die ich bedauerlicherweise anerkennen musste.«

Fredrik kam nicht umhin, eine gewisse Sympathie für den Kerl zu empfinden. Jørgen hatte nie einen Hehl daraus gemacht, dass er den jüngeren, aalglatten, aber talentierten Journalisten verachtete, der auf der Karriereleiter an ihm vorbeigerauscht war. Solli war mittlerweile vermutlich schmerzlich bewusst, dass seine schlechten Eigenschaften Gegenstand zahlreicher Diskussionen in diesem Wohnzimmer gewesen waren. Und jetzt stand er hier, ganz fürsorglicher Arbeitgeber, und sowohl ihm als auch Turid war nur allzu klar, dass das verkehrt war.

»Für gewöhnlich machen wir das nicht so«, fügte er hinzu. »Aber das war ja auch kein gewöhnlicher Fall.« Er sah Fredrik direkt an. »Wenn das Thema Lösegeld aufkommen sollte …«

Mit einem Blick auf Turid fiel Fredrik ihm ins Wort. »Lassen Sie uns eins nach dem anderen angehen. Was ist an dem Tag passiert, als er verschwand?«

»Ich weiß nur, dass er sich mit seinem Informanten verabreden wollte. Ob etwas daraus wurde, kann ich Ihnen nicht sagen. Jørgen ging zum Mittagessen – und kam nicht mehr zurück.«

59

Lista, Oktober 1943

»*Njet. Njet. Njet!* Nein, nicht ich!«

Die gebrochene Stimme wehte durch den dunklen Fichtenwald. In ihrer derben Kluft waren die Gefangenen aufmarschiert und standen jetzt in zehn Reihen aus je sieben, acht Männern da – jeder von ihnen mit dem Blick starr auf den rasierten Nacken vor ihm gerichtet.

Der Nachtfrost hatte fast einen Monat früher eingesetzt als sonst. Auch gestern Nacht waren die Pfützen wieder gefroren. Wie immer hatte Kolbein sich unter einer dichten Fichte auf dem kleinen Hügel längs des Lagers versteckt.

Seit er nach Lista gekommen war, hatte er hier jeden Tag mit seinem Fernglas und dem Notizblock gelegen, genau an der Stelle, wo die norwegische Küste wieder nordwärts verlief.

Sein Versteck lag ungefähr zwanzig Meter von den etwa zwei Handbreit hohen Baumstümpfen entfernt, die den Rand der Rodung rund um das Gefangenenlager Østhassel markierten. Das Lager lag hinter einem kleinen, dicht bewachsenen Waldstück, das Marka genannt wurde. Lediglich ein einhundertfünfzig Meter breiter Gürtel aus Hügeln und Weideland trennte den Wald vom Meer, und selbst tief drinnen unter den Stämmen, wo Moose und Farne den Boden grün färbten, roch es schwach nach See, modrigem Tang und Schafsköteln. Im Westen lag Nordhasselvika, südlich und östlich der Austhasselstranda.

Wie dickhäutige Warzen waren zwischen den Bäumen, auf den Feldern und Hügeln Betonbunker und Artilleriestellungen emporgewachsen. In diesem Land gab es nirgends einen Ort, an dem die Deutschen die Verteidigungsanlagen enger gebaut hätten als hier. Die Arbeit hatten russische Gefangene geleistet. Die Atlantikstraße wurde sie genannt – Hitlers Mauer aus Küstenfestungen, die sich von Kirkenes im Norden bis Saint-Jean-de-Luz im Süden erstreckte. Hier wollten die Nazis die alliierten Truppen stoppen. Sie wussten genau, dass diese kommen würden. Aber sie wussten nicht, wo. Also wimmelte es entlang des Verteidigungswalls von Deutschen. Sie kamen in vollgepackten Lastwagen, auf überladenen Pferdekarren, betranken sich und schossen in den Wäldern Vögel, übten Manöver und vögelten in den Scheunen Bauernmädchen.

Es war zwar immer noch dunkel, trotzdem hatte Kolbein von Anfang an das Gefühl gehabt, dass heute irgendwas anders war. Über dem Gebäude in der Mitte des Lagers, das gemeinhin nur als Arbeitsbaracke bezeichnet wurde, thronte ein hoher Wachtturm – und normalerweise kreisten die Suchscheinwerfer dort oben wie hungrige Hyänen um ein Beutetier, ruhelos vor und zurück, quer über den Schotterplatz und um die vier Gefangenenbaracken. Heute nicht. Stattdessen waren sie starr auf den Lagereingang gerichtet gewesen. Wie um ein falsches Gefühl von Ruhe zu erzeugen. Er hatte den Schein von Taschenlampen gesehen. Flüsternde Stimmen und das Knurren von Hunden mit Maulkörben gehört. Und als die Sonne ihr erstes Licht über das Wasser geschickt hatte, hatte er ihn gesehen. Auf der Betonplattform vor der Arbeitsbaracke. Mit dem Rücken zu ihm, den Soldaten zugewandt. In einem weißen Laborkittel. Penibel gescheiteltes blondes Haar. Breitbeinig, die Hände auf dem Rücken verschränkt. Elias Brinch war durchschnittlich groß, aber sehr dünn – schmal in den Schultern und sehr gerade im Rücken. Kolbein war erschaudert, als er gesehen hatte, wie die Soldaten ihm ausgewichen waren, wie sich ein Offizier vornübergebeugt genähert hatte, wie der Professor mit einem einzigen Fingerzeig den ganzen Platz in Bewegung versetzt hatte. Wie der Dirigent eines Orchesters. So etwas hatte Kolbein schon mal gesehen.

Dann waren die Soldaten zu Werke gegangen. Ihre stumme Pantomime war umgeschlagen in Diensteifer. Sirenen jaulten auf, den Schäferhunden wurden die Maulkörbe abgenommen, und prompt stieg wütendes Hundegebell zur Wolkendecke empor. Dann marschierten Soldaten und Hunde brüllend auf die Baracke zu. Von drinnen ertönten Schreie, Klopfen, dann stürzten erst vereinzelte Gefangene, kurz darauf kleine Gruppen heraus und rannten zwischen gefletschten Reißzähnen und bewaffneten Wachen hindurch. Hinter den Fenstern der benachbarten Baracken konnte Kolbein blasse, panische Gesichter sehen.

Dann nahmen die Gefangenen ihre Plätze ein. Stellten sich in Reihen auf und verwandelten sich in starre, steife, reglose Schatten. Der Sadismus der anderen durfte einfach nichts finden, woran er innehalten konnte.

Plötzlich trat ein Soldat aus Quislings Sturmabteilung über die Schwelle. Triumphierend hob er einen schlaffen Filzsack an. Eine Trophäe. Was lag in dem Sack? Zwei trockene Brote? Ein Spaten? Ein rostiges Messer?

Dann hob Brinch die Hand, streckte einen Finger aus, und der Soldat schmetterte den Sack zu Boden. Zeigte auf einen der Gefangenen. Zwei Soldaten rissen ihn aus der schweigenden, ohnmächtigen Gemeinschaft, schleiften ihn in Richtung Arbeitsbaracke, und Elias Brinch folgte ihnen. Panische Schreie hallten durch den Fichtenwald.

»Waren Sie auf der Suche nach so was?«

Kolbein legte das Fernglas beiseite und streifte sich Wollhandschuhe über. Dann drehte er sich um und starrte den Mann an, der ihm einen Flachmann hinhielt. Die kalten blauen Augen, die das Drama vor dem Gefangenenlager die ganze Zeit über träge verfolgt hatten, waren wieder zum Leben erwacht. Erneut fiel Kolbein der scharfe Geruch des Rasierwassers auf, der vom Kragen der graublauen Uniform des Mannes aufstieg. Auf dem Arm war ein kleines Schild mit der Aufschrift »Nordland« aufgenäht. Zwischen ihnen lag der Stock, auf den er sich beim Gehen stützte. Der abgerundete Ebenholzknauf erinnerte vage an das verbreiterte Ende eines Knochens, was Kolbein jedes Mal erschaudern ließ.

Kjell Klepsland war Nazi und das Gefangenenlager Østhassel sein Arbeitsplatz. Es war jetzt viereinhalb Wochen her, seit sie sich erstmals begegnet waren. Kolbein war im stinkenden Laderaum eines Fischkutters in Abelsnes in der Nähe von Flekkefjord angekommen und hatte die Information des Fischers, der Kontakt in Lista sei eingeschworenes Mitglied der Nasjonal Samling, mit einem Kopfschütteln quittiert.

»Ja, er ist Nazi. Aber er hasst Elias Brinch«, hatte der Fischer ihn aufgeklärt.

»Ausreichend, dass ich ihm vertrauen kann?«, hatte Kolbein gefragt. Der Fischer war ihm die Antwort schuldig geblieben.

Nach zwei Tagen in Flekkefjord war die Kontaktperson endlich gekommen. Der Fischer war draußen auf dem Meer, und Kolbein hatte den Dachboden erst verlassen, als der Uniformierte zum dritten Mal auf die Hupe gedrückt hatte. Das Signal.

»Klepsland. Kjell«, hatte der Soldat sich ihm vorgestellt und ihm die Hand hingehalten. Straff sitzende schwarze Lederhandschuhe… Doch Kolbein starrte etwas anderes an. Die Luger Parabellum, die in dessen Gürtel steckte. So eine Waffe teilten die Deutschen keinem verwirrten norwegischen Nazi zu. Wer war dieser Mann?

Er hatte an den falschen Namen in den gefälschten Ausweispapieren denken müssen, die in seiner Tasche lagen. Aber was spielte der eigentlich für eine Rolle? Er war als Spion hierhergeschickt worden. Er wusste das, und der Nazi wusste es auch. Würde er sterben, würde er als er selbst sterben.

»Kolbein. Mein Name ist Kolbein Ihme Monsen. Sie haben nicht zufällig einen Tropfen zum Aufwärmen dabei?«

Kjell Klepsland hatte gedankenverloren hinter dem Lenkrad gesessen, während der umgebaute Austin sich die Anhöhen über Fedaheia hinaufgekämpft hatte. Die Fahrt hatte etwas über zwei Stunden gedauert. Unterwegs hatte der Nazi vor sich hin geflüstert, gesummt, gemurrt, und

Kolbein hatte nicht aufhören können, ihn anzustarren. Die Lippen in dem schmalen Mund vibrierten schwach. Er hatte blondes, leicht gewelltes Haar, das über den getrimmten Seiten akkurat gestutzt war. Kolbein schätzte ihn auf Mitte vierzig. Das Kinn war markant, die Nase spitz.

Auf dem letzten Stück erklärte Kjell Klepsland ihm den Weg zu der kleinen Waldhütte. Zu Kolbeins Zufluchtsort. Klepsland selbst wohnte in Vanse, der Ortschaft, die sie gerade durchquert hatten. Nachdem er sich vergewissert hatte, dass niemand sie beobachtete, ließ Klepsland ihn aussteigen.

60

Seine Füße kribbelten, aber Fredrik rührte sich nicht. Er stand vor der Tafel im Besprechungsraum. Hatte jetzt so lange da gestanden, dass er jedes einzelne Detail vor sich gesehen hätte, selbst wenn er die Augen zugemacht hätte.

Direkt vor ihm hingen undeutliche Standfotos aus den Videoaufnahmen vom Oslo Hostel. Sie zeigten den Mann, der Kafa und ihn überfallen hatte, den Mann, den sie verdächtigten, hinter dem Angriff auf Solro zu stehen, denselben Mann, von dem sie annahmen, dass er Annette Wetre und Jørgen Mostu entführt hatte. Daneben hing ein vergrößertes Passfoto von Mohammed Khaled Omar. Der Emir. Der zunächst Verdächtige, der sich als Opfer erwiesen hatte. Ein kurzer blauer Filzstiftpfeil wies auf seinen Begleiter, Mohammad Qambrani, und andere Mitglieder von Jamaat-e-Islami. Rechter Hand war mit roten Magneten eine Serie aus Bildern von Solro befestigt: der Eingangsbereich mit den Kleiderhaken; die Schuhe, die kreuz und quer in der ersten Etage gelegen hatten. Pastor Alfsen, der vor seinem Bett kniete. Das Labor. Mehrere Luftaufnahmen und eine Karte der Kommune. Entlang der Tafelkante hatte Kafa notiert: »Oslo Montasjemiljø AS – baute den Keller. Norsk Security & Tech – Überwachungskameras. Økern Bil og Motor – Lieferwagen.« Ganz links hingen Bilder der Toten von Solro sowie von Ivar Tufte und Ottar Skaren, dem Bauern. Dann kleine Fotos der verschwundenen Gemeindemitglieder und ganz oben Annette und Jørgen.

Mit schwarzem Filzstift hatte er Verbindungslinien zu Turid Mostu, Kari Lise Wetre, dem Ehemann und dem Enkelkind William gezogen. Fäden, die sie alle miteinander verbanden. Jetzt galt es nur mehr, Platz für *ihn* zu finden: für Børre Drange. Papa Per. Per Olsen. Den dritten Pastor. Den Mann, dessen Ankunft das Wesen der Glaubensgemeinschaft verändert hatte. Der sich im Internet »Die Hand des Herrn« nannte. Wie passte er in dieses ganze Durcheinander?

Fredrik schlug die Augen wieder auf. Machte einen Schritt nach vorn. Verbannte die Bilder des ermordeten Mohammed Khaled Omar und der restlichen Islamisten ganz außen an den Tafelrand. Machte neben dem Angreifer vom Dachboden Platz. Hierhin – hier ins Zentrum. Hier passte Børre Drange hin.

»Zwei Personen. Es gibt zwei Personen namens Børre Drange in diesem Land.«

Fredrik hatte sich vor der Tafel postiert, schielte über den Rand seiner Brillengläser und tippte mit dem Zeigestock auf Dranges Bild. Auf wackligen Bürostühlen saßen das Ermittlungsteam und die Chefs der Spurensicherung. Sebastian Koss stand mit eisiger Miene hinter ihnen, direkt daneben der Polizeipräsident persönlich. Neme hatte sich den Zeigefinger in die Kinnfalte gelegt und stand arrogant da wie ein erigierter Penis. Weiter hinten am Fenster saßen der silberhaarige Andreas und Kafa, die einen Becher Coffee to go in der Hand hielt. Sie war zusammen mit dem Mann eingetreten, der jetzt mit einem Finger im Ohr in sein Handy flüsterte – mit dem schmächtigen PST-Typen mit den brutalen Augenbrauen. Samir Bikfaya.

»Der eine von ihnen ist achtunddreißig Jahre alt, in Follo gemeldet, arbeitet als Arzt in einer Privatklinik. Drei Kinder, seit sechs Jahren verheiratet. Das Alter könnte passen, womöglich ist er ja ein bisschen jünger, als wir angenommen haben. Aber der Rest passt einfach nicht.« Er legte eine kurze Pause ein. »Trotzdem fährt Kafa ihn morgen besuchen.«

Fredrik nickte der Kollegin zu.

Neme warf einen Blick nach hinten in ihre Richtung, und Fredrik hätte schwören können, dass sie errötete.

»Ohne Unterstützung?«, donnerte die tiefe Reklamestimme des Polizeipräsidenten.

»Vorerst ohne Unterstützung, ja …«

»Das müssen wir neu beurteilen, Beier«, fauchte Koss dazwischen, und Neme rümpfte zufrieden die Nase.

Fredrik zuckte mit den Schultern. Für ihn spielte das keine Rolle.

»Zeitgleich mit Kafa, die womöglich *mit* Unterstützung aus dem Polizeibezirk Follo diesen Børre Drange aufsucht«, fuhr er fort, »statten Andreas und ich dem anderen einen Besuch ab. *Ohne* Unterstützung.« Er zwang sich zu einem Lächeln – vergeblich. »Denn Person Nummer zwei ist deutlich rätselhafter. Dieser Børre Drange lebt in einer Wohnung in Røa hier in Oslo und ist laut Einwohnermeldeamt achtundsechzig Jahre alt, Informationen des

Finanzamts zufolge allerdings nur fünfundvierzig. Weder das Finanzamt noch das Einwohnermeldeamt haben eine Erklärung für die Unstimmigkeit. Es gibt keine Bilder von ihm, keinen Eintrag im Passregister, keine Umzugsgeschichte, nichts im Strafregister.«

Die E-Mail-Adresse, die Wetre verwenden sollte, um Kontakt aufzunehmen, lasse sich nicht nachverfolgen, erklärte er. Man könne sich von jedem x-beliebigen Internetcafé oder Mobiltelefon aus in das Konto einloggen. Gehackt hatten sie sie nicht, weil sie befürchteten, dabei entdeckt zu werden. Das E-Mail-Konto war ihre letzte Möglichkeit, mit dem Entführer zu kommunizieren. Diesen Kanal wollten sie sich offenhalten.

Neme kniff die Augen zusammen und blinzelte. Clever, sollte das wohl bedeuten.

Nach Fredriks Ausführungen nahmen die Teamleiter und auch die Polizeiführung rund um den Konferenztisch Platz.

»Der Entführer hat Kari Lise Wetre eine Frist von drei Tagen gesetzt, um Børre Drange aufzuspüren. Davon bleiben jetzt noch vierzig Stunden. Ich plädiere dafür, dass Wetre den Erpresser schnellstmöglich kontaktiert, um mehr Zeit bittet – und um mehr Informationen über Drange.« Fredrik schob die Brille auf der Nase nach oben, bevor er fortfuhr: »Wenn der Entführer es ernst meint, wird er Verständnis dafür haben. Er weiß schließlich, wie langwierig es ist, derlei Informationen einzuholen.«

Aus dem Augenwinkel sah er, wie der Polizeipräsident die Hand hob.

»Wie kommt er überhaupt darauf, dass Wetre eine Privatperson aufspüren könnte?«, brummte er. »Ohne die Hilfe der Polizei? Das zeugt von einem ziemlich geringen Verständnis für die norwegische Gesellschaft.«

Fredrik nickte. »Ganz meiner Meinung. Ist das Ausdruck dafür, dass er den Einfluss von Politikern überschätzt? Oder ist es eher ein Zeichen dafür, dass an dieser Entführungsgeschichte irgendetwas faul ist?« Er zuckte mit den Schultern. »Wir wissen es nicht. Daher empfehle ich nachdrücklich, dass wir auf eine Fristverlängerung hinarbeiten. So wie die Situation nun einmal ist, sitzt der Entführer am längeren Hebel.«

Es sei wichtig, sich in dieser Sache wie in einem normalen Entführungsfall zu verhalten, fuhr er fort. Sie müssten Beweise dafür einfordern, dass Annette und Jørgen noch am Leben seien. Feststellen, ob er noch andere Forderungen hatte: Fluchtfahrzeug, Lebensmittel, Medikamente oder was auch immer.

»Alles, was wir tun können, um näher an diesen Typen ranzukommen. Um den Ort zu lokalisieren, an dem Wetre und Mostu gefangen gehalten werden.« Fredrik suchte den Blick des Polizeipräsidenten. »Und um zu verstehen, warum er Jagd auf Børre Drange macht.«

Nachdenklich blinzelte der Polizeipräsident ihn an, ehe er sich an Sebastian Koss wandte, der neben Samir Bikfaya am anderen Ende des Tisches saß.

»Sie und das PST sind anderer Auffassung, war es nicht so?«

Koss warf Fredrik einen säuerlichen Blick zu, bevor er lospolterte: »Noch ehe diese ganze Tragödie ihren Lauf genommen hat, sollten Beier und sein Team Annette Wetre und ihren Sohn aufspüren. Leider hat dieser Auftrag …« Er tat so, als würde er um die richtige Formulierung ringen. »… keine Früchte getragen. Auch nicht, indem Beier und seine unerfahrene PST-Kollegin sich Zugang zum Versteck des Täters verschafft haben. In einer nicht genehmigten Aktion, die sie beide fast das Leben gekostet hätte. Wäre der Angreifer dort gefasst worden, hätte diese ganze Sache abgewendet werden können.«

Koss legte eine Kunstpause ein und studierte seine manikürten Fingernägel.

»Jetzt hat der Täter uns den Fehdehandschuh hingeworfen. Sollen wir darauf wirklich mit dem Hinweis kontern, wir wüssten nicht weiter? Oder sollten wir nicht vielmehr unseren Widersacher dazu zwingen, sich zu zeigen?« Er sah Fredrik vielsagend an.

Sebastian Koss wollte seinen Kopf. Das war jetzt mehr als deutlich. Doch Fredrik war nicht bereit, in diesen Ring zu steigen.

Synnes Suspendierung hatte ihn geschwächt, und Fredrik hätte nicht sagen können, wie viele der anderen Teamleiter noch hinter ihm standen. Außerdem sprach eins ganz zweifelsohne gegen ihn: Ja, die Ermittlungen dauerten nun schon seit Wochen an, und sie hatten immer noch nicht herausgefunden, wo sich die Sekte aufhielt. Sie wussten nicht, wozu das Kellerlabor verwendet worden war. Sie tappten bei der Jagd nach dem Täter im Dunkeln, und Gewissheit über das Ziel des Angreifers hatten sie nur erlangt, indem der Täter selbst es offenbart hatte. Das war nun mal Tatsache.

Und es war auch eine Tatsache, dass Jørgen verschwunden war. Die Gefühle, die ihn bei der Suche nach seinem alten Freund antrieben, würden ihn vielleicht auf Irrwege führen.

Koss suchte die Konfrontation. Er forderte ihn zum Duell. Doch das würde nicht stattfinden.

Stattdessen hob Fredrik beide Hände und lächelte ihn über den Tisch hinweg sanftmütig an. »Dann lassen Sie uns doch an Ihren Plänen teilhaben.«

Einen Augenblick lang hatte es den Anschein, als würde

Koss das Gleichgewicht verlieren. Er hatte sich auf eine Schlacht vorbereitet. Dann besann er sich und fuhr fort, ohne Fredrik dabei auch nur für eine Sekunde aus den Augen zu lassen: »Ich bin der Ansicht, Beiers Vorschlag würde genau das zur Folge haben, was wir unbedingt vermeiden müssen – das Leben der Geiseln in Gefahr zu bringen. Es gibt für uns keinen ersichtlichen Grund, warum wir uns dem Geiselnehmer widersetzen sollten. Stattdessen sollten wir vielmehr mitspielen. Ein Treffen vereinbaren. Und dann zuschlagen.«

»Und Sie glauben, darauf wird er nicht vorbereitet sein?«, mischte sich Therese Grøfting ein, die Leiterin des Technikteams.

»Doch. Das wird er. Aber nicht auf die Kraft, mit der wir zuschlagen. Wir zwingen ihn dazu, aus der Deckung zu treten, und bringen ihn dazu, einen Fehler zu begehen. Einen Fehler. Und dann haben wir ihn.«

Mit einem Nicken übergab Koss das Wort an Samir Bikfaya.

»Kari Lise Wetre antwortet morgen Abend auf die Forderung«, sagte er in seinem typisch eigenartigen Tonfall. »Wir sind gerade dabei, falsche Fotos von Børre Drange zu produzieren. Ein paar davon schicken wir rüber, als eine Art *Warenprobe.*«

Bikfaya malte mit den Fingern Anführungszeichen in die Luft. Er hatte etwas unfreiwillig Komisches an sich. Die Tischplatte reichte Bikfaya bis zu den Brustwarzen, und die grauen Haarbüschel über den Augen hoben und senkten sich im Takt seiner Ausführungen.

Anschließend würde ein Treffen zwischen Wetre und dem Entführer vereinbart werden. Auf dem Platz vor der Oper in Bjørvika. Wetre würde dem Entführer versichern, dass die Polizei nicht involviert sei.

Therese Grøfting räusperte sich lautstark. »Vor der Oper? Mitten in einer Menschenmenge? Das bringt ein enormes Risiko mit sich.«

Bikfaya schüttelte so heftig mit dem Kopf, dass seine Locken tanzten. »Eben«, sagte er. »Wir wissen, dass wir es mit einem Mann zu tun haben, der über gute Einblicke in die Methodik der Polizei verfügt. Er wird genau das Gleiche denken wie Sie« – Bikfaya blinzelte in Richtung ihrer ID-Karte, und seine Augen verschwanden fast unter seinen wild wuchernden Brauen –, »Frau Grøfting. Der Entführer wird denken, dass so etwas nicht das Werk der Polizei sein kann. Er wird denken, dass wir so was nie riskieren würden. Und damit haben wir Oberwasser.« Er straffte die Schultern. Würde der Mörder Verdacht schöpfen, bräuchten sie den Plan doch einfach nur zu ändern, fuhr er fort. »Und währenddessen steuern wir den Einsatz auf dem Kirsten Flagstads plass.«

»Und Kari Lise Wetre?«, fragte Fredrik. »Was hält sie von diesem Plan?«

»Sie ist informiert. Kari Lise Wetre wird jeden Plan akzeptieren, den der Polizeipräsident für den besten erachtet«, sagte Koss und blickte selbstsicher in Richtung Neme.

61

Mit der Morgensonne im Rücken war Kafa zur Arbeit geradelt. Fredrik wartete bereits im Flur an der Sicherheitstür auf sie. Sie trug immer noch die schwarze Augenklappe. Und sie sah nicht so aus, als hätte sie besonders viel geschlafen. Sie grüßte ihn, indem sie eine graue Mappe schwenkte.

»Du siehst nachdenklich aus, Fredrik.«

Er schüttelte den Kopf. »Diese Operation …«

Er nahm sich zusammen. Illoyalität schätzte man auf diesen Fluren nicht. Immerhin war Kafa Fredrik untergeordnet, und würde er seine dunklen Gedanken mit ihr teilen, würde er sie nur in einen Gewissenskonflikt stürzen. Er schnaubte und schüttelte die Schultern aus, wie er es sonst nur machte, wenn er gerade im Pissoir fertig war.

»Dito«, erwiderte Kafa und lächelte verständnisvoll.

Noch ehe sich der Fahrstuhl in Bewegung setzte, schlug sie die Mappe auf. »Wir sind heute Nacht damit fertig geworden, die Handyaktivitäten der Gottes-Licht-Leute zu analysieren«, begann sie. »Nur ein paar wenige von ihnen hatten überhaupt ein Telefon. Annette Wetre und noch eine Handvoll. Und die Telefone waren selten in Gebrauch. Keins davon in der Mordnacht«, fuhr sie fort und knöpfte ihre helle Sommerjacke auf.

Auf den schwarzen Blazer und den knielangen Rock, die sie in den ersten Tagen in Grønland getragen hatte, verzichtete Kafa mittlerweile komplett. Die eng sitzende Jeans kleidete sie ohnehin viel besser. Er mochte es, die Kurven darunter zu sehen.

»Und die Pastoren?«

Sie zog ein Blatt Papier hervor. Jeder der Pastoren hatte ein eigenes Handy gehabt – mit Prepaid-Karten, um jede Nachverfolgung zu erschweren, doch die Aussteiger hatten die alten Nummern herausgesucht.

»Den Daten der Mobilgesellschaft zufolge haben die Pastoren verhältnismäßig oft telefoniert – überwiegend miteinander. Wir haben natürlich alle überprüft, mit denen sie gesprochen haben, aber nichts Ungewöhnliches gefunden. Mit einer Ausnahme.« Kafa sah zu ihm auf. »In der Nacht, als Solro angegriffen wurde, waren zwei der

Telefone abgestellt: das von Bjørn Alfsen, das wir in seinem Schlafzimmer gefunden haben, und das von Børre Drange. Allerdings hat Sören Plantenstedt seins verwendet… mehrfach.« Kafa blickte auf die Unterlagen hinab. »Hier, siehst du? Zwei Gespräche, morgens um sechs. Nach dem Angriff also. Der erste Anruf lief über eine Basisstation in Asker. Der zweite – ein paar Minuten später – über Lier. Das Handysignal verliert sich ungefähr zu dem Zeitpunkt, als es die Gemeindegrenze nach Holmestrand in Vestfold überquert.« Sie legte eine kurze Pause ein. »Sören Plantenstedt hat sich also südwärts entlang der E18 bewegt. Als einer von zwei überlebenden Pastoren besteht insofern Grund zu der Annahme, dass er zusammen mit den vermissten Gemeindemitgliedern unterwegs war.«

»Und er sprach mit…«

»Bei einer der angerufenen Nummern handelt es sich um eine der Prepaidkarten, die auf die Glaubensgemeinschaft registriert waren. Allerdings war diese Nummer zuvor nie aktiv gewesen.«

»Vielleicht hatten sie ja ein Notfall-Telefon? Womöglich hat er mit anderen Mitgliedern gesprochen, die in einem anderen Auto saßen?«, schlug Fredrik vor.

»Das könnte man denken. Aber es ist um einiges verwunderlicher als das.«

Kafa legte den Zeigefinger auf einen Code. »Diese Zahlenreihe hier, das ist die Kennziffer der Basisstation, die Solro abdeckt. Sören Plantenstedt hat jemanden angerufen, der sich *auf* Solro befand.«

Fredrik schüttelte verständnislos den Kopf. »Also… Diese Leute haben jemanden kontaktiert, der sich noch auf Solro befand, und das *Stunden*, nachdem sie angegriffen worden waren?«

Kafa biss sich vielsagend auf die Unterlippe. Und er war beeindruckt. Damit war ihre Hypothese, dass sich die Gemeinschaft an irgendeinem Ort entlang der Vestfold-Bahnstrecke befand, gestärkt. Aber warum hatte Sören Plantenstedt Oslo gleich nach dem Massaker verlassen und später wieder mit jemandem gesprochen, der sich immer noch auf Solro befand? War es Børre Drange gewesen? Andere Gemeindemitglieder?

Fredrik klopfte ihr kameradschaftlich auf den Rücken, doch es war ihnen beiden anzusehen, dass sie die Geste unnatürlich fanden.

Kafa räusperte sich. »Danke.«

Andreas stand bereits an Fredriks Arbeitsplatz und wartete. Als er sie zusammen kommen sah, verzog er höhnisch das Gesicht, als hätte er gerade eine Wette gewonnen, sagte aber nichts. Stattdessen setzte er die Lesebrille ab und putzte sie ausgiebig.

»Es sind ein paar interessante Handyspuren aufgetaucht«, teilte Fredrik ihm mit. Insgeheim war er irritiert über den Gesichtsausdruck des Kollegen. »Kafa hat mich gerade informiert.«

»Gut«, antwortete Andreas knapp und schob sich die Brille auf die Stirn.

Fredrik starrte ihn skeptisch an. »Ist irgendwas?«

Er nickte. »Der Finger. Der kleine Finger aus dem Umschlag.«

»Ja?«

»Dem Labor zufolge gehörte er einem Toten.«

Schon zum zweiten Mal an diesem Morgen war Fredrik sich nicht sicher, ob er richtig verstanden hatte. »Wie meinst du das, einem Toten?«

»Dieses DNA-Profil braucht seine Zeit, sodass wir immer noch keinen Treffer haben. Aber das Labor hat vorab gemeldet, dass eins sicher sei. Als der Finger abgetrennt wurde, war dessen Eigentümer bereits toter als ein palästinensischer Friedensvertrag.«

62

Von dem Wohnhaus in Røa blätterte die gelbe Farbe ab, der Garten war ungepflegt, überall lag Müll. Im Erdgeschoss und in der ersten Etage wohnten Sozialhilfeempfänger. Der Vermieter, Børre Drange selbst, hatte seine Zufluchtsstätte im Keller eingerichtet. Eine Handvoll Stufen führten zu seiner Tür hinunter. Fredrik und Andreas wechselten einen schnellen Blick, bevor sie anklopften. Eine halbe Minute später hörten sie, wie ein Riegel zurückgeschoben wurde. Die Tür glitt einige Zentimeter auf, und über der Sicherheitskette tauchten die starren Augen eines alten Mannes auf.

»Ja?«

»Børre Drange?«

»Wer will das wissen?«

Die Ermittler hielten ihre Ausweise nach oben. »Können wir reinkommen? Wir haben ein paar Fragen.«

Børre Drange prüfte die Ausweise, bevor er öffnete.

Der Keller kam ihnen vor wie eine Zeitkapsel. Der Bambusvorleger im Eingangsbereich war blass und vergilbt. Der ältere Herr winkte sie hinter sich her durch einen dunkel gebeizten Flur. Das Licht der Deckenlampe spiegelte sich auf seinem kahlen Schädel. Entlang der Holzpaneele hingen etwas über Brusthöhe Wandteller mit bunten Segelschiffsmotiven. Im Wohnzimmer bedeckte ein dicker braun-weißer Teppich den Boden. Der Alte wies hinüber auf ein weinrotes Ledersofa, ehe er ihnen Kaffee anbot.

Die einzige natürliche Lichtquelle waren zwei längliche Fensterluken hoch oben unter der Decke. In den Rahmen standen Flaschen unterschiedlicher Größe und Farbe und warfen lange, scheckige Schatten über den Boden. Unter der Decke hing ein Messingkronleuchter, und auf einem kleinen Tisch an der Wand, auf dem die meisten wohl den Fernseher platziert hätten, stand ein großes Modell eines Tankschiffs. Es war fast einen Meter lang, gelblich weiß und unter der Wasserlinie leuchtend rot. Im Übergang zur Küche stand ein brauner Globus mit aufklappbarer Nordhalbkugel, in dem unter Garantie verstaubte Gin- und Eierlikörflaschen standen.

Børre Drange kam mit kleinen Porzellantässchen in beiden Händen zurück ins Wohnzimmer.

»Seemann?«, fragte Andreas und zeigte auf das Tankschiff. Inzwischen hatten sich ihre Augen an das Dämmerlicht gewöhnt, und sie konnten den Namen entziffern. M/S *Pallas*.

Der Mann räusperte sich. »Zweiundzwanzig Jahre lang«, sagte er, schenkte ihnen Kaffee ein und zauberte dann eine Packung Tabak aus der Tasche hervor, bürstete sich die Tabakkrümel der vorigen Zigarette von der grau fleckigen Jogginghose, bevor er sich routiniert eine neue drehte. »Da ist das Weibsstück endlich gestorben, und ich konnte wieder an Land gehen.«

Seine Stimme war rau. Fredrik war sich nicht ganz sicher, ob es ein Scherz gewesen war, daher grinste er nur schief.

»Spanier?«

»Verzeihung?«

Der Seemann hatte seinen Blick auf Andreas gerichtet.

»Sie sehen nicht sehr norwegisch aus. Und Ihr Name klang nach Spanien, oder nicht?«

»Doch«, sagte Andreas. »Figueras. Ist lange her. Ein Großvater aus Chile.«

»Starke Gene«, stellte der Seemann fest.

»Wir sind gekommen, weil wir eine Sache für uns klären müssen«, sagte Fredrik. »Den behördlichen Registern zufolge wohnen unter dieser Adresse *zwei* Personen namens Børre Drange – Sie und eine Person Mitte vierzig?«

Drange zündete sich seine Zigarette an, bevor er antwortete. Im Licht des Feuerzeugs wurde offensichtlich, wie fahl seine Haut war. Der pensionierte Seemann verbrachte wohl nicht allzu viel Zeit im Freien.

»Nein«, sagte er bloß.

Fredrik lehnte sich auf dem Sofa nach vorn und nahm die Kaffeetasse vom Unterteller. »Tut mir leid, das hört sich jetzt vielleicht dumm an, aber sind Sie sich sicher?« Schlürfend nahm er einen kleinen Schluck.

»Zu hundert Prozent«, antwortete der Seemann.

Sie betrachteten einander schweigend. Nach einer Weile wandte sich Fredrik an Andreas.

»Tja, dann sind wir hier wohl falsch.«

Andreas nickte langsam. »Scheint so. Wir bedauern die Unannehmlichkeiten«, sagte er, stand auf und streckte die Hand aus.

Der alte Mann sah sie verwundert an. »Darf ich fragen, worum es überhaupt geht?«

Fredrik verzog das Gesicht. »Wir suchen einen gewissen Børre Drange, der allerdings bedeutend jünger ist als Sie.«

Der pensionierte Seemann sah geflissentlich über Andreas' Hand hinweg. Stattdessen sah er sie beide grübelnd an, ehe er sich mit einer schwerfälligen Bewegung aufraffte. »Warten Sie mal«, sagte er. »Und setzen Sie sich wieder.«

Durch die Tür zur Küche konnten sie sehen, wie er einen Zeitungsausschnitt von der Kühlschranktür ablöste. Zurück im Wohnzimmer reichte er Fredrik den vergilbten, brüchigen Papierfetzen. Eine Todesanzeige. Für Børre Drange. Dem Text zufolge war er sechs Jahre zuvor im Alter von neununddreißig Jahren gestorben. »Das Meer gibt, und das Meer nimmt«, stand dort. »Mein Sohn. Schmerzlich vermisst. Børre.« Und ein Kreuz.

»Sie hatten einen Sohn? Einen Sohn, der ebenfalls Børre Drange hieß?«

Der Alte auf dem Stuhl wirkte schlagartig erschöpft. »Børre ist im Nordpolarmeer umgekommen. Er war Wissenschaftler. Er stürzte über Bord, haben sie erzählt, aber seine Leiche haben sie nie gefunden. Er fiel über Bord eines Forschungsschiffs, mitten in der Nacht. Im Nordpolarmeer.« Er schlug die Augen nieder. »Ich dachte, deshalb seien Sie gekommen. Weil Sie ihn gefunden haben.« Seine Stimme klang hohl.

»Haben ... Haben Sie ein Foto von Ihrem Sohn?«

Natürlich hatte er eins. Es war schon alt, wohl direkt nach dem Studium aufgenommen. Und es war ebenfalls Teil eines Zeitungsausschnitts. »Junge NTH-Talente von der Armee gejagt«, lautete der Titel über dem grobkörnigen Bild des lächelnden Børre. Das Foto war leicht unscharf, der Zeitungsausriss alt und vergilbt, doch Fredrik hatte keinen Zweifel. Das helle, gewellte Haar. Der Blick. Die Haltung. Er hatte die Augen sofort wiedererkannt. Das Gesicht. Das war *ihr* Børre Drange. Per Olsen. Der Pastor.

Er reichte Andreas den Ausschnitt, und der pfiff leise durch die Zähne. Dann bat Fredrik den alten Drange, ihnen mehr über den Tod des Sohnes zu erzählen.

»Na ja ... viel mehr gibt es da nicht zu erzählen. Ich habe einen Anruf bekommen – ein Polizist, der mir mitteilte, dass Børre umgekommen sei. Er konnte mir nicht mal sagen, wo. Und auch nicht, warum. Warum er mitten in der Nacht bei einem Sturm über dem Nordpolarmeer draußen an Deck gewesen war. Er meinte, ich würde Bescheid bekommen, sollten sie ihn finden.« Der Alte schüttelte den Kopf. »Ich glaube allerdings, die halten mich zum Narren. Ich glaube inzwischen, dass Børre sich das Leben genommen hat. Dass er gesprungen ist. Und dass sie einen alten Mann nicht vor den Kopf stoßen wollten.«

»Wie kommen Sie darauf?«

Drange verfiel in Schweigen. Er hatte die Zigarette in einer Silberschale auf dem Tisch abgelegt, und jetzt zündete er sie wieder an. Glühende Flocken aus trockenem Tabak und Zigarettenpapier landeten in seinem Schoß, aber das schien ihm nichts auszumachen.

»Da war irgendwas an der Stimme des Anrufers… was… nicht richtig klang. Ich kannte meinen Sohn. Mal obenauf, mal zutiefst deprimiert. Wie die Mutter.«

Børre Drange war im Alter von dreiundzwanzig Vater von Klein Børre Drange geworden. Er war gerade auf dem Weg von Indien nach Großbritannien gewesen – auf einem Frachter, der Teeblätter geladen hatte. Sein siebtes Jahr auf See. Die Kindsmutter selbst hatte ihren Sohn nach dem Vater benennen wollen, den sie so schrecklich vermisste. Als er an Weihnachten nach Hause kam, hatte ihm die Vorstellung so gut gefallen, einen kleinen Børre in der Wiege neben dem Bett zu wissen, dass sie den Jungen tatsächlich so getauft hatten. Børre Drange junior war sechzehn, als sich die Mutter im Wohnzimmer erhängte. Hier, in diesem Wohnzimmer, am Haken über dem Kronleuchter. Und es war Børre junior, der sie fand, sie herunterschnitt und den Leichenwagen rief. Er war es, der das Telegramm an den Vater schickte. Doch als der alte Børre vier Tage später im feinen Zwirn am Flughafen Fornebu stand, hatte er das Taxi allein nehmen müssen. Da war der Sohn schon ausgezogen gewesen.

»Børre meinte wohl, ich hätte hier sein müssen, wenn Sie verstehen. Er hat mich dafür verantwortlich gemacht, dass Bodil … krank wurde. Auch wenn er so was nie direkt gesagt hat … Nach der Beerdigung blieb ich hier. Børre ging aufs Gymnasium, studierte dann an der Technischen Hochschule in Trondheim. Er wurde Biochemiker. Wir haben uns ein paarmal pro Jahr gesehen.«

Drange zog die Schiebetür über dem braunen Wohnzimmerregal zur Seite und suchte eine dicke Papiermappe heraus. Leise vor sich hin brummend blätterte er darin herum, bis er fand, wonach er suchte. Ein einzelnes Blatt Papier. Eine Sterbeurkunde. Børre Andreas Drange, hatte der volle Name des Sohns gelautet. Todesursache: Ertrinken. Datum: Juni. Beruf: unbekannt. Wohnort: unbekannt. Sterbeort: unbekannt. Der Körper vermisst, aber für tot erklärt. Das Dokument war nicht unterschrieben, trug aber den Stempel des Einwohnermeldeamts vom Juli desselben Jahres.

»Sagten Sie nicht, Ihr Sohn sei Wissenschaftler gewesen? Forscher?«

Drange nickte. »Ja. Er war sehr tüchtig.«

»Warum steht das hier nicht?«

Der Alte zuckte mit den Schultern.

»Sie haben nicht gefragt?«

»Wen hätte ich denn fragen sollen? Das landete einfach so in meinem Briefkasten.«

»Hatten Sie in den letzten Jahren noch viel Kontakt zu ihm?«

Erneut schüttelte er den Kopf. Bohrte sich mit einem gekrümmten Finger im Ohr.

Nach der Hochschule hatte Børre eine Stelle beim Militär angenommen und war in den Norden gezogen. Sie hatten ab und zu noch telefoniert, und einmal hatte der Sohn erzählt, dass er jetzt eine Freundin habe. Eine Amerikanerin. Dass er mit ihr zusammenziehen wolle.

Nach dem Umzug hatte Børre seinen Vater noch ein einziges Mal besucht. Vier, fünf Jahre, bevor er starb.

»Das war das letzte Mal, dass wir miteinander gesprochen haben.«

Fredrik sah den alten Seemann nachdenklich an.

»Das ist wenig«, sagte er leise.

Drange erwiderte seinen Blick. »Es war Børres Entscheidung«, antwortete er klar vernehmlich. »Er hat mir nie seine Telefonnummer gegeben. Oder seine Adresse.«

»Und Sie … Sie sagen, Sie wissen nicht, was er im Nordpolarmeer gemacht hat?«

Der Alte schüttelte den Kopf. »Nein. Keine Ahnung. Ich hab nie etwas erfahren.«

»Diese Freundin … Wissen Sie, wer das war?«

»Lisa hieß sie. Den Nachnamen kenne ich nicht. Sie waren ein paar Jahre zusammen, haben die eine oder andere Weihnachtskarte geschickt … Amerikaner sind doch etwas seltsam.«

Noch bevor sie fragen konnten, hatte Drange auch schon zwei rote Karten mit tanzenden Weihnachtswichteln aus der Dokumentenmappe gezogen. Die Texte waren identisch, kurz, nicht sonderlich persönlich. »Happy Xmas! Lots of love from Lisa & Børre.« Beide Karten trugen einen Poststempel mit Datum aus dem schwedischen Arvidsjaur. Sie waren vor zwölf beziehungsweise dreizehn Jahren unmittelbar vor Weihnachten abgeschickt worden.

»Schweden?«

Drange zuckte mit den Schultern. »Weiß auch nicht. Vielleicht waren sie dort im Urlaub oder so.«

»Vielleicht«, sagte Fredrik zögerlich. »Ein ungewöhnlicher Urlaubsort in jedem Fall. Für zwei Jahre in Folge.« Er richtete sich gerade auf. Nahm den letzten Schluck aus seiner Kaffeetasse und räusperte sich. »Es gibt da eine letzte Sache, die wir Sie fragen möchten. Sie haben erwähnt, Børre sei wie seine Mutter gewesen. Mal obenauf, mal deprimiert. Was haben Sie damit gemeint?«

Drange starrte sie an, und Fredrik hatte das Gefühl, er versuchte zu lesen, was in den Köpfen der Polizisten vor sich ging.

»Warum interessieren Sie sich so für Børre? *Haben* Sie ihn gefunden?«

Mit einem schiefen Lächeln schüttelte Fredrik den Kopf. »Leider nein, Herr Drange. Ich war mir nicht einmal im Klaren darüber, dass Ihr Sohn nicht mehr am Leben ist. Sein Name ist in einem Fall aufgetaucht, an dem wir arbeiten.«

»Hat… Hat Børre etwas Falsches getan, bevor er starb?«

Fredrik schüttelte vehement den Kopf. »Nichts dergleichen. Wir gehen bloß allen Namen nach, die in der Sache auftauchen.«

Børre Drange runzelte die Stirn, als würde er Fredriks Erklärung nicht glaubwürdig finden.

»Børre war sehr intelligent. Schon als Kind. Aber er war… feige, würden viele vielleicht sagen. Er interessierte sich nicht für Fußball und Autos und solche Dinge, für die sich Jungs normalerweise interessieren würden. Als er älter wurde, schimpfte er sich urplötzlich Sozialist. Von Politik war er vollkommen gefesselt. Es war das Einzige, wovon er noch redete. Dann verlor er mit einem Mal das Interesse daran und wollte Wissenschaftler werden. Forscher. Alles drehte sich nur mehr um die Schule. Als ich ihn das letzte Mal sah, damals, als er mich besuchte, hatte er sich erneut verändert. Er war… andächtiger geworden, meinte, er habe zu Gott gefunden. Sei Christ geworden.« Drange dachte angestrengt nach. »›Obenauf‹ war vielleicht die falsche Bezeichnung… Ständig hatte er neue Ideen. Stürzte sich regelrecht auf neue Themen – aber wenn er sie nicht meistern konnte, war er furchtbar enttäuscht. Wütend auf sich selbst. Und auf uns alle rundherum. Das war es, was ich meinte.« Er schwieg einen Augenblick, bevor er fortfuhr: »Die Selbstvorwürfe hatte er von seiner Mutter. Das Temperament hatte er von mir.«

63

Lista, November 1943

Der einzige Ort, an dem sich Kolbein Ihme Monsen einigermaßen sicher fühlte, war die Waldhütte.

Nach allem, was der Nazi Klepsland ihm erzählt hatte, hatte irgendwann im 18. Jahrhundert der Seeräuber Peter Wessel Tordenskiold das kleine Steinhaus als Schießpulverlager gebaut. Die Hütte schmiegte sich an einen grasbewachsenen Damm, Dach und Mauern verschmolzen quasi mit der Umgebung. Ein Wanderer hätte sogar direkt darüber hinweglaufen können, ohne zu ahnen, dass sich darunter jemandes Schlafplatz befand. Vor dem Eingang befand sich eine moosbedeckte Holzplatte in der Größe von ungefähr einem mal einen Meter, und dahinter verbarg sich eine Holztür, die nicht viel größer war. Drinnen wirkte die Hütte deutlich geräumiger: Vor dem Bett an der hinteren Wand, ungefähr fünf Meter vom Eingang entfernt, konnte Kolbein sogar aufrecht stehen. Um Tageslicht einzulassen, musste er nur ein paar Ziegel aus der Mauer lösen. Die Gucklöcher nutzte er auch, um den Rauch der Feuerstelle nach draußen zu leiten. Es gab weder Tisch noch Stühle, nur drei solide Holzkisten mit der Aufschrift »L. O. Smith – Absolut – Reiner Branntwein«. Kolbein saß auf der einen Kiste, aß von der zweiten und verwendete die dritte, um seine Kleidung und die Pistole trocken zu lagern. Denn wenn es regnete, wurde der gestampfte Waldboden feucht.

Auf Befehl von Oberst Hasle schrieb er eine Art Logbuch. Notierte Beobachtungen und Schlussfolgerungen, wann immer er nach den zusehends kürzeren Tagen in seinem Versteck unter den Fichten rund um das Gefangenenlager Østhassel zurückkehrte. Die Notizen deponierte er in einem wasserdichten Ledersack unter einem Stein am Flussbett, wo er Wasser holte und seine Morgentoilette verrichtete. Wann immer er dorthin zurückkehrte, waren die Aufzeichnungen verschwunden, und neues Papier lag in dem Ledersack, ab und zu auch ein paar Konserven, Brot und Tabak. Es kam sogar vor, dass er darin frische Unterwäsche oder ein Stück Seife fand. Wer die Notizen holte, wusste er nicht. Darüber wollte er nicht einmal nachdenken. Solange alles so lief, wie es sollte, würde er es eines Tages erfahren. Wenn nicht, war es womöglich besser für alle Beteiligten, wenn er es gar nicht wusste.

Je mehr Zeit verging, umso öfter verspürte Kolbein eine gewisse Unzufriedenheit. Es war nicht schwer, die Gefangenen zu zählen, die in Elias Brinchs Baracke geführt wurden, sowie die Leichen, die auf einen Pritschenwagen gehievt wurden. Aber was passierte dort drinnen? Was trieb Brinch wirklich?

Das nagte an ihm. Ihrer Absprache zufolge würde er noch anderthalb Monate lang hier sein müssen. Und mit seinen Beobachtungen dafür Sorge tragen, dass Elias Brinch an jenem Tag, da die Deutschen besiegt worden wären, mit seinen Untaten nicht ungestraft davonkäme. Trotzdem fühlte es sich nicht richtig an. In anderthalb Monaten konnte viel passieren. Würde er nach Ablauf der Zeit wirklich von hier abreisen, ohne sich zu vergewissern, dass Elias Brinch für seine Taten zur Rechenschaft gezogen würde?

Sechs Wochen hatte er bereits dort oben verbracht. Halbzeit. Abend für Abend schrieb er seine Beobachtungen nieder. Auch an diesem Abend. Bis mit einem Mal ein kaltes, grauenvolles Gefühl von ihm Besitz ergriff. Es war kein Geräusch, keine Bewegung dort draußen im Mondschein, die sich von all den Bewegungen und Geräuschen unterschieden hätte, mit denen er gelernt hatte zu leben. Und doch reagierte er. Er legte den Bleistift beiseite, löschte die Petroleumlampe. Griff nach dem Colt und entsicherte ihn.

Die Pistole, die sich noch vor wenigen Wochen so schwer und unhandlich angefühlt hatte, war jetzt unverwandt auf die niedrige Eingangstür gerichtet. Das Feuer schwelte nur mehr vor sich hin, füllte den Raum langsam mit Rauch. Dann war auch der letzte Zweifel ausgeräumt. Irgendetwas – oder -jemand – trampelte über das gefrorene Dach der Hütte. Zögerliche Schritte. Schwer, langsam.

»Kolbein!«, zischte jemand deutlich vernehmbar. Dann wurde die Holztür aufgerissen. Kjell Klepsland spähte herein, kniff die Augen zusammen und hustete, während er sich mit der freien Hand vor dem Gesicht herumwedelte. Seine Haare waren noch zerzauster als sonst.

»Ein Jahr«, keuchte der Norweger ihm durch den Rauch entgegen. »Heut ist es ein Jahr her, meine Güte! Damals, in der Traktorenfabrik in Spartanowka. Da waren die Bolschewiki endlich fertig mit mir. Heute ist es ein Jahr her, dass ich aus Stalingrad nach Hause geschickt wurde. Dem Teufel sei Dank dafür!«

Dann fluchte er wieder, als er sich auf allen vieren durch die Türöffnung schob. Den Gehstock mit dem massiven Knauf warf er vorweg.

»Dieses verdammte Bein«, murmelte er und schob die Holzplatte an Ort und Stelle zurück.

Kolbein zündete die Petroleumlampe wieder an und öffnete die Rauchluken, während sein Besucher sich auf den Stock stützte und sich in den Stand hochstemmte. Es war das erste Mal, dass Kolbein den Mann ohne Uniform sah. In grauer Baumwollhose und dickem Pullover wirkte er deutlich weniger angsteinflößend. Er schwankte leicht vor und zurück.

Kolbein war irritiert. »Haben Sie getrunken, Klepsland? Warum kommen Sie hierher? Ist etwas passiert?«

Unter keinen Umständen dürften sie einander irgendwo anders treffen als unter den Fichten beim Lager, das hatte der Nazi selbst gesagt.

Kjell Klepsland hinkte zu dem improvisierten Tisch hinüber. Lehnte den Stock an die Wand, während er beide Hände in die tiefen Taschen seiner Hose stopfte. Aus der einen zog er eine Pistole, aus der anderen eine flache, halb volle Flasche mit Danziger Goldwasser. Brüsk schob er Kolbeins Papiere zur Seite und legte Flasche und Waffe auf die Kiste zwischen ihnen. Anschließend kramte er zwei kleine Schnapsgläser hervor, spuckte hinein und trocknete sie an der Außenseite der Hosentasche ab. Ließ sich schwerfällig auf die Sitzkiste fallen, die unter seinem Gewicht ächzte.

»Was passiert ist…«, hob er an. »Randi hat seine Schwester zu Besuch. Und wenn Randi seine« – er hickste, hob unwillkürlich die Stimme – »*Schwester* zu Besuch hat… tja, dann muss er, Kjell, raus. Kjell *trinkt* nämlich. Nicht so wie er, *Vidar*. Denn als« – er hickste erneut – »er, *Kjell*, in die Sowjetunion ging, um zu kämpfen ... da fuhr er, *Vidar*, nach Kristiansand, um *Bankkaufmann* zu werden.« Er räusperte sich. »Und er, *Vidar*, trinkt auch nicht.« Kjell Klepslands Blick war leicht abwesend. »Weil er, *Vidar*, nicht zu trinken *braucht.*«

Kolbein starrte den Mann wortlos an. Klepsland lehnte sich nach vorn, wärmte die Finger über dem Zylinder der Petroleumlampe, dann öffnete er die Schnapsflasche, füllte die Gläser, leerte seins in einem Zug und füllte es erneut. Das andere schob er über den Tisch.

»Was ist mit ihm passiert?«

Klepsland blinzelte verständnislos. Schüttelte den Kopf. »Mit wem?«

»Mit dem Mann auf dem Platz vor dem Lager. Mit dem Russen, der in Brinchs Baracke geführt wurde.«

Der Nazi lehnte sich gegen die Wand. Starrte auf seine Hände hinab. »Ach, der«, sagte er uninteressiert. »Gefangene, die die Regeln brechen, werden bestraft. Das wissen sie, und das wissen wir. Gefangene, die einen Ausbruch planen, werden ... Die landen vorn in der Reihe beim Doktor.«

»So einfach ist das?«

»So einfach ist das.«

Kolbein schüttelte den Kopf. »Diese Operation, die Elias Brinch leitet ... Da kann man es ihnen nicht krummnehmen, wenn jemand fliehen will.«

In den Augen des Nazis flackerte es. »Was dieser Doktor macht, muss er verantworten«, erwiderte er grimmig.

Schweigend beäugten sie einander. Klepsland nippte an seinem Glas, ehe er es auf den Tisch hämmerte und Kolbein ins Visier nahm. »Haben Sie nie etwas getan, was Sie im Nachhinein bereut haben? Du meine Güte ...«

Kolbein holte Luft, vermochte aber nicht zu antworten.

Er versuchte es erneut. Der Knoten in seiner Brust zog sich fester zusammen. Er heftete den Blick auf die Tischplatte.

»Fünfzehn Jahre«, antwortete er langsam. »Seit fünfzehn Jahren plagt es mich. Und es begann am selben Tag, da ich Elias Brinch begegnete.«

»Wollen Sie darüber reden?«, fragte der Nazi, doch Kolbein schüttelte den Kopf. Justierte den Docht der Petroleumlampe, bevor er nach seinem Glas griff und daran roch. Das Schimmern der Goldflocken betrachtete, die in der durchsichtigen Flüssigkeit wie Herbstlaub herumtrieben. Dann holte er tief Luft, seufzte und hob den Blick.

»Elias Brinch muss gestoppt werden. Sie müssen mir dabei helfen.«

Erst gegen Mitternacht kroch Kolbein hinter dem Soldaten her aus der Hütte. Reichte ihm die Handschuhe, den Gehstock, die Pistole und die leere Flasche. Im gelben Mondschein gaben sie einander die Hand. Erst als der Soldat tief im Wald verschwunden war, kroch Kolbein wieder unter die Erde.

Sechs Stunden später wachte er wieder auf. Es war immer noch dunkel. Er kroch hinaus und streckte sich, ließ kalte, frische Luft um seinen Körper und tief in die Lunge strömen.

Im Mondschein lief er hinab zum Flussbett. Pinkelte und holte Wasser für die Morgentoilette.

Als er wieder vor der Hütte stand, war es merkwürdig still. Um ihn herum nicht das leiseste Geräusch. Keine über den Waldboden flitzenden Nagetiere, kein schlaftrunkenes Meckern der Krähen im Geäst. Nicht ein Windhauch zwischen den Bäumen. Lediglich ein lautes Knacksen, als ein Zweig zerbrach.

64

Es war Mitternacht, und in dem Großraumbüro herrschte Hochbetrieb. Die Strategen von Kripos hatten sich mit ihren Laptops in die Sitzgruppe zurückgezogen. Samir Bikfaya blickte ein paar strammen PST-Kollegen über die Schulter. Im Hintergrund saßen düstere Gesichter vor flimmernden Bildschirmen, und in der Mitte des Raums stand Sebastian Koss an dem großen Konferenztisch.

Fredrik und Kafa standen am gekippten Fenster in der warmen Nachtluft. Viele verabscheuten den Herbst. Zogen angesichts der Dunkelheit den Kopf ein und warteten den ganzen Winter über verzweifelt auf die ersten Frühlingsboten, die sich im Norden erst spät zeigten. Für Fredrik indes waren die Sommernächte das Schlimmste: Eine Nacht wie diese war die erste klare Erinnerung, die er nach der Beerdigung seines Sohns abgespeichert hatte. Mittlerweile waren für ihn der Anblick sattgrüner Bäume, die sich unter der Last ihres üppigen Blattwerks gen Himmel reckten, der Duft von Flieder und das Gezwitscher junger Vögel nichts weiter als die Erinnerung daran, dass das Beste bereits hinter ihm lag. Hiernach wartete nur mehr die Fäulnis. Kalter Winter. Für ihn war eine Sommernacht bloß die Vorahnung dessen, was ihn erwartete.

Er hatte gerade Kafa von ihrer Unterhaltung mit Børre Drange in Kenntnis gesetzt, als Andreas zu ihnen stieß. Er hatte mit dem Einwohnermeldeamt gesprochen. Obwohl Drange mit sechzehn von zu Hause ausgezogen war, war er zu keinem Zeitpunkt unter einer anderen Wohnanschrift registriert gewesen. Allerdings hatte das Amt bestätigt, die Sterbeurkunde ausgestellt zu haben. Dabei müsse es einen Fehler im System gegeben haben.

»Einen Fehler im System?« Fredrik sah ihn irritiert an.

Im Einwohnermeldeamt würden Sterbefälle registriert und die entsprechenden Urkunden ausgestellt, erklärte Andreas. Dafür müsse jedoch erst ein Arzt den Todesfall bestätigen. In einem Fall wie ihrem, in dem die Leiche nicht auffindbar gewesen sei, hätte irgendeine behördliche Verfügung oder Erklärung vorliegen müssen, dass der Betreffende tatsächlich für tot erklärt worden sei. Erst dann hätte das Einwohnermeldeamt die Sterbeurkunde ausstellen dürfen.

»Aber so eine Erklärung liegt nicht vor?«

Andreas schüttelte den Kopf. »Nein. Sie haben kein einziges Dokument. Bloß die Sterbeurkunde, die sie selbst ausgestellt haben.« Er zupfte seinen Jackenkragen zurecht. »Die Sachbearbeiterin – eine sehr hilfsbereite Dame übrigens – ist noch bei zwei weiteren Details stutzig geworden. Der Urkunde zufolge starb Børre Drange an einem nicht näher spezifizierten Datum im Juni. Sie meinte, es sei so gut wie ausgeschlossen, dass sich ein norwegischer Beamter damit zufriedengeben würde. Sie bräuchten ein genaues Datum, hat sie mir versichert.«

»Sonst würde ja was fehlen«, kommentierte Fredrik trocken.

»Die Dame beim Einwohnermeldeamt war da sehr deutlich. Hier hat sich jemand über alle Regeln hinweggesetzt. Und das würde niemand tun ohne ausdrückliche Anweisung von oben.« Andreas schob sich die Lesebrille ins Haar.

Fredrik konnte ihm ansehen, wie müde er war. Gleichzeitig wusste er, dass sein Kompagnon diesen Teil ihres Jobs liebte. Das Wühlen, Analysieren, die Bewertung neuer Informationen. Wenn sie wieder mal ein Rätsel knackten.

»Eine solche Sterbeurkunde würde jedenfalls nicht bereits im Monat nach dem Todesfall ausgestellt werden. So etwas erfordert eine umfassende Sachbearbeitung. Da müssen Beschlüsse gefasst werden, da muss irgendeine Art Dokumentation vorliegen. All das fehlt in diesem Fall.«

Fredrik lehnte sich zurück. Atmete tief ein, wurde erneut an den Sommer draußen erinnert.

»Der Vater hat doch erwähnt, dass Børre Drange junior beim Militär gearbeitet hätte. Ich kontaktier die mal«, sagte Andreas, »und frage, was die dort über ihn in den Archiven haben. Fingerabdrücke, Blutgruppe, Krankengeschichte ...«

Kafa blickte zwischen ihnen hin und her. »Was hat er denn gemacht, nachdem er sein Studium an der NTH beendet hatte? Und warum wurde er für tot erklärt, wenn wir doch sowohl Zeugen als auch Fotos haben, die belegen, dass der Mann immer noch am Leben ist? Und *wer* hat ihn für tot erklärt? Warum hat er sich eine neue Identität zugelegt?«

»Und nicht zuletzt«, fügte Fredrik hinzu, »warum wird er von einem Killer gejagt?« Er blickte zur Decke empor und schloss die Augen. »Børre Drange ist der Schlüssel zu diesem ganzen Mysterium«, flüsterte er leise. »Mit ihm fing das Ganze an.«

Am liebsten wäre er jetzt nach Hause gefahren. Seine Arme und Beine waren schwer, und sein Puls hämmerte hinter den Augäpfeln wie zur Warnung, dass gleich die Kopfschmerzen einsetzen würden.

Kafa stand auf und ging zu ihrem Schreibtisch hinüber. Als Fredrik das Gleiche tun wollte, hielt Andreas ihn zurück. »Da ist noch was, was du dir ansehen solltest, Fredrik.«

»Okay?«

Andreas weckte seinen Rechner aus dem Energiesparmodus und klickte auf einen Bilderordner. Vier Fotos tauchten auf dem Bildschirm auf, die im Abstand von nur wenigen Sekunden hintereinander aufgenommen worden waren.

Fredrik lief ein Schauder über den Rücken, als er sich selbst und Jørgen Mostu darauf wiedererkannte. Vor ihrer Stammkneipe in Majorstuen. Jørgen mit einer Zigarette in der Hand. Die Bilder waren am selben Abend gemacht worden, als er Jørgen von seinen Ermittlungen erzählt hatte. Das letzte Foto zeigte nur Fredrik, der direkt in die Kameralinse zu blicken schien. Er erinnerte sich noch gut an den Moment. An dieses Gefühl, beobachtet zu werden.

»Wo kommt das her?«

»Erinnerst du dich an den letzten Ordner auf dem USB-Stick? Den Ordner, den wir zunächst nicht öffnen konnten?«

Fredrik nickte.

»Das ist der Inhalt. Wir haben die Verschlüsselung am Abend geknackt.« Andreas warf einen verstohlenen Blick über die Schulter, bevor er fortfuhr: »Ich wollte, dass du das siehst, bevor wir Koss informieren. Weil es dich persönlich betrifft.«

Fredrik starrte wieder auf die Fotos hinab. Jørgens Gesicht. Lächelnd, entspannt. Er fragte sich, wie es dem Freund gerade ging.

»Danke«, sagte er nachdenklich. »Und wie hat das Passwort gelautet?«

»Valen«, antwortete Andreas. »Gefolgt von einer langen Reihe unzusammenhängender Zahlen, Sonderzeichen und Buchstaben.«

»Valen?«

Andreas zuckte mit den Schultern.

Sie wurden von einem Klatschen unterbrochen. Sebastian Koss bat um allgemeine Aufmerksamkeit. Fredrik begegnete seinem Blick, und Koss winkte ihn zu sich, auf eine Weise, die Fredrik beinahe als freundlich empfand. Offenbar hatte der Polizeidirektor gute Laune.

Auf dem Konferenztisch vor ihm lagen eine Karte sowie Luftaufnahmen der Oper in Bjørvika. »Wir hatten recht«, sagte er. Mit »wir« meinte er sich selbst, Bikfaya und den Polizeipräsidenten. »Der Entführer hat einem Treffen mit Kari Lise Wetre zugestimmt. Vor der Oper, morgen Vormittag, 10 Uhr.«

65

Wie ein Stealth-Bomber stieg es aus dem trüben Fjord auf: Oslos blendend weißes Opernhaus. Ölgelder, in architektonisch aufsehenerregenden Carrara-Marmor gekleidet. Erst aus unmittelbarer Nähe erkannte man, dass das protzige Gebäude alles andere als weiß war. Der Marmor war fleckig grau-schwarz, stellenweise kaffeebraun, zigarettenstummelbeige, kaugummigelb. Aber allem voran grau. Grau in allen erdenklichen Facetten jener gewöhnlichsten Farbe des Lebens.

Im Lauf der Nacht hatten sie die Mülleimer kontrolliert. Sprengstoffhunde hatten den Rocksaum der Bronzeskulptur von Opernsängerin Kirsten Flagstad beschnüffelt. Als Bauarbeiter verkleidete Polizisten hatten sichergestellt, dass auch garantiert an keiner der schweren Steinplatten, den groben Schuppen der Opernhaut, herumhantiert worden war. Inzwischen wurde der Platz vor dem Haupteingang durch zahllose Zielfernrohre auf den SIG-Sauer-3000-Gewehren der Scharfschützen genauestens observiert.

Eine Einheit hatte im nordöstlichen Turm des Hafenlagers Stellung bezogen – hoch über dem einhundertvierzig Meter langen neobarocken Betonblock am Tollbukaia westlich der Oper. Der Abstand vom Turm zur Marmorbank vor dem Haupteingang betrug zweihundertdreißig Meter. Diese Bank hatten sie als Treffpunkt vereinbart. Eine leichte Übung für einen trainierten Schützen, selbst im scharfen Gegenlicht der Vormittagssonne.

Ein zweiter Scharfschütze plus Nebenmann hatten noch näher Position bezogen: Vom Dach des Hotel Opera gleich neben dem Osloer Hauptbahnhof hatten sie die Oper aus nördlicher Richtung im Blick. In der obersten Etage des Hotels lag Zimmer 1001: die Schwanensee-Suite. Die Suite verfügte über eine eigene kleine Dachterrasse, und entlang der Dachkante verlief ein schmaler Kiesweg. Lediglich eine knöchelhohe, aluminiumverkleidete Erhöhung trennte die Personen auf dem besten Aussichtspunkt auf die Oper vom Tod auf dem Asphalt. Der Scharfschütze kniete auf dem Kies. Das Sonnenlicht kam von der Seite. Es war nahezu windstill. Solange das Ziel sichtbar wäre, sollte ein Fehlschuss ein Ding der Unmöglichkeit sein.

Das Problem war nur, dass der Entführer und Kari Lise Wetre nicht allein sein würden.

Fredrik hatte sich im Foyer des Opernhauses postiert und sich hinter der massiven Dachkonstruktion versteckt, die zu beiden Seiten der Publikumseingänge diagonal aus dem Boden erwuchs. Damit er dort unentdeckt blieb, war die komplette Seite in dicke blaue Plane gepackt und mit gelben »Zutritt verboten«-Schildern bepflastert worden. Dahinter fühlte es sich eng und klaustrophobisch an. Fredrik schwitzte. Neben ihm hockte Sebastian Koss, und hinter den beiden standen vier maskierte, uniformierte, schwer bewaffnete Polizisten der Spezialeinheit.

»Was glaubst du?«, flüsterte Fredrik, presste sich das Ohr ans Telefon und lehnte sich auf seinem Klappstuhl nach vorn.

Andreas ließ sich Zeit mit seiner Antwort.

»Verdammt schwer zu sagen. Es ist ein verfluchter Ameisenhaufen – die Schützen müssen sich höllisch konzentrieren.«

Andreas stand zusammen mit Kafa in dem Hotelzimmer unter dem Scharfschützenteam. Die Augenklappe hatte sie hochgeklappt, sodass sie jetzt über dem Sucherfernrohr lag, das sie für die Überwachung des Bereichs vorm Haupteingang der Oper verwendeten.

Höchstwahrscheinlich befand sich der Entführer bereits dort unter den Passanten. Fredrik schätzte, dass sich zwischen siebzig und achtzig Menschen vor dem Operneingang aufhielten – umso mehr, wenn er diejenigen mit einrechnete, die sich auf dem Schrägdach des Gebäudes tummelten. Bustouristen folgten artig aufgereiht einem Guide mit weißem Regenschirm, Eltern schoben Kinderwagen hin und her, Studenten mit Kopfhörern auf den Ohren lungerten herum – auch auf dem Marmorblock, auf dem Kari Lise Wetre zwölf Minuten später Platz nehmen müsste. Es war jetzt acht nach halb neun.

Exakt in diesem Augenblick saß sie in der U-Bahn, irgendwo zwischen Nationaltheater und Parlament. In knapp drei Minuten würde sie am Hauptbahnhof aussteigen und entschlossenen Schrittes, aber nicht auffallend schnell, via Hauptbahnhof und Dronning Eufemias gate marschieren, anschließend die kurze Brücke überqueren, die den Opernplatz mit dem Osloer Hafen verband, auf Höhe der Bronzestatue entweder kurz innehalten oder direkt auf die Marmorbank zugehen. Hielt sie inne, bedeutete dies, sie hatte ihren Widersacher wiedererkannt. Der

Entführer sollte erst dingfest gemacht werden, nachdem sie sich wieder getrennt hatten. Schüsse dürften nur abgefeuert werden, sofern Leben in Gefahr wären.

Fredrik starrte seinen Nebenmann an. Genau wie er selbst hatte auch Sebastian Koss einen Sender im Ohr. Während Fredrik jedoch seine Lederjacke über den Stuhl gehängt hatte und die schusssichere Weste sichtbar über dem Oberhemd trug, hatte Koss seine Windjacke anbehalten. Mit der Weste darunter wirkte er im Rücken steif und unförmig. Die blonden Haare waren wie gewohnt glatt nach hinten gekämmt, und er gab sich keine Mühe, seine Selbstzufriedenheit zu verbergen. Seit er das Startsignal ausgegeben hatte, drehte er in einem fort langsam den Kopf hin und her, fast schon im Takt mit den über Funk übermittelten Informationen, so wie der Komponist bei der Generalprobe seines Werks anerkennend nickte.

Sie verfolgten die Operation auf zwei Bildschirmen. Die Aufnahmen stammten von den Überwachungskameras der Oper. Vier Beamte der Spezialeinheit waren für Wetres verdeckten Begleitschutz abgestellt worden. Sie würden eingreifen, sobald sie den linken Ellbogen an den Körper presste und damit den Alarm auslöste, der an der Innenseite ihres BH-Bügels festgeklebt worden war.

Dann ertönte eine gedämpfte Stimme: »Los geht's.«

Kari Lise Wetre hatte also die U-Bahn verlassen. Fredrik sah erneut auf die Uhr. Zwei Minuten und fünfundvierzig Sekunden waren vergangen.

Kari Lise Wetre hatte geglaubt, sie würde Angst haben. Doch seit sich der dunkel gekleidete Mann Zutritt zu ihrem Haus verschafft hatte, war sie vielmehr zusehends wütend geworden. Sie war wütend auf sich selbst. Auf ihren Mann. Auf Gott und auf die Polizei. Und sie war wütend auf Annette.

Auf dem Bahnsteig ertappte sie sich dabei, wie sie die Gesichter um sich herum musterte. Einer von ihnen würde im selben Augenblick der Einsatzleitung Bericht erstatten. Insgeheim befürchtete sie, dass sich irgendjemand einmischen würde – dass sie von irgendeinem Passanten angesprochen würde. Als stellvertretende Vorsitzende der KrF konnte sie nichts anderes erwarten. Ihr Gesicht war landesweit bekannt, und wenn man nur lange genug im Fernsehen zu sehen gewesen war, dann glaubten die Leute, einen zu kennen. Sie war es bereits so gewohnt, Unbekannten einen Plausch abzuschlagen, sich einer Umarmung zu entwinden oder einen Querulanten abzuweisen, dass sie nur einem Blick begegnen musste, um zu wissen, wie sich die Begegnung entwickeln würde. Eine fast schon einzigartige soziale Kompetenz, die sie jetzt zu behindern drohte. Die Gesichter… Erkannten sie sie hinter der großen runden Sonnenbrille? Es wollte ihr einfach nicht gelingen, zwischen potenziellen Wählern, Polizisten und *ihm* zu unterscheiden. Stand er dort irgendwo und verfolgte jeden ihrer Schritte? Hatte er schon in der Bahn hinter ihr gesessen?

Gleichzeitig bescherte es ihr ein Gefühl von Sicherheit, alle so sorglos über den Opernplatz schlendern zu sehen. Die Polizei hatte ihr nicht verraten wollen, wo die Scharfschützen postiert waren, aber sie brauchte kein militärisches Training, um zu ahnen, dass sie sich auf einem der höheren Bauwerke an der Nordseite des Platzes befanden. Sie versuchte, nirgends hinzustarren, während sie den Marmorplatz überquerte und sich fast genau auf die Mitte des Steinblocks setzte.

Dann galt es nur mehr zu warten.

Erst erkannte er sie nicht mal wieder. Die Sonnenbrille bedeckte den kompletten oberen Teil des Gesichts, und das üppige Haar verschwand unter einem weiten, braun gepunkteten Poncho. Über der Schulter trug sie eine Ledertasche.

Einen Augenblick lang meinte er zu sehen, wie sie neben der Statue innehielt, aber sie drosselte nur das Tempo und schielte über den Rand ihrer Brille.

Ihnen blieben noch neun Minuten, und Wetre war in Position. Tasche zwischen den Füßen, Rücken zur Oper. Die zivilen Polizeiteams setzten sich in Bewegung. Eins davon – eine Frau und ein Mann – schob entlang der Kaikante einen Kinderwagen in Richtung Brücke – mit den Dienstwaffen unter der Babydecke. Ein zweites Team schlenderte unterhalb des Schrägdachs zum südlichen Eingang. Fredrik lehnte sich zurück. Ihre Waffen hatten sie in einem kleinen Rucksack bei sich.

Er checkte erneut die Zeit. Noch sechseinhalb Minuten.

Sie hatte eigentlich keine Zweifel gehabt. Bis jetzt. Sowohl der Polizeipräsident, dieser Koss, als auch diese kleine, mausgraue Person vom PST waren sich so sicher gewesen. Sie hatten den Entführer aus der Reserve und auf offenes Gelände herauslocken wollen. Sie hatte keine Sekunde lang darüber nachgedacht, dass es schiefgehen könnte. Sie hatte nicht die Konsequenzen durchdacht, die es für Annette haben könnte, wenn der Entführer Lunte roch. Sie hatte es nicht mal gewagt – dieses eine Mal musste sie der Polizei vertrauen.

Doch jetzt, für sich allein – umringt von verdeckt operierenden Polizisten und nichts ahnenden Touristen –, stellte sie es doch infrage. Kari Lise Wetre fühlte sich fürchterlich einsam. Das harte Plastik unter ihrem BH-Bügel tat über ihren Rippen weh. Dann hörte sie das entfernte Glockenspiel vom Rathaus: »Ich fahre in strahlender Freude in sonntäglicher Stille mit Glockengeläut« von Bjørnson. Es war Punkt zehn.

Sechs nach zehn. Fast sieben nach. Fredrik hatte die Uhr zwischen die Bildschirme gelegt. Er konnte Wetre ansehen, wie unwohl sie sich fühlte. Als sie sich hingesetzt hatte, sechzehn Minuten zuvor, hatte sie sich nach hinten gelehnt. Die Bewegung hatte etwas Selbstsicheres gehabt. Jetzt saß sie vornübergebeugt da – mit rundem Rücken und verkrampftem Nacken. Sie hatte die Sonnenbrille abgenommen, sich die Stirn abgewischt und sie wieder aufgesetzt. Nicht mal die mittelmäßige Bildqualität der Überwachungskameras konnte die Sorgenfalte auf ihrer Stirn verhehlen. Sie würden diese Sache nicht sehr viel länger aufrechterhalten können. Sie suchten, prüften ein Gesicht nach dem anderen. Hielten Ausschau nach jemandem, der sich auffällig verhielt, nach großen Taschen, hektischen Bewegungen. Was hatten sie übersehen?

Sebastian Koss trommelte nervös mit den Fingern und handelte schließlich seiner eigenen Anordnung zuwider, als er jedes einzelne Team, das sich gerade nicht mitten auf dem Opernplatz befand, um Rückmeldung bat.

»Kari Lise Wetre? Sind Sie das? Die Politikerin?«

Jetzt war es doch passiert. Sie war wiedererkannt worden. Die Frau stand direkt vor ihr und lächelte Kari Lise forsch an. Wetre schätzte sie auf Anfang zwanzig. Hübsch und schlank. Sie sah aus wie eine Studentin, die sich hier die Zeit vertrieb.

»Ich hab Sie in den Nachrichten gesehen. Und Ihre Tochter. Ich hoffe, es klärt sich alles«, sagte die Frau.

»Ich …«, begann Wetre. Dann richtete sie sich gerade auf. »Danke, das ist schön zu hören. Es tut mir leid, ich möchte nicht unhöflich sein, aber ich warte auf jemanden.«

Die junge Frau schüttelte den Kopf. »Mir tut es leid. Ich wollte nicht stören. Hier, Ihr Handy.«

Wetre sah sie verständnislos an.

»Das lag hier. Auf dem Boden. Ihr Name steht doch drauf.«

Die junge Frau reichte ihr ein schwarzes Telefon, das Wetre nie zuvor gesehen hatte, doch auf der Rückseite klebte tatsächlich ein gelber Aufkleber mit der Aufschrift »KLWETRE«.

»Danke«, sagte sie zögerlich. Sowie sie danach griff, piepte es. Eine Nachricht war eingegangen.

»Na dann, schönen Tag«, sagte die Frau.

Aber das hörte Kari Lise Wetre schon nicht mehr. Stattdessen starrte sie auf das Handydisplay. Klickte die Nachricht an. Es dauerte ein, zwei Sekunden, bevor sie begriff, was sie da vor sich sah.

Es war ein Foto: kaltblauer Himmel, und nur wo der Horizont den Fjord traf, hatte das Blau einen wärmeren Ton. Dann erkannte sie das Operngebäude etwa in der Mitte des Bildes, und es dämmerte ihr, dass sich der Fotograf hinter ihr befinden musste. Sie drehte sich um und starrte auf das Hotel.

Das Foto war vom Dach aufgenommen worden. Dort oben verlief rechter Hand ein schmaler Dachterrassenstreifen, und da, im Kies, knieten zwei dunkel gekleidete Männer. Der eine starrte durch das Zielfernrohr eines Gewehrs auf die Oper hinab. Der zweite saß hinter einem Teleskop. Beide hatten dem Fotografen den Rücken zugewandt. Nur ein vages Schimmern auf dem Bild deutete darauf hin, dass es durch ein Fenster aufgenommen worden war. Die Bildunterschrift bestand aus einem einzigen Wort. »Boom.«

66

Lista, November 1943

Der Schlag presste schier die Luft aus ihm heraus. Kolbein taumelte in der Dunkelheit nach vorn und landete bäuchlings auf der Erde. Er versuchte, sich auf die Seite zu rollen und die Pistole aus dem Gürtel zu ziehen, doch noch ehe er sich umdrehen konnte, lag auch schon ein schwerer Körper auf ihm. Eine Hand krallte sich in sein Haar, zerrte den Kopf nach hinten und schlug ihn hart gegen den gefrorenen Waldboden. Knie bohrten sich ihm ins Kreuz. Sein Gesicht schrammte auf, und sofort lief ihm warmes Blut über den Hals. Es schmeckte bitter, nach Moos. Dann wurden seine Arme nach hinten auf den Rücken gerissen, und kalter Stahl rastete um die Handgelenke ein.

Starke Hände zogen ihn nach oben. Er schwankte, versuchte, den Blick auf die Gestalt zu richten, die er verschwommen vor sich sah, aber grelles Licht schien ihm ins Gesicht, und drumherum bewegten sich nur flackernde Schatten.

»Sieh an«, sagte eine dünne Stimme.

Und mit einem Mal war das grelle Licht weg.

Kolbein blinzelte ein paarmal, und dann tauchte vor seinen Augen ein kleiner, übergewichtiger Typ mit Polizeimütze und unsteten Augen auf. Er hielt Kolbeins Colt in der Hand, pustete sich in den struppigen Bart und schien einige Mühe zu haben, die Trommel herauszulösen.

»Durchsuch ihn.«

Ein zweiter Polizist klopfte ihm grob Beine, Schritt und Oberkörper ab.

»Sind noch mehr hier? Mit wem arbeitest du zusammen?«

Der Polizist ruckte an Kolbeins Jackenaufschlag, ehe er in breitem Sørlandsdialekt fortfuhr: »Wie heißt du? Und was treibst du hier?«

»Ich bin allein«, antwortete Kolbein leise.

»Lüge!« Der Mann vor ihm wandte sich an einen seiner Handlanger: »Asbjørnsen, zwei Männer stehen hier Wache! Bei Tageslicht durchkämmen wir das Waldstück. Svendsen und Haug, ihr durchsucht die Hütte. Nehmt alles mit, was von Interesse sein könnte. Und wenn ihr fertig seid, sprengen wir den ganzen Scheiß.« Dann richtete er den Blick wieder auf Kolbein. »Pack wie dich wollen wir hier auf Lista nicht haben. Deine Hütte ist Geschichte.« Er spuckte auf den Boden. »Asbjørnsen, schaff ihn mir aus den Augen!«

Zwei Polizisten zerrten ihn weg, und der Befehlshaber stampfte keuchend hinter ihnen her. Dann wurde ein kräftiger Motor gestartet, und Scheinwerfer flackerten über dem Schotterweg auf. Als sie sich dem Kastenwagen näherten, entdeckte Kolbein zwei weitere Männer in Polizeiuniform. Neben ihnen stand ein junges Mädchen von fünfzehn, vielleicht sechzehn Jahren. Sie hatte eine weiße Mütze auf und Sommersprossen im Gesicht. Der Mann, der den Befehl führte, packte Kolbein hart im Nacken und zerrte ihn ans Licht.

»War es der hier, Karen?«

Das Mädchen zitterte. Kolbein hatte keine Ahnung, ob es sein Anblick war oder die brutale Behandlung, der er ausgesetzt war. Mit schmalen Händen, die in hellblauen Strickhandschuhen mit Schneeflockenmuster steckten, rieb sie sich über die Oberarme. Und sah weg, bevor sie antwortete: »Ja, das war er.«

»Sicher?«

»Bist du dir *ganz* sicher, Kleine?«

Kolbein zuckte zusammen. Die Stimme kannte er nur

zu gut. Im Lichtstreifen der Scheinwerfer tauchte erst eine Uniformhose auf, dann machte die Gestalt einen Schritt nach vorn. Kjell Klepsland hielt seinen Stock waagerecht vor der Brust.

»Ja, Vater. Ich bin mir *ganz* sicher. Absolut ganz sicher.«

Karen Klepsland sah zu ihrem Vater auf und lächelte.

67

Fredrik wusste sofort, dass etwas nicht stimmte, als sich Kari Lise Wetre umdrehte und direkt zu den Scharfschützen auf dem Dach des Hotels hinaufstarrte. Dann hörte er ein schwaches Piepen im Ohr – der Alarm! Damit war er nicht länger Zuschauer. Es war höchste Zeit.

Seine Hände waren klamm, das Blut pochte in seinen Schläfen. Die von Kondenswasser feuchte Plastikwand flatterte leicht. Er brauchte dringend Sauerstoff.

Die Jungs von der Spezialeinheit waren bereits auf dem Weg nach draußen. Er folgte ihnen. Vergewisserte sich, dass die halb automatische Heckler & Koch im Holster an seinem Oberschenkel steckte.

Binnen Sekunden schlug das träge Sommeridyll in Chaos um. In den Gesichtern um ihn herum stand die blanke Angst. Die Frau, die Wetre angesprochen hatte, lag bäuchlings auf dem Marmorboden und kreischte sich die Seele aus dem Leib. Einer der Zivilbeamten vom Operndach hatte sich rittlings auf sie gesetzt. Er hielt ihre Arme fest umklammert, während eine Kollegin dem Mädchen eine Pistole an die Schläfe hielt. Mit aggressiver Stimme rief sie den Leuten um sie herum zu: »Polizei! Ziehen Sie sich zurück! Dies ist ein Polizeieinsatz!«

»Polizei!«, brüllten jetzt auch die Männer der Spezialeinheit.

Ungläubig starrte die Menschenmenge auf das vierköpfige maskierte Monster, das mit angelegten C8-Automatikgewehren und MP5-Maschinenpistolen aus der Oper stürmte. Zwei von ihnen stießen Wetre grob hinter den Marmorblock, während die anderen beiden sich als lebende Schutzschilde vor sie stellten. Sämtliche Waffen gingen in Anschlag.

Nachdem sie erst vor Schreck gelähmt gewesen waren, nahm jetzt jeder auf dem Opernplatz die Beine in die Hand. Nur weg von diesen schreienden Einsatzkräften und ihren Waffen! Richtung Marmorbrücke, hoch aufs Operndach! Heulende Kinder wurden aus ihren Wagen gezerrt, Wasserflaschen wurden umgetreten, Bücher und Rucksäcke blieben auf dem Platz liegen. Fredrik sah, wie ein Apfel wie in Zeitlupe abwärtskullerte, den flüchtenden Touristen entgegen, ein grüner Apfel, in den gerade noch jemand hineingebissen hatte. Das Chaos musste für ihren Erpresser eine regelrechte Augenweide sein. Steckte irgendwo eine Bombe in einer Tasche? Würde ein Messer in einem Rücken landen? Lag irgendwo ein Heckenschütze? Drohte ihnen ein verfluchter Amoklauf mit einer Maschinenpistole? Sie kannten die Gefahr schlicht und ergreifend nicht.

»Verdammt«, murmelte Fredrik. »Verdammt, verdammt! *Verdammt!*«

Darauf zu warten, bis der Platz gesichert war, würde zu lange dauern. Die Gefährdung war einfach zu groß. Er lief zu den Polizisten, die sich vor Wetre postiert hatten.

»Zieht sie hoch, wir müssen sie wegschaffen!«

Kari Lise Wetre hatte einen heftigen Schlag abbekommen, als sich die Polizisten über sie gestürzt hatten. Ihre Oberlippe war aufgeplatzt, und Blut floss ihr übers Kinn.

Die Sonnenbrille war irgendwohin geflogen, und in ihrem Blick standen Verwirrung und Panik. Die dunklen Haare waren zerzaust und staubig.

Sie rappelte sich auf und rannte in Richtung Operneingang. Als er die Tür zum Notausgang für sie aufriss, rauschte er beinahe mit Sebastian Koss zusammen. Er hatte die Augen so weit aufgerissen, dass sie ihm schier aus dem Kopf zu fallen drohten.

»Wurden Schüsse abgefeuert? *Wurden Schüsse abgefeuert?*«, schrie er Fredrik an.

»Ich weiß es nicht«, brüllte Fredrik zurück und stieß ihn zur Seite. »Rein da!« Er wies zum abgesperrten Garderobenbereich hinüber. Polizisten eskortierten Wetre an ihnen vorbei. Dann wandte er sich wieder an Koss. »Das ist die verdammte Hölle da draußen!«

Koss sah ihn unverwandt an.

»Wer hat den Alarm ausgelöst? *Was* hat den Alarm ausgelöst?«

»Ich weiß es nicht. Sie haben es doch selbst gesehen – sie hat mit jemandem gesprochen, und dann …«

»Finden Sie es heraus!«, brüllte Koss.

Noch bevor er es schaffte zu antworten, hatte der Polizeidirektor auch schon das Foyer verlassen und eilte den Menschen hinterher, die zur Marmorbrücke strömten.

Kari Lise Wetre saß zusammen mit den Polizisten unter der niedrigen Decke der Garderobe. Verängstigt wirkte sie nicht mehr, nur noch erschöpft. Und sie war schweißgebadet, ihr Teint grau. Sie presste sich eine Mullbinde auf die Oberlippe. Die beiden Polizisten hatten Helme, Schutzbrillen und Sturmhauben abgenommen. Hier drinnen war das Licht gedämpft und die Unruhe draußen nur ein entferntes Geräusch.

Fredrik blieb vor ihr stehen. »Sind Sie verletzt?«

»Nein. Ich … Ich hab nur einen Schubs abbekommen, als ich auf dem Boden gelandet bin.«

»Was ist passiert?« Er sprach leise, aber eindringlich. »Was wollte diese Frau von Ihnen? Warum haben Sie den Alarm ausgelöst?«

»Ich … Da war ein …«

»Das hier«, sagte einer der Polizisten und reichte ihm ein Handy. »Es lag vor ihr auf dem Boden.«

»Ich …« Die Politikerin räusperte sich und versuchte, ihre Stimme zu kontrollieren. »Sie hat mir das Telefon gegeben, diese Frau … Sie meinte, ich hätte es verloren. Sie müssen sich die Nachricht ansehen.«

Er starrte auf das Bild. »Verdammt.« Er wandte sich an einen der Kollegen, einen Kerl mit flachem Gesicht und Schweißperlen auf der Stirn. »Haben Sie Kontakt zu den Scharfschützen? Auf dem Hoteldach?«

Er hielt das Handy hoch, sodass der Polizist das Foto sehen konnte. Ohne eine Miene zu verziehen, versuchte er, die Kollegen zu kontaktieren. Nach zwei Versuchen schüttelte er den Kopf.

»Der Absender hat seine Nummer nicht unterdrückt.«

»Was?«

Der Polizist nickte auf das Telefon hinab.

Eilig legte Fredrik das Handy beiseite und bat sie, darauf achtzugeben, ehe er wieder rauslief. Die Kollegen draußen versuchten immer noch, die Lage in den Griff zu kriegen. An der Brücke führten sie Personenkontrollen durch. Mitten auf dem leeren Opernplatz stand inzwischen ein Kommandowagen. Die Beamtin auf dem Beifahrersitz setzte Kommandos über Funk ab. Koss war nirgends zu sehen.

Er blieb direkt neben dem Fahrzeug stehen, sodass er vom Hotel aus nicht zu sehen war. Dann zückte er sein Handy.

Nach einer gefühlten Ewigkeit ging Andreas dran.

»Was für ein Chaos – keiner hier weiß, was er tun soll. Was passiert denn jetzt?«

»Ich weiß es nicht«, antwortete Fredrik schnell. »Ich weiß nur, dass ihr in Gefahr schwebt.«

68

Vom Hotelkorridor aus war nur das leise, monotone Summen der Klimaanlage zu hören. Andreas und Kafa standen auf der Feuertreppe im obersten Stockwerk des Hotels. Er warf ihr einen raschen Blick zu. Kafa lehnte an der Wand und hatte die Waffe zu Boden gerichtet. Sie wirkte riesig zwischen ihren Händen. Sie schwitzte, und ihr Blick huschte hektisch hin und her. Ihr verletztes Auge war noch immer blutunterlaufen. Sie sahen einander kurz an, und Kafa nickte kurz. Dann lief er mit der Pistole im Anschlag seitwärts auf den Flur hinaus. Sie folgte ihm.

Der Durchgang war leer, abgesehen von einem Poster mit Opernmotiv vielleicht fünfzehn Meter vor ihnen. Dahinter führte der Korridor nach links. Hinter dieser Ecke befanden sich die Schwanensee-Suite und die Tür zur Dachterrasse.

Er arbeitete sich weiter vor, vorbei an einem Fenster, das zur Oper hinausging, und bis zur Ecke. Vorsichtig spähte er in den dahinterliegenden Gang. Sauber.

Kafa hatte fast zu ihm aufgeschlossen, hielt dann jedoch vor dem Fenster inne. Genau hier musste der Fotograf gestanden haben.

Am hinteren Ende der gekiesten Dachterrasse knieten zwei Polizisten. Der eine hielt ein Gewehr im Anschlag, der andere kauerte hinter einem Teleskop.

Mit dem Griff der Pistole hämmerte sie gegen das Fenster.

Fredrik wartete am Kommandowagen, bis Andreas zurückrief.

»Ja?«

»Alles in Ordnung. Übertragungsprobleme. Die Scharfschützen waren beinahe eine Viertelstunde ohne Verbindung. Aber jetzt scheint alles wieder in Ordnung zu sein.«

»Und der Fotograf?«

»Keine Spur von ihm. Wir haben die ganze Etage überprüft. Nichts. Er ist verschwunden.«

»Okay«, antwortete Fredrik nachdenklich.

Er fühlte sich, als hätte er Fieber. Was ging hier vor sich? Was hatte er übersehen?

Kari Lise Wetre saß immer noch in der Garderobe. Jemand hatte einen Tisch, Kaffee und Wasser geholt. Ihre Oberlippe war angeschwollen und mittlerweile feuerrot. Sebastian Koss saß auf einem klapprigen Metallstuhl neben ihr. Seine Jacke hing über der Stuhllehne. Das blaue Seidenhemd war unter den Achseln schweißgetränkt. Er trug immer noch die schusssichere Weste.

»Die Frau, die ihr das Telefon gereicht hat, hat nichts mit der Sache zu tun. Sie ist vollkommen starr vor Schreck und besteht darauf, dass sie es auf dem Boden liegen gesehen hat. Ich glaube ihr«, sagte Koss.

»Es kann nicht lange dort gelegen haben«, stellte Fredrik nüchtern fest und wandte sich an die Politikerin: »Haben Sie jemanden gesehen, der…«

Wetre begegnete müde seinem Blick. Schüttelte schwach den Kopf. »Nein.«

»Überhaupt niemanden?«

Sie schüttelte wieder den Kopf.

Samir Bikfaya kam auf sie zu und reichte Koss eine durchsichtige Plastiktüte. Das Handy von draußen. »Wir haben keinerlei Informationen zu der Nummer, von der das Foto geschickt wurde«, sagte er. »Es ist eine ausländische SIM-Karte. Vor drei Tagen aktiviert. Es wird ein wenig dauern, bis wir die Daten von der Basisstation bekommen. Also – wo sich der Absender befand, als das Bild geschickt wurde.«

»Was ist mit dem Telefon?«

»Wurde vor einem halben Jahr als gestohlen gemeldet. Die ursprüngliche SIM-Karte wurde entfernt.«

»Also, was machen wir?«, fragte Koss und sah von Bikfaya zu Fredrik. »Wir haben eine Telefonnummer, die uns direkt zu dem Entführer führen könnte.«

Bikfaya klatschte selbstsicher in die Hände. Sah von einem zum anderen. »Mir nach.«

Er führte sie zu den Toiletten. In die stilvoll gestaltete Damentoilette war ein großer Tisch geschoben worden, auf dem ein Computer und mehrere Bildschirme standen. Drei Techniker diskutierten aufgeregt miteinander. Keiner von ihnen hob den Blick, als sie hereinkamen. Helme und schusssichere Westen lagen auf dem Boden verstreut.

»Von hier aus könnten wir ein Telefonat nachverfolgen«, erklärte Bikfaya gedämpft. »Sofern er denn antwortet. Da könnten wir ihn lokalisieren. Die Kollegen haben bereits die Verbindung zu sämtlichen Basisstationen in der Umgebung hergestellt.«

Fredrik schüttelte den Kopf. Das wäre unüberlegt. Er wünschte sich, Synne wäre hier.

»Uns läuft die Zeit davon. Ich finde auch, wir sollten anrufen«, murmelte Koss.

Bikfaya war sichtlich zufrieden.

Fredrik packte Koss am Oberarm. »Aber ist das nicht

genau das, was er will? Er hat uns die Nummer doch nicht versehentlich geschickt!«

Brüsk befreite sich Sebastian Koss aus Fredriks Griff. Schüttelte irritiert den Kopf und hob den Zeigefinger. »Das wissen wir nicht – möglicherweise hat ihn die Anwesenheit der Scharfschützen aus dem Konzept gebracht. Solchen Kriminellen steht nicht gerade der Sinn danach, ins Visier einer Spezialeinheit zu geraten.« Dann richtete er den Finger drohend auf Fredriks Gesicht. »Sie sind verdammt noch mal nicht befugt, in einer solchen Situation wie dieser Entscheidungen zu treffen. Halten Sie also den Rand.« Dann drehte er sich um. »Alle mal herhören! Es geht um das Leben der Entführten – wenn wir den Mann jetzt ziehen lassen, könnten wir die Spur für immer verloren haben. Und es geht hier doch verdammt noch mal auch um Ihren Freund, oder nicht?«

In Fredriks Ohren rauschte es vor Wut. Er kniff die Augen zusammen. »Warum schickt er uns wohl seine Nummer? Warum schickt er uns das Foto? Der Entführer diktiert dieses Spiel!«

Doch Koss ignorierte ihn. »Wir müssen handeln. Er weiß nicht, dass wir die Möglichkeit haben, ihn aufzuspüren, nicht so schnell – das erwartet er nicht.« Dann wandte er sich an Bikfaya. »Wir rufen an.«

Der graue Lockenkopf vibrierte wie elektrisiert. Dann griff Bikfaya zu dem Apparat, der über ein schwarzes Kabel mit dem Computer verbunden war.

Fredrik schüttelte vehement den Kopf. »Was, wenn es eine …«

Koss brachte ihn mit einer unmissverständlichen Geste zum Schweigen. Nahm das Telefon entgegen, tippte die Nummer in die Tastatur und hielt es sich direkt ans Ohr.

»… Falle ist?«

»Es klingelt«, sagte Koss noch.

Dann krachte es dumpf, als wäre eine Papiertüte zerplatzt, die jemand zuvor mit Luft gefüllt hatte. Der Boden vibrierte, und die Bildschirme flackerten.

Fredrik Beier lief durch vollkommene Stille.

Er sah andere, die ebenfalls irgendwohin liefen – die Spezialeinheit. Die Polizisten aus dem Opernfoyer. Die Fenster um den Haupteingang herum waren zerborsten. Das Knirschen von Glas unter den Schuhen war das erste Geräusch, das zu ihm durchdrang. Anschließend war es, als würde ein Lautstärkeregler aufgedreht. Jemand heulte. Eine Sirene schrillte. Befehle wurden gebrüllt. Er nahm den eigentümlichen Geruch von Mandeln und Motoröl wahr. Wie bei einem Feuerwerk – und der Geruch wurde stärker. Draußen rieselten winzige brennende Lackflocken und Marmorstaub herab. Bildeten einen Schirm zwischen ihnen und der Sonne.

Der Kommandowagen war in die Luft geflogen. Der Großteil der Seitenwände und des Dachs war weggefegt, nur die Vordersitze und die Front saßen noch auf der Karosserie. Erst nach Sekunden sah er sie, die Polizistin aus dem Auto. Sie lag neben der Bank, auf der Kari Lise Wetre gesessen hatte. Zwei Polizisten in schwarzer Kampfmontur beugten sich über sie. Dickflüssiges Blut sickerte aus ihrem Ohr, und sie klammerte sich an die Hand des einen Kollegen. Ihre Haut schimmerte blass. Fredrik lief weiter. Direkt vor seinen Füßen lag ein Arm. Ein dünner, weißer, nackter Arm. Ein Stück näher am Auto ein Unterleib, auf Nabelhöhe abgerissen. Die Beine waren dick, die Hose zerrissen, der Penis war zu sehen. Vor dem Laderaum des Kommandowagens blieb er stehen. Was von dem Innenraum noch übrig war, war mit Blut, Haut, Haar und

Körperfett gesprenkelt. Hier lagen die Überreste der Körper. Zum Teil zumindest.

Annette Wetre war einfach wiederzuerkennen. Ihr fehlte ein Arm, und unter dem Baumwolltop quollen ihre Eingeweide hervor, aber ihr Kopf war mehr oder weniger intakt. Um Jørgen stand es schlimmer.

Den zermalmten Schädel mit den roten Locken fanden sie erst in der Abenddämmerung, als die Taucher das Hafenbecken durchkämmten.

Teil 3

69

Sie lehnte sich nach vorn und betrachtete das Ergebnis im Spiegel.

Die Augen hatte sie mit einem schmaleren Lidstrich als gewöhnlich versehen. Die Brauen eine Andeutung heller. Die Oberlippe war immer noch geschwollen.

Die Tränen waren mittlerweile getrocknet, doch die tiefen Schatten, die sie um die Augen herum hinterlassen hatten, würden nie mehr verschwinden. So würde es für immer bleiben. Doch es gab nichts, wofür sie sich hätte schämen müssen.

Der Ausschnitt ihres schwarzen, schmal geschnittenen Wollkleids gab gerade so den Blick auf das Schlüsselbein frei. In der Drosselgrube ruhte wie immer das Kreuz. Das Kleid reichte ihr bis zu den Knöcheln, die lakritzfarbenen Schuhe standen bereits neben der Tür. Bevor sie das Badezimmer verließ, legte Kari Lise Wetre sich ihren weißen Seidenschal über die Schultern und befestigte die Silberuhr am Handgelenk.

Auf dem Weg hinunter hörte sie leise Stimmen. Unten angekommen konnte sie sehen, dass ihr Mann soeben Limonade in Champagnergläsern serviert hatte. Selbst jetzt hatte es etwas Komisches an sich, den Vorsitzenden der Høyre – den Mann, der Norwegens nächster Ministerpräsident werden wollte – dabei zu beobachten, wie er ein Erfrischungsgetränk schlürfte. Simon Riebe stand mit kerzengeradem

Rücken und steifen Beinen da und hatte sich die Hand auf den unteren Rücken gelegt. Wie immer war er korrekt gekleidet. Als er sie entdeckte, rückte er sich die Krawatte gerade, um anschließend in einer respektvollen Geste den Kopf zu senken. Sogar ihre eigene Parteichefin, Vibecke Fiskvik, hatte es geschafft, sich für den Anlass dezent zu kleiden.

»Liebe Kari Lise, mein Beileid.« Sie stellte das Glas ab, ergriff Kari Lises Hände und wiegte vielsagend den Kopf. Wetre musste sich mächtig zusammenreißen, um das Lächeln zu erwidern. »Wir stehen an deiner Seite. Die ganze Partei.« Sie schluchzte kurz auf und schnäuzte sich mit einer Papierserviette die Nase, ehe sie behutsam die Tränen von den Wimpern tupfte.

»Danke, Vibecke«, antwortete Kari Lise leise.

Riebe gab ihr die Hand und drückte sie kurz. »Du hast unser tiefstes Mitgefühl.«

Sie sah von einem zum anderen. »Jetzt gilt es wohl, das alles hinter uns zu bringen …«

Mit Riebes Hand auf dem Rücken und Vibecke als Nachhut zog sie die Verandatüren auf.

Sowie die Gardinen beiseitegezogen worden waren, fingen die Kameras an zu klicken. Im Garten standen mindestens fünfzig Pressevertreter. Normalerweise ging es auf der villengesäumten Straße alles andere als lebhaft zu, doch jetzt standen Übertragungs- und Lieferwagen von TV-Sendern am Straßenrand, Kombiwagen mit Ausrüstungsgegenständen waren bis auf die Einfahrten vorgerückt, und selbst die Nachbarn strömten herbei, um live dabei zu sein.

Fredrik stand zusammen mit Andreas auf dem Rasen. Der Hang, der zum Wetre'schen Wohnhaus führte, war mit Absperrband gesichert.

Andreas beugte sich zu ihm hinüber. »Diese Militärleute haben sich gemeldet. Zu Drange. Fingerabdrücke haben sie keine, aber sie haben es geschafft, eine alte Blutprobe aufzustöbern. Vom Grundwehrdienst. Wir arbeiten an einem DNA-Profil.«

»Gut. Verdammt gut.«

Neben ihnen stand ein TV2-Team. Fredrik kannte die junge Reporterin aus dem Fernsehen. Benedikte Stoltz. Sie hatte die undankbare Aufgabe erhalten, die Leere vor der Pressekonferenz mit Worten zu füllen. Sie war vielleicht Ende zwanzig und erinnerte Fredrik an einen hungrigen Raubfisch. Sämtliche Reporter und Tontechniker des Senders hatten sich als Zeichen der Trauer um Jørgen eine schwarze Binde umgelegt. Vor der Liveübertragung zog Benedikte ihre noch ein Stück hoch, damit die Fernsehzuschauer sie auch garantiert zur Kenntnis nahmen.

»Es war hier in dieser Villa hinter mir, wo das Ganze passierte. Die Polizei hat verlautbart, dass sich ein Unbekannter Zugang zum Haus der stellvertretenden KrF-Vorsitzenden Kari Lise Wetre verschafft hat – hier in dieser friedlichen Villengegend im Osloer Stadtteil Kringsjå – und die Abgeordnete sowie ihr Enkelkind bedrohte. Diese Bedrohungslage führte der Polizei zufolge zu jenem Einsatz, der vor vier Tagen vor der Oper so tragisch endete. Vorgestern wiederum hat die Polizei bestätigt, dass es tatsächlich eine Bombe war, die in einem ihrer Wagen platziert gewesen war, und dass es sich bei den Opfern nachweislich um Kari Lise Wetres Tochter, Annette Wetre, sowie um den langjährigen TV2-Reporter Jørgen Mostu handelt. Die Polizistin, die bei der Explosion schwer verletzt wurde, wird immer noch im Ullevål-Krankenhaus behandelt, ist aber inzwischen außer Lebensgefahr. Die zwei Toten waren zuvor verschleppt worden. Nach Kenntnis von TV2 ist die Polizei der Ansicht, dass es sich bei dem Entführer um denselben Mann handelt, der auch Kari Lise Wetre bedrohte …«

Stoltz verstummte kurz, drehte ihr hübsches Fernsehgesicht zur Seite, sodass ihr eine blonde Locke über die Stirn rutschte. Vermutlich wurden ihr gerade über den Sender in ihrem Ohr Informationen übermittelt. Anschließend warf sie einen raschen Blick über die Schulter.

»Ja … Es sieht so aus, als befände sich Kari Lise Wetre gemeinsam mit den Parteivorsitzenden der Høyre und der Kristelig Folkeparti, Simon Riebe und Vibecke Fiskvik, auf dem Weg nach draußen. Sie will das Unglück persönlich kommentieren …« Erneut drehte sie sich nach hinten. »Ja … Wie wir soeben erfahren, soll die Pressekonferenz jetzt beginnen … Hören wir mal, was sie zu sagen haben.«

Unmittelbar hinter dem Absperrband und vor dem gepflegten Rosenbeet war ein protziges Bouquet aus Mikrofonen entstanden. Dahinter wartete bereits Wetres Beraterin, Tina Holten. Die Krücken hatte sie an einen Apfelbaum gelehnt. Neben ihr trat Sebastian Koss ruhelos von einem Bein aufs andere. Sein Blick war unstet. Holten wartete, bis die drei Spitzenpolitiker sich zu ihr gesellten, und trat dann vor an die Mikrofone, begrüßte die Anwesenden und übergab das Wort an Wetre.

Ihre Stimme war gedämpft und fest zugleich.

»Ihr Lieben. Zuallererst möchte ich die Gelegenheit nutzen, um Ihnen für all die Wärme und das Mitgefühl zu danken, die meinem Enkelkind, meinem Mann und mir nach dieser unbegreiflichen Tragödie zuteilgeworden sind. Uns haben Nachrichten und Grüße aus nah und fern erreicht, von Bekannten und Unbekannten, von Parteifreunden und politischen Gegnern. Voller Liebe und Fürsorge. So etwas wärmt, so etwas gibt in einer solch schweren Zeit Stärke und Kraft.«

Wetre hatte die Hände gefaltet. Ihre Miene war ernst, aber sie wirkte ruhig. Sie wirkte sicher.

Es war Fredrik, der ihr die Nachricht vom Tod ihrer Tochter überbracht hatte. Sowie er sie ausgesprochen hatte, war die Spitzenpolitikerin auf dem Opernmarmor zusammengebrochen. Sie hatte sich auf dem Fußboden zusammengekauert und geschluchzt, geheult, ihren Leib fest umklammert. Fredrik hatte gewusst, wie sich das anfühlte. Er hatte es selbst erlebt.

»Wie Sie wissen, wohnt William, unser Enkelkind, jetzt bei uns. Und wie Sie auch wissen, hat er traumatische Erlebnisse hinter sich. Ich habe daher beschlossen, den Wahlkampf abzubrechen und meine Partei um eine Beurlaubung zu bitten, damit ich mich voll und ganz auf die Familie konzentrieren kann.« Sie warf Vibecke Fiskvik einen schnellen Blick zu. »In Hønefoss sitzt derzeit ein Ehepaar und wartet darauf, von seinen Söhnen zu hören, von Fritjof und Paul Espen Hennie. Sie hoffen auf Nachrichten von ihrem Enkelkind Johannes. Und sie sind nicht allein. Mein Mann und ich senden unser wärmstes Mitgefühl an alle Solro-Angehörigen, die noch immer in Ungewissheit leben – die keine Ahnung haben, wo sich ihre Lieben befinden. Und selbstverständlich sind unsere Gedanken bei all jenen, die ihre Lieben verloren haben, als Solro angegriffen wurde.« Sie räusperte sich. »Viele von Ihnen haben darum gebeten, unser Haus fotografieren und filmen zu dürfen, und viele haben um Interviews gebeten. Ich hoffe, dass hiermit Ihre Bedürfnisse zufriedengestellt wurden, sodass wir in der nächsten Zeit nicht um unsere Privatsphäre fürchten müssen. Ich werde bis nach der Parlamentswahl keine Interviews mehr geben – niemandem. Ich danke Ihnen.«

Mehrere Hände schossen in die Höhe. Sie war bereits

drauf und dran, zur Seite zu treten, als ein Reporter rief: »Wie beurteilen Sie die Entscheidungen der Polizei während des Einsatzes vor der Oper?«

Tina Holten wollte gerade Sebastian Koss vor die Mikrofone lotsen, als Wetre sich noch einmal umdrehte. Sie starrte den Reporter einen Augenblick lang nachdenklich an, ehe sie den Blick schweifen ließ.

»Ich trage der Polizei nichts nach. Es war das Werk eines verrückten, unberechenbaren Mannes.« Sie fuhr mit leiser Stimme fort: »Niemand anders als er allein trägt die Schuld daran, dass mein Enkelkind und die zwei Kinder von Jørgen Mostu jetzt ohne ihre geliebte Mutter beziehungsweise den Vater aufwachsen müssen.«

Danach übernahm Koss. Er wischte sich die Handflächen an der Anzugjacke ab, bevor er erst einmal betonte, wie froh die Ermittlungsbehörden darüber seien, welche enorme Aufmerksamkeit die Presse dem Fall widmete.

Fredrik verdrehte die Augen.

»Vieles kann ich aus ermittlungstechnischen Gründen zum jetzigen Zeitpunkt noch nicht kommentieren. Dennoch möchte ich mit einigen Spekulationen aufräumen.« Koss glotzte starr über die Versammlung hinweg. Sein Gesichtsausdruck war genauso düster wie der wolkenverhangene Himmel über ihnen. »Wir wissen derzeit nicht, wann Annette Wetre und Jørgen Mostu in den Kommandowagen gelangt sind. Und wir wissen auch nicht, *wie* das geschehen konnte. Aber der vorläufige Obduktionsbericht besagt, dass beide zum Zeitpunkt ihres Todes *stark* narkotisiert waren.« Er sah von seinem Notizzettel auf, bevor er fortfuhr: »Somit waren sie in den Stunden vor oder während der Explosion *nicht* bei Bewusstsein.« Eine erneute kurze Pause. »Ich kann überdies bestätigen, dass ihre Entführung im Zusammenhang mit dem Massaker auf Solro im Maridalen steht. Wie Sie wissen, war Annette Wetre Mitglied der Glaubensgemeinschaft, die dort wohnte. Wir haben nach wie vor großes Interesse daran, mit den übrigen Mitgliedern der Gemeinde in Kontakt zu treten. Wir bitten daher inständig darum, dass diejenigen, die sich auf Solro aufhielten, schnellstmöglich die Polizei kontaktieren. Das betrifft auch alle, die Informationen über ihren Verbleib haben könnten.«

Koss hob entschuldigend die Hände.

»Das war alles. Danke.«

70

Kafa wartete beim Auto. Die Augenklappe hatte sie endgültig abgelegt. Jetzt winkte sie sie ungeduldig zu sich.

»Kennt ihr den Pio-Fall? Aus der Telemark?«

Fredrik sah sie verdutzt an. »Ja…«, antwortete er zögernd. »Kennt den nicht jeder? Die zwei Schwulen, oder? Einer davon Lokalpolitiker, der im Winter spurlos verschwand?«

Kafa presste die Handflächen aufeinander.

»Genau. Das Liebespaar Pio Otamendi und Carl Josefsen ist nach einem Abend in der Stadt im März spurlos verschwunden. Sie waren mit Parteifreunden der Porsgrunn Høyre aus, um Pios Wahl zum Vorsitzenden der Ortsgruppe zu feiern.«

»Richtig, so war es«, sagte Fredrik.

Zeugen hatten zu Protokoll gegeben, sie seien in ein Taxi gestiegen. Der Wagen wurde später in einem Waldstück außerhalb von Skien gefunden – ein gestohlener Mercedes mit einem Fake-Taxischild auf dem Dach.

»Das Labor hat vor zehn Minuten angerufen. Ratet mal, wem der Finger gehört, den Annette Wetre im Auto an Tina Holten übergeben hat?« Sie sah zwischen den beiden hin und her. »Carl Josefsen. Pio Otamendis Freund. Die beiden Fälle hängen zusammen.«

Eine Stunde später saß Fredrik in einem der Restaurants am Youngstorget Bettina gegenüber. Sie hatte sich die weiße Bürobluse über den Kopf gezogen und auf den Tisch gelegt. Darunter trug sie ein Tanktop mit Rolling-Stones-Zunge über der Brust. Das Top war tief ausgeschnitten, und die Fältchen in der sonnengebräunten Haut zwischen Bettinas kleinen Brüsten sahen aus wie Bleistiftstriche. Der tätowierte Adler auf ihrem Oberarm starrte ihn zornig an, und unter dem Tisch hatte sie soeben seine Hand von ihrem Bein weggeschoben.

»Schön, dass du Zeit hattest zu essen«, sagte sie kurz angebunden.

In dieser Woche hatte er ihr bereits zweimal abgesagt. Sie war der felsenfesten Überzeugung, er müsse über den Verlust seines alten Freundes Jørgen sprechen. Da war er anderer Ansicht. Womöglich hätte er auch heute eine Ausrede finden sollen. Ihre Laune war miserabel. Bettina – Freundin oder Geliebte oder als was auch immer er sie bezeichnen sollte – wollte wissen, was in ihm vorging. Und wenn er schon nicht über Jørgen sprechen wollte, dann zumindest über sie beide. Er hatte keine Antwort für sie.

Es war bald ein Jahr her, dass sie einander begegnet waren. Sie waren sich immer einig gewesen, dass sie nicht zusammenziehen wollten. Trotzdem war es immer mehr dazu übergegangen. Erst die Zahnbürste. Dann blieben Parfüm und Schmuck im Badezimmerregal liegen. Er hatte seine Sockenschublade freigemacht, damit ihre Unterwäsche Platz hatte. Sein Zweitschlüssel hing an ihrem Schlüsselbund.

Er mochte es, sie zu vögeln. So einfach war das. Aber das war nun mal nicht das, was sie hören wollte.

Sie war der Meinung, sie hätte mehr verdient. Es wäre doch nur naheliegend, den nächsten Schritt zu vollziehen. Denn so entwickelten sich Beziehungen doch? Auf jeden Fall baute jede Beziehung auf gegenseitigem Respekt auf. Sie sei zu alt für Unverbindlichkeiten. Das verstehe er wohl.

Sie lehnte sich vor und wühlte in ihrer Tasche nach der Sonnenbrille, und er schielte auf ihren Hosenbund. Stringtanga. Als sie sich wieder aufsetzte, sah sie ihm direkt ins Gesicht.

»Ich will mit dir zusammenziehen.«

71

Lista, November 1943

Anderthalb Tage nachdem Kolbein in die Zelle unter dem weiß getünchten Wohnhaus gebracht worden war, kam er wieder.

Kolbein hatte sich auf die schmale Pritsche gelegt. Durch den Fensterspalt über ihm war Mondlicht gefallen und hatte vage Streifen über den Betonboden gezeichnet. Dann war der Metallriegel zur Kellertür zur Seite geschoben worden, und Kolbein hatte gedämpftes Knirschen von Ledersohlen auf der Treppe gehört. Das Licht wurde angeschaltet. Es waren mehrere – und vor seiner Zelle blieben sie stehen.

Kolbein hielt den Blick auf die feuchte Steinwand gerichtet.

»Also…« Es war die pfeifende Stimme des Befehlshabers. »Hier liegt er.«

Dann wurde es still.

Warum sollte er so tun, als ob? Kolbein setzte sich auf. Hob den Blick, sah ihnen entgegen.

Neben dem Befehlshaber stand er. Der Professor. Er hatte seine Arzthose in Reiterstiefel gestopft und trug darüber einen knielangen Ledermantel, wie ihn auch SS-Offiziere trugen.

Elias Brinch lächelte. In seinen schwarzen Augen loderte es. Kolbein spürte, wie das Herz in seiner Brust hämmerte, und biss sich in die Wangen. Sein Mund füllte sich mit Spucke. Klebrig. Als müsste er daran ersticken.

Der Professor leckte sich über den Daumen und strich sich dann das blonde Haar zur Seite. Die nackte Glühbirne unter der Decke zeichnete einen scharfen, schnurgeraden Schatten unter seine schmale Nase.

»Das hier hatte er in der Tasche«, sagte der Beamte nervös. Auch er hatte die düstere Spannung wahrgenommen. In der Hand hielt er Kolbeins Klappkamm. Brinch warf einen Blick auf die Initialen, klappte den Kamm auf und wieder zusammen, ehe er ihn in seine Brusttasche steckte.

»Kolbein«, raunte er mit trockener Stimme. Atmete mehrfach schwer ein und aus, bevor er eine Schachtel Zigaretten aus der Jackentasche kramte und sie gegen den Handrücken klopfte.

Als er fertig geraucht hatte, trat er die Zigarette auf dem Boden aus, leckte sich erneut über den Daumen und schob das Haar über der Stirn zurück.

»Er kommt mit.«

Elias Brinch parkte vor dem Haupttor des Gefangenenlagers. Im blassen Mondschein schielte Kolbein zum Waldstück zurück, wo er gelegen, beobachtet, sich Dinge notiert und gefroren hatte. Jetzt würde er mit eigenen Augen zu sehen kriegen, was hinter dem Stacheldraht vor sich ging. Und womöglich würde es das Letzte sein, was er sah.

Über dem senfgelben Gebäude in der Mitte des Lagers ragte der Wachtturm auf. Die Scheinwerfer, die das aufmontierte Maschinengewehr flankierten, tauchten Brinchs weiße Holzvilla und den dorthin führenden Schotterweg in bleiches Licht. Das Haus lag auf einem kleinen Hügel gleich hinter dem Gefangenenlager. Vor dem Haus befand sich ein brauner Fleck Garten. Vom Schlafzimmerfenster im ersten Stock dürfte der Mann sein ganzes kleines Königreich im Blick haben.

Zwei Soldaten zogen die Autotüren für sie auf. Beide jung. Knapp zwanzig.

»Dieser Mann hier, Herr Doktor Monsen, ist ab sofort mein Gast. Er wird in der Arbeitsbaracke wohnen. Im Zimmer direkt neben dem Labor. Sorgen Sie dafür, dass es jemand herrichtet«, sagte Brinch auf Deutsch.

»Jawohl, Doktor Kommandant«, antwortete der eine und salutierte.

Brinch sah auf die Uhr. Ein einfaches deutsches Soldatenmodell. »Es ist jetzt zehn vor zwei. Mir nach, Doktor Monsen.«

Kolbeins einstiger Lehrmeister bewegte sich geschmeidig über den Schotter, die Schultern leicht gekrümmt. Er hob kaum die Füße. Wie eine Katze auf der Pirsch. Kolbein konnte zu beiden Seiten Mauern ausmachen, die von Stacheldraht gekrönt waren. Dahinter lagen die Gefangenenbaracken. Stumm und dunkel.

Elias führte ihn in eine kleine Kammer ohne Fenster. Eine schwache Glühbirne baumelte von der Decke. Die Wände waren kahl, abgesehen von einem Spiegel über einem weißen Handwaschbecken. Sie setzten sich an einen wackligen Tisch in der Mitte des Raums.

»Du siehst nicht gut aus, Kolbein.«

Kolbein starrte auf seine Hände hinab. Seine Haut war rissig geworden in diesem Herbst. Überall Schnitte und Entzündungen. Schmutzige Fingernägel. Das fiel ihm jetzt erst auf – aber er hatte sich seit Schottland auch nicht mehr im Spiegel betrachtet. Das war schon eine Ewigkeit her.

Er strich sich über die Wange. In der ersten Zeit in der Hütte hatte er sich täglich rasiert. Irgendwann nur noch ein paarmal in der Woche. Und jetzt… Er konnte sich nicht mal mehr daran erinnern, ob er in den letzten Wochen das Rasiermesser zur Hand genommen hatte.

»Was machst du hier?«

Wieder fuhr Elias sich mit der Hand durchs Haar. Die Mundwinkel strafften sich und entblößten die unteren Vorderzähne. Ein Versuch von Freundlichkeit.

»Du hast den Pakt gebrochen«, antwortete Kolbein leise und senkte den Blick. »Weißt du nicht mehr? Die Bruderschaft sollte ruhen, bis wir uns alle wiedertreffen. Du hast den Pakt gebrochen. Du und Elsa…«

Kolbein hatte den Blick gesenkt, während er sprach. Der Tisch vibrierte schwach. Elias trommelte mit den Fingern darauf herum.

Dann fragte er, noch immer mit einem Hauch Wärme in der Stimme: »Woher weißt du das?«

Kolbein zögerte. Am liebsten hätte er die Wahrheit gesagt. Von den verschlüsselten Botschaften und von John erzählt. Damit Elias begriff, dass er entlarvt worden war. Damit er begriff, dass er verloren wäre, sobald der Krieg ein Ende hätte. Aber das konnte er nicht. Das würde John und die Operation in Griechenland, der er laut Oberst Hasle angehörte, in Gefahr bringen.

»Hier im Lager sterben viele. Das blieb nicht unbemerkt. Als dein Name auftauchte, wurde ich … kontaktiert. Die Briten wollten meine Einschätzung.« Er räusperte sich. »Und meine Einschätzung ist, dass du den Pakt gebrochen hast.«

Er fühlte Elias' Blick bohrend auf seiner Kopfhaut. Eine Weile saßen sie schweigend da.

»Und hier sitzt du nun.«

Endlich hob Kolbein den Kopf. Elias' Gesicht wirkte müder als zuvor, als er sich gesetzt hatte. Ihre Blicke trafen sich.

»Ich hab die Toten gezählt. Ich hab gesehen, was du mit diesen Menschen machst. Ich hab deine Bosheit dokumentiert, Elias.«

Sein Atem ging schneller. Er machte sich auf irgendeine Reaktion gefasst – aber welche würde das sein? Würde Elias sich auf ihn stürzen, ihn töten, hier und jetzt?

Die Tür ging auf, und eine kleine Frau Ende dreißig trat ein. Sie war gekleidet wie eine Gefangene. Elias tippte mit dem Zeigefinger schnell und rhythmisch auf die Tischplatte. Kontrolliert, ungeduldig.

Sie neigte den Kopf, trat wortlos an ihren Tisch und stellte zwei filigrane Tassen ab. Dann eilte sie wieder hinaus und kehrte mit einer runden Teekanne zurück.

Sicher war sie einmal hübsch gewesen. Jetzt war ihr Gesicht von feinen Falten marmoriert, die Haare an den Schläfen ergraut und die Gesichtszüge starr wie die einer Puppe. Sie setzte die Teekanne zwischen ihnen ab, verneigte und verzog sich dann wieder.

Endlich gab Elias' Zeigefinger Ruhe.

Er griff nach der Kanne und schenkte ihnen Tee ein – erst sich selbst, dann Kolbein. Hob die Tasse an und schnupperte daran.

»Der verfluchte Krieg«, murmelte Elias. »In Wien hat der Tee immer leicht rauchig geschmeckt, weißt du noch?« Er sah ihn direkt an. »Der Duft von Aprikosen. Aromen, die einen Raum, einen ganzen Vorlesungssaal mit Ruhe füllen konnten … mit Nachdenklichkeit. Weißt du eigentlich, dass Adolf Hitler in den Bayerischen Alpen jeden Tag zum Teehaus am Mooslahnerkopf spaziert, wenn er den Berghof besucht? Nur um eine Tasse Tee zu trinken?« Er schüttelte den Kopf. »Eine Sache garantier ich dir. Dieses Algenwasser hier würde dem Führer nicht serviert werden.«

Elias schlürfte einen Schluck Tee durch die Zähne, bevor er ihn wieder in die Tasse zurückspuckte. Dann machte er sich daran, die Reiterstiefel abzustreifen.

»Bosheit«, schnaubte er. »Das klingt so mittelalterlich, Kolbein, so wenig visionär … Damit sollen sich Priester und Politiker beschäftigen.« Er streckte die Beine aus. »Du hast es doch selbst gesehen? Im Labor? Die slawische Rasse: stark und arbeitswillig, stur, aber auch schwerfällig. Der wankelmütige Arbeiter unter den Ameisen. Oder der Jude – der Parasit, der sich an unserer Schöpfung gütlich tut. Der unsere Gesellschaft und unsere Kultur zersetzt. Negroide? So unzivilisiert, dass sie jahrhundertelang Europäer auf ihrem Grund und Boden zugelassen und sich von ihnen haben versorgen lassen, ohne je Widerstand zu leisten.« Er stand auf, stellte sich vor den Spiegel und ließ die schlanken Finger über die Wangen gleiten. »Und inmitten all dieser verderbten Erbmasse – die nordische Rasse. Die Germanen. Die Arier. Wir! Zivilisiert, klug, intelligent und reflektiert. Wenn die Menschheit überleben will, dann muss der Arier überleben!« Er drehte sich um. »Ratten und Läuse«, schrie er jetzt, »die vermehren sich – rasend schnell und rücksichtslos.

Schneller als Antilopen! Schneller als der Tiger und die Eule! Und zum Schluss bleiben nur Undeutsche zurück! Das ist nichts weiter als reine Mathematik.« Er hielt kurz inne, strich die Haare zur Seite, bevor er kalt und nüchtern weitersprach. »Das ist keine Frage der Ideologie. Das ist eine Frage der *Hygiene.*«

Elias ließ sich schwer auf den Stuhl zurückfallen. Lehnte sich nach hinten und verschränkte die Arme. Sie starrten einander an. Kolbein spürte die Verachtung in Brinchs Blick.

»Also komm mir nicht mit Bosheit. Im Labor gibt es keine Bosheit, da gibt es nur Fakten. Fakten, Beobachtungen, Hypothesen und Erfahrungswerte.« Er spie die Worte regelrecht aus. »Unser Pakt? Das war *mein* Pakt. Das war *meine* Forschung. *Meine* Ergebnisse und *meine* Erfolge. *Du* hättest sonst wer sein können.«

Erneut legte Elias Brinch eine längere Pause ein, verzog das Gesicht, atmete schwer. Dann stand er erneut auf. Drehte Kolbein den Rücken zu, trat an die Wand, fuhr mit den Fingerspitzen über das Holz. Mit einem Mal klang seine Stimme aufrichtig.

»Die Nationalsozialisten wollen neu anfangen, Kolbein. Eine neue Welt erschaffen. Eine neue Zivilisation. Die Briten, was wollen die? Nichts! Sie wollen die Welt so bewahren, wie sie ist. Die Juden aus der Oberschicht sollen ihre althergebrachten Privilegien behalten, während die Welt an ihren Wurzeln verfault. Mach doch die Augen auf, dann siehst du es, Kolbein!« Elias drehte sich um. Lehnte sich gegen die Wand und fuhr fort: »Was war denn Deutschland 1928? Und was war das Land, als wir Wien zehn Jahre später hinter uns gelassen haben? Veränderung, Kolbein! Willen und Glaube! Stärke und Durchführungskraft!«

Der Professor musterte ihn stirnrunzelnd. Dann machte er einen Schritt nach vorn und hob versöhnlich die Hände, als wäre er eine Art Erlöser.

»Antworte mir ehrlich: Spielt es irgendeine Rolle, ob diese Menschen hier oder auf dem Schlachtfeld sterben? Das sind keine Zivilisten. Das sind keine Frauen und Kinder. Das sind Soldaten! Männer, die sich bewaffnet haben, um ihr Leben zu opfern! Aber statt im Dienst eines menschenverachtenden Bolschewismus dürfen sie jetzt für die Menschheit sterben: Ihr Opfer ist bloß ein Pflasterstein auf unserem Weg zu einem Neuanfang. In eine bessere Welt – in der diejenigen, die von Anbeginn hätten führen müssen, führen werden! Und in der diejenigen, die geschaffen wurden, um zu dienen, endlich dienen dürfen.« Er lächelte fromm. »Wir stellen die natürliche Ordnung wieder her. Kann man für etwas Schöneres sterben?« Brinch schüttelte den Kopf. »Und *das* nennst du Bosheit?«

Kolbein wurde in ein weiteres kleines Zimmer ohne Fenster geführt. Auf einem schmalen Stahlbett lagen ein Satz Arbeitskleidung und ein gestreifter guter Anzug. Und mit einem Mal stand er dort in der Tür – Kjell Klepsland. Er stellte ein Brett mit Essen auf den Boden. Eine dünne Suppe, ein bisschen Brot. Kolbein versuchte, seinen Blick aufzufangen, aber der Soldat machte lediglich zwei Schritte zurück, schloss die Tür und drehte den Schlüssel herum.

72

Der TV2-Nachrichtenchef Carl Solli starrte dümmlich durch die Scheibe in der Tür.

Ehe sie ihm aufmachte, drehte Turid Mostu ihren Rollstuhl herum, sodass er den Durchgang blockierte. Die Kinder waren bei den Großeltern, und Solli wollte sie gerade am allerwenigsten in die Wohnung lassen.

»Es war ein würdiges Begräbnis«, sagte er unbeholfen. Dann reichte er ihr einen Pappkarton. »Hier sind seine Sachen.«

Sie antwortete nicht. Stattdessen griff sie in den Karton. Ganz unten ertastete sie kalten Stahl. Die Kassette, die sie auf Jørgens Bitte hin hatte sicherstellen sollen, falls *irgendwas* passieren würde. Sie sah ihn an.

»Danke, Carl. Danke für all die Hilfe bisher. Und die schöne Rede bei der Beerdigung. Ich weiß, dass Sie und Jørgen nicht immer ...« Sie zögerte.

»Die besten Freunde waren«, beendete Solli den Satz für sie. Wieder mit dümmlichem Blick. »Ich hab ihn als Journalisten immer zutiefst respektiert «, flunkerte er.

»Wir hören voneinander«, murmelte Turid zum Abschied.

Mit der Geldkassette auf dem Schoß rollte sie in Jørgens Arbeitszimmer. Sie war nicht imstande gewesen aufzuräumen, sodass hier immer noch dieselbe Unordnung herrschte wie zuvor: Kaffeebecher, Teller, Zeitschriften und Zeitungsausschnitte über den Solro-Fall lagen über den ganzen Schreibtisch verstreut. Unterstreichungen und Kritzeleien markierten die Passagen, die Jørgen spannend gefunden hatte.

Sie zog die Schreibtischschublade auf und fand den

Schlüssel genau dort, wo er liegen sollte. Dann schloss sie die Kassette auf. Sie war gerade groß genug, dass ein Ordner hineinpasste.

Sie nahm ihn heraus und blätterte ein bisschen hin und her. Der Kirkerød-Fall. Wahlkampfbetrug. Kranke Ölarbeiter und Krebsbluff. All seine alten Recherchen. Die Sachen, auf die seine Karriere aufgebaut hatte. Hier hatte er die Namen seiner Informanten hinterlegt. Hier stand der Name des Arztes, der ihm die gefälschten Krankenakten zugespielt hatte. Die Namen der Anwälte, die ihm Gerichtsunterlagen hatten zukommen lassen. Der politische Berater, der erfahren hatte, dass der Fylke-Parteivorsitzende Steuern hinterzog. Hier waren sie. All diejenigen, die ihre Jobs und ihren Status riskiert hatten, ihre Freundschafts- und Familienbande, mal aus guten, mal aus weniger guten Gründen. Der Ordner war nicht einmal dick. Über Solro stand nichts darin. Enttäuscht klappte sie ihn wieder zu. Heute Abend würde er in den Kamin wandern.

Auf dem Boden der Kassette lag ein Handy. Sie schaltete es ein. Kein PIN-Code. Den Eignungstest als Geheimagent hätte Jørgen nie bestanden, dachte sie und seufzte. Das Handy war ausschließlich im Sommer verwendet worden. Und ausschließlich, um eine einzige Nummer zu kontaktieren. Das letzte Mal an dem Tag, als Jørgen verschwand.

Eine SMS. »Ein Treffen passt prima. Hab auch was, was ich mit Ihnen besprechen will.«

Sie schloss die Augen. Hielt das Telefon mit beiden Händen fest. Noch fester. Dann schlug sie die Augen wieder auf, stellte sicher, dass die ausgehende Nummer unterdrückt war, und drückte auf den Rückrufknopf.

Es klingelte. Einmal. Zweimal. Beim dritten Mal wurde abgenommen.

»Ja bitte? Simon Riebe?«

73

Das Gebäude warf einen langen Schatten, als Fredrik Beier die Gardine zur Seite zog. Die Morgensonne stand gerade erst über dem Wald, der sich friedlich von der Telemark bis nach Vestfold erstreckte. Er hatte hämmernde Kopfschmerzen. Und kaum ein Auge zugemacht.

Durchs Fenster starrte er auf das Zentrum von Porsgrunn hinab. Eine uncharmante Mischung aus Mauern und Beton. Hier, in dieser Stadt, war das homosexuelle Paar zum letzten Mal gesehen worden. Darüber hinaus hatte Kafas Überprüfung der Zugfahrpläne Grund zu der Annahme gegeben, dass Annette Wetre mit der Vestfold-Bahn nach Oslo gefahren war, bevor sie entführt worden war. Porsgrunn lag genau an dieser Bahnstrecke.

Auf dem Parkplatz vor dem Supermarkt sechs Stockwerke unter ihm stand Sebastian Koss' »schwarzer Panther«, wie er sein Auto nannte. Hob er den Blick, konnte er die Ausläufer des Flusslaufs erkennen, der sich in den Frierfjord ergoss. Die Bewohner von Porsgrunn nannten ihn Porsgrunnselva, für die Bewohner von Skien war es der Skienselva.

Fredrik hatte nie verstanden, warum sich die beiden aneinandergrenzenden Städte nie zusammengetan hatten. Jede hatte ihre eigene charakterlose Fußballmannschaft, ein paar tausend Einwohner und hegte ihre Ressentiments gegenüber der anderen Stadt. Während Skien als Heimat von Vidkun Quisling bekannt war, galt Porsgrunn allem voran als Produktionsstätte von Toiletten. Fredrik hatte auf der gut zweistündigen Autofahrt von Oslo gen Süden davon erzählt, aber es hatte den Anschein gehabt, als hätte Kafa sich nur mäßig dafür interessiert.

Sie waren gerade an der Abfahrt nach Tønsberg vorbeigefahren, als Turid sie angerufen hatte. Die Abendsonne hatte die Welt in Rot und Orange getaucht.

Simon Riebe. Er war Jørgens geheime Quelle gewesen. Simon Riebe, der Vorsitzende der Høyre, war der TV2-Informant. Er hatte es sich in den vergangenen zwölf Stunden so oft vorsagen müssen, dass er regelrecht benommen gewesen war. War Jørgen ermordet worden, weil er Riebe hätte enttarnen können? Und wie hatte Simon Riebe all die detaillierten Informationen aus der laufenden Ermittlung in Erfahrung bringen können? Wer hatte ihn informiert? Oder war Riebe nicht nur informiert worden, sondern darüber hinaus selbst involviert? Der Mann wollte der Ministerpräsident des Landes werden, verdammt.

Fredrik wandte sich von Porsgrunn ab und schloss die Augen.

Vidar Saga war auf dem Kopf licht und um die Taille dick geworden, stellte Fredrik fest, als er seinen alten Kommilitonen eine Stunde später vor dem Hotel mit festem Handschlag begrüßte.

»Verdammt, Beier, lang ist's her«, sagte der Kommissar aus dem Polizeibezirk Telemark. Eine große Brille ruhte auf seiner Kartoffelnase.

Fredrik schüttelte den Kopf und lächelte. »Oh ja. Mindestens zwanzig Jahre. Ein halbes Leben.«

»Amen«, erwiderte der andere und rückte die Polizeimütze gerade.

Die Uniform war immer schon Sagas Lieblingskleidungsstück gewesen.

Fredrik machte ihn mit Kafa bekannt. Vidar Saga musterte erst die enge Jeans und das weit ausgeschnittene Top, bevor er ihrem Blick begegnete.

»Richtig. So sehen Agenten aus der Zentrale heutzutage aus. Schön«, sagte er in einem Ton, aus dem Fredrik nicht recht schlau wurde. Meinte er das Geschlecht, den Kleidungsstil oder die Hautfarbe?

»Und so sehen Polizisten mittleren Alters in der Provinz aus, wie ich sehe«, konterte Kafa.

Ihr Blick glitt von Sagas Hals, der wie ein blasses Würstchen zwischen Körper und Kopf steckte, abwärts über den Bauch, der über den Rand der Uniformhose quoll.

Er sah sie eine Sekunde lang argwöhnisch an, bevor er seine hockeyhandschuhgroße Hand nach vorn streckte. »Ha, ha«, lachte er gekünstelt.

Es waren nur ein paar hundert Meter vom Hotel zu dem Restaurant, in dem Carl Josefsen und Pio Otamendi fünf Monate zuvor zuletzt gesehen worden waren.

»Sie sind aufgebrochen, gleich als der Laden in der Nacht dichtmachte. Das Taxi stand dort...«, erklärte Saga und wies hinüber auf einen Stellplatz unmittelbar neben der Eingangstür. »Das sieht man noch auf dem Film der Überwachungskamera von der Bank dort drüben auf der anderen Straßenseite.« Er warf einen kurzen Blick dorthin. »Leider ist der Abstand zu groß, als dass man auf den Bildern irgendwelche Details erkennen könnte... außer dass der Fahrer wahrscheinlich allein war.«

Sie liefen hinüber auf Sagas Wagen zu, und Kafa überließ Fredrik den Beifahrersitz. Als sie den Fluss überquerten und westwärts fuhren, vorbei am alten Backsteingebäude der Porsgrunner Porzellanfabrik, erzählte Saga ihnen, wie die Ermittlungen verlaufen und letztlich ins Stocken geraten waren.

»Kripos war hier«, erklärte er in einem Tonfall, der wohl andeuten sollte, dass den hiesigen Kollegen nichts vorzuwerfen war. Er schüttelte so heftig den Kopf, dass die Wangen bebten. »Wir haben nach Feinden gesucht, nach verflossenen Geliebten … und dann kommt es natürlich auch immer wieder vor, dass sich Nachbarn mit … Homosexuellen in ihrem unmittelbaren Umfeld ein bisschen schwertun. Aber das schien nicht das Problem gewesen zu sein.«

»Was wissen Sie über die Vermissten?«, fragte Kafa.

»Tja. Carl Josefsen, ursprünglich aus Mosjøen, Sami, fünfunddreißig Jahre alt. Gelernter Bäcker, arbeitete für eine Bäckerei in Skien. Die Eltern sind verstorben, aber eine Schwester und ein Bruder leben nach wie vor im Norden. Pio Otamendi … war dreiundvierzig, Baske, aus Bilbao in Spanien … ein recht bekannter Politiker, auf jeden Fall auf Lokalebene. Beliebt. Führte nebenher einen Weinimport. Keiner von ihnen hat sich je irgendwas zuschulden kommen lassen … höchstens mal ein Bußgeld wegen Falschparkens.«

»Und sie waren schon lange ein Paar?«

»Ja, gut zehn Jahre. Anfangs gab es wohl ein kleines Hin und Her. Aber vor sieben, acht Jahren dann zogen sie aus Oslo hierher.«

»Dass sie homosexuell waren«, fragte Fredrik, »kann das jemanden provoziert haben? Außerhalb der Familie?«

Der Polizist knurrte irritiert. »Das glaub ich nicht. Nein, wirklich nicht. Nichts deutet darauf hin. Die Welt entwickelt sich weiter. Auch hier in der Provinz.«

Schweigend fuhren sie weiter. Gewundene, schmale Straßen führten sie ins Hinterland westlich von Porsgrunn. Nach drei, vier Kilometern bogen sie von der Verbindungsstraße ab und folgten einem holprigen Schotterweg durch den Nadelwald. Das Terrain stieg zusehends an, und zu guter Letzt hielt Saga auf einer Lichtung vor einer baufälligen Wellblechgarage an.

»Hier. Hier drinnen stand das Auto. Ein alter Mercedes – nicht so eine Luxuskarosse wie die, in der euer Chef rumkutschiert.«

Der Mercedes war von den Kripos-Leuten gründlich durchsucht worden. Das Gleiche galt für den Fundort. Das Auto war als gestohlen gemeldet gewesen, und sie nahmen an, dass der Fahrer Handschuhe getragen hatte, denn außer Fingerabdrücken des bestohlenen Besitzers waren lediglich Spuren der beiden Vermissten gefunden worden. Im Fußraum hatte eine zerbrochene Ampulle gelegen.

Aus einer Plastikhülle zog Saga das Foto eines blauen Glaszylinders in der Größe eines Kinderfingers.

»Die Ampulle enthielt Reste eines Betäubungsmittels. Die Silberfolie auf der Spitze war durchlöchert, vermutlich von einer Spritze. Die Leute aus dem Labor meinten, es sei nicht industriell hergestellt worden. Sie gehen davon aus, dass irgendjemand es für den Eigengebrauch produziert hatte.«

Im Schotter und entlang der Wellblechwände der Garage wuchs Unkraut. Saga marschierte auf die Tür zu und beugte sich nach unten, um das kräftige Vorhängeschloss vom Boden aufzuheben. Für einen Moment hatte Fredrik Zweifel, ob er in der Lage sein würde, sich aus eigener Kraft wieder aufzurichten.

Die Garage war komplett leer.

»Wem gehört das Grundstück?«, fragte Kafa und ging hinein.

»Der Kommune. Früher wurden hier Räumfahrzeuge, Kies und solche Dinge aufbewahrt. Das Auto wurde rein zufällig entdeckt. Die Garage sollte eigentlich abgerissen werden.«

Auf dem Betonboden zeichneten sich vor ein paar Rissen im Wellblech dünne Lichtstreifen ab. Es roch nach altem Öl und nasser Erde.

»Keine Spur? Überhaupt nichts?«

Kafa starrte Saga beinahe misstrauisch an. Er schüttelte langsam den Kopf.

»Nicht viel auf jeden Fall. Draußen im Schneematsch haben wir eine Stiefelspur gefunden und eine Art Abdruck gesichert, aber wir konnten keinen dazu passenden Stiefel finden. Wir wissen nur, dass es sich um einen Herrenschuh handelt, und Kripos schätzt, dass der Träger zwischen fünfundsiebzig und fünfundneunzig Kilo wiegt, aber … Denkt daran, das Ganze war Anfang des Frühjahrs. Die Wetterverhältnisse waren beschissen. Und es kann ebenso gut die Spur eines der Vermissten gewesen sein.«

Vidar Saga stemmte die Hände in die Hüften und starrte Kafa an. Sie starrte zurück. Fredrik ging wieder hinaus in die Sonne.

»Mehr nicht?«

»Nein.«

»Wie war der Körperbau der beiden Vermissten?«

Saga schnaubte. »Der Körperbau? Was wollen Sie denn … Ganz normal, nehme ich an. Gewöhnliche erwachsene Männer. Weder auffällig dick noch dünn.«

»Dann können wir wohl davon ausgehen, dass Pio Otamendi und Carl Josefsen nie hier gewesen sind«, stellte Kafa fest.

»Okay …«

»Ja. Wenn die Person, die sie entführt hat, sie weggetragen hätte, hätte sie deutlich mehr als neunzig Kilo wiegen müssen, oder nicht?«

»Und warum sollte diese Person sie *getragen* haben?«

»Weil in dem Wagen eine leere Betäubungsmittelampulle gelegen hat?«

Für eine Weile sagte Vidar Saga nichts.

74

Der Waldboden unter seinen Füßen war aufgeweicht. Um ihn herum kämpften Laubbäume, Fichten und Kiefern um die Vorherrschaft auf der Anhöhe. Hier verliefen mehrere Wanderwege, er hatte das Risiko eingehen müssen, irgendjemandem zu begegnen. Er sah sich immer wieder um, bis er endlich ein Schattenversteck am Bergrücken gefunden hatte. Hier im Gebirge verschmolz er mit der Umgebung. Ein Stück unter ihm lag die Geröllhalde, die sich bis in die Ebene hinunterzog. Dort irgendwo war der Eingang zum Bunker.

Er musste wieder an Afghanistan denken. An die Tage, die er in Gruben, Höhlen und an abschüssigen Berghängen verbracht hatte – nur er, Hvalen und das Gewehr. Tage, die sie damit zugebracht hatten, auf ein Auto aus einer Kolonne zu warten – auf einen Mann mit grau gesprenkeltem Bart. Einen NATO-Agenten, der undercover bei den Ziegenbauern lebte. Auf das Mädchen mit dem Bombengürtel.

Hier war er allein und Hvalen lediglich ein Gesicht auf dem Bildschirm. Er glaubte nicht, dass sie noch mal zusammenarbeiten würden. Die Operation gegen den Gouverneur in Kandahar war der Schlusspunkt gewesen.

Er hatte keine Ahnung, wie man ihn mit dem Mord an dem Gouverneur in Verbindung gebracht hatte. Nur eine Sache ärgerte ihn noch mehr: dass sie den alten Imam im Minarett am Leben gelassen hatten. Das war eine eklatante Fehleinschätzung gewesen.

Es schwelte in der Organisation, und das war gefährlich für Fußvolk wie ihn. Er wusste, dass er gut war, aber er war eben nicht unentbehrlich.

Nachdem er das Tarnnetz aufgespannt hatte, zog er die schwarze Tasche auf. Breitete die imprägnierte Stoffdecke auf dem Boden aus und legte das M4A1-Automatikgewehr und die Magazine vor sich hin. Dann das Oberschenkelholster und daneben die sondergefertigte tschechische CZ-75-Pistole. Anschließend kontrollierte er, dass die schwarze Armeehose über den Stiefeln ausreichend straff gezogen war. Er zog die Kampfweste über den Kopf und schnallte sich Holster und Trinkbeutel um. Am Ende löste er die Maske. Wenn er sich anstrengte, schwitzte er mitunter leicht unter dem Silikon. Und er wollte keine Spuren hinterlassen.

Er setzte sich in den Lotussitz und zog den Laptop auf den Schoß. Auf Hvalens Signal hin würde die Aktion beginnen.

Kürzlich erst war er noch der Gejagte gewesen. Die ganze Aktion hatte auf Messers Schneide gestanden. Da war *er* in Gefahr gewesen. Und das hatte ihn zum Handeln gezwungen. Nur so war ihm die Idee gekommen. Er hatte nicht nur die Aufmerksamkeit der Polizei von sich abgelenkt. Er hatte sich – mit einer kleinen List – sogar deren Hilfe bei der Suche nach seinem Ziel bedient. Als Annette Wetre schließlich im Zug nach Oslo ihr Handy angeschaltet und auf sich aufmerksam gemacht hatte, war der Plan bereits ausgebrütet gewesen. Es hatte ihn nicht im Geringsten berührt, dass sie leise betend und an Gott gewandt dem Schmerz und der Erniedrigung getrotzt hatte, die er ihr zugefügt hatte. Es hatte ihm nichts ausgemacht, dass sie sich so fest in die Lippen gebissen hatte, dass das Blut geflossen und ihr Mund angeschwollen war. Nur weil sie das Versteck der Sekte nicht hatte verraten wollen.

Er wischte sich eine Träne vom Kinn.

Das Gefühl, das er gehabt hatte, als er aus dem Osloer

Hauptbahnhof geschlendert war und das Telefon in seiner Tasche vibriert hatte? Die dumpfe Detonation in seinem Rücken? Der reinste Triumph!

Die Polizei hatte ihn nach Porsgrunn geführt. Nach all den Tiefschlägen und Misserfolgen würde der neue Ermittlungsleiter, Koss, seine Kollegen nicht mehr aus dem Blick lassen. Und als Koss sich in seinen luxuriösen schwarzen Mercedes gesetzt hatte und gen Süden gerast war, hatte er sich nur noch an ihn dranhängen müssen.

Vom Parkplatz vor dem Hotel sah er, wie der Dicke, das Hinkebein und die Pakistanerin losfuhren. Er folgte ihnen in den Wald hinein. Als er am Waldweg das rostige Schild sah, fielen die fehlenden Puzzleteilchen an ihren Platz. »Munitionslager Kverndammen«. Er ließ diese stumpfsinnigen Polizisten ihr Ding machen und bog ab.

Natürlich, der alte Bunker! In den vergangenen Jahren waren viele davon mitsamt dem umliegenden Land verkauft worden. Brachliegende Überbleibsel aus dem Kalten Krieg. Stumme Steinhallen, das immer gleiche Licht, die immer gleiche Temperatur. Außer Acht gelassen und vergessen. Meterdicke Wände – das ideale Versteck für jemanden, der etwas zu verbergen hatte.

Wie die Pastoren der Glaubensgemeinschaft Gottes Licht.

Das ehrwürdige Rathaus von Porsgrunn bot tatsächlich eine halbwegs hübsche Aussicht auf den Fluss. Vom Servicecenter der Kommune allerdings, das nur einen Steinwurf entfernt in einem Backsteinklotz an der Storgatan untergebracht war, konnte man lediglich die Fassaden auf der gegenüberliegenden Straßenseite bestaunen. Für Fredrik und Kafa spielte das keine Rolle. Er studierte die Karten der Bau- und Eigentumsabteilung, sie telefonierte mit Andreas.

Wo konnten die Gottes-Licht-Mitglieder sich verstecken?

Eine schmächtige Stadtplanerin hatte sie dort in Empfang genommen und bloß den Kopf geschüttelt, als sie ihr Anliegen vorgebracht hatten. Jetzt saß sie hinter einem Computer und starrte Fredrik mürrisch an. So wie er die Finger in sein braun-graues Haar gekrallt und die langen Beine auf den Tisch gelegt hatte, sah es nicht danach aus, als hätte er vor, bald wieder zu gehen. Dem Türschild zufolge war das Servicecenter schon seit Stunden geschlossen. »Die Karten gibt es auch elektronisch«, hatte sie ihm entgegnet, doch Fredrik hatte auf die Originale bestanden. Er musste sich ein Bild von der Landschaft verschaffen. Und das tat er am besten mit Papier zwischen den Fingern.

Sobald Kafa ihr Telefonat mit Andreas beendet hatte, beugte sie sich zu ihm herab. »Ich glaube, wir haben es!«

Er sah sie mit großen Augen an.

Andreas hatte sämtliche Abhebungen überprüft, die Pastor Plantenstedt vom Konto der Glaubensgemeinschaft in Bankfilialen außerhalb Oslos getätigt hatte. Im Sommer vor sieben Jahren hatte der Pastor dreihunderttausend Kronen in einer Bank in Tønsberg abgehoben. Und nur wenige Stunden später die gleiche Summe in Porsgrunn.

»Aha?«

»Dann hat er nach Immobilien in der Umgebung gesucht, die für rund sechshunderttausend Kronen zum Verkauf standen«, fuhr sie fort.

»Aber nichts gefunden.«

Kafas breites Grinsen deutete an, dass noch mehr kommen würde. »Andreas hat die Suche ausgeweitet. Und siehe da, Plantenstedt hatte weitere zweihunderttausend abgehoben – anderthalb Wochen zuvor, in Oslo.« Sie legte ihr Tablet zwischen sie auf den Tisch. »Sieh dir das an.«

Es war eine sieben Jahre alte Liste von Eigentumsübertragungen in der Gemarkung Porsgrunn. Kafa klickte einen Posten an. »Der Verkäufer, das Königreich Norwegen, hat Grund, Boden und Gebäude des Munitionslagers Kverndammen für siebenhundertfünfzigtausend Kronen an den Käufer, Solorinvest, übertragen.«

»Solorinvest«, wiederholte Kafa aufgeregt. »Solor – Solro?«

»Verdammt.«

Fredrik sprang auf und marschierte auf die Stadtplanerin zu. Sie sah ihn über ihre Brille hinweg an, lächelte gekünstelt und tat so, als hätte sie nicht mitbekommen, wie aufgeregt Kafa gewesen war.

»Ich brauche die Bebauungspläne«, eröffnete Fredrik ihr, »vom Munitionslager Kverndammen. Und eine Kopie des Kaufvertrags.«

Sie nahm ihm das Tablet aus seinen Händen. Blinzelte. Ihre Nasenflügel wellten sich wie Speck in einer heißen Pfanne.

»Die Bebauungspläne finde ich sicher, aber den Vertrag ... Das kann dauern. Wie Sie sehen, war die Kommune an dem Geschäft nicht beteiligt«, erklärte sie und tippte mit dem Finger auf das Display.

Fredrik lächelte nachsichtig.

Eine halbe Stunde später kehrte die Stadtplanerin aus dem Archiv zurück und legte einen Kaufvertrag vor ihnen auf den Tisch. Das Dokument war von Per Olsen unterzeichnet.

Es war später Nachmittag und die Sonne bereits hinter dem Bergkamm verschwunden, als der Metallarm der Sicherheitstür ein lautes Kreischen von sich gab. Er rotierte eine Drittelrunde, bis er senkrecht stehen blieb und ein dumpfes, metallisches Dröhnen erklang. Das Schloss.

Er hatte gewartet. Auf den doppelten, hellgelb lackierten Türen zeichneten sich zwar ein paar Rostflecken ab, und die Farbe platzte ab, aber sie waren gebaut worden, um einen Atomkrieg zu überstehen. Sie geräuschlos zu durchdringen wäre unmöglich gewesen. Aber das war auch gar nicht notwendig. Es war schließlich schon mehr als einen Monat her, seit sich die Sekte hier versteckt hatte. Ein Monat in der Isolation zehrte an der Fähigkeit, Dinge realistisch einzuschätzen, das wusste er. Am Waldrand vor dem Eingang hatte er zerbrochene Zweige, ausgetretene Zigarettenstummel und frische Spuren in der feuchten Erde entdeckt. Irgendjemand von dort drinnen schlich also hin und wieder raus, um ein bisschen frische Luft zu atmen und Sonnenlicht zu tanken. Es war nur eine Frage der Zeit.

Der Eingang zum Munitionslager erinnerte an eine Tunnelöffnung, wobei der Gebirgsüberhang auf einem aus Beton gespannten Bogen ruhte. Der Bogen schützte vor herabfallenden Steinen und war über die Jahrzehnte zu einer moosbewachsenen, feuchten Höhle geworden. Sein erster Gedanke war, dass der Eingang videoüberwacht sein würde. Dann aber dämmerte es ihm, dass dies nicht der Fall sein konnte. Zumindest nicht von außen. Denn eine moderne Überwachungskamera hätte Aufmerksamkeit erregt. Und was die Sekte hinter diesen Türen trieb, das trieb sie in aller Heimlichkeit.

Also hatte er sich direkt an die Wand herangepirscht und war neben der Stahltür in die Hocke gegangen, hatte sich mit einem Knie auf den Hang gestützt, das andere diente als Stütze für den Ellbogen, damit die Pistole in seiner Hand vollkommen ruhig lag.

Der Mann, der schließlich herauskam, war unvorsichtiger, als er es zu hoffen gewagt hätte. Er sah weder nach rechts noch nach links, ließ die Tür offen stehen, während er zielsicher auf eine sonnige Stelle zulief. Eine Zigarette baumelte in seinem Mundwinkel, und er fummelte in der Tasche seiner Kapuzenjacke herum.

Er konnte das dumpfe Geräusch aus dem Schalldämpfer hören, wusste aber, dass der Schall nicht tragen würde. Er schoss dem Mann einmal in den Hinterkopf und einmal zwischen die Schulterblätter. Als ihn die zweite Kugel traf, sank der Mann auf die Knie, fiel vornüber und landete mit einem dumpfen Aufprall auf dem moosbewachsenen Boden.

Mit drei langen Schritten war er am Eingang und blickte den Gang entlang, der in den Berg hineinführte. Niemand zu sehen – das Einzige, was ihm begegnete, war ein schwacher, lauer, stickiger Luftzug.

Der Korridor war breit genug, dass ein Auto bequem hindurchgepasst hätte. Die weiß gestrichenen Betonwände erstreckten sich beinahe vier Meter in die Höhe, bis sie in das freigesprengte Gebirgsdach übergingen. Im Abstand von ungefähr fünf Metern hingen darunter Aluminiumlampen. Er zählte fünf, bis eine weitere Doppelstahltür vom selben Typ den weiteren Blick versperrte.

Er schob die Pistole zurück ins Holster. Mit einem kräftigen Griff in Kragen und Schritt des Toten schulterte er ihn. Anschließend las er das Automatikgewehr auf und schlich hinein.

In einer schattigen Ecke hinter der Tür ließ er den Körper fallen. Blut gluckste, als der Mann auf dem Betonboden aufschlug. Dann griff er mit der behandschuhten Hand nach dem Kiefer des Toten und drehte das Gesicht zu sich herum. Ein junger Mann, jünger als er. Anfang dreißig vielleicht, bärtig und mit großen blauen Augen, die in die Ferne starrten wie die eines schlafenden Pferdes. Das gewellte Haar war blutverschmiert. In der Stirn klaffte ein wallnussgroßes Loch. Gehirnmasse war in die kräftigen Brauen gesickert. Zwischen den Lippen steckte immer noch der Rest der abgeknickten Zigarette.

Er kannte ihn vom Briefing. Fritjof Hennie. Gehörte zum Kern der Sekte. Aus der Kellergruppe – hatte Hvalen nicht erwähnt, dass sie sich so genannt hatten?

Er wischte das Blut von den Handschuhen an Hennies Kapuzenpullover ab, ehe er die Stahltür hinter sich zuzog. Dann entsicherte er erneut das Gewehr und schlich den Korridor hinunter.

Vor der zweiten Stahltür ging er in die Hocke und lauschte. Sie war bloß angelehnt. Nichts. Er schob sie vorsichtig auf. Der Korridor dahinter hatte in etwa die gleiche Länge wie der erste, allerdings lagen hier Flickenteppiche am Boden, und die Wände waren mit gerahmten Postkarten von Grenland geschmückt. Außerdem war die Temperatur ein paar Grad höher.

Er schlich weiter, zog die Tür hinter sich zu. Dies war also der innere Teil ihres Zufluchtsorts. Der Wohnbereich.

In beiden Längswänden befand sich jeweils eine schmale Tür, zudem eine breitere am Ende des Korridors. Er fing mit rechts an. Dahinter lagen die Schlafräume. Es waren drei, und sie waren allesamt verwaist.

Die Tür am Ende des Gangs war verschlossen.

Also gab es nur einen einzigen Weg für ihn, der weiterführte: die Tür ohne Klinke in der linken Wand.

Erneut ging er in die Hocke und lauschte. Meinte, leises Murmeln zu vernehmen. Behutsam setzte er den Rucksack mit dem Sprengstoff ab. Drückte die Tür vorsichtig nach innen. Die Scharniere waren leichtgängig. Der Raum, der sich dahinter öffnete, war groß, länglich angelegt und spärlich beleuchtet. Auf dem Boden lag verblasstes Linoleum, und um die Respatex-Tische standen dunkle Plastikstühle mit schimmernden Aluminiumbeinen.

»Fritjof?«, rief jemand.

Eine dünne Männerstimme. Und der Mann draußen schaltete auf Autopilot.

Er stand auf, hob das Gewehr in Anschlag und trat die Tür auf. Am Visier vorbei maß er den Raum auf etwa sieben, acht mal dreißig Meter. In etwa zwei Dritteln standen Tische und Stühle – der Speisesaal. Am hinteren Ende waren Schiebetüren beiseitegeschoben worden und gaben den Blick auf eine Kantine frei. Direkt vor einem Serviertresen standen zwei Männer unter einer von der Decke herabhängenden Lampe, der einzigen Lichtquelle im Raum.

Rechts von ihnen befand sich eine Tür – der einzige potenzielle Fluchtweg, soweit er sehen konnte.

Dann eröffnete er das Feuer.

Trotz des Schalldämpfers hallten die Schüsse von den Betonwänden wider. Der erste Kugelhagel traf den Mann, der mit dem Rücken zu ihm dagesessen hatte. Er sah noch, wie der halbe Schädel in rotem Sprühregen verschwand, der Körper nach vorne fiel und der Tisch umkippte. Der Mann auf der anderen Seite stürzte nach hinten und suchte hinter dem umgefallenen Tisch Deckung.

Er hielt kurz inne. Schielte über das Visier. Verschaffte sich einen Überblick, ehe er schnell und zielstrebig in die Mitte des Raumes schritt. Der Laserpunkt tanzte vor ihm her. Durch die Tische und Stühle hatte er keine freie Sicht, aber das spielte keine Rolle. Es gab nur zwei Ausgänge – die Tür in der gegenüberliegenden Wand und die in seinem Rücken. Er drosselte das Tempo. Spannte die Muskeln in Rücken, Armen und Nacken an.

So viel wusste er von den Menschen: Wenn sie zur Beute wurden, versuchten sie zu fliehen. Alles, was er brauchte, war freie Sicht auf den Fluchtweg. Letztendlich würde die Angst die Oberhand gewinnen. Und selbst ihr Anführer, der sich unter Garantie gerade irgendwo versteckte und in ein erbärmliches Gebet vertieft war, würde ängstlich wimmernd und mit pissnasser Hose losstürzen. Aber er würde nicht einmal den halben Weg zur Tür schaffen, ehe die Projektile Herz und Lunge in Stücke gerissen hätten. Er würde sterben – mit ungläubigen Augen, die im Schein des Deckenlichts schimmerten.

Er schob einen Stuhl von einem der Tische herunter und genoss den Anblick dessen, was er zustande gebracht hatte. Beäugte den Körper, den er durchsiebt hatte, aus nicht mehr als sechs, sieben Metern Abstand.

Von einer Kugel getroffen zu werden tat nicht weh. Nicht sofort. Erst fühlte es sich an, als würde man einen lähmenden Tritt bekommen, wie von einem verdammten Skistiefel. Oder einen Schlag mit einem Baseballschläger. Etwas so Kräftigem, dass der Körper von den Beinen gerissen wurde, dass man den Schmerz nicht spürte, sondern regelrecht sah wie weißes Feuerwerk in rotem Nebel. Die Signale eines zerschmetterten Körperteils waren so unfassbar unverständlich, so unbegreiflich für das Gehirn, dass es erst mal abgeschaltet wurde. Das Tier im Menschen übernahm. Dann erst kam der Schmerz.

Der Schlag auf den Körper war so kräftig, dass er direkt an die Wand geschleudert wurde. Das M4-Gewehr glitt ihm aus den Händen, und als er auf die Knie stürzte, versuchte er, sich mit beiden Fäusten abzufangen. Im selben Augenblick schmeckte er den süßen Geschmack von Blut im Mund und spürte, wie seine rechte Schulter in glühende Kohlen gepackt wurde.

Der Arm gab nach, er fiel weiter nach vorn, und sein Schädel landete hart auf dem Linoleum. Doch der Schlag war nicht heftig genug gewesen, und anstatt ihn außer Gefecht zu setzen, klärte er seine Sinne. Es war auf ihn geschossen worden – es war auf *ihn* geschossen worden! Von hinten!

Er hatte keine Erklärung dafür. Den Bereich in seinem Rücken hatte er doch zuvor sondiert. Dort hätte niemand mehr sein dürfen.

Er rollte herum, begegnete dem Blick des Mannes, an den er eben erst gedacht hatte – den er hatte töten wollen.

Sören Plantenstedt hatte sich hinter dem umgekippten Tisch aufgestemmt. Sein Blick war starr, die Augen gelb vor Angst.

»Sören! Paul!«

Er ließ Plantenstedt aus den Augen und drehte den Kopf. Dort, an der Tür, durch die er selbst gekommen war, stand der Mann, der auf ihn geschossen hatte. In den Händen hielt er immer noch eine halb automatische Glock. Das war er. Irrtum ausgeschlossen. Auch wenn das Gesicht, das auf Hvalens Bildern glatt rasiert gewesen war, jetzt unter einem struppigen Bart versteckt lag. Sein blondes, ungewaschenes Haar stand in alle Richtungen ab. Er war blass, hielt trotzdem den Blick fest auf ihn gerichtet. Und er schrie.

»Sören! Paul!«

Sören Plantenstedt stützte sich gegen den umgestürzten Tisch, während tief aus seiner Brust gurgelnde Geräusche kamen. Dann krümmte er sich nach vorn und übergab sich. Eine orange-weiße, schäumende Flüssigkeit.

Inzwischen hatte Børre Drange den ganzen Raum durchquert und hielt kurz inne. Wartete, bis Plantenstedt wieder in der Lage war, den Oberkörper zu strecken, und sich Augen und Mund abgewischt hatte. Die beiden Pastoren starrten einander an. Plantenstedt war zu Tode erschrocken, Drange war eiskalt. Eiskalt und fest entschlossen.

»Raus!«, fauchte Drange Plantenstedt an und wedelte mit dem Pistolenlauf in Richtung Tür. Dann holte er tief Luft. Wischte sich mit dem Ärmel des marineblauen Pullovers den Schweiß von der Stirn. Kniff die Augen zusammen. Und machte einen Schritt auf den Angreifer zu.

»Jetzt wirst du sterben, Teufel.«

Das tiefe, metallische Dröhnen überraschte sie beide. Der Pastor drehte den Kopf, und im selben Moment verstand der schwarz Gekleidete, dass dies seine einzige Chance sein würde.

Er stürzte nach vorn, gebrauchte den Kopf und die unversehrte Schulter, um sich unter den Tischen hindurch einen Weg zu bahnen. Um ihn herum krachten Stühle herab, dann hörte er drei scharfe Schüsse aus Dranges Glock. Kein Treffer. Er krabbelte weiter. Hielt inne, lauschte, kroch weiter. Dann stoppte er. Es war nur eine Ahnung – ein vages Gefühl, das er von all den anderen Momenten kannte, in denen er dem Tod von Angesicht zu Angesicht gegenübergestanden hatte. In denen der Tod allerdings immer zurückgewichen war.

Mit einem Mal wusste er, dass er alleine war. Er wusste, dass der Mann, der auf ihn geschossen hatte, geflohen war. Er richtete sich auf.

Aus dem Außenkorridor drang kreischender Lärm herein. Es roch nach verbrannter Farbe und schmelzendem Metall. Irgendjemand war drauf und dran, sich mit einem kräftigen Winkelschleifer durch die innere der beiden Stahltüren zu schneiden.

Er drehte sich um und rannte los. Befestigte das Gewehr außen an seiner Weste, ehe er auf demselben Weg flüchtete wie die Männer, die zu töten er gekommen war.

75

»Noch zwei«, stöhnte Fredrik.

»Welcher Teufel ist hier eigentlich zugange?«

Er sah zu Kafa hinüber, die sich über den Toten in der Kantine beugte. Daneben saß Sebastian Koss an einem Tisch. Der Polizeidirektor hatte das bleiche Gesicht verzogen, fuhr sich mit beiden Händen durchs Haar und sah Fredrik müde an. Stumm schüttelte er den Kopf.

»Es sind die Brüder«, teilte Kafa ihnen leise mit. »Der Mann am Ausgang ist Fritjof Hennie, und das hier« – sie zeigte auf die Leiche hinter dem Küchentisch – »ist schwer zu sagen, weil er so schlimm zugerichtet ist. Aber ich glaube, es ist Paul Espen Hennie.« Sie räusperte sich. »Ihre Eltern wohnen in Hønefoss.«

»Wir schicken jemanden zu ihnen«, sagte Koss kraftlos. Dann sah er erneut zu Fredrik hinüber und zuckte mit den Schultern. »Oder nicht?«

»Er hat einen Sohn«, flüsterte Fredrik. »Paul Espen Hennie hat einen kleinen Sohn. Das haben die Aussteiger erzählt. Johannes heißt er.«

Plötzlich hörten sie das Knarzen der Tür hinter sich. Drei schwer bewaffnete Polizisten betraten den Raum. Die schwarzen Helme mit den großen, abgerundeten Visieren baumelten an ihren Gürteln. Der Anführer schien nicht zu wissen, an wen er sich wenden sollte. Fredrik winkte ihn zu sich.

»Nichts«, teilte er ihnen ohne Vorrede mit. »Die Kollegen suchen draußen weiter, aber vorläufig haben wir nichts.«

Die Spezialeinheit war mit dem Helikopter aus Oslo angekommen, als es der Polizei Telemark gerade gelungen war, sich durch die äußeren Türen zu schneiden. Während sie Raum für Raum überprüft und draußen im Flur den Sprengstoffrucksack unschädlich gemacht hatten, war Fredrik ihnen dicht auf den Fersen geblieben. Bei dem Sprengstoff hatte es sich um C4 gehandelt – dieselbe Substanz, die auch vor der Oper verwendet worden war.

Die Gebirgsanlage bestand alles in allem aus drei Schlafzimmern mit Bad und Toiletten, der Kantine und einem großen Hauptlager hinter der inneren, breiten Tür.

»Da ist was, was Sie sich ansehen sollten«, murmelte der Leiter der Spezialeinheit, und Kafa und Fredrik folgten ihm.

Vor der Stahltür, die den Wohnbereich vom Korridor trennte, der nach draußen führte, hielt der Polizist inne.

»Sehen Sie sich das hier an.« Er ging in die Hocke.

Ungefähr einen Zentimeter über dem Betonboden verlief eine verschlissene Stahlleiste. Entlang der Leiste und quer über den Boden war ein weißer Silikonfaden gespannt, kaum dicker als ein Haar. »Das ist eine Art Alarmsystem. Der Draht war hier in der Stahltür befestigt.« Er zeigte auf einen winzigen Haken, der wenige Zentimeter über dem Boden in der Tür saß. Die Schlinge hing immer noch dran. »Der Draht ist lang genug, dass sich die Tür ungefähr fünfzehn Zentimeter aufschieben lässt, bevor er reißt.« Der Uniformierte drehte sich zu Fredrik um und kratzte sich den kurz geschorenen Schädel. »Was ich aber nicht verstehe, ist, wohin der Alarm gegangen ist. Wir haben das ganze Magazin zweimal durchleuchtet. Wir finden weder Ton- noch Lichtsignale. Ich verstehe verdammt noch mal nicht, wohin …«

»Wir machen noch einen Durchgang«, entschied Fredrik.

Sie begannen mit dem Schlafbereich. Drei Zimmer, die

in einer Reihe angeordnet waren, mit jeweils zwei Betten. Fredrik warf Kafa einen vielsagenden Blick zu. Das waren viel zu wenige Betten, um sämtliche vermissten Gottes-Licht-Mitglieder zu beherbergen. Der Polizist winkte sie in das mittlere Zimmer. Dort zeigte er auf eine niedrige Tür zwischen den Betten, die aussah wie die eines Garderobenschranks. Das war der Notausgang. Dahinter führte ein Flur aus dem Berg hinaus, und zwar in die dem Haupteingang entgegengesetzte Richtung.

Der schmale Gang wurde von blankem Stein eingerahmt. Es war feucht, und die Temperatur konnte nicht mehr als sieben, acht Grad betragen. Von der Decke hingen ein paar schwache Glühbirnen. Zehn Meter weit wateten sie durch den feuchten Gang, bis sie eine Stahltür in der Seitenwand erreichten.

»Die führt zum Hauptlager. Der Korridor selbst geht noch etwa fünfzig Meter weiter. Dort endet er an einer massiven Tür, die raus ins Gelände führt. Sie stand offen.«

»Ihr Fluchtweg«, sagte Kafa langsam.

Hintereinander betraten sie das leere Hauptlager. Hier drinnen waren es mindestens fünfzehn Meter bis zur Decke, und die Temperatur war weitaus angenehmer. Die Luft war trocken. Hinter ihnen krachte die Tür zum Notausgang zu.

»Habt ihr das bemerkt?«, fragte Kafa.

Die beiden anderen sahen sie wachsam an.

»Hier herrscht Überdruck. Deswegen ist die Tür so heftig ins Schloss gefallen. Habt ihr nicht auch den Druck auf den Ohren gespürt?«

Beide nickten zögerlich.

»Der Überdruck sorgt dafür, dass keine verunreinigte Luft von draußen in die Anlage gelangt – wenn die Luft draußen beispielsweise nach einem Atomangriff radioaktiv verseucht ist. Viele Bunker wurden so gebaut. Aber solche

Überdruckanlagen zu betreiben ist teuer. Normal wäre es, die Anlage nur dann laufen zu lassen, wenn tatsächlich die Gefahr von Verunreinigung besteht…« Sie zögerte. »Sie hatten eine ähnliche Anlage auch auf Solro in Betrieb«, fügte sie hinzu.

Als sie zurückkehrten, saß Sebastian Koss noch immer am selben Tisch in der Kantine. Verdrossen winkte er sie zu sich.

»Setzen Sie sich«, sagte er.

Ob es ein Befehl oder eine Bitte war, hätten sie nicht sagen können. Demonstrativ drehte Fredrik ihm den Rücken zu und schenkte erst mal zwei Tassen glühend heißen Kaffees aus der Thermoskanne ein. Anschließend schob er eine der Tassen über den Tisch, und Kafa bedankte sich gequält, während Koss ihn mit zusammengebissenen Zähnen anstarrte. Sie erzählten ihm von dem Notausgang.

»Wir können also davon ausgehen, dass hier maximal sechs Leute wohnten«, schlussfolgerte Koss. »Zwei wurden getötet. Das bedeutet, dass sich bis zu vier weitere Personen auf der Flucht befinden.«

»Wir können wohl davon ausgehen, dass auch Annette Wetre hier gewohnt hat, zusammen mit William. Die Brüder gehörten zur sogenannten Kellergruppe – dem innersten Kreis. Genau wie sie«, merkte Kafa an.

Koss sah sie an. Nicht unfreundlich, aber mit leeren, müden Augen. »Klingt wahrscheinlich.«

»Sören Plantenstedts Handy wurde nach dem Massaker entlang der E18 verwendet. Zusammen mit den Brüdern, Annette und William hätten wir somit fünf Personen identifiziert. War die sechste Person Børre Drange? Befinden sich die beiden Pastoren gemeinsam auf der Flucht?«, fragte Kafa.

Statt zu antworten, sagte Koss mit gedämpfter Stimme:

»Das bringt mich auch gleich zur nächsten Frage. Was zum Teufel ist hier passiert?« Er hämmerte die Faust so hart auf den Tisch, dass Fredrik befürchtete, seine Handwurzel würde brechen.

»Es gibt zwei mögliche Erklärungen«, sagte Fredrik. »Entweder handelt es sich um einen internen Konflikt. Oder sie wurden von außen angegriffen.«

»Nein«, sagte Kafa entschieden. »Es gibt nur eine mögliche Erklärung.«

Koss starrte sie überrascht an. Er war es nicht gewohnt, dass eine Mitarbeiterin ihrem Vorgesetzten widersprach, ahnte Fredrik. So was mochte Koss nicht. Allerdings hatte Fredrik den Verdacht, dass er in diesem Fall bereit war, eine Ausnahme zu machen.

»Fritjof Hennie wurde zuerst getötet. Er wurde draußen vor dem Bunker in Rücken und Hinterkopf geschossen. Das belegen die Blutspuren. Stimmt doch?«

»Ja…«

»Er muss überrumpelt worden sein. Dann hat der Angreifer die Leiche in den Korridor gezerrt, hatte aber keine Zeit, die Spuren zu beseitigen.« Kafa sah von Koss zu Fredrik. »Das heißt doch, dass er draußen auf Hennie gewartet hat. Es war jemand, der keinen Zutritt hatte. Jemand, der nicht willkommen war. Ein Angreifer von außen.« Da keiner von ihnen etwas sagte, fuhr sie fort: »Als der Angreifer Tür Nummer zwei öffnete, löste er damit den Alarm aus. Versehentlich. Er ist bis hierher in die Kantine vorgedrungen, wo er auch Paul Espen Hennie in Hinterkopf und Rücken schoss. Er wurde lediglich in die obere Körperhälfte getroffen, daher nehme ich an, dass Hennie saß, als er erschossen wurde. Also wurde auch er überrumpelt.«

Koss zog eine Augenbraue hoch. Er war sichtlich beeindruckt. »Okay…«

»Dann diese Blutspuren hier.« Kafa stand auf und trat an die Wand. »Hier wurde eine dritte Person angeschossen. Ich glaube, dabei handelte es sich um den Angreifer selbst.«

Fredrik konnte sich ein Lächeln nicht verkneifen.

»Woher wollen Sie denn wissen, dass das Blut von einer dritten Person stammt?«, fragte Koss.

»Paul Espen Hennie wurde mit einer automatischen Waffe erschossen«, sagte sie. »Sehen Sie sich die Verletzungen an. Und die Blutspuren.«

Sie trat um einen Mitarbeiter der Spurensicherung herum, der vor dem Toten kniete. Endlich stand Koss auf, und Fredrik folgte ihm. Die gesamte Küchenbank war blutüberströmt, und darüber breiteten sich die Spritzer wie zu einem Fächer bis in die Küche hinein aus.

Kafa ging ein Stück weiter.

»Hier sind nur noch ein paar kleinere Lachen auf dem Boden – und klar umrissene, kleine Tropfen an der Wand.« Sie zeigte auf eine Markierung auf dem Beton, ungefähr einen halben Meter von einem feinen Blutstrahl entfernt. »Und hier sitzt das Projektil. Neun Millimeter. Also eine Handfeuerwaffe.« Kafa kam wieder zu ihnen zurück. »Fritjof Hennie wurde draußen erschossen. Der Täter lag dort auf der Lauer und konnte erst angreifen, sobald Distanz und Zeitpunkt passten. Ich glaube, ich liege nicht ganz falsch, wenn ich behaupte, dass er einen Schalldämpfer verwendet hat. Denn hätte er da schon Aufmerksamkeit erregt, hätte er sich nicht noch darum gekümmert, die Leiche zu verstecken.« Kafa nahm einen kleinen Schluck Kaffee, bevor sie fortfuhr: »Hier drinnen wusste er jedoch nicht, was ihn erwarten würde. Also hat er die Pistole gegen ein Automatikgewehr getauscht. Hier drinnen hat er sie dann überrascht: Er hat Paul Espen Hennie erschossen, ehe er selbst von hinten überrumpelt und angeschossen wurde – hier an der Wand. Nur deshalb konnten die Pastoren fliehen. Der Täter ist ihnen gefolgt. Nur so hat er entkommen können, ohne uns direkt in die Arme zu laufen.«

Koss und Fredrik sahen einander an, bevor sich Koss räusperte. »Wir werden sehen«, sagte er langsam. »Wir werden sehen, was die Analysen ergeben.« Dann trottete er davon.

Fredrik grinste sie an.

»Wenn du recht hast, stehen wir vor einem Durchbruch«, sagte er leise. »Wenn du recht hast und das Blut an der Wand vom Täter stammt, dann ist das unsere Chance, ihn zu identifizieren.«

76

Fredrik schreckte mit einem Ruck auf. Er hatte nicht wirklich geschlafen, lediglich gedöst, während sein Gehirn bearbeitet hatte, was er in der Gebirgsanlage gesehen hatte. Oder besser gesagt, was er *nicht* gesehen hatte.

Außerdem wollte ihm die Frage nicht aus dem Kopf gehen, warum sie überhaupt dort gewesen waren: die zwei homosexuellen Männer. Wo waren sie? Oder ihre Leichen? Gab es irgendwo ein weiteres Versteck?

Irgendwas stimmte da doch nicht. Es hatte ihn schon die ganze Zeit über gequält – und jetzt endlich dämmerte es ihm, was es gewesen war: der Sprengstoff. C4 war ein Plastiksprengstoff, der hauptsächlich vom Militär eingesetzt wurde. Außerhalb des Militärs war er schwer zu beschaffen. Doch nachdem auch vor der Oper C4 zum Einsatz gekommen war, ging er davon aus, dass der Angreifer den

Sprengstoff mitgebracht und er nicht bereits im Bunker gelagert hatte. Aber wofür hatte er ihn benötigt? Ganz sicher nicht, um die Türen zum Bunker aufzusprengen. Das hätte zu viel Lärm verursacht. Dann hätten die Pastoren ausreichend Zeit gehabt zu fliehen oder irgendeine Form von Gegenwehr zu finden. Ebenso wenig hatte der Angreifer den gesamten Bunker in die Luft jagen wollen, denn dafür wäre die Sprengstoffmenge zu gering gewesen. Also musste es noch einen anderen Grund geben. Irgendetwas dort drinnen im Berg, was gesprengt, was von der Karte ausradiert werden sollte. Was für alle Zeiten unauffindbar gemacht werden musste.

Moment. Von der Karte ausradieren?

Er setzte sich im Bett auf. Es war mitten in der Nacht, auf der Uhr war es gerade erst zehn vor vier. Sie hatten etwas übersehen. Und jetzt war ihm auch klar, was. Schlagartig war er hellwach. Er stand auf, trat ans Fenster und blickte über die schlafende Stadt. Er war sich seiner Sache so sicher, dass er sich sogar die Zeit nahm, den Wasserkocher anzustellen. Dann ging er ins Bad, um sich den Schlaf aus den Augen zu waschen. Mit einem Handtuch um die Taille setzte er sich an den Schreibtisch und breitete die Bebauungspläne vor sich aus. Er brauchte nur einen Blick darauf zu werfen, um sich vollends sicher zu sein.

Es war so verdammt offensichtlich. Direkt vor seinen Augen, den ganzen verdammten Tag lang, ohne dass er es gesehen hatte.

Kafa klang schlaftrunken und verwirrt, als sie seinen Anruf entgegennahm.

»Das Hauptlager, Kafa. Es ist viel zu klein«, sagte er. Er ließ ihr nicht mal Zeit, um wach zu werden, bevor er auch schon fortfuhr: »Ich sehe mir gerade die Bebauungspläne an. Laut Karte müsste es viel größer sein. Dort oben muss sich ein weiterer, verborgener Raum befinden. Und es muss einen weiteren Zugang zum Hauptlager geben. Es gibt ein zweites Labor!«

Kafa holte tief Luft. »Ja… Ja, gut. Okay«, murmelte sie und räusperte sich dann. »Wie kommst du darauf, dass es ein Labor ist?«

»Der Überdruck – dort herrschte kein Überdruck, um eine Verunreinigung von *außen* zu verhindern. Es herrschte Überdruck, um eine Verunreinigung von *innen* zu verhindern. Aus dem Labor. Sie haben sichergestellt, dass der Luftstrom aus dem Labor nach draußen ins Freie geleitet wird.«

»Meinetwegen. Und was wäre der Sinn des Ganzen?«

»Das weiß ich verdammt noch mal nicht, aber in zehn Minuten treffen wir uns in der Lobby, um es herauszufinden. Du rufst die Jungs von der Spezialeinheit an, ich informiere Koss.«

Sie brauchten eine Stunde, die Geheimtür zu finden. Sie war tatsächlich gut versteckt gewesen.

Mit einer Sache hatte Fredrik falschgelegen. Die Tür hatte nicht zum Hauptlager geführt. Dort war die Wand solide und kompakt, und sie hatten gerade begonnen zu diskutieren, ob sie sich durch den Beton brechen sollten, als Kafa sie in die Küche gerufen hatte.

Fredrik, Sebastian Koss und vier Männer der Spezialeinheit Delta liefen vorsichtig an den Technikern vorbei, die immer noch in der Kantine arbeiteten. Paul Espen Hennies Leiche lag inzwischen auf einer Bahre unter einem Laken, doch am Boden klebte immer noch Gehirnmasse.

Die Küche war eine direkte Verlängerung der Kantine und bestand aus Regalen, Bänken, Spülmaschinen, zwei breiten Herden, Gefrier- und Kühlschränken – alles aus glänzendem Industriealu. In den Regalen standen unter einer dicken Staubschicht Hunderte von Tassen, Tellern und Gläsern.

Kafa wies hinauf auf eine Luke, die wie die Öffnung eines Lüftungsschachts aussah und sich in etwa zweieinhalb Metern Höhe über einem der Kühlschränke befand. Dann zog sie den Fuß über den Boden. Dünne, geschwungene Kratzspuren auf dem Linoleum offenbarten, dass der Kühlschrank verschoben worden war.

Fredrik holte einen Stuhl. Hielt die Hand vor das Gitter des Schachts. »Die Luft zieht von der Küche nach draußen«, stellte er fest.

Es war nicht mal der Versuch unternommen worden, die weiß lackierte Metalltür in der Wand hinter dem Kühlschrank zu tarnen. Nach nur vier Minuten mit dem Schneidbrenner hörten sie einen Stahlzylinder leise singend über den Boden kullern. Die Delta-Männer zogen sich Gasmasken über und bezogen Stellung – einer zu jeder Seite der Tür, zwei bereit hineinzustürmen.

Fredrik und Kafa legten sich eilig ihre Pistolenholster an, und Koss streifte sich eine schusssichere Weste über. Der kurzhaarige Einsatzleiter sah über die Schulter zu ihm rüber. Wartete auf Koss' Nicken. Als es endlich kam, trat er die Tür auf und stürmte in die Dunkelheit.

»Polizei!«

Doch weder er noch seine Gefolgsleute kamen weit. Kaum hatten sie einen Schritt über die Türschwelle gemacht, wurden sie auch schon von einer heftigen Detonation nach hinten befördert und landeten wie betäubte Käfer auf dem Rücken. Ein greller Blitz, dicht gefolgt von ohrenbetäubendem Lärm – und alle warfen sich flach auf den Boden. Fredrik war von einer Sekunde zur anderen schweißgebadet. Das Trommelfell schmerzte, und in seinen Schläfen pulsierte das Blut. Er rang nach Atem, musste alle Kraft zusammennehmen, um die Lunge mit Luft zu füllen, und fürchtete bereits den Brechreiz, der unter Garantie gleich folgen würde. Es kribbelte in Armen und Füßen, und er fror. Es war die Angst.

Allmählich wurde die Welt um ihn herum schmaler, seitlich schoben sich dunkle Wände näher an ihn heran, und sein Gesichtsfeld wurde immer kleiner. Es würde nicht klappen, er spürte es …

Durch eine Staubwolke hindurch sah er Koss, der ihm einen schwer zu deutenden Blick zuwarf. Fredrik bäumte sich auf. Stemmte die Hände auf den Boden. Rappelte sich auf. Kam auf alle viere.

Er glaubte, Schreie zu hören. Sie kamen nicht von ihm. Er konzentrierte sich nur mehr aufs Atmen. Kurz den Mund öffnen. Und atmen. Und atmen.

Mit dreizehn Jahren hatte Fredrik Beier seinen ersten Plattenspieler bekommen. Hin und wieder war es vorgekommen, dass er den Daumen auf den Kreis aus Papier in der Mitte der Schallplatte drückte, sodass die Platte stoppte und die Musik verstummte. Dann hatte er wieder losgelassen. Dieser Moment hatte ihn immer fasziniert. Die Zehntelsekunden, bevor die Platte sich wieder in normalem Tempo drehte. So als wäre die Zeit angehalten worden und bräuchte einen Augenblick, um wieder in Gang zu kommen.

Genauso fühlte er sich jetzt, als er die Augen aufschlug. Die Lunge mit Staub und Sauerstoff füllte und den Kopf hob.

Die komplette Wand vor ihm war zerborsten. Der Türrahmen war zerfetzt, die Metalltür stand halb offen, und jedes Mal, wenn die Vakuumpumpe versuchte, sie wieder zu schließen, gab sie ein Kreischen von sich. Die beiden Polizisten, die von der Explosion zurückgeschleudert worden waren, waren wieder auf den Beinen und hatten sich über den Kollegen gebeugt, der vor ihnen auf dem Boden lag. Er war direkt hinter dem Einsatzleiter hergestürmt.

Fredrik konnte Kafa und Koss nirgends entdecken. Dann lief einer der Techniker an ihm vorbei. Der weiße Overall war über der Brust blutbefleckt, und er hatte die Kapuze abgestreift, die sich wie ein grün-weißer Buckel in seinem Nacken aufwölbte. In der Hand hielt er einen Defibrillator. Er schob die Metalltür beiseite und verschwand in der Dunkelheit.

Dann war Fredrik wieder voll da.

Seine Waffe steckte immer noch im Oberschenkelholster. Seine Kleidung war schweißnass und kalt, doch das Herzrasen war weg. Mit einem Mal fühlte er sich extrem präsent: Er schien alles um sich herum wahrzunehmen, und sein Gehirn speicherte unzählige Sinneseindrücke ab. Fredrik schob die Brille auf der Nase hoch und setzte sich in Bewegung.

Auf dem Weg nach vorn begegnete er dem Blick des am Boden liegenden Polizisten. Er sah verwirrt aus – und wütend. Die Kollegen bandagierten ihm den Knöchel, er selbst hielt sich eine Mullbinde gegen das Kinn.

»Nimm die!«

Kafa klang wild entschlossen. Er machte einen Schritt vor. Vor ihm am Boden des dunklen, schmalen Korridors, der parallel zur Küchenwand verlief, knieten Sebastian Koss und der Techniker über dem Leiter der Spezialeinheit. Kafa drückte Fredrik eine große Taschenlampe in die Hand. Dann eilte sie an ihm vorbei, und er stützte sich gegen den Türrahmen.

»Ich hol noch eine Lampe. Der Notarzt ist schon unterwegs.«

Koss und der Mann von der Spurensicherung hatten

dem verletzten Kollegen die Kleider vom Oberkörper gerissen, und während Koss versuchte, ihn per Herzdruckmassage wiederzubeleben, befestigte der andere die Elektroden auf der behaarten Brust. Die Haut schimmerte fahl, die Augen waren geschlossen.

Als Kafa mit einer der kräftigen Halogenlampen zurückkehrte, saßen die Elektroden endlich an Ort und Stelle. Da erst sah Fredrik, dass das rechte Bein des Polizisten ungefähr auf Kniehöhe abgerissen war. Ein Tuch war straff um den Beinstumpf gebunden. Das rechte Bein hing zwar noch am Körper, war aber oberhalb der Wade in einem schiefen, unnatürlichen Winkel abgeknickt.

»Es war ein Stolperdraht, genau wie im Korridor«, teilte Kafa Fredrik mit.

Sie kauerten sich neben das verdrehte Bein und rissen die Hose auf.

»Die Sprengladung war hier unten an der Wand befestigt.«

Kafa schaute ihn an. Sie hatte kleine Blutspritzer im Gesicht, doch die großen, dunklen Augen waren klar und leuchteten regelrecht. Sie arbeitete schnell und zielstrebig. Das Schienbein war gebrochen, aus der offenen Wunde ragte der weiße Knochen heraus.

»Geht es dir gut?«, fragte sie mit leiser Stimme.

Fredrik nickte. »Ich hab kurz keine Luft gekriegt«, antwortete er. »Muss ein bisschen Staub abbekommen haben.«

Als sie den Verletzten aus dem engen Flur hinaustrugen, kam der Notarzt.

»Ich begleite ihn ins Krankenhaus. Ihr bleibt hier. Die Polizei aus Skien ist auf dem Weg und die Sprengstoffeinheit benachrichtigt. Niemand bewegt sich weiter rein, bevor es nicht mit mir abgestimmt ist. Keine weiteren

Alleingänge. Das hier ist keine persönliche Vendetta, kapiert?«

Sebastian Koss' Haare waren borstig und verstaubt. Die Hemdsärmel hatte er sich bis zu den Ellbogen aufgekrempelt, und mit den weißen, blutverschmierten Latexhandschuhen sah er aus wie ein Börsenmakler im Schützengraben. Er warf ihnen einen strengen Blick zu, ehe er kehrtmachte und verschwand.

Der schmale Korridor hinter der Küchenwand war vielleicht sieben, acht Meter lang und knapp einen Meter breit. Am hinteren Ende befand sich eine Metalltür wie jene, die jetzt in Stücke gesprengt war.

Kafa stand mit in die Hüften gestemmten Händen da und starrte zur Decke. Über der Sportjacke trug sie noch immer die schusssichere Weste, die Pistole steckte im Oberschenkelholster. Um den Hals baumelte ihr, genau wie ihm auch, eine weiße Maske mit Luftfilter.

Im Licht der Scheinwerfer war leicht zu erkennen, wo die Sprengladung platziert gewesen war: Ungefähr einen Meter in den Flur hinein auf etwa fünfundzwanzig Zentimetern Höhe war der Beton aufgeplatzt und rußig. Dort wo die Mine gesessen hatte, hatte die Ladung ein Loch gerissen.

Wie zum Teufel war Gottes Licht an so etwas herangekommen? Fredrik fuhr sich mit beiden Händen durchs Haar, das von Schweiß und Staub ganz starr geworden war.

Mit einer Pinzette las Kafa die Reste der Bombe auf und ließ sie in einen Asservatenbeutel fallen. Das abgerissene Bein des Polizisten hatte der Notarzt mitgenommen, aber rund um die Blutlache lagen immer noch blutige Kleider- und Hautfetzen.

»Willst du die Arbeit nicht den Leuten von der Spurensicherung überlassen?«

»Ich muss mich beschäftigen«, murmelte sie.

Gerade als er zu einer Antwort ansetzen wollte, hob sie den Kopf, wie Rotwild, wenn der Wind drehte. Mit erhobener Hand bedeutete sie ihm, still zu sein, was gar nicht notwendig gewesen wäre. Auch er hatte es gehört: ein leises, singendes Geräusch. Er schlich auf die geschlossene Tür am Ende des Korridors zu. Da war das Geräusch wieder – stärker diesmal.

»Das kommt von dort drinnen«, raunte Fredrik. »Da ist was, was … schlägt …«

Kafa antwortete nicht. Das Geräusch war unregelmäßig und variierte in der Stärke.

»Wir gehen rein«, entschied Fredrik.

»Aber … Koss war ziemlich deutlich …«

»Du bist gerade erst wieder zurück bei der Arbeit, nachdem du nur Millimeter davon entfernt warst, dass dir der Kopf weggeblasen wurde. Mein Freund wurde ermordet. Einer unserer Kollegen wurde soeben in Stücke gesprengt. Ich scheiß drauf, was Sebastian Koss sagt. Das hier ist so verdammt persönlich, wie es nur sein kann. Und du weißt genauso gut wie ich, dass das ein Mensch ist, der dieses Geräusch macht. Wir gehen rein.«

Kafa sah ihn zweifelnd an, als er an ihr vorbeieilte, um einen Kontrollblick in die Kantine zu werfen. Die hiesigen Einsatzkräfte würden jeden Moment hier sein. Dann würden sie das Kommando übernehmen, und Fredrik ahnte, was sie dann tun würden. Nichts. Nicht ohne Verstärkung. Er drehte sich um, zog die Pistole aus dem Holster und die Maske über Mund und Nase.

Kafa stand schon bereit.

77

Lista, November 1943

In dem Zimmer ohne Fenster verlor Kolbein jegliches Zeitgefühl. Eine Stunde kam ihm vor wie ein paar Minuten. Eine Minute dauerte eine Ewigkeit.

Neun Nächte waren vergangen, seit Kolbein das Zimmer neben dem Labor bezogen hatte. Jeden Morgen weckte ihn ein verdrießlicher Kjell Klepsland mit einem Frühstücksbrett in den Händen. Trockenes Brot und Hering. Sie wechselten nie auch nur ein einziges Wort.

Nach dem Frühstück kam Elias. In dem Raum, in dem sie Tee getrunken hatten, konnte Kolbein seine Morgentoilette verrichten. Den Rest der Zeit verbrachten sie im Labor.

Hinter den schmutzigen Fenstern sahen die Kriegsgefangenen aus wie graue Schatten. Der rechteckige Raum war acht mal zwanzig Meter groß, Kolbein hatte ihn abgeschritten. Eine fast ebenso lange Stahlbank teilte den Raum in zwei Hälften. Direkt neben der Tür war sie mit Dokumenten und Nachschlagewerken beladen. In der Mitte war eine Obduktionsbank hingeschoben worden, mitsamt Vertiefung und Abfluss für Körperflüssigkeiten. Am hinteren Ende hatte der Professor seinen Arbeitsplatz eingerichtet. Dort stand unter der Tischplatte ein Safe, und in den Regalen an der Wand waren menschliche Knochen ausgestellt: Finger, Oberschenkelknochen, Schädel, Schlüsselbeine. Einige von ihnen waren markiert mit einem Zahlencode und Text: »00100434 Zentraleuropa, April 1942«, »00200430 Sowjetunion, Ost-Ural, Mai 1942«. Auf einem stark verfärbten Knochen stand »Hg«, das chemische Symbol für Quecksilber.

Vormittags kam Klepsland wieder: mit einem Lunch-Tablett und Zeitungen, die Elias mit in die Villa nahm. Der Professor verbrachte seine Tage damit zu lesen, sich Notizen zu machen und die Ergebnisse seiner Arbeit zu überprüfen. Stundenlang saß er an seinem Platz, aß ein paar Bissen und starrte nachdenklich in die Luft.

An einem der ersten Tage hatte er Kolbein zu sich gewunken, den Daumen befeuchtet und sich das Haar zur Seite gestrichen.

»Hast du noch Kontakt zu jemandem von den anderen?«

»Nein«, log Kolbein.

»Ich schon«, sagte Elias unaufgefordert. »Elsa.«

Kolbein spürte, wie ihn der Professor beäugte. Nach dem geringsten Ausdruck von Zorn, Hass, Verzweiflung suchte. Zu Recht. Hatten Elsa und der Professor schon ein Verhältnis gehabt, während sie noch die Frau an Kolbeins Seite gewesen war? War Elsa ihm untreu gewesen? Die Fragen hatten lange in ihm geschwelt. Aber eins hatte er sich geschworen: Elias Brinch würde nicht die Genugtuung erhalten zu erfahren, welchen Schmerz er ihm zugefügt hatte. Also erwiderte er den Blick mit leeren Augen.

»Die Übrigen sind… in alle Winde verstreut. John ist zurück nach Schottland gezogen, Ulf nach Schweden. Und Thomas wurde einberufen. Der Jude versteckt sich wohl bei den Ratten… und das Pferdegesicht… verschwand einfach«, sagte Elias.

Nach dem Gespräch wechselten Kolbein und Elias kaum mehr ein Wort miteinander. Nicht dass Kolbein das bezweckt hätte. Er hatte durchaus das Bedürfnis zu verstehen – zu verstehen, warum der Professor Elsa dazu überredet hatte, ihm die Tochter vorzuenthalten. Zu verstehen, warum er ein Auge auf Elsa geworfen hatte, obwohl er doch jede hätte haben können. Er wollte wissen, ob die

Bosheit bereits in Elias geschwelt hatte, als er ihn in Wien unter seine Fittiche nahm. Hatte Elias seinen Weg selbst gewählt, oder hatte der Weg ihn gewählt? So viele Fragen, und er hatte keine Ahnung, wo er anfangen sollte. Die Worte, die nötig gewesen wären, wollten ihm einfach nicht einfallen. Und der Professor seinerseits schwieg ebenfalls.

Immerhin war er im Labor frei. Elias winkte nur geistesabwesend ab, wann immer er testweise ein paar Notizbücher in die Hand nahm, die Chemikalien in den Regalen begutachtete und Archivschubladen aufzog. Es war alles hier: das gesamte Archiv der Wiener Bruderschaft, ihre komplette Korrespondenz und all ihre Aufzeichnungen. Der Professor hatte ihm nicht verraten wollen, warum er hier festgehalten wurde, also las Kolbein. Die Forschungsarbeit, der der Professor hier nachging, bestand in Wahrheit aus schlichtesten Experimenten. Elias hatte die Gefangenen nach ihrer Rasse in Gruppen eingeteilt. Eine der Gefangenenbaracken beherbergte sowjetische Soldaten ostasiatischer Herkunft, eine andere Letten, und in der dritten lebten Kriegsgefangene aus der Ukraine. Einen Monat lang waren den Gefangenen hohe Vitamin-A-Dosen verabreicht worden. Milz- und Leberschäden in Gruppe eins. Geringere internistische, dafür deutliche physiognomische Folgen wie Haarausfall und Hautverfärbungen in Gruppe zwei. Die meisten Todesfälle in Gruppe drei. Zwei Monate später war dem Trinkwasser Quecksilber zugesetzt worden. Depressionen, Halluzinationen, blutiger Husten und Muskelkrämpfe mussten das Leben im Lager zur Hölle gemacht haben. Und so ging es weiter: D-Vitamine. Eisen. Zink. Unterschiedliche Hefepilze. Arsenverbindungen zur Behandlung der Syphilis. Insulin.

Dahinter steckte keine klare Methodik, kein schrittweises Herantasten. Chemikalien, Medikamente, Nährstoffe – wie an Laborratten wurde alles an den Gefangenen getestet. Fiel jemand aus, wurde er ersetzt. Hier gab es keine Krankenstube. Nur eine Beobachtungsstation. Logisch. Wollte man die Folgen einer Überdosierung sehen, war es nun mal nicht zweckmäßig, Symptome zu behandeln. Kolbein war gelinde gesagt überrascht. Im Labor in Wien hatte Elias immer etwas anderes gepredigt – selbst am Ende. Die Methode, die sie so weit entwickelt hatten…

Dennoch nahm ihn die Lektüre gefangen. Ausführlicher dokumentierte rassenbiologische Unterschiede hatte er nie zuvor gesehen.

Als die Nachmittagsmahlzeit an diesem neunten Tag vorüber war, stand der Professor auf und schlenderte zu ihm herüber.

»Heute Abend feiern wir den Buß- und Bettag mit unseren deutschen Freunden. Du wirst in der Villa erwartet«, sagte er.

78

Als sich Fredrik gegen die Tür stemmte, konnte er ein schwaches Pfeifen hören, und ein kräftiger Lichtstreifen breitete sich über den Beton aus. Aufmerksam überprüfte er den Spalt nach Drähten.

»Nichts«, flüsterte er schließlich.

Sie lauschten. Das Klopfen wurde stärker. Er schob die Tür weitere zehn Zentimeter auf. Sie kontrollierten den Rahmen erneut. Noch fünf Zentimeter – genug, dass Kafa sich hindurchquetschen konnte. Sie hatte die Pistole seitlich im Anschlag und warf ihm einen alarmierten Blick zu, als sie sich an ihm vorbeischob. Ihre Atemmaske streifte seine Brust.

»Herrgott!«

Dann hörte er, wie sie aufkeuchte, und ihr Gesicht tauchte wieder im Türspalt auf. »Komm rein.«

Der Raum war groß wie eine Turnhalle. Von der Steindecke über ihnen hingen Leuchtstoffröhren herab. Ihr Schein spiegelte sich in einer glänzenden Aluminiumbank in der Raummitte. Entlang der geklinkerten Wände standen die gleichen Regale, die gleichen Instrumente und die gleichen Kühlschränke wie auf Solro. Ein Labor. Vor der Längswand war eine weitere provisorische Wand hochgezogen worden, die in ungefähr zwei Metern Höhe endete. Darin waren drei Türen eingelassen, die zu kleineren Zellen führten. Der Geruch von Reinigungsmitteln kribbelte ihnen in der Nase. Aber da war noch ein anderer Geruch – der süßliche, ekelerregende Geruch von verrottenden Körpern.

Am Boden vor der Aluminiumbank lag eine weiße Plastikplane. Darauf lagen die zerlegten Körperteile eines Mannes: ein Schädel. Das Gesicht nach unten, dunkles, glattes Haar. Die tiefrote Schnittfläche klaffte in ihre Richtung, ein Nackenwirbel und der Kehlkopf waren sichtbar. Der Unterleib war unter dem Nabel und unter den Knien abgetrennt worden. Die Knöchel, ein Paar Füße … Die Brust war aufgestemmt und seziert worden. Und da – ein Paar Hände. An der linken Hand fehlte der kleine Finger.

Auf der Aluminiumbank stand eine motorbetriebene Fleischsäge.

Sie wechselten einen Blick. Fredrik verstärkte den Griff um seine Waffe und schluckte schwer.

Sie machten ein paar Schritte auf die Bank zu – Kafa entlang der Wand, er auf der anderen Seite. Es gelang ihm nicht, an der zerstückelten Leiche vorbeizugehen, ohne einen weiteren Blick darauf zu werfen. Unter den Rippen lagen immer noch Lunge und Herz. Der grün-rote Magensack war herausgerutscht und lag wie ein geschrumpfter Dudelsack auf der Plastikplane. Die Fäulnis war bereits weit fortgeschritten. Er schluckte erneut und zwang sich wegzusehen.

Nachdem sie das Labor gründlich durchsucht hatten, waren sie zuversichtlich, dass es hier keine weiteren Sprengfallen geben würde. In einem der doppeltürigen Kühlschränke an der Wand hatten sie fingerdicke Reagenzgläser – Hunderte – gefunden. Sie steckten in filigranen Plastikbehältern, waren mit blauen Verschlüssen versiegelt und enthielten Flüssigkeiten. Daneben hatten stapelweise Petrischalen gestanden, je zehn übereinander. Ein paar davon sahen aus, als wären sie leer, andere enthielten Substanzen, die aussahen wie kleine Glasquallen, grau-weiße Schimmelpilzkulturen oder geronnener Samen.

Kafa schob die Kühlschranktüren wieder zu und sah ihn an. Das metallische Klopfen war von hier aus deutlich wahrnehmbar. Es kam von der ersten Tür. Sie mussten es nicht einmal aussprechen: Gleich würden sie erfahren, was dahintersteckte.

Fredrik zeigte auf die am weitesten entfernte Tür. »Wir fangen da an.«

Er bezog Stellung, hielt die Waffe mit beiden Händen. Ruhig. Nur keine Angst zulassen. Kein Herzrasen, kein Schweiß. Er hob kurz den Pistolenlauf, und Kafa riss aus der Deckung heraus die Tür auf.

Der Raum war klein und lag im Dunkeln. An der hinteren Mauer stand ein Verbrennungsofen. Die Luke war gerade so groß, dass die größten Körperteile hindurchpassten.

In der zweiten Kammer befand sich ein weiteres Lager. Entlang der Wände standen Regale mit Laborausrüstung.

Dann hörte mit einem Mal das Klopfen auf. Fredrik nahm wieder Schussposition ein, und Kafa sah ihn aufmerksam an. Ihre Stirn glänzte, und sie schob konzentriert den Unterkiefer nach vorn. Wartete auf sein Zeichen, ehe sie die letzte Tür aufriss.

Wände und Decke waren mit weißen Gipskartonplatten verkleidet, genau wie in den zwei anderen Kammern. Allerdings waren sie hier zusätzlich mit dicken Stahlgittern versehen. Entlang der Seitenwände waren schmale Pritschen montiert. Ein Heizkörper sorgte dafür, dass die Temperatur bei gut zwanzig Grad lag. Die Tür, die von außen nicht mal sonderlich solide gewirkt hatte, war von der Innenseite mit einer dicken Stahlplatte verstärkt und der Türgriff entfernt worden.

Trotzdem bestand keine Gefahr, dass der nackte Mann auf dem Krankenhausbett mitten im Raum fliehen würde. Die Matratze war mit Plastik überzogen, über dem Bettgestell hing ein Laken mit vergilbten Flecken. Der Mann war von mittlerer Größe, und die Haut, die irgendwann einmal einen gebräunten, frischen Ton gehabt haben musste, war kränklich weiß. Dunkle, ungewaschene Locken hingen ihm tief ins ausgemergelte Gesicht – ein Gesicht, das mit Pusteln bedeckt war. Wo sie aufgeplatzt waren, glänzte die Haut schmierig gelb. Das Gesicht war am schlimmsten betroffen, aber auch Arme, Brust und Beine waren von Geschwüren in der Größe von Mokkabohnen übersät. Die Atmung ging gurgelnd und flach, und aus einem fast leeren Beutel an einem Metallstativ sickerte durch einen Venenkatheter eine durchsichtige Flüssigkeit in seinen Arm.

Der Gestank war schier überwältigend, und Fredrik würgte. Stuhlgang, Pisse und der fettig süßliche Geruch von Eiter.

Die Lider des Mannes flackerten, und er bewegte leicht

die Hände auf und ab. Die Handschellen um die schmächtigen Handgelenke klapperten gegen den Stahl des Gestells.

»Pio«, flüsterte Kafa leise. »Wir haben Pio Otamendi und Carl Josefsen gefunden.«

An alles, was danach geschah, konnte Fredrik sich nur mehr verschwommen erinnern. Die örtlichen Einsatzkräfte und Männer in gelber Schutzkleidung übernahmen das Kommando. Sebastian Koss' reizbare Stimme am Telefon, wütendes, verzweifeltes Atmen ... Und dann die Nachricht, dass der Mann aus der Spezialeinheit gestorben war.

»Hast du das gesehen?«

Mit einem Mal war der Schleier wieder weg, und er drehte sich zu Kafa um. Seine Augen schmerzten im starken Laborlicht. Er blinzelte. Sie hielt ihm eine Fotografie entgegen.

»Die hing hier an der Wand, direkt über dem Mikroskop«, sagte sie und zeigte auf die Stelle.

Es war eine Schwarz-Weiß-Aufnahme. Acht Personen, fünf davon standen, drei saßen. Sie waren vor einem mondänen Gebäude fotografiert worden, das ihm nicht im Geringsten bekannt vorkam. Es handelte sich überwiegend um Männer, vier von ihnen in dunklen Anzügen, der kleinste, ein Mann mit gelocktem Haar und runder Brille, trug eine Art Arztkittel. Sie lächelten. Einer rauchte Pfeife.

Ein Mann in der vorderen Reihe stach besonders hervor. Er war ein wenig älter als die anderen, vielleicht Anfang vierzig. Er lehnte sich ein Stück vor und starrte intensiv in die Kamera. Links und rechts von ihm saßen Frauen – unterschiedlich wie Tag und Nacht. Die eine mit ausdrucksloser Miene, fast schon hässlich. Die andere zierlich und kokett. »Wien 1931«, stand unten rechts, und darunter: »Die Wiener Bruderschaft besteht! Dein Freund Elias.«

Verständnislos schüttelte Fredrik den Kopf. Kafa drehte das Bild um. Auf der bräunlichen Rückseite standen in einer feinen, festen Handschrift acht Namen geschrieben.

»Von links: Ulf Plantenstedt, *lebt.* Thomas Bergmann Hagelin, *tot.* Kolbein I. Monsen, *tot.* John Monkland Acton, *tot.* Sigmund Blatt, *tot.* Ljubow Pasechnika, *lebt*? Elias Brinch, *lebt.* Elsa Schrader, *tot.*«

Fredrik runzelte die Stirn. »Ulf Plantenstedt?«, wiederholte er zögernd.

»Das hat mich auch stutzig gemacht«, sagte Kafa.

Er nahm ihr das Foto aus der Hand und drehte es erneut um. Beäugte den beleibten jungen Mann im dunklen gestreiften Anzug.

»Das kann doch kein Zufall sein.«

Sie fahndeten nach einem Sören Plantenstedt. Und Plantenstedt war mitnichten ein gewöhnlicher Name. War Sören das Kind? Oder der Enkel von Ulf Plantenstedt?

Kafa ahnte, worauf Fredrik hinauswollte. »Sören Plantenstedts Eltern sind gestorben. Weißt du noch? Wir haben darüber gesprochen, bevor wir auf dem Dachboden angegriffen wurden.«

Fredrik schüttelte kaum merklich den Kopf.

»Sören Plantenstedts Eltern starben, als er zwölf war. Bei einem Autounfall. Danach zog er zu den Großeltern. Als die Großmutter starb, ist er von dort ausgezogen.«

Fredrik wollte ihr das Bild schon wiedergeben, als ihm plötzlich etwas durch den Kopf schoss. Er überflog erneut die Namen auf der Rückseite und nahm den Mann in Augenschein, der hinten in der Mitte stand. Er war durchschnittlich groß, hatte dunkelblondes Haar und ein listiges Lächeln auf den Lippen.

»Kolbein I. Monsen«, murmelte er. »Dem bin ich kürzlich erst begegnet. Er ist nicht tot.« Er taumelte einen Schritt zurück und starrte Kafa an. »Er war bei einem Veteranentreffen in Oslo. Er war schon ziemlich alt. Irgendein Kriegsheld… Andreas und ich haben dort mit Kari Lise Wetre gesprochen. Er war ihr Tischherr.«

79

Die Wolken hingen tief über dem Wasser. Mit ein paar kleinen Steinen in der Hand stand Fredrik am Flussufer. Den Vormittag hatte er verschlafen – traumreich, ruhelos.

Er warf ein paar Steine gegen den wirbelnden Strom am Ufer. Hilflos taumelten sie über das schäumende Wasser, bevor sie auf den Grund sanken.

Es war bald vier.

Er hatte immer noch Mühe zu verstehen, was er in der Nacht zuvor gesehen hatte. Auf der Bahre, im Gefangenenraum, im Labor. Einen zerstückelten Mann. Einen zweiten Mann, der von irgendeiner Krankheit zerfressen war. Das hatte für ihn alles verändert.

Bis jetzt hatte er lediglich einen Schatten gejagt. Einen Mörder mit einem ihnen schwer begreiflichen Motiv, der Mitglieder einer kleinen Glaubensgemeinschaft massakriert hatte. Auf einem Hof mitten im Nirgendwo. Der geheime Keller. Die Vorbereitungen, die Gottes Licht für den Weltuntergang getroffen hatte. Natürlich hatte er kapiert, dass da etwas nicht stimmte. Aber jetzt das? Gottes Licht hatte unschuldige Menschen entführt, gefoltert und getötet…

Der abgeschliffene Granitstein lag gut in seiner Hand.

Er machte einen Schritt zurück und zielte auf einen alten Pfahl, der in den schlammigen Boden des Flusses geschlagen worden war.

Dann sprach er es laut aus: »Gottes Licht hat unschuldige Menschen entführt, gefoltert und getötet.«

Der Stein verfehlte das Ziel um mehrere Meter.

Aber wer war der Mann, auf den sie Jagd machten? Der Mörder von Solro, das gesichtslose Monster, das Kafa beinahe den Kopf weggeblasen hätte, das Annette Wetre entführt und umgebracht hatte? Der seinen Freund Jørgen entführt und umgebracht hatte? Wer zum Teufel war das? War er böse? War er gut?

Zumindest verstand er jetzt, warum Solro angegriffen worden war. Irgendjemand hatte gewusst, was die Glaubensgemeinschaft dort getrieben hatte. Und irgendjemand war bereit gewesen, das Leben dieser Menschen zu opfern, damit das, was auf Solro und in dem Bunker vonstattenging, nicht bekannt würde. Böses hatte mit Bösem vertrieben werden sollen.

Irgendwann im Lauf der Morgenstunden hatte ihm gedämmert, dass er noch einen weiteren Namen von dem Foto wiedererkannt hatte. Elias Brinch. Es war seiner Erschöpfung geschuldet gewesen, dass er die Verbindung nicht sofort gesehen hatte. Die alte Bibel, die er im Schlafzimmer von Pastor Alfsen gefunden hatte – »Von der Wiener Gesellschaft für Rassenpflege dem Professoren E. Brinch. In tiefster Dankbarkeit. Wien 1936.« Was hatte ein Rassenforscher der Dreißigerjahre mit den Grausamkeiten zu tun, die sich in dem Bunker abgespielt hatten?

Er angelte einen zentimetergroßen, weiß glitzernden Quarzstein zwischen den anderen hervor. Den Rest ließ er fallen.

Kafa und Koss brachten ihn während der kurzen Fahrt von Porsgrunn nach Skien auf den neuesten Stand.

»Das Blut in der Kantine stammte von zwei Personen«, erklärte Koss. »Die eine ist Paul Espen Hennie. Zu der anderen Blutspur – zu der Person, die an der Wand getroffen wurde – gibt es noch keinen Treffer, aber wir haben Interpol um Hilfe gebeten.«

»Dann hattest du also recht, Kafa. Es ist das Blut des Täters.«

Fredrik sah, wie Kafa vage lächelte und ihre schimmernden Zähne zwischen den Lippen hervorblitzten. Er nahm die Brille ab und versuchte, mit dem Finger einen Fettfleck zu beseitigen.

»Scheint so, ja«, sagte Koss. Dann teilte er ihm mit, dass die Funde aus dem Labor derzeit untersucht würden.

Vor dem Hauptbahnhof in Skien hielten sie an. Kafa würde – wenn auch widerwillig – in die Hauptstadt zurückfahren, um Andreas bei der Analysearbeit zu unterstützen.

»Die Mine stammte aus Militärbeständen. Eine Schützenabwehrmine«, erklärte sie und drehte sich zu Fredrik um, der auf dem Rücksitz saß.

Er zog die Augenbrauen in die Höhe. »Ich hätte nicht gedacht, dass es so was noch gibt. Sind die nicht völkerrechtlich verboten?«

Sie zuckte mit den Schultern. »Von unserer Armee stammte sie nicht. Und laut Seriennummer wurde sie bereits vor zehn Jahren vernichtet.«

Schweigend sahen sie Kafa nach, die vornübergebeugt durch den Nieselregen auf das Bahnhofsgebäude zurannte. Koss hatte die Hand am Zündschlüssel. Auch er sah aus, als hätte er nicht sonderlich viel geschlafen. Er war blass und hatte schwere Lider.

»Ich verstehe nur nicht, wie der Mörder vor uns dorthin gelangen konnte«, murmelte er verbissen. Dann ließ er den Motor an und fuhr weiter in Richtung Krankenhaus.

Das Fenster im Arbeitszimmer von Oberärztin Margrethe Hansson ging auf den asphaltierten Platz vor dem Gebäude hinaus. Vor dem Schreibtisch standen zwei Stühle. Koss setzte sich, während Fredrik stehen blieb und die alten Stahlspritzen beäugte, die in Objektrahmen an der Wand hingen. Dann ging die Tür auf, und eine kleine, stämmige Dame in den Fünfzigern mit grauem Kurzhaarschnitt stampfte herein und schob die Tür hinter sich zu. Berufskrankheit, noch dazu auf der Isolierstation, schoss es Fredrik durch den Kopf.

Ohne zu grüßen, ließ Margrethe Hansson sich auf einer Art Barstuhl hinter ihrem Schreibtisch nieder und setzte sich eine zierliche Brille auf. »Tut mir leid, dass Sie warten mussten«, sagte sie mit tiefer Stimme. »Wir hatten eine Besprechung nach der anderen. Das hier ist auch für uns eine Ausnahmesituation«, fuhr sie fort.

»Polizeidirektor Sebastian Koss«, stellte er sich vor. »Und das ist mein Kollege, Kommissar Fredrik Beier.« Er bedachte Fredrik mit einem unterkühlten Blick. »Können Sie uns vom aktuellen Stand in Kenntnis setzen?«

»Der Patient hat Pocken«, sagte sie ohne Umschweife.

Koss brachte nicht einmal ein Nicken zustande.

»Sie wissen, was das bedeutet?«

Im Lauf der Geschichte war die Menschheit schon von vielen Epidemien heimgesucht worden, und die Pocken waren womöglich die schlimmste. Noch im zwanzigsten Jahrhundert hatte das Virus mindestens dreihundert Millionen Menschenleben ausgelöscht – fünfmal so viele, wie dem Zweiten Weltkrieg zum Opfer gefallen waren.

Dass die Spanier im sechzehnten Jahrhundert die Inka-Hochkultur ausgelöscht hätten, war ein Trugschluss. Es war die Krankheit, die sie mitgebracht hatten – das hoch ansteckende Pockenvirus. In einer Bevölkerung, die der Epidemie nie zuvor ausgesetzt gewesen war, war die Sterblichkeitsrate enorm hoch – bis zu fünfundneunzig Prozent. Neunzehn von zwanzig Infizierten überlebten nicht, und selbst in einer bereits immunisierten Bevölkerung starb einer von dreien, wenn das Virus grassierte.

Die Krankheit begann mit Fieber, Kopfschmerzen und unkontrolliertem Zittern. Danach überzog ein roter Ausschlag den ganzen Körper – kleine, mit Flüssigkeit gefüllte Bläschen, die selbst auf Handflächen und unter den Füßen erschienen. Auf der Zunge. Manche Infizierten bluteten unter der Haut, andere starben an Blutungen der Leber, Blase oder Eierstöcke. Jene, die wieder gesund wurden, waren von grausamen Narben fürs Leben gezeichnet. Wenn sich diese Narben auf der Hornhaut bildeten, drohte der Überlebende, blind zu werden. Andere waren einfach nur entstellt.

1796 entwickelte der Brite Edward Jenner den ersten wirksamen Impfstoff. Es hieß, kein Mensch habe mehr Leben gerettet als er. Jenner ging der landläufigen Erkenntnis nach, dass junge Melkerinnen, die sich zuvor mit den schwächeren Kuhpocken infiziert hatten, fast nie an echten Pocken erkrankten. 1796 injizierte Edward Jenner dem achtjährigen James Phipps erstmals Viren aus einer Kuhpockenpustel. Der Junge erkrankte, erholte sich aber schnell wieder. Wochen später setzte der Arzt ihn dem weitaus stärkeren Pockenvirus aus. Wäre Jenners Annahme falsch gewesen, wäre dies womöglich das Todesurteil für den Jungen gewesen. Aber Jenner hatte richtiggelegen. Für den Rest seines fünfundsechzigjährigen Lebens arbeitete

Phipps in Edward Jenners Haushalt als Gärtner, wurde immer wieder dem Pockenvirus ausgesetzt, aber er wurde nie krank.

»1970 infizierte sich ein norwegischer Medizinstudent in Afghanistan mit dem Pockenvirus«, referierte Margrethe Hansson. »Nach fünfundzwanzig Tagen starb er in einem Kopenhagener Krankenhaus. Er gilt als letztes norwegisches Opfer der Krankheit. Der letzte natürliche Ausbruch fand 1977 in Somalia statt... und 1978 starb eine britische Fotografin, nachdem sie sich in einem Labor infiziert hatte. Sie hatte zuvor ihre Mutter angesteckt, die jedoch überlebte. 1980 erklärte die Weltgesundheitsorganisation die Welt für pockenfrei.«

Die beiden Ermittler starrten sie an.

»Der Mann dort drinnen wurde also...«, stammelte Sebastian Koss und wies mit dem Daumen über die Schulter. »Pio Otamendi wurde mit einer Krankheit infiziert, die gar nicht mehr existiert?«

»Dass sie nicht mehr existiert, ist nicht ganz richtig.«

»Aber Sie sagten doch gerade...«

»Offiziell«, fiel Hansson ihm ins Wort, »gibt es auf der Welt noch zwei lebende Virenstämme. Der eine befindet sich in einem Labor in den USA, der andere in Russland.«

»Aber warum?«, fragte Koss.

Es war Fredrik, der antwortete: »Pocken könnten als biologische Waffe eingesetzt werden. Eigentlich hätten beide Staaten das Virus zerstören müssen, doch keiner von ihnen hat es tatsächlich getan. In den Neunzigern sickerte sogar durch, dass die Russen versuchten, das Virus weiterzuentwickeln. Es gefährlicher zu machen. Es ist anzunehmen, dass die Amerikaner das Gleiche taten.«

Die Oberärztin hob den Blick und sah sie abwechselnd an. »In Fachkreisen kursiert das Gerücht oder vielmehr die

Befürchtung, dass Terroristen – oder Staaten, die deutlich instabiler sind als Russland und die USA – im Besitz des Virus seien. Die Lage ist heute in vielerlei Hinsicht sehr viel gefährlicher als je zuvor – gefährlicher, als wir es uns vorzustellen wagen«, sagte sie und holte tief Luft. »Seit 1976 wird in Norwegen niemand mehr gegen Pocken geimpft. Und von all jenen, die zuvor geimpft wurden, ist heute keiner mehr immun. Weite Teile der Weltbevölkerung sind nie einer Ansteckung ausgesetzt gewesen. Eine neuerliche Epidemie hätte dieselben Folgen wie damals vor fünfhundert Jahren unter den amerikanischen Ureinwohnern. Es wäre quasi die neue Pest.«

Oberärztin Hansson schob sich auf dem Barstuhl nach hinten, bevor sie die Hände vor der Brust faltete.

»Wie Sie verstehen werden, hatten wir einen arbeitsreichen Tag.«

80

Fredrik rieb sich die Einstichwunde am Arm. In einer Woche würde die Impfung ihre Wirkung voll entfaltet haben.

Er hatte sich eine weiße Hose und ein T-Shirt geliehen. Jetzt blickte er auf die Ausrüstung hinab, die in der Garderobe vor ihm lag. Der gelbe Schutzanzug. Haarschutz. Atemschutz – das kleine Visier, das immer noch in sterile Plastikfolie verpackt war. Handschuhe und Schuhe. Eine Krankenschwester half ihm beim Anziehen.

»Pio Otamendi ist sehr, sehr krank. Meiner Einschätzung nach wird er nicht überleben. Aber er ist bei Bewusstsein. Einer von Ihnen bekommt fünf Minuten dort drinnen. Fünf Minuten«, hatte Hansson gesagt.

Mit einem düsteren Blick hatte Koss eingewilligt. Fredrik ahnte, dass er Otamendi am liebsten selbst befragt hätte, aber überraschend demütig hatte er die Aufgabe delegiert. »Ich glaube, Sie sind in so was besser.«

Pio Otamendi starrte ihm entgegen, als der Ermittler durch die Schleuse stampfte. Er war noch immer von nässenden Pusteln bedeckt, trotzdem hatte Fredrik das Gefühl, er sähe ein bisschen besser aus als noch zwölf Stunden zuvor. Otamendi trug einen sauberen, weiß-blauen Krankenhauskittel. Man hatte ihn gewaschen und die Wunden gereinigt, und er hing am Tropf. Der Pulsmesser piepte regelmäßig. Die beiden Pfleger am Bett nickten kurz zum Gruß und verließen den Raum.

»Ich heiße Fredrik Beier«, stellte er sich vor. »Ich bin Polizist. Ich war dabei, als wir Sie fanden.«

Es widerstrebte ihm, den eiternden Körper zu berühren. Er musste schwer schlucken, ehe er trotz Latexhandschuhen in der Lage war, seine Hand in die von Pio zu legen. Die Berührung schien dem Kranken regelrecht neues Leben einzuhauchen. Langsam drehte der Baske das Gesicht zu ihm herum.

»Ich hab davon geträumt, dass eines Tages jemand in dieser Tür erscheint. Jemand anderes als … er. Der Teufel.« Seine Stimme klang trocken, pfeifend, und selbst wenn seine Grammatik perfekt war, konnte man den Anflug eines Akzents heraushören. Er verstärkte den Griff um Fredriks Hand. »Carl? Wo ist Carl? Niemand will mir sagen, wie es Carl geht.«

Fredrik begegnete seinem Blick. Die schwarzen Augen waren matt. Man hatte ihn bekniet, Pio zu erzählen, dass es Carl gut ginge.

»Carl … Ich weiß es ehrlich gesagt nicht, ich bin nicht auf dem letzten Stand. Er wurde nach Oslo verlegt.«

Das entsprach so weit der Wahrheit. Carl *war* nach Oslo transportiert worden. Um im rechtsmedizinischen Institut obduziert zu werden.

»Dort haben sie die besten Leute«, flüsterte Pio.

Fredrik nickte. »Dort haben sie die Besten«, wiederholte er.

»Sie sagen, ich hätte … Pocken? *Smallpox*, nicht wahr? *La viruela*?« Der Kranke sah ihn verzweifelt an.

»Ja.«

Pio Otamendi erinnerte sich nicht mehr an die Entführung selbst. Aber er wusste noch genau, wie er aufgewacht war: festgegurtet, auf derselben Pritsche, auf der sie ihn gefunden hatten. Carl hatte eine Pritsche weiter gelegen. Erst später, Wochen später, waren sie getrennt worden. Und er erinnerte sich noch an den Mann, der sich im wahrsten Sinne des Wortes über sie erhoben hatte: Sein blondes Haar war ungepflegt gewesen. Er hatte am Fußende gestanden, gelächelt und sich über sie gebeugt. Die Augen hatten gefunkelt. Ihren Blicken war er jedoch ausgewichen. Es hatte den Anschein gehabt, als würde er direkt durch sie hindurchsehen. An einem Tag, und nur an diesem einen Tag, hatte er mit ihnen gesprochen.

»Ihr lebt in Sünde«, hatte er gesagt. »So wie ihr Gott den Rücken gekehrt habt, kehrt Er jetzt euch den Rücken. Aber Gott ist treu. Selbst mit denen, die Er von sich stößt, hat Er einen Plan. Wir sind alle Teil von Gottes Plan«, hatte er seine Rede beendet und auf diese Weise seine Bosheit gerechtfertigt.

Nach Pio Otamendis Einschätzung war es schon Monate her, dass sie krank geworden waren. Sie hatten sich immer wieder halbwegs erholt, dann aber erneute Rückschläge erlitten. Der Blonde hatte ihnen Essen gebracht, sie rasiert, sie gewaschen, die Exkremente beseitigt und Katheter in ihre Harnröhren geschoben. Es war sogar vorgekommen, dass er dabei vor sich hin gesummt hatte – aber gesprochen hatte er nie wieder. Schrien sie, ließ er sie schreien. Wenn Panik, Einsamkeit, Angst sie ergriff, wenn sie sich in den Betten hin- und herwarfen, an den Handschellen rüttelten und ihre Zungen blutig bissen, ließ er sie toben. Erst wenn kaum noch Leben in ihnen war, wenn die Angst nur mehr eine zitternde Erinnerung auf fieberheißer Haut war, tupfte er sie trocken und legte ihnen kalte Umschläge auf die Stirn.

»Und er hat nie seinen Namen genannt?«

»Nein.«

»War es der hier?« Fredrik hielt Børre Dranges Foto hoch.

»Ja.«

»Haben Sie jemals einen anderen gesehen?«

»Nein.«

Aber er hatte eine Frauenstimme gehört. Glaubte er. Es mochte allerdings genauso gut ein Traum gewesen sein.

»Das war der Grund, warum Annette Wetre geflüchtet ist«, murmelte Fredrik später im Auto. »Sie hat den Wahnsinn durchschaut und ergriff davor die Flucht.«

Børre Drange musste Annette gänzlich falsch eingeschätzt haben. Er musste geglaubt haben, dass auch ihr Fanatismus stark genug gewesen war, und hatte ihr sein teuflisches Werk offenbart, seine sterbenden Trophäen präsentiert. Deshalb hatte sie auch Carl Josefsens Finger abgeschnitten – um Beweise zu sichern.

Fredrik massierte sich die unrasierten Wangen. Die Haut war trocken und knisterte regelrecht, sodass Koss sich zu ihm umdrehte.

»Aber wie zur Hölle hat Børre Drange sich das Pockenvirus beschafft? Und warum? Was wollte er damit? Homosexuelle foltern?«

Fredrik antwortete nicht. Stattdessen seufzte er nur resigniert. Für ihn war es offensichtlich. Børre Drange hegte viel weitreichendere Pläne. Er experimentierte. Im Labor – in einer kontrollierbaren Umgebung – erforschte er die Krankheit. Auf dass er vorbereitet wäre. Auf dass er wüsste, was passieren würde an dem Tag, da Gott ihm befehlen würde, das Virus freizulassen.

Es regnete noch immer. In der Dämmerung rasten die Straßenlaternen draußen vor den Fenstern an ihnen vorbei. Das Telefon vibrierte. Fredrik blickte auf das Display hinab. Es war eine Nummer aus der TV2-Redaktion. Erst wollte er den Anruf wegdrücken, das Telefon wieder in die Tasche packen und sich nicht weiter damit belasten, aber irgendetwas sagte ihm, dass er besser ranging. Er stellte auf Lautsprecher, sodass Koss mithören konnte.

»Ja?«

»Fredrik Beier?«

»Ja.«

»Hier ist Carl Solli. Von TV2. Wir sind uns zu Hause bei Turid und Jørgen Mostu begegnet. Nach dem …«

»Ja, ja. Ich erinnere mich«, antwortete Fredrik.

»Wir haben den ganzen Tag über versucht, Kontakt aufzunehmen zu irgendwem, der über die Ermittlungen in den Solro-Morden Bescheid weiß.«

Fredrik schielte hinüber zu Koss. Der Polizeidirektor zuckte mit den Schultern.

»Ja und?«

»Ich rufe an, weil wir inzwischen sicher sind, dass eine Schießerei in einem Bunker in Porsgrunn mit dem Solro-Massaker zusammenhängt. Wir wissen auch, dass zwei Mitglieder der Glaubensgemeinschaft getötet wurden – die

Brüder Paul und Fritjof Hennie. Und es heißt, ein Polizist sei bei einer Explosion umgekommen.«

Koss griff fester um das Lenkrad.

»Und wo haben Sie das her?«, wollte Fredrik wissen.

»Das kann ich Ihnen nicht sagen.«

Das brauchte er auch nicht. Nachdem die Eltern des Brüderpaars von einem Seelsorger und zwei Beamten aufgesucht worden waren, war es nur eine Frage der Zeit gewesen. Derlei Gerüchte verbreiteten sich wie die Pest. Dagegen war einfach nichts zu machen.

»Und warum rufen Sie mich an?«

Carl Solli antwortete nach kurzem Zögern. »Sie könnten es als eine Art Dienst bezeichnen – ich weiß schließlich, dass Sie verärgert waren über … die Sache mit den Aussteigern. Aber ich bin der Ansicht, dass es richtig ist … sich rückzuversichern. Bevor wir neue Informationen über den Fall bringen. Außerdem wären wir für einen Kommentar Ihrerseits natürlich sehr, sehr dankbar.«

»Tja. Ich werde weder irgendetwas bestätigen noch irgendetwas kommentieren. Wenn Sie also deshalb bei mir angerufen haben, sind Sie an der falschen Adresse. Versuchen Sie es bei Sebastian Koss. Er antwortet, wenn er mit Ihnen reden will.«

Koss schüttelte den Kopf. Am anderen Ende blieb es still.

»In Ordnung?«, fragte Fredrik und wollte schon auflegen, überlegte es sich dann aber anders. »Carl? Wissen Sie was?«

»Nein.«

»Es war kein *Bunker*. Es war ein Munitionslager.«

»Okay …«

»Die Bezeichnung sollte schon stimmen, nicht wahr?«

»Ja, ja.«

»Und es waren noch zwei weitere Personen dort. Pio Otamendi und Carl Josefsen. Der homosexuelle Politiker und sein Partner. Josefsen ist tot, Otamendi lebt. Sie wurden gefoltert.«

Er konnte regelrecht hören, wie Carl Solli die Kinnlade runterklappte, und Koss kam beinahe von der Straße ab.

»Rufen Sie mich nicht noch einmal an«, sagte Fredrik und legte auf.

Bei der Mischung aus Misstrauen, Wut und Verwirrung in Koss' Gesicht war Fredrik gleich ein wenig leichter ums Herz.

»Wir konnten es ebenso gut gleich hinter uns bringen«, sagte er. »Es wäre morgen bei der Pressekonferenz sowieso aufs Tapet gekommen. Jetzt müssen Sie nicht wach liegen und grübeln, was Sie sagen sollen.«

Ihm war klar, dass Koss ihn genau für solche Alleingänge hasste.

81

Es war, als würde ein Flugzeug zur Landung ansetzen. Der Himmel verschwand hinter Wolken, das Flugzeug tauchte in grauen Nebel ein, ehe der Boden plötzlich sichtbar wurde. Dunkel, flach und düster. So fühlte es sich an aufzuwachen.

Das Klopfen an der Tür dauerte schon eine Weile an, dabei war es gerade erst acht Uhr. Fredrik war alles andere als ausgeruht.

»Zur Hölle«, grunzte er, als er den Kollegen im Türspalt erkannte.

Vidar Saga trug seine schwarze Polizeischirmmütze

und eine Lederjacke über seiner Uniform. Die fleischigen Lider blinzelten, und die Augenbrauen glänzten vor Schweiß, dabei hatte er unter Garantie nicht die Treppe genommen.

Saga drückte sich an ihm vorbei und ließ den Blick durchs Zimmer schweifen. Auf der Suche nach der Hotelschokolade, nahm Fredrik an.

»Ich bin gestern Nacht angerufen worden.«

Fredrik sah ihn ausdruckslos an.

»Da will uns jemand treffen – irgendwer, der Angst hat zu sterben.«

Mit Vidar Saga hinterm Steuer fuhren sie nach Skien.

»Erinnerst du dich noch an den Brand hier unten?«

Fredrik zuckte mit den Schultern. »Brennt es nicht die ganze Zeit? Überall?«

»Ich meine den Kirchenbrand«, sagte Saga leicht angesäuert. »Die Kirche in Gjerpen. Vor ein paar Jahren.«

»Ich glaube ja. Brandstiftung?«

Saga nickte so heftig, dass seine Wangen schlackerten. »Ich hab damals die Ermittlungen geleitet. Kam in Kontakt mit dem Pastor. Oder der Pastorin oder wie zum Teufel ich sie nennen soll. Die Pfarrersfrau.« Er schnaubte. »Sigrid«, fuhr er fort. »Sigrid Hansen heißt sie. Sie hat mich angerufen.«

Mehr sagte Saga nicht, ehe sie vor der kleinen mittelalterlichen Kirche ein paar Kilometer außerhalb vom Zentrum vorfuhren.

»Hier liegt Quisling begraben«, sagte er und spähte über die Steinmauer in Richtung Parkplatz. »Mitsamt Frau.«

Die Pfarrerin wartete bereits an der Kirchentreppe auf sie und warf einen verstohlenen Blick auf die Uhr, als sie aus dem Auto stiegen.

»Schön, dass Sie so schnell kommen konnten«, sagte sie

ernst. »Vorgestern stand er auf einmal hier – er hat Todesangst. Er glaubt, die Behörden bringen ihn um.«

Sie presste die mageren Hände aufeinander, als erwartete sie sehnlichst eine Art Bestätigung dafür, dass dies nicht der Wahrheit entspräche. Saga schob die Brille nach oben.

Es hallte, als die Tür hinter ihnen ins Schloss fiel. Vor den weiß gekalkten Wänden bildeten die dunklen Bänke einen harten Kontrast. Einen Augenblick dachte Fredrik, der Kirchenraum wäre leer. Dann nahm er vorne am Altar eine Bewegung wahr. Als sie etwa die Hälfte des Wegs zurückgelegt hatten, stand jemand auf und stolperte mit unsicheren Schritten und leicht vornübergebeugt auf den kardinalroten Läufer im Mittelgang.

Der Mann war verhältnismäßig klein, aber kräftig gebaut. Die kleinen Augen flackerten. Er trug eine dunkle Anzugjacke, eine schwarze Hose mit Bügelfalten und Lederschuhe.

Die Pfarrerin nickte ihm aufmunternd zu, ehe sie zur Seite trat. »Das sind die beiden Polizisten, von denen ich erzählt habe«, sagte sie und warf Saga einen Blick zu. »Ich vertraue ihnen.«

Fredrik streckte die Hand aus. »Fredrik Beier. Ich bin Polizeihauptkommissar.«

Die Mundwinkel des Mannes zuckten, und er verzog das Gesicht zu einem schiefen Grinsen. »Sören Plantenstedt«, sagte er. »Ich nehme an, Sie suchen nach mir.«

Dass der Mann vor ihnen eine Autorität, Pastor und Anführer einer Glaubensgemeinschaft sein sollte, war schwer zu glauben. Er sah aus wie ein Obdachloser. Sein Teint war ungesund weißlich, und die Unterlippe war angeschwollen. Unregelmäßig standen Bartstoppeln auf Wangen und Kinn, und sein Händedruck fühlte sich an, als würde man Fett aus einem Spülschwamm pressen. Als er losließ, blinzelte Plantenstedt schnell und heftig, bevor er die Augen weit aufriss und das Gesicht zu einer unfreiwilligen Grimasse verzerrte. Anschließend fuhr er sich mit den Händen durchs halblange Haar.

Sigrid Hansen führte sie in die Sakristei zu einem Tisch mit vier Stühlen. In einem silbernen Leuchter brannte eine Kerze.

Sie setzten sich. Fredrik setzte sich Plantenstedt gegenüber. Die Pfarrerin legte eine Hand auf Plantenstedts blasse Faust. Mit der freien Hand strich er eine Weile über die Stickereien auf der Tischdecke. Zu guter Letzt hob er den Kopf und starrte Fredrik geradewegs an.

»Wer ist der Mann ohne Gesicht?«

Seine Stimme klang fern und direkt zugleich. Das ferne Echo seiner schwedischen Muttersprache war immer noch zu hören.

»Wer hasst uns so sehr, dass er uns umbringt?«

Fredrik sah ihn prüfend an. Kalter Schweiß stand auf seiner Stirn. Wusste er es nicht? Wusste er es wirklich nicht? Oder spielte er nur den Ahnungslosen? Hatte jetzt eine bühnenreife Vorstellung begonnen?

Fredrik entschied sich, die Frage zu ignorieren. »Wo ist Børre Drange?«

Der Pastor schüttelte den Kopf. »Ich ... Ich weiß es nicht. Wir ... Wir haben einander auf der Flucht aus den Augen verloren. Wir wurden verfolgt, gejagt, von diesem Monster ...«

Nachdem er seinen Blick ein paar Sekunden lang gehalten hatte, begann Plantenstedt, unkontrolliert zu blinzeln. Das Gesicht verzog sich in Tics. Der Kopf fiel erneut nach vorn. Dann brach er schluchzend über dem Tisch zusammen.

»Gut«, sagte Fredrik schließlich. »Erzählen Sie mir, was in der Nacht auf Solro geschehen ist.«

Nicht einmal der strömende Regen hatte das gutturale Stöhnen, Ächzen und Hämmern der Bettpfosten gegen die Holzwand übertönen können.

Dass Bjørn Alfsen sich solche Freiheiten nahm, quälte ihn. Aber Papa Per hatte ihn gebeten, darüber hinwegzusehen, also tat er es. Er lag ein paar Minuten lang da und nestelte an sich selbst herum, stellte sich das Paar im Nachbarzimmer vor. Dann schloss er die Augen und schlummerte ein. Fiel in unruhigen Schlaf. Und genau in diesem Zustand befand er sich noch immer, als es an der Tür klopfte. Er schrieb das Geräusch dem Fick im Nachbarzimmer zu, drehte sich bloß zur anderen Seite und wachte nicht mal vollends auf, ehe der blonde, kräftige Mann die Hand auf seine Schulter legte und ihn wach rüttelte.

»Ich muss abreisen«, raunte Papa Per ihm zu. Er atmete flach und hatte die Augen unnatürlich weit aufgerissen. Über seinen Wollpullover hatte er sich eine dünne Sommerjacke geworfen.

Sören Plantenstedt war es gewohnt, dass Papa Per kam und ging, wie es ihm passte. Das war sein Recht. Per gehorchte dem Herrn und nur dem Herrn. Und der Herr hatte Papa Per zu ihnen geführt. Durch ihn hatten sie ihren Auftrag erhalten.

Später würde er trotzdem immer wieder an diesen Augenblick zurückdenken. Irgendetwas war in seinen Augen gewesen – Per, der sonst immer von Ruhe erfüllt, vom *Herrn* erfüllt gewesen war, war in Bedrängnis. Seine Stimme war dünn, er hatte zu schnell gesprochen.

»Ich bin in Porsgrunn, wenn etwas passieren sollte.«

Wenn etwas passieren sollte? Papa Per hatte eine Reihe von Namen heruntergeleiert. »Niemand sonst darf dort hinkommen.«

»Die Kellergruppe?«, hatte Sören sich versichert und

sich die Augen gerieben, und der Pastor hatte genickt und ihm einen flüchtigen Kuss auf die Stirn gegeben.

»Gott sei mit dir.«

»Was ist denn los?«

»Ich weiß nicht. Gott hat zu mir gesprochen«, hatte Per geantwortet.

Und dann war er verschwunden. Sören Plantenstedt hatte in die Stille gelauscht. Das Knirschen der Holztreppe, das ferne Zuschlagen der Eingangstür. Von der anderen Seite der Wand hatte er tiefes, monotones Schnarchen hören können. Er drehte sich wieder um und schlief fast sofort ein. Dieses Mal fiel er in einen traumlosen Tiefschlaf.

Von den Schreien draußen wurde er wieder wach. Schreie, aus denen Angst sprach, die durch die Nacht gellten wie die eines Tieres, es gelang ihm nicht einmal zu unterscheiden, ob sie von einem Mann oder von einer Frau stammten. Er setzte sich im Bett auf, und im selben Moment sah er das rote Blinklicht der Alarmanlage über der Tür.

Weder sprang er hektisch aus dem Bett, lief erschrocken zum Fenster, noch kauerte er sich zu einem ängstlichen Gebet nieder. Er faltete lediglich die Hände über der Decke und wartete. Er war kein Held. Er hatte dort draußen nichts zu suchen. Mochte Gottes Wille geschehen.

Es war eine Frau, die schrie. Das hörte er jetzt. Ihr Kreischen war lauter als der strömende Regen. Aus dem Nachbarzimmer konnte er Geräusche hören, die gedämpften Stimmen zweier Erwachsener, dann wimmernde, ängstliche Kinderstimmen. Dann wurde seine Tür aufgestoßen. Annette. Sie hielt William im Arm. Das blonde Haar hing ihr triefend ins regennasse Gesicht. Ihr stand die Panik ins Gesicht geschrieben, und ihre aufeinandergepressten Lippen waren weiß. Sie trug lediglich ein T-Shirt und einen Slip. Durch den nassen Stoff konnte er ihre großen, dunklen Brustwarzen sehen.

»Wir brauchen dich«, sagte sie leise. »Per ist weg, und Bjørn … Pastor Alfsen ist tot.«

Es war lediglich der erste der letzten Tage …

Eigentlich waren sie vorbereitet gewesen. Sie hatten sich darüber ausgetauscht, geplant, sich bereitgemacht. Die kleine Gruppe aus Erwachsenen und Kindern, die sich in der Küche zusammenkauerte. Die Frauen hatten Taschen mit Kleidung, Toilettenartikeln, Medikamenten und ein paar überlebensnotwendigen Ausrüstungsgegenständen hervorgeholt. Die Männer standen am Fenster und spähten an ihren toten Glaubensbrüdern draußen auf dem Weg vorbei hinüber zu den Wagen, die mit laufenden Motoren warteten.

Der Einzige, der nicht vorbereitet war, war er. Nicht ein einziges Mal hatte er darüber nachgedacht, dass er es sein würde, der sich in genau so einem Moment vor sie stellen müsste. Dass er die Nachricht würde überbringen müssen, wer mitdurfte und wer zurückbleiben musste. Seine Hände waren klamm, und die Kinder starrten zu ihm auf, während er verzweifelt versuchte, seine Gesichtsmuskeln unter Kontrolle zu bringen, die an den Mundwinkeln zerrten. Zuletzt hob er die Hand an die Wange, und das Zucken ließ nach.

Papa Per hätte hier stehen müssen. Oder Bjørn. Armer Bjørn.

Fredrik räusperte sich, und der abwesende Ausdruck im Blick des Mannes klärte sich wieder, er blinzelte und war zurück bei ihm in der Sakristei.

»Sie haben gesagt« – Fredrik schielte hinüber zu dem

Notizblock, in dem Saga mitgeschrieben hatte –, »*der erste der letzten Tage*?«

Der Ermittler war nicht in der Lage, den Blick des Pastors zu deuten. Er wirkte stolz und triumphierend zugleich, ratlos und nervös. Sören Plantenstedt holte tief Luft, sagte dann aber doch nichts, blinzelte nur erneut und hob dann wieder an: »Der Jüngste Tag«, sagte er. »Das Jüngste Gericht.« Dann sah er Fredrik in die Augen. »Sind Sie Christ? Religiös?«

Fredrik schüttelte langsam den Kopf. »Nicht besonders.«

Es flackerte schwach in Plantenstedts Augen. »Wir … Wir, die glauben«, sagte er und warf der Pfarrerin einen Blick zu, »wir Gläubigen, wir freuen uns auf das Jüngste Gericht. Denn am Tag des Jüngsten Gerichts werden die Türen des Himmelreichs aufgeschoben. Am Tag des Jüngsten Gerichts wird rein von unrein getrennt und das Gute belohnt. Und das Böse wird gesühnt.« Wieder blinzelte er unkontrolliert. »In unserer gottlosen Zeit haben die meisten vergessen, was das Jüngste Gericht eigentlich besagt – als wäre es etwas Bedrohliches. Etwas Negatives. Medien schreiben über einen Kometen, über Bakterien, und die Leute glauben, das Jüngste Gericht wäre das Ende der Welt.« Mit einem Mal wirkte Plantenstedt selbstsicher. »Doch das Jüngste Gericht ist genau das – ein Gericht. Der Tag, da die Schuldigen zu ewiger Pein und Verdammnis verurteilt werden. Der Tag, da die Unschuldigen neu geboren werden. Für uns, die rein sind, ist es nicht das Ende. Es ist der Anfang.« Er fing Fredriks Blick auf. »Auf Solro fürchteten wir das Jüngste Gericht nicht. Wir freuten uns darauf.«

Fredrik kniff die Augen zusammen. »Aber …«

»… der erste der letzten Tage? Was ich *damit* meine?« Inzwischen war Sören Plantenstedts Blick fest, seine Atmung ruhiger, und die Muskelzuckungen um seine Augen waren beinahe verklungen. »Damit meine ich, dass es endlich losgeht. Der Jüngste Tag steht bevor.«

82

»Ein Segen. Glaubst du nicht?«

Bjørn Alfsen junior warf ihm einen kurzen Blick zu und lächelte. Sie saßen auf einer Bank im Løvebakken, dem kleinen Park vor dem Parlament. Die kühle Brise verzog sich, sowie die Frühlingssonne durch die Wolken brach und die Hauptstadt in Gelb tauchte. Sören wollte gerade antworten, als sie beide auf einen Mann aufmerksam wurden, der auf sie zugelaufen kam. Gelaufen? Nein, das war nicht die richtige Beschreibung – die schlanke Gestalt *schritt*. Sie schafften es gerade noch aufzustehen, bevor er auch schon vor ihnen stand. Unter dem Arm trug er eine Ledermappe.

»Børre Drange«, sagte er und streckte die Hand aus, doch Bjørn ignorierte sie, machte stattdessen einen großen Schritt auf ihn zu und umarmte ihn.

»Die Hand des Herrn«, rief er überschwänglich. »Wir haben uns schon lange darauf gefreut, dich kennenzulernen!«

Der untersetzte Pastor hielt ihn noch eine Weile fest umklammert, ehe er einen Schritt zurückmachte.

Daraufhin wandte Børre Drange sich an Plantenstedt. Sören hatte noch nie so strahlende Augen gesehen – der Blick brannte sich in diesem Moment regelrecht in seine Seele.

»Und du bist…«

»Sören. Sören Plantenstedt.«

Auf Børre Dranges ohnehin schon strahlendem Gesicht breitete sich ein Lächeln aus. Das blonde, zerzauste Haar schien sich in der Sonne zu wellen. »Dann bist du Sein Werkzeug«, sagte er mit salbungsvoller Stimme.

Plantenstedt sah verunsichert zu Pastor Bjørn. Es war dessen Idee gewesen, den engagierten Internet-User zu treffen.

»Ulf Plantenstedt … Dein Großvater hat wahre Großtaten vollbracht«, sagte er und drückte fest seine Hand. »Gott hat mir die Augen dafür geöffnet, dass er der Vater deines Vaters war. Und im selben Moment verstand ich Seinen Wunsch: dass ich mich zu erkennen geben müsse. Dass Gottes Licht auch meine Glaubensgemeinschaft ist. Dass uns dreien eine neue, heilige Dreieinigkeit innewohnt.« Erneut griff er nach Plantenstedts Händen. »Ich bin Biochemiker, genau wie du«, sagte er und zwinkerte ihm zu. »Die Wege des Herrn sind unergründlich.«

»Er hat mir einen Ring überlassen, der vermutlich meinem Großvater gehörte. Keine Ahnung, wo er ihn herhatte, aber ich hab auch nicht gefragt. Mein Großvater und ich … Unser Verhältnis war nie besonders gut. Ich hab den Ring auch gar nicht mehr.« Er zögerte.

»Und Pastor Alfsen bekam eine Bibel«, sagte Fredrik. »Eine alte deutschsprachige Bibel, nicht wahr?«

Plantenstedt blickte verwirrt auf. »Ja … Woher wissen Sie das?«

»Wer ist Elias Brinch? Was steckt hinter der Wiener Bruderschaft?« Fredrik sah ihn aufmerksam an.

Plantenstedt schüttelte noch immer den Kopf. »Ich … Ich habe keine Ahnung. Ich hab nie etwas von irgendeiner Bruderschaft gehört. Oder … dem Mann, den Sie erwähnt haben.«

»Børre Drange war im Besitz eines Fotos – einer alten

Aufnahme der sogenannten Wiener Bruderschaft. Ihr Großvater war auf diesem Foto abgebildet.«

Sören Plantenstedt hob den Kopf und starrte zur weiß gekalkten Decke der Sakristei empor.

»Davon weiß ich nichts«, sagte er. »So ein Bild habe ich nie gesehen.«

Fredrik schüttelte entmutigt den Kopf und bat Plantenstedt, mit seinem Bericht fortzufahren.

Børre Drange zog ein halbes Jahr nach ihrer Begegnung im Løvebakken nach Solro. An Weihnachten. Da hatte er bereits seinen Namen geändert, in Per Olsen. Er hatte sich für diesen Namen entschieden, meinte er, weil er so normal sei. »Es geht schließlich nicht um mich«, erklärte er. »Es geht um Gott. Ich bin nur ein Werkzeug. Gottes Stimme und Werkzeug.«

Plantenstedt runzelte die Stirn. »Er wollte, dass ihn die Kinder Papa Per nennen. Und dann machten wir es alle. Denn das war er. Unser aller Vater. Papa Per.«

Schlagartig wurde ihr Leben auf Solro ein anderes. Zu Beginn wussten nur die Pastoren, dass die Endzeit unmittelbar bevorstand. Durch eine Krankheit würde die Welt von allem Unrat gereinigt werden. Durch das HI-Virus. Sars. Die Vogelgrippe. Ebola. Das war der göttliche Plan – und das war alles immer noch nichts gegen die Seuche, die sie erwartete. Eine Form der Pest, die die Menschheit noch nie erlebt hatte. Die die Erlösten von den nicht Erlösten trennen würde. Muslime von Christen. Böse von gut.

»Gott rüstet seine Herde für die Endzeit. Und durch Per hat Er zu uns gesprochen. Damit wir uns vorbereiten konnten.« Er klang beinahe glücklich. »Denn wie Gott Noah auftrug, eine Arche zu bauen, um der Sintflut zu entgehen, so wollte Er auch uns Rechtgläubigen bis zum Tag des Jüngsten Gerichts das Überleben sichern.«

»Und das sind Sie?«

»Das sind wir.«

In Plantenstedts Antwort hatte nicht der geringste Anflug von Ironie gelegen. Fredrik schob seinen Stuhl nach hinten, stand auf und zog die braune Cordjacke aus. Hängte sie an den Kleiderhaken neben der Tür. Anschließend ging er langsam um den Tisch herum. Die Pfarrerin und Saga schauten zu ihm auf, während Sören Plantenstedt den Blick wieder auf die Tischplatte heftete.

Hinter Plantenstedt blieb Fredrik stehen. »Diese Vorbereitungen«, sagte er langsam und strich sich über den Bart, »wie sahen die aus?«

»Papa Per hat vorausgesehen, dass Solro angegriffen würde», antwortete er, ohne sich umzudrehen. »Gott hat ihm mitgeteilt: Wenn dies geschehe, dann sollten wir alle wissen, dass dies der erste der letzten Tage sei. Also bereiteten wir uns vor. Wir installierten Alarmanlagen. Kameras. Wir organisierten Mittel, um uns zu verteidigen. Denn so sind die letzten Tage«, sagte er abwesend. »Gottes eigenes Volk wird dem Unfrieden ausgesetzt. Der Mensch ist schwach, er ist missgünstig. Er hegt einen brennenden Zorn gegenüber den Erlösten.«

»Und das Labor auf Solro? Wozu diente das Labor?«

Der Pastor lachte kurz. »Wir haben einen Impfstoff entwickelt. Und in tausendfacher Dosis hergestellt. Für den Tag, an dem die Pest kommen würde.« Er sah zur Pfarrerin hinüber, als hoffte er auf ihr Verständnis. »Ich bin selbst Biochemiker. Aber es war Børre, der uns gezeigt hat, was wir tun mussten.«

Fredrik schüttelte verständnislos den Kopf. »Aber wofür brauchten Sie einen Impfstoff? Wenn die Pest doch Gut von Böse trennen sollte … Christen von Muslimen?«

Die Stimme des Pastors wurde sanft. »Wenn es regnet,

greifen wir sowohl nach Gummistiefeln als auch nach einem Regenschirm, nicht wahr?«

Er wirkte unehrlich und aufgesetzt, fand Fredrik und marschierte erneut um den Tisch herum. Dann lehnte er sich über die Stuhllehne nach vorn, sodass er sich beinahe auf Augenhöhe mit Plantenstedt befand. »Es gab noch ein weiteres Labor«, sagte er betont.

Er versuchte, das zuckende Gesicht zu deuten. Die ausweichende und zugleich besserwisserische Haltung provozierte ihn. Fredrik richtete sich abrupt wieder auf und schlug so fest mit beiden Händen auf die Tischplatte, dass der Kerzenleuchter umkippte.

»Sehen Sie mich an, wenn ich mit Ihnen rede, verdammt!«

Sören Plantenstedt starrte ihn verunsichert an.

»Es gab ein weiteres Labor – in einem alten Munitionslager, in dem Sie, Børre Drange und der Rest Ihrer verfluchten Sekte monatelang zwei Männer gequält und gefoltert haben. Einer von ihnen ist tot, der andere liegt im Sterben! Und Sie fragen sich, warum irgendein irrer Teufel hinter Ihnen her ist?«

Fredrik blieb vornübergebeugt stehen und genoss regelrecht die Hitze, die ihm durch die Schläfen pumpte.

Der Pastor sah ihn misstrauisch an. Schüttelte leicht den Kopf. In einem Mundwinkel klebte Spucke.

»Nein, nein«, murmelte er. »Ich kann dazu nichts sagen. Ich kann nichts sagen … Das stimmt nicht. So war es nicht.« Er hob beide Hände vors Gesicht. »Nein«, winselte er.

Fredrik wartete, bis der Mann vor ihm aufgehört hatte zu zittern.

»Stunden nach dem Massaker haben Sie jemanden angerufen, der sich noch auf Solro befand. Wer war das? Und wo steckt der Rest Ihrer Glaubensgemeinschaft?«

Behutsam legte Plantenstedt die Handflächen auf die Tischplatte. Sein Blick war kalt. Abwesend.

»Ich will mit einem Anwalt sprechen.«

Im Streifenwagen saß Fredrik mit dem Pastor hinten auf der Rückbank. Sören Plantenstedt hatte den Kopf ans Fenster gelehnt. Starrte mit leerem Blick auf die grauen Wolken über den Feldern, während die Finger an der Scheibe entlangglitten. »Sie waren … homosexuell …«

Es klang vollkommen emotionslos, sodass Fredrik nicht hätte sagen können, ob es eine Frage oder eine Feststellung gewesen war.

»Wie geht es ihm, dem … der … noch lebt?«

»Er heißt Pio. Pio Otamendi«, erwiderte Fredrik leise. »Und es geht ihm verdammt schlecht. Sie nehmen an, dass er nicht mehr lange leben wird.«

»Dann ist es Gottes Wille«, flüsterte Plantenstedt.

Fredrik hatte das unbändige Bedürfnis, Plantenstedts Kopf an der Autotür zu zerschmettern.

83

»Sie wollten Informationen zur Wiener Bruderschaft?«

»Das stimmt«, antwortete Kafa und reichte Stein Brønner das Foto, woraufhin er eine schiefe Lesebrille zückte.

Während er die Aufnahme studierte, folgte sie mit dem Blick dem schmalen Streifen Sonnenlicht, der zwischen den Gardinen hereinfiel, dann weiter über den dunkel lackierten Schreibtisch und bis zu den Flecken auf dem orientalischen Teppich verlief. Darüber hing ein wenig schmeichelhaftes Porträt von Otto Ruge an der Wand: der

General, der 1940 die norwegischen Streitkräfte in die Verteidigungsschlacht gegen die Deutschen geführt hatte. Daneben hing eine flache Wanduhr, die so laut tickte, dass jede Sekunde, die hier drinnen verstrich, wahrnehmbar war. Die Zeit lief – und dies mit den Sinnen zu vernehmen, gefiel dem Historiker offensichtlich.

Kafa saß vor dem überladenen Schreibtisch. Der kräftige Mann hatte seinen Bürostuhl ein Stück vorgeschoben, wodurch sie jetzt mehr sehen konnte als nur seinen rothaarigen Schädel.

Fredrik hatte sie gebeten, Brønner zu kontaktieren – den Kriegshistoriker, dem er bei seinem Gespräch mit Kari Lise Wetre und dem Veteranen Kolbein Ihme Monsen bei der Militære Samfund begegnet war. Kolbein I. Monsen, dessen Name auf der Rückseite des alten Fotos gestanden hatte, das sie im Labor des ehemaligen Munitionslagers gefunden hatten.

»Wie Sie wissen«, sagte er stirnrunzelnd, »sterben wir Zeitzeugen allmählich aus.« Er legte das Bild vor sich hin. »Dieses Foto wurde vor der Wiener Universität aufgenommen«, erklärte er dann, lehnte sich zurück und verschränkte die Arme.

Mitte der 1890er Jahre war in einem Osloer Viertel, das heute Vika hieß, ein Mann zur Welt gekommen. Damals hatte das Viertel noch Pipervika geheißen und die Stadt Kristiania – und das Areal war ein entsetzlicher Slum gewesen. Der Mann hieß ursprünglich Elias Brink, änderte aber seinen Namen in Brinch, als er sein Studium aufnahm. Er kam aus ärmlichen Verhältnissen, war aber ein brillanter Geist, so scharfsinnig, dass die Königliche Friedrichs-Universität – die heutige Universität Oslo, fügte Brønner hinzu –, ihm ein Stipendium gewährte. In Österreich promovierte er in Biologie. Und im damals turbulenten Wien lernte er neben seinem Fachgebiet noch zwei weitere Dinge lieben: die Frauen und die Politik.

Am 18. März 1925 wurde in einer feierlichen Zeremonie im Ballsaal der Wiener Universität die Wiener Gesellschaft für Rassenpflege gegründet. Einer der Gäste war Doktor Elias Brinch. Denn Brinch war Nazi – Rassenhygieniker und einer der größten Wissenschaftler seiner Zeit.

Stein Brønner ließ ihr über die Brille hinweg einen vielsagenden Blick zukommen.

Der junge Brinch hatte es sich zur Aufgabe gemacht, der Welt die umfassendste *Encyclopaedia* des *Homo sapiens sapiens* aller Zeiten vorzulegen: ein Nachschlagewerk zu sämtlichen Menschenrassen der Welt, sortiert nach physiologischen, psychologischen und kulturellen Gesichtspunkten. Er begann mit der Sammlung schlichter Fakten: den Durchschnittswerten bei Größe und Gewicht, Hautfarbe, Kopfform und Körperbau, Stirn- und Nasenform. Nach und nach kartierte er auch Kennzeichen wie die Körperbehaarung, die Ausformung der Geschlechtsorgane, Anteil der Muskel- und Fettmasse am Körpervolumen, Fruchtbarkeit, Sprachvermögen. Er führte Intelligenztests durch, untersuchte Sinnesorgane, Schmerzempfinden, analysierte kulturelle Aspekte sowie die Schriftsprache.

»Kurz gesagt: Er erstellte eine bis dato beispiellose Kartierung der Rassen der Welt. Und für diese Arbeit rekrutierte Brinch eine Handvoll junger Forscher, die ihm beiseitestehen sollten. Sie nannten sich die Wiener Bruderschaft.«

Der Kriegshistoriker strich sich fast schon zärtlich über den struppigen Bart. Raupenlippe – hatte Fredrik ihn nicht so genannt?

»Doch Brinch gab sich nicht damit zufrieden, lediglich die Eigenheiten der verschiedenen Rassen zu dokumentieren. Er wollte herausfinden, welchen Nutzen man aus den Differenzen ziehen und welche rassenhygienischen Maßnahmen er den Nazis empfehlen konnte. Er zielte auf die Juden ab. Auf die Zigeuner. Das slawische Volk an sich – und andere *Untermenschen.*«

Düster schüttelte Brønner den Kopf.

Ihre Methode war grausam. Sie experimentierten mit Gefangenen, mit Insassen aus Behindertenheimen, mit psychisch Kranken. Sie testeten Giftstoffe, infizierten ihre Opfer mit verschiedensten Krankheiten. Dokumentierten, wie wirksam verschiedene Medikamente auf Menschen unterschiedlicher Rassen waren. Und nicht nur Medikamente. Einige der Rassen nahmen Nährstoffe besser auf als andere. Vitamine. Salze. Impfstoffe. Zellgifte.

»Und das war noch vor Ausbruch des Krieges!« Er hämmerte die Faust auf die Tischplatte.

Kafa sah ihn stirnrunzelnd an. Wenn Kolbein Ihme Monsen an derlei Grausamkeiten beteiligt gewesen war, wollte ihr nicht einleuchten, was er dann auf einer Veranstaltung für norwegische Kriegshelden zu suchen gehabt hatte.

Brønner nahm das Bild wieder in die Hand und tippte auf Brinchs Stirn. »Während des Krieges übernahm der Professor das Kommando über ein Russenlager auf Lista. Die Sterberate war ungeheuerlich – so extrem, dass sich irgendwann die Exilregierung in London der Sache annahm … und Kolbein Ihme Monsen kontaktierte.«

Stein Brønner zeigte auf den lächelnden, attraktiven Mann mit Seitenscheitel.

»Kolbein war jahrelang Teil der Wiener Bruderschaft gewesen. Irgendwann dämmerte ihm, in welche Richtung sich das Ganze entwickelte. Noch vor Kriegsausbruch kehrte er den anderen den Rücken und emigrierte nach London. Von dort aus wurde er als Agent nach Lista geschickt. Und erkannte, dass alles, was sie vor dem Krieg getan hatten, nur Marginalien waren im Vergleich mit den unmenschlichen Dingen, die Brinch jetzt unternahm. Brinch war ein norwegischer Mengele. Als Kolbein schließlich aus London grünes Licht für die Aktion bekam, rettete er unzählige Menschenleben.«

»Was für eine Aktion – was passierte mit Elias Brinch?«

»Seine Leiche wurde nie gefunden ... In dem Lager brach ein Feuer aus, und er ist wohl den Flammen zum Opfer gefallen. Kolbein ist bis heute von den Narben gezeichnet. Er wurde für seinen Einsatz hochdekoriert. Man kann wohl sagen, er besaß die Geistesgegenwart, sich für die richtige Seite zu entscheiden, als noch Zeit dazu war.«

An der Tür dankte sie ihm für die Hilfe.

»Wissen Sie, mir fällt da noch etwas ein ...« Brønner hielt ihre Hand fest. »Es gibt noch mehr Menschen als Kolbein Ihme Monsen, die diese Geschichte kennen. Sie sollten mit seinem Sohn sprechen.«

»Seinem Sohn?«

»Gerhard Monsen.«

»Dem Politiker? Dem Reeder?«

»Genau. Das ist Kolbeins Sohn.«

»Meine Güte. Danke«, antwortete Kafa verwirrt.

Dann trat sie hinaus auf den gekiesten Paradeplatz vor den alten Truppenunterkünften der Festung Akershus, in der der Historiker sein Büro hatte. Gerhard Monsen ... der Sohn von Kolbein Ihme Monsen. Sie angelte ihr Handy aus der Tasche.

Noch ehe Fredrik etwas sagen konnte, fiel sie ihm ins Wort: »Hast du nicht erwähnt, dass Gerhard Monsen bei der Beerdigung deiner Mutter war?«

»Ja ...«

»Und hat er nicht erzählt, er sei Sebastian Koss' Vater?«

»Ja.«

»Dann ist Kolbein Ihme Monsen Sebastian Koss' Großvater!«

Beide schwiegen. Sie in Oslo, er in Porsgrunn. Beiden war plötzlich klar, dass die Wiener Bruderschaft und die Solro-Sekte zusammengehörten.

Gottes Licht hatte sich als von Gott erwählte Glaubensgemeinschaft verstanden, und Elias Brinch war der Überzeugung gewesen, einer auserwählten, der arischen Rasse anzugehören. Und während sich Gottes Licht vom religiösen und moralischen Verfall bedroht sah, war der fortpflanzungstüchtige Untermensch als Bedrohung des *Übermenschen* angesehen worden. Nazis und religiöse Fundamentalisten hatten den gleichen endgültigen Lösungsweg beschritten: menschenverachtende Experimente. Massenmord, willkürliche Todesurteile. Darin hatte für sie die Erlösung gelegen. In der Pest, in der Gaskammer. Religion versus Ideologie. Worin bestand eigentlich der Unterschied?

84

Lista, November 1943

In den Kragen der Anzugjacke war ein Stofffetzen eingenäht, allerdings war die Tinte, mit der der frühere Eigentümer seinen Namen hineingeschrieben hatte, mittlerweile unlesbar. Die Ärmel lösten sich bereits auf, die Hose war zu kurz.

»Bereit?«

Kjell Klepsland hatte schon auf ihn gewartet. Draußen war es mild, aber es nieselte leicht. Das Licht der Scheinwerfer spiegelte sich in den glänzenden Eisbrocken.

Im windgeschützten Eingangsbereich der Villa schlug ihnen der appetitanregende Duft von gedünsteten Zwiebeln, Fleisch und Zigaretten entgegen. Im offenen Kamin im Wohnzimmer knisterte ein Feuer, und im Esszimmer saßen mehrere uniformierte Männer.

»Meine Herren, hier ist er: mein Zögling, Student und Kollege. Brutus.«

Die Deutschen lachten zurückhaltend, und Elias grinste breit. Er trug einen dunkelgrauen, eng geschnittenen Anzug. Er führte Kolbein an einen freien Platz am Ende des Mahagonitischs. Der Tisch war mit weißem Porzellan, schlankem Silberbesteck und Kristallgläsern gedeckt. Kaum hatten sie das Tischende erreicht, sprang sein Sitznachbar auf, donnerte die Absätze zusammen und streckte die Hand aus. Er war etwa genauso groß wie Kolbein. Durch runde Brillengläser starrten ihn eng zusammenstehende Augen an. Er war vielleicht Anfang dreißig.

»Darf ich dir Kommissar und Hauptsturmführer Randolf Ferner vorstellen, verantwortlich für sämtliche Operationen der Sicherheitspolizei in Kristiansand und im Sørlandet«, sagte Elias auf Deutsch.

Ferners Händedruck war lasch. Dann stand sein Assistent, der neben ihm gesessen hatte, auf und grüßte. Beide trugen das Doppelemblem der Schutzstaffel am Uniformkragen – das SS-Abzeichen. Die anderen beiden waren Wehrmachtsoffiziere.

»Hauptmann Heinrich Willüber leitet die Arbeiten zum Bau der Marine-Verteidigungsanlagen hier in der Gegend und nutzt die Arbeitskapazitäten unseres Lagers«, erklärte Elias.

Der dicke, glatzköpfige Mann hielt ihm die blutleere Hand hin.

»Hast du nicht neulich erst gesagt, ich würde eure Kapazitäten *missbrauchen*?« Der Mann lachte schallend. Die anderen lächelten nachsichtig.

Dann wandte Kolbein sich an Professor Brinchs letzten Gast.

»Robert Nietzke, Oberleutnant. Ihm untersteht die Verwaltung des Lagers hier auf Lista.«

Anders als die anderen stand der dunkelhaarige Nietzke nicht mal auf, sondern lehnte sich nur über den Tisch. Kolbein erschauderte, als er auf dessen Hand hinabblickte. Dem Mann, der grinsend seinem Blick begegnete, fehlten am Ringfinger zwei Glieder. Die Haut auf dem Handrücken war hart und uneben. Narbengewebe. Der Deutsche beäugte Kolbein neugierig. Dann stützte er theatralisch das Kinn auf die Hand.

»Und was ist Ihre Einschätzung der wissenschaftlichen Arbeit, die hier betrieben wird, Herr Doktor Monsen?«

»Nun«, antwortete Kolbein bedächtig. »Als ich angefangen habe, für ihn zu arbeiten, galt Professor Brinch als Kapazität in seinem Fach. Das ist jetzt mehr als fünfzehn Jahre her. Die Rassenbiologie ist … ein vielfältiges Gebiet … und kompliziert.«

Er drehte sich zu Elias um. Der Professor war auf der gegenüberliegenden Seite des Esstischs stehen geblieben und verfolgte den Wortwechsel aufmerksam.

»Ich will nicht lügen. Ich mache mir Sorgen hinsichtlich einzelner Methoden, die hier angewendet werden. Aber es gibt durchaus Grund zu der Annahme, dass so schneller wissenschaftliche Ergebnisse erzielt werden, als man sie zu Friedenszeiten erwarten würde.«

»Hmm.« Nietzke warf Elias einen amüsierten Blick zu. »Mir scheint, Ihr Laufbursche hier hat diplomatisches Talent.«

Elias bedeutete Kolbein mit einer Geste, dass er sich setzen möge. Er selbst blieb stehen und dankte der Runde, dass sie seine Wohnstatt, die er Villa Østhassel nannte, anlässlich des Buß- und Bettags beehrte.

»Lasst uns diesen Tag wie damals in der Mahlerstraße feiern«, schloss er und ließ den Blick auf Kolbein ruhen.

Der Lärm um den Esstisch nahm mit der Zeit beachtlich zu. Es gab fangfrischen Fisch, Hirschbraten und zum Dessert Moltebeeren mit Schlagsahne, dazu französische Weine und Cognac. Seit Wien hatte Kolbein keine solche Mahlzeit mehr verzehrt.

Zu fortgeschrittener Stunde hörte er plötzlich das Lachen junger Mädchen aus dem Kaminzimmer. Wie auf ein unausgesprochenes Kommando standen die Offiziere auf und schlenderten hinüber ins Nachbarzimmer.

Die norwegischen Mädchen und die Offiziere kannten einander offenbar. Sie gesellten sich zueinander an den Wohnzimmertisch: die Deutschen und fünf junge Frauen mit Champagnergläsern in der Hand. Elias blieb hinter Kolbein in der Tür stehen, während Willüber sich eine Champagnerflasche schnappte. Der Korken löste sich mit einem schwachen Zischen.

»Ach, Heinrich! Der soll doch knallen? Wir sind doch auf einem Fest!«, rief eine der Norwegerinnen in überraschend gutem Deutsch.

Sie hatte gelocktes dunkelbraunes Haar und weiße, runde Zähne. Unter ihrem gelb-weißen Sommerkleid zeichnete sich über der Hüfte ein Speckröllchen ab. Mit ihren spitzen Brüsten, dem selbstsicheren Lächeln und dem verschmitzten Blick erinnerte sie Kolbein an eine Elfe. Sie umklammerte Willübers dicken Oberarm.

»Du weißt doch, was man sagt, Marianne«, antwortete er und neigte seinen aufgedunsenen Nacken, sodass ihre

Gesichter sich beinahe berührten. »Es soll wie das Seufzen einer befriedigten Frau klingen.«

Die Mädchen kicherten angesichts der unanständigen Andeutung, und Marianne hob gespielt tadelnd den Zeigefinger. Willüber griff nach ihrer Hand und drückte einen feuchten Kuss darauf, ehe sie Seite an Seite ein paar wacklige Schritte auf den knisternden Kamin zumachten.

Erst da bemerkte er *sie*. In einem großen Ledersessel vor dem Kamin saß eine zierliche junge Frau, die die anderen interessiert, wenn auch ein wenig distanziert beäugte. Wie eine Katze, die das Spiel kleiner Hunde beobachtete. Ihre rötlich braunen Haare reichten knapp über die Schultern. Im Gegensatz zu den anderen Mädchen trug sie ein dunkles, längeres und bedeutend teureres Abendkleid. Um ihren schlanken Hals lag eine dünne Goldkette mit einer einzelnen erbsengroßen Perle. Das Gesicht war schmal und hübsch. Sie erinnerte Kolbein an jemanden… Elsa. Sie waren einander nicht unähnlich, schoss es ihm durch den Kopf.

Während die Unteroffiziere Stühle aus dem Esszimmer holten, stellte sich Willüber vor den Kamin.

»Es ist Zeit für den Höhepunkt des Abends«, grölte er.

Der zurückhaltende Ferner spähte grinsend zu den Frauen hinüber, während Willüber eilig in den Flur verschwand. Die Frauen klatschten verzückt in die Hände und rückten die Kleider zurecht, ehe sie sich setzten.

Dann war Willüber wieder zurück. Auf seinem blanken Schädel saß ein heller Fuchspelz. Die Offiziersjacke war verschwunden, stattdessen warf er sich einen weißen Seidenschal über die Schultern. In der Hand hielt er eine fünfzig Zentimeter lange rote Feder, und im Mundwinkel steckte eine brennende Zigarette. Er zwinkerte theatralisch mit den Augen und sprach mit heiserer, heller

Stimme: »Was für ein schöner Abend, meine Herren. Und Damen …«

»Bist du nicht in London und vögelst Juden?«, johlte Nietzke.

Willüber ging kommentarlos über den Zwischenruf hinweg und trippelte stattdessen feminin im Halbkreis auf den Zehen, ehe er sich nach vorn beugte, den Seidenschal abwarf und mit dem breiten Hinterteil wackelte. Dann schielte er zu seinem Publikum hinüber und legte flirtend einen Zeigefinger auf die Unterlippe. Die Offiziershose spannte über seinem prallen Hintern. Im nächsten Moment begann er mit rasselnder Stimme zu singen.

»Ich bin die fesche Lola, der Liebling der Saison!
Ich hab ein Pianola zu Haus in mein' Salon
Ich bin die fesche Lola, mich liebt ein jeder Mann
doch an mein Pianola, da lass ich keinen ran!«

Es war regelrecht unappetitlich. Kolbein blinzelte, dachte zurück an den Moment, da er die eingängige Melodie zum ersten Mal gehört hatte. Der Film hatte *Der blaue Engel* geheißen, und er hatte ihn zusammen mit Elias und Elsa gesehen, in einem Kino am Wiener Prater.

»Ich bin die fesche Lola, der Liebling der Saison!«

Jetzt hatten auch die anderen Offiziere mit eingestimmt, und Willüber schwang sich zu Nietzke hinab, der auf einem Holzstuhl am Wohnzimmertisch saß, ließ sich auf dessen Schoß plumpsen und schmatzte ihm mitten auf die Stirn. Die Mädchen johlten, Nietzke packte die Pobacken seines Kameraden mit beiden Händen und rüttelte sie durch, bevor Willüber wieder in den Flur hinaustrippelte.

Die Einzige, die während der ausgelassenen Showeinlage keinen Mucks von sich gegeben hatte, war die Dunkelrote. Bedächtig hob sie die Hände, um leise zu applaudieren. Die Haut über ihren mageren Armen war weiß wie Schnee, die Brüste unter dem Kleiderstoff kaum zu erkennen. Das Lächeln auf ihrem Gesicht war das einer wesentlich jüngeren Frau als jener, für die das Abendkleid genäht worden war.

Selbstbewusst legte Elias die Hand auf Kolbeins Schulter und nickte in ihre Richtung.

»Hübsch?«, flüsterte er, bevor er sich zu ihr hinüberschlängelte, sich auf die Armlehne an ihre Seite setzte und ihr die Hand in den Nacken legte. Sie schloss die dunklen Augen und neigte den Kopf verträumt zur Seite.

Allmählich schlug die Stimmung um. Irgendwann waren sie so gut wie alle berauscht – und wurden im selben Maße vulgärer, wie die Luft von Zigarettenrauch schwer wurde. Jemand setzte das Grammofon in der Ecke in Gang. Marianne saß auf Hauptmann Willübers Schoß, und er schob ohne jede Scham die Hand unter ihren Kleidersaum. Nietzke und Ferners Handlanger saßen zwischen zwei Mädchen auf dem Sofa und amüsierten sich, indem sie Serviettenfetzen mit Spucke anfeuchteten und wie Knetmasse zu Geschlechtsteilen formten.

Kolbein war auf seinem Posten am Türrahmen stehen geblieben. Als Elias kurz zu ihm aufblickte, stand er kurz entschlossen auf und signalisierte der Frau im Abendkleid, ihm zu folgen. Beinahe beschämt lief sie hinter Elias her.

»Kommt, wir gehen ins Esszimmer«, schlug Elias vor und flüsterte Kolbein auf dem Weg hinaus ins Ohr: »So mögen es die Deutschen. Sie brauchen das. Sie tragen eine verdammt hohe Verantwortung und müssen auf vieles verzichten.«

Elias zog einen Stuhl unter dem Esstisch hervor, und die junge Frau eilte an Kolbein vorüber. Ein Hauch Sommer umgab sie – so diskret, als hätte sie gerade einmal die Fingerspitze in Rosenwasser getaucht.

»Kolbein, das ist Karen.«

Karen? Karen! Selbstverständlich! Jetzt erkannte er sie wieder. Aus der Nähe waren die kleinen, fast schon kindlichen Sommersprossen gut erkennbar. Karen Klepsland, Kjell Klepslands Tochter. Das Mädchen, das ihn gemeldet hatte.

Sie lächelte verlegen und reichte ihm die Hand. Kolbein war, als würde er einen frisch geschlüpften Sperling in der Hand halten.

»Doktor«, sagte sie und neigte leicht den Kopf.

»Fräulein …«

»Fräulein? Aber nicht mehr lange«, erklärte Elias. »Wir heiraten, sobald Karen alt genug ist. Dann hole ich bei Elsa meinen Sohn, und wir ziehen zu dritt hier in die Villa ein. Das wird so schön mit einem Kind! Nicht wahr, Karen?«

Elias strich ihr über die Wange. Sie errötete leicht und starrte hinab auf den Tisch.

Kolbein rang nach Luft. Sein Hals zog sich zusammen, und sein Herz pochte wie ein Schmiedehammer. Es war nur allzu klar, was Elias mit ihm trieb: Er versuchte, ihn zu provozieren, lauerte auf seine Reaktion wie ein Geier, der sein verletztes Beutetier beäugte. Und natürlich wollte er ihn erniedrigen. Und was wäre dafür besser geeignet, als Elsa ins Gespräch zu bringen? Und das Mädchen, das ihn angeschwärzt hatte? Was wäre schmerzlicher, als Elias' und Elsas Kind zu erwähnen? Es war nur zu offensichtlich, wohin dieses Gespräch führte. Gleich würde der Professor auch noch Kolbeins behindertes Kind anführen, um ihm den Todesstoß zu versetzen. Um ihn ein für alle Mal in die Knie zu zwingen. Um ihn sich zu unterwerfen.

Doch Elias Brinch ließ sich alle Zeit der Welt. Und er machte keinen Hehl daraus, dass er dieses ungleiche Duell in vollen Zügen auskostete.

Kolbein zwang sich, dem Blick des Professors zu begegnen. Er schluckte schwer.

»Was ist mit Elsa?«

»Elsa«, wiederholte Elias und lächelte fast schon gequält. »Es wird das Beste sein. Elias wohnt derzeit bei seinen Großeltern in Bortfeld, während Elsa in Griechenland ist. Aber mit dem Krieg und allem … Ich will meinen Sohn hier bei mir haben. Er wird langsam ein großer Bursche – fünf ist er schon! Kein Kind sollte ohne seinen Vater aufwachsen. Und Karen will das auch. Sie kann es kaum erwarten, Mutter des Jungen zu werden. Sie wird ihn lieben, als wäre er ihr eigen Fleisch und Blut.«

Kein Kind sollte ohne seinen Vater aufwachsen. Dass er es wagte! Erneut schluckte Kolbein seinen Groll hinunter. Er durfte jetzt nicht einknicken.

»Elias? Du hast deinen Sohn Elias getauft?«

»Das war Elsas Entscheidung. Elias Gerhard Schrader. Nach mir und Elsas Bruder.« Er schüttelte den Kopf und lächelte. »Wie du weißt … wird Elsa mitunter ein bisschen emotional. Wie die meisten Frauen. Selbst über Kolbein hat sie nachgedacht. Damals, als sie mit deinem Kind schwanger war, selbstredend. Natürlich noch bevor sie wusste, dass es ein Mädchen würde. Und eine Missgeburt.« Das Lächeln war unmerklich in eine zähnefletschende Grimasse übergegangen. »Kannst du dir das vorstellen? Ein deutsches Kind mit dem Taufnamen Kolbein?« Er lachte laut. »Nein, so was … Nur gut, dass nichts daraus geworden ist!«

Es roch nach Kloake, und ein Hund kläffte in der Ferne, als Kjell Klepsland ihn zurück in seine Zelle schubste.

85

Nachdem sie von der E18 abgefahren waren, drosselte Sebastian Koss das Tempo – allerdings nicht so sehr, als dass der Regen nicht auch weiterhin über die Windschutzscheibe gefegt hätte. Fredrik saß mit einem mulmigen Gefühl im Bauch neben ihm. Die selbstmörderische Geschwindigkeit hatten sie gehalten, seit Fredrik ihm von dem alten Foto der Wiener Bruderschaft erzählt und ihn davon in Kenntnis gesetzt hatte, dass Kolbein Ihme Monsen einer der Männer auf dem Bild gewesen sei. Es lag jetzt an Koss, die Stille zu durchbrechen. Allerdings tat er es erst, als sie an dem Schild vorüberfuhren, das besagte, dass sie sich endlich in Horten befanden.

»Wie zuverlässig ist dieser Historiker eigentlich?«

Fredrik lächelte in sich hinein. Es musste für Koss eine bittere Pille gewesen sein. Erst die ganze Wahrheit zu erfahren – und dann damit zu leben, dass auch Fredrik sie kannte. Es passte ihm vermutlich gar nicht, einen Rassenforscher im Familienstammbaum zu haben.

Doch dann überraschte Koss ihn.

»Das… Das überrascht mich eigentlich nicht«, sagte er nüchtern. »Ich wusste, dass er Forscher war. Und Widerstandskämpfer. Von irgendeiner Bruderschaft hab ich nie gehört. Mein Vater und mein Großvater haben sich nie nahegestanden.«

In Horten steuerten sie das Industriegebiet Bromsjordet an, gleich südlich der alten Werft. Vor einem niedrigen Backsteingebäude stellten sie den Wagen ab. Neben dem Haupteingang hing ein Schild mit dem Logo von Norsk Biolab.

»Und der Kriegshistoriker wusste, dass ich das Enkelkind von Kolbein Ihme Monsen bin?«, brach es plötzlich aus Koss heraus.

»Nein. Aber er wusste, dass Gerhard Monsen sein Sohn ist. Und Ihr Vater war im Frühsommer bei der Beerdigung meiner Mutter und hat erwähnt, dass Sie sein Sohn seien.«

Es brauchte eine Sekunde, bevor Koss hinterherkam. »Ich verstehe. Kennen Sie meinen Vater?«

»Nein. Aber meine Eltern kannten ihn offenbar. Sie sind mittlerweile beide tot.«

Koss zog die Eingangstür auf, drehte sich dann aber noch mal zu ihm um.

»Mein Vater hat nämlich nach Ihnen gefragt.«

Ein Wachmann winkte sie hinüber zur Rezeption – eine ungemütliche Nische in Hellgrün mit Plastikpalmen und einem Kaffeeautomaten, der braunes Wasser ausspuckte. Während der Wachmann sie anmelden ging, wandte Fredrik sich an Koss.

»Es scheint fast, als würde diese Wiener Bruderschaft irgendetwas mit der Glaubensgemeinschaft auf Solro verbinden. Ich muss mit Ihrem Großvater sprechen. Haben Sie ein Problem damit?«

Koss sah ihn lange an. Seine Miene war schwer zu deuten. Dann zuckte er mit den Schultern und schüttelte den Kopf.

»Nein. Aber nur damit Sie Bescheid wissen: Er ist ein mürrischer alter Teufel.«

Die Laborchefin Petra Johanssen war eine zierliche Dame um die vierzig. Mit einem ernsten Gesichtsausdruck kontrollierte sie erst ihre Ausweise, dann warf sie dem Wachmann einen flüchtigen Blick zu, ehe sie ihre Besucher den Flur hinabwinkte. Erst als sie außer Hörweite waren, hielt sie inne.

»Die Analyseergebnisse sind äußerst beunruhigend. Wir sprechen von einer eklatanten Bedrohung für die Bevölkerung.«

Sebastian Koss räusperte sich. »Darüber sind wir uns im Klaren. Bei dem Überlebenden wurde das Pockenvirus diagnostiziert.«

Johanssen starrte ihn ausdruckslos an. »Es ist schlimmer als das«, sagte sie und blinzelte. »Viel schlimmer.«

Sie führte sie in einen Raum, der auf gesamter Breite von einer Fensterfront abgeteilt war. Unter der durchgängigen Scheibe stand eine Reihe Plastikstühle. Von hier aus konnten sie ungehindert in ein Labor mit einem guten Dutzend Arbeitsplätzen sehen, allerdings waren derzeit nur zwei Personen dort zugange. Beide trugen Schutzkleidung. Fredrik hätte nicht mal sagen können, ob es sich dabei um Männer oder Frauen handelte. Über ein großes Mikroskop hinweg spähten sie kurz zu ihnen herüber.

Johanssen verschränkte die Arme über dem Laborkittel und stellte sich neben die Scheibe.

»In meiner Branche hüten wir uns davor, übereilt Schlussfolgerungen zu ziehen«, hob sie an und sah sie abwechselnd an. »Aber auf Grundlage der Daten gibt es keine plausible andere Erklärung.« Sie drückte auf einen Schalter, und das Fenster verdunkelte sich, bis sie nicht mehr hindurchsehen konnten.

Was sie in Porsgrunn gefunden hatten, kam einem Terrorpaket gleich – es war alles vorhanden gewesen, um die Gesellschaft komplett lahmzulegen. Um Angst, Tod und Unsicherheit zu verbreiten. Anarchie zu schaffen.

Sie drehte sich zu Koss um. »Dass ein Pockenvirus gefunden wurde, ist nicht ganz richtig … denn genau genommen haben wir *drei* Pockenviren gefunden. Drei unterschiedliche Zweige vom gleichen Virus. Und das ist keine zufällige Mutation. Diese unterschiedlichen Varianten wurden designt.«

»Aber wie...«, begann Koss. »Warum tut jemand so etwas?«

Die Laborchefin hob die Hände. »Um die Sterblichkeit zu erhöhen?«, mutmaßte sie düster. »Ich werde es Ihnen erklären.«

Petra Johanssen verglich es mit Antibiotika. Kontinuierlich produzieren Forscher und Arzneimittelunternehmen neue Variationen. Weil sich auch Infektionserreger weiterentwickelten und immun gegenüber existierenden Antibiotika werden konnten. Es war wie bei einem Wettlauf: ein Gefecht im Geiste Darwins zwischen Mensch und Bakterium.

Eine Epidemie mit drei unterschiedlichen Formen des Pockenvirus hätte die Überlebenschancen von Infizierten erheblich verringert. Eine Person mochte vielleicht gegen eine Variante immun sein, nicht aber gegen die andere. Als wäre der Mensch ein Bakterium, hätte das Pockenvirus angegriffen, so wie ein industrielles Antibiotikum den bakteriellen Krankheitserreger angegriffen hätte – und wäre die erste Variante nicht wirksam gewesen, dann womöglich die nächste.

Sie richtete sich gerade auf.

»Wenn Sie mich fragen, hat hier jemand Vorbereitungen für einen ziemlich avancierten biologischen Terroranschlag getroffen.«

»Mein Gott...«, ächzte Koss.

Die Laborchefin blieb stumm. Ließ ihnen kurz Zeit, die Informationen zu verdauen. Denn sie hatte ihnen noch mehr zu erzählen.

Kurz bevor die beiden Ermittler angekommen waren, hatte sie mit dem Rechtsmedizinischen Institut in Oslo gesprochen. Carl Josefsen war keiner Pockeninfektion erlegen.

»Was?«, rief Koss.

»Er starb an Milzbrand. Lungenmilzbrand.«

»Milzbrand? Das Zeug, das Terroristen per Post verschicken, um Menschen zu töten?«

Sie räusperte sich. »Ganz richtig. Zudem haben wir noch eine weitere Krankheit identifiziert.« Sie zuckte beinahe entschuldigend mit den Schultern. »Rotz.«

Koss sah sie verblüfft an. »Rotz? Was zum Teufel soll das sein?«

»Rotz ist eine Tierkrankheit«, unterbrach ihn Fredrik. »Ebenfalls tödlich, wenn ich richtigliege. Lassen Sie sie erst mal ausreden. Worum geht es hier eigentlich – im großen Ganzen?«

Koss warf ihm einen irritierten Blick zu, sagte aber nichts.

»Die Pocken sind, wie Sie wissen, ein Virus. Ein äußerst ansteckendes Virus mit potenziell hoher Sterblichkeit. Milzbrand und Rotz hingegen sind bakteriell verursachte Infektionskrankheiten.«

Wieder wanderte ihr Blick von einem zum anderen. Und dann erklärte sie das Offensichtliche: Es waren keine Krankheiten, die auf natürliche Weise zusammen auftraten. Trotzdem hatten sie eine Gemeinsamkeit: Alle drei konnten als biologische Waffen dienen.

Sie faltete die Hände vor dem Bauch und richtete den Blick auf Fredrik. »Haben Sie Kinder?«

Er nickte.

»Wie würden Sie reagieren, wenn eine Pockenepidemie ausbrechen würde? Im Lauf einer Woche sterben die ersten Infizierten – anfangs vielleicht nur einige wenige und nur auf den Isolierstationen der Krankenhäuser. Doch dann werden es Hunderte. Die Krankheit breitet sich aus. Es gibt in den Spezialabteilungen nirgends Platz mehr, nicht mal für das Krankenhauspersonal reicht der Vorrat an Schutzkleidung. Wir drohen die Kontrolle zu verlieren, die Krankheit könnte schließlich mittlerweile überall sein. Überall, wo sich Menschen versammeln. Die wenigen Impfdosen, die noch aufzutreiben sind, sind ihr Gewicht in Gold wert.« Sie holte tief Luft. »Und mitten hinein in diese ohnehin schon brandgefährliche Situation platzt ein zielgerichteter Milzbrandangriff. Über die Belüftungsanlage der U-Bahn. In einem Krankenhaus. In irgendeinem Ministerium. Was, wenn daraufhin auch noch eine Rotz-Epidemie zu wüten beginnt? Tierbestände müssen gekeult werden, auf den Äckern und entlang der Straßen brennen Scheiterhaufen mit Kadavern …« Sie hob vielsagend die Hände. »Sie selbst werden nicht mehr zur Arbeit gehen. Sie lassen Ihre Kinder nicht zur Schule gehen. Womöglich fliehen Sie aus der Stadt. In Ihr Sommerhaus? Die Leute machen Hamsterkäufe. Lebensmittelvorräte werden knapp. Die Wasserversorgung versagt. Der Strom wird gekappt. Das Abwassersystem bricht zusammen.«

Fredrik warf Koss einen verunsicherten Blick zu. Sein Gesicht hatte eine ungesunde Färbung angenommen.

»Panik macht sich breit. Bei Ihnen. Bei Ihren Lieben. Bei allen, die Sie kennen. In ganz Norwegen.«

Schweigen.

»Das totale Chaos. Wir sprechen von einem Terrorangriff von apokalyptischem Ausmaß«, sagte sie langsam.

»Das Jüngste Gericht«, murmelte Fredrik. »Der erste der letzten Tage …«

Die Laborchefin begleitete sie hinaus zum Parkplatz.

»Glauben Sie … Könnte eine einzelne Person hinter

alledem stecken? Oder eine kleine Gruppierung? Wie die Glaubensgemeinschaft auf Solro?«

Petra Johanssen schüttelte den Kopf. »Nein. Das wäre undenkbar. Wir reden hier von etwas deutlich Größerem. Von einer beträchtlichen Zahl hoch spezialisierter Fachleute, die Zugang zu modernster Technologie, speziellen Ressourcen und nicht zuletzt Zeit haben. Viel Zeit. Jahrzehnte. Es ist schwer vorstellbar« – sie schüttelte den Kopf –, »dass so etwas vonstattengehen könnte, ohne dass die Behörden eines Landes involviert wären.«

86

Sören Plantenstedt wurde in Abteilung sechs des Krankenhauses Telemark eingeliefert. In die Psychiatrie. Weder aß noch schlief oder redete er – zwei Tage lang starrte er lediglich an die Decke und murmelte unzusammenhängend und unverständlich in sich hinein.

Als der Krankenpfleger am dritten Morgen das Zimmer betrat, war das Bett leer. Allerdings hörte er ein Summen aus dem Bad. Vor dem Spiegel stand Sören Plantenstedt. Er hatte sich angezogen, gekämmt und putzte sich die Zähne. Dann drehte er sich zu dem Pfleger um.

»Ich bin bereit. Lassen Sie die Polizei wissen, dass ich bereit bin.«

Fredrik Beier stand am Fenster und sah dem Transporter hinterher. Geistesabwesend ließ er den Stoff der zurückgezogenen Gardinen durch die Finger gleiten.

Die Polizeiwache Grenland am Westufer des Falkumelva war ein moderner, solide gebauter architektonischer

Albtraum. Der Flusslauf markierte die natürliche Grenze zwischen Stadt und Hinterland und schmiegte sich an das nordwestliche Ende Skiens. Im Westen des Polizeireviers lagen ein dicht bewachsener Gebirgskamm und seitlich davon ein Villenviertel. Fredrik ließ den Blick über das Gebirge, die kahlen Kiefernstämme und das Gestrüpp schweifen, das wie Schweineborsten aus dem Boden aufragte.

Kafa und Andreas waren früh in Oslo losgefahren. In gut zehn Minuten würde Sören Plantenstedt auf dem Stuhl sitzen, auf dem jetzt Kafa saß. Sie selbst würde mit Koss hinter dem Spionspiegel warten, während Andreas und Fredrik die Vernehmung durchführten.

»Er muss auf Drange eingehen«, sagte Kafa. »Er darf sich nicht länger über sich selbst und Gott auslassen. Diese Fundamentalisten lieben ihr selbstherrliches Geschwätz – aber wir müssen endlich erfahren, wo sich der Rest der Sekte versteckt. Wir müssen wissen, ob es weitere Virenlabors gibt. Und er muss uns ihren Plan offenlegen. Konkrete Informationen.«

Aus dem Augenwinkel sah Fredrik, wie Andreas an den Knöpfen seines naturweißen Hemds fummelte – ein deutliches Anzeichen dafür, dass er konzentriert nachdachte. Aber er sagte nichts.

Dann entdeckte Fredrik Plantenstedts gebeugte Gestalt in einem Streifenwagen, der die Tiefgarage ansteuerte. Er durchquerte nachdenklich den Raum und hielt kurz inne, um die einzige Wandverzierung zu betrachten – das Aquarellbild einer Landzunge, Sandstrand, dunkelblaues Meer und unscharfe Möwen im orange-roten Sonnenuntergang. Das Bild war regelrecht abstoßend.

Andreas hatte seinen Stuhl ein Stück nach hinten geschoben und sah über den Brillenrand hinweg Kafa an.

»Haben wir irgendwas, womit wir ihn aus der Reserve locken können? Worin er einen Vorteil sehen könnte?«

Nachdem sie erfolgreich zusammengearbeitet hatten, um das Munitionslager in Porsgrunn zu lokalisieren, hatten Andreas und Kafa eine Art Friedenspakt geschlossen. Sie konkurrierten noch immer um die besten, glaubwürdigsten Theorien, aber mittlerweile mit einem gewissen Respekt für die Einschätzungen des anderen, stellte Fredrik nicht ohne Stolz fest.

Sie lehnte sich über den Tisch nach vorn. Aus irgendeinem Grund musste er bei dieser Bewegung jedes Mal an den Moment denken, als sie ihn geküsst hatte.

»Das könnte ein Problem werden«, sagte sie. »Wenn er Dranges Terrorpläne unterstützt, wenn er wirklich glaubt, dass der Jüngste Tag bevorsteht, dann wird es schwierig werden. Je mehr wir ihn unter Druck setzen, umso eher wird er sich einkapseln. Religiöse Extremisten sehen sämtliche Sanktionen als eine Art Bestätigung dafür an, dass sie Gottes Willen ausführen – Gott stellt sie bloß auf die Probe, weil sie seine Auserwählten sind. Ein klassisches Paradox.«

Fredrik hatte das unbestimmte Gefühl, dass sie damit falschlagen. Sören Plantenstedt würde ihnen die Wahrheit über Børre Drange erzählen. Über die biologischen Waffen und die Weltuntergangspläne. Durchaus möglich, dass Plantenstedt sich selbst noch nicht darüber im Klaren war, aber genau das würde er tun, da war Fredrik sich sicher. Pio Otamendis und Carl Josefsens Schicksal hatte den Pastor verstört – ganz gleich welcher Gehirnwäsche man ihn unterzogen hatte. Dieser Mann hatte irgendwo in seinem Innern noch ein Gewissen, das ihm sagte, dass all das, was passiert war, nicht richtig gewesen sein konnte. Fredrik hatte es ihm angesehen – die unkontrollierten Muskelzuckungen im Gesicht, als hörte er eine Stimme, die ihm die Wahrheit zuflüsterte. Er würde auf die Stimme hören. Nur so würde er Frieden finden.

»Wir werden mit seinen Schuldgefühlen spielen.«

Die Kollegen starrten ihn verblüfft an.

»Denkt doch mal darüber nach – Plantenstedt ist mehr als bloß ein fundamentalistischer Prediger. Er ist auch ein hochgebildeter Biochemiker. Seine Religiosität ist eher intellektuell denn emotional fundiert. Er weiß selbst, was er falsch gemacht hat. Seine Moral und der Glaube in ihm sind sich uneins – und genau dort müssen wir ansetzen.«

Es klopfte leise an der Tür, und ein Polizeibeamter steckte den Kopf herein. »Der Häftling und sein Anwalt sind jetzt hier.«

Sören Plantenstedt bewegte sich, wie es sonst nur nachtaktive Nagetiere taten. Seine billige Anzugjacke hatte er gegen eine Freizeitjacke eingetauscht, und er kaute nervös Kaugummi, als er Fredrik die Hand gab und ihn da erst wiederzuerkennen schien. Er lächelte schief.

»Das hier ist mein Kollege Andreas Figueras. Wir hoffen, dass …«

Doch weiter kam Fredrik nicht.

Im selben Moment explodierte Sören Plantenstedts Kopf.

Fredrik hatte kaum das Wort ergriffen, und der Pastor hatte zu ihm hochgeschaut, doch als sich ihre Blicke trafen… war der Kopf regelrecht verschwunden. Wie weggefegt.

Das Hochgeschwindigkeitsprojektil hatte ihn voll in die Schläfe getroffen. Der Schädel bis hinab zum Kiefer war weggerissen worden. Rot-weißes Gewebe gluckerte in der Kehle wie eine verstopfte Toilette, ehe auch schon helles Blut aus der Hauptschlagader einen guten halben Meter in die Luft hochschoss, Schreibtisch, Notizblöcke, Stühle, den Anwalt und sowohl Fredrik als auch Andreas Figueras rot färbte.

Rot wie eine Landzunge im Sonnenuntergang.

87

Die Dusche im Keller des Polizeigebäudes. Das dunkle Blut und die helle Hirnmasse, verdünnt mit Wasser. Hellrote Bäche über weißen Badfliesen.

Vom Bergkamm sah er direkt hinab auf das Polizeigebäude. Die Fensterscheibe war von einer einzigen perfekt platzierten Kugel durchschlagen worden. Vor der Innenseite der Scheibe klebte inzwischen eine dicke, weiße Plastikfolie, damit die Pressefotografen mit ihren Dreihundert-Millimeter-Objektiven keine Fotos schießen konnten.

Mit Plastiküberziehern über den Schuhen und blauen Latexhandschuhen an den Händen ging Fredrik vor der fast kahlen Fichte so tief in die Hocke, wie es sein Knie zuließ. Untersuchte den Boden unter dem Geäst. Abgebrochene Zweige, Spuren von Stiefelspitzen in der feuchten Erde. Die Vertiefungen, wo die Ellbogen geruht hatten. Hier hatte er gelegen.

Von hier aus hatte der Mörder nur einen Schuss benötigt. Der Abstand betrug knapp einhundertfünfzig Meter. Es war windstill und bedeckt gewesen, und die Markise, die für gewöhnlich heruntergefahren wurde, wenn der Verhörraum benutzt wurde, war außer Betrieb. Fredrik dachte darüber nach, dass sich auch sein eigener Kopf im Fadenkreuz befunden haben musste. Die Kugel war keinen halben Meter an ihm vorbeigeschossen – doch er lebte. Weil der Mörder beschlossen hatte, dass er überleben durfte. Erneut.

»Wir müssen größer denken«, rief er über die Schulter zu Kafa hinüber, wartete allerdings nicht auf ihre Reaktion. »Dieser Kerl, der sprengt unsere Skala. Wir haben bislang keinen seiner Schritte vorhersehen können – und auch nicht, wie brutal er zu Werke geht. Ein Polizeirevier anzugreifen …« Er kam mühsam in den Stand. »Dazu fehlt es mir gelinde gesagt an Fantasie.« Er drehte sich um und schaute Kafa direkt an. »Mental befindet sich dieser Mann nicht in Norwegen. Er befindet sich in einem Kriegsgebiet. Er ist es gewohnt, inmitten einer Krise eiskalt seine Pläne in die Tat umzusetzen. Wir suchen nach jemandem mit militärischer Erfahrung. Einen Scharfschützen, einen Söldner … was weiß ich, so was in der Art.«

Andreas stand hinter dem Absperrband, rief und winkte sie zu sich. Fredrik meinte, noch immer einen blutroten Schimmer in den Locken des Kollegen ausmachen zu können.

»Er war hier oben auf dem Parkplatz«, teilte Andreas ihnen mit. »Ein Zeuge hat einen dunkel gekleideten Mann in einen roten Kleinwagen einsteigen sehen. Er hatte eine Tasche und ein längliches Tuch bei sich.«

»Gut«, sagte Fredrik nachdenklich. »Das ist jetzt zwei Stunden her. Der Teufel kann verdammt noch mal sonst wo sein. Wir fahren. Nach Hause.«

88

Die Straße aus Grenland in Richtung Hauptstadt schlängelte sich durch hellgrüne Laubwälder, dunkelgrüne Nadelwälder und hügeliges Land. Er fuhr einen Umweg. Seine Schulter schmerzte, aber das machte ihm nichts aus. Es würde so lange dauern, wie es eben dauerte. Währenddessen dachte er über seine Erfolge und seine Niederlagen nach.

Er hatte Zweifel gehabt – bis zu jenem Moment, da er den Pastor durch das Zielfernrohr gesehen hatte. Erst da hatte er sich eingestanden, dass die Information korrekt gewesen war. Plantenstedt *war* in das Zimmer im ersten Stock des Reviers geführt worden. Und die automatischen Jalousien *hätten* sich verschließen lassen – über das Datennetzwerk der Wache.

Während er gewartet hatte, hatte er sich überlegt, wie hoch wohl die Wahrscheinlichkeit war, dass die Ermittler dort unten die Gardinen zuziehen würden. Fünfzig-fünfzig vielleicht? Aber das hier war nicht die Spezialeinheit. Das waren nicht mal Streifenpolizisten. Diese Leute dort hatten keine Routine darin, Gewalttaten und Morde zu verhindern. Diese Leute dort kamen erst später. Sie verschwendeten keinen Gedanken mehr an Sicherheit. Das verbesserte seine Chance erheblich. Und wie sich herausstellte, hatte er recht. Hier war er im Vorteil. Nachdem er draußen an dem alten Bunker im Nachteil gewesen war.

Der Einsatz in Porsgrunn war ein ernsthafter Rückschlag für ihn gewesen. Nicht nur weil er gedemütigt worden war – er war auch angeschossen worden. Hatte Blutspuren hinterlassen. Es war ihm misslungen, die Liquidierung durchzuführen – und er hatte nicht die Gelegenheit bekommen, das Labor zu zerstören. Der Pastor hatte den Zugang zu gut getarnt, der heimtückische Teufel. Trotzdem hatte die Polizei ihn gefunden. Und somit auch die Virenkulturen. Die Bakterien. Außerdem einen toten und einen todkranken Schwulen, wie er in Erfahrung gebracht hatte. Das musste er dem Pastor lassen – das hatte selbst *ihn* überrascht.

Dass ihm dafür Respekt entgegengebracht worden war, hatte sich gut angefühlt. So was kam nicht allzu häufig vor. Aber diejenigen, die im Leben etwas erreichten, waren nun mal solche, die alles Menschenmögliche in Bewegung setzten und hartnäckig bei der Sache blieben, bis der Job erledigt war. Solche wie er.

Sören Plantenstedts Liquidierung war notwendig gewesen, um ein wenig Druck aus der Sache zu nehmen. Um Schadensbegrenzung zu betreiben. Er hatte die Unzufriedenheit durchaus zur Kenntnis genommen, nachdem die Aktion fehlgeschlagen war. Dabei hatte nicht er selbst beschlossen, dies alles in einer Ein-Mann-Operation durchzuziehen. Es war Hvalen gewesen. Und derjenige, von dem Hvalen wiederum seine Befehle empfing. Die Organisation.

Nun wusste die Polizei also von den biologischen Waffen, und das veränderte alles. Für ihn selbst war das auch eine Erleichterung. Jetzt musste er nicht länger dafür sorgen, dass es ein Geheimnis blieb, sondern konnte sich endlich einzig und allein auf sein Spezialgebiet konzentrieren.

Es hatte wehgetan, die Arctic Warfare aus der angeschossenen Schulter heraus abzufeuern. Aber solange er mit dem ersten Schuss traf, galt es lediglich, die Augen zuzukneifen, den Leuchtspuren des Schmerzes über die Hornhaut zu folgen und den Blutgeschmack hinunterzuschlucken. Leb wohl, Pastor Plantenstedt.

Noch einer aus dem Weg geräumt.

89

Der Name stand in vergoldeten Buchstaben, die groß wie Streichhölzer waren, neben der schweren Mahagonitür. Sowie sie anklopften, hörten sie ein leises Klicken, und die Tür ging auf.

Die Wände des Vorzimmers waren mit Palisanderfurnier verkleidet. Der Raum war oval und roch nach süßlichem Holz. Ein roter, dicker Teppich bedeckte den Boden. Effektiv absorbierte er jedes Geräusch und sorgte damit für die gleiche Stimmung, die auch die sechs Männer auszustrahlen schienen, deren Bilder goldgerahmt an der Wand hingen. Hinter einem schmalen Schreibtisch saß die Sekretärin, ein zierliches Geschöpf mit Brille, das regelrecht mit seiner Umgebung zu verschmelzen schien. Als wäre sie nur eins von einer Handvoll Elementen im allgegenwärtigen nüchtern dänischen Designstil. Sie hob den Blick von der kleinen Tastatur hinter ihrem papierdünnen Bildschirm. Auf der schwarzen Schreibtisch-Lederunterlage lag ein Stapel schlichtes Briefpapier mit dem Aufdruck »Simon Riebe. Richter am Obersten Gerichtshof. Parlamentsabgeordneter. Anwaltsgesellschaft Riebe & Co«.

»Kafa Iqbal und Fredrik Beier?«

»Korrekt.«

»Gehen Sie direkt hinein. Er wartet.« Sie wies auf die Bürotür in ihrem Rücken.

Simon Riebes Bild hing gleich neben der Tür. Im Gegensatz zu den Gemälden seiner fünf Vorfahren war der Vorsitzende der Høyre mit avantgardistischem Pinselstrich porträtiert worden – mit übertrieben dunklen und hellen Feldern in dem kantigen Gesicht. Die Beleuchtung war düster. Ob das etwas über Riebes Persönlichkeit aussagen sollte oder über die Tatsache, dass das Land, in dem er lebte, bislang überwiegend von Sozialdemokraten geführt worden war, war schwerlich auszumachen.

Im selben Moment, da Fredrik anklopfen wollte, wurde die Tür von innen aufgemacht. Es war Simon Riebes Berater, Ruben Andersen. Fredrik hatte ihn schon mal im Fernsehen gesehen.

»Kommen Sie rein«, piepste er, schürzte gekünstelt die Lippen und neigte den Kopf.

Im Unterschied zum Vorzimmer war Riebes Büro rechtwinklig. Er saß vor der gegenüberliegenden kürzeren Wand am Schreibtisch, und hinter ihm türmte sich ein Bücherregal auf. Lange, braun-orangefarbene Samtvorhänge hingen vor dem breiten Fenster entlang der Längsfront und versperrten die Aussicht über den Hafen und das Astrup Fearnley Museum weiter draußen auf Tjuvholmen.

Das einzig Runde, Organische im ganzen Raum war die meterhohe weiße Marmorstatue einer Frau – oder vielmehr eines Frauenkörpers, denn sie war lediglich vom Nacken bis zu den Oberschenkeln modelliert. Sanft bogig und anmutig reckte sie die Arme nach oben und streckte dabei den Rücken durch. Die Vorderseite war der Wand zugedreht. Doch es war die Linie vom Po über den Rücken bis zum Nacken, die das Spezielle an diesem Kunstwerk ausmachte. Der Torso stand auf einem Sockel aus ölschwarzem Stein dem Fenster direkt gegenüber.

»Das ist ein Arp«, erklärte der Mann hinter dem Schreibtisch und stand auf.

Simon Riebe war in etwa so groß wie Fredrik und untadelig gekleidet. Sein selbstsicheres Lächeln gründete auf altem Geld und perfekten Zähnen. Sie gaben einander die Hand, ehe der Politiker Fredrik und Kafa bedeutete, sie mögen sich in die zwei Ledersessel vor dem Schreibtisch setzen. Der Berater blieb hinter ihnen stehen.

»Sie haben gar nicht erwähnt, dass sie eine persische Prinzessin ist«, eröffnete Riebe das Gespräch und warf Fredrik einen kurzen Blick zu, konzentrierte sich dann aber wieder darauf, ihnen allen Kaffee einzuschenken.

»Danke«, antwortete Kafa gequält. »Allerdings bin ich keine Perserin. Ich habe pakistanische Wurzeln«, beeilte sie sich hinzuzufügen.

»Schönheit kennt keine Grenzen«, sagte Riebe lächelnd und schob jedem von ihnen eine Tasse zu.

Dem Berater hatte er nichts eingeschenkt und seine eigene Tasse auch nur zur Hälfte gefüllt, ehe er sie mit dampfendem Wasser aus einer Silberkanne aufgoss. Dann lehnte er sich in seinem Stuhl zurück und musterte sie.

»Also«, sagte er. »Womit kann ich behilflich sein?«

Mit einer behutsamen Bewegung schob Fredrik die Kaffeetasse zur Seite. Riebe legte die Hände übereinander auf den Tisch. Seine Fingernägel waren perfekt manikürt.

»Wir sind hier, weil wir Grund zu der Annahme haben, dass Sie dem Journalisten Jørgen Mostu Informationen über den Solro-Fall zukommen ließen.« Fredrik machte eine kurze Pause, um Riebes Reaktion abzuwarten. »Jørgen Mostu kam vor der Oper ums Leben.«

Riebe hob die rechte Augenbraue. »Und wie… kommen Sie darauf?«

Der Tonfall war in etwa der gleiche, als hätte Fredrik vorgeschlagen, sie sollten sich am Youngstorget auf einen Kebab treffen.

»Wir wissen, dass Mostu Sie im Sommer wiederholt angerufen hat. Sie selbst haben ihm SMS geschickt – zuletzt am selben Tag, als er verschwand«, erklärte Fredrik und bemühte sich um eine neutrale Stimmlage.

»Ich verstehe«, sagte Riebe. Dann schielte er an seiner Anzugjacke herab und bürstete ein paar unsichtbare Fusseln vom Ärmelaufschlag. »Tja … Es ist leider so, dass mein Handy im Frühjahr gestohlen wurde. Ich kenne Mostu selbstverständlich aus dem Parlament, aber ich war nie, *niemals* ein verdeckter Informant für ihn. Ganz besonders nicht in dieser Sache. Im Solro-Fall. Woher sollte ich auch Informationen darüber haben? Ich bin Politiker, kein Polizeiermittler.« Er schüttelte den Kopf und warf seinem Berater einen hilflosen Blick zu. »Ich glaube, hier versucht jemand, uns allen einen Streich zu spielen.«

Noch ehe Fredrik etwas darauf erwidern konnte, hatte Ruben Andersen auch schon zwei Dokumente hervorgezaubert und legte sie vor ihn und Kafa auf den Tisch.

»Lesen Sie«, murmelte er kurz angebunden und nicht sonderlich freundlich.

Fredrik zog seine Brille aus der Innentasche. Bei einem Dokument handelte es sich um die Kopie einer Anzeige. Sie war aufgenommen worden, bevor gemäß der Anrufliste von Jørgens Telefon zum ersten Mal Kontakt aufgenommen worden war. Die zweite Kopie zeigte eine Quittung über den Kauf eines neuen Handys.

»Meinetwegen«, sagte Fredrik, nachdem er beide Dokumente überprüft hatte. »Aber haben Sie das alte Handy nach dem Diebstahl denn nicht sperren lassen?«

Riebe lächelte schief. »Nein, leider nicht. Wir steckten damals inmitten der Planungen für den Wahlkampf. Und mehr als das: Wir haben über die Marschrichtung unserer zukünftigen Regierungsarbeit beraten.«

Erneut sah er zwischen ihnen hindurch zu seinem Berater. Sein Blick besagte nur allzu deutlich, dass er Fredrik nicht zutraute, die Tragweite auch nur ansatzweise zu erfassen. »Da gehen solche Details … schnell unter.«

Fredrik zeigte über die Schulter auf Andersen. »Und ich dachte, deshalb haben Sie so jemanden wie ihn?«

Das Schnaufen in seinem Rücken zeugte davon, dass die Beleidigung gesessen hatte. Riebe zog die Augenbrauen hoch, bevor er in Gelächter ausbrach. Wie beiläufig drehte er den Henkel der Kaffeetasse, sodass er direkt auf die Brust des Ermittlers zeigte.

»Ich stehe doch wohl nicht unter Verdacht?«

Fredrik ging nicht auf die Frage ein. »Woher wussten Sie, dass wir kommen würden, um Fragen über das hier zu stellen … zumal die Kopien schon bereitlagen?«

»Ich verstehe das als ein Nein«, erwiderte Riebe und fuhr dann fort: »Das war nicht allzu schwer. Wir Politiker müssen nun mal Ordnung halten. Jeder will uns am Zeug flicken – die Presse. Politische Gegner. Irgendwelche Besserwisser …« Er sah Fredrik vielsagend an. »Insofern befinden wir uns ständig in der undankbaren Situation, dass wir unsere Unschuld dokumentieren müssen.« Er blickte von ihm zu Kafa. »Das kommt einer Art juristischem Salto gleich.«

Beinahe eine halbe Minute lang blieben sie sitzen und betrachteten einander stumm. Fredrik fiel auf, dass Simon Riebe in Wirklichkeit jünger wirkte als auf dem Gemälde draußen im Vorzimmer. Bestimmt war das Absicht. Es machte ihn irgendwie … zeitlos. Auf jeden Fall war das kein Zufall. Hier drinnen gab es nichts, was dem Zufall überlassen worden wäre.

»Ich muss sagen, ich bin überrascht, dass Sie sich entschlossen haben, den Vormittag hier in meinem Büro zu vergeuden. Die ganze Nation wartet darauf, dass diese Glaubensgemeinschaft endlich gefunden wird, wissen Sie …«

Fredrik lächelte kühl.

»Die Nation erwartet aber auch, dass die Schuldigen zur Rechenschaft gezogen werden. Wissen Sie.«

Mit diesen Worten stand er auf und streckte die Hand aus.

Riebes Händedruck war eiskalt.

»Nett, Sie kennenzulernen, Fräulein Iqbal«, sagte der Politiker zum Abschied. »Ruben begleitet Sie nach draußen.«

90

Die Antwort lag direkt vor ihrer Nase … oder besser: hing ihnen vor der Nase. Er sah es erst, als er im Polizeirevier vor der Tafel mit der Kopie von Simon Riebes Anzeige stand. Jetzt wusste er, wo sich die Glaubensgemeinschaft befand!

Neun Minuten später steuerte Kafa den zivilen Polizeiwagen durch Tøyen in Richtung Carl Berners plass, während sich Fredrik abmühte, den Sitz nach hinten zu justieren. Immer dieses verdammte Knie!

Der graue Nachmittag ging langsam in einen schwülen Abend über. Mit Ausnahme einiger Jogger war der Tøyenpark verwaist.

Kafa stieg abrupt auf die Bremse, um einen Fußgänger über die Finnmarkgata zu lassen.

»Wie kannst du dir da so sicher sein?«

Endlich rastete der Sitz in der gewünschten Position ein.

»Ich wusste es die ganze Zeit – und du im Übrigen auch. Wir haben es nur nicht verstanden.«

»Okay …«

»Plantenstedt hat eine anonyme Nummer angerufen, die sich immer noch auf Solro befand. Eine Nummer, die zwar

Gottes Licht gehörte, die aber nie zuvor verwendet worden war. So war's doch?«

»Ja?«

Sie sah ihn mit hochgezogenen Augenbrauen an. Fredrik holte die Karte hervor, die er in der Eile von der Tafel gerissen hatte.

»Andreas meinte, Solro wäre ein verdammt großer Hof. Und es hätte Möglichkeiten gegeben, Grundstücke sowohl nordwärts als auch ostwärts abzutrennen.« Er breitete die Maridalen-Karte auf den Oberschenkeln aus. »Und was befindet sich hundert Meter nördlich von Solro?« Er beantwortete sich die Frage selbst. »Da befindet sich das erste Nachbarhaus! Das Ehepaar Kvarvingen – die zwei alten Nachbarn.« Er tippte mit dem Finger auf das Papier. »Hier steht es, schwarz auf weiß: Das Haus der Kvarvingens liegt auf dem Grundstück, das zu Solro gehört.«

Es wurde still im Auto.

»Der Großteil der Sekte hat Solro nie verlassen«, erklärte Fredrik. »Die anonyme Nummer gehörte dem Ehepaar Kvarvingen.«

»Mein Gott«, sagte Kafa endlich und schlug mit beiden Händen fest aufs Lenkrad.

Der Unternehmer, der den Keller gebaut hatte, Henning Skaug – hatte er nicht gesagt, dass ein älteres Paar auf Solro gewohnt habe? Und die Aussteiger, Annabell und Bernhard, hatten das Gleiche erzählt. Dass die Glaubensgemeinschaft zum Großteil aus Jungen, aber auch ein paar Älteren bestand. Die Spüle war voller Geschirr gewesen, als sie das Ehepaar befragt hatten. Und der Alte hatte es doch selbst gesagt: »Ah, da sind Sie ja.« Als wäre es nur eine Frage der Zeit gewesen. »Wir haben es einfach nur nicht begriffen.«

Solro wurde noch immer von zwei bewaffneten Polizisten bewacht. Sie standen draußen auf dem Platz, wo auch Fredrik anderthalb Monate zuvor im strömenden Regen ausgestiegen war. Es war eine halbe Ewigkeit her. Er erinnerte sich noch gut an Synne, die unter dem Nadelbaum auf ihn gewartet und sich schützend über ihre feuchte Zigarette gebeugt hatte.

Das Polizeizelt war längst abgebaut worden. Das Gras war inzwischen hoch gewachsen, und der Duft reifer Pflaumen hing schwer in der Luft. Sie fanden den mit Tannennadeln bedeckten Pfad hinter dem Haus. In der Dämmerung folgten sie ihm nordwärts bis zu einer Rodung.

Als sie das letzte Mal hier gewesen waren, hatte Brynjar Kvarvingen im Rollstuhl im Windfang gesessen und ein Nickerchen gemacht. Jetzt lag das Haus beinahe dunkel vor ihnen – bloß hinter den weißen Gardinen brannte Licht.

Sie brauchten nicht lange dort zu stehen, um sich sicher zu sein. Kinder lachten. Frauenstimmen. Und flüchtige dunkle Schatten in den Fenstern.

»Sie essen zu Abend«, sagte Kafa.

91

Das Telefon auf Fredrik Beiers Schreibtisch klingelte, und Andreas sah zu dem Apparat. Sollte doch der Anrufbeantworter rangehen. Zwei Minuten später klingelte es erneut. Er streckte sich und nahm den Hörer ab.

»Fredrik?«, fragte eine trockene Männerstimme.

»Andreas Figueras hier, ich bin Fredriks Kollege.«

»Andreas… Hier ist Hasse. Hasse Hansson. Kriminalpolizei Stockholm. Lang ist's her.«

»Ja, verdammt lang«, erwiderte Andreas.

»Ich hab bei eurer Blutprobe einen Treffer gelandet.«

Andreas stand so schnell auf, dass der Stuhl umkippte. »Ja?«

»Der Mann, den ihr sucht – er heißt Staffan Häyhä.«

»Okay? Was noch?«

»Er ist schwedischer Staatsbürger.«

Andreas bekam die Personennummer.

»Ich hab den Namen gerade erst reinbekommen. Viel ist uns nicht über ihn bekannt – keine Adresse, keine Telefonnummer. Er hat weder ein Bankkonto noch irgendeine Umzugsgeschichte.«

»Verdammt«, murmelte Andreas, und der Mann am anderen Ende der Leitung brummte zustimmend.

»Grüß Fredrik von mir. Sag ihm, dass ich weitergrabe.«

Endlich hatte das Monster einen Namen. Staffan Häyhä.

92

Er schlug mit der Faust gegen die weiß gestrichene Tür.

»Hier ist Fredrik Beier, Polizei!«

Drinnen verstummten die Gespräche und das Kinderlachen. Für eine Weile war es mucksmäuschenstill.

Er klopfte wieder. »Machen Sie auf! Ich weiß, dass Sie zu Hause sind.«

Es rasselte im Schloss.

Signe Kvarvingens blasses Gesicht kam im Türrahmen zum Vorschein. Wie beim letzten Mal war ihr Haar straff nach hinten gebunden. Sie funkelte ihn unfreundlich an. Zwischen ihnen baumelte eine dicke Türkette.

»Ja?«

»Signe, Sie erinnern sich vielleicht – wir haben uns

bereits zu einem früheren Zeitpunkt kennengelernt. Ich bin Polizeiermittler, ebenso wie Kafa Iqbal, die Sie sicher auch wiedererkennen.«

Er drehte sich zur Seite, sodass die Frau vor ihm einen flüchtigen Blick auf die Kollegin werfen konnte.

»Wie wir inzwischen annehmen, haben Sie und Ihr Mann sich eine große Verantwortung aufgeladen – wir gehen davon aus, dass Sie beide der Glaubensgemeinschaft auf Solro angehören und dass Sie die übrigen Frauen und Kinder von dort bei Ihnen aufgenommen haben.«

Signe Kvarvingen zuckte nicht mit der Wimper. Stattdessen starrte sie ihn bloß unfreundlich an.

»Ich denke, Sie verstehen wohl, dass das hier nicht ewig so weitergehen kann. Sie müssen uns reinlassen, damit wir reden können.« Er sah sie direkt an. »Wir haben keinen richterlichen Beschluss, wir verschaffen uns bei Ihnen also nicht wider Ihren Willen Zutritt, aber einen solchen Beschluss kann ich beantragen …«

»Dann stellen Sie erst mal Ihren Antrag.« Sie wollte schon die Tür zuschieben, als sie aus dem Hintergrund eine dunkle Stimme hörten.

»Signe …«

Es war ihr Ehemann. Brynjar.

»Er hat doch recht«, sagte Brynjar matt. »Denk an die Kinder. Überleg mal, wenn wirklich jemand kommt, um … Wir sind doch gar nicht in der Lage, Widerstand zu leisten, Signe. Wir sind nicht dazu in der Lage.«

Sie hörten ein tränenersticktes Seufzen, dann das Rasseln der Sicherheitskette. Brynjar war hinter seine Frau getreten. Als sie ihn das letzte Mal gesehen hatten, hatte er wie ein alter Invalide im Rollstuhl gesessen. Jetzt ragte er hinter seiner Frau auf: aufrecht, mit einer blauen Arbeitshose und einem rot karierten Hemd bekleidet. Seine Augen blitzten scharf, und in den Händen hielt er eine doppelläufige Schrotflinte. Entsichert. Unwillkürlich musste Fredrik an das Hemingway-Poster im Zimmer des Polizeipsychologen denken.

»Heute Vormittag hab ich unten auf dem Acker zwei Kitze spielen sehen. Da dämmerte mir, wie sonderbar dies alles ist: dass wir die Jungen einsperren, während sich draußen in der Natur nicht mal die Jungtiere Sorgen machen müssen. Sie laufen frei herum. Da wusste ich, wenn heute irgendwas passieren sollte … tja, dann hat es wohl so sein müssen. Weil Gott es so gewollt hat.« Brynjar sah ihn ernst an. »Glauben Sie auch, dass Gott es so gewollt hat, Beier?«

Fredrik sah ihn fast schon resigniert an.

»Ich kenne mich mit Gott nicht sonderlich gut aus, Kvarvingen. Aber für den Anfang wäre es schon mal nett, wenn Sie die Büchse weglegen könnten.«

Die Kellerluke lag unter dem Flickenteppich verborgen, auf dem der Küchentisch stand – genau dort, wo sie einige Wochen zuvor Kaffee getrunken hatten. Brynjar Kvarvingen schob den Tisch zur Seite, ging in die Knie und zog die Luke mit einem kräftigen Ruck auf.

»Alles in Ordnung«, brummte er in den Spalt hinein. »Tora und Lisa, kommt rauf.«

Sie starrten hinab in die Dunkelheit. Von der untersten Treppenstufe starrten blasse Gesichter herauf. Fredrik zählte fünf Frauen und mindestens ebenso viele Kinder. Es kam ihm vor wie eine Szene aus dem Krieg: kleine, verängstigte Kindergesichter in einem Keller. Es versetzte ihm einen Stich. Auf der Treppe standen schmutzige Teller, ein Wasserkessel und Besteck – das Geschirr vom Abendessen, das sie eilig weggeräumt hatten.

Dann kamen sie hoch.

Signe Kvarvingen stand an der Küchentür und winkte die Kinder ins Wohnzimmer. Die Jüngsten waren nicht mehr als ein, zwei Jahre alt, die Ältesten vielleicht zehn. Hinter Signe folgten drei Frauen, zwei blieben in der Küche zurück.

Brynjar schloss die Luke, schob den Tisch wieder an seinen Platz und deckte Kaffeetassen auf.

»Sie wollen sicher auch einen.«

Fredrik nickte und wandte sich an Kafa. »Ruf Koss an. Er soll einen Minibus schicken.« Er spähte kurz zu Brynjar hinüber und fuhr dann an Kafa gewandt fort: »Sie brauchen sich nicht zu beeilen. Sag ihm, dass wir die Lage unter Kontrolle haben.«

Nachdem Kafa zum Telefonieren nach draußen gegangen war, setzte Fredrik sich mit den beiden Frauen an den Tisch.

»Das sind Tora und Lisa«, erklärte Brynjar und setzte Kaffee auf. »Tora ist… Tora war mit Paul Espen verheiratet.«

Paul Espen Hennie, einer der Brüder, die in Porsgrunn ermordet worden waren.

Fredrik presste die Lippen aufeinander und sah die Frau mitfühlend an. »Mein Beileid.«

»Paul Espen war der Vater eines der Jungen.« Brynjar nickte in Richtung Wohnzimmer. »Johannes. Er ist gerade erst drei. Wir haben es ihm noch nicht erzählt, insofern…«

»Ich sorge dafür, dass die Information weitergegeben wird«, erklärte Fredrik leise und sah Tora in die Augen. »Aus persönlicher Erfahrung kann ich Ihnen sagen, dass Sie es ihm besser erzählen sollten – je früher, umso leichter wird er es verwinden.«

Die Frau schlug die Hände vors Gesicht. »Ich weiß.«

Tora war kräftig, hatte dichtes blondes Haar und einen runden Kopf. Fredrik schätzte sie auf Ende dreißig. Die zweite Frau, die ihr jetzt über den Rücken strich, war ein paar Jahre jünger. Lisa. Und mit einem Mal erkannte er, wer sie war: Bjørn Alfsens Geliebte, von der die Aussteiger berichtet hatten. Sie war es gewesen, die laut Plantenstedt in Alfsens Zimmer geschlafen hatte, als er ermordet worden war. Fredrik lehnte sich über den Tisch nach vorn. Warf einen Blick zurück auf Kafa, die mittlerweile wiedergekehrt war und sich neben Brynjar an die Arbeitsplatte gestellt hatte.

»Die Kollegen machen sich gleich auf den Weg. Sie bringen Sie an einen sicheren Ort. Dort müssen Sie sich nicht mehr verstecken.«

Fredrik zwang sich zu einem Lächeln.

»Wir müssen mit Ihnen allen sprechen – sowohl mit den Erwachsenen als auch mit den Kindern. Wir haben noch eine Menge offener Fragen. Womöglich wissen Sie etwas, was uns auf die Spur des Mannes führen könnte, der Sie angegriffen hat.« Wieder sah er Tora direkt an. »Des Mannes, der Ihren Ehemann getötet hat.« Dann wandte er sich an Lisa. »Ich glaube, Sie haben den Angreifer in jener Nacht gesehen, Lisa?«

Der schmale Körper zitterte, und die Augen füllten sich mit Tränen. Über ihrer Schulter lag ein dunkelblonder Zopf, den sie jetzt packte und durch die Hände gleiten ließ. Dann griff sie erneut danach und zog daran, als wollte sie sich selbst wehtun. Dicke Tränen liefen ihr über die blassen Wangen. Dann wischte sie sich mit dem Handrücken über die Nase und antwortete mit klarer Stimme: »Ja.«

Dann fing sie an zu erzählen.

Zunächst hatte sie rein gar nichts mitbekommen: nicht dass die Schlafzimmertür aufgeschoben wurde. Nicht dass sich der groß gewachsene Mann hereinschlich. Nicht dass er das Ende des Schalldämpfers auf Pastor Alfsens Stirn aufsetzte und ihn so weckte. Als sie aufwachte, lag der Pastor bereits auf dem Boden, und der Mann saß auf seinem Rücken. Er war riesig. Alles an ihm war riesig. Der Kopf, der Oberkörper, die Hände. Er trug dunkle Kleidung und eine Mütze… eine Sturmhaube.

»Er presste seinen Finger in Bjørns Auge, Bjørn winselte und raunte mir nur zu, ich möge still sein. Nicht hinsehen. Dann musste ich mich mit dem Gesicht zur Wand neben die Tür setzen. Er hat mich geknebelt und Hände und Füße gefesselt und mir dann einen Kopfkissenbezug über den Kopf gezogen. Dann hat er mich gezwungen…«

Ihre Augenbrauen. Ungebändigt, fast V-förmig. Sie verliehen ihrem Gesicht beinahe etwas frivol Verlockendes, was nicht einmal wich, wenn sie weinte.

Als hätte sie seine Gedanken gelesen, leckte sie sich geistesabwesend über die Fingerspitzen und strich die Brauen glatt. Ließ die Hände darauf ruhen.

Der Pastor hatte einen vorgegebenen Text verlesen müssen. Seine Stimme hatte gebebt – dann waren Fragen zum Zugangscode für den Keller gefolgt. Und zu Papa Per. Der Mann hatte wissen wollen, wo er steckte. Doch der Pastor hatte darauf nicht antworten können.

Sie schluchzte. »Und dann… hörte ich den Knall. Als würde man ein Buch zuschlagen.« Tränen liefen ihr über die Wangen. »Er hat Bjørn einfach erschossen. Er hat ihn hingerichtet.«

Fredrik nickte verständnisvoll. »Dieser Keller… Wozu wurde er verwendet?«

Die Frauen schüttelten beinahe synchron den Kopf, und Brynjar ergriff das Wort: »Wir haben uns dort einen Zufluchtsraum gebaut. Ein Versteck. Für… wenn… wenn der Tag des Jüngsten Gerichts käme. Wir waren nie dort unten. Wir waren in Gruppen aufgeteilt. Wir…«

»Ich weiß«, fiel Fredrik ihm ins Wort. »Aber was war mit Ihrem Mann?«, fragte er Tora. »Hat er nie etwas darüber erzählt, was er dort machte?«

»Nein.« Sie schüttelte entschieden den Kopf. »Nie.«

Einen Augenblick lang schwiegen sie alle. Dann machte Kafa einen Schritt nach vorn. »Wir vermissen immer noch eine Person. Jemanden, mit dem wir sehr gern sprechen würden«, sagte sie. »Børre Drange, den Sie alle Papa Per nennen. Per Olsen.«

Die Frauen warfen einander einen flüchtigen Blick zu.

»Wir wissen nur, was wir in den Nachrichten gesehen haben. Seit dem Angriff hatten wir keinen Kontakt mehr zu ihm.«

Tora wandte sich zu Brynjar um, der sich bloß räusperte.

Im Scheinwerferlicht des Streifenwagens stand Sebastian Koss und sah hinüber zu dem Minibus. Fredrik betrachtete die ausdruckslosen Gesichter hinter den Fenstern. Die Tür glitt zu, und der Bus setzte sich in Bewegung.

»Staffan Häyhä«, sagte Koss leise.

»Das ist unser Mann«, erwiderte Fredrik und machte sich auf den Weg zum Parkplatz.

»Beier?«, rief Koss ihm nach. »Pio Otamendi ist tot. Er ist vor etwa einer Stunde im Ullevål gestorben.«

93

Die Luft war feucht – nicht ausreichend, um als Nieselregen durchzugehen, aber doch feucht genug, um einen dünnen Film auf die Brillengläser zu legen. Er zog den Reißverschluss seiner Lederjacke zu und schob die Hände in die Taschen, ehe er sich auf den Weg von Majorstuen quer durchs Zentrum nach Grønland machte. Am liebsten hätte er sich Kopfhörer aufgesetzt und Oscar Danielsons »Stockholm i mitt hjärta« gehört – Stockholm in meinem Herzen. Aber dazu war es noch zu früh – in der Osloer Nacht musste er sämtliche Umgebungsgeräusche hören können. Für alles andere war er zu lange Polizist gewesen. Die Säufer waren immer noch auf dem Weg nach Hause. Illegale Taxis jagten durch die Nacht, drosselten das Tempo, wann immer sie an ihm vorbeifuhren, und ein paar erschöpfte Prostituierte versuchten sich mit einem halbherzigen *»Hello, handsome«*.

Als er am Polizeigebäude angekommen war, nahm Fredrik ohne Umwege die Treppe hinauf in den sechsten Stock. Dort lief er geräuschlos an Sebastian Koss' Bürotür vorbei. Von drinnen konnte er Stimmen hören: Koss' dunklen Bariton und den tiefen Bass von Polizeipräsident Neme. Er verstand kein Wort, ahnte aber, worüber sie sprachen: Für acht Uhr war zu einer Pressekonferenz geladen worden. Dort würden sie den Medien ihren gestrigen Coup servieren. Endlich hatten sie die Glaubensgemeinschaft aufgespürt. Die Frauen und Kinder waren noch am Leben. Unter Nemes kundiger Leitung war es Sebastian Koss gelungen, was anderen zuvor misslungen war.

Er schloss die Tür zum Konferenzraum auf. Schaltete sein Handy aus, legte die Brille auf den Tisch, setzte sich auf einen Bürostuhl, klappte die Lehne so weit zurück, wie es ging, schloss die Augen und schlief. Daheim neben Bettina hatte er nicht einschlafen können, und Krøsus hatte im Wohnzimmer geschnarcht. Hier war zumindest Ruhe.

Anderthalb Stunden später wachte er auf, weil draußen auf dem Flur Geräusche laut wurden. Auf der Wanduhr war es 8.24 Uhr. Einen Augenblick lang dachte er darüber nach, den Fernseher einzuschalten, um den Rest der Pressekonferenz zu sehen, brachte aber nicht die Kraft dafür auf. Stattdessen klemmte er sich den Hörer des Bürotelefons zwischen Ohr und Schulter. Fredrik nahm an, dass er jetzt am Platz sein würde.

»Hansson, Kriminalpolizei«, antwortete eine heisere Stimme mit småländischem Singsang.

»Hasse«, sagte Fredrik zufrieden. »Du schläfst aber auch nie.«

Für einen kurzen Moment war es still in der Leitung, ehe der Mann am anderen Ende in Gelächter ausbrach. »Zum Teufel, Fredrik – wie gut, deine Stimme zu hören.«

Es war neunzehn Jahre her, dass Fredrik Beier Hasse Hansson zum ersten Mal begegnet war. Fredrik hatte einer Gruppe von Polizeianwärtern die weniger attraktiven Seiten des Osloer Nachtlebens zeigen sollen. Vier, fünf blauäugige Youngsters – und *er*. Ein schwedischer Polizist, der mit seiner norwegischen Frau aus Stockholm hergezogen war. Der gerade erst das norwegische Polizeiexamen abgelegt hatte. Wenn er lachte, sah er aus wie ein Husky und klang wie ein umstürzender Baum. Als der erste Gast einer Weihnachtsfeier zappelnd auf dem Asphalt gelegen hatte, hatten sich ihre Blicke getroffen, und sie waren Freunde geworden. Seine Ehe war in die Brüche gegangen, und Hasse war irgendwann wieder nach Schweden gezogen, aber ihre Freundschaft hatte fortbestanden.

»Staffan Häyhä, ja …«, sagte Hansson langsam. Fredrik hörte, wie er mit einer Dose Schnupftabak auf die Tischplatte pochte. »Schwedischer Staatsbürger, einundvierzig Jahre alt. Einer von sieben Geschwistern, stammt aus dem freikirchlichen Milieu auf Gotland. Nach dem Grundwehrdienst wurde er erst Kommandosoldat und Fallschirmjäger, ging dann während des Balkankriegs nach Jugoslawien. Und dort ...« Hasse Hansson hielt kurz inne. »Das hier steht in keinem Polizeibericht«, erklärte er in einer etwas tieferen Tonlage. »Nichts von alledem. Sobald mein Chef mit seinem Chef gesprochen hat, schickt er die offizielle Version an deinen Chef, okay? Weiß der Teufel, was dann von dieser Geschichte noch übrig bleibt. Aber das hier ist die Wahrheit – *die ganze wahre Scheiße*, kapiert? Und die bleibt unter uns. Verstanden?«

»Selbstverständlich. Ich bin froh, dass du dir die Mühe gemacht hast.«

»Es war mir eine Freude«, antwortete er beschwingt und räusperte sich dann wieder. »Also, der Säpo und den Jungs *ganz oben* standen die Schweißperlen auf der Oberlippe, als Häyhäs Name erwähnt wurde. Dieser Kerl existiert so gut wie nicht. Will sagen: Wenn er sich nur umdreht und furzt, dann landet das auf dem Index. Klassifizierte Information. Er hat Dinge für Schweden getan, die Schweden nicht tut ... verstanden?«

Staffan Häyhä sei Elitesoldat und ursprünglich zum Scharfschützen ausgebildet, berichtete Hasse. Seine Lieblingswaffe sei eine Arctic Warfare Super Magnum, seine Lieblingsmunition die .338 Lapua Magnum.

Während des Balkankrieges war er schwer entstellt worden. Die Umstände rund um jenen Auftrag waren noch immer Top Secret, aber Hasse kannte jemanden beim MUST, dem Militärischen Nachrichten- und Sicherheitsdienst, der ihm noch einen Gefallen geschuldet hatte. Offiziell hatten weder die Schweden im Alleingang noch UN-Truppen in Jugoslawien irgendwelche Geheimaktionen durchgeführt. Immerhin waren sie in einer Friedensmission unterwegs gewesen. Trotzdem hatte der eine oder andere die Gelegenheit beim Schopf ergriffen und mit alten Feindschaften aufgeräumt. Mit Verbindungen, die bis in die Sowjetzeit zurückgereicht hatten.

»Aber was hat denn MUST damit zu tun?«

»Keine Ahnung. Aber sie haben eine Akte über Häyhä im Archiv.«

Häyhä war während eines Einsatzes von bosnischen Muslimen gefangen genommen und gefoltert worden, vermutlich um die Ermordung eines örtlichen Waffenschmugglers zu vergelten. Drei Tage später war er von einem UN-Trupp unter schwedischer Führung befreit worden – da hatten ihm beide Ohren gefehlt, die Nase, die Oberlippe und die Zunge. Auf der Stelle wurde er zur Behandlung nach Stockholm geflogen. In einem gecharterten Privatjet. Warum er nicht in einem gewöhnlichen UN-Flugzeug transportiert wurde, konnte niemand sagen.

Nach seinem Krankenhausaufenthalt lebte Häyhä einige Jahre als Zivilist in Stockholm und wurde immer wieder angezeigt. Er sah schließlich nicht gerade unauffällig aus, und immer wieder tauchte seine Personenbeschreibung im Zusammenhang mit Gewaltdelikten auf. Bei Fällen von Vandalismus, im Zusammenhang mit einer Vergewaltigung und einem Fall von Körperverletzung und erzwungenem Geschlechtsverkehr mit einer Prostituierten.

»Unbekannter Täter. Unbekannter Täter. Unbekannter Täter«, las Hasse vor.

»Es hält also jemand seine schützende Hand über ihn?«

Hasse Hansson räusperte sich.

Trotz seiner schweren Verletzungen hatte Staffan Häyhä in den Militärdienst zurückkehren wollen. Laut der offiziellen Version hatte er seinen Dienst jedoch nicht wieder aufnehmen dürfen. Er war längst zum Risikofaktor für die Armee geworden.

»Offiziell …«

»Tja. Die letzten zehn, zwölf Jahre in Häyhäs Leben sind quasi nicht dokumentiert. Niemand will diesbezüglich etwas sagen. Wenn sämtliche Verbindungen zu ihm abgebrochen wären, warum müsste man da schweigen?«

Fredrik ahnte, dass Hasse trotzdem etwas gefunden hatte.

»Kennst du Osmal Abdullah Kamal?«, fuhr er nach einer Weile fort.

»Nein, sagt mir nichts.«

Osmal Abdullah Kamal war einer der gefürchtetsten Männer Afghanistans gewesen. Gouverneur in Kandahar – einem Rattennest für Terroristen, Waffenschmuggler und Drogenhändler. Er hatte hinter einer Reihe von Morden und Attentaten gestanden. Kamal hatte die Westmächte gehasst, die in sein Land einmarschiert waren, und er hatte alles darangesetzt, die NATO-Truppen in seiner Provinz zu zerschlagen. Eine Zeit lang galt er als wichtigster Unterstützer der Taliban.

Doch dann sei etwas passiert, erzählte Hasse. Was genau, sei in weiten Teilen unklar. Doch im Frühjahr sei Kamal ermordet worden – in einem Dorf etwa eine Stunde von Kandahar entfernt.

Er war im Haus eines NATO-Unterstützers erschossen worden. Alles deutete darauf hin, dass die beiden im Begriff gewesen waren, irgendeinen Vertrag auszuhandeln, als ein Heckenschütze Kamals Leben ein Ende setzte.

»In einem streng geheimen NATO-Dokument findet sich ein Hinweis auf Häyhä. Ich musste meinen MUST-Bekannten mächtig unter Druck setzen, um das in Erfahrung zu bringen. Leider geht aus den Unterlagen nicht hervor, was die NATO sonst noch über ihn hat als ein paar angeblich glaubwürdige Zeugenaussagen.«

»Noch mal langsam. Staffan Häyhä hat bis vor ein paar Monaten als Soldat in Afghanistan gedient?«

»Scheint so.«

»Verfluchte Hölle.«

Kafa Iqbal schlief in dieser Nacht nicht gut. Unruhig wälzte sie sich hin und her. Hätten sie den Frauen die Wahrheit über Børre Drange erzählen sollen? Waren die Frauen und die Kinder überhaupt in Gefahr? So wie sie es anscheinend selbst glaubten?

Wenn Staffan Häyhä die Mitglieder von Gottes Licht wirklich hätte auslöschen wollen, dann hätte sich dafür wohl nie eine bessere Möglichkeit als jene erste Nacht auf Solro ergeben. Die Leute waren samt und sonders an einem Ort versammelt gewesen, sie hatten sich sicher gefühlt, sie waren isoliert gewesen, allein an diesem weit abgelegenen Ort. Und doch hatte er die meisten am Leben gelassen.

Er hatte seine Opfer nicht willkürlich ausgewählt. Warum also hatten sich die Frauen und Kinder trotzdem bei den Kvarvingens versteckt? Obwohl sie Børre Dranges grausamen Plan offenkundig nicht kannten?

Um zehn nach halb sechs stand sie auf. Putzte sich eine halbe Minute lang die Zähne, nur um den unangenehmen Geschmack im Mund loszuwerden, ehe sie sich eine Jogginghose überstreifte und aufbrach.

Im Dämmerlicht lief sie via Bjølsen am Akerselva entlang hinauf nach Nydalen. Folgte dem Fluss bis zum südlichen Ufer des Maridalsvannet, wo sie auf dem Waldweg weiterlief, der am Ostufer des Sees leicht anstieg. Sie musste Energie abbauen, brauchte jetzt die Steigung. Auf dem Kjærlighetsberget hielt sie inne. Es war jetzt so hell, wie es unter der grauen Wolkendecke nur möglich war, die sich über der Hauptstadt ausgebreitet hatte. Sie blickte übers Wasser und erschauderte, als eine kalte Brise ihren verschwitzten Körper traf. Dann lief sie weiter.

Erst bei der Kapelle am Nordufer des Maridalsvannet dämmerte ihr, wohin sie unterwegs war. Für gewöhnlich lief sie von hier aus wieder Richtung Süden – doch heute nicht, heute lief sie weiter nordwärts, den ersten Pendlern auf dem Weg in die Stadt entgegen und über den nächsten Höhenzug, hinter dem sich das Tal wieder vor ihr ausbreitete.

Von hier aus war es nur mehr ein knapp zwanzigminütiger Lauf bis Solro. Sie musste zurück ins Haus des Ehepaars Kvarvingen.

»Sören Plantenstedt«, sagte Fredrik mit einem Mal. »Der hat auch in der schwedischen Armee gedient. Können Plantenstedt und Häyhä einander begegnet sein?«

Mit einem Röcheln reinigte Hasse Hansson die Kehle, ehe er ein »Nein« hervorkrächzte.

Der Gedanke war ihm ebenfalls gekommen. Allerdings war Plantenstedt bloß Militärpfarrer in einer Truppenunterkunft außerhalb von Malmö gewesen. Hasse hatte mit dem damaligen Vorgesetzten gesprochen. Sie hatten sich dort schnell darauf verständigt, dass der Mann in einem Gefecht nichts zu suchen hatte. Er war in seinem ganzen Armeeleben nie mehr als eine Schulter zum Ausweinen für Achtzehnjährige mit Heimweh gewesen. Eine Verbindung zu einem Elitesoldaten von Häyhäs Format war schlicht ausgeschlossen.

»Wer bezahlt Staffan Häyhä heute für seine Dienste?«

Da musste Hasse passen. Allerdings, mutmaßte er, gebe es sicher nicht wenige, die bereit waren, für einen Mann mit Häyhäs Kenntnissen zu zahlen. Sicherheitsberater. Leute, die Personenschutz brauchten. Söldner. Oder Personen, die einfach nur jemand anderen loswerden wollten. Häyhä musste bei derlei Aufträgen lediglich sein Gewissen und die Gier entscheiden lassen.

»Und wenn er kein Gewissen hat?«

Hasse Hansson keuchte. Das Klopfen der Tabakdose war mittlerweile so laut, dass Fredrik sich fragte, ob er sie gegen das Telefon schlug. Wahrscheinlich lechzte sein alter Freund geradezu nach einer echten Zigarette. Fredrik hoffte inständig, dass Hasse es schaffte, das Rauchen bleiben zu lassen. Er litt unter COPD, einer chronischen Lungenerkrankung.

»Um ganz ehrlich zu sein«, fuhr er schließlich fort, »bin ich mir nicht ganz sicher, ob ich noch viel mehr finden werde. Irgendjemand mit Einfluss hat Staffan Häyhäs Werdegang in weiten Teilen ausradiert.« Hasse dämpfte die Stimme. »Denk daran: Diese Jungs sitzen in den obersten Etagen. Sie werden in streng geheimen Zeremonien für streng geheime Operationen ausgezeichnet – und der ganze Rest des Landes hat nie davon erfahren. Attentate, Unterstützung von Terrororganisationen, Waffenhandel, Drogen … solange es nur der vermeintlich guten Sache dient. Diese Jungs packen dich bei den Eiern und machen daraus Omelett.« Er musste über seine eigene Formulierung lachen. »Und zum Dank sorgt Vater Staat dafür, dass sie ihr Leben in Frieden weiterleben. Anzeigen wegen Vergewaltigung verschwinden, Zeugen vergessen, was sie gesehen haben, Namen werden aus Protokollen gelöscht.«

Fredrik bedankte sich bei seinem Freund, und sie legten auf. Dann stand er auf und sah auf die Uhr. Es war immer noch zu früh für seine nächste Besorgung. In der Kantine aß er eine Scheibe Brot mit kaltem Ei und Anchovis, bevor er in Richtung U-Bahn schlenderte.

Der Tau schimmerte über dem Holzhaus.

Kafa war die letzten Kilometer so schnell gelaufen, wie sie nur konnte. Als sie endlich bei den fröstelnden Kollegen angekommen war, musste sie sich erst einmal ins Gras kauern und wieder zu Atem kommen.

Jetzt stand sie allein vor dem Haus des Ehepaars Kvarvingen. Mit dem Schlüssel in der Hand schlüpfte sie unter dem Absperrband hindurch und schloss die Tür auf. Im Flur roch es noch immer nach Essen. Im Wohnzimmer hingen Brynjar Kvarvingens blasse Ölgemälde. Vor der Luftaufnahme von Solro im Flur zur Küche blieb sie stehen.

Die Antwort würde in den Details zu finden sein.

Am Vorabend war etwas passiert, was nicht gestimmt hatte – etwas, was sie nicht klar benennen konnte, was sie aber die ganze Nacht hindurch wach gehalten hatte. Glaubte sie.

Erst als Kafa die Küche betrat, war ihr schlagartig klar, dass es kein Detail war, nach dem sie gesucht hatte. Es war etwas ganz Offensichtliches.

Der Topf, der auf der Arbeitsfläche gestanden hatte, war bewegt worden und stand jetzt auf der Herdplatte. Sie konnte noch Reste von grauem Haferbrei darin erkennen. Vorsichtig legte sie den kleinen Finger darauf. Der Brei war noch immer lauwarm. Irgendjemand war also hier gewesen, nachdem sie und Fredrik am späten Vorabend die Haustür zugeschlossen hatten.

Sie drehte sich um. Unter dem Küchentisch lag eine große weiße Porzellanscherbe. Kafa zog die Schranktür unter dem Spültisch auf. Weitere Scherben lagen im Mülleimer. Es war eine der Tassen, aus denen sie tags zuvor Kaffee getrunken hatten.

Erst jetzt verstand sie, was sie wach gehalten hatte. Der Keller – sie hatten den Keller nicht untersucht. Sie hatten nicht sichergestellt, dass der Keller tatsächlich leer gewesen war.

Und diese Porzellanscherbe sprach Bände. Irgendwer

hatte die Kellerluke von unten aufgeschoben. Der Tisch über der Luke war umgekippt und die Tasse zu Boden gefallen. Sie rückte den Tisch beiseite, schob den Flickenteppich mit den Füßen weg und zog die Luke auf.

Brynjar Kvarvingen hatte die Frauen und Kinder womöglich ein bisschen zu eilig nach oben gewinkt und dann die Luke geschlossen. Er hatte sie jetzt schon zweimal getäuscht, ein drittes Mal würde es nicht geben.

In einer Schublade fand Kafa eine Kerze und eine Streichholzschachtel. Damit machte sie sich auf den Weg nach unten.

Der Keller war genauso groß wie die darüberliegende Küche und die Decke gerade so hoch, dass sie noch aufrecht stehen konnte. Über dem gestampften Boden war ein dicker Teppich aus Wolldecken ausgebreitet worden, und von der Decke hing eine batteriebetriebene Lampe. Sie schaltete sie ein.

Der Raum hatte eindeutig als Versteck gedient. Gleich neben der Treppe lagen Brettspiele und ein paar andere Spielsachen für Kinder. Daneben waren Wasserkanister aufeinandergestapelt worden. In der Mitte lagen zwei verschlissene Sitzsäcke. Ein Küchenstuhl stand vor einer Reihe aus Regalen voller Haferflocken, Konserven, Tütensuppen, eingelegtem Gemüse und Trockenobst. Daneben ein Stapel Decken, Matten und Schlafsäcke – alle mit Namen gekennzeichnet. Und da – »Per«. Der oberste Schlafsack gehörte Børre Drange. Und auf dem Schlafsack lag etwas – eine Bibel, reichlich zerlesen und mit dem Namen »Per Olsen« in blauer Tinte auf der Innenseite des Umschlags markiert.

Die U-Bahn hielt in Lambertseter, und Fredrik machte sich zu Fuß auf den Weg vorbei am Einkaufszentrum die Hauptstraße hinauf. Mit langen Schritten marschierte er an den niedrigen Wohnblocks, Mehrfamilienhäusern, kleineren Villen und Reihenhäusern vorbei, die Oslos erste Trabantenstadt kennzeichneten. Kleine Vorgärten, Hecken, duftende Obstbäume. Der Himmel hatte mittlerweile einen etwas helleren Grauton angenommen. Dahinter konnte er einen Hauch von Sonnenwärme erahnen.

Nach nur sieben Minuten Fußmarsch hatte Fredrik sein Ziel erreicht. Er war den Hügel hinabgeschlendert und war in eine Seitenstraße abgebogen, die wieder schräg nach oben führte. Dort lag es – Hausnummer 31, ein grünes Häuschen auf einer Anhöhe. Ein schmaler Kiesweg führte vom braunen Gartentor durch einen zugewucherten Garten auf eine weiße Haustür zu.

Børre Drange hatte hier unten geschlafen.

Kafa ließ die Finger über den Goldschnitt der hauchdünnen Bibelseiten gleiten. An einer Stelle schlug das Buch fast schon von alleine auf. Buch Hiob. Altes Testament. Ein Foto lag zwischen den Seiten, die Aufnahme eines kleinen, grünen Häuschens auf einer Anhöhe inmitten eines zugewucherten Gartens. Ein Kiesweg führte zur Tür. An dem braunen Lattenzaun hing ein Briefkasten, auf dessen Deckel jemand mit schwarzem, dickem Filzstift »K. Monsen« geschrieben hatte.

Sie ließ es eine halbe Ewigkeit klingeln. Warum zum Teufel hatte Fredrik sein Handy ausgestellt?

Ein Mann in einem blauen Hemd und Jeans machte ihm auf und stellte sich ihm als die Haushaltshilfe vor. Er hatte einen buschigen, ungepflegten Bart und trug Gummihandschuhe an den Händen. Blondes, leicht gewelltes Haar lugte unter der dunklen Schirmmütze hervor. Der Mann starrte Fredrik nachdenklich an, während der sein Anliegen formulierte.

»Kolbein ist nicht gerade in Topform. Aber Sie können es ja mal versuchen.« Dann ließ er den Ermittler ein.

94

In dem schmalen Eingangsbereich standen sie eng beieinander. Das Holz an den Wänden war alt und nachgedunkelt. Lediglich ein kleines Fenster in der Tür ließ Licht hinein. Erst als Fredrik die Lederjacke aufgehängt hatte, schob die Haushaltshilfe die Tür zum Wohnbereich auf.

»Er hatte gerade eine schlimme Lungenentzündung«, flüsterte er.

Der schmale Flur führte an der Küche linker Hand und an einem Arbeitszimmer vorbei. An der Stirnseite hing ein vergilbtes Blatt Papier in einem Rahmen. Fredrik blinzelte. Unter dem Staatswappen stand: »Haakon von Norwegen geben bekannt, dass Wir Kolbein Ihme Monsen für seine Verdienste um das Vaterland während des Krieges 1940–1945 die Kriegsmedaille verliehen haben«. Unterzeichnet war die Urkunde vom Regenten persönlich, und sie war datiert auf den 10. Mai 1946. An einem Nagel hing daneben die Bronzemedaille mit dem Profil des Königs am roten Medaillenband mit goldenen Streifen.

Fredrik warf einen kurzen Blick in die Küche. Neben der Tür stand ein Kühlschrank mit einem Griff, der in ihm unwillkürlich Bilder von amerikanischen Oldtimern heraufbeschwor.

»Hier lang«, murmelte die Haushaltshilfe und trat auf die Tür zum Arbeitszimmer zu.

Dahinter herrschte Chaos. Bücherregale reichten bis zur Decke, und vor dem Fenster hingen braune, schwere Gardinen, sodass der Raum im Großen und Ganzen von einer einzigen roten Stofflampe unter der Decke erleuchtet wurde. Vor dem Fenster stand ein Schreibtisch, und auf dem Schreibtisch stapelten sich Bücher – philosophische Werke ebenso wie wissenschaftliche Fachliteratur. Medizin, Biologie und Chemie. Überwiegend in deutscher Sprache. Auch auf dem Boden lagen stapelweise Bücher und vergilbte Zeitschriften im Überfluss.

Sie bahnten sich einen Weg ins Wohnzimmer. Dort lag Kolbein Ihme Monsen auf dem Sofa. Noch in der U-Bahn hatte Fredrik sich ihre erste Begegnung in Erinnerung gerufen: die zitternden und doch zupackenden Hände, die großen, klaren Augen.

Der Anblick, der sich ihm jetzt bot, hätte kaum gegensätzlicher sein können. In dem alten Mann unter der Wolldecke brannte nicht der geringste Funke mehr. Kolbein Monsen lag auf der Seite, sodass Fredriks Blick zuallererst auf den vom Feuer entstellten Schädel und das deformierte Ohr fiel. Das Haar im Nacken sah aus wie zerzaustes Seegras, und seine Nasenflügel bebten leicht. Monsen hatte sie nicht mal bemerkt. Fredrik nutzte den Moment und warf einen neugierigen Blick auf die Fotos auf dem Sekretär. Das größte war ein Hochzeitsbild. Nach ihrer Frisur und seinem Wangenbart zu urteilen war das Foto in den Siebzigern geschossen worden. In einem eleganten, barocken Wohnzimmer. Eindeutig das Hochzeitsbild von Gerhard Monsen – Kolbein Ihme Monsens Sohn. Seine Braut war schlank, blond und bildhübsch. Erleichterung stand ihr ins Gesicht geschrieben.

Sein Blick wanderte weiter zu dem Bild eines schmächtigen, pickligen Konfirmanden mit abstehenden Ohren.

Kurzärmelige weiße Jacke, helles, halblanges Haar. Sebastian Koss. Das Foto weckte in ihm ein Gefühl, als wäre er im Polizeirevier hinter einem guten Kollegen auf die Toilette gegangen. Der Geruch offenbarte brutal, was dort zuvor vonstattengegangen war. *Too much information.* Das dritte Foto zeigte zwei Mädchen, die einander wie ein Ei dem anderen glichen. Auch sie im Konfirmationsalter. Sie standen in einer von Pappeln gesäumten Allee. Jochbein, Haarfarbe und die geraden Nasen hatten die Mädchen von ihrer Mutter. Das mussten Koss' Schwestern sein. Zwillinge offensichtlich.

Der Mann auf dem Sofa seufzte tief, und Fredrik drehte sich um. Ein Gehstock lehnte am Kopfende. Er schien aus Ebenholz gefertigt zu sein, allerdings war der untere Teil durch eine Stahlhülse ersetzt worden. Am Griff weitete sich der harte, lackierte Stamm zu einer knapp faustgroßen Kugel.

Die Haushaltshilfe schob den einzigen Stuhl des Zimmers nach vorn, einen Rollstuhl.

»Kolbein«, sagte er leise, beugte sich über den Alten und schnalzte mit der Zunge, um dessen Aufmerksamkeit zu erregen. »Kolbein, hier ist Besuch für Sie. Ein Polizist. Er sagt, Sie kennen einander.«

Fredrik setzte sich. Monsen schlug die Augen auf und starrte sie verwirrt an. Wie Mehlbrei lag ein grauer Film über beiden Augen.

»Beeiii...« Der Alte schob die kalte, knochige Hand unter der Wolldecke hervor und tastete nach Fredrik. »Beeiii...«, jaulte Monsen erneut. Spucke sammelte sich in seinen Mundwinkeln.

Ein einziges Mal zuvor hatte der Mann seinen Namen ausgesprochen – bei ihrer Begegnung bei der Militære Samfund. Sein Geist war offenbar so klar, dass er sich sogar noch an Fredriks Nachnamen erinnerte.

»Ist er …« Fredrik drehte sich um. »Geht es ihm schon lange schlecht?«

Die Haushaltshilfe kratzte sich kopfschüttelnd im Bart. »Der Arzt meint, er sei auf dem Weg der Besserung. Für gewöhnlich kommt er nachmittags wieder ein wenig zu Kräften.«

»Weiß die Familie, dass es ihm so schlecht geht?«

»Keine Ahnung. Aber die Gemeinde sorgt anständig für ihn. Er wird ganz sicher nicht sich selbst überlassen, das kann ich garantieren.«

Fredrik runzelte die Stirn und wandte sich dann wieder dem Alten zu. »Kolbein? Verstehen Sie, was ich sage?«

Der Mann schielte zu ihm hinauf und räusperte sich, antwortete aber nicht. Sein Händedruck wurde schlaff.

»Ich würde Ihnen gerne ein paar Fragen zur Wiener Bruderschaft stellen … zu Ihrer Arbeit.«

»Jaaa …«, stöhnte der Mann auf dem Sofa. »*Wien … Land der Berge …*«

Fredrik sah ihn verständnislos an.

»*Land am Strome …*«

Die Haushaltshilfe lehnte sich nach vorn. Fredrik meinte, jetzt einen wachsamen Ausdruck in seinen Augen zu erkennen. Wurde die Belastung zu viel für den Alten?

»Kolbein spricht nicht gern über diese Zeit«, flüsterte er und stand jetzt so nah hinter ihm, dass Fredrik seine Körperwärme am Rücken spürte.

»Könnten wir uns vielleicht kurz allein unterhalten?«

Er zögerte eine Sekunde, ehe er das Gesicht zu einer grinsenden Grimasse verzog. »Selbstverständlich. Tut mir leid. Ich räume einfach in der Zwischenzeit das Arbeitszimmer auf. Rufen Sie, wenn etwas sein sollte.«

Zu Fredriks Ärger machte er die Tür hinter sich nicht zu, aber nach einem weiteren Blick auf den Mann auf dem

Sofa schob er den Gedanken beiseite. Die blassrosa Lippen bebten. Kolbein Ihme Monsen war nur mehr ein alter, ein sehr alter Körper ... eine leere Hülle, wie sie sonst in den Fluren von Altenheimen saßen.

»Tut mir leid zu hören, dass Sie so krank sind«, sagte Fredrik.

Monsen räusperte sich und machte eine Bewegung mit dem Kopf.

»Ich ... Soll ich später wiederkommen?«

Der Alte verstärkte den Griff um seine Hand. Ein gelber Fingernagel bohrte sich in Fredriks Handgelenk.

»Weshalb ich gekommen bin ... betrifft eine laufende Ermittlung. Wenn Sie also überlegen könnten, ob Sie sich an den Namen Børre Drange erinnern oder an eine Glaubensgemeinschaft namens Gottes Licht, dann wäre ich Ihnen ...«

Der Kriegsveteran drehte den Kopf und starrte ihn an. »Beiii ...«

»Was?«

»Beiiiier«, stieß er langsam hervor. Dann fielen seine Augen wieder zu.

Als Fredrik aufstand, stand die Haushaltshilfe schon hinter ihm in der Tür.

»Ich muss Sie wohl bitten zu gehen. Kolbein ist nicht stabil genug für eine Vernehmung«, sagte er streng.

Der Ermittler zuckte mit den Schultern. »Es hat nicht den Anschein, nein.«

Fredrik trat an die frische Luft, und sein Kopf wurde wieder klar.

Irgendwas hatte ihn gestört in diesem kleinen Haus – etwas an den Farben, dem Alten, was ihm zutiefst missfiel. Ein geruchloser Duft von Verwesung. Sollte er Koss davon in Kenntnis setzen, wie krank sein Großvater tatsächlich war? Wie konnte es sein, dass Kolbein Ihme Monsen in einem derart heruntergekommenen Haus lebte, obwohl sein Sohn wohlhabender Reeder, Parlamentsabgeordneter und früher sogar Minister gewesen war? Aber was hatte Koss gleich wieder gesagt – dass Gerhard Monsen und sein Vater keinen allzu engen Kontakt mehr miteinander hatten?

In der U-Bahn lehnte Fredrik den Kopf gegen die Scheibe. Nein, das alles ging ihn wirklich nichts an. Der Arzt war da gewesen, und eine Haushaltshilfe war ebenfalls da – auch wenn er sicher seine Familie um sich herum hätte haben wollen, war Monsen mitnichten allein.

Es war nicht seine Aufgabe, jemanden anzurufen.

Anrufen?

Als er am Morgen beinahe noch im Halbschlaf das Polizeirevier verlassen hatte, war sein Handy ausgestellt gewesen.

Kafa hatte ihm drei Nachrichten hinterlassen. Bei der letzten klang ihre Stimme zittrig.

Hauptkommissar Fredrik Beier hatte einen kranken alten Mann vor sich gesehen – die Haushaltshilfe, ein vernachlässigtes Haus, Verfall. Nach Kafas Anruf deutete er dies alles anders. Er hatte Børre Drange vor sich gesehen – mit Handschuhen, Schirmmütze und Vollbart. Natürlich war er alarmiert gewesen, als er gehört hatte, wie Fredrik nach der Wiener Bruderschaft fragte. Und er war erschrocken gewesen, als Fredrik nach *ihm* fragte.

Der Alte hatte nicht gejammert – er hatte ihn angefleht, weil er wehrlos gewesen war. Und das Haus war nicht etwa unordentlich, sondern jemand war dabei gewesen, es auf den Kopf zu stellen.

»Hol mich in Helsfyr ab«, fauchte er durch die zusammengebissenen Zähne.

95

Lista, November 1943

Kolbein Monsen schreckte hoch, als er den Schlüssel im Schloss hörte. Er war tatsächlich eingenickt – merkwürdig, er war sich so sicher gewesen, dass er in dieser Nacht keinen Schlaf finden würde.

Langsam glitt die Tür auf, ein Schatten trat ein und schob die Tür hinter sich zu. Erst dann wurde das Licht angeschaltet. Kjell Klepsland trug seine Hirdvakt-Uniform und im Gürtel eine Luger. Den Gehstock lehnte er an die Wand. Er hatte Kleidung und einen Wäschesack unter dem Arm.

»Das ist alles, was du brauchst.« Klepsland sah ihn ausdruckslos an. »Geld, Reiseplan und Ausweis. Wenn du angehalten werden solltest, bist du auf dem Weg nach Kristiansand, um dir eine Brille anpassen zu lassen. Es steht alles in den Dokumenten. In Kristiansand suchst du das Lebensmittelgeschäft von Gunda Hansen auf, wo du dich umhörst, ob jemand die Zigarettenschachteln kaufen möchte, die ich dir in den Beutel gelegt habe. Danach wirst du kontaktiert. Das ist alles, was ich weiß. Hier drin liegen auch noch zwei Handgranaten und eine Pistole, für alle Fälle …«

Noch während Klepsland gesprochen hatte, war Kolbein in die Sachen geschlüpft. Die Wehrmachtsuniform saß perfekt. Der Bogen auf der Schulterklappe wies ihn als Unteroffizier aus. Er sah sogar nach, ob das Gradabzeichen an der Mütze damit übereinstimmte.

»Und sämtliche Informationen wurden weitergegeben?«, wollte Kolbein wissen.

»Alles weitergeleitet, ja.«

Bevor sie das Licht ausschalteten und sich ins Labor hinausschlichen, blieb Kolbein kurz vor dem Soldaten stehen.

»Und deine Familie?«

»Karen ist in Sicherheit. Ihre Mutter ist gerade unterwegs zu ihr. Es läuft alles nach Plan, in ein paar Tagen sind wir in Schweden.«

»Danke für die Zusammenarbeit«, sagte Kolbein und reichte ihm die Hand.

Von draußen warf das Suchscheinwerferlicht wandernde Schatten ins Labor. Auf allen vieren kroch Kolbein auf den Safe unter dem Labortisch zu. Kauerte sich davor. Drehte das Rad. 0-0-1-0-0-4-3-4. Die Tür blieb verschlossen.

»Er nimmt der Reihe nach die Zahlencodes von den Knochen im Bücherregal«, flüsterte er über die Schulter, ehe er es erneut versuchte.

Es klickte, Kolbein legte den Hebel um und zog die Safetür auf. »Sowjetunion, Ost-Ural, Mai 1942«, murmelte er. »Wie viel Zeit haben wir?«

»Es ist jetzt Viertel nach drei. Wachablösung ist in fünfzehn Minuten.«

»Gut. Mehr brauche ich nicht.«

Im Safe stapelten sich beigefarbene Aktendeckel. Kolbein nahm sie heraus, überflog die Beschriftung und blätterte rasch durch die ersten Seiten.

»Wonach suchst du?«

»Nach fertigen Berichten und jedweder Kommunikation mit Elsa, seiner Assistentin in Griechenland. Nach Beweisen dafür, dass sie Experimente an der örtlichen Bevölkerung durchgeführt haben. Sie vergiften das Trinkwasser«, erklärte er, zog zwei weitere Mappen heraus und stopfte sie unbesehen in den Wäschesack. Den Reiseplan, die Ausweispapiere und das Geld steckte er sich in die Brusttasche. »Was immer die Wiener Bruderschaft je produziert hat, befindet sich in diesem Raum, das gesamte wissenschaftliche Erbe des Elias Brinch … Doch sein Leben als Wissenschaftler hat heute Nacht ein Ende. Sein Leben als Mensch endet, wenn dieser verdammte Krieg vorüber ist. Diese Berichte reichen aus, um ihn an den Galgen zu bringen.«

»Freut mich zu hören«, murmelte Klepsland.

»Nicht annähernd so sehr wie mich«, flüsterte Kolbein.

Klepsland schlich zur Tür. Aus dem Kanister waberte der süßliche, durchdringende Geruch von Benzin. Er begann bei den Fenstern, goss es über den Boden, den Stahltisch, die Wände, die restlichen Unterlagen. Als er fertig war, war auch Kolbein so gut wie bereit.

»Ich warte draußen«, sagte der Soldat.

»Was ist mit den Wachleuten im Turm?«

»Die werden alle Hände voll damit zu tun haben, dem Brand zu entkommen, und in dem Chaos verschwinden wir.«

Klepsland trat in den Flur hinaus. Kolbein packte ein paar letzte Akten ein, die für die Briten von Interesse sein würden. Die Handgranaten ließ er zurück. Noch auf den Knien schulterte er den Rucksack und stellte sicher, dass die Riemen richtig saßen. Dann holte er tief Luft. Eine Sache stand noch aus – der Augenblick, vor dem er sich am meisten fürchtete.

Er stand auf und ging hinüber zum Archivschrank am hinteren Ende des Labors. Elias hatte nie irgendwas weggeworfen – es würde also hier sein. Es kostete ihn bloß eine knappe Minute. Drei Briefe – der erste war im Juli 1937 abgestempelt worden, der letzte im Juni 1942. Alle drei trugen den Schriftzug der Landes-Heil- und Pflegeanstalt

Bernburg, eine staatliche Klinik und Pflegeeinrichtung für psychisch Kranke an der Saale. Kolbein riss den letzten Brief auf. Er war an Elias Brinch adressiert und enthielt lediglich ein graues Blatt Papier. Ein Totenschein. Namenloses Mädchen, fünf Jahre alt. Lungenentzündung.

96

Wie viel Zeit war wohl vergangen? Vierzig Minuten? Eine Dreiviertelstunde?

Kafa Iqbal stellte den Wagen auf der gegenüberliegenden Straßenseite ab. Seite an Seite liefen sie den Kiesweg hinauf. Fredrik hielt das breitere Ende einer Taschenlampe in der Hand verborgen. Würde Børre Drange erkennen, dass er enttarnt worden war? Womöglich. Dann galt es, ihn so schnell wie möglich unschädlich zu machen.

Fredrik holte tief Luft, ehe er anklopfte. Fest, aber nicht zu forsch. Als seine Knöchel zum dritten Mal auf das Türblatt trafen, rutschte sie einen Spaltbreit auf. Sie starrten in den dunklen, ungemütlichen Flur.

»War die Tür offen, als du gegangen bist?«, flüsterte Kafa.

Er konnte sich nicht mehr daran erinnern. Sie spitzten die Ohren, konnten aber keine Schritte und auch kein anderes Geräusch hören.

»Und du bist dir ganz sicher, dass es Børre Drange war?«

»Ich hab den Dienstleister angerufen. Kolbein Ihme Monsen hat keine Haushaltshilfe«, murmelte er grimmig.

Kafa berührte ihn kurz an der Hand. Ihre Blicke trafen sich. Dann traten sie ein.

»Hallo? Herr Monsen? Fredrik Beier hier, der Polizist.«

In den Regalen im Büro stand kaum mehr ein einziges

Buch. Alles war über den Boden verstreut – Bücher, Magazine, Zeitschriften. Fredrik lief weiter ins Wohnzimmer und fluchte leise. Das Sofa war leer. Kolbein Ihme Monsen war weg – nur ein zerknittertes Kissen erinnerte noch daran, dass vor kaum einer Stunde ein alter Mann den Kopf darauf gelegt hatte. Und auch der Rollstuhl war weg – auf dem Tisch lag nur noch der Gehstock des Alten.

»Verdammt«, murmelte er und riss die nächste Tür auf. Das Schlafzimmer. Ein ungemachtes Bett, daneben ein kleiner Nachttisch – und auf dem Nachttisch lagen zwei Dinge, die er auf den ersten Blick wiedererkannte. Das eine war eine blaue Glasampulle, die genauso aussah wie die Ampulle aus dem Wagen, in dem Carl Josefsen und Pio Otamendi entführt worden waren. Betäubungsmittel. In der Spritze befand sich noch immer ein Rest Flüssigkeit. Der Alte hatte nicht die ganze Dosis benötigt.

Der zweite Gegenstand, den er wiedererkannte, war der Kamm. Er war zusammengeklappt, sodass die Zinken nicht zu sehen waren. Auf der Seite prangten die Initialen »KIM«. Monsen hatte ihn im Militære Samfund verwendet.

»Verdammt«, wiederholte er.

Die Spiegeltür am hinteren Ende des Zimmers führte zur Küche. Als ihm dämmerte, dass Kafa nicht länger hinter ihm war, drehte Fredrik sich um.

»Kafa?«

»Hier! Im Arbeitszimmer!«

»Er hat den Alten mitgenommen! Ihn betäubt und mitgenommen!«, brüllte Fredrik und stapfte zurück in Kafas Richtung.

Sie saß vor einem Bücherregal, hatte einen Stapel Bücher am Boden zur Seite geschoben, ein Paar Latexhandschuhe übergestreift und blätterte in einer zerfledderten

Broschüre. Sie drehte ihm die vergilbte Vorderseite zu. *Das norwegische Programm zur Rassenhygiene* von Alfred Mjøen.

»So was liegt hier überall«, sagte sie langsam. »Das hier« – sie wedelte mit dem Pamphlet durch die Luft – »lag dort drinnen.«

Hinter dem untersten Regalboden war ein Safe in die Wand eingelassen worden. Er war klein, fasste kaum einen Stoß Zeitschriften. Solange Bücher davorgestanden hatten, war er nicht zu sehen gewesen. Fredrik warf einen Blick hinein. Leer.

»Er muss gefunden haben, wonach er gesucht hat«, stellte er entmutigt fest und presste sich die Handflächen gegen die Stirn. Er konnte es nicht glauben. Dass er Børre Drange hatte entkommen lassen! Dass er nicht gesehen hatte, wer wirklich hinter dem struppigen Bart gesteckt hatte! Er hatte ihm doch direkt in die Augen gestarrt – in diese intensiven, lodernden Pastorenaugen.

»Ich bin so ein verfluchter Idiot«, stöhnte er leise. »Ein Vollidiot.«

Kafa strich ihm über den Rücken. »Die Augen sehen nur das, was sie erkennen können«, sagte sie. »Erinnerst du dich noch daran? Das hast du selbst zu mir gesagt, als wir erstmals bei den Kvarvingens waren.«

Im Küchenfußboden befand sich eine Kellerluke. Fredrik zog sie auf, und Kafa, die sich die Taschenlampe gegriffen hatte, leuchtete in das Halbdunkel hinab. Lediglich eine Leiter mit breiten Stufen führte nach unten. Sie legten sich beide auf den Bauch. Der Geruch von feuchtem Papier und Schimmel schlug ihnen entgegen. Durch die beiden Küchenfenster fiel mattes Licht auf die unbehandelten Backsteinwände. Dort unten standen überall halb aufgerissene Papierkartons mit weiteren Unterlagen herum. Fredrik wollte schon hinunterkrabbeln, als Kafa ihn am Arm packte.

»Stopp!«

Sie schaltete die Taschenlampe aus. Draußen hinter dem Fenster hatte sich etwas bewegt, und ein unförmiger Schatten glitt über den Kellerboden.

Sie waren gerade auf die Knie gekommen, als draußen auf dem Weg der Kies knirschte, die Eingangstür geöffnet und wieder geschlossen wurde.

Und dann stand er vor ihnen.

97

Die Silhouette nahm fast den gesamten Flur ein. Kaum Licht drang an ihm vorbei. Und selbst wenn er ihnen immer noch den Rücken zukehrte, hatte Fredrik keinen Zweifel mehr.

Der Hals schnürte sich ihm zu, und er bekam kaum noch Luft.

Aus Staffan Häyhäs Schädel drang ein leises Fauchen. Dann drehte er sich um. Das Gegenlicht umspielte das Pistolenholster, sodass es silbern schimmerte. Wie Fredrik lehnte auch er sich nach vorn und versuchte, das vergilbte Stück Papier an der Wand zu entziffern. Dabei fiel Licht auf sein Profil. Er wirkte beinahe menschlich: eine gerade Nase, eine markante Oberlippe. Das Monster trug eine Maske.

Wie er hierher gefunden hatte, war Fredrik ein Rätsel. Doch dass der Killer Jagd auf Børre Drange machte, hatte er begriffen. Und er begriff überdies, dass Häyhä sich in ein, zwei Sekunden umdrehen und sie entdecken würde.

Der Mann stand keine vier Meter von ihnen entfernt im Flur. Sie mussten handeln. Sein Gehirn arbeitete auf Hochtouren, schickte Befehle an die Beine, die Arme, aufzuspringen, hochzuspringen, nach vorn zu stürmen und sich auf den Mann dort vor ihnen im Flur zu stürzen. Denn diesmal würden sie ansonsten nicht verschont werden. Fredrik hätte nicht sagen können, woher er das wusste. Aber er wusste es.

Nur wie sollte er, der kaum mehr in der Lage war zu atmen, ein Ungeheuer wie Häyhä überwältigen?

Dann krachte es in Fredriks Kopf. Die Wände vor ihm verdunkelten sich, der Flur wurde schmaler. Schweißtropfen liefen ihm über den Nasenrücken, und seine Handflächen lagen flach auf dem Boden. Dann musste er sich übergeben.

»Fredrik! Hilf mir!«

Mit letzter Kraft hob er den Kopf – und sah zu, wie seine Kollegin den Mann, der beinahe einen halben Meter größer war als sie, mit einem gewaltigen Karatetritt in die Nieren traf. Der Mann keuchte laut auf, und die Beine gaben für einen Augenblick nach – und Kafa nutzte den Moment, um ihm die Taschenlampe in Rücken und Nacken zu hämmern. Die Schläge prasselten blitzschnell auf ihn ein, und Fredrik kam auf die Beine. Hörte ein Klirren und Knirschen, als die königliche Urkunde zu Boden fiel und das Glas zerschellte.

Halb blind stürmte Fredrik nach vorn. Der Tritt musste bei Häyhä Signale in sämtliche Nervenbahnen gesendet haben – und für einen kurzen Moment sah es aus, als würde er die Kontrolle über die Beinmuskulatur verlieren. Doch in den großen grauen Augen war keine Furcht zu erkennen, nur Hass, Wut und Verwirrung. Während er nach hinten kippte, setzte er die Arme ein, um sich gegen die schmerzhaften Schläge zu wehren. Dann bekam er Kafas Handgelenk zu fassen. Fredrik sah, wie Häyhä sich über die Bücher im Büro warf und Kafa mit nach unten riss. Sie hatte keine Chance, sich zu befreien. Nur mithilfe seines Körpergewichts schmetterte er die schmächtige Polizistin gegen die Wand. In ihrer Brust gurgelte es.

Häyhä war auf dem Rücken gelandet, und Fredrik warf sich über ihn. Fletschte die Zähne, während er in die ausdruckslose Silikonmaske starrte. Ein festgefrorenes Lächeln über falschen Lippen – fixiert in einem wächsernen Gesicht.

Fredrik legte schier besinnungslose Härte in seine Schläge, und er würde nicht aufhören, auf ihn einzuprügeln, bis das Monster leblos unter ihm lag. Er schlug und schlug, für Jørgen, für Annette, für den kleinen William und Johannes, gegen die Schläfen, ins Gesicht, auf die Kehle und die bandagierte Schulter. Die Silikonmaske rutschte in das riesige, schnaubende Loch im Gesicht des Mannes, und mit jedem Treffer konnte er warme, klebrige Blutspritzer an Gesicht und Hals spüren. Doch inmitten all der Gewalt starrten ihn bloß leere Augen an. Wie die eines Standbilds. Und das Glotzen verunsicherte ihn. Machte ihn für einen Augenblick unaufmerksam.

Er sah die Gefahr zu spät. Mit einem Mal riss seine Jeans über dem Knie auf, doch statt weißer Haut sah er nur eine klaffende Schnittwunde quer über der Kniescheibe.

»Er hat ein Messer!«

Aus dem Augenwinkel sah er, wie Kafa sich auf Häyhä stürzte und dessen Arm umklammerte, mit dem er gerade ausgeholt hatte. Den Hieb mit dem Messer konnte sie zwar nicht aufhalten, aber zumindest traf ihn die funkelnde Spitze des dunklen Gerbermessers nicht in der Kehle. Stattdessen traf sie seine rechte Schulter und blieb erst stecken, als der rutschfeste Schaft das Schlüsselbein traf. Fredrik taumelte zurück – von der Wucht des Messerstichs und panikgetrieben. Dann kam der Schmerz. Wieder rang er verzweifelt nach Luft und starrte ungläubig auf den Griff des Messers hinab, der nur Zentimeter von seinem Gesicht entfernt aus der Lederjacke ragte.

Über blutige, zerfetzte Bücher und Zeitschriften robbte er nach hinten, bis er an der Wand zu liegen kam und weiterzuckte, zuckte wie eine schwer verletzte, sterbende Maus. Dann wurde es dunkel um ihn herum.

»Halt dich von meinem Partner fern! Sieh mich an, du Teufel! Sieh mich an!«, brüllte Kafa, und das schwarze Monster drehte sich zu ihr um. Sie war wieder auf die Beine gekommen und arbeitete sich vor in Richtung Wohnzimmer. Der Mann kam auf alle viere. Wischte sich mit der Hand übers Gesicht, ließ sie dabei aber für keine Sekunde aus den Augen. Ihm jetzt einen Tritt zu verpassen, während er ihr zugewandt dahockte, wäre nutzlos gewesen. Blutverschmierte Zeitschriften und Bücher verhinderten, dass sie sicher stand. Würde er ihre Beine zu fassen bekommen, würde er sie kurzerhand brechen. Und auch Flucht war keine Möglichkeit. Der Weg zur Ausgangstür war für ihn kürzer als für sie. Und außerdem … Flüchtete sie, würde Fredrik sterben.

Als Staffan Häyhä gänzlich unerwartet in nur einer einzigen geschmeidigen Bewegung auf die Beine kam und ihr entgegenfauchte, wirbelte sie herum und stürzte ins Wohnzimmer, wo sie sich den Gehstock griff, der auf dem Couchtisch liegen geblieben war. Dann drehte sie sich um. Er stand bereits in der Tür. In der Hand hielt er die Silikonmaske, die jetzt kaum mehr war als ein blutiger Gummiball. Aus der schwarzen Nasenhöhle sickerte dickflüssiges

Blut. Die blendend weißen Zähne im bloßgelegten Oberkiefer leuchteten wie Klaviertasten. Der Zungenstumpf zeigte steif in ihre Richtung.

Er machte einen Schritt auf sie zu, ließ die Maske zu Boden fallen. Einen Augenblick lang glaubte sie, er würde nach der Waffe im Oberschenkelholster greifen, und sie war drauf und dran, sich auf ihn zu stürzen. Doch stattdessen fauchte er sie bloß weiter an, ehe er sich laut aufheulend und mit ausgebreiteten Armen nach vorn warf.

Behände sprang Kafa zur Seite und riss den Stock in die Höhe, umklammerte ihn an dem dünneren, stahlbesetzten Ende. Der massive Griff war größer als eine Billardkugel. Staffan Häyhä konnte so kampferprobt sein, wie er wollte: Gelänge ihr ein Treffer, würde er zu Boden gehen.

Doch sie traf nicht. Häyhä war nicht nur groß, er war auch zu beweglich. In letzter Sekunde schlüpfte sie unter seinem langen Arm hindurch.

Jetzt war es Kafa, die mit dem Rücken zur Tür dastand. Der Mann wirbelte herum. Sie machte einen Schritt nach vorn, während sie in Richtung von Staffan Häyhäs bandagierter Schulter ausholte. Er wich aus, und sie schlug daneben. Doch anstatt erneut mit dem Gehstock auszuholen, ließ sie ihren Körper einfach der Schwungbewegung folgen. Mit Kraft und Treffsicherheit konnte sie jetzt nicht mehr aufwarten – und doch traf sie ihn. Vollkommen unerwartet. Knochen knirschten – sie hatte ihn direkt über der Narbe getroffen, wo einst das Ohr gesessen hatte. Er taumelte – ein gutes Zeichen.

Kafa riss erneut den Stock nach oben. Leicht vornübergebeugt spähte er zu ihr herauf. Watschelte auf sie zu. Dann erstarrte er, als hätte ein Ringrichter diese Runde ihres Todestanzes beendet. Doch gleich würde die nächste folgen. Allerdings war der Takt jetzt langsamer, die Töne klangen tiefer, als würde das Orchester sich schleichend auf den Höhepunkt des Stücks zubewegen.

Staffan Häyhä richtete sich zu voller Größe auf, berührte mit dem Kopf beinahe die niedrige Decke. Dann zwang er erst die verletzte Schulter nach hinten, anschließend die andere, streckte die Brust raus. Selbst in dem entstellten Gesicht konnte sie den Schmerz erkennen, der durch ihn hindurchjagte. Ein Nachtschwärmer, schoss es ihr durch den Kopf, der sich aus seinem Kokon befreit hatte. So schmerzhaft. So befreiend.

Sie hatte das Gefühl, er hätte ein wenig von seiner Aggressivität eingebüßt. Er war nicht mehr so blitzschnell, nicht mehr so unerwartet geschmeidig wie zuvor. Es war schlimmer. In seinem Blick lag jetzt die pure Entschlossenheit, eine Art Naturkraft. Sie musterte ihn, schätzte seine Stärke, seine Präzision ein, und schlug erneut zu. Und traf – denn er war ihr nicht mal ausgewichen. Stattdessen hatte er bloß die Hand über das Ohr gelegt und den harten Schlag empfangen. Wieder knirschten Knochen, doch es schien ihm nicht das Geringste auszumachen. Er griff nach dem Gehstock, wand ihn ihr aus der Hand, packte sie mit der freien Hand an der Kehle – und schlug zu. Wieder und wieder.

Plötzlich war es still um ihn herum. Kafas Röcheln war verstummt. Und auch keine fauchenden Atemzüge mehr – nichts.

Erst nichts. Danach ein Geräusch, als würde irgendwas zerreißen.

Fredrik war schweißgebadet. Er kniff die Augen zusammen. Der pochende Puls, der seine Schläfen, Schultern und Hände zu sprengen drohte, wurde wieder langsamer. Er drehte den Nacken, biss die Zähne zusammen, und dann zerrte er mit aller Kraft, die ihm noch zur Verfügung stand, am Griff des Messers.

Nie hätte er lauter schreien wollen. Ihm wurde schwarz vor Augen, der Geschmack von Blut in seinem Mund war salzig, trocken, und hinter den Augenlidern flackerten Sterne. Rot, orange und gelb. Dann taumelten sie nach unten wie glühende Asche. Endlich konnte er wieder atmen. Er konnte die Augen aufschlagen und seine Umgebung sehen. Starrte die gesägte Klinge an, die er soeben losgerissen hatte. Seine Schulter loderte vor Schmerz, der ganze Brustkorb war klebrig von all seinem Blut. Er versuchte, den Arm zu bewegen – und es funktionierte. Reines Adrenalin.

Er kam auf die Knie. Tunnelblick. Hielt inne, atmete, stand auf. Wog das Messer in der Hand. Mit wackligen Schritten bewegte er sich auf das Geräusch zu.

Das Wohnzimmer war ein Schlachtfeld. Die Fotos von Gerhard Monsen, Koss und den Schwestern lagen zerschmettert auf dem Boden. Der Wohnzimmertisch war umgestürzt, das Sofa voller Blutspritzer. Die Geräusche kamen aus dem Schlafzimmer. Fredrik schlich weiter, starrte durch den Türspalt. Kafa lag mit gefesselten Händen und Füßen am Kopfende des Betts. Ihre Lider flackerten, und aus der Nase sickerte Blut. Auf der Oberlippe klaffte eine Wunde. Aber sie atmete. Er bewegte sich ein wenig zur Seite. Und sah ihn. Der auf dem Fußende des Betts saß – mit dem Rücken zu ihm.

Er hatte sich den Pullover ausgezogen. Die rechte Schulter war straff bandagiert. Das Geräusch, das er gehört hatte, hatte von dem Gaffa-Band gestammt, das er sich um die verletzte Hand wickelte. Immer wieder stöhnte er leise auf. Vor Schmerz? Vor Wut? Er hätte es nicht sagen können. Fredrik verstärkte den Griff um das Messer und zählte bis drei, ehe er die Tür aufstieß. Staffan Häyhä begegnete noch seinem Blick im Spiegel, dann warf er sich herum.

Seine Augen waren die eines verletzten Bären. Der Blick huschte zwischen der Klinge und Fredrik hin und her. Aus dem Loch in seinem Gesicht tropfte noch immer rote Flüssigkeit. Seine Zähne waren rot verfärbt, und es gurgelte tief in seiner Brust.

Fredrik spürte, wie sich das Messer in den Arm seines Gegners bohrte. Doch dann landete der Mann auf ihm – er war ganz einfach zu stark. Zu schwer. Zu routiniert. Hatte einen schier unbeugsamen Willen. Mit der verbundenen Hand drückte er Fredriks Faust mit dem Messer zu Boden. Hielt sie dort fest. Drehte sich so, dass er auf Fredriks Brust zu sitzen kam. Lehnte sich langsam nach vorn und setzte den Unterarm auf Fredriks Kehle.

Warmes, helles Blut tropfte Fredrik ins Gesicht. Panisch versuchte er, es wegzublinzeln, spürte aber, wie der Druck über dem Kehlkopf zunahm. Er bekam keine Luft mehr. Fester. Er strampelte, hatte kaum mehr Kontrolle über seine Beine. Fester. Es wurde dunkler um ihn herum …

»Staffan Häyhä!«

Eine dünne, ängstliche Frauenstimme.

Häyhä erstarrte, lockerte den Griff und richtete sich auf. Seinen Namen laut ausgesprochen zu hören verwirrte ihn.

Peng.

Der Mann saß noch immer auf seiner Brust. Doch der Druck auf Fredriks Kehle ließ jetzt zusehends nach. Verblüfft starrte der Killer in die Luft. Drehte den Kopf, starrte Kafa an. Blutüberströmt und noch immer geknebelt stand sie wacklig neben dem Bett. Roter Schaum tropfte von ihrem Kinn auf die Jacke hinunter. Sie starrte ihn hasserfüllt an.

»Du Monster!«

Jetzt schien Häyhä vollends von Fredrik abzulassen. Mit fast schon glasigen Augen lehnte er sich nach vorn, setzte die Hände auf dem Boden auf, versuchte aufzustehen, rutschte aus. Fredrik war zu schwach, um ihn abzuwehren – doch der Mann schien nicht mal mehr versuchen zu wollen, ihm zu schaden. Er wollte sich nur mehr aufrichten, kippte dann aber zur Seite. Kam wieder auf die Knie, fiel hin – und rappelte sich wieder auf. Machte zwei Schritte zur Seite. Drehte sich zur Küchentür.

In seinem Nacken steckte eine Spritze. Der Stempel war bis zum Anschlag durchgedrückt. Der Riese verlor das Gleichgewicht, drehte sich wieder zu ihnen um, bevor er ein paar taumelnde Schritte nach hinten machte. Sein Blick wanderte zwischen Fredrik und Kafa hin und her. Dann fing er an, nach der Pistole im Oberschenkelholster zu fummeln.

Fredrik schaffte es gerade noch, den Kopf zu heben. Mit seinem Zungenstumpf gab das Monster ein leises, rasselndes Geräusch von sich, bekam die Waffe zu fassen, zog sie und schwenkte sie hin und her, machte noch einen Schritt nach hinten. Schloss dann ein Auge und versuchte zu zielen. Noch ein wackliger Schritt. Dann fiel er.

Die Kellerluke war noch immer offen gewesen. Staffan Häyhä hatte ins Leere getreten, war nach hinten gestürzt und war mit dem Hinterkopf auf die Kante geschlagen. Er landete dumpf auf dem Backsteinboden.

98

21. Mai, 1:54 PM EDT

Drogengouverneur erschossen

Associated Press

KANDAHAR, Afghanistan (AP) – Kandahars berüchtigter Gouverneur Osmal Abdullah Kamal ist tot. Mehreren unabhängigen Quellen zufolge soll Kamal am 19. Mai in Kandahar, Afghanistan, während eines Besuchs bei einem örtlichen NATO-Unterhändler namens Hassam Ali von einem Heckenschützen liquidiert worden sein. Ali selbst kam im Handgemenge, das auf den Heckenschützenangriff folgte, ebenfalls ums Leben.

Der Gouverneur wurde mit einer Reihe von Morden und Entführungen in der Region in Verbindung gebracht. Zudem stand er im Verdacht, einer der wichtigsten Drahtzieher im südafghanischen Waffen- und Drogenhandel gewesen zu sein. Osmal Abdullah Kamal hatte sich vehement gegen jede westliche Einmischung in lokale Angelegenheiten verwehrt. Die örtlichen Behörden zeigten sich überrascht darüber, dass er sich im Haus eines NATO-Unterhändlers aufgehalten haben soll. Die NATO-Kräfte in der Region wollen die Liquidierung nicht kommentieren, bestätigen aber Osmal Abdullah Kamals Tod.

99

Behutsam tupfte Kafa sich mit einer Serviette über die Oberlippe, die wie ein Schnabel angeschwollen war und von schwarzem Schorf wie zweigeteilt wirkte. Während sie die fast drei Monate alte Meldung vorlas, spuckte sie bei jedem scharfen Buchstaben Speicheltröpfchen.

»Der Polizeibericht besagt, dass der Scharfschütze von einem Minarettturm aus geschossen haben muss. Später haben sie dort den alten Imam gefunden, der zusammengeschlagen und gefesselt worden war«, referierte sie.

Kafa saß an Fredriks Bett im Ullevål-Krankenhaus. Sie hatte ihm geholfen, sich aufzusetzen, ehe sie sich selbst auf den unbequemen Plastikstuhl neben dem Bett hatte fallen lassen. Lange saßen sie so da und betrachteten einander gedankenversunken. Wie war es möglich, dass sie beide noch am Leben waren? Dann griff sie nach ihrer Tasche und angelte ein paar PST-Unterlagen hervor.

»In dem Turm wurde eine Patronenhülse gefunden«, fuhr sie fort. »Eine .338 Lapua Magnum – Staffan Häyhäs Lieblingsmunition. Die gleiche, die auch Plantenstedt den Kopf weggeblasen hat.«

Fredrik räusperte sich. Legte die Hand auf den Kehlkopf, damit das Sprechen weniger schmerzte. Nach Häyhäs Angriff tat sein Hals noch immer weh, als hätte er Säure verschluckt. Mit so wenigen Worten wie möglich wiederholte er, was Hasse Hansson ihm erzählt hatte. Dass die NATO-Streitkräfte einem Geheimbericht zufolge Staffan Häyhä als Täter identifiziert hatten.

»Der Gouverneur wurde sechs Wochen vor dem Massaker auf Solro erschossen. Häyhä muss anschließend direkt nach Norwegen gereist sein«, sagte sie.

»Was hatte er mit einem Taliban-Gouverneur zu tun, der sich heimlich mit einem NATO-Unterhändler traf? Wer hätte an so einem Auftrag Interesse gehabt?«

Sie würden es nie erfahren. Kafa reichte ihm ein Blatt Papier – es war der Ausdruck einer E-Mail. Ein örtlicher Polizeikommandant hatte öffentlich gemutmaßt, dass ein Hirte hinter dem Attentat gesteckt habe – jemand, der daraufhin *zufällig* in einen Schusswechsel geraten sei, nur ein paar Stunden, nachdem er den Mord gestanden habe. Es habe Meinungsverschiedenheiten zwischen der Familie des Hirten, die Schlafmohn anbaute, und dem Clan des Gouverneurs gegeben. Der Absender war geschwärzt worden. Allerdings war die Meldung von Betreibern eines Servers in Kabul abgefangen worden.

Fredrik war unendlich müde. Er schloss die Augen, musste an seinen Toilettenbesuch am Morgen denken. Er hatte sich röchelnd und mit beiden Händen gegen die Krankenschwester zur Wehr gesetzt und ihr zu verstehen gegeben, dass er sich mitnichten in die kalte Schüssel zu entleeren gedachte, die sie unter seinen Hintern geschoben hatte. Im Badezimmerspiegel hatte er einen Blick auf sein blasses Gesicht erhascht. Sein fettiges Haar stand büschelweise vom Kopf ab. Sein Bart wucherte wie Unkraut, struppig und ungleichmäßig. Die Brille drückte auf der Nase. Um seine Schulter und das Knie lagen straffe Verbände. Sein Hals war rot und blau verfärbt. Die Hustenanfälle, die ihn in unregelmäßigen Abständen überkamen, ließen ihn wimmernd wie ein frisch kastriertes Schwein zurück.

»In ein, zwei Tagen wird es besser«, hatte die junge Krankenschwester ihm versprochen, als sie ihm auf die Toilette half. Sie hatte verstohlen zu der Packung Latexhandschuhe hinübergespäht und sich gefragt, ob er in der Lage sein würde, den Strahl selbst zu steuern.

»Wollen wir es hoffen«, hatte er gemurmelt.

Kafa räusperte sich, und er schlug die Augen wieder auf.

»Die Ärzte sagen, dass in Häyhäs Haut und Fettgewebe Spuren von Chemikalien nachweisbar gewesen sind. Er hat sich offensichtlich selbst damit behandelt«, sagte sie. »Er hat sich mit einem verdünnten Chlor-Alkohol-Gemisch eingerieben und anschließend eine Mischung aus ranzigem Fett und Kreide aufgetragen.«

Er sah sie misstrauisch an.

»Die fette Masse vermischt sich mit Schweiß und abgestorbenen Hautpartikeln. Der Talg überdeckt den eigenen Körpergeruch…«

Mischten sich Schweiß und das Fett in der Haut mit der Kreide, bildete sich ein grau-weißes Pulver, aus dem weder die Blutgruppe noch jegliche DNA-Spur herauszulesen war.

Fredrik versuchte, beeindruckt zu klingen.

»Deshalb haben wir auch nie Spuren von ihm gefunden… also, zumindest nicht, ehe er angeschossen wurde und wir auf diese Weise erstmals nicht verunreinigtes Blut von ihm sicherstellen konnten«, sagte Kafa.

Sie stand auf und legte ihre Hand in seinen Nacken. Hob vorsichtig seinen Kopf an und richtete das Kissen in seinem Rücken. Er genoss die zärtliche Geste sichtlich.

»Wie ist sein Zustand?«

Sie strich seine Haare zur Seite, bevor sie zur Decke emporzeigte.

Staffan Häyhä lag zwei Stockwerke über ihm. Er lebte, hatte sich bei dem Sturz allerdings mehrere Halswirbel gebrochen. Er würde nie wieder laufen können. Die Stichwunde im Arm würde wieder heilen, das Gleiche galt für den Schuss in die Schulter. Allerdings hatte er sich auch die Hand zermalmt und einen Schädelbruch davongetragen, als

Kafa ihn mit dem Knauf des Gehstocks getroffen hatte. Sein Hirn war angeschwollen, und er war nach wie vor bewusstlos. Den Ärzten zufolge war noch unklar, ob er bleibende Hirnschäden davongetragen hatte.

Fredrik sah sie ernst an. »Aber er überlebt?«

Nachdenklich wiegte sie den Kopf.

»Sie wissen es nicht.«

»Ich hoffe verdammt noch mal, dass er überlebt. Denn es gab einen Auftraggeber«, sagte er heiser.

Kafa fing seinen Blick auf. »Glaubst du allen Ernstes, Staffan Häyhä würde ihn benennen?«

Er presste die Lippen aufeinander. »Die Welt sieht anders aus an dem Tag, da du aufwachst und begreifst, dass du für den Rest deines Lebens im Rollstuhl sitzen wirst. Und zwar in einem Gefängnis.«

Er kniff die Augen leicht zusammen und sah zu ihr auf. Nachdem die Flutwelle aus Gewalt, die über ihn hinweggerollt war, verebbt war und ihn lebend zurückgelassen hatte, hatte er sich endlich eingestanden, was er seit Langem geahnt hatte. Dieser flinke Kopf mit der scharfen Zunge … der bildschöne, kurvige Körper … Selbst mit ihrem zerschundenen Gesicht – die Tat eines schwedischen Söldners – fand er sie unendlich attraktiv. Würde es nicht so verflucht wehtun, hätte er einen neuerlichen Hustenanfall simuliert, nur um ihre Hand erneut im Nacken zu spüren.

Er war nicht in sie verliebt. Das Wort umschrieb nicht annähernd das Ausmaß seiner Gefühle. Erst hatte er ihr das Leben gerettet – und jetzt sie seines. Sie waren auf alle Zeit untrennbar miteinander verbunden.

Sein Blick blieb an dem protzigen Rosenarrangement auf der Fensterbank hängen. »Liebe dich. Ruf an, wenn du wieder munter bist. Bettina (und Krøsus)«, stand auf der

Karte, die er in den Umschlag zurückgeschoben hatte. In gewisser Weise war er froh darüber, dass Kafa beim PST arbeitete und auch dorthin zurückkehren würde, sobald das hier vorüber wäre. Denn er würde Zeit brauchen. Und Abstand. Zeit und Raum – zum Nachdenken.

»Solltest du nicht draußen sein und nach Monsen und Drange fahnden?«

Kafa sah vom Telefon auf. »Soeben wurde eine Leiche gefunden – ein älterer Mann. An einer Böschung entlang des Mosseveien. Unbekleidet.«

100

Als sie ging, war Fredrik zwischen Erleichterung und Abschiedsschmerz hin- und hergerissen. Er schloss die Augen, wollte endlich Schmerz und Müdigkeit aus seinem Körper verbannen, als sein Handy auf dem Nachttisch vibrierte. Es gab nur eine Nummer auf der ganzen Welt, die ihm zum Antworten hätte bewegen können, und genau diese Nummer leuchtete im Display auf.

»Hallo, Papa«, sagte eine tränenerstickte Stimme am anderen Ende. »Mama hat uns nicht früher anrufen lassen, sie sagt, du musst dich ausruhen. Wir sind so froh, dass du lebst!«

Sofia und Jacob! Als er die beiden Stimmen hörte, wurde er zugleich schwach und verspürte schier unerschöpfliche Energie. Erst forderten sie von ihm einen ausführlichen Bericht über die Schlägerei mit »dem geisteskranken Mörder« ein und hörten dann wie Erwachsene zu. Und wie Kinder konnten sie sich gar nicht mehr beruhigen, ehe er ihnen nicht wiederholt versichert hatte, dass der Mörder nie wieder irgendjemandem Schaden zufügen würde. Am Ende kam Alice ans Telefon.

»Gott, Fredrik, zum Glück bist du am Leben. Herrgott…«

Erneut berichtete er von jenen blutigen Minuten in Kolbein Monsens Wohnung. Während sich seine Exfrau schockiert und entsetzt äußerte, würgte er eine Schmerztablette hinunter, die ihn schon eine ganze Weile in Versuchung geführt hatte.

»Fredrik, es gibt da was, was ich dir sagen muss – ich weiß es schon seit einiger Zeit, aber nachdem… Weil du im Sommer arbeiten musstest und die Ferien nicht mit den Kindern verbringen konntest… Wie du vielleicht verstehen wirst, hat das für einige… Es kam ein bisschen unerwartet für Erik und mich… und für die Kinder selbstverständlich auch… und daher hatte ich nie die Gelegenheit…«

Alices neuer Mann, Erik, hatte eine Stelle in Oslo angenommen – eine Art Direktorenposten im Bildungsministerium. Um ehrlich zu sein, war es ihm scheißegal, wo Erik arbeitete. Und doch hatte der Umzug für ihn Konsequenzen. Denn sie hatten beschlossen, nach Hause zu ziehen. Zurück nach Oslo.

»So, jetzt weißt du es.«

Anschließend konnte Fredrik nicht einschlafen. Kafa, Bettina, Alice, die Kinder. Herrgott, was für ein grandioser Trubel das werden würde!

Er musste dringend an etwas anderes denken. Also setzte er sich im Bett auf. Der Raum drehte sich vor seinen Augen, ehe die Sternschnuppen über seiner Netzhaut wieder verglühten. Er setzte die Füße auf den kühlen Boden, schlurfte zum Fenster und schlug die dunkelblauen Gardinen zur Seite. Er hatte geglaubt, es wäre längst Abend geworden, doch als er über die Krankenhausblocks starrte, sah er, dass es erst früh am Nachmittag war. Er schlüpfte in seinen Morgenmantel und steckte das Handy in die Tasche.

Auf dem Flur war es mucksmäuschenstill. Fredrik lächelte der Krankenschwester hinter der Glasscheibe flüchtig zu. Er befürchtete schon, die Dame würde ihn wieder ins Bett kommandieren, aber sie lächelte lediglich zurück.

Als er aus dem Fahrstuhl ausstieg, sah er vor sich eine breite Treppe, die in die darüberliegende Etage führte, und eine Doppeltür, hinter der die Abteilung lag, die er ansteuerte. Station 2. Vor der Tür standen zwei Männer in Anzügen, die sich mit einem Arzt unterhielten. Schwarze Jacken, schwarze Hosen, Lederschuhe, weiße Hemden und dunkle Krawatten. Leibwächter vom PST. Fredrik nickte ihnen im Vorbeigehen zu, aber sie beachteten ihn nicht weiter, sahen in ihm vermutlich nur einen namenlosen Patienten.

Er humpelte den gelb-weißen Flur entlang. In einem Aufenthaltsraum saßen ein paar weiß gekleidete Gestalten, und ein Pfleger huschte mit einer Schüssel und ein paar Handtüchern in ein Krankenzimmer. Ein regloser Patient wurde auf einer Rollbahre an ihm vorbeigeschoben.

Ganz am Ende des Korridors saßen zwei uniformierte Polizisten auf Holzstühlen vor einer Tür.

»Hallo«, flüsterte Fredrik.

Sie antworteten nicht.

»Fredrik Beier. Ich bin Polizist. Ich wurde bei der Festnahme des Mannes dort drinnen verletzt.«

Träge standen sie auf und gaben ihm die Hand.

»Ich würde ihn gern sehen«, keuchte er hervor, und die beiden sahen einander misstrauisch an. Doch noch ehe einer von ihnen antworten konnte, ertönte hinter ihm im Flur ein wohlbekannter Bariton.

»Fredrik. Gut, Sie zu sehen!«

Es war Sebastian Koss.

»Ich war gerade unten, um Hallo zu sagen. Als ich Sie dort nicht angetroffen habe, dachte ich mir schon, dass Sie hier raufgegangen sind.«

Fredrik hustete nur zur Bestätigung. Koss schob eine Tür zu einem schmalen, kurzen Gang auf. Dahinter versperrte eine weitere Tür mit Glaseinsatz den Weg zum Patienten. Doch durch die Scheibe konnte er Häyhäs Krankenbett sehen. Eine Krankenschwester stand neben ihm und machte sich Notizen, während sie die Apparate prüfte, die seine Vitalfunktionen überwachten.

»Er lag die ganze Nacht auf dem OP-Tisch. Sie haben es geschafft, ihn am Leben zu erhalten. Daraufhin haben wir die Station erst mal geräumt. Bis zum späten Nachmittag werden alle anderen Patienten verlegt sein.«

»Gut«, murmelte Fredrik. Er ahnte, was Koss und Polizeipräsident Neme sich dabei gedacht hatten. In seinem jetzigen Zustand stellte Staffan Häyhä für seinen Auftraggeber eine unkalkulierbare Gefahr dar. Es war nicht undenkbar, dass irgendjemand versuchen könnte, ihn aus dem Weg zu räumen. Sie mussten sicherstellen, dass das Arschloch am Leben blieb.

»Wir haben in den letzten Tagen Fortschritte gemacht«, erklärte Koss. »Ihr und Kafas Einsatz waren dafür entscheidend. Wir haben die letzten Mitglieder von Gottes Licht gefunden – und den Täter.«

Wir? Fredrik antwortete nicht, studierte nur weiter die Gestalt im Krankenbett. Er konnte lediglich das Profil sehen, der Körper lag unter einer glatt gezogenen Bettdecke verborgen. Über dem Kopf baumelte ein durchsichtiger Beutel mit einer Flüssigkeit, die in den Leib geleitet wurde. Selbst durch die Tür konnte er die schweren Atemzüge hören.

Fredrik erschauderte. Trotzdem ließ er den Blick auf dem zerstörten Gesicht ruhen.

»Wer hat dich geschickt, Killer?«, flüsterte er und legte die Stirn auf die kalte Glasscheibe.

Koss' neugieriger Blick kümmerte ihn nicht. Stattdessen lehnte er sich leicht nach vorn und legte die Handflächen auf die Scheibe. Wer beauftragte so einen Killer? Langsam drehte er den Kopf in Koss' Richtung, ohne die Stirn von der Glasscheibe zu heben.

»Wir sollten allmählich darüber nachdenken, wie wir diesen zungenlosen Teufel zum Reden bringen«, sagte er leise, als würde er zu sich selbst sprechen. »Wer ist bereit, so viele Leben zu opfern, damit die makaberen Pläne einer Sekte nicht bekannt werden?«

Einen Augenblick lang hatte Fredrik das Gefühl, Koss' Blick würde flackern.

»Ganz richtig«, antwortete er. »Wir haben übrigens inzwischen mehr Informationen aus Schweden bekommen. Allzu viel ist über Häyhä nicht bekannt, aber er diente in den Neunzigern bei der schwedischen Armee. Die Verletzungen im Gesicht hat er sich bei einem UN-Einsatz in Jugoslawien zugezogen. Irgendein Unfall. Nach seiner Entlassung aus der Armee hat er wohl nur mehr auf eigene Faust gehandelt. Erst wohnte er in Stockholm, verschwand dann aber von der Bildfläche. In den letzten zehn, fünfzehn Jahren hat er nirgends mehr Spuren hinterlassen.«

»Aha«, sagte Fredrik nur. »Sicher, dass die nicht irgendwas zurückhalten?«

»Nein…« Er klang teils irritiert, teils überrascht. »Warum sollten sie das tun?«

»Stimmt«, murmelte Fredrik müde. »Warum sollten sie das tun?«

»Synne Jørgensen kommt zurück«, verkündete Koss unvermittelt und mit neutraler Stimme. »Die Anklage wurde fallen gelassen. Die Interne hat ihre Ermittlungen eingestellt. Sie soll allerdings eine Zeit lang weniger arbeiten und ihr Jurastudium beenden.«

»Fein«, antwortete Fredrik geistesabwesend. Er war mit den Gedanken ganz woanders. Es gab eine Sache, auf die er den Polizeidirektor ansprechen musste.

»Ich hab den Verdacht, dass Ihr Großvater, Kolbein Ihme Monsen, entführt wurde. Und zwar von Børre Drange. Als ich bei ihm war, muss Kolbein ruhiggestellt gewesen sein …«

Koss stöhnte auf. Das Gesprächsthema behagte ihm offenbar nicht.

»Das hat Kafa mir schon erzählt.«

»Er hatte einen Safe«, fuhr Fredrik fort. »Der Kidnapper hat ihn gefunden. Haben Sie eine Ahnung, was er enthalten haben könnte?«

Sebastian Koss drehte sich zu ihm um. »Nein«, sagte er nur. »Gute Besserung.«

Dann machte er auf dem Absatz kehrt und ging.

Fredrik sah noch eine Weile zu dem bewusstlosen Mann hinüber. Die Decke, die sich über seinem Brustkorb hob und senkte, die monotone, rasselnde Atmung, das Piepen des Herzmonitors. Er folgte der Kurve mit dem Blick. Die Plastikschläuche mit der Nährlösung, die in dem klaffenden Loch in dem Gesicht steckten.

Dann vibrierte das Handy in seiner Tasche. Es war Kari Lise Wetre.

Obwohl er wusste, dass Staffan Häyhä bewusstlos war, senkte er die Stimme. »Ja?«

»Fredrik? Fredrik Beier? Ich hab gehört, was Ihnen zugestoßen ist. Ich bin froh, dass Sie am Leben sind.«

Fredrik brummte ein Danke.

»Ich muss mit Ihnen über eine Sache sprechen.«

Für einen kurzen Moment wurde es still.

»Annette war schwanger. Annette war *schwanger*, als sie ermordet wurde.«

101

Lista, November 1943

Ein Soldat riss die Tür auf, und ein zweiter schlug ihn mit dem Gewehrkolben nieder. Kolbein landete auf dem Rücken. Seine Nase fühlte sich an, als wäre sie explodiert, und sein Schädel, als würde er sich um sein Gehirn herum zusammenziehen. Sein Mund füllte sich mit Blut, und von den Benzindämpfen war ihm schlagartig schlecht.

»Du verdammter Idiot!«, fauchte eine bekannte Stimme, ehe ihn ein weiterer harter Schlag am Oberarm traf.

Es war Elias, der mit Kjell Klepslands Gehstock auf ihn einprügelte. Dann schritt der Professor über ihn hinweg.

»Tragt sie rein«, schrie er auf Deutsch. »Tragt die Verräter herein!«

Die beiden Soldaten zerrten ihn rücklings zurück ins Labor. Erst als sie ihn gegen die Wand schleuderten, wurde sein Blick wieder klarer. Einer der Deutschen hielt ihn fest, während der andere – der Mann, der ihn mit dem Gewehr niedergeschlagen hatte – den Lauf auf Kolbeins Bauch richtete. Klepsland wurde mit den Händen auf dem Kopf hereingeführt. Ein dritter Soldat bohrte ihm eine Pistole in den Nacken.

»Verdammt. Verdammt! *Verdammt!*«

Elias tobte, als er sein Labor sah. Die Schatten, das Licht, das über die Benzinpfützen tanzte, das überall herumfliegende Papier – all das ließ das Ausmaß der Zerstörung gewaltiger wirken, als sie tatsächlich war.

»Verdammte Idioten«, schrie er erneut und funkelte erst Klepsland, dann Kolbein an und ließ den Stock mit Wucht auf den Stahltisch niederkrachen, sodass er zerbrach. Den Stumpf warf er beiseite. Er griff nach einem Bleistift und richtete ihn auf Klepslands Brust.

»Nietzke hat noch gesagt, ich sollte dich im Blick behalten, Klepsland. Dein Widerwille … dein Widerstand … gegen meine und Karens Pläne …«

Kjell ballte so fest die Fäuste, dass die Knöchel weiß hervortraten. Er biss die Zähne zusammen. Sein Gesicht war dunkelrot angelaufen.

»Karen ist noch ein Kind!«, knurrte er. »Du hast ihr nachgestellt, als sie am schwächsten war – als sie allein mit ihrer Mutter war, während ich an der Ostfront für das Vaterland gekämpft habe!«

Der Soldat hinter Klepsland riss die Pistole hoch, bereit, sie ihm über den Schädel zu schlagen. Elias gebot ihm mit erhobener Hand Einhalt.

»Warte.«

Dann lehnte er sich über den Tisch. Seine Stimme war leise und klang spöttisch wie das Kreischen einer Möwe.

»Du weißt, dass ich sie ficke, Kjell.« Er leckte sich über die Oberlippe. »Du weißt, dass ich sie ficke? Ich ficke sie, wieder und wieder, bis sie wimmert, bis sie mich anfleht aufzuhören …« Er grinste breit. »Und weißt du, was ich dann mache, Kjell? Ich verspreche ihr – hoch und heilig –, dass ihr werter Herr Vater davon erfahren wird, wenn sie sich nicht noch einmal und noch einmal von mir ficken lässt. Dann wird Kjell Klepsland erfahren, dass seine Tochter eine Hure ist.« Er grollte wie ein Stier, befeuchtete sich die Daumenkuppe und schob den Pony zur Seite.

»Und dann ficken wir weiter.«

Die Waffe des Deutschen traf Klepsland direkt über dem rechten Ohr und riss die Haut tief auf, sodass die Ohrmuschel kurz flatterte wie das Ohr eines Labradors. Blut spritzte über sein Gesicht und die Arbeitsbank. Trotzdem war Klepsland nicht zu bremsen. Er stürzte sich über den Tisch und krallte beide Hände in Elias' Kehle. Hob ihn bald einen halben Meter vom Boden hoch und schleuderte ihn wieder hinab, um ihm den Rest zu geben.

Der Soldat, der sein Gewehr auf Kolbein gerichtet hatte, hob die Waffe an die Schulter. Die Kugel traf Klepsland nur Zentimeter über Elias' Gesicht im linken Ellbogen. Das Projektil riss den Arm regelrecht entzwei, bevor es in den anderen Oberarm eindrang und den Knochen zerschmetterte. Seine Glieder glichen nur mehr einem Paar baumelnder Tentakel – während seine Finger weiter um den Hals des Forschers saßen. Unter ersticktem Keuchen befreite einer der Soldaten Elias, während Klepsland mittlerweile vor Schmerz nahezu bewusstlos war.

Erst als er gefesselt am Boden lag, sah Kolbein, dass Elias' Bleistift immer noch in seiner Brust steckte. Niemand machte sich die Mühe, ihn herauszuziehen. Einer der Deutschen kippte kaltes Wasser über Klepslands Kopf, und mit einem Grunzen kam er wieder zu sich. Seine Atmung war flach, und seine Lunge pfiff. Elias beugte sich über ihn.

»Sind wir jetzt quitt, Klepsland?«, keuchte er. »Ich lasse dich am Leben – wegen Karen. Das ist mein Geschenk an dich, *Schwiegervater.*« Elias wandte sich jäh ab und hustete, bevor er sich wieder umdrehte. »Wir werden trotz alledem heiraten. Und Kinder bekommen.«

Der Verletzte reagierte nicht. Stattdessen räusperte er sich nur. Flüsterte unhörbar in sich hinein.

Elias beugte sich nach unten, und mit einem Mal war Klepslands Stimme wieder klar.

»Karen ist in Sicherheit. Du wirst sie nie bekommen.«

Elias erstarrte kurz. Dann richtete er sich wieder auf. Machte einen Schritt nach hinten und bemerkte nur: »Sieh an.« Dann ging er in die Hocke und zog eine Schranktür unter dem Labortisch auf. Als er wieder aufstand, hielt er einen fingerdicken Silberkolben in der Hand. Er drückte ihn einem der Soldaten in die Hand, zog einen weiteren Schrank auf und nahm eine Glaspipette heraus. Die Flüssigkeit sah aus wie Wasser. Elias stellte sich neben Klepslands Kopf. Mit dem Daumen zog er die Haut unter Klepslands rechtem Auge nach unten, entblößte den unteren Teil des Augapfels und leerte die Pipette hinein.

Erst war kaum etwas zu erkennen. Nur ein feucht schimmernder Streifen, der in Richtung des eingerissenen Ohrs rann. Eine einzelne Träne. Dann begann Kjell Klepsland zu blinzeln. Schnell und unkontrolliert. Sein Atem ging schneller, kürzer, und dann verkrampften sich die Muskeln. Die Fesseln, die ihn unten hielten, zogen sich so straff zusammen, dass man sie schier wie Saiten singen hörte. Mit geradezu übermenschlicher Anstrengung versuchte er, den Körper anzuheben, indem er sich auf Schultern und Fersen hochdrückte. Dann schoss er regelrecht zur Seite, ehe der Körper wieder schlaff wurde – und dann erneut verkrampfte und sich zusammenkrümmte. Kolbein konnte nur mehr ein Keuchen hören, dann schwoll Klepslands Bauch an, es dröhnte in den Gedärmen, und der Raum war schlagartig vom heftigen Gestank explosiv ausgelösten Durchfalls erfüllt. Der lange Körper verkrampfte sich erneut, die zerfetzten Arme krachten hart und rhythmisch gegen den Stahltisch, während aus der Kehle eine Serie pfeifender, verzweifelter Laute strömte. Dann war jäh Schluss. Ein letztes tosendes Gurgeln, Klepslands Kopf kippte zur Seite, und dickflüssiges, schwarzrotes Blut sickerte aus seinem Mund.

Das Ganze hatte vielleicht zwei Minuten gedauert. Dann glotzten leere Augen Kolbein an. Das rechte Auge war braunrot verfärbt, das linke aus der Höhle hervorgetreten wie bei einer Flunder.

Als der Todestornado endlich vorüber war, stand selbst Elias eine tiefe Furche auf der Stirn.

Der Soldat, der Kolbein festgehalten hatte, hatte den Griff gelockert. Der Mann mit dem Gewehr starrte noch immer auf den toten Körper hinab, und der Soldat, dem Elias den Silberkolben gereicht hatte, hatte die freie Hand vor den Mund geschlagen. Sein junges Gesicht war mittlerweile aschfahl.

Der Nächste würde Kolbein sein, da war er sich ganz sicher. Er würde gefoltert werden – es würde aus ihm herausgefoltert werden, wo er hätte hinreisen wollen und wer ihm zur Flucht verholfen hatte.

Kolbein hatte sich schon beinahe mit dem Gedanken versöhnt. Im Lauf all der Jahre war der Verlust seiner Tochter für ihn in weite Ferne gerückt. Sie war so klein gewesen, als Elsa sie weggab … Auch wenn diese Entscheidung ihm sein Lebtag Kummer bereitet hatte, war doch die Gewissheit, dass sich das Mädchen in einem staatlichen Sanatorium befand, dass sie *lebte* und jemand sich um sie kümmerte, stets ein Halt für ihn gewesen. Eine unveränderliche Wahrheit. Doch nun war sie also tot. Seine kleine Tochter lag irgendwo unter der Erde, und nicht einmal ein Name, ein Stein markierte ihr Grab. Und mit einem Mal stürzte alles über ihn herein. Der Kummer war kaum zu ertragen. Sollte er doch einfach sterben – aber nicht durch *seine* Hand. *Er* hatte ihm alles genommen. Sollte Elias Brinch ihm jetzt auch noch das Leben nehmen? Nein. Das würde er nicht.

Er stürmte nach vorn. Den Blick zwischen die Beine des immer noch wie angewurzelt dastehenden Soldaten gerichtet.

»Halt ihn!«, brüllte Elias auf Deutsch, doch Kolbein war bereits weitergestürzt. Jemand versuchte, sich ihm in den Weg zu stellen, rutschte aber auf benzinnassem Papier aus und keuchte atemlos, als er zu Boden krachte.

Dort. Direkt neben dem Safe. Dort lagen die Granaten.

Kolbein packte zu, riss den Sicherungsstift heraus und schleuderte die Granate nach hinten. Mit der zweiten Granate in der Hand krabbelte er auf allen vieren unter den Stahltisch und ging hinter dem Safe in Deckung.

Die Soldaten warfen sich auf den glatten Boden und krochen in Richtung Labortür. Kolbein betätigte den Zünder der zweiten Granate, zielte auf den Ausgang und traf einen der Soldaten zwischen den Beinen.

»*Nein, nein, nein …*«

Dann donnerte es. Der Labortisch wurde aus der Verankerung gerissen. Klepslands Körper rutschte zur Seite, Glas klirrte, Papiere, Instrumente, Bücher wurden herumgeschleudert, und Kolbein kauerte sich unter dem tödlichen Regen zusammen. Der Stahlsafe wurde durch die Luft gewirbelt, und von oben prasselte alles auf ihn nieder, was zuvor aufgeflogen war. Dann war es vorbei.

Der Deutsche am Boden hatte aufgehört zu winseln.

Es krachte erneut. Der Lärm und die Wucht schienen diesmal beinahe noch heftiger zu sein – und Kolbein hörte nur mehr einen hellen, singenden Ton. Dann überrollte ihn die Hitzewelle. Er zog sich auf die Knie hoch. Um ihn herum das reinste Inferno. Die Wand neben der Eingangstür war eingestürzt, Teile der Decke hingen herab und blockierten den Fluchtweg. Das Benzin entzündete sich, vor ihm stand eine flammend rote Mauer. Es züngelte über den Boden. Holz zerbarst, und dann kam eine dichte, schwarze Rauchwolke auf ihn zugerollt. Keine Spur mehr von den Soldaten. Er musste einen anderen Weg nach draußen finden.

Direkt vor ihm lag der tote Klepsland. Die Detonation hatte ihn aus den Fesseln gerissen. Die Leiche war auf dem Bauch gelandet. Wie nackte Äste bohrten sich Splitter in den verstümmelten Körper. In dem pathetischen Versuch, nicht noch Schaden anzurichten, schob Kolbein sich behutsam über ihn hinweg. Der Gestank war mittlerweile so intensiv, dass ihm Tränen in die Augen traten. Er befreite Mund und Kehle von dünnflüssigem Rotz. Kroch auf allen vieren bis ans Ende des Tischs. Von hier aus waren es nur mehr zwei Meter bis zur Wand und dem Fenster, durch das er sich stürzen wollte. Daneben stand Elias' Archivschrank in Flammen, und aus dem brodelnden Lack traten Gase aus. Die Wand brannte bereits. Kolbein rappelte sich auf, machte einen Schritt zurück, wischte sich über die Augen – und rannte. Jetzt oder nie.

»Zur Hölle mit dir!«

Das Gebrüll erreichte ihn zeitgleich mit dem stechenden Schmerz im Knöchel. Statt zum Sprung durch das Fenster anzusetzen, krachte er mit Kopf und beiden Hände in die brennende Wand darunter. Irgendjemand hielt seine Beine fest, ein anderer schlug in Richtung seines Unterleibs. Kolbein trat panisch um sich, um loszukommen, und versuchte gleichzeitig, sich von der glühenden Wand abzustoßen. Mit einem Mal traf die Ferse etwas Weiches – und der Griff um seinen Knöchel löste sich. Er kämpfte sich nach oben.

Elias taumelte auf ihn zu, vornübergebeugt und breitbeinig, über und über mit Blut, Staub und Ruß bedeckt. In der Linken hielt er ein Skalpell. »Du verbrennst hier!«, brüllte er, und Kolbein wich zurück.

»Erinnerst du dich an mein Frühstück? Jeden Abend, nachdem du mich in meine Zelle eingeschlossen hast, hab ich deine Notizen kopiert. Und jeden Morgen hat Kjell sie rausgeschmuggelt – fein säuberlich zusammengefaltet auf dem Frühstücksbrett. Alle werden erfahren, was du bist«, rief Kolbein.

Elias krümmte sich. Dann stürzte er mit dem ausgestreckten Skalpell nach vorn. Kolbein wich nach hinten aus, und die Klinge zerschnitt die Luft nur Zentimeter vor seiner Brust.

»Du bist ein Mörder. Ein Kindermörder. Ob dein Leben hier oder am Galgen endet, ist gleichgültig. Aber du stirbst, Elias. Und dein Name wird für alle Zeiten der eines Monsters sein.«

Plötzlich knallte und knisterte es hinter Elias, als mehrere Kolben mit Flüssigkeit explodierten.

Kolbein ging instinktiv in die Hocke und suchte mit dem Blick den Boden ab. Er brauchte eine Waffe, einen Gegenstand, um den Verrückten vor sich auf Abstand zu halten. Da – Kjell Klepslands zerbrochener Gehstock! Spitze Splitter, dünn wie Nadeln, ragten aus der Bruchstelle. Er beugte sich nach unten und griff danach. Der Ebenholzschaft lag kühl in seiner Hand.

Elias richtete sich wieder gerade auf und holte blindlings aus. Kolbein machte einen langen Schritt nach hinten. Der Stock fühlte sich schwer, uneben und hart an. Die Hitze, die das Mauerwerk in seinem Rücken ausstrahlte, war schier unerträglich. Es stank nach verbranntem Haar, und ohne jede Warnung schlugen plötzlich Flammen um ihn herum nach oben. Der Rucksack! Draußen im Eingangsbereich hatte er in der Benzinpfütze gelegen – und jetzt war es nicht nur mehr die Wand hinter ihm. Er selbst brannte. Trotzdem empfand er keinen Schmerz. Spürte lediglich die intensive Hitze.

Kolbein glitt mit der Hand an der Innenseite des Schultergurts entlang und schleuderte ihn in weitem Bogen vor sich hin und her. Brennendes Benzin und glühende Stofffetzen flogen auf, und Elias schrie vor Schmerz. Mit dem Rucksack als brennendem Schild warf Kolbein sich nach vorne. Traf Elias an der Taille, sodass er hintenüberfiel und Kolbein sich auf ihn stürzen konnte. Der Mann heulte auf, als Kolbein den Rucksack auf sein Gesicht presste. Dann schlug er zu. Die Splitter des Stocks trafen erst den Boden. Elias bekam den Rucksack zu fassen und riss ihn weg.

Fast berührten ihre Gesichter einander. Elias' gesamte linke Gesichtshälfte war verbrannt, unter dem Ohrläppchen hatte sich schwarze Haut wie Pergament zusammengerollt. Doch die Augen waren immer noch dieselben. Kochend intensiv, hasserfüllt.

»Elsa«, fauchte Kolbein ihn an. »Meine Tochter hieß Elsa. Wie ihre Mutter.«

Ihre Blicke begegneten sich. Zum letzten Mal.

Kolbein hob den Stock, stach zu und traf. Er stach und traf. Wieder und immer wieder.

Dunkelheit und Stille. Frieden.

102

Kolbein Ihme Monsen hing vielleicht anderthalb Körperlängen über dem Abgrund.

Es stimmte nicht, dass er nackt war. Die Leiche war mit einer Schlafanzughose bekleidet gewesen, die sich in dem Netz verheddert hatte, das den Abhang sichern sollte, sodass der alte Körper jetzt vor- und zurückpendelte. Die Hose hatte sich um die Fußknöchel gewickelt. Wie ein Wasserspringer mit leicht gekrümmten Armen hing er da. Der Penis baumelte in Richtung Nabel. Wie gebannt starrte Kafa auf das widerlich dünne Glied und die Vorhaut, die um die wallnussgroße Penisspitze lag.

»Ein Autofahrer hat es gemeldet«, murmelte die Polizistin neben ihr und zeigte auf ein Auto am Straßenrand. »Er meinte, es wäre ein Mann dort oben aus dem Gebüsch gewankt – und dann abgestürzt und … ja. Hier blieb er hängen.«

Auch wenn Kafa dem Alten zu Lebzeiten nie begegnet war, reichten die dünne, mit Blasen übersäte Haut, das Narbengewebe von den Brandverletzungen an Kopf und Brust, das abgerissene linke Ohr und die schiefe Nase aus, damit sie ihrer Sache sicher war. Der Mann, der dort über ihnen in der Dämmerung hing, an einem Abhang über dem Mosseveien mit Aussicht auf Ulvøya und den Badeplatz Nordstrand, war ohne jeden Zweifel der alte Kriegsheld Monsen. Sie schoss ein Handyfoto und schickte es an Fredrik.

»Unsere Arbeit hier ist mehr oder weniger abgeschlossen. Wir warten nur noch auf den Leichenwagen«, sagte die Polizistin.

»Aus dem Gebüsch gewankt …«, wiederholte Kafa leise. »War er alleine?«

Die Polizistin nickte. »Dem Zeugen zufolge, ja. Aber… es ging natürlich alles ziemlich schnell. Und der Zeuge war im Auto unterwegs, sodass seine Aufmerksamkeit hoffentlich eher auf die Fahrbahn gerichtet war.«

Von hier aus war es etwas mehr als einen Kilometer bis zu Kolbein Ihme Monsens Haus in Lambertseter. Die Kollegen führten dort noch immer Befragungen durch, aber bisher hatten sie noch keinen Nachbarn gefunden, der gesehen hätte, wie Monsen aus seinem Haus entführt worden war. Und niemand hatte Børre Drange gesehen.

Sie warf einen letzten Blick auf den Mann über dem Abhang. Seine Lider waren geschlossen, und entlang der Wange zeichnete sich ein dünner Streifen Blut ab.

»Also gut«, sagte Kafa. »Rufen Sie mich an, wenn jemand auftauchen sollte, der etwas gesehen hat.«

Die Polizistin hielt sie zurück. »Sollten Sie… sich nicht freinehmen? Oder so was in der Art?« Sie nickte vielsagend auf Kafas geschwollene Lippe, die verfärbten Wangen und die Nase.

Kafa versuchte sich an einem Lächeln. »Es sieht schlimmer aus, als es ist«, lispelte sie und wischte sich Spucke aus dem Mundwinkel.

Kolbein Ihme Monsens Haus lag dunkel hinter den Obstbäumen am Fuß der Anhöhe in Lambertseter. Das gelbe Polizeisiegel an der Tür war der einzig sichtbare Hinweis auf den Kampf, den sie und Fredrik hier ausgefochten hatten. Im Eingangsbereich überkam sie das Gefühl, dass dieses Haus niemandes Zuhause mehr war. Es war seelenlos, genau wie sein Eigentümer unten am Mosseveien. Wo war Kolbein Ihme Monsen gewesen, ehe sie seine Leiche gefunden hatten? Bevor sie hierhergefahren war, hatte sie noch einmal oben am Abhang Halt gemacht. Das Gelände war unwegsam und daher zum Schutz der Öffentlichkeit eingezäunt. Unterhalb des Abhangs verlief eine zweispurige Eisenbahnstrecke. Wie zur Hölle war es Drange gelungen, einen fast Hundertjährigen durch dieses Dickicht zu bugsieren?

Bedächtig ging sie von einem Zimmer zum anderen. Das Chaos vom Vortag war immer noch deutlich zu sehen. Im Arbeitszimmer lagen überall blutgetränkte Bücher und Zeitschriften am Boden, und eine Blutspur führte hinüber ins Wohnzimmer. Die hatte Fredrik hinterlassen.

Vor dem Bücherregal legte sie sich auf den Boden. Starrte in den leeren Safe hinein. Im Staub zeichnete sich ein undeutlicher Ring ab. Dort hatte vielleicht eine kleine Flasche oder ein Behälter in der Größe eines Tablettenglases gestanden. Die rechte Seite war fast staubfrei. Dort war womöglich etwas an den Rand angelehnt worden. Ein Buch vielleicht? Geld, alte Briefe?

Mit einem Stift schob sie langsam die Safetür vor. Es handelte sich um einen altmodischen Sicherheitsschrank mit einem Rädchen in der Mitte der Tür. Der Safe war direkt in die Wand hineinmontiert worden und wies keinerlei Einbruchsspuren auf.

Glas knirschte unter ihren Füßen, als sie das Wohnzimmer durchquerte. Am Boden des Schlafzimmers lagen noch Reste des Klebebands, von dem Fredrik sie befreit hatte. Sie erinnerte sich wieder an das Geräusch von Staffan Häyhäs Aufprall – als würde man gebratene Hühnerbeine zerbrechen. Ihr Handy klingelte. Es war Fredrik.

»Ich hab geschlafen«, sagte er heiser. »Ich hab das Bild erst jetzt gesehen.«

»Und was glaubst du?«

»Das ist er, kein Zweifel, das ist Kolbein Ihme Monsen. Irgendwelche Verletzungen?«

»Nein. Zumindest keine sichtbaren – bis auf einen Kratzer am Kopf. Aber er hing so hoch, dass ich ihn natürlich nicht genau in Augenschein nehmen konnte.«

»Es ist auf jeden Fall unser Mann. Da sollten wir wohl Koss informieren.« Fredrik atmete schwer. »Ich war oben und hab nach ihm gesehen. Nach Häyhä«, schob er nach kurzem Zögern nach.

Kafa antwortete nicht.

»Wie auch immer. Du weißt, wo du mich findest.«

»Gute Besserung«, sagte Kafa.

»Danke. Ich hab übrigens deine Kollegen getroffen.«

»Wen?«

»Die Jungs, die Häyhä beschützen.«

Kafa war für einen Moment still. »Da täuschst du dich«, sagte sie langsam. »Vom PST ist niemand im Ullevål. Das ist die Verantwortung der Osloer Polizei.«

Fredrik Beier riss die Gardine zur Seite. Draußen wurde es endlich dunkel. Bald würde Staffan Häyhä der letzte Patient auf Station 2 sein.

Er scherte sich nicht um die Krankenschwester. Er scherte sich nicht um das Pochen in der Schulter. Die Naht über seinem Knie, die gerissen war, und das Blut, das warm und klebrig an seinem Bein hinablief und die Schlafanzughose rot färbte. Er wartete auch nicht auf den Fahrstuhl. Vor Station 2 war kein Mensch zu sehen. Er zerrte die Tür auf, lief an leeren Krankenzimmern und Aufenthaltsräumen vorbei. Humpelte um die Ecke am Ende des Gangs, an dessen entlegenem Ende eine weiß gekleidete Gestalt stand. Die Tür zu Häyhäs Zimmer stand offen. Unbewacht. Er rief, schrie nach ihnen – hörten sie ihn denn nicht?

Der Lichtschein. Kräftiges, grelles, gelb-weißes Licht. Dann ein Knall.

103

Die gebogenen Metallhandgriffe entlang des Sargs erinnerten an erstarrtes Lächeln. Ein schlichter, gebundener Kranz lag auf dem Deckel, und aus dem Kranz ragte eine weiße Orchidee. Viel mehr Blumen waren es nicht.

Der Priester war ein magerer Mann mit einem traurigen Zug um den Mund. Seine dünne Stimme wurde durch knackende Lautsprecher verstärkt. Mit geschlossenen Augen, gefalteten Händen und unter Aufbietung aller Kraft tat er sein Bestes, um die Orgel zu übertönen. Als die Pfeifen verstummten, breitete er die Arme aus und ließ den Blick über die rund dreißig Anwesenden schweifen.

»Ich hab gekündigt.«

Kafa Iqbal stützte sich auf die Kirchenbank. Ein schwerer Duft, reich an Pheromonen, hing in der Luft. Sie legte ihre Hand neben seine. Der Rollstuhl stand hinten im Mittelgang, weil er keine Aufmerksamkeit auf sich ziehen wollte. Sie saßen in der letzten Reihe, Andreas saß vor ihnen.

»Synne hat mich ermuntert, mich bei euch zu bewerben.«

Als er seine Hand auf ihre legte, zuckte sie nicht mal zurück.

»Kolbein Ihme Monsen… Gott gab ihm ein langes Leben. Er hat zwei Weltkriege überlebt, wobei der letzte tiefe Spuren in ihm hinterließ – in ihm wie in so vielen anderen. Spuren, die Kolbein selbst und seine Lieben immer geprägt haben.«

Er sprach mit dem so charakteristisch gerollten R des Priesterstandes. Dann hielt Gottes Vertreter auf Erden kurz inne und starrte Gerhard Monsen an, der zusammen mit seinem Sohn, Sebastian Koss, und den Zwillingsschwestern ganz vorn in der ersten Reihe saß.

»Wir müssen unsere Helden feiern. All diejenigen, die sich geopfert, die die richtige Wahl getroffen haben statt die leichteste, als sich die Dunkelheit über das Land legte.« Der Priester verharrte mit dem Blick bei den Orgelpfeifen. »Im Angesicht des Bösen wählte Kolbein den rechten Weg. Er war standhaft. Er zweifelte nicht. Er kämpfte für sein Vaterland, und er kämpfte für seine Überzeugung.«

Gottergeben starrte er zur Decke empor. In all dem Weiß waren seine Iris kaum mehr zu erkennen. Fredrik schloss die Augen. Das Knacken der Lautsprecher erinnerte ihn wieder an die Explosion und das anschließende, lang anhaltende Pfeifen in den Ohren.

Ganz langsam hatte der Gasbehälter Sauerstoff in Staffan Häyhäs Zimmer entlassen. Das Leck musste schon Stunden zuvor entstanden sein, womöglich sogar Tage. Irgendwann war die Atemluft derart gesättigt von dem entflammbaren Gas gewesen, dass lediglich ein Funke ausgereicht hatte.

Was genau die Explosion ausgelöst hatte, war nach wie vor unklar. Ein Kurzschluss vielleicht. Irgendein Funke aus einem der Apparate, die sich neben ihm gestapelt hatten, um ihn am Leben zu erhalten. Das Zimmer war hinterher derart verwüstet, derart ausgebrannt gewesen, dass nicht einmal die Spurentechniker eine Antwort hätten geben können. Das einzig Sichere war, dass es geknallt hatte – nur Sekunden, ehe Fredrik am Ziel angelangt gewesen wäre. Glas, Metall und Holzsplitter hätten um ein Haar auch ihn in Fetzen gerissen.

Auch die Polizisten, die das Zimmer bewacht hatten, konnten sich glücklich schätzen. Sie hatten sich am anderen Ende des Korridors befunden. Eine Krankenschwester hatte ihre Hilfe benötigt, um etwas hochzuheben. Die Schwester, die auf Häyhä aufgepasst hatte, war auf der Toilette gewesen. Schieres Glück – Fredrik nahm an, der Mann dort vorne am Altar würde es als Wunder bezeichnen.

Fredrik war der Explosion mit dem schlimmsten Ohrensausen aller Zeiten und dem ärztlichen Befehl entkommen, absolute Ruhe einzuhalten. Und doch saß er jetzt hier, im Rollstuhl. Auch wenn es wehtat. Und es tat verdammt weh. In der Brust. Im Herzen. In Bauch und Kopf. Das würde er nie vergessen – dass er die Pressekonferenz im Polizeigebäude vom Krankenbett aus auf dem Fernseher hatte verfolgen müssen.

Verdammt, das hatte wehgetan.

104

Sebastian Koss hatte das Wort geführt. Zu seiner Linken hatte Polizeipräsident Trond Anton Neme gesessen, und beide waren flankiert worden von Samir Bikfaya und Synne Jørgensen.

Einleitend teilte Koss den Anwesenden mit, dass die Anklage gegen Synne fallen gelassen worden sei. Eine gründliche Untersuchung durch die interne Ermittlungseinheit sei zu demselben Ergebnis gekommen, das auch die Polizeileitung bereits die ganze Zeit vertreten hatte: dass jene Fehler, die ihnen bei den Ermittlungen in der Anfangsphase unterlaufen waren, nicht ihr anzulasten seien. Er persönlich sei zutiefst empört darüber, dass diese Angelegenheit zur Presse durchgesickert sei. »Das war unkollegial«, zischte er.

Synne und Koss wechselten einen Blick. Musterten einander wie Teenager, die jene grau-weiße Schmiere in Augenschein nahmen, die nach einem schlechten Fick aus dem Kondom sickerte. Anschließend drehte sich Koss zu Neme um.

»Mit großer Genugtuung können wir heute endlich erklären, dass wir diese überaus komplizierte Ermittlung als abgeschlossen ansehen. Als abgeschlossen und vollends aufgeklärt. Es handelte sich um einen der umfassendsten und grausamsten Mordfälle, denen die Osloer Polizei je gegenübergestanden hat. Die vorrangige Behandlung des Falls durch den Polizeipräsidenten war ganz sicher ausschlaggebend für das Endergebnis«, sagte er und ließ den Blick über die Versammlung schweifen.

Laut Koss hatten die Ermittlungen der Polizei ergeben, dass Sören Plantenstedt, Pastor der Glaubensgemeinschaft Gottes Licht, zunächst das Liebespaar Pio Otamendi und Carl Josefsen entführt, gefoltert und ermordet hatte. Plantenstedt habe überdies die Bombe platziert, die den Polizisten Ronny Berger das Leben gekostet hatte, als die Spezialeinheit in das Versteck im Munitionslager in Porsgrunn vorgedrungen war.

Das Motiv liege in unbändigem Hass begründet – Sören Plantenstedt habe über Jahre immer wieder seine Abscheu gegenüber Homosexuellen geäußert. Diese Überzeugung habe er mit anderen Mitgliedern von Gottes Licht geteilt. Nichtsdestoweniger, so das Ermittlungsergebnis der Polizei, habe er allein gehandelt. Niemand anderer sei in dieser Sache verdächtig.

Koss richtete sich gerade auf, ehe er die Stimme erneut hob und starr in die Kameras hinter den rund zwanzig Journalisten blickte.

»Sören Plantenstedt seinerseits wurde während eines

Verhörs bei der Polizeikammer Skien von Staffan Häyhä ermordet.« Er hielt kurz inne, damit die Information auch unter Garantie ankam. »Sören Plantenstedt und Staffan Häyhä waren, wie die meisten von Ihnen inzwischen wissen, schwedische Staatsbürger. Wir haben eng mit der schwedischen Polizei zusammengearbeitet, die letztlich den entscheidenden Hinweis darauf lieferte, dass Plantenstedt und Häyhä zeitgleich bei der schwedischen Armee dienten. Als Plantenstedt erfuhr, dass Häyhä homosexuell war, startete Sören Plantenstedt eine regelrechte Mobbingkampagne, in deren Folge Häyhäs Karriere ins Straucheln geriet, was bei ihm offenbar eine Psychose auslöste. Eine Psychose, die zusehends schlimmer wurde.« Sebastian Koss fuhr sich mit den Fingern über die Mundwinkel, bevor er fortfuhr: »Unsere Ermittlungen haben ergeben, dass Häyhä Plantenstedt etwa vor einem Jahr aufspürte und anfing, die Vernichtung jenes Mannes zu planen, der seiner Meinung nach sein eigenes Leben vernichtet hatte.« Er dämpfte die Stimme. »Henrik Grøvn, Nils Bernt, Viggo Johan Farulven, Brynjar Lissemoen und Pastor Bjørn Alfsen junior wurden umgebracht, als Staffan Häyhä die Räumlichkeiten der Glaubensgemeinschaft auf Solro im Maridalen mit dem Ziel stürmte, Sören Plantenstedt zu ermorden. Ivar Tufte wurde bei dem Angriff ernsthaft verletzt.«

Koss warf einen flüchtigen Blick auf seine Unterlagen, ehe er fortfuhr und berichtete, wie es Sören Plantenstedt gelungen war, dem Attentat zu entgehen, nur um mit einer Handvoll Vertrauter in ein Versteck in Porsgrunn zu fliehen – unter anderem mit Annette Wetre, ihrem Sohn sowie den Brüdern Hennie. In Porsgrunn schließlich kam Annette Wetre hinter Plantenstedts Untaten an dem homosexuellen Paar. Sie verließ das Versteck, um die Polizei zu alarmieren, wurde aber noch auf dem Weg zurück in die

Stadt entführt. Staffan Häyhä hatte auf Annette Wetre wohl Druck ausüben und ihr Plantenstedts Versteck entlocken wollen – vergebens.

»Annette Wetre opferte ihr Leben für die Glaubensgemeinschaft«, sagte Koss mit gedämpfter Stimme. »Sie wurde zusammen mit Ihrem Journalistenkollegen, dem überaus respektierten Jørgen Mostu, umgebracht. Die Ermittlungen haben ergeben, dass Mostu in direktem Kontakt mit Sören Plantenstedt stand. Als auch er sich weigerte, Staffan Häyhä den Zufluchtsort seines Informanten zu verraten, fiel er Häyhä ebenfalls zum Opfer. Die Gemeindemitglieder Paul Espen und Fritjof Hennie wurden getötet, als Staffan Häyhä das Versteck in Porsgrunn angriff.«

Koss zupfte an seinem obersten Hemdenknopf, bevor er sich die Haare aus dem Gesicht schob und dabei gleichzeitig den glänzenden Schweißfilm auf seiner Stirn verwischte.

»Wie Sie wissen, verlor Staffan Häyhä in der vergangenen Woche bei einer Explosion im Ullevål-Krankenhaus sein Leben. Daher wird in diesem tief... tragischen... Fall kein Strafverfahren eingeleitet. Nach eingehender Beratung mit dem Oberstaatsanwalt haben die Ermittlungsbehörden beschlossen, die Ermittlungen abzuschließen.«

105

Die Zeremonie war schnell vorüber. Fredrik bat Kafa und Andreas, kurz am Auto zu warten. Dann manövrierte er den Rollstuhl zu Sebastian Koss' Mercedes.

Der Polizeidirektor kam Arm in Arm mit seiner blonden, attraktiven Frau den leicht abschüssigen Kiesweg zum

Parkplatz herunter. Er wirkte nicht sonderlich unglücklich über den Tod seines Großvaters. Als er Fredrik entdeckte, hielt er inne. Ließ seine Ehefrau bei seinem Vater zurück und kam mit langen, selbstsicheren Schritten auf ihn zumarschiert.

»Beier! Danke, dass Sie gekommen sind.«

Seine Stimme war einen Halbton zu hoch.

Fredrik kam direkt zur Sache. »Diese Vorstellung gestern, Koss … Ich hätte nie geglaubt, dass so etwas möglich wäre. Nicht hier. Nicht in Norwegen.« Er spuckte auf den Kies. »Staffan Häyhä hat keineswegs einen Rachefeldzug gegen Sören Plantenstedt geführt, und das wissen Sie. Sechs Wochen vor dem Solro-Massaker befand er sich in Kandahar. In Afghanistan! Häyhä ist Plantenstedt bei der Armee nie begegnet.«

Koss' Blick verdunkelte sich. Er schloss die Knöpfe seiner Anzugjacke.

»Und diese Homogeschichte …« Fredrik spie die Worte regelrecht aus. »Ich hab im Gegensatz zu allen anderen, die an dieser Ermittlung beteiligt waren, sowohl Staffan Häyhä als auch Sören Plantenstedt getroffen. Staffan Häyhä war ein Panther und Plantenstedt eine Ratte. Der Pastor hätte es nie gewagt, sich einem Mann wie Häyhä entgegenzustellen.« Fredrik schnaubte abfällig. »Eine Sekte, die biologische Waffen produzierte – die drauf und dran war, einen Weltuntergang zu inszenieren! Und Sie legen sich eine Geschichte zurecht, um das zu vertuschen! Können Sie mir erklären, was hier läuft?«

Sebastian Koss war ein paar Schritte vor ihm stehen geblieben. Jetzt beugte er sich mit eiskalter Miene vor.

»Die Ermittlungen sind abgeschlossen. Sie sind abgeschlossen, weil es nichts mehr zu ermitteln gibt.« Er betonte jedes einzelne Wort. Dann hob er den Zeigefinger und hielt ihn sich direkt vor die Nase. »Eine!«, flüsterte er. »Eine! Verdammte! Notlüge! Ja, in der Tat haben wir verschwiegen, dass diese Terroristen von Gottes Licht uns alle in die Hölle schicken wollten. Manchmal, Beier, heiligt der Zweck nun mal die Mittel. Die Gefahr ist gebannt. Sämtliche Beteiligten sind tot. Es gibt keinen Grund mehr, Panik zu verbreiten. Damit wäre niemandem gedient. *Niemandem.*«

Fredrik starrte ihn ungläubig an.

»Und Børre Drange? Was ist mit Børre Drange? Sie haben den Kerl ganz einfach komplett unterschlagen – das ist doch … Wahnsinn! Er hat verdammt noch mal Ihren Großvater umgebracht!«

Das sonnengebräunte Gesicht errötete leicht, und Koss kniff die schwarzen Augen zusammen.

»Da liegen Sie falsch, Beier. Børre Drange ist tot. Børre Drange starb vor sechs Jahren. Im Nordpolarmeer. Genau wie sein Vater es uns erzählt hat. Genau wie das Einwohnermeldeamt es dokumentiert hat. Niemand von uns hat in diesem Fall auch nur irgendetwas anderes zutage gefördert. Die Wahrheit ist, Beier, dass Sie ein Gespenst gejagt haben.« Er beugte sich so weit nach vorn, dass Fredrik den Minzgeruch in seinem warmen Atem wahrnahm. »Sie schimpfen sich Mordermittler, Beier – und doch sehen Sie über die grundlegendste Frage von allen hinweg. Die Frage nach dem Warum. Warum hätte jemand den Wunsch haben sollen, meinen Großvater umzubringen? Welches Motiv hätte Ihr Gespenst denn bitte schön gehabt?«

Fredrik hatte das Gefühl, die Erde unter ihm würde vibrieren.

»Das Motiv liegt in der Vergangenheit«, sagte er verzweifelt. »Die Vergangenheit hat die beiden verbunden. Sehen Sie nicht die Gemeinsamkeiten? Zwischen der Teufelei, hinter der die Wiener Bruderschaft steckte, und der Hölle, die die Solro-Leute in Gang setzen wollten? Aber mehr werden wir wohl nie erfahren. Denn der Mord an Ihrem Großvater wurde als Unfall klassifiziert und die Ermittlungen eingestellt.«

Koss schüttelte den Kopf. »Bei der Pressekonferenz haben wir unsere Schlussfolgerungen dargelegt – basierend auf überprüfbaren, reellen Funden. *Das* nennt sich moderne Polizeiarbeit, Beier.«

Fredrik blieb für einen Augenblick der Mund offen stehen. Dann schüttelte er verwirrt den Kopf.

»Sind… Sind Sie so dumm?«

Er war Drange doch selbst begegnet. Er hatte sich als Kolbein Ihme Monsens Haushaltshilfe ausgegeben. Und zu Hause beim Ehepaar Kvarvingen hatten sie seine Bibel gefunden. Seinen Schlafsack. Die Aussteiger hatten ihnen versichert, dass er noch lebte. Sie hatten doch verdammt noch mal Überwachungsaufnahmen von dem Teufel! Den USB-Stick. Wie viel mehr brauchten sie?

Staffan Häyhä hatte Børre Drange gejagt. Børre Drange war das Bindeglied zwischen der Glaubensgemeinschaft und der Wiener Bruderschaft. Drange hatte die Viren und die Bakterien beschafft, das war verdammt noch mal so sicher wie das Amen in der Kirche.

»Und diesen Mann wollen Sie einfach laufen lassen?«

Mit der Spitze seines handgenähten Lederschuhs zog Koss eine schmale Linie in den Kies. Ein Symbol des Abgrunds, der sich zwischen ihnen auftat.

»Hat sie sich Ihnen denn vorgestellt – die *Haushaltshilfe*?«

Fredrik glotzte ihn fassungslos an.

»Sie glauben also nur, dass es Børre Drange war. Das Haus meines Großvaters war immer schon ein einziges

Durcheinander aus Büchern, Zeitschriften und alten Dokumenten. Kolbein Ihme Monsen war ein kranker, verwirrter Mann, der sein Haus verließ, die Orientierung verlor und einen Abhang runterfiel.«

Koss streckte den Rücken durch.

Die Aussteiger der Glaubensgemeinschaft hätten ihnen einzig und allein versichert, dass ein *Mann* auf Solro gewohnt habe – ein Mann, der sich Per Olsen genannt habe. Pastor Per Olsen. Per Olsen hatte in der Bibel gestanden, die sie gefunden hatten, und es war ebendieser Per Olsen, der auch sämtliche Verträge für die Glaubensgemeinschaft unterschrieben hatte.

»Und wissen Sie, warum? Weil Per Olsen sein Name ist.«

Fredrik hatte keine Ahnung, was er darauf erwidern sollte. Er hatte eine Entschuldigung erwartet. Vielleicht die Aufforderung, endlich die Klappe zu halten. Sogar eine Drohung, dass seine Karriere einen stillen Tod sterben würde, wenn er nicht parierte. Aber nicht das.

»Wer hat denn den Namen Børre Drange aufs Tapet gebracht?« Sebastian Koss beantwortete sich die Frage selbst. »Staffan Häyhä – in seiner Nachricht an Kari Lise Wetre. Auf der Jagd nach Sören Plantenstedt hat er eine falsche Fährte für uns ausgelegt, wohl wissend, dass sich unsere Leute darauf stürzen würden, den Mann zu finden. Nur so konnte er selbst ungestört weiteroperieren. Zuschlagen, sobald die Flanke offen war. Sie sind in die Falle getappt, Beier, und haben Häyhä regelrecht zu Plantenstedt geführt. Das hat dem Pastor das Leben gekostet.« Koss bürstete sich den Staub von den Hosenbeinen. »Sehen Sie nicht, wie offensichtlich das alles ist?«

Fredrik habe doch selbst behauptet, dass Plantenstedt durchgedreht sei, fuhr Koss fort. Dass er fanatisch sei.

»Sören Plantenstedt war ausgebildeter Biochemiker. Wie wahrscheinlich ist es, dass ein weiterer Biochemiker auftaucht, der genauso genial und genauso verrückt ist und ebenfalls Gott spielen will?« Koss schnaubte. »Als Sie Plantenstedt gefasst haben, Beier, haben Sie einen großen Fehler gemacht. Ich hab Ihren Bericht gelesen. Sie haben ihn gefragt, wo Børre Drange stecke.« Koss legte die Handflächen aufeinander. »Sören Plantenstedt hatte zu diesem Zeitpunkt keine Ahnung, wer Børre Drange überhaupt war. Aber ihm dämmerte, dass dies seine Chance sein würde, die Schuld auf jemand anderen abzuwälzen. Jemand anderen als Drahtzieher der Terrorpläne darzustellen. Einen Mann, den es überhaupt nie gab! Er hat Ihnen nach dem Mund geredet. Er hat Sie davon überzeugt zu glauben, was er Ihnen als Erklärung auftischte. Dabei war das alles in Wahrheit eine einzige Lüge, gewürzt mit ein paar deftigen Details, die *Sie* ihm *selbst* serviert haben. Ungefähr so, wie … Wahrsagerinnen arbeiten.«

Fredriks Nase hatte angefangen zu bluten, doch er reagierte nicht mal darauf.

»Was Staffan Häyhä bei meinem Großvater zu suchen hatte? Ich weiß es nicht – aber das Bild, das Sie in dem Labor gefunden haben, zeigt in meinen Augen doch nur, dass Plantenstedt von der Arbeit fasziniert war, an der mein Großvater bis Kriegsausbruch beteiligt gewesen war. Da haben Sie Ihren Zusammenhang.«

»Und was ist mit Per Olsen?« Fredrik hörte seine eigene Stimme quietschen wie einen Autoreifen auf einer Ölspur. »Sollen wir den einfach ziehen lassen?«

»Sozusagen, Beier. Per Olsen interessiert mich nicht. Die Ermittlungen sind abgeschlossen. Beide Verdächtige, Plantenstedt und Häyhä, sind tot. Sie können für ihre Taten nicht mehr zur Rechenschaft gezogen werden. Und Per

Olsen hat sich nichts Ungesetzliches zuschulden kommen lassen.«

Die Worte regneten auf ihn herab wie nasser Schnee. Es nützte alles nichts – egal was er sagte, Koss würde ihm nicht zuhören. Sie hatten zwei Männer zu Sündenböcken gemacht, die sich nicht mehr verteidigen konnten.

Er versuchte, Luft zu holen, doch seine Lunge fühlte sich bereits voll an; nur ein Schrei hätte ihm jetzt noch Befreiung verschafft.

»Und was ist mit dem Emir? Was ist mit dem Bauern, der in der Scheune abgeschlachtet wurde? Die beiden haben Sie bei der Pressekonferenz mit keinem Wort erwähnt.«

Koss schüttelte den Kopf. »Die hat Häyhä umgebracht. Er hat den Emir getötet, um von seiner wahren Absicht abzulenken. Und Ottar Skaren wurde ermordet, weil er Häyhä in der Scheune überrascht hatte. Häyhä musste ihn beiseiteschaffen, um zu entkommen.« Koss atmete schwer. »Und das ist nicht nur meine Einschätzung. Fragen Sie beim PST nach. Fragen Sie Neme. Fragen Sie Synne Jørgensen. Sie alle teilen meine Ansicht.«

Damit war das Gespräch beendet. Koss lief herum zur Fahrertür und ließ den Motor seines Wagens an. Fredrik starrte ihn durch das Beifahrerfenster an. Die PS-starke Maschine brummte wie ein ganzes Wespennest. Koss beugte sich zu ihm hinüber und ließ das Fenster runter.

»Das hier ist keine Verschwörung, Beier. Wir haben nur eine Kleinigkeit unter den Tisch fallen lassen, die von Anfang an nie hätte da sein dürfen.«

Sie hörten Schritte auf dem Kies. Koss dämpfte die Stimme.

»Es war nicht meine Absicht so … aggressiv zu sein. Niemand macht Ihnen einen Vorwurf, Fredrik. Sie sind Ihren Instinkten gefolgt. Sie haben Staffan Häyhä Einhalt geboten. Wenn Sie wieder gesundgeschrieben sind, warten neue Fälle auf Sie. Also ziehen wir einen Schlussstrich unter diese Sache. Wir lernen dazu, korrigieren unseren Kurs und machen weiter. Nicht wahr?«

Fredrik starrte ihn mit leeren Augen an. Er war zutiefst erschöpft. Alles – jeder Gedanke, jedes Gefühl, jedes Wort –, einfach alles schien vor ihm in Trümmern zu liegen.

Mit mitleidigem Blick schob sich Koss' attraktive Ehefrau an Fredriks Rollstuhl vorbei in das Sportcoupé. Mit dem Handrücken wischte er sich das Blut von der Nase.

»Gute Besserung«, sagte sie noch und lächelte.

Dann schlug die Beifahrertür zu.

»Habt ihr das gewusst?«

Kafa antwortete nicht. Hielt den Blick nur fest auf den graublauen Asphalt der Straße vor ihnen gerichtet.

»Wusstet ihr, was kommen würde? Bei der Pressekonferenz?«

Im Spiegel warf sie Andreas auf dem Rücksitz einen schnellen Blick zu, bevor sie kurz nickte. »Ja. Mehr oder weniger. Wir wurden bei der Morgenbesprechung informiert.«

»Und was … Was glaubt ihr?«

Der Schatten der Sonnenblende verdunkelte ihr Gesicht. Andreas lehnte sich zwischen den Sitzen nach vorn. Blieb stumm, bevor er auf die Ledertasche zeigte, die neben Fredriks Bein stand.

»Wirf mal einen Blick da rein. Das ist der Obduktionsbericht von Staffan Häyhä. Die Leiche ist komplett verbrannt – vollkommen unkenntlich. Angeblich war es nicht mehr möglich, auch nur eine einzige Probe zu nehmen. Keine DNA, kein Blut, nichts. Die Leiche ist zerfallen wie verbrannte Grillkohle.« Der grau gelockte Kollege legte die Hand auf Fredriks Schulter. »Staffan Häyhä hat sein ganzes Leben darauf verwendet, seine Fähigkeit zu perfektionieren, nicht gesehen zu werden. Nicht mal im Tod hinterließ er eine einzige brauchbare Spur. All seine Geheimnisse sind mit ihm in Rauch aufgegangen. Genau wie unsere Hoffnung, jemals herauszufinden, wer ihm den Auftrag erteilt hat.« Andreas schnaubte, bevor er fortfuhr: »Zerbröselt wie ein Knäckebrot. Nach einer Gasexplosion? Das ist wirklich ungewöhnlich.«

Fredrik rieb sich die Augen hinter der Brille, und Kafa räusperte sich leise.

»Weißt du, welche Temperatur erforderlich ist, um eine Menschenleiche in einen solchen Zustand zu versetzen?«

Sie legte den Kopf auf die Nackenstütze. Starrte hinüber auf die tristen Bürogebäude entlang der Straße ins Stadtzentrum.

»Das weiß ich wirklich nicht, Kafa.« Dann lächelte er schwach. »Aber ich nehme an, du weißt es?«

106

Herbst

Der Waldboden war weich. Über ihnen raschelte gelb-braunes Laub, als der Wind vom Oslofjord her zunahm und die Brise sich zwischen den Linden verirrte. Bei jedem Windstoß verloren weitere Blätter den Halt und fielen hinab auf den Boden.

Nachdem sie einander fast schon förmlich die Hand gegeben hatten, waren sie eine Weile schweigend nebeneinanderher gegangen. Erst als sie am Ufer angekommen waren, ergriff sie das Wort.

»Es war genau, wie ich dachte«, sagte sie langsam.

Sie klang kein bisschen betrübt, sondern einfach nur nüchtern. Vor einem niedrigen Bauwerk namens Hukodden, das einst Vidkun Quislings Badehaus gewesen war, blieben sie stehen und blickten über den Fjord in Richtung Fornebu im Westen und Nesoddtangen im Süden.

»Das tut mir leid«, sagte er.

»Es gibt nichts, was man bedauern müsste«, entgegnete sie. »Es ist lediglich eine Tatsache.«

Kari Lise Wetre machte ein paar Schritte von ihm weg. In ihrem dicken roten Wollmantel blieb sie mit dem Rücken zum Wald stehen und blickte über die unruhige See. Mit der Rechten schützte sie die Augen vor der Sonne. Der Wind zupfte an ihrem dunklen Haar.

»Der Embryo war sechs Wochen alt. Es muss ... unmittelbar vor dem Angriff auf Solro passiert sein. Ungefähr zeitgleich mit unserer ersten Begegnung.«

Sie drehte sich um und sah ihn direkt an. Fredrik öffnete den Reißverschluss am Kragen. Atmete die kalte, salzige Meeresluft ein. Den Geruch von Vogelkot und vertrocknetem Tang. Dann warf er den weiß glitzernden Quarzstein weg, den er schon eine ganze Weile zwischen seinen Fingern hin- und hergedreht hatte.

»Sechs Wochen«, wiederholte er. »Vielleicht wusste Annette es selbst noch nicht?«

Wetre zuckte mit den Schultern. »Möglich.« In ihren Augenwinkeln zeichneten sich feine Lachfältchen ab. »Wissen Sie, was mich wirklich amüsiert?«

Er schüttelte den Kopf.

»Ich hab einmal zu Ihnen gesagt, meine Tochter sei nicht so ein Mädchen – es sei schlicht undenkbar, dass sie jemals so etwas machen würde. Dass ...«

Sie machte einen Schritt nach vorn. Mit einer Armlänge Abstand blieb sie vor ihm stehen.

»Es macht mich traurig und froh zugleich, darüber nachzudenken … dass wir immer glauben, wir würden unsere Kinder so gut kennen.«

Dann reichte Wetre ihm die Dokumentenmappe. Langsam schlenderten sie über denselben Weg zurück, den sie gekommen waren.

»Der steht Ihnen gut«, bemerkte sie und berührte ihn leicht am Arm.

In der Hand hielt er einen Ebenholzstock mit einem ungleichmäßig gerundeten Kopf. Das Endstück bestand aus Stahl. Er hatte sich mittlerweile daran gewöhnt, ihn zu benutzen.

Zurück auf dem Parkplatz gaben sie einander erneut die Hand. Der Fahrer öffnete ihr die Tür. Sie ließ sich auf den Sitz sinken und winkte ihm, und er lehnte sich nach vorn.

»Auf Wiedersehen. Und viel Erfolg bei der Arbeit.«

Fredrik Beier wartete noch, bis der schwarze Wagen abgefahren war. Dann öffnete er die Mappe. Der Inhalt bestand aus zwei Papierbogen. Der eine trug das Logo eines Labors. Das Schreiben war kurz gefasst.

Objekt 1. Embryo (6 Wochen). Die Wahrscheinlichkeit, dass die Person mit der Personennummer 251068 28356 der biologische Vater ist, beträgt annähernd 99,997 Prozent.
Objekt 2. William David Wetre Andersen (4 Jahre). Die Wahrscheinlichkeit, dass die Person mit der Personennummer 251068 28356 der biologische Vater ist, beträgt annähernd 99,997 Prozent.

Das zweite Dokument war eine Geburtsurkunde. Die Geburtsurkunde von Børre Andreas Drange. Personennummer 251068 28356.

Epilog

Serifos, Griechenland, November 1943

Verrat.

Als die Sonne hinter dem Gebirgskamm verschwand, blieb ihnen nur mehr eine knappe Stunde, bis die Dunkelheit einsetzte. Vom Höhleneingang aus sah er das Fischerboot, das übers türkisblaue Wasser in Richtung der kreideweißen Häuser am Ufer der Bucht glitt. Der Mond leuchtete bereits über Chora, der mittelalterlichen Stadt, die sich über der Livadi-Bucht am felsigen Hang festklammerte. Dort hatte sie schon Piraten, Strandräubern und Invasoren getrotzt.

Gegen die deutsche Kriegsmaschinerie indes hatte sie keine Chance. Und ihre Lage hatte sie auch nicht vor den Epidemien beschützt, die die griechische Insel in den vergangenen Jahren beinahe ununterbrochen heimgesucht hatten.

Wer hatte ihn verraten? Hatten es seine Vorgesetzten gewusst?

Von der Klippe, auf der er stand – vielleicht anderthalb Kilometer von den gekälkten Häusern entfernt –, konnte er nichts weiter als braun-grüne Schemen zwischen den Gebäuden ausmachen, wo die Soldaten durch die Straßen marschierten. Das aggressive Kläffen der Schäferhunde hallte von der gegenüberliegenden Steilküste zu ihm herüber.

Die Abmachung war wasserdicht gewesen. Als sich am Abend nach der Aktion die Dunkelheit herabsenkte, hatte er die örtliche Kontaktperson ein allerletztes Mal aufgesucht. Waffen, Geld, Proviant und ein paar Ausrüstungsgegenstände hatten den Besitzer gewechselt. Erst als er im Morgengrauen zu der Höhle zurückkehrte, dämmerte es ihm, dass etwas nicht stimmte. Der Wachposten hundert Meter weit oben auf der Geröllhalde lag verlassen da. Hatten die Deutschen sie doch entdeckt?

Aus der Höhle war die Ausrüstung der Amerikaner verschwunden. Liegen geblieben waren nur sein Rucksack, der Schlafsack und ein paar Konserven: Fleischklößchen in Soße. Sein Leibgericht. Und ein Zettel. Am Rucksack war ein Zettel befestigt gewesen. »Sorry.«

Sorry? Verdammt!

Ein paar kurze Blicke auf Elsa – mehr hatte er nicht erhaschen können. Sie hatte so dagelegen, dass die Soldaten sie vom Höhleneingang aus hatten sehen können, und doch so weit drinnen, dass die Schatten sämtliche Details ausgelöscht hatten. Als er sich ihr genähert hatte, hatte er ihren Atem hören können. Schnell, feucht, durch die Nase. Sie war geknebelt gewesen. Die Kommandosoldaten hatten ihr einen grün-grauen Overall übergezogen. Er war viel zu weit, viel zu groß, sodass die Konturen ihres Körpers nicht mehr zu erkennen waren. Sie lag auf der Seite, die Hände auf dem Rücken gefesselt, ein Seil verband die Arme mit den Fußknöcheln. Es sah unbequem aus.

Er begegnete ihrem Blick, und sie erkannte ihn wieder. Sie sah weder wütend noch ängstlich aus. Nur verwundert. Und hübsch. Selbst jetzt. Das schmale, helle Gesicht, die schlanke Nase, die vollen Lippen und die dunklen Haare. Direkt neben ihr ging er in die Hocke. Strich ihr mit dem Zeigefinger über die Wange. Sie erschauderte.

Das war der letzte Augenblick gewesen. Nicht ein Wort.

Dann hatten sie sie also mitgenommen.

Es würde kein Kriegsgericht in London geben. Elsa Schrader würde nicht zur Verantwortung gezogen werden. Das war ihm jetzt klar. Sie würde lediglich den Arbeitgeber wechseln.

John Monkland Acton hob den Kleidersack auf, rollte den Schlafsack zusammen und wartete auf die Dunkelheit.

Leseprobe

aus

Der Bote

von Ingar Johnsrud

In einer Villa in einem reichen Vorort Oslos wird die Leiche eines kürzlich verstorbenen Mannes gefunden. Von der Bewohnerin des Hauses, einer alten Witwe, fehlt jede Spur. Der Tote wird als ihr Sohn identifiziert – der vor zwanzig Jahren bei einem Militäreinsatz ums Leben kam. Kurz darauf entdeckt man in einem Abwasserschacht am anderen Ende der Stadt eine zweite Leiche. Der Körper des unbekannten Mannes weist schwere Folterspuren auf. Hauptkommissar Fredrik Beier glaubt an eine Verbindung zwischen den beiden Fällen, doch irgendjemand scheint verhindern zu wollen, dass diese ans Licht kommt – Akten werden gesperrt, Beweismittel verschwinden …

1

Oslo, acht Jahre zuvor

Es passiert jeden Sommer. Tagelang liegt eine derart tropische Hitze über dem Land, dass die Luft regelrecht vibriert. Der Asphalt schwitzt Öl, in der Straßenbahn zerfließen die Menschen, und der Norweger vergisst, wo er lebt, und verflucht die Hitze.

Im Winter wird Bilanz gezogen.

Es war so kalt, dass das Leder seiner Uniformjacke knirschte, als Fredrik Beier die Hand hob und an die Tür klopfte.

Hinter den Fenstern des gelb gestrichenen Holzhauses auf dem Galgeberg – einem Gebäude aus der Zeit, als die Stadt noch Kristiania hieß und Abwasser noch über die Straßen abgeleitet wurde –, versperrten breite Gardinen den Blick ins Innere. Rauch stieg aus dem Schornstein auf. Das Geschrei sei vor einer halben Stunde verstummt, hatten die Nachbarn erzählt.

Fredrik Beier warf einen Blick über die Schulter zu seinem Kollegen Andreas Figueras. Die Brille ruhte auf seinem Nasenrücken, und als er die Zunge in den Mundwinkel schob, schmolzen die kleinen Eisperlen in seinem Bart. Die Wohnung war von der Fürsorge zugeteilt worden. Hier wohnten eine russische Frau und ihr Sohn. Der Mann, vor dem sie geflüchtet waren, war der Vater des Jungen, ein Pharmazeut namens Peder Rasmussen.

Kein Name, dem man besondere Beachtung schenkte.

Der Knirps, der die Tür öffnete, erweckte nicht den Eindruck, als hätte er das Schulalter bereits erreicht, aber Fredrik wusste, dass er acht Jahre alt war. Als er den Blick hob, um den dunklen Korridor in Augenschein zu nehmen, schlug ihm Wasserdampf entgegen.

Andreas musste die Gestalt in der niedrigen Türöffnung zum Kinderzimmer bemerkt haben. Vermutlich hatte er auch vage den Revolver gesehen, den der Mann in Anschlag nahm, und er hatte geahnt, dass die dunklen Flecken auf dessen Hemd Blut waren. Dass der Dunst aus dem Badezimmer kam, in dem Wasser lief. Fredrik hingegen konnte gar nichts sehen. Der Dampf hatte sich auf seine Brillengläser gelegt, und als er die Hände hob, packte ihn eine starke Hand am Kragen und zerrte ihn zurück. Andreas' Hand auf Fredriks Schulter verschwand, und ein Schlag mit dem Revolverschaft gegen die Schläfe beförderte Fredrik zu Boden.

Eine Tür schlug zu, er vernahm noch das pfeifende, verängstigte Luftholen des Jungen, bevor die Wände um ihn herum in sich zusammenfielen.

Feuchtigkeit. Ein klammer Film von der Stirn bis hinunter zum Hals, wo sein Uniformhemd spannte, und dann weiter den Rücken hinab. Nasse Füße in gefütterten Winterstiefeln. Mit einem schwachen Schluchzen schnappte er nach Luft, sog aber nur den dunklen Stoff des Wäschebeutels ein, der ihm über den Kopf gezogen worden war. Klaustrophobie ergriff von ihm Besitz. Er versuchte, nach etwas zu treten, aber seine Füße waren zusammengebunden. Und die Hände? Gefesselt, hinter seinem Rücken fest mit Klebeband umwickelt. Die steifen Fasern des Teppichs pikten ihm in die Finger. Er streckte sich, bäumte sich auf, drückte den Rücken durch. Beinahe wäre ihm schwarz vor Augen geworden, bevor es ihm endlich gelang, sich wieder zu sammeln. Ignorier die feuerroten Blitze vor deinen Augen, zähl, zähl langsam, halt die Luft an, atme ein, halt die Luft an, atme aus. Ruhig!

Der Revolvergriff musste ihn direkt am Haaransatz getroffen haben, denn von dort strahlte der Schmerz aus. Als er jetzt ruhig dalag, wurde der Schmerz erst heftiger, lockerte dann aber allmählich den Griff um seinen Schädel. Seine Lunge füllte sich, und er hatte wieder die Kontrolle über seine Atmung, die Kontrolle über seinen Körper, die Kontrolle über seinen Geist. Sein Puls verlangsamte sich.

Er spitzte die Ohren. Das Geräusch von Wasser, das aus einem Duschkopf auf Emaille traf. Und ein Summen. Er kannte das Lied. *Popeye …*

»I'm Popeye the sailor man, I'm Popeye the sailor man. Hmm mmm mmm mmm. I'm Popeye the sailor man. Toot toot!«

Ihm dämmerte, dass er in einem Flur lag, während der Angreifer im Bad rumorte. Seine Handgelenke fühlten sich klebrig an, und er fror. War er mit einem Messer attackiert worden? Dann bemerkte er etwas. Bei seinen hektischen Bewegungen hatte er die Muskeln angespannt, und Stück für Stück hatte sich das Klebeband gelockert. Durch den Dampf hatte der Leim seine Konsistenz verändert, war schmierig und weich geworden. Behutsam begann er, die Hände aneinanderzureiben.

»Vater? Ich glaub, sie kommen jetzt.«

Die helle Stimme kam vom anderen Ende des Flurs. Der Junge schien an der Tür zu stehen.

»*Toot toot*«, brummte die Männerstimme. »Hier rüber mit dir!«

Fredrik ertastete einen Sprung im Boden. Kurz darauf wurde er in Sitzposition gehievt. Der Mann stellte sich breitbeinig über ihn und riss ihm den Wäschebeutel vom Kopf. Fredrik spähte an den Blutstropfen auf seinen Brillengläsern vorbei.

Großer Gott.

Peder Rasmussen, der Pharmazeut, war älter als er selbst, kräftig, mit deutlich hervortretenden Muskeln von den Schultern bis zum Nacken. Sein Hemd hatte er ausgezogen. Die Brust war blutbefleckt. Er setzte sich rittlings auf Fredriks Oberschenkel. Dunkle, steif gegelte Haare über schielenden Augen. Vom Zahnfleisch zwischen Schneide- und Eckzahn perlte ein Blutstropfen. Er musste die Kiefer so fest zusammengepresst haben, dass die Zahnwurzeln nachgegeben hatten. Er hatte Fredriks Hemdkragen so fest gepackt, dass er kaum Luft bekam. In der anderen Hand schwenkte er seinen Revolver.

Fredrik lehnte mit dem Rücken an der Wohnungstür. Trotzdem spürte er, dass hinter den Gardinen etwas vor sich ging – womöglich weil Rasmussens Blick umherirrte.

»Ich blas dem Schwein den Schädel weg!«, schrie er. »Wenn ihr die Tür auch nur anfasst, dann blas ich ihm den Schädel weg!«

Die Mündung an der Stirn. Schweißgeruch, Mundgeruch, der Geruch von Pfefferminztee. Erstmals begegnete der Koloss Fredriks Blick. Fredrik suchte in seinen Augen nach dem Akademiker, dem Intellektuellen, der Peder Rasmussen angeblich sein sollte. Doch davon war nichts zu erkennen. In seinem Blick lag bloß der schiere Wahnsinn.

Die Zungenspitze wanderte zu dem Blutstropfen am Zahnfleisch, und ein rosaroter Film legte sich über den Eckzahn. Er schmatzte kurz, dann fauchte er: »Ich mein es ernst. Ich verspritze verdammt noch mal dein Hirn über diese verfluchten Hurensöhne, wenn sie sich nicht sofort vom Acker machen.«

»Vater… Seine Hände…«

»Peder Rasmussen!«, schrie jemand von draußen. »Peder Rasmussen?«

Ein kurzes Zögern. Jetzt musste es sein. Gott allein wusste, was diesem Irren einfallen würde, sobald er kapierte, dass Fredrik beide Hände freihatte. Er warf den Oberkörper nach vorn und griff nach der Hand mit dem Revolver. Erwischte das Handgelenk. Die Waffe krachte gegen die Wand. Fredrik packte den Kopf des Mannes und zog ihn zu sich heran.

»Jetzt!«, schrie er. »Er ist unbewaffnet! Macht schon!«

Die Stirn traf Fredrik direkt über der Nase, Blutgefäße platzten, trotzdem hielt Fredrik ihn fest, schnappte mit den Zähnen nach Haut, hämmerte mit den Fäusten auf die Ohren des Mannes ein, tastete nach dem Kehlkopf, biss zu. Schmeckte Blut.

Als die Tür mit einem Rammbock aufgebrochen wurde, kam das Geräusch aus weiter Ferne. Nicht aber die Stimme. Nicht die dünne, ängstliche Kinderstimme.

»Halt! Ich schieße!«

Die Erschütterung kam nicht von außen – sie kam aus seinem Inneren. Fredrik lockerte den Griff um Peder Rasmussens Kehle, und dessen Mund ging auf. Er legte den Kopf in den Nacken. Hustete Blut. Dann glotzte die Bestie ihn von oben herab an.

Zwischen ihnen und der Wohnungstür taumelte der Junge hin und her – die Knie zusammengepresst, die Arme nach oben gerissen. Die kleinen Hände, kreideweiß über dem Revolvergriff. In der Tür waren drei Beamte der Spezialeinheit aufgetaucht: schwarz gekleidet und maskiert, Waffen im Anschlag. Andreas war ebenfalls da. Die schusssichere Weste beulte die Uniformjacke aus.

»Wir gehen«, sagte einer der Männer. Ruhig. Seelenruhig. »Wir ziehen uns zurück, Junge. Nicht schießen. Ganz ruhig, wir werden euch nichts tun.«

In einer donnernden Vorwärtsbewegung hatten sie die Wohnung stürmen wollen. Als sie jetzt den Rückzug antraten, bewegten sie sich völlig still, rücksichtsvoll, vorsichtig.

»Erschieß die Schweine! Erschieß sie!«

Das Monster kreischte sich die Seele aus dem Leib – ein Schrei aus Wahnsinn, Gift und Galle.

»Nicht …«

»Vater …«

»Schieß!«

2

Gegenwart

Mit dem Herbst kam der Regen, mit dem Regen kam der Wind, und mit dem Wind kam das Laub.

Trotzdem hörte er nicht auf. Dieser Trottel schlurfte in einem fort dort unten zwischen den Grabsteinen herum und harkte. Zog die stumpfen Zinken seines Werkzeugs durch das herbstbraune Laub. Zupfte mit der Hand die

Blätter von den Zinken und stopfte sie in einen Müllsack, den er mit sich herumschleppte.

»Arme Sau«, murmelte Mikael Morenius. Der goldglänzende Zigarettenfilter zischte, als er auf dem Asphalt landete. Als Mikael die Kippe zertrat, stellte er irritiert fest, dass die Nässe durch seine Lederschuhe hindurchgesickert war.

Die Schritte auf dem Parkplatz hinter ihm waren kurz und schleppend und wurden von einem heftigen Hustenanfall unterbrochen. Mikael drehte sich zu dem Neuankömmling um. Ein stämmig gebauter alter Mann, der sich am Dach eines Autos, eines heruntergekommenen blauen Fiat, abstützte und Schleim in ein Taschentuch hustete. Mikael wartete, bis das Röcheln nachgelassen hatte, bevor er zu ihm ging und ihm die Hand entgegenstreckte.

Der Alte starrte ihn bloß an. Griff dann nach Mikaels Hand. Anschließend setzten sie sich beide in den kreideweißen Mercedes.

»*Tschjort*«, stöhnte er heiser und presste sich das Taschentuch unter die Nase, während er am Fensterknopf herumhantierte. »Hier drinnen stinkt's.« Sein russischer Akzent war nicht zu überhören.

»Ich rauche im Auto«, sagte Mikael.

»So was stört mich nicht…«

»Dann sind es die Katzenjungen.«

Mikael drehte den Zündschlüssel halb herum, damit die Fenster reagierten. Sein eigener Geruchssinn war kaum mehr der Rede wert. Er hatte ihn eingebüßt, als man ihm den Arm amputiert hatte. Niemand hatte ihm je erklären können, wie das eine mit dem anderen zusammenhing.

Der Russe öffnete das Fenster nur einen Spalt weit.

»Eine Katze hat den Motorraum zum Kreißsaal umfunktioniert. Die kleinen Teufel sind am Motorblock festgebacken«, erklärte Mikael.

Erst als die Innenraumbeleuchtung erloschen war, zog der Russe den Umschlag aus der Innentasche.

»Hier«, sagte er. »Der Beweis dafür, dass ich die Wahrheit sage.«

»Der Beweis«, wiederholte Mikael und nahm den Umschlag entgegen.

Mit seiner künstlichen Hand tastete er ungelenk an der Kante entlang, bis der Gegenstand herausrutschte. Er lag schwer in der Hand. Mit den Fingerspitzen strich er über die Rubine. Klopfte mit den Nägeln auf die funkelnde Goldfassung. Das Entenherz. *Le Cœur de Canard.*

Einen Moment lang blieben sie so sitzen und betrachteten die am Horizont vorbeiziehenden Wolken. Den unermüdlichen Kampf des einsamen Mannes gegen den Herbst. Mit einem Nicken reichte Mikael dem Russen das Telefon.

»Sie wartet.«

Der ehemalige Offizier schob die Autotür auf und stieg aus. Während er telefonierte, legte Mikael das Schmuckstück an. Richtete sich im Sitz gerade auf, um das Gewicht zu spüren, das kalte Metall und die Edelsteine auf der Brust. Der Verschluss der Goldkette, der seinen Platz zwischen den Nackenwirbeln fand. Endlich.

Der Russe hustete erneut, als er wieder einstieg. »Dann ziehen wir es mal nicht in die Länge …«

Mikael schüttelte den Kopf. »Wenn das, was Sie sagen, wahr ist … dann haben Sie eine Menge Menschenleben gerettet.« Seine Stimme nahm einen geschäftsmäßigen Ton an. »Wir werden Ihnen unseren Dank angemessen erweisen.«

Der BMW fuhr los, und der Mann zwischen den Gräbern hörte auf zu harken. Hob den Müllsack hoch und leerte ihn über dem Boden aus. Griff nach einem Gegenstand, der neben ihm am Boden gelegen hatte. Eine Eishacke. Regentropfen glitzerten auf dem Stahl. Noch während er am Schloss des Fiat herumhantierte, wiederholte er im Kopf das Kennzeichen des Mercedes.

3

Angstdämpfend. Beruhigend. Beunruhigend.

Atemfunktion. Lebenssituation.

Rikshospitalet.

Die Worte tickerten über die Fensterscheibe. Zeichneten sich darauf ab, bis die Regentropfen darauf ineinanderflossen. Zurück blieben nur nackte Baumkronen, eingraviert in Oslos dunkelgrauen Oktoberhimmel. Das Pflaster, das den Verband am Hinterkopf hielt, ziepte, als sich Polizeihauptkommissar Fredrik Beier widerwillig der Ärztin zudrehte.

»Ihre Blutprobe weist Spuren angstdämpfender Mittel und eine beträchtliche Menge schmerzstillender Medikamente auf. Und Alkohol. Viel Alkohol.«

Sie stand neben seinem Bett und hatte die Brille mit den rechteckigen Gläsern auf die Stirn geschoben. Während sie die Krankenakte überflog, strich die Ärztin mit einem rot lackierten Fingernagel an ihrem breiten Nasenrücken entlang. Sie sah ihn nicht mal an.

»Wichtig für Sie, Ihren behandelnden Arzt und Ihre…« Die Ärztin zögerte und sah die beiden Frauen an, die auf zwei klapprigen Stühlen in dem kleinen Krankenzimmer saßen. »... für Ihre Angehörigen ist jetzt, der Ursache auf den Grund zu gehen. Und Maßnahmen zu ergreifen, damit eine solche Situation nicht noch einmal eintritt.«

Durch das Reiben mit dem Fingernagel war ihre Nase mittlerweile ganz weiß.

»Hier, ein paar Informationen – über Depressionen und Suizidgefährdung.« Sie schob ein paar Broschüren unter seine Brille auf dem Nachttisch. Dann ging sie wieder.

Fredrik Beier hatte mal gehört, dass sich Patienten hier im Rikshospitalet die Kunst an der Wand selbst aussuchen durften. Er fragte sich, wer vor ihm in diesem Zimmer gelegen hatte. Wer bitte schön hatte sich für das Bild zweier breit grinsender Clowns entschieden, die auf einem Hochseil über eine Autobahn balancierten? Offensichtlich jemand, dem es noch schlechter ergangen war als ihm. Er versuchte, einen Scherz zu machen, klang aber nicht überzeugend.

Die Frau, die direkt unter dieser geschmacklosen Schmiererei saß, lächelte nicht einmal ansatzweise. Bettina, seine Lebensgefährtin. Sie starrte ihn lediglich an. Zog die Strickjacke enger um die Schultern, als würde sie frieren, und rollte einen Faden aus dem Ärmel zwischen ihren Fingern hin und her. Ihr dunkles Haar fiel ihr in die Stirn.

Die andere Frau ergriff als Erste das Wort. Alice, Fredriks Exfrau. Vor ihrer Wohnung hatten ihn die Rettungssanitäter aufgelesen. Dort hatte er gelegen, mitten auf der Stolmakergata im Stadtteil Grünerløkka, bis obenhin voll mit Medikamenten und Alkohol. Dort wohnte sie mit ihrem neuen Mann. Mit Erik.

»Tja... Also, was ist denn eigentlich passiert, Fredrik?

Andreas meinte, du hättest völlig klar gewirkt, als ihr euch getrennt habt. Ist es…« Alices Stimme wurde weicher. »Fredrik, ist es wieder Frikk?«

Fredrik und Alice hatten zwei gemeinsame Kinder, Jacob und Sofia, beides Teenager. Sie hatten einmal drei gehabt. Frikk war bei einem Brand ums Leben gekommen, und die Trauer war bodenlos gewesen. Selbstverständlich. Aber inzwischen war viel Zeit vergangen. Dreizehn Jahre. Es war nun wirklich nicht mehr so, als würde er jeden Tag mit einem Herzen aufwachen, das erst aufgetaut werden musste.

Das Pflaster um seinen Verband ziepte erneut an den Haaren im Nacken, als er den Kopf schüttelte.

Was genau war da vor zwei Tagen passiert? Er wusste es nicht mehr. Das heißt – an eine Sache erinnerte er sich noch. Andreas und er hatten einen weiteren Fall von Kindesmisshandlung geklärt. Noch einen in der langen Reihe von Fällen häuslicher Gewalt, die in der Abteilung für Gewalt- und Sexualverbrechen im Polizeibezirk Oslo zu ihrem Alltag geworden waren. Wieder einmal hatte er das Revier mit einem klaffenden Loch in der Brust verlassen. Sie hatten sich gemeinsam auf den Weg gemacht, um noch etwas zu essen und ein Bier zu trinken. Sie hatten gegessen, getrunken und danach… Danach floss alles zusammen. Eine Kakofonie aus Stimmen, Sirenen, unfassbarer Müdigkeit und Wut. Lärm. Er schaffte es nicht, vereinzelte Worte auszumachen oder auch nur ein Gefühl, eine Stimmung. Zumindest nicht ehe hier im Krankenhaus die Phrasen angefangen hatten, sich auf der Fensterscheibe abzuzeichnen, und er endlich wieder zu sich gekommen war.

»Was hast du den Kindern gesagt?«

Alice zog ihren Pferdeschwanz straff. Wie unterschiedlich die beiden waren, Alice und Bettina. Während seine neue Lebensgefährtin zierlich und dunkelhaarig war, war die Exfrau füllig, blond, hell – sowohl äußerlich als auch in Gemütsdingen. In Bettina jedoch loderte ein Feuer. Schmale, verlockende Augen, die in ihm Begierden weckten. Alice war eher … liebenswürdig.

»Nichts«, sagte Alice. »Ich ruf Sofia später an, und Jacob … Na ja. Er war am Wochenende unterwegs, hatte ein Konzert, sodass ich nicht glaube, dass Bettina …«

Bettina rieb sich die Hände. Ihre Haut war so trocken, dass er fast glaubte, ein Knistern zu hören. Als Sofia zum Studium nach Bergen gezogen war, hatte sich der sechzehnjährige Jacob entschieden, bei seinem Vater zu wohnen.

»Nein«, erwiderte Bettina knapp. »Du musst schon selbst mit ihm reden.« Dann stand sie auf. »Was ich nicht verstehe … Warum zur Hölle legst du dich vor *ihrer* Wohnung auf die Straße?« Sie hob erbost die Hand und starrte Fredrik an. »Als wärst du irgendein sterbender Indianer oder so was in der Art.«

»Würdest du dich besser fühlen, wenn ich vor unserer Wohnung gestorben wäre?«, fragte Fredrik.

»Ja.«